U0818742

2013

中国当代优秀作品国际翻译大赛

推荐作品集

上卷

人民文学杂志社/编

外文出版社
FOREIGN LANGUAGES PRESS

图书在版编目（CIP）数据

2013中国当代优秀作品国际翻译大赛推荐作品集 / 人民文学杂志社编. —北京：外文出版社，2013

ISBN 978-7-119-04987-8

Ⅰ.①2… Ⅱ.①人… Ⅲ.①短篇小说-小说集-中国-当代
Ⅳ.①I247.7

中国版本图书馆CIP数据核字（2013）第213025号

责任编辑 王 蕊
封面设计 王 玲 熊 甜
印刷监制 冯 浩

2013中国当代优秀作品国际翻译大赛推荐作品集

编　　者 人民文学杂志社
出版发行 外文出版社有限责任公司
地　　址 中国北京西城区百万庄大街24号　　邮政编码 100037
网　　址 http://www.flp.com.cn
电　　话 (010) 008610-68320579（总编室）
(010) 008610-68995875（编辑部）
(010) 008610-68995852（发行部）
(010) 008610-68996183（投稿电话）
印　　制 北京蓝空印刷厂
经　　销 新华书店 / 外文书店
开　　本 1/16
印　　张 35.25
印　　数 3000
版　　次 2013年9月第1版第1次印刷
书　　号 ISBN 978-7-119-04987-8
定　　价 59.80元

版权所有 侵权必究 如有印装问题本社负责调换（电话：68995960）

前　言

为激励国内外创作翻译力量向世界传播中华文化的主动性和创造性，推动中华文化走向世界，扩大中华文化的国际影响，促进世界文化的繁荣，国务院新闻办公室、中国作家协会、中国外文局联合举办“2013中国当代优秀作品国际翻译大赛”。活动由“中国图书对外推广计划”工作小组、中国翻译协会、中国作家协会创研部、《人民文学》杂志社等单位承办。中国网作为网络支持单位共同参与这一活动。

大赛组委会推荐了三十篇中国当代优秀短篇小说作为参赛原文发布。这三十篇作品都是中国当代文学的精粹，可以充分反映改革开放以来中国文学的创作水平。入选作家当中，有一位是诺贝尔文学奖获得者，十位曾获得茅盾文学奖，十七位曾获得鲁迅文学奖。所选篇目都获过各种不同的奖项，其代表性显而易见。相信这也是一个在文学史上可以流传下去的选本。

本书所收录文章按作品首字笔画多少排序。

人民文学杂志社

2013年9月

目 录

一潭清水

张　炜

张炜，1956年11月出生于山东省龙口市。1975年发表诗，1980年发表小说。山东省作家协会主席、专业作家。发表作品一千三百余万字，被译成英、日、法、韩、德、瑞典等多种文字。在国内及海外出版单行本三百余部。

主要作品有长篇小说《古船》《九月寓言》《外省书》《远河远山》《柏慧》《能不忆蜀葵》《丑行或浪漫》《刺猬歌》《半岛哈里哈气》《你在高原》，散文《融入野地》《夜思》《芳心似火》，文论《精神的背景》《当代文学的精神走向》《午夜来獾》，另在海内外获得六十多种奖项。

新作《你在高原》获鄂尔多斯文学大奖、香港《亚洲周刊》全球华文十大小说之首、华语传媒大奖杰出作家奖、中国作家出版集团特别奖、出版人年度作家奖、茅盾文学奖等十余项。

一潭清水

海滩上的沙子是白的，中午的太阳烤热了它，它再烤小草、瓜秧和人。西瓜田里什么都懒洋洋的，瓜叶儿蔫蔫地垂下来；西瓜因为有秧子牵住，也只得昏昏欲睡地躺在地垄里。两个看瓜的老头脾气不一样：老六哥躺在草铺的凉席上凉快，徐宝册却偏偏愿在中午的瓜地里走走、看看。徐宝册个子矮矮的，身子很粗，裸露的皮肤都是黑红色的，只穿了条黑绸布镶白腰的半长裤子，没有腰带，将白腰儿挽个疙瘩。他看着西瓜，那模样儿倒像在端量睡熟的孩子的脑壳，老是在笑。他有时弯腰拍一拍西瓜，有时伸脚给瓜根堆压上一些沙土。白沙子可真够热的了，徐宝册赤脚走下来，被烙了一路。这种烙法谁也受不了的，大约芦青河两岸只有他一个人将此当成一种享受。

一阵徐徐的南风从槐林里吹过来。徐宝册笑眯眯地仰起头来，舒服得了不得。槐林就在瓜田的南边，墨绿一片，深不见底，那风就从林子深处涌来，是它蓄成的一股凉气。徐宝册看了一会儿林子，突然厌烦地哼了一声。他并不十分需要这片林子，他又不怕热。倒是那林子时常藏下一两个瓜贼，给他送来好多麻烦。那树林子摇啊摇啊，谁也不敢说现在的树荫下就一定没躺个瓜贼！

种瓜人害怕瓜贼哪行！徐宝册对付瓜贼从来都是有办法的，而老六哥却往往不以为然。白天，徐宝册只这么在热沙上遛一趟，谁也不敢挨近瓜田，而老六哥却倒在铺子上睡大觉。如果是月黑头，瓜贼们从槐林里摸出来，东蹲一个，西蹲一个，和一簇簇的树棵子混到一起，趁机抱上个西瓜就走，事情就要麻烦一些。有一次徐宝册火了，拿起装满了火药的猎枪，轰的一声打出去……天亮了，徐宝册和老六哥沿着田边捡回几十个大西瓜，那全是瓜贼慌乱之中扔掉的。老六哥抱怨地说："何必当真呢？偷就让他偷去，反正都是大家的，偷完了咱们不轻闲？你放那一枪，没伤人还好，要是伤着个把人，你还能逃了蹲公安局？"宝册只是笑笑说："我打枪时，把枪口抬高了半尺呢！嘿，威风都是打出来的……"

一些赶海人都知道，老六哥的确是个大方人，所以常在瓜铺里歇脚。每逢这时，宝册由不得也要和他一样大方。有一次他烧开了一桶桑叶子水端上来，被一个满脸胡子的海上老大提起来泼到了沙土上。老六哥哈哈大笑着，便到瓜田里摘瓜去了。他一个腋下夹着一个熟透的西瓜，仍然哈哈大笑说："反正都是集体的瓜，吃就吃吧，只要不在夜里偷就行。"宝册也来了一句："人家把开水泼了，咱就乖乖地摘来瓜，威风都是泼出来的！"说完也哈哈大笑起来。他接过老六哥腋下的一个花皮大西瓜，顶在圆圆的肚子上，转回身子，来到一块案板前，放手摔下去。西瓜脆生生地裂成几块儿，红色的瓜瓤儿肉一般鲜，赶海的每人抢一块吃起来。

有个叫小林法的十二三岁的孩子常来瓜铺子里。这孩子长得奇怪：身子乌黑，很细很长，一屈一弯又很柔软，活像海里的一条鳝。他每次都是从北边的海上来，刚洗完海澡，只穿一条裤头儿，衣服搭在手臂上，赤裸的身子上挂着一朵又一朵泛白的盐花。盐水使他周身的皮肤都绷紧起来，脸皮也绷着，一双黑黑的眼睛显得又圆又大，就连嘴唇也翻得重一些，上边还有几道干裂的白纹。滚热的沙子烙痛了他的脚，他踮起脚尖，一跛一跛地走过来，嘴里轻轻叫唤着："嗦！嗦！嗦嗦……"

徐宝册一看到他这个样子就不禁乐了起来，躺在铺子里幸灾乐祸地喊着："小林法！小林法！快来……"他还常常跑上几步，把小林法拦在铺子外边，故意把他掀倒在地上，让沙子炙他赤裸的身子。小林法"哎哟哎哟"地叫着，在沙子上翻动着，笑着，骂着……徐宝册把自己的一只脚扳到膝盖上，指点着那坚硬的茧皮说："你的功夫不到，你看我，烙得动吗？"

小林法到了铺子里，就像到了自己家里一样。他躺在凉席上，两脚却要搭在宝册又滑又凉的后背上，舒服得不知怎么才好。宝册常拿起烟锅捅进他的嘴里，他就闭上眼睛吸一口，呛得大声咳嗽起来。老六哥在一旁对小林法说："嘿，不中用！我像你这么大已经叼了三年烟锅了！"小林法这时候就把脚从宝册的后背上抽下来，蹬老六哥一脚说："你中用，敢跟我到海里走一趟吗？我到哪你到哪，敢吗？"老六哥不吱声了。他当然不敢的：小林法长得像条鳝，水里功夫也是像条鳝的。

小林法在铺子里玩不了一会儿，就嚷着要吃西瓜。只是在这个时候，徐宝册和老六哥的意见才是完全一致的，二人毫不犹豫地起身到瓜田里，每人抱回一个顶大的西瓜来。小林法很快吃掉一个，又慢悠悠地去吃另一个……他的肚子圆起来时，就挪步走出铺子，往瓜地当心那里走去了。

那里有一潭清水。

那潭清水是掘来浇西瓜的。平展展的水面上，微风吹起一条条好看的波纹。潭水湛清，潭中的水草、白沙都看得一清二楚。这实在是一个可爱的水潭。小林法常在这儿游上几圈，洗去身上的盐水沫儿。徐宝册和老六哥笑眯眯地蹲在潭边上，看着他戏水。

小林法就像是水里生的水里长的一样，游到水里，远远望去，还以为他是条大鱼呢。他不怎么吸气，只在水里钻，一会儿偏着身子，一会儿仰着胸脯，两手像两个鳍，一翻一翻，身子扭动着，有时他兴劲上来，又像一只海豚那样横冲直撞，搅得水潭一片白浪，水花直溅到潭边两个老人的身上。

他从水中出来，圆圆的肚子消下去了，又重新吃起西瓜，直到只剩下一块块瓜皮。老六哥说："你真是个'瓜魔'!"徐宝册点点头："瓜魔！瓜魔!"

日子长了，他们仿佛忘记了小林法的名字，只叫他"瓜魔"了。

瓜魔原来是个收养在叔父家里的孤儿。他对读书并没有多少兴趣，叔父对管教他也并没有多少兴趣，他从五六岁起就在大海滩上游荡了。他在瓜田，绝对没有白吃西瓜，他常常帮助给瓜浇水、打冒杈，一边做活一边笑，在太阳底下一做就是半天。徐宝册疼他，喊他进草铺里歇一歇，老六哥却总是吸一口烟，笑眯眯地望他一眼说："让他做嘛！用瓜喂出来的一个好劳力嘛!"瓜魔实在做累了，就到海里去玩，回来时总在身后藏两条鱼，还都是少见的大鱼哩。两个老人怎么也弄不明白，他一个小小的孩子两手空空，怎么就能捉住那么大的鱼？不过也从不去问，因为他们觉得瓜魔也和一条很大的鱼差不多，"大鱼"逮条"小鱼"，大概总不难吧？两个人自己起灶，把鱼做成鲜美的鱼汤、鱼丸子、鱼水饺。有时瓜魔带来几个螃蟹，还有时带来几个乌鱼、八腿蛸、海螺、海蚬子……应有尽有。有一次他们吃过饭之后，问瓜魔怎么逮住了那条鱼，像腰带一样、细细的长长的那条？瓜魔说："捡条粗铁丝就行。这鱼老爱往岸边游，你瞅准它，一下子抽过去，就被抽成两截了，百发百中的!"两个老头儿笑了，嘴里学他一句："百发百中的!"

瓜魔隔不了几天就要来一次，徐宝册和老六哥吃不完他的鱼，就用柳条儿穿了晒鱼干。这个小小的瓜铺就像磁石一样吸引着瓜魔，因为他一来，徐宝册和老六哥总乐于为他摘最大的西瓜。他们对这么个瘦小的孩子能一气吃下那么多西瓜，开始觉得奇怪，后来倒觉得有趣了，来少了就念叨他。

这天，太阳偏西的时候，瓜魔又来了。入夜，他破例留下来，就睡在这铺子上。徐宝册没有娶过老婆，当然也没有儿子逗，半夜里常要伸手去摸摸瓜魔那热乎乎的肚子，觉得是一大快事。他想象着如果早几年结婚，有个儿子如今也该这般大了。他和老六哥是轮流睡的，要有一个为瓜田守夜。该他守夜时，他就把瓜魔叫醒，两人一起到地边上支起小锅煮东西吃。东西都是瓜魔出去找来的，无非是些刚长成小纽的地瓜、鼓成水泡仁的花生……这些东西撒上盐末煮一煮，味道都是极鲜的。

海风送过来一阵阵腥味儿。夜气很重，他们坐在火堆边上，衣服还是有些潮湿。空中的星星又密又亮，他们都觉得这会儿离星星近了许多。海潮的声音永无休止，虽是淡远的，但远比水浪拍岸深沉，那是硕大无边的海和整个地球岩石摩擦的声音。在这幽深的夜里，它和高空眨动的星光、远方林涛的振响一起，组成一个极为神秘的世界。芦青河在连夜急匆匆地奔向大海，那声音嘹亮而昂扬，不断安慰和鼓励着守夜的人们。

瓜魔斜倚在徐宝册的身上，看着远处升起的半个月亮。他突然说："宝册叔，我明年也跟你们来干吧！我喜欢这个活儿，晚上不会瞌睡……"

徐宝册从铁锅里捞出一块地瓜纽儿填到嘴里嚼着，摇摇头。

"怎么呢？"

"你该到海上学拉网，那才叫有出息！等你老了，年纪像我们差不多时，再来吧。"

瓜魔沉默着。从海岸隐隐传来拉夜网的号子声，他倾听了一阵，说：“我去要几条鱼来煮上！”

瓜魔去了，提来几条鲅鱼煮到了锅里。徐宝册又点上了烟锅，吸了几口，说：“讲点故事吧……”

铁锅下的木炭响了一声。瓜魔说：“你讲吧，你是老人，老人十个里面有八个装了说不完的故事。”

徐宝册把那条又宽又肥的半长裤子提了提，说：“那一年上，我种了棵南瓜，就种在屋后头。最后你猜怎么了？生出了一窝地瓜。”

瓜魔笑得肚子都疼了。他嚷着：“我有一年种了一棵苞米，到头来你猜呢？生出一棵蓖麻！”

“胡说！”徐宝册严厉地打断他的话，磕掉了烟灰，“你胡乱编排些什么！”

瓜魔说：“你不也是胡乱编排吗？”

“我不是，”徐宝册摇摇头，“我邻居家的孩子给我偷着埋下了地瓜呀……你看，是这样的。”

瓜魔无声地笑了。他把身子滚动一下，挨近一棵西瓜，摘下一个瓜来。他吃着瓜说：“我想起一个故事来——这可不是编的，一点不是，是我亲眼看见的。那一年芦青河涨水，听人说河里的鱼多极了。好多人都鼓动我进河捉鱼去。我那几年就愿睡觉，头一碰着什么就粘上了，再也不愿抬起来……”

“小孩子都这样的。”徐宝册也掰了一块西瓜，咬了一口说。

“也不都这样。恐怕这是种毛病——我叔叔就说这是种毛病的。”瓜魔这时候不吃瓜了，一只手撑着地，半挺着身子讲他的故事了，“那一天大雾，芦青河就笼在一片灰白色的雾里。哎呀，好大的雾呀，我从家里走到河边上，衣服就湿了……河里这天没有多少人捉鱼，他们都怕雾呀，怕在对面不见人的时候被水里的妖怪拖进水里去。我倒不怕，直顺着水游下去，就在河口那儿的一片大水湾里停住了……”

徐宝册一直眯着眼睛，这时睁开眼插一句：“是那片在三伏天也冰凉的水湾里吗？”

瓜魔点点头：“嗯。”

徐宝册重新眯上了眼睛：“那里面听说有不少鳖哩。”

瓜魔摇摇头：“我在那儿捉到一条很大的鱼——它用鳍把我的小腿肚儿划开一道口子，惹恼了我，我用拳头砸了一下它的脑袋，它才显得老实了。我像抱个小孩儿一样把它抱上岸来，它直拱动，老想再回到河里去。我就紧紧抱着它……后来走在路上，累了歇息的时候，我就搂着这条鱼睡去了。醒来一看，鱼不见了，肚子上只沾了几片鱼鳞……”

“哪去了呢？”徐宝册蹲起身子，惊讶地问。

瓜魔揉揉眼睛：“谁知道！到现在我也不知道。只是第二天我到龙口街上赶集，看见一个小姑娘卖一条鱼，越看，那鱼越像我捉的那条……”

徐宝册不作声了。他开始吸那杆烟锅。

瓜魔讲到这儿像是疲倦了，身子一仰躺了下来。他又伸手去拿起一块吃剩的瓜，放在嘴里吮着，并不咬，两眼一直望着那布满星星的天空。

蝈蝈儿在瓜垄里叫了起来。各种小虫儿也用千奇百怪的声音应和着。铁锅往外噗噗地冒着汽，鱼的香味儿很浓了。徐宝册起身把铁锅端下火来。

一个人迈着拖拖拉拉的步子走过来，走到近前才看出是老六哥。他不作声，蹲在了火堆旁，怕冷似的烘了烘手。他看到那一片片瓜皮，就伸手在瓜魔的肚子上捅一下说：“真是个瓜魔！”

他们三个人一块儿将鱼吃了。这是一顿很丰盛的也是一顿很平常的夜餐……

第二天，徐宝册和老六哥摘下了堆得像小山一样的西瓜，叫队上的拖拉机拉走了。搬弄瓜的时候，他们发现一个黑皮上带有花白点的大个儿西瓜，立刻就挑拣出来，藏到了铺子下边。他们记得去年就有这样的一个瓜，切开皮儿就有股香味扑出来，咬一口，甜得全身都要酥了。徐宝册说："留着瓜魔来一块儿吃吧。"老六哥点点头："一块儿吃。"

一连两天瓜魔没有来。西瓜从铺子下滚出来，徐宝册用脚把它推进去，说："瓜魔这东西把我们两个老头子给忘了。"老六哥说："瓜魔能忘了我们老头子，可他忘不了瓜！"徐宝册点点头："也忘不了海——这小东西，简直是鱼变的！这小子该到海上学打渔。他原想以后跟我们来做营生呢……"

老六哥听到最末一句想起个事情。他说："听人讲，村里的土地以后都要搞责任承包了——还没讲瓜田承包不承包呢。"

徐宝册笑笑："承包怕什么？承包不就是咱俩的事了？别人也不敢揽这瓜田——这得有手艺呢！"

老六哥点点头："就是呀，我讲的意思，也就是到时候咱俩瞪起眼睛来，可不能让别人承包走了。"

天气出奇的热，傍晌午的时候，瓜魔胳膊上搭着衣服从海上来了。徐宝册坐在铺子上，老远就瞅见了，兴奋地吆喝着："嘿，你这小子！这几天跑哪去了？"

瓜魔仰着脸儿走过来，似笑非笑地眯着眼睛，身子晃晃荡荡的，像喝醉了酒。他唱着什么歌儿，一扭一扭走过来，躺在了铺子上。他喊着："吃瓜吃瓜！"

"这个瓜魔！"徐宝册招呼一下田里的老六哥，从铺子下边滚出了那个大西瓜，真快意呀！谁吃过这样的西瓜呢？瓜魔兴奋得在铺子上打了几个滚儿，然后才到那潭清水里洗澡去了。徐宝册和老六哥也到瓜田里做活，路过水潭，每人顺便抓起一把沙子扬了进去，使得瓜魔在里面骂了一句。

村子里来人告诉徐宝册和老六哥，晚上要开会商量责任田承包的事，让他们去一个开会。

这个消息使两个看瓜的老头子整整兴奋了半天。徐宝册要去开会，老六哥不同意，说："你这个人关键时候话来得慢，我不放心。我去算了。"争执的结果，决定由老六哥去参加。

徐宝册觉得这事情不比一般，很需要运用一番自己的智慧。他想了好多，都想对老六哥嘱咐一遍，这使得老六哥都有些腻烦了。徐宝册打着冒杈，说："比如这冒杈吧，不比往年长那么旺——这是瓜秧不壮啊！不错，化肥也使了不少，可天旱，也只得不停地浇。结果呢，肥料都给冲到地下去了……这些，你都得跟领导说，让他们知道承包下来也不是便宜的事。"

老六哥听了暗暗发笑，徐宝册想到的他全想到了，他只不过将什么都藏在心里罢了。他觉得，今天手腕子也好像比过去强劲了些。他像囫囵吞下了一个大西瓜，心里老觉得沉甸甸的。他步量了一遍瓜田，又在靠近槐林的地边停住了步子。他想：如果承包下来，就是和自己的瓜田一样了，那么，这儿最好能架起一排荆棘篱笆，挡住那些瓜贼……

傍晚老六哥回村开会去了，半夜时分才回来。

老六哥笑模笑样的，这使徐宝册的心一下子放了下来。他问："六哥，承包给咱们了吧？"

老六哥点点头："不承包给咱们，谁敢揽这技术活儿？我一发话，会上没说二话的。没跟你商量，我就代你在合同上按了手印。我早算准了，咱们年底每人少说也能赚它五百块钱！"

"哎呀！哎呀！"徐宝册上前搂住了老六哥的腰，呼喊着，捶打着，说："瓜魔算'魔'吗？你才算'魔'！你这家伙鬼精明，你掐一掐手指骨节，计谋就来了。行啊，亏了这回承包！新政策是谁定的？我老宝册要找到他，敬他一杯大曲酒！”

老六哥搬来小铁锅，找来一条干鱼，放在里面煮上了。两人坐在一块儿吸着烟锅，谁也不想先去睡觉。老六哥吸着烟，伸出手捏住徐宝册的半长黑裤，拉了两下说：“看看吧！多丑的一条裤子……”徐宝册满脸愠怒地斜了他一眼，把他的手扳掉。老六哥笑吟吟地说：“这都是没有老婆的过。有老婆，她早给你做条好裤子了。”徐宝册的脸有些烧起来，只顾一口接一口地吸烟。老六哥又说：“今年卖了瓜，赚来钱，先去娶个老婆来！你总不能一个人老死在屋里吧……”徐宝册抬头望着远处月光下那片黑黝黝的槐林，嗫嚅道：“也……不一定……”

“哈哈哈哈……”老六哥听了大笑起来。

徐宝册也笑起来，这笑声直传出老远，在夜空里回荡着，最后消失在那片槐林里了。

天亮了，他们立即着手在靠近槐林处架荆棘篱笆了。瓜魔来了，就忙着为他们砍荆棵子……徐宝册告诉瓜魔：瓜田承包下来了，这片西瓜就和自己的差不多了。瓜魔听了乐得不知怎么才好。老六哥低头绑着篱笆，这时回头瞅了瓜魔一眼，没有吱声。瓜魔于是走到他的身后，在他的腰上轻轻按了一下。老六哥突然抛了手里的东西，瞪起眼睛喝道：“你小子打人没轻重，乱戳个什么！”

老六哥的样子怪吓人的，瓜魔吃了一惊，往后蹦开了一步。

徐宝册很惊奇地望望老六哥的腰，说：“就那么不禁戳吗？”

老六哥没有吱声，只是涨红着脸低头做活。

三个人整整用了一上午的时间才架好篱笆。午饭做的鱼丸子、玉米面锅贴儿，瓜魔只吃了很少一点，就躺到铺子上去了，仰着脸，扭动着。他嘴里哼唱着，一边把脚搭在徐宝册光滑的脊背上。老六哥一直皱着眉头吸烟，这时一转脸看到了，说：“真是贱东西！他整天做活累得不行，你还要把脚搭在他背上！真是贱东西！”瓜魔在过去总要把脚挪到他背上的，可是这回看到他阴沉沉的脸色，就无声地把脚放在了铺子上。

吃完饭后，照例要吃西瓜了。徐宝册见老六哥不愿动弹，就自己到田里摘来两个。可是吃瓜时，老六哥只是吸烟……瓜魔离开以后，徐宝册扳过老六哥的膀子问：

“六哥，你身上有些不对劲儿？”

老六哥只是吸烟。

“你不吱声我也知道。你掐一掐手指骨节就生出来的计谋，我都知道！你心里想心事，嘴上只是不说！”徐宝册盯着他的脸，硬硬地说。

老六哥磕打着烟锅，板着脸，慢声慢气地说：“瓜魔不能多招惹的，他不是个正经孩子。”

徐宝册哼一声，扭过头去说：“瓜魔是个好孩子！”

“你看看吧，”老六哥往瓜魔常来的那个方向指点一下说，“正经孩子有他那个样儿吗？黑溜溜像铁做的，钻到水里又像鱼，吃起瓜来泼狠泼愣！”

徐宝册气愤地将卷在膝盖上的裤脚推下去，站起来说：“你有话就直说，用不着这么转弯抹角的。瓜魔一个孩子又碍了你什么！哎哎，你真是变成‘魔’了！”

这是他们最不愉快的一次。这一天，他们简直没有说上几句话，只顾各忙自己的事情了。

以后瓜魔来到，老六哥总是离他远远地坐着。瓜魔带来的鱼，他似乎也不感兴趣了。瓜魔到水潭里洗澡，也只有徐宝册一个人跟去看了。徐宝册背着瓜魔对老六哥说：“六哥，你心胸窄哩！你不像个做大事情的人！”老六哥顶撞一句：“我也没见你做成什么大事情！”

瓜魔不知有多少天没来了，徐宝册常常往大海那边张望。可他除了看到远处海岸上那一长溜儿活动的拉网的人之外，几乎没有看到别的。夜里，他一个人烧起小铁锅，或者一个人走在瓜田里，总觉得少了些什么。

一天早上醒来，他对老六哥说："昨夜我刚睡下，就梦见瓜魔来了，蹲在瓜田南边，就是篱笆那儿，和我煮一锅鱼汤。"

老六哥点点头："煮吧。"

徐宝册眼神愣怔怔地望着篱笆说："煮好以后，我梦见他跟我要烟锅，我没给他。"

"你该给他！"老六哥讪笑着说。

"我没有给他。"徐宝册摇摇头，"我梦见他好像生了气，说再也不来了……"

老六哥嘴角上挂了一丝讥讽的笑容。

又有一天，徐宝册正给瓜浇水，一抬头看到海边上有个人在向这边遥望，那身影儿很像是瓜魔。他抛了手里的水桶，上前几步喊道：

"瓜魔呀？是你这小子！你怎么不过来呀？瓜魔——瓜魔——"

那是瓜魔，徐宝册越看越认得准了，于是就一声连一声地喊他，用手比划着让他过来。可是瓜魔无动于衷地站在那儿，望了一会儿，就晃晃荡荡地走开了……徐宝册愣愣地站在那儿，两手紧紧地揪着自己肥大的裤腿。

老六哥对他说："你再不要喊那东西了——他是再也不会来了。有一次你不在，他坐在铺子上吃瓜，吃下一个还要吃，我阻止了他。这小子一气走了。"

徐宝册听着，啊了一声，瞪大眼珠子盯着老六哥。

老六哥有些慌促地挪动了一下身子，避开对方的眼睛。

徐宝册却只是盯着他……停了一会儿，徐宝册寻了一个最大的西瓜，顶在肚皮上抱回铺子，对准那个案板，狠狠地摔下去。西瓜碎成一块一块，他两手颤抖着拢到一起，捧起一块吃着，瓜瓤儿涂了一腮。吃过瓜，他就躺在凉席上睡着了。

老六哥把这一切看在眼里，不敢说上一句话。

徐宝册醒来后，老六哥坐在他的近前。徐宝册眼望着北边的海岸线说："我早就知道你是舍不得那几个瓜！你要发一笔狠财，你不说我也知道！瓜魔平日里帮瓜田做了多少活儿？送来多少鱼？你也全不顾了……"

当天下午，徐宝册就到海上寻找瓜魔去了。

瓜魔在海里。他爬上海岸，坐在徐宝册的身旁哭了。眼泪刚一流下来，他就伸出那只瘦瘦的黑黑的手掌抹去，不吱一声。徐宝册要他再到铺子里去，他摇摇头，神情十分坚决。最后，老头子长叹了一声，走开了。

两个老头子还像过去一样，每天给瓜浇水、打杈子；晚上，还像过去那样给瓜田守夜……可是，他们不再高声谈论什么，也不再笑。徐宝册无精打采，他觉得自己突然变得没有力气了……终于有一天他对老六哥说：

"六哥！我忍了好多天了，我今天要跟你说：我不想在瓜田里做下去了。你另找一个搭档吧。真的，开始我忍着，可是以后我不能再忍了。咱俩在一起种了多年瓜，我今天离去对不起你哩，你多担待吧！"

老六哥惊疑地咬住嘴里的烟锅，转着圈儿看徐宝册，说："你，你疯了……"

徐宝册说："我真的要走，今天就回村里去。"

老六哥这才知道他是下了决心了，有些失望地蹲在了地上。

徐宝册说："还是李玉和说得好：'我们是两股道上跑的车，走的不是一条路啊！'……"

老六哥声音颤颤地说："什么时候了，还有心去说这些！"他洒下了两滴浑浊的眼泪……突然，他站起来，低着头，只把手一挥说，“走吧，宝册，有难处再来找你老哥我！”

徐宝册离去了。半月之后，他重新与别人合包下一片海滩葡萄园，到园里看葡萄去了……瓜魔又常常去园里找他玩，两人像过去那样睡在草铺子里，半夜点火烧起鱼汤……

一个晚上，他们仰脸躺在草铺里，瓜魔又把脚搭在了徐宝册光滑的后背上。他用那沙沙的嗓子唱着什么，声音越来越轻，终于一声不响了。停了一会儿，他对徐宝册说：“我真想那个瓜田……”

徐宝册笑笑：“你想吃瓜了？瓜魔！”

瓜魔坐起来，望着迷茫的星空，执拗地摇摇头：“我是想那潭清水……真的，那潭清水！”

徐宝册没有作声。

这是个清凉的夜晚，风吹在葡萄架上，刷刷地响……徐宝册声音低缓地自语道：“葡萄也需要个水潭呢，我想在这儿动手挖一个……”

瓜魔的眼睛一亮：“那水潭不是好多人才挖成的吗？我们能行？”

徐宝册点点头。

瓜魔笑了：“我真想那潭清水……”

一个早晨，一老一少真的找块空地，动手挖水潭了。大概泥土很硬，他们一人拿一把铁锹，腰弯得很低，在橘红色的霞光里往下用着力气……

1983年5月写于济南

人民的鱼

苏　童

苏童，1963年出生于江苏苏州市，童年及青少年时期在苏州度过。1984年毕业于北京师范大学中文系。大学期间开始学习创作，1983年发表小说与诗歌处女作。当过教师和文学编辑。现居南京，为江苏省作家协会专业作家。

主要代表作为中篇小说《妻妾成群》《红粉》《罂粟之家》《三盏灯》，长篇小说《米》《我的帝王生涯》《河岸》《黄雀记》，另有《西瓜船》《拾婴记》《白雪猪头》《茨菰》等百余篇短篇小说。

长篇小说《河岸》获得第三届曼亚洲文学奖（2009）和第八届华语文学传媒大奖（2010）。短篇小说《茨菰》获第五届鲁迅文学奖（2010）。

人民的鱼

春节临近，鱼的末日也来临了。我们街上的傻子光春热爱垂钓，有一天他从铁路那边的鱼塘回来，棉裤是湿的，裤腿上结了一层冰碴，他扛着一根用晾衣竿做成的竹子鱼竿在街上走，沿途告诉别人一个古怪的消息。他们把抽水机搬去了，鱼塘里的鱼就哭起来了，他说，鱼塘里有好多鱼，都在水底下哭！

没有人在意傻子光春的话，大家已经在街上看见了鱼，已经有好多鱼告别了河流和池塘，来到了我们香椿树街，让智力正常的人们感到纳闷或者不公的是鱼的去向，干部居林生的家似乎变成了一口鱼塘，那么多的鱼都游到他家里去了。

善妒的邻居们倚门传播着这件事情，他们指着几只在街上疾奔的猫说，看见了没有，居林生家快成鱼塘了，街上的猫都在往他家跑呢。

鱼和送鱼的人在香椿树街 127 号门口来来往往。多少鱼呀，有的鱼很威风，是从红旗牌小轿车上下来的，有的鱼坐着面包车、卡车、拖拉机来，也有的鱼被人随便挂在自行车车把上，很委屈地晃荡了一路，噘着个嘴来到了居林生家的天井。居家的天井里荡漾着鱼类特有的甜蜜的腥气。青鱼、草鱼、鲤鱼，还有黑鱼，几乎都是五斤以上的大鱼，它们水淋淋的，嘴上被人拴了根草绳，有的绳子上还绑着纸条，未及腐烂的纸条上那个“居”字还清晰可见，含义很明显，这是一条属于居林生的鱼。那么多鱼，躺着的挂着的，都是居林生收到的年货。鱼与鱼之间本来素不相识，来到这么个神秘陌生的地方，死去的鱼保持沉默，幸存的活鱼大多瞪着迷惘的眼睛：这是什么地方？他们要拿我们怎么样？可惜鱼儿们都只能躺在地上，连呼吸都困难了，也就不能交谈。也许有几条聪明的鱼知道自己是一种年货，但再聪明的鱼也无法了解近年来人们送礼的时尚，这时尚可说是抬举鱼类，也可说是与鱼类为敌，不知是从哪个部门哪个区域开始的，鱼流行起来了。本地人将鱼作为最吉祥最时髦的礼物，送来送去，在春节前寒风凛冽的街头，随处可见人与鱼结伴匆匆而行，这景象使冬天萧瑟冷寂的香椿树街显出了节日喜庆祥和的气氛。鱼不懂事，年年有鱼，年年有余，连小学生都懂得其中的奥秘，鱼类自己却不懂。鱼不认识字，不懂谐音，不懂灾难为何独独降临到鱼类身上，它们悲愤地瞪着眼珠子，或者不耐烦地甩着尾巴，有的用最后一点力气在人的手下跳跃着、抗议着，但我们知道，失去了水以后鱼的所有愤怒都是徒劳的，怎么跳也跳不回池塘里去了。

一到过年，居家宾客盈门，我们也就有机会看见我们街上最大的干部居林生了。尤其是傍晚时分，居林生夫妻经常站在门口送客人，有时候是柳月芳送，有时候是居林生送，有时候客人明显来头不小，夫妻俩就一起出来送客。居林生当时尽管只是个科级干部，但他的肚子已经像领导一样鼓得规模很大了，他剔牙齿剔得厉害，大家看见他挺着将军肚，一手叉腰，另一只手随意地向客人挥着，眼睛尖的邻居会注意他的另一只手上还抓着一根牙签呢。相比之下，柳月芳送客有送客的礼数，她笔直地站在门口，脸上堆满了热情的笑容，大家都能听见她清脆的声音，过年来吃饭，一定要来啊，不来看我以后怎么骂你！

好东西多了也棘手，那么多鱼把柳月芳忙坏了。她是个街道办事处的妇女干部，与人打交道的，现在却被迫与鱼群打成一片。所有鱼种中柳月芳最喜欢黑鱼。黑鱼是唯一体贴主人的鱼，柳月芳把它们扔在一只水缸里，黑鱼翻一个身便游开了，好像说，你忙你的，我好养，随便什么时候处理我。其他的鱼都是一副英雄主义的模样，悲壮地瞪着柳月芳和她手里的刀，好像说，来来，杀我，怕死我就不是鱼！那些鱼不能养，也养不活，非杀了不可。柳月芳把鱼一条条地提到厨房里去，刮鳞，剖鱼，都是她一个人干。她让居林生帮忙刮鳞，居林生笨手笨脚的，鱼没怎么样，自己的手倒割破了，也难怪，从来不做家务的男人，怎么会刮鱼鳞？柳月芳只好把丈夫赶回房间里去看电视。她叫儿子出来，儿子在里面恶声恶气地说，让你送人你不舍得送，弄这么多鱼在家里，天天吃鱼，吃得头发上都是腥味，现在看见鱼我就犯恶心！

柳月芳只好一个人对付那么多鱼。柳月芳脾气虽好，也不是圣人，干着干着就发牢骚了。她说，这些人也是死脑筋，怎么光知道送鱼？就不能送点别的？现在的社会风气——真是的，今年过年我们家缺只鸭子，就是没有人想到送只鸭子来。

外面时兴送鱼，我有什么办法？居林生说，我总不能告诉别人，家里鱼太多，缺只鸭子，不让人家笑话？

鸭子也不好，宰起来麻烦，柳月芳说，有人送礼送得聪明，不送别的，送金华火腿，送干货。

居林生听得不受用，在里面讥讽妻子说，好，我明天就告诉他们，别送鱼，让他们送火腿送干货！

柳月芳叹着气说，怎么就时兴送鱼的呢？鱼当然是好的，市场上买条大青鱼起码四五十块，可也不能一窝蜂都送鱼呀，送一条鱼，不如直接送五十块钱实惠呢。

居林生听得火了，冲出来对妻子嚷道，好，我让他们送五十块钱来——你还有没有一点觉悟了？你是要让我犯法蹲学习班去吧？

看丈夫一脸怒气的，柳月芳知道自己牢骚过了头，居林生误会了，以为她在埋怨他无能，柳月芳扑哧一笑，赶紧站起来用肩膀将丈夫往房间里拱，她说，你这人，干什么这么正经，在家里随便说说的话，你也当真？还嫌我没觉悟，没觉悟我就把鱼拎给鱼贩子了，这么大一条青鱼，他们起码给我五十块钱。

即使是能干的柳月芳，忙过了头也会发昏，她出去倒掉了一大盆鱼内脏，突然想起来家里腌鱼的缸不够用，就跑到隔壁张慧琴家去借缸，说是要腌雪里蕻。张慧琴撇着嘴说，什么雪里蕻，你们家的鱼腥了一条街了，没看见街上的猫都往你家门口跑？柳月芳有点尴尬，但还是死撑着说，就送来那么几条鱼，哪能腥一条街呢，我们家老居最反感别人给他送年货了，他也不爱吃鱼。不骗你，是腌菜用的。柳月芳忙昏了头，借回了缸，却把装鱼内脏的盆扔在门口，后来隔壁的张慧琴就来敲门了。

张慧琴拿着那只盆站在门口，侧着身子看天井里的那排鱼，那排鱼挂在一条绳子上，整整齐齐的，像一支有组织有纪律的自缢殉命的队伍，张慧琴捂嘴笑起来说，腌这么多雪里蕻呀？吃一年也吃不光。

人家亲眼看见了鱼，柳月芳也就不瞒她了，说，不瞒你，这都是内部价买的鱼，便宜，不买可惜。

张慧琴也不点破，仍然站在那里笑，指着一只腌鱼缸说，你怎么把鱼头扔了呢？鱼头可以一起腌的。柳月芳说，我一个人对付这么多鱼，哪里忙得过来？说着突然想起来张慧琴做事手脚是最麻利的，干脆请张慧琴帮她的忙，在开口之前柳月芳就想好了，要送张慧琴一条三斤重的鲤鱼。

张慧琴这人大家知道的，没什么优点，就是热心肠，天生喜欢参与别人家的事务。后来张慧琴就蹲在居家的天井里，和柳月芳一起组成一条流水线，一个刮鳞，一个剖鱼，两个女人并肩劳动，免不了要说些与劳动无关的闲话。

这么大一条鱼，够一大家子吃两天。张慧琴抚摸着一条大青鱼隆起的鱼脊，她说，你好福气呀。

什么好福气？柳月芳明白她的意思，偏要装傻。

你好福气呀。张慧琴叹了口气，说的还是那句话。

柳月芳在昏暗的灯光下偷偷地瞟了她一眼，看见的与其说是一张充满妒意的脸，不如说是女邻居哀伤自怜的表情。柳月芳没说什么，站起来从煤堆后面拖出一个麻袋，拎出了那条鲤鱼往张慧琴脚下一扔，说，别跟我客气，这条鱼你带回去，红烧，给孩子们吃。

张慧琴没有推辞，但也没有接受，只是扫了一眼那条鱼，说，你不要跟我客气的。

烧鲤鱼一定要多放黄酒，鲤鱼虽然土腥味重了点，鱼肉还是很嫩的。柳月芳说，我们这里人不大吃鲤鱼，到了北方，北方人还就爱吃鲤鱼呢。

再怎么腥也比不上冰冻黄鱼腥。张慧琴说，不瞒你说，我们家老孙和孩子都是属猫的，穷命偏偏长个富贵胃，不吃蔬菜，吃鱼，只要是腥的，什么鱼都吃。我们家老孙爱吃鱼眼睛，老三更绝，爱吃鱼泡泡。

鱼价钱贵，你要是再去照顾他们的胃口，当这个家就更不容易了。

可不是嘛。不瞒你说，我买过猫鱼给他们解馋的，张慧琴说，没办法，也是让他们逼的，我拿肉膘熬油，炸猫鱼给他们吃，放一点干辣椒，哎，味道就是好，你要是不嫌弃，哪天我端一碗过来让你尝尝。

这倒是的，不值钱的东西也能做出好味道的菜来。柳月芳表示同意，不过她对吃猫鱼心里多少有点障碍，就没接女邻居的话茬，看看几天来积存的鱼处理得也差不多了，房间里居林生已经关了电视，还夸张地打了个哈欠，大概是提醒妻子他要休息了。柳月芳下意识地看了眼门后的洗脚盆，突然发现盆里还堆了一堆鱼头，那些鱼头原来准备送给王德基家的，一忙就忘了这事。柳月芳急着把盆腾空，决定把鱼头改送张慧琴，她说，鱼头你们家吃不吃？本来是送王德基的，他老是帮我家拉煤，你如果要，干脆就给你算了。

怎么不吃？张慧琴说，鱼身上的东西，除了苦胆，都能吃，不瞒你说，我最爱吃鱼头了。

就这样，柳月芳把一堆鱼头也给了张慧琴。隔天柳月芳走过张慧琴家厨房的窗口，闻到一股扑鼻的鲜香，她隔着窗子随口问了一声，你做什么菜做得这么香？张慧琴在里面说，你给我的鱼头呀，进来尝一尝？柳月芳说，我不吃鱼头的。话一出口柳月芳便觉得自己有点缺心眼，何必把这事告诉人家呢。她听见张慧琴在里面哦了一声，恍然大悟的声音，柳月芳后悔自己嘴快，把好好的一份人情弄薄了。

鱼在很大程度上促进了柳月芳和张慧琴的邻里之情。没有鱼，两个女人的关系也是和睦的，但有了鱼之后，他们的关系几乎可以说是亲如姐妹了。

她们互相赠送自己的拿手好菜。柳月芳善于做腌鱼，这大家也能想见，每年收那么多鱼，一时吃不了，腌起来，这么吃那么吃，熟能生巧，自然就有心得体会。但张慧琴不一样，这个女人是巧媳妇能做无米之炊，她送过来的什么东西柳月芳都觉得好吃，菜肉馄饨好吃，盐水炝毛豆好吃。白切肚肺好吃。有一回柳月芳去串门，看见张慧琴一个人在吃饭，没有菜，只有一碗汤，是海带葱花汤，点了几滴麻油，柳月芳很是好奇，拿了勺子尝了一口，味道居然也很好！

那时大家还不说发掘人才这种时髦话，柳月芳尽管自己也很能干，但她是真心赞赏女邻居的厨艺，加之居林生在外面结交的朋友多，家宴便也多，凡是有一定规模的家宴，柳月芳必然央求张慧琴来帮忙。张慧琴从来不推辞，大家知道她这个人的，你看不起她她在你背后吐唾沫，你敬她一尺她还你一丈，柳月芳跟她要好，她用自己的发卡为柳月芳掏过耳垢。张慧琴在居家厨房里忙碌就像在自己家一样，柳月芳无形之中沦落为她的助手，自己还不知道。张慧琴爱听表扬，她这边忙着耳朵还竖着，听桌上客人对她手艺的反响。反响当然是不错的，大家对居林生大夸柳月芳的厨艺，张慧琴也不计较，只是捂着嘴对柳月芳咯咯地笑，倒是柳月芳不好意思贪功，她要把女邻居推出去引见给客人们，张慧琴死也不肯，她说，人家都是头头脑脑的，我又不认识人家，我又不能提干，出去见面算哪一出？

就像餐馆里的厨师一样，等到宴席散了，便轮到两个女人吃工作餐了。工作餐以残羹剩饭为主，柳月芳总过意不去，她建议张慧琴带这个回去，不要，带那个回去，人家也不要，张慧琴说，我把那个大鱼头端回家就行了。

柳月芳知道张慧琴爱吃鱼头，这不奇怪，还有爱吃蚕蛹爱吃鸡屁股的人呢。柳月芳自己的饮食是比较雅致清淡的，她的饮食风格自然也影响了丈夫和儿子，他们一家人都忌讳吃牲畜鱼禽的头部。也不知道为什么，好像觉得吃那些东西有点低贱，有点野蛮，下不了嘴。张慧琴多次怂恿她尝一筷子红烧鱼头，柳月芳能够想象她做的鱼头有多么美味，可就是不敢接过张慧琴递过来的筷子。张慧琴说，你不吃鱼头就别吃，吃里面的雪菜和粉皮。柳月芳不好拂人好意，夹了一筷子粉皮，味道果然是无比鲜美，但人的心理作用是很强大的，柳月芳莫名的觉得那粉皮的美味也来路不正，美味得有点下贱。

据柳月芳后来告诉邻居，那几年她送给张慧琴的鱼头可以装一卡车了，邻居们清楚她说得有点夸张，但基本上是符合事实的。大家都记得鱼的风光岁月也是居林生的风光岁月，而居林生风光，张慧琴作为居家最亲密的邻居跟着沾光，沾的主要是食物的光。除了春节时候的鱼头，平时张慧琴的炒青菜碗里会盖着两三只鸡头、鸭头什么的，别人好奇，张慧琴也不在乎，指着隔壁说，柳月芳送过来的，她家人嘴刁，什么头都不吃，拿过来我们吃——怎么不吃？鱼头、鸡头、鸭头，都很好吃的！

很可惜，张慧琴与柳月芳两家以鱼为媒的友情后来趋于冷淡了，两家的主妇仍然来来往往，但没有了鱼的穿针引线，这友情好像一件贴身的旧衣服，不知道哪里有点松，随时会绽线，谁也不敢穿。如果我们有心以此为例来考查邻里关系在新形势新时代的嬗变，时尚恐怕是个罪魁祸首。对的，首先要归咎于时尚的变迁让大家摸不着头脑。不知从哪年开始，人们送礼不送鱼了，除了甲鱼偶尔可见，过年时候人们送来送去的东西开始与世界接轨，以西洋参、龟鳖丸、螺旋藻、脑白金一类的营养保健品为主，辅之以包装精美携带方便的山珍海味——都是些华而不实的东西，鱼呢，好像被人遗忘在池塘里了。这是鱼的幸运，但却是张慧琴的不幸——此话是背着张慧琴说，当她面说非挨她骂不可，不吃饭会饿死，不吃鱼头死不了的。谁都知道张慧琴家的儿女都长大了，挣钱了，有个儿子做个体户，发了财，买多少鱼都买得起。我没有看轻张慧琴的意思，只是要说清楚这其中的变故原因是多方面的。另外一个原因与居林生仕途失意有直接关系。我们香椿树街的人一直以来都对居林生的官运抱有一种盲目的信心，后来却听说他爬不上去了，不仅爬不上去，还因为年龄偏大、没有学历、缺乏政治理论修养和专业领导才能等诸多因素，掉下来了。至于那个谣言，说居林生下台是因为喜欢拧女同事的屁股，拧多了把自己拧下台来，可信度就不高了。从来就没听说过有人因为拧屁股把自己的政治前途拧掉了的事，一定是那些忌妒居林生的人编排出来的谣言。道听途说不足信，不过邻居们相信居林生确实是掉下来了，他们得出这个结论依据的是自己的观察，每年过年前夕送礼高峰的时候，居林生家门前冷冷清清的，有时候迎着暮色看见一个人拎了东西站在他家门口，细看一下，是居林生自己。

好像换了个人间。居林生一家失意了，张慧琴家的日子却开始红火起来。回顾张慧琴后来幸福生活的源头，大家一致认为是靠了她的大儿子东风。靠东风什么呢，说起来不那么顺嘴。不是东风有多孝顺，不是东风学历高，也不是东风天生有一颗商人的精明脑袋，是东风有一年捅了人，差点闹出人命，上了“山”去劳改。后来从“山”上下来，没有工作，就干了个体户，结果偏偏靠这名不正言不顺的个体户发了家！东风和几个朋友合伙从海上走私香烟，虽然有一定的风险，风险背后是巨额的利润。东风每次从海上回来，人晒得像一根木炭，一身汗臭和海腥味，但是他怀里揣着一个黑色塑料袋子，里面都是钱。张慧琴提心吊胆地数儿子的钱，数得怕起来，她在丝厂挡车，挡一辈子车不如儿子辛苦一天的钱多，怎么能不怕？她怕儿子再出事，死活不让儿子再到海上去接香烟，一定要他做一件什么安稳的事情。这件事情是什么，一时没想起来，儿子没什么脑子，当然也没主意。有一天夜里张慧琴路过百货商场前的灯光夜市，看见好多人夜里跑出来吃螺蛳吃臭豆腐什么的，夜空中回荡着一片吃的声音，吮螺蛳的声音像一种表达爱情的电子音乐，炸臭豆腐的气味远处闻着是臭，走近了却是香气四溢。那么多人呀，他们在一个国泰民安的夜晚尽情地吃，什么都吃，吃了那么多！张慧琴站在一个卖炒年糕的摊子前，情不自禁地抓住了摊主篮子里的年糕，拿一条年糕去敲另外一条年糕，她眼睛发亮，站在那里敲年糕。摊主不干了，夺下年糕说，你吃什么快说，别敲我的年糕。张慧琴是不愿受人抢白的人，瞟了眼对方摊子上的配料，脸上立刻浮现出了一丝鄙夷之色，你这么炒年糕的？她说，炒年糕不用菠菜能好吃吗？可以这么说，离开了那个炒年糕的摊子后，一个新的张慧琴就诞生了。这个女人虽然没有多少文化，却在无意中发现了一个朴素而永恒的商机，不管时代怎么样变化，人长了一张嘴，总是要吃的呀！有人爱吃，有人爱烹饪，怎么也犯不了法，这不就是天下最安稳的生意嘛。

张慧琴的儿子东风后来就开了那个餐馆，也就是现在我们街上大名鼎鼎的东风鱼头馆。用餐饮业的行话来说，东风的餐馆是特色餐饮，家常风格，主打产品是鱼头。我因为有一点美术功底，被东风拉去为餐馆画了几个鱼头，写了一些美术字，现在大家在鱼头馆看见的玻璃橱窗上的大鱼头，还有菜单第一页上的四行大字，都是我的作品：

白汤鱼头

红烧鱼头

酸辣鱼头

五味鱼头

至于东风鱼头馆的厨师是谁，不用我说大家一定已经猜到了，厨师就是东风他妈张慧琴。

我一直对我们香椿树街的落后风貌直言不讳，这个现代化进程异常缓慢的街区，至今有人在偷国家的电，有人在水表上做手脚，一滴一滴地偷国家的水——恕我不在这里点他们的名了。令人费解的是大家捂自己的钱包捂这么紧，却都愿意去捧东风鱼头馆的场，这几年来，鱼头馆做的居然是高难度的街坊生意！冷静地探讨一下，此事也许不那么奇怪，是个健康的人都会嘴馋，更何况张慧琴每天在灶上炖那个白汤鱼头，炖得奇香扑鼻的，大家住在附近，天天从那儿经过，总不能掩着鼻子吧——说句题外话，这对餐饮业的从业人员或许会有所启发，好广告不用花什么钱，不用到电视上去做，不用到报纸上做，就在空气里做，大家闻到的是更加具体更加可信的广告词：挡不住的诱惑挡不住的诱惑！

大家都挡不住来自东风鱼头馆的诱惑，加上街坊邻居能够享受八折优惠，很多从不下馆子的居民都去鱼头馆品尝了张慧琴拿手的鱼头菜。只有柳月芳一家挡得住，也许是过去鱼吃多了，柳月芳一家从来没去过鱼头馆。邻居知道柳月芳和张慧琴关系好，都纳闷柳月芳为什么不去，有人还自作聪明地分析，是不是张慧琴现在发了，居林生现在无权无势了，张慧琴就那个什么了。柳月芳最不爱听别人提她丈夫的失意，一句话堵住了别人的嘴，她说，你们不知道的，我们不吃鱼头，我们一家人，不吃头，什么头都不吃！

张慧琴是被冤枉的，其实只有柳月芳知道，张慧琴是多么诚心地邀请他们一家去东风鱼头馆做客，当然说好是一切免费。张慧琴一直在劝说柳月芳去她的鱼头馆，她说，我知道你们不吃鱼头，我做别的给你们吃不行吗？柳月芳还是固执地微笑着，她这人有特点，微笑代表了否定，说，你不用客气的，你们做生意，又不是开慈善会，怎么能白吃？张慧琴说，别人不能白吃，你们一家人来是可以白吃的，我以前吃过你们家多少东西，不也是白吃的嘛。柳月芳还是摆手，以前是以前，现在是现在，不一样，不一样了。这句话让张慧琴听出了一点别的味道，她也是聪明人，能够体谅对方的心境。柳月芳这几年不如意，就像鸡群中的一只鹤，突然变成一只鸡，而她张慧琴说，虽不能说从一只鸡变成了鹤，但在别人眼里她现在就是发了。念及这些，张慧琴也就不能动人家的气，她抓住柳月芳的手，用力晃了晃，说，我不管你说什么，反正我这客是请定了，你给面子就自已来，不给面子我让店里的小伙子准备上麻绳，五花大绑的也要把你们一家绑来！

也是张慧琴的一片诚意打动了柳月芳，有一天柳月芳终于带着居林生和儿子居强，还有居强的女朋友去了东风鱼头馆。张慧琴把他们一家请进了刚刚装修好的包厢。一桌子冷菜就可以看出张慧琴对这次宴请的重视程度，不光是丰盛，是张慧琴的有心让柳月芳一下领了情。柳月芳一进去就瞥见了糯米糖藕，那是她最爱吃的，白切猪肝，那是居林生爱吃的，甚至儿子爱吃凉拌豆腐，张慧琴也记得。柳月芳知道女邻居是用一颗真心在还过去的情，人就有点走神，想起过去的那许许多多的鱼，许许多多的鱼头，不由得百感交集起来。她对丈夫和儿子还有他的女朋友说，人家是真心的，吃，来了就不要客气了，吃！

正如张慧琴事先许诺的那样，他们的桌上没有鱼头。他们本来是不会吃鱼头的，可是当张慧琴亲手端上一锅老鸭汤时，居强的女朋友小声地向居强嘀咕，怎么是鸭汤？我以为是鱼头汤呢，这家馆子不是鱼头最有名吗？

大家都听见了那姑娘的疑惑。这疑惑后面显示了她对鱼头的向往，听得出来的。张慧琴抿着嘴笑，还偷偷地看了柳月芳一眼。柳月芳不知是恼还是窘，躲着张慧琴的目光，看看丈夫，又看看儿子，最后就看着砂锅里的老鸭——老鸭的鸭头也让细心的主人拿掉了。对面的居强此时有点尴尬，他用手盖着嘴向女朋友解释着什么，柳月芳猜得出来，一定是说，我们一家人不吃鱼头的。那姑娘却有个性，什么场合都敢于撒娇，学的是电视里的还珠格格，她好像在桌子底下踢了居强一脚，桌子上的碗盏猛地一颤，她抓着居强的耳朵说悄悄话，嗓音却天生的尖厉，柳月芳听得清清楚楚：你前天还吃鱼头的！居强有点急了，慌乱地向父母这里扫了一眼，仍然压低了声音说话，但逃不过柳月芳灵敏的耳朵，儿子说，我是陪你吃的！

张慧琴就是这时候咯咯地笑起来，或许是感谢一对青年维护了鱼头的荣誉，她用疼爱的目光看着柳月芳的儿子和未来的儿媳妇，什么陪你吃陪他吃的，这叛徒当得好！她用手指戳着居强的脑袋说，鱼头最好吃，吃过了你就知道了吧？你不光要陪女朋友吃，还应该陪你父母吃！

宴席的格调突然急转直下，鱼头变成了某种态度的象征，涉及对姑娘的关爱，对张慧琴的尊重，也隐隐涉及到当事者对变革的态度。张慧琴把握了时机，眼睛发亮，盯着柳月芳说，怎么样，看清形势了吧？这鱼头不吃不行，我今天非破你这个戒不可。

柳月芳更窘了，她一定是意识到自己的决定不仅关系到鱼头，责任重大，便有点像踢皮球似的，把皮球踢到居林生那里去了。她对张慧琴说，我吃东西哪有这么挑剔？问老居吃不吃，鱼头，你吃不吃？张慧琴知道这是柳月芳让步了，当然乘胜追击，她说，老居呀，你疼不疼儿子，疼不疼儿媳妇，就看你的表现啦！居林生当时正在剔牙，年龄不饶人，他现在吃一点东西就得剔剔牙，听到要他表态，下意识地扔掉了牙签，人也坐端正了。居林生毕竟是居林生，能够认清形势，也善于表态，他的表态豁达而仁慈。这又不是什么原则问题，他说，上鱼头就上鱼头吧，谁爱吃谁吃，什么事都应该百花齐放百家争鸣嘛，鱼头又不是其他什么头，本来就可以吃的。

后来就给居林生一家上了鱼头。上鱼头不吃也不算张慧琴的什么胜利，让张慧琴感到骄傲的是居林生、柳月芳最后终于没能抵挡住红烧鱼头的香味。吃了红烧鱼头，再给他们上一盆鱼头白汤，夫妇俩也没推辞！张慧琴后来绘声绘色地向别人描述那场特别的晚宴，她说，我也不知道怎么回事，着了魔似的，就是要让他们吃我的鱼头，看他们一家吃了鱼头，我就心安了。当然张慧琴这么多年来始终没学会谦虚，她借居林生一家之口赞美自己制作鱼头的厨艺，听听她怎么学人家说话的——

居林生是这么说的，鱼头，味道很不错嘛。

柳月芳是这么说的，好吃的，没想到鱼头这么好吃。

居强的女朋友是那么说的，明天要减肥了，这鱼头汤，不要太好吃哦！

居强近来迷上了文学创作，时常即兴地念出一些诗句让女朋友鉴赏，那天在鱼头馆他偶得小诗一首：

年年有鱼
年年有余
有鱼的世界多么美丽
有鱼的世界多么富裕

平心而论，居强那首诗是有感而发，连张慧琴都听出了诗句中饱含着作者的感情和世事沧桑，她在一边为居强拍手。柳月芳没有什么表示，但看得出来她对儿子的才华是很自豪的。居林生听出来儿子的诗韵脚整齐，他说，有一点进步，这首诗还是押韵的。居强那女朋友却很扫兴，她只顾嗞溜嗞溜地喝鱼汤，一边喝一边说，别念了别念了，什么破诗！

上　边

王祥夫

王祥夫，著名作家，中国辽宁省抚顺人，著有长篇小说《榴莲 榴莲》等七部，中短篇小说集《愤怒的苹果》等五部，散文集《何时与先生一起看山》等六部。曾获中国第三届鲁迅文学奖、《小说月报》百花奖、《上海文学》短篇小说奖、滇池文学奖、赵树理文学奖等，作品屡登“中国小说排行榜”。其短篇小说《真是心乱如麻》《归来》蝉联2011、2012年“中国小说排行榜”第一名。为《光明日报》《北京晚报》《文艺报》《羊城晚报》专栏作家。《五张犁》《顾长根的最后生活》等多部小说被翻译成英、法、日、德文在国外发表。《怀孕》《儿子》《回乡》《西风破》《驶向北斗东路》等小说被改编为电视、电影。自幼习画，专攻蔬果草虫与山水，现为云冈画院院长。

上　边

外边来的人，怎么说呢？都觉得上边真是个好地方，都觉着上边的人搬到下边去住是不可思议？这么一来呢，就显出刘子瑞和他女人的与众不同，别人都搬下去了，上边，就只剩了刘家老两口，好像是，他们是留下来专门看守上边的空房的。人们都知道，房子这种东西就是要人住才行，一旦没人住就会很快破败下来。一开始，人们搬下去了，但还是舍不得上边的房子，门啦窗子啦都用石头堵了，那时候，搬下去的人们还经常回来看看，人和房子原是有感情的。后来，那房子便在人们的眼里一点点破败掉，先是房顶漏了，漏出了窟窿。但是呢，既然不再住人，漏就漏吧，结果那窟窿就越漏越大，到后来，那房顶就会慢慢塌掉。人们一开始还上来得勤一点，到了后来，下边的活计也忙，人们就很少上来了。有些人家，虽然搬下去了，但上边还有一些碎地，零零星星的碎地，一开始还上来种，到了后来，连那零零星星的碎地也不上来种了。这样一来呢，上边就更寂寞了，人们倒要奇怪老刘家怎么不搬下去？外边的人来了。就更是觉得奇怪。村子破败了，味道却出来了，好像是，上边的村子要是不破败倒没了味道，破败了才好看，而这好看的破败和荒凉之中却让人意外地发现还有户人家在这里生活着，却又是两个老人。这就让这上边的村子有了一种神秘感，好像是，老刘家真是与众不同了。这倒不单单因为老刘家的儿子在太原工作。

人们把这个村子叫“上边”，因为它在山上，村子的后边也就是西北边还是山，山后边呢，自然还是山。因为是在山里，房子便都是石头盖的，石头是那种白色的，给太阳晒得晃眼。村子里的道路原是曲曲弯弯的，曲曲弯弯的道路也是石头铺的，是那种圆石头，起起伏伏地铺过来铺过去，道路两边便是人家，人家的墙也是石头砌的，高高低低的石头墙里或是一株树，或是刘子瑞今年种的玉米，今年的雨水又勤，那玉米就长得比往年格外好，绿得发黑，年轻力壮的样子。既然人们都不要那院子了，老刘便在那荒败的院子里都种上了庄稼，这样可以少走一些路，村子外的地就可以少种一些。老刘的院子呢，在一进村不远的地方，一进去，左手是三间矮房，窗台下就是鸡窝。右手是一间牲口棚，那头驴在里边站着，嘴却在永远不停地动。驴棚的顶子上晒满了玉米，紧靠着牲口棚是一间放杂物的小房，房顶上堆满了谷草，房子里是那条狗，来了人会扑出来，却给铁链子拴着。因为给铁链子拴着就更愤怒了，不停在叫，不停在叫，也不知是想咬人一口还是想让人把它给放开。而那些鸡却不怕它，照样在它的身边寻寻觅觅，有时候呢，还会感情暧昧地轻轻啄一下狗，亲昵中有些巴结的意思，又好像还有些安慰的意思在里边。老刘家养了一院子的鸡，那些鸡便在院子里到处刨食，这里刨一个坑，那里刨一个坑，坑里有什么呢？真是让人莫名其妙。有两只鸡不知是老了还是得了什么病，最近毛都脱光了，露出红红的鸡皮，好像是，鸡也知道好看难看，别的鸡也许是嫌这两只鸡太难看，便不停地去啄它，你啄一下，我啄一下，这两只鸡身上的毛便更少。鸡这种东西，原来都是势利眼，刘子瑞的女人把玉米往院子里一撒一撒，这就是在喂鸡了，而那些鸡却偏偏不让这两只脱了毛的鸡吃食，只要这两只鸡一表现出要吃食的欲望，别的鸡就舍弃了吃食而对那两只鸡群起而攻之。有时候，这两只鸡简直就给啄晕了，就缩在土坑里，闭着眼，像是死了，却是活着。等别的鸡吃完了，这两只鸡才敢慢慢慢慢站起来，脱了毛的鸡真是难看，红红的，腿又是出奇的长，每迈一步都很夸张的样子，啄食的时候，要比别的鸡慢好几拍，好像是，那只是一种试探，看看别的鸡是不是同意自己这么做。这也是一种日子。

日子呢，是什么意思？仔细想想，倒要让人不明白了。比如就这个刘子瑞，天亮了，出去了，去弄庄稼去了，他女人呢，颠着小脚去喂驴，然后是喂鸡，然后呢喂那条狗。日头高起来的时候又该做饭了，刘子瑞女人便又颠着小脚去弄了柴火，把灶火点着了，然后呢，去洗山药了，洗好了山药，那锅里的水也开了，便下了米。锅里的水刚好把米埋住，这你就会明白刘子瑞女人是要做稠粥了。水开了后，那米便被煮涨了，水不见了，锅里只有“咕咕嘟嘟”的米，这时候刘子瑞的女人便把切好的山药片子一片一片放在了米上，然后盖了锅盖。然后呢，便又去捞来一块老腌菜，在那里“嚓嚓嚓嚓，嚓嚓嚓嚓”地切。然后是，再用水淘一淘，然后是，往老腌莱丝里倒一点点麻油。这样呢，饭就快要做好了。饭做好的时候，刘子瑞的女人便会出去一回回地看。看一回，再看一回，站在院子的门口朝东边看，因为刘子瑞总是从那边上来。她在这院门口简直就是看了一辈子，从前呢，是看儿子回来，现在呢，只有看自己的男人。有时候，连她自己都觉着自己有些奇怪，为什么不搬到下边去住？好像是，她怕这个她住了一辈子的村子寂寞，她对村子里的一草一木太熟悉了。要是自己走了呢，她常常问自己，那庄稼，那树，那鸽子该怎么办？要是儿子一下子从太原回来呢？怎么办？她这么一想的时候，就好像已经看到了院子里长了草，房顶上长了草，好像是，都已经看到了儿子站在院门口失望的样子。儿子已经有好长时间没回来过了。好像是，她现在已经习惯了。

当时，下村的刘泽祖就是从东边的那条路把儿子给他送来的。儿子当时才六岁，看上去呢，像是三四岁，太瘦太小。村里的人都说怕这孩子不好活，说不要也罢。刘泽祖呢，说这孩子也不知是哪里的。在麻镇走来走去跟个狗似的已经有一个多月了。镇上的人说天也要冷了可别把这孩子冻死，谁家没孩子就把他领走也算是做了件好事。刘泽祖当时正在镇里开村干会，就把这孩子给刘子瑞背了回来。这都是多会儿的事情了。人们都知道刘子瑞的女人不会生孩子，她是三十岁上抱的这孩子，这孩子来刘子瑞家的时候已经六岁，这孩子叫什么？叫刘拴柱，意思全在名字里了，是刘子瑞和他女人的意思。这孩子也真是争气，上学念书都好。在上边村里住的孩子，要念书就要到下边去，多少个日子，树叶子一样，原是算不清的，刘子瑞的女人总是背了这个拴柱往下边村送，刘子瑞的女人偏又是小脚，背着孩子，那路怎么好走？下坡，叉着腿，一步一步挪。一年级，二年级，三年级就是这样过来的，天天都要送下去，放学的时候，还要再下去，再把拴柱背回来，一直到上四年级那年冬天，是刘子瑞女人大病了一场，山里雪又大，刘子瑞又正在修干渠，刘子瑞的女人才不再接送这个孩子。人们都说生的不如养的亲，这话什么意思呢？刘子瑞的女人再清楚不过，亲就是牵肠挂肚。比如，一到拴柱下学的时候，刘子瑞的女人就坐不住了，要到院子外去等，等过了时候，她便会朝外走，走到村巷外边去，再走，走到下边的那棵大树那边。再走，就走到村外了。那小小的影子呢，便也在远远的地方出现了，一点一点大起来也就走近了。日子呢，也就这样不知不觉地过去又过来。就是现在，天下雪了，刘子瑞女人就会想儿子那边冷不冷。刮风呢，刘子瑞女人就又会想儿子那边是不是也在刮风。儿子上中学时的笔记本子，现在还在柜顶上放着。柜顶上还有一个铁壳子闹钟，现在已经不走了，闹钟是儿子上学时买的。闹钟上边是两个镜框，里边是照片，儿子从小到大的笑都收在那里边。镜框里边还有，儿子同学的照片。还有，儿子老师的照片。还有，儿子搞过的一个对象，后来吹了，那照片却还在那里。刘子瑞的女人有时候还会想：这姑娘现在结了婚没？还有，一张请帖，红红的，什么事？请谁呢？刘子瑞女人亦是不知道，总之是儿子拿回来的，现在，也在镜框里。

玉米是个好东西，玉米可以煮上吃的时候也就是说快到秋天了。今年上边的玉米长得出奇的好。玉米棒子，怎么说呢，用刘子瑞的话说“长得真像是驴球！”刘子瑞上县城卖了一回驴球样的玉米，他还想再去多卖几回，他发愁地里的玉米怎么收？收回来怎么放？房顶上都堆满了，总不能让玉米在地里待着。偏巧呢，天又下开了雨，而且是下个不停。屋子又开始漏了。刘子瑞上了一回房，又上了一回，用塑料布把房子苫了一回，但房子还是漏，刘子瑞女人把柴火抱到了东屋里，东屋的炕上摊了些粮食，炕着。东屋也漏，炕上便也放几个盆子。刘子瑞的女人时不时要去倒那盆里的水，端着盆，叉着腿，一下，一下，慢慢出去，院子里简直就都是稀泥。那些鸡算是倒了霉，在驴圈门口缩着发愁，半闭着眼，阴阳怪气的样子。那两只脱毛鸡好像要把头和翅子都重新缩回到肚子里去，或者是，想再缩回到一个蛋壳里去，只是，现在没那么大的蛋壳。刘子瑞的女人把盆子里的水一盆一盆都倒在院子外边去。院子外边的村道是个斜坡，朝东边下去，道上的石头都给雨淋得亮光光的，再下去就是一个小场面，刘子瑞现在就在那小场面上收拾庄稼，场面上那个黑石头小碌碡在雨里黑得发亮。雨下了几天呢，足足下了两天，地里的玉米长得实在是太高了，雨下得地里的玉米东倒西歪，像是喝醉了。玉米棒子太大了，一个一个都驴球样垂了下来。雨下了两天，然后是暴太阳，这才叫热，房顶，院子，地里和远远近近的地方都冒着腾腾的蒸气，像是蒸锅，只不过人们都把这种汽叫作雾。太阳也许是太足了，又过了几天，地就全干了。上边村的地是那种细泥土，那土简直要比最细的箩筛出的莜面还要细，光脚踩上去那才叫舒服。院子里，鸡又活了，又都东风压倒西风地互相啄来啄去。鸡的爪子，就像是一把把小耙子，不停地耙，不停地耙，把院子里的土耙得不能再松，土耙松了，鸡就要在土里洗澡了：土是那么的干爽，那么的细粉，热乎乎的，鸡们是高兴的，爪子把土刨起多高，然后是翅子，把土扬起来，扬起来，身子一紧，接着是一抖，又一紧，又一抖。好像是，这样还不够，鸡们有时候也是有创意的，有的鸡就飞到房上去，要在房上耙。刘子瑞的女人就不依了，骂了。房顶上能让鸡耙吗？刘子瑞的女人就一遍遍地把鸡从房顶上骂下来，那鸡竟也懂，她在那里一骂，鸡就飞到了墙头上，好像是，懂得害羞了，小冠子那个红，一抖一抖的。但鸡是没有上过学的，不懂得什么是纪律，过一会儿就又飞了到房顶上。刘子瑞的女人就又出去骂，忽然呢，她愣住了，或者，简直是吓了一跳。是谁上了房？从后边，上去了，“呼哧呼哧”地正在赶房上的鸡，房上的鸡这下子可给吓坏了，叫着从天而降：咯咯，咯咯，咯咯咯咯。好像是在说“妈呀，妈呀，妈妈妈呀！”是谁？谁上了房，刘子瑞的女人不是用眼，是凭感觉，感觉到房上是谁了。是不是拴柱？刘子瑞的女人问了一声，声音不大，像是怕把谁吓着。房顶上的塑料布给从房后边“哗啦哗啦”扯下去了，答应的声音也跟着到了房后。是不是拴柱？刘子瑞的女人知道是谁了，但她还是又问了一句，声音不大，紧张着，好像是，怕吓着了谁。房上的塑料布子，刘子瑞早就说要扯下去了，要晒晒房皮，但刘子瑞这几天让玉米累得不行，一回来就躺在那儿了。刘子瑞女人绕到房后边去了，心是那样的跳，刘子瑞女人绕到房后去了，好像是，这又是一个梦，房后边怎么会没有人？人呢？她急了。妈你站开。儿子却又在房上说话了，他又上了房，去把压塑料布的一块青砖拿开。妈你站开。儿子又在房上说，塑料布子，从房上“哗啦”一声，落下来了。刘子瑞女人看到儿子了，叉着腿，笑着，在房上站着，穿着牛仔裤，红圆领背心。房顶上有窟窿了。儿子在房上说，弯下了腰，把一只手从那窟窿里伸进去。然后呢，儿子又从房上下来，然后呢，又上去，然后呢，又下来。儿子把一块木板补在了那窟窿上，然后又弄了些泥，把那窟窿抹平了。刘子瑞女人在下边看着房上的儿子，儿子每直一下身，每弯一下身，刘子瑞女人的嘴都要随着一张一合。儿子弄好了房上的窟窿，要从房上下来了，先探下一条腿，踩在了墙上，刘子瑞女人的嘴张开了，儿子站稳了，她的嘴就合上了。儿子又在墙上弯下身子，从墙上又探下一条腿，刘子瑞女人的嘴又张开了。刘子瑞女人站在那里给儿子使劲儿，嘴一张一合一张一合地给儿子使劲。忽然，她想起做饭了。她慌慌地去地里掰了几棒玉米，想了想，又慌慌地弄了一个倭瓜来。倭瓜硬得简直就像是一块石头，这是多么好的倭瓜，但还是给切开了，她一下一下把籽掏尽了，锅里的水也要开了。她把玉米，先放在锅里，倭瓜再放在玉米的上边。锅烧开后，她又去打了一碗鸡蛋。她站在那里想了想，想哪只鸡哪只鸡该杀？鸡都在下蛋，哪只都不该杀。公鸡呢，更不该杀。刘子瑞的女人就出去了，先是去了小场面那边，探探头，那边没有刘子瑞的人影。她站在那里喊了：嘿——她喊了一声还不行，又喊了一声：嘿——她这么一喊呢，刘子瑞就从玉米地里探出头来了，他不知道自己女人喊自己做什么？嘿——刘子瑞也嘿了一声，对他女人说自己在这儿呢，有什么事？这下子，刘子瑞才知道儿子回来了，并且知道自己女人是要让自己到下边去买只鸡来，家里的鸡都下蛋呢。

刘子瑞便马上下去了，去了下边的村子，去买鸡，下边村子有不下蛋的鸡，他走得很急，出汗了，脸简直比下蛋鸡的脸还红，这是庄户人的脸，很好看的脸，脸上还汪着汗，在额头上的皱纹里。酒呢，还有两瓶，就不用买了。刘子瑞在心里想，还是儿子上回回来时买的。烟呢，该买一盒儿好一点的，买什么牌子的呢？刘子瑞在心里想。刘子瑞忽然觉得脚下不对劲儿了，下去的路和地里不一样，都是石头，不像地里的细土是那么让人舒服。鞋还在玉米地里呢。刘子瑞想想，还是没回去，就那么光脚去了下边。路边的玉米长得真壮，绿得发黑，一棵挨着一棵，每一棵上都吊着一两穗大得让人吃惊的棒子，真像是好后生，一伙一伙地站在那里炫耀他们的大玉米棒子？过了玉米地，又是一片高粱地，高粱也长得好，穗子头都红了，红扑扑的，好像是姑娘，挤在一起在那里站着，好像是，因为她们看到了玉米地那边的大棒子，害羞了，脸红了。这他妈的真是一个好秋天。

雨水这东西是个怪东西，如果下足了，那简直就是对地里的庄稼的一种怂恿，长吧，长吧，使劲长吧。而且呢，雨水一足，季节也好像是给怂恿的放慢了脚步，没有那么足的雨水，地里的庄稼就会早早地黄了，没信心了，秋天也会跟上来了。

儿子回来了，先是在地里忙了一天，把收下的玉米十字披开搭在树上。然后去了一趟下边，去看了看他的同学。隔一天，又把同学招了上来，来做什么？来给房子上一层泥，这么一来呢，刘子瑞这里就一下子热闹了。和刘拴柱现在是个能干的城里人一样，他的同学现在都是能干的庄稼人。以前还看不出来，现在在一起一干活就看出来了，刘子瑞的儿子干活就有些吃力了。他先是去和泥，先和大蕖泥，也就是，把切成寸把长的莜麦秸和到泥里去，莜麦秸先在头天晚上用水泡软了，土也拉回来了，都堆在院子外窄窄的村道上，反正现在也没人在那村道上走来走去。刘子瑞的儿子把莜麦秸先散在土堆上，然后用耙把莜麦秸和土和起来，这是个力气活儿，规矩的做法是用脚去踩，“咕吱咕吱”地把泥和草秸硬是踩在一起。刘子瑞女人烧了水，出去看了一回儿子在那里和泥，出去看了一回还不行，又出去看了一回，好像是不放心。儿子踩泥的时候，她站在那里嘴一动一动地给儿子使劲。她看着儿子踩一回，又用耙子把泥再耙一回，把踩在下边的草秸再耙上来，然后再踩。儿子用耙子耙泥的时候，先是把耙子往泥里用力一抓，身子也就朝前弯过去，往起耙的时候，儿子的肩胛骨就一下子上去，上去，那是在使力气，肩胛骨快要并到一起的时候，耙子终于把一大团泥草耙了起来。儿子在那里每耙一下，刘子瑞的女人的嘴就要张开一回，泥草耙好一堆，她的嘴也就合上一回。她在那里看了一会儿子耙泥，然后又慌慌地回去，去端开水了。拴柱，喝口水。刘子瑞女人对儿子说。儿子呢，却说不喝不喝，现在喝什么水？我给你把水放这儿，你咋不喝点儿水？刘子瑞女人又对儿子说。不喝不喝。儿子又耙好了一堆，直了一下腰，接着又耙。你不喝一会儿又要上火了。刘子瑞女人对儿子说。不喝不喝。儿子还是说。刘子瑞的女人闻到儿子身上的汗味儿了，她对这种汗味儿是太熟悉了，这让她觉得自己又像是回到了从前的日子，这让她有些恍惚，又有些说不出的兴奋。她站在那里又看了一会儿儿子和泥。这时候有人从院子里出来了，说房上要泥呢，拴柱你和好了没？行了行了，拴柱说，连说和好了和好了，我这就来。从院子里出来的人又对刘子瑞女人说，婶子您在这儿站着做什么？待会儿小心弄您一身泥。刘子瑞女人便又慌慌地回到了院里。刘子瑞的院子里，好像是，忽然有了某种欢快的气氛，这种欢快挺让刘子瑞女人激动的。那两个人在房上，是刘子瑞儿子的同学，其中一个会吹笛子，叫刘心亮。小的时候就总是和刘子瑞的儿子一起吹笛子。另一个早早结了婚，叫黄泉瑞，人就好像一下子老了许多，现在呢，好像是因为和过去的同学一起劳动又欢快了起来。刘子瑞的儿子这时拖了泥斗子过来，要在下边当小工，要一下一下把泥搭到房上去，这其实是最累的活儿。刘子瑞的女人站在那里，心疼地看着儿子。她忽然冲进屋去，手和脚都是急慌慌的样子，她去给儿子涮了一条毛巾，儿子却说现在干活儿呢，擦什么擦？儿子把一勺泥，一下子，甩到房顶上去了。给，给，刘子瑞女人要把手巾递给儿子。不擦不擦。儿子说，又把一勺泥，一下子，甩到房顶上去了。要不就喝口水？刘子瑞女人说。不喝不喝。儿子说，声音好像有些不满，又好像是不这样说话就不像是她的儿子。仔细想想，当儿子的都是这种口气，客气是对外人的，客气有时候便是一种距离。刘子瑞女人的心里呢，是欢快的，人好像也一下子年轻了。她又站在那里看了一会儿，然后，绕到后边去，看了一回刘子瑞在后边一点一点补墙洞。然后她合计她的饭去了。她合计好了，要炒一个鸡蛋韭菜，韭菜就在地里，还有一个拌豆腐，还有一样就是烩宽粉。肉昨天已经下去割好了，晚上已经在锅里用八角和花椒炖好了。乡下做菜总是简单，一是没那么多菜，二是为了节省些柴火。总是先炖肉，肉炖好了，别的菜就好做了，和豆腐在一起再炖就是一个肉炖豆腐，和粉条一起做就又是一个肉烩粉条子，还要有一个山药胡萝卜，也要和肉在一起炖。刘子瑞的女人在心里合计好了，再弄一大锅稀粥，等人们干完活儿就让他们先喝两盅，酒喝得差不多的时候就蒸糕。刘子瑞女人先用大锅熬粥，儿子从小就喜欢喝豆粥，她在锅里下了两种豆子：小红豆和绿豆，想了想，好像觉得这还不够，又加了一些羊眼豆，想了想，又加了些小扁豆。

给房子上泥的活不算是什么大活儿，但吃饭却晚了。好像是，这顿中午饭都快要和晚上饭挨上了。人们上完了第一层泥，要等它干干，到了明天就再上一层泥，等它再干干，然后还要上去再压，把半干的泥压平实了。人们现在都忙，第一天，刘子瑞儿子的那些同学帮着刘子瑞家干了一天。第二天，又上来，又帮着干了一天。晚上吃过饭，刘子瑞儿子的同学就都又下去了。第三天，是拴柱，一个人上了房，在上边仔细地压房皮，先从房顶后边，一点点一点点往前赶。头顶上的太阳真是毒，刘子瑞的女人不知什么时候，又从后边上了房，要给儿子身上披一件单布衫子。不要不要不要。儿子光着膀子说，好像有些怪她从下边上来。我要我不会下去取？谁让您爬梯子？儿子说。过不一会儿，刘子瑞女人又从后边踩梯子上来了。给你水。她给儿子端上来一缸子水。不要不要，我不渴。儿子一下一下地压着房皮。你不喝你小心上火。刘子瑞女人说。我渴我不会下去喝？谁让您爬梯子。儿子说，好像是，不高兴了。刘子瑞女人这边呢，好像是在下边怕看不清楚儿子，所以，她偏要爬那个梯子，下去了，但她马上又扒在了梯子上。这会儿，她就站在梯子上看儿子在那里压房顶。儿子把泥铲探出去，压住，又慢慢使劲拉回来，再把泥铲探出去，再慢慢慢慢使劲拉回来。儿子每一使劲儿，刘子瑞的女人便把嘴张开了，到儿子把泥铲拉回来，松了劲，她也就松了劲，嘴又合上了。你喝点儿水，你不喝水上了火咋办？刘子瑞的女人又对儿子说。您下去吧，下去吧。儿子说。你喝了水我就下。刘子瑞女人说。儿子只好喝了水，然后继续压他的房皮，压过的地方简直就像是上了一道油，亮光光的。刘子瑞的女人就那么在梯子上站着，看儿子，怎么就看不够？

儿子压完了房顶，又去把驴圈补了补。鸡窝呢，也给加了一层泥。儿子说，做完了这些，再把厕所修修，下午就要往回赶了。他这么一说，刘子瑞女人就又急了。急什么？她自己也说不清，其实她昨天晚上就知道儿子今天下午就要回去了。她迈出院子去，跟着儿子，好像是，怕儿子现在就走。儿子呢，昨天和黄泉瑞说好了的，要去他那里先弄一袋子水泥上来，要修修厕所了。家里的厕所不修不行了。儿子说要在走之前把厕所给再修一修。这会儿，儿子下去取水泥了。刘子瑞女人已经把鸡都圈了起来，怕它们上房，怕它们到处刨。儿子去了没有多大工夫就把水泥从下边扛了回来。沙子是早备下的，儿子现在做活儿就是麻利，很快，就把厕所给弄好了，弄了两个台，还抹得光光的。正好可以蹲在上边。儿子说可千万等干了再用，又嘱咐他妈千万要把鸡和狗都拴好了，别把刚刚弄好的水泥弄糟了。儿子又看看天，说最好是别下雨。刘子瑞女人跟在儿子后边就也看看天，也说是最好别下雨。儿子进屋去了，刘子瑞女人也忙跟着进屋。儿子说下午就要走了，再在炕上躺躺吧，城里可没有炕。儿子用手巾把脸擦了擦，又把脚擦了擦，就上了炕。刘子瑞女人知道儿子是累了，儿子上了炕，先是躺在炕头那边，躺了一会儿说是热，又挪了挪，躺到了炕尾。不一会儿，儿子就睡着了，天也是太热，和小时候一样，儿子一睡着就出了一头的汗，人呢，也就躺成个“大”字了。

刘子瑞女人想好了，中午就给儿子吃擀面条，接风的饺子送风的面。她一边揉着面，一边看着儿子。刘子瑞这时候去了地里，说是要让儿子带些玉米去给那些城里人吃，他去掰玉米去了。屋里院外这时又静了下来，鸡和狗都让关在圈里，它们不知道这个世界上出了什么事，怎么会大白天把它们关了起来？它们的意见这会儿可大了，简直是怨气冲天，便在窝里拼命地叫。“咕咕咕咕，咕咕咕咕”叫一气，忽然又停了，好像要听听外边的反应，然后再叫。

坐在那里，慢慢慢慢揉着面，刘子瑞女人忽然伤起心来。什么是梦呢？人活着就像个梦。儿子现在躺在炕上，忽然呢，马上就要走了，那么点儿，那么点儿，当时他是那么点儿，在自己的背上，让他下来多走半步他都不肯，有时候要背他他偏又不让。两个人都在地上走就都费鞋！妈背着你就省下一个人的鞋！刘子瑞女人还记得当年自己对儿子这么说。刘子瑞女人也不知道自己给儿子做过多少双鞋，总是一双比一双大。那个猪槽子呢，刘子瑞女人忽然想起了那个褪猪的大木槽。以前总是她，把儿子按在那个猪槽子里洗澡，左手按着右手洗，右手按着左手洗，按住上边洗下边，按住下边洗上边。以前，她还把儿子搂在一起睡，冬天的晚上，睡着睡着，儿子就会拱到自己的被子里来了。好像是，不知出了什么怪事，儿子怎么就一下子这么大了。刘子瑞女人忽然抹起眼泪来。面揉好了，她用一块湿布子把面团蒙了，让它慢慢饧。然后，她慌慌张张去了东屋，去了东屋，又忘了自己要做什么？站了一下，又去了院子里，儿子穿回来的衣服她都给洗了一过，都干了。她把衣服取了下来，放在鼻子下闻闻，是儿子的味儿。儿子穿回来的那双球鞋，她也已经给洗了一过，放在窗台上，也已经干了。她把鞋放在鼻子下闻了闻，是儿子的味儿。还有那双白袜子，她也洗过了，她把它从晾衣服绳上取了下来，也放在鼻子下，闻了闻，是儿子的味儿。儿子的味道让她有说不出的难过，她把儿子的衣服和袜子闻了又闻。

刘子瑞的儿子是下午两点多走的，吃过了他妈给他擀的面，面是用井水过了一下，这就让人吃着舒服。吃过了饭，刘子瑞女人心里就有点受不住了，她已经把儿子要带的东西都收拾好了。那么大一个蛇皮袋子，里边几乎全是玉米。刘子瑞要送一送儿子，好像是，习惯了，儿子每次回来他都要送一送，送到下边的站上去。东西都收拾好了，刘子瑞也下了地。刘子瑞女人一下子受不了啦，好像是，这父子两个要扔下她不管了，每逢这种时候，她总是这种心情，想哭，又不敢哭泣。这时候，儿子出去了，她在屋里看着儿子，她的眼睛现在像是中了魔道，只会跟着儿子转来转去，儿子去了院子西南角的厕所，但儿子马上又出来了，然后，就像小时候那样，叉腿站在院子里，脸冲着厕所那边，做什么？在撒尿。原来厕所的水泥还没干呢。儿子像小时候一样把尿撒在院子里了。院子里的地都让鸡给刨松了，又干又松，脚踩上去真舒服。刘子瑞女人在屋里看着儿子叉着腿在院里撒尿。刘子瑞也朝外看着，他心里也酸酸的。等干了再用，现在一用就坏了。儿子撒完了尿，又从外边进来了，说水泥还要干半天，别让鸡刨了。是是是，放出来就刨了，我一辈子不放它们。刘子瑞女人说。该走了该走了，再迟就赶不上车了。儿子又说，故意看着别处。刘子瑞女人心就怦怦跳开了。玉米也太多了吧？儿子说，拍拍那一大袋玉米。不多不多，要不，再掰些？刘子瑞说。儿子笑了，说又不是去卖玉米，这么多。不重吧？刘子瑞女人对儿子说。不重不重。儿子说，把那一袋子玉米就势上了肩，这一上，就再不往下放了。那我就走了。儿子说，故意不看他妈，看别处。

刘子瑞女人跟在刘子瑞和儿子的后边，颠着小脚，一直把儿子送到了村子边，后来就站在那里看儿子和自己男人往下走，一点一点变小，天那么热，日头把周围的白石头照得让人睁不开眼。儿子和自己男人一点一点变小的时候，刘子瑞女人就开始哭，眼泪简直是“哗哗哗哗”地流。她一直站着，直到儿子和自己男人的人影儿小到一下子不见了。她再看，就只能看到庄稼，远远近近的庄稼。石头，远远近近的石头。还有，再远处蓝汪汪的山。这一切，原本就是寂寞的，再加上那远远近近蚂蚱的叫声，它们要是不叫还好，它们一叫呢，就显得天地都寂寞而旷远了。

刘子瑞的女人回去了，慢慢慢慢回去了。一进院子，就好像，一个人忽然梦醒了，才明白过来房子是重新抹过一层泥了，那泥还没怎么干，湿湿的好闻。驴圈也抹过了，也还没干，湿湿的好闻。鸡都给关在圈里，院子里静静的，这就让刘子瑞的女人有些不习惯。好像是，自己一下子和自己的家有些生分了。她进了屋，心里好像一下子空落落的。儿子昨天还在炕上躺着，坐着，说着，笑着，还有儿子的同学，这个在这边，那个在那边，现在是什么也没有。儿子一回来，这个家就活了，其实呢，是她这个做妈的心活了。刚才还是，儿子的鞋在炕下，儿子的衣服在绳上搭着，儿子的气味在屋里弥漫着。现在，一下子，什么也没了。刘子瑞的女人又出了院子。好像是，屋子里再也不能待了，不能待了！不能待了！刘子瑞的女人站在了院子里，院子现在静了。昨天，儿子就在房檐下给房上上泥，上累了，还蹲在那块儿地方抽了一支烟。昨天，儿子的同学在这院里走来走去。现在呢，院子里静得不能再静。刘子瑞女人一下子看到了什么？嘴角抽了抽，像是要哭了，她慌慌张张地过去了，靠厕所那边的地上，湿湿的，一小片，但已经翘翘的，是儿子临走时撒的尿。刘子瑞女人在那湿湿翘翘的地方站定了，蹲下了，再后来呢，她把手边的一个盆子拖过来，把那地方牢牢盖住了，又哭起来了。

第二天呢，原来的生活又好像是一下子变回来了。刘子瑞早上起来又去了地里，弄他的庄稼。刘子瑞女人，起来，先喂驴，然后喂那些鸡。鸡给关了整整一天，都好像疯了，又是抖，又是跳，又是叫。那只公鸡，精力怎么就会那么旺，一个挨一个往母鸡身上跳，那两只脱毛鸡，受宠若惊了，半闭上眼睛，欲仙欲死的样子，接受那公鸡的降临。又好像是给关了一天关好了，红红的鸡皮上顶出了尖尖白白的毛根儿，但还是一样的难看。刘子瑞的女人做完了这一切，便又在那倒扣的盆子边站定了，她弯下身子去，把盆子，慢慢慢慢，掀开了，盆子下边是一个干干的翘起来的泥碗样的东西，是儿子给她留下的。没有人能够听到刘子瑞女人的哭声，因为上边的村子里再没别人了。那些鸡，它们怎么会懂得主人的心事？它们吃惊地看着刘子瑞的女人，蹲在那里，用手掀着盆子，看着被盆子扣住的那块地方，呜呜咽咽……

隔了半个多月，又下过几场雨，刘子瑞儿子山下的同学黄泉瑞这天忽然上来了。来取泥铲子，说也要把家里的房顶抹一抹，今年好像是到了秋后雨水要多一些。黄泉瑞坐了一会儿，抽了一支烟，然后下去了。走的时候，黄泉瑞站在院子里看看，说这下子收拾得好多了，鸡窝像个鸡窝，驴圈像个驴圈。黄泉瑞还看到了院子里地上扣的那个盆子，他不知道地上扣个盆子做什么？他对刘子瑞女人说拴柱过年回来的时候他一定会再上来，来好好喝几口。他还说：还是拴柱好，现在是城里人了。他还说：城里就是比乡下好，过几年拴柱要把婶子接到城里去住。他还说：回去吧，我一个晚辈还让您送，您看看您都送到村口了，您不能再送了。他还说：过几天，也许，拴柱就又要回来了……

山上是寂寞的，远远近近，蚂蚱在叫着，它们为什么不停地在那里叫？也许，它们是嫌山里太寂寞？但它们不知道，它们这么一叫，人的心里就更寂寞了。

山中有历日

王　蒙

王蒙，著名作家，研究员，1934 年 10 月生于北京，祖籍河北南皮龙堂村。

正规学校只读到高中，出任国内外数十所大学的教授，文学创作以小说为主，自二十世纪五十年代至今，发表小说、评论、散文、古典文学研究、诗歌、译作、讲稿等 1700 余万字。其作品被翻译成英、法、德、俄、日、韩、意、挪、瑞、荷、阿、越等二十余种文字出版。《青春万岁》和《组织部来了个年轻人》已经成为经典。曾获得意大利蒙德罗文学奖、日本创价学会和平与文化奖，获得俄罗斯科学院远东研究所、澳门大学荣誉博士学位，是约旦作家协会名誉会员。

山中有历日

一

这个山村里头一个引起老王注意的是一个九岁左右的个子不算太高的小女孩。她眼睛很大很活，眼珠黑得刺目，块儿不大，但是显得紧绷结实，而且有一种准备好了起跑或者出击的待发状态。有一回她抹了红嘴唇，穿了一双半新的高跟鞋，走起路来左右晃荡。她说话的时候有一脸的毫无顾忌的笑容。有时候她还参加大人们的说话，说到深山里酸梨峪做豆腐的老郭，说老郭的儿子有点傻，三十多了还没有娶上媳妇。在老王的童年时代，没有哪个女孩能这样地不怵窝子，能够这样地大模大样地与城里的大人们说笑交流，说什么也不选择题材。

人们说，白杏喜欢城里人，喜欢与城里人一起，听城里人的口音、词汇、腔调。

白杏常常义务地充当城里游客的向导，带着他们爬山进谷，带着他们到村民家中东张西望，寻摸树根、怪石、土特产。她的左腕子上戴着一只景泰蓝镯子，就是一名城里的游人送给她的，还答应她再送一只戴到右手腕上去。送镯子的城里人给她留下了电话。

也许更主要的是她有一个特别端正的、几乎像是雕刻出来的鼻子、鼻梁。迄今为止，老王只在三个人脸上看到过这样端正的鼻梁，一个是维纳斯雕像，一个是 CCTV 的一位女节目主持人，一个是这个小孩子。

她们的鼻子端正得让你落泪，让你觉得有一点害怕。人不是雕塑，人的鼻骨怎么能够长得这样精准合度？

老王过来后不久，一次让自己的两个孙子随这位名叫白杏的小丫头到村口去登山，一直走到与河北省的××县交界的山顶，走到了山顶的水潭，看到清水中小鱼儿游动。一位村干部悄悄向老王打招呼："怎么能让您的孙子跟着她去玩？她太野。我们的孩子都不允许跟她一块儿玩。我儿子跟她说话说多了，回家就让他妈一顿暴打。"

别人当着白杏的面，指着这女孩告诉老王说："她现在就是跟着她爸过，她只有爸爸，没有娘了。她妈跟了别人。"

老王问过白杏："这个，你母亲……"白杏一声冷笑，超出了她这个年龄的负面情感表达可能到达的程度，她说："我没有妈，只有爹。"

白杏咬了一下下嘴唇，说："我爹最疼我了，天天给我烙饼……"

这个山村，认为烙白面饼是食品的极致，天天吃白面饼是人生的极致。这种共识一直延续到二十世纪末。

老王的两个孙子向爷爷讲述了与白杏一起登山的故事，他们走了很远的路，穿越了巨石，穿越了山涧，走过了窄洞，走过了羊肠山径，走过了一处下面是万丈深渊的天然条石桥。在大太阳底下走过了碎石沟，又在阴山背后沐浴了凉风。近处他们看到了放牧的羊群与迎面而来的牧羊狗。远处他们看到了一只山猫。白杏说，那就是野兔。大孙子说，那只山猫个儿很大，顶好几个兔子。二孙子则认为那是一只獾。二孙子为什么提出獾的概念，因为老师最近刚刚给他们讲过与獾有关的故事。

老王相信，这里的山景确实非常好。大量的石头，同样大量的泥土与植被。有野生的荆棘与榛子、槲树、橡树，有农民们栽植的白杏、柿子、板栗、山楂、京白梨，也有历年绿化种植的油松与侧柏。这里的山景是李可染式的，而与元代王蒙与黄公望的山水不大相同。大杏子峪的山脉，不像王蒙的山水那样坚硬、威严、突兀与浑厚，又不像黄公望的《富春山居图》那样秀美、温柔、忧伤与葱郁。大杏子峪的山谷，把巨石的桀骜、树丛的亲和、野草的疯狂、山峰的陡峭与山势的连绵，尤其是地貌的对比与参差汇聚到了一起。

孙子们说，从顶峰上看村口的大水库，只剩了一个亮点。

水库是这个山村的骄傲，是山村的灵光巨大的眼睛。从京城进山，先见水库，再见山村。水库又像一组串连起来的大镜子，反射着山光云影，草色林荫。水库里有放养的鱼苗。水面时不时地颤动着梦幻和愿望，感受与温存。这个水库能与你交换目光、使眼色、轻轻地说话。老王几次走到水库旁，他注视着也奇异着，不知道水波的颤动是来自水体还是来自天心，要不就是来自他的对于山水与天空的沉迷。他仰天长啸：

“呵……呵……呵……”

这里说的白杏与大杏子峪的情况是指一九九六年初秋。

二

这是北京郊区的一个山村。山村属于紫李子峪乡。紫李子峪的地势总体上看很像一个大写的 X，上北下南，乡政府所在地是 X 的左下端，说是开始进入了山区，其实还很平坦，四下一望仍然开阔敞亮。往上即北面走一段蜿蜿蜒蜒不无惊险的傍山公路，就是大杏子峪了，由宽而窄，山势引人入胜，水势则可以从大水库寻根溯源到上游的一些涓涓细流和点点山泉。山势最险峻的地方是到了酸梨峪与老鸹窝，也就是 X 的中央两条斜线的交叉处，四面皆山，舍山无地。而中央点的最高处叫黄金岭，据说半个多世纪前大跃进当中，在这里采过金沙，至今仍有黄灿灿的细沙堆积。后来可能由于成果不理想，淘金云云随着时过境迁而停止。近年全国淘金成梦，有些人又重操旧业，很快受到了政府的禁止。

再往北走，经过一处隧道，地势渐渐走宽，到了大柳树地界，而后又是与白杏水库相呼应的大柳树水库，连接着另一个乡的七星峪与棋盘村。在新农村建设高潮中，那里推倒了所有的旧房，按照统一图纸建成了千篇一律的兵营式农民住宅，吸引了许多参观者的眼球，有的啧啧称奇，有的鼓掌叫好，有的则认为实在不能恭维。

大杏子峪只有三十几户人家，一大半人家都是包产到户生活改善以后分了宅基地，盖起了院子，盖起了砖瓦向阳北房，而且是南北前后开门，便于运输与夏季通风。电灯电视，早已安装好，电视信号暂时只能收到 CCTV 诸台、本市 BTV 诸台、河北、山东、浙江、湖南、江苏一部分卫视台。自来水每隔日晨六时至八时供水二小时，各家都有大缸伺候。厕所则还因陋就简，有的家根本不设厕所，需要时到住家对过野地处理，取之于地，还之于地，充分发挥地势坤、厚德而载物之美德。全村格局大致住房偏东，中间是一条铺了沥青的柏油马路，西面则是碎石河滩。夏季，山洪暴发，大大小小的山壁上都会流下一行行、一道道、一幅幅的瀑布。用村民的说法是河开了，浪涛滚滚，一条大河波浪翻，直接注入水库。其他时候，或有潺潺细流，多数情况流水转入地下，在矿石细沙下形成暗流。地下的暗流经过了天然的过滤，刚出山的时候还是浊流杂乱，水含木片、树枝、石子、沙砾，尤其是水呈现着金沙的金黄色，等进入水库了，已经千滤百洗，清纯至极了。怪，这里不是古人说的“在山泉水清，出山泉水浊”，这里是“在山泉水浊，出山泉水清”，更正确的说法是，刚刚出山泉水浊，出山不久泉水清。

小村四面环山，春天石山现绿，山岭系上了一条条碧绿腰带。夏天，草木葳蕤，巍峨与葱茏、坚毅与活力并举。秋天，绿黄红紫，斑斓丰满，到处飘着香蒿与酸梨的酒香。冬季则经过了大自然的删节，群鸟飞翔，羊群散落，炊烟扑鼻，人踪寥寥。

提到飞鸟，老王的感受是进了山，常常会被成群结队的飞鸟所感动，为天空与山岭所感动，有时面对群鸟有迷惑不解的感觉。而在夏季，离开山进了村，鸟鸣则远不如虫鸣的规模宏大，虫鸣是山村的交响乐团，气势磅礴，涵盖辽阔，和声丰富。虫鸣村更幽，虫鸣山如潮，虫鸣如海，虫鸣天籁，虫鸣给世界增加了活力，也给自己增加了困扰，虫鸣得这样苦，鸟飞得那样高，人心快乐却也艰难。

毕竟它离着北京整整一百公里。这里空气新鲜，透明度好。尤其是秋天明月升起，全村都浸在如水的月光之中。你不能不承认，月亮为山村而清辉如洗，月亮为山村而水银泻地。

常常能在大杏子峪的月光中好睡一夜，这才是人生的极致，是与山野人吃白面烙饼一样的享受的极端！

老王来这个村的时候，生活的新契机还在酝酿之中，山村呈现出来的更多的是朴实和浑厚，说话带着浓浓的京东味道，第一声读成第二声，第二声读成第一声，要说“把枪挂在墙上”，别人听着却分明是“把墙挂在枪上”，到供销社买盐，售货员听着分明是买香烟。二十世纪九十年代，这里的多数农民盖起了新房子，但收入仍然很低，主要一笔是深秋对于柿子的收获。一般是家庭的一男一女上阵，男子爬到树上，女子拿着一个布单，两侧绷上木棍，手持木棍将布单抻平，等在树下，男人从树上摘下柿子，投下来，女人用布单迎上去，乒的一声，柿子完好无损地收下来了。那时候，一个农家，柿子的收入约两三千元人民币，此外的杏仁、核桃、酸梨、桃子、板栗的收入有一千块钱左右人民币。山里红就看怎么处理了，去掉核，弄利索了，用剪刀剪成薄片，放到屋顶暴晒几天，就成了山楂片，是中药也是泡水喝的佳品，其效益也还不错。

在上个世纪末的时候，开始有城里人假日到这个小山村一游，爬山、钓鱼或游泳，吃点菜团子、干南瓜与干豆角，放放鞭炮，也算开怀一乐。那时城里彻底禁止了鞭炮，于是一些农民摆起摊来卖山货，包括卖用蚕屎做的枕头芯，说是桑叶变成了蚕屎，大凉，枕着可以去火。其实蚕屎并非本地所产。

白杏也在村口卖过山楂片与蚕屎枕芯。卖东西的时候，她像个大孩子。很快她学会了京片子口音，她的摊档前总是堆满了人。

三

白杏的父亲名叫白大梁，是大杏子峪个子最高的人之一。据说他原来姓柏，过继给大柳树地的白家姓了白。他个子太大了，心眼差点——这儿的人都相信身高与心眼是成反比的。白大梁就是个典型的傻大个子。谁家盖房也不敢请他帮忙，砌砖他一准砌斜，上梁他一准上歪。购物他常常算错价钱。栽白薯，他打的垄曲曲弯弯。二十大几了，还没有娶上媳妇。

赶上了改革开放的大好时代。他的一个堂兄，当过村长，比较见过世面，一九八五年，为他在《中国妇女》杂志的封三登了一则征婚广告：

北京市AA县紫李子峪乡大杏子峪村农民白大梁，身高1.82米，有北房五间，西房三间，院落0.8亩，手扶拖拉机一台，三马子（作者按：农用柴油三轮运输车）一台，现年二十六岁，身体健康，不嗜烟酒，高小毕业，征求初婚女子，希望女方二十岁至二十八岁，热爱劳动，革命持家，身高1.5～1.8米均可……

征婚的结果令全村振奋快乐。杂志社前后转来了四十九位附有照片与身份证复印件的应征信函来。还不仅是按照征婚词约定的方法前来应征者十分踊跃；一名来自江西的大学毕业生，五官端正，皮肤白皙，戴着眼镜，为了幸福与爱情，竟然不远千里来到了大杏子峪村，吓得白大梁咻咻地喘不上气。幸亏他的堂兄原村长，出面接待，向学士女士讲述了大梁的不堪厚爱，请学士女士吃了小鸡炖蘑菇，还送了学士女士一袋山楂，也收了学士赠送的两瓶“四特酒”，据学士说“四特”的命名出自周恩来总理，周总理曾经指出此酒的四个特点。大杏子峪村民与江西学士女士，互相留下了美好的印象，最后堂兄恭恭敬敬地将她送走了。

成功了的是一位湖南女性，高挑个儿，面色红润，来山村后皮肤变白，大眼睛，双眼皮，开朗美丽，姓赵名丽华。她说她想到北京，她家那边也是山区，太贫瘠了。她其实年龄刚过二十三，但她的家乡认为她已经是婚嫁太迟了，她受到了某种关心式骚扰，她下决心把自己嫁出去，为自己争取一个美好的前途。

大杏子峪村的一些男人看到大梁的艳福自天而降，羡慕得流口水，并且警告自己的老婆说：“咱们是北京，就冲这一条俺想要谁就要谁，你要是再犯倔脾气，小心我休了你再征她一个婚去！”

“你敢！再不想想你才一米几呀？比武大郎高不了多少……”

“他白大梁不识数呀，我起码知道个七八十五，七九六十八！”

“什么什么？”女子一听一阵头晕。

“哄你玩呢，这都不懂，你比白大梁还笨！”

如此这般，在中华乡村生活务实主义的指导下，一九八六年初冬二人登记结婚，阴阳好合，一年半后生下了白杏。白杏的相貌继承了父母二人的优点，白杏的身材却与父母二人都不相像，从生下来就属于短粗型。

事情是如何往下发展的，渐渐不可考了。村里的另一个大个子杜铁栓，外表看憨厚恰如白大梁，苦干与专心学技术还有膂力则远远比大梁好不知几倍。他是个会开拖拉机、汽车，会供电维修与各种家用电器维修，长年照看隔日供水的水泵，基本会黑白铁匠与瓦匠木匠油漆匠，会泡豆芽也会做豆腐的能人巧匠。他时任乡农机站长。他与赵丽华产生了感情。与此同时，大梁的某方面“不行”的故事传了出来。一年半后，一九八九年白杏的弟弟白钢出世，全村的人一致判断，白钢长得绝对与杜铁栓一个模子，而与白大梁毫无共同之处。

流言与各种猜测推理分析满天飞，在山村没有比议论不能上台面的男女之事更过瘾也更出火的了。白家密云欲雨，暂无动静。杜家闹开了锅。杜铁栓与老婆闹离婚，老婆不干，村支部领导批评身为党员的杜铁栓。杜铁栓回到家往地上泼了汽油，又往自己身上泼了汽油，只需一根火柴，家灭人亡的惨祸立马发生。他的执著压倒了全家全村，最后，居然以将房屋给了原本的夫人为代价，他的离婚办成了。比起来，这边的赵丽华没有费太大的劲，也与白大梁散伙，白大梁的条件只有一个，女儿归他，儿子请赵丽华带走。从此白大梁、白杏与赵丽华再无瓜葛。这从民法上看并不对，这种说法是不可能受法律认可的，但是斯时赵丽华离婚心切，与杜铁栓结合要紧，白大梁的一切条件她都接受。

从此，杜铁栓与赵丽华过着无家可归的生活，他们从道义上与生活条件上，等于被开除了“村籍”。他们二人住在一大间当年公社化时期存放农机具的竹板房，与一些废旧农机具在一起，闻着刺鼻的机油气味。尤其是冬天，他们用一条电热褥子暖和着两条壮实的难舍难分的身躯，度过了十个冬天。杜铁栓为此还丢掉了乡农机干部技术站长的身份，付出了太大的代价。当杜的亲友为他的代价而唉声叹气的时候，两个人一起说：“我们也要幸福……”这是京东与湖南口音的男女二重唱。中国的农民学会了用“幸福”两个字，学会了呼号与践行对于幸福的追求了，一旦有了能给自己带来幸福的认定，便与对方以命相许。

村民们一开始，一致谴责他们二位的不守夫道妇道，人人摇头，人人不齿。后来开始叹息他们的狼狈困窘，可怜他们的寒冬岁月。而二人的宣扬幸福，使人们刮目相看。村民们终于同情他们艰难的爱情了。虽然他们看过的电视连续剧水准有限，但是广播电视的发展与改革开放的大气候，毕竟拓宽了农民们的思路，带来了许多新观念。

在二人为幸福而大吃其苦期间，紫李子峪的电视收看实现了宽带宽频有线化大跃进，村民只需要缴很少的钱，便可以收到三十九套清晰度很好的电视节目了。县电视台，在紫李子峪乡还设立了记者站。时为一九九五年。

四

当然，村民们更加同情的是大梁与白杏父女俩。当初，在堂兄弟们的帮助之下，也是在湖南俊俏麻利的女子赵丽华应征下嫁的鼓舞之下，大梁的房屋盖得很好。其实他们在《中国妇女》杂志上刊登征婚广告的时候，五间北房啊，三间西房啊，不无水分。那时候的北房只盖起了两间，但是留下了地基，也留下了墙砖的茬口，为了设想中的另外三间预留了各种条件。而西房当时只有一间堆柴火的石棉瓦搭就的棚子。赵丽华的应征感动了白家，应该说是感动了大杏子峪，白大梁的堂兄弟、三亲六友、全村人都来为白大梁补功课，落实许诺，变愿景为实景，在白赵新婚的前夕完成了基本建设。院子里除了两株山楂和一小畦菜地以外，也铺上了洋灰地。唯一的缺点是，为了省钱，窗玻璃挑的都是小块，大小也不尽一致，显得零碎寒酸。省钱省钱，这是农民最大的硬道理。稀奇的是，有不止一只苍蝇飞入没有安装细密的双层玻璃夹缝里，出不来了，用自己的遗体为白大梁的窗户增加了风景，而窗户的主人也完全没有办法将这些不速之客再请出来。

两个人成婚的时候放了上百元的鞭炮。

一九八八年两个人去乡政府办离婚手续时，民政干事问离婚的原因，赵丽华眼睛眺着白大梁说："他自己知道。"而白大梁所答非所问地念叨着的是："我娶她的时候，光买鞭炮就花了一百块钱。"

走了媳妇后，对于大梁白杏父女，院子与房间显得过大。大梁第 N 次回答关心他的生活的提问了，对于别人要再给他"说"个媳妇的好意，他的回答是："她妈走了，她还在，我们爷俩还是一个家。我要是再娶一个吧，也可能容得下我这个孩子，也可能容不下她。如果她们俩人互相容不下……我连现在这个家也没有了，连现在这个亲人也没有了。"老王听过他不止一次讲这个道理了。老王怀疑村里人说他傻的话的可靠性。这个大个子也许有点孱弱，不一定傻。干活质量不好也不一定是傻，比如可能是懒，可能是精神不集中，可能是由于他的生活不幸福。

相依为命。许多人包括城里来的观光旅行者，都对这一家父女产生了这样的印象，都从他们的大院子里体会到了相依为命四个字的深挚与动人。相依为命四个字字字带血，带泪，也带着一切的艰难困苦。人生最难最幸福的就是能够与亲人相依为命了。

小小的白杏像一个大孩子一样地无情地咒骂着她的妈妈。她说："我才两岁，她抛下我们走了，拿走了我们家许多东西，连炊帚与筷子笼她都拿走了。她是最不要脸的坏人。她根本就不是人。我根本不认识她。去年她跑到小学去找我，我说，我不认识你。她说，我是你娘啊。我说我哪里有娘，我有爹，没娘。从两岁就没有娘，我娘早死了。”白杏说这些的时候眼睛里没有泪水，只有轻蔑与仇恨。她还说：“谁让我爸爸老实呢？应该去告他们，应该给他们判刑，送他们去劳改，要是我说，枪毙了他们也不冤！”

枪毙？老王听了一阵冷战。小小的孩子已经是苦大仇深了啊。

不知道与她的婴儿记忆有什么关系，九岁与十岁的白杏已经常常穿戴上她从城里来的游人与在这里买下了所谓“小产权”的农家房舍的城里人手中得到的高跟鞋、连衣裙、胸罩、遮阳帽，擦拭上胭脂、口红、香粉，画上眉毛与眼线，自我娱乐了。她像个小人精。她未免早熟。她想突破山村，突破大杏子峪，突破她的父母也突破她自己。也可能只是寂寞的童年的一点嬉戏。你会觉得她的打扮太凶狠过度了。她还走不好高跟鞋，她不会走那种袅袅婷婷的步子，不会自然地扭动自己孩子气的腰身，她走起高跟鞋来有点像踩高跷，试探着与寻觅着陌生的激动。同时她脸上常常出现一种生猛与吃力的表情，一种蛮不论的要报仇的杀气。

后来提起老爹来小白杏常常是眼含热泪，“我爹太老实了，是人就欺负他……”小小的她如是说。听了她的话的人不由得一惊，“是人就……”那包括着听她的这个话的人。人于是不由得先反省自己有没有对于白大梁的瞧不起乃至欺负……

而且白杏蛮有劲。一次老王在山村吃午餐，他打不开他带来的密封酱菜广口瓶，又是找改锥又是找刀子，小白杏过来，用她的相对于她的身体未免发育得偏大的左手，一拧，再拧，憋红了脸庞，生生把瓶盖拧下来了。

五

白杏一天天长大了。她在上行爬坡才能到达的酸梨峪小学读完了从一年级到六年级。她是有名的一位铿锵玫瑰。白大梁经常被老师找去谈话，老师控诉白杏如何上课说话、传纸条、骂同学也骂老师，捉了一只青蛙放到同学的课桌里，吓得那位同学尿了裤子。还有一次在期终考试的时候，一开课桌抽屉，飞出来一只小鹰，全班一阵鼓噪，教师气得立马回了备课室，老师说是没法再给他们班上课了。

作为白大梁的最大优点是他的容受性——耐训斥性。大个子，一脸的可怜加上麻木，哪怕校方指出他的女儿是土匪是黑大姐大，他也只是听着听着再听着。他一抬眼皮，两只眼睛里都是全然的无奈。有时愤怒中的教师乃至校长指责大梁的女儿长达一个小时，大梁仍然是只有“嗯、哎、嗯、噢……”他只会说语气词。只是在教师或者校领导说得口干舌燥之后，他抬起眼皮翻翻眼，他得到了一点暗示，或者他也没有得到什么暗示，他给老师鞠了个躬，醉步踉跄一般，回头走了。

走的时候他似乎是在自言自语：“没有娘的孩子，没有墙的屋子……”

回到家，他开始和面，给白杏准备烙饼。

而白杏的功课并不差，虽然她多次声称，她不爱学习，她觉得学习没有用。

一九九九年，上不上中学？父女俩拿不定主意。正赶上区县里抓九年制义务教育的落实。白杏去到走路约需一小时四十五分钟的乡里，上了紫李子峪中学。那是一座改革开放以后民办公助的寄宿制学校，有一些城里的老板子弟送到了这儿上学，有一些优秀的退休教师高薪应聘来到这里执教，高考升学率一直很不错。由于学校占用的是乡里的集体所有制土地，对于本乡穷民子弟的入学他们采取特别优惠的政策。

白杏上中学了，住了校。虽然具有一系列真实的优惠，每年还是要缴上一两千块钱，等于他们的一半柿子收入。

六

从三岁到十三岁，白杏从幼童到成了中学生，白大梁已经一以贯之打了十年的光棍。赵丽华与杜铁栓过了十年的住竹板房的生活。十年以后，一九九八年杜与赵回到大杏子峪村子的生活中来了，分到了自己的宅基地，盖起了新院新房，糊上了当时时兴的人造大理石与花瓷砖贴面，还使用了冒着刺鼻的甲醛气味的、不合乎环保要求的墙壁涂料。

人们开始关心起白大梁的生活来，怎么也得有个堂客啊，你烙饼是烙得不错，可也得择点菜啊，腌点萝卜啊，连连衣扣啊……

白大梁又硬是坚持了三年，二○○一年，就在为白杏上不上高中而拿不定主意的时候，一桩婚事接近成功了。

关心他人的婚姻，这是国人的一个习惯，也被认为是一种仁义美德。再说得雅一点，叫作“君子有成人之美”。为傻呵呵的白大梁说续弦媳妇的人络绎不绝。也有一说，就是大杏子峪的四周，特别是河北内蒙一带，贫困人口太多，而大杏子峪这边，毕竟隶属北京首善之区，山水明丽，已经开始有城市人口假日前来旅游，村民们有机会卖点山楂片、用硫磺熏过的显得白净透亮的核桃与蚕屎枕头，能见上点现钱。这里有它地理上的吸引力与凝聚力了。这也证明了经济是基础。再有就是，从白大梁说亲的状况看来，咱们这里的中年离异或丧偶、嗷嗷待再嫁女子竟是这样大大的有。虽然人口专家连年来警告的是：重男轻女习惯势力下单婴政策已经造成了男多女少，中国男人正面临娶不上老婆的危险。

被认为有谱的是内蒙邻县吕家村的沾点蒙古族血统的吕二凤，与大梁同岁，身大力不亏，方脸，有几粒麻子，会做饭，自称有四级厨师证书，虽然没有人看到过。她与前夫生了两个女儿，离异，她带着两个女儿过日子。白大梁换了一身西服，打着松松垮垮、歪歪斜斜、领带夹晃晃悠悠的一条领带，由他堂兄开着一辆上海桑塔纳代步，到吕家村相亲。不知道为什么，白大梁一见吕二凤就被震慑住了，他一句整话也没有说出来，出了一身冷汗。回家路上对他的堂兄说："我哪儿敢娶她，我哪儿敢呀……"

但是吕二凤对白大梁却是一见钟情，绝对满意。堂兄再一分析，二凤加两个女儿，三个女子的家庭仓满圈实，柴堆于院，煤砖砌成小山，锅灶方圆，光洁整齐，干菜鲜果、猫羊猪鸡俱全，肯定吕二凤是一个持家劳动的好手，是一个不让须眉的干活练家子，是大梁这里最需要的人，是大梁后半生幸福的钥匙，是白杏的比亲娘还中用的真娘。连每年选不出妇女队长来的大杏子峪村，缺少的也正是这样的女中豪杰。

吕二凤的青睐使白大梁如同抱住了一兜子热饽饽，汗流浃背，幸福得哆嗦。堂兄与随后的听说了情况的全村头面人物的高度肯定与撮合使白大梁不再有自绝于人民的勇气，只能接受与投入吕二凤热气腾腾的怀抱。但他还是没有忘记说一句话："得疼我闺女，我闺女得上高中！"但他说得闷声闷气，口齿含混，可能无人注意也未必得到了首肯。

吕二凤就这样娶过来了，她果然不俗，不是等闲之辈。

七

白吕结婚第二天就听到了吕二凤恶声恶气的声口。表面上是在争论白杏要不要上高中，实际上呢，所为何来，只有他们两口子知道。

然后吕二凤的全部精力扑在劳动上。她上山砍柴，一次用背子背大体积的百十斤柴火下山。她挖掉白大梁庭院里的洋灰地，全部种上了菜。她一面经常上山采蘑菇，一面在家开始做生产蘑菇的营养炕。一到大杏子峪村白家，她立马成了主事的统领。凡是到白大梁处的人都得到一个印象，从成亲第二天起，白大梁低声下气，细声细气，吕二凤颐指气使，主导万事。

但是吕二凤的气势越盛，干活越强势，白大梁对于白杏要上高中的坚持就越不可动摇。他蔫蔫地，说话旋律带点曲里拐弯，一声紧，一声慢。但是他说来说去就一句话："孩子得上高中，上高中，高中，高中……"

吕二凤可以主导一切，气吞山岳。大梁则只求守住一点：他有他的贴心闺女，被狼心狗肺的亲娘抛弃了的闺女。为亲闺女上高中，他甘愿付出一切代价，有条件，要上，没有条件，还是要上。在强势的二老婆没有进门以前，白杏上不上高中他还拿不定主意，老婆进了门，反对孩子上学，声气高高在上，他白大梁反而下死了决心。一息尚存，白杏上高中就没有商量。他恍恍惚惚地估摸，女儿又聪明又敢干，功课一直不差，她的前途无限光明。

父亲为白杏缴纳了上高中的费用，吕二凤得机会就发牢骚，甚至当着白杏的面指着白杏的脸说："我们家能怎么办呀？你爹的钱全花在你身上了。上高中？还上大学呢，还当干部呢。上得成吗？当得成吗？你有那个命吗？你考得上吗？考上了，有那个钱吗？供一个大学生，就咱们这里，那是活活要一家子的命啊。"

八

白大梁在那里度过了童年的大柳树地，上世纪八十年代中期被区旅游局承包，转移了大部村民，开辟了龙潭泉眼、人工瀑布、半月湖、盘山栈道等。白大梁就是在此时被疏散到大杏子峪村来的。

旅游局的承包与经营以失败而告终。一家房地产开发商转手再包，将此地更名为"山吧乐园"。在大柳树地修筑起一些游乐项目：天梯、缆车、滑车、滑草、套圈、电子手枪打靶，也还修筑了些休闲设备：石桌、石几、安乐椅、茶室、小卖部、果皮箱。一时反映不错，来客日多。大家叹息，为什么这样的事，政府机构来办，办不好，私商来做，反而很快就能扭亏为盈，面貌一新。

这天白大梁没有什么事，来到山吧乐园这边。随着改革开放的发展与国家对于环境保护的重视，地方政府确定整个紫李子峪乡为退耕退牧还林还草地区，按照原耕地面积，政府给补助。老实巴交的白大梁被任命为护林员，每天他要巡视各地山岭，不准本乡与外来的羊群牲畜侵入毁坏林草。再有这里还有一说，英文里的“吧”到了中文译成了“酒吧”，人们按照中文的语法与构词规律，便将“吧”理解为一个房舍、一个地点、一个空间，而将“酒”理解为一个功能界定。把一个单纯的英语词 BAR，变成了“酒”功能与“吧”实体的复合词。再从“酒”与“吧”的组合按汉语法则繁衍出“书吧”（一个比较温馨的卖书租书的地方）、“话吧”（即公用电话服务间）、“氧吧”（即氧气充足的空间）……而大柳树地的凭票入场的山林公园就被称作“山吧乐园”了。这样的词，华人是越听越糊涂，外籍人是越看越头昏。然而，既然谁也没有提倡过这种时髦名词，这样的词条的出现并非有意为之，也就无从限制或减少这种名词了。

白大梁由于原来是大柳树地的人，对那里的情况有些关切，同时，他知道本村人进“山吧”看看，管理人员是不会收门票的，而这种自然风光转变成的收费公园，门票比颐和园还贵。北京来的人买张门票是八十多块钱，他一直没有进去过，觉得自己有点冤，如果他去玩过三次呢，等于得到了二百四十元的好处，明明可以得到二百四十元的好处，却不去获得，岂不等于损失了二百四十元人民币吗？

二〇〇二年九月二十二日，白大梁这次进“山吧”去了，他觉得挺可笑，他完全不明白好好的一个山沟，加上些鸡零狗碎的设备，为什么就值八十元看一回。有意思的是在这里，他看到了久违了的赵丽华。

赵丽华回到村里的正常生活中来以后，一直忙于挣钱还盖房所欠下的债。她在山吧乐园的大门口卖零碎东西，脸色红扑扑的，看着精神很好。她一眼认出大梁，立马进入主题，说："白杏上高中，我可以出一半钱。"

显然赵丽华听说了关于白杏上高中问题上的白与吕的歧见。她退出大梁与白杏的生活十年了，现在，吕二凤上场了，她也准备出场。不知道是偶然碰巧还是处心积虑。

这可不是小事。为了上高中，白大梁的预算是要花四千块钱的。学费杂费一千，住宿伙食一千，置办行李一千，供孩子日用的零花钱一学期至少也得一千。赵丽华出一半，那就是两千块钱。谁敢小看了它？他模模糊糊地听说过，问题不在于赵丽华的练摊，问题是杜铁栓在区里农机站恢复了工作，月收入一千多元，有时候加上奖金能三倍于正常工资。

白大梁与赵丽华的见面与赵丽华愿意出两千元协助白杏上高中的消息，大梁第一个告诉的是女儿，很奇怪，女儿在大梁再婚以后，对亲娘的态度生了转变，两千元的许诺立刻使白杏流出了泪，这与后娘一进门先阻挠她继续上学的对比太鲜明了。没有等泪落下来，白杏硬是挤挤眼皮，使泪水消失了踪迹。她接着又咬了几次牙，她说："让上就上，不上就不上，上不上，一个样，心可是不一样……反正我还是没娘的舍女儿。"她捏了一下拳头，忽然满脸都是泪花。

第二个知道的是吕二凤，她立即破口大骂："不要脸的婊子，现在又来勾引你个不中用的窝囊废来了……她出钱？什么钱？还不就是卖逼的钱吗？她用她卖逼的钱给你女儿，不就是教给你女儿接着卖吗……"

白杏喊了一声："说话干净一点！甩了一家伙设在北房正厅北墙的后门，出门走了，直到夜里十一点才回来，没有吃饭。吕二凤的说法是，果然，开始卖“期货”了。

九

中国人民从小就经历了风风雨雨，懂得内外有别的道理。白杏自己可以用世界上最难听的话骂亲娘赵丽华，但是绝对不允许吕二凤置喙。随着吕二凤粗口的升级，她的反击也逐步升级。从说话干净批到嘴巴太脏，然后是闭上你的臭嘴，然后是臊嘴，然后是逼嘴，然后是茅坑。其次从干净到刷牙，从刷牙到冲洗，从冲洗到掏茅坑与消毒。吕二凤以长辈的身份动手，被举动灵活的白杏闪避成功，二凤不知是真是假绊了跟头，摔破了额角，大吵大闹。大梁说了女儿几句，女儿立马走人，当晚住进了紫李子峪中学。白杏还没有注册，没有缴费，没有领到学生证与宿舍门卡，却想住就住了进去。而大梁也及时为女儿补交了有关费用。

从表面上看，吕二凤来到白家，气势如虹，白大梁糊糊涂涂窝窝囊囊，白杏小淘气一个，但大梁有大梁的极明晰的原则。面子上二凤第一，闺女第二。实际上供闺女上学是天经地义、雷打不动。而与人民币相比，什么都是第二；命都可以往后靠，该要的人民币，当然不能放弃。

于是吕二凤频频哭泣起来。

一个月后又出了事：一天晚上，已经过了紫李子峪中学住宿生的熄灯时间，白杏住的女生宿舍突然停电，校方总务处以已过熄灯时间为由，拒绝派遣电工前来维修。别人只好拉铺盖睡觉，不甘心的白杏拿着手电筒，扛着一条破板凳，前往楼道入口处的自动电闸开关匣子那边检查。她发现，电闸盒盖子不知为何脱落了，一条小蛇爬到电闸盒里，将保险丝咬断。生性狂野的白杏接上了保险丝，又捏住小蛇的头，将它拿在自己手里。回宿舍时经过她最讨厌的一位女班长的宿舍，宿舍已经熄了灯，白杏顺手将小蛇从没有关严的窗子扔到了女班长床上。女班长发现了异动，也发现了电灯已经通了电，她拉开灯，看到了小蛇。当然，她也并非窝囊之辈，她冲到白杏的屋与白杏全武行大战……白杏打折了她的左臂。

学校大怒，召见白杏父母，指出殴打班长的问题不属于一般同学打架性质，并称如处理不好就将白杏送入公安机关，按刑事犯罪处理。白大梁与吕二凤一说，就是劈头盖脸的一通臭骂，不但骂了白杏——赵丽华的祖宗八辈，而且卷了白大梁的祖宗先人，然后一直骂到紫李子峪与酸梨峪，当然不能不骂大杏子峪。白大梁无法，同时预计凭自己一人无法保住闺女，便约了赵丽华同赴学校。到了学校，吕大梁只如木头疙瘩一般，一个屁也不放，全凭赵丽华，答应赔偿五千元，并且接受了学校党支部、董事会、校长、教导主任、班主任、宿舍管理员，还有受害方即女班长的父亲、母亲、哥哥的轮番长篇批判训斥，连连赔罪。最后由乡领导做了总结，并给予白杏记大过处分一次。好不容易，在白老爸的慈爱执著与赵亲妈的明哲与泱泱大度下，他们平息了一次白杏危机动乱。

爹爹流下了泪，对闺女说：“好好学吧，爸爸忒笨啦，爸爸指着你……”

赵丽华掏了五千块钱为闺女买来了平安以后，面色苍白地对女儿说：“你能叫我一声妈吗？”

同样面色苍白的白杏，低下头，说：“五千块钱我早晚还你……”她哭了。她不叫赵丽华“妈”，赵丽华也哭了。

十

按吕二凤的逻辑，白大梁与赵丽华二人去乡里，前后用了四个多小时，路上一个半小时，还有两个半小时，两个半小时二人什么做不出来？谈谈话，说那么长时间干什么，她本人前后三次结婚，每次谈婚事谈条件谈聘礼谈嫁妆，也没有用过那么长的时间……这还了得，这边占上了她，那边并不断线，她成了什么人了？她们吕家哪里出过这样的窝囊女子？

尤其是，白大梁居然认可赵丽华骚货赔偿五千元的许诺，并且准备分摊二千五百元的义务。这叫什么？那个年代，许多农户，一年也挣不上二千五百元啊。

吕二凤根据自己的经验，她判定，白杏不是等闲之辈，杀人放火，谋杀亲夫，卖大烟倒赃物，小孩儿将来都干得出来。如她所料，嫁过来前她已经判断白大梁她完全能管得住，所以她才满意这项婚事，没有预料的是，小屁孩子白杏的能量，远远超出了她的想象。

她与白大梁大闹了一顿，白大梁一声不响，使吕二凤的语言艺术声乐艺术朗诵艺术表演艺术乃至手舞足蹈的造型艺术全部白搭。

世上没有比无言无反应更令人撮火的了。吕二凤一不做二不休，拿来了敌敌畏药瓶子，一面喊着叫着哭着闹着，同时做出开怀痛饮的感情深、一口闷的壮举姿势。

白大梁临危不惧，临乱不惊，只拨了一下电话座机，他的堂兄加几个村干部就过来了。

这些人对于处理家庭矛盾寻死觅活、喝药上吊跳井抹脖子似乎蛮有经验。进了大梁家的门，不问不听不言语，只是一副抢救的架势，停车，掉头，抬担架，抱人，抬人，盖被单……完全进入程序，完全符合专业标准。一开头吕二凤未知其意，乐得把事情闹大，等抬到汽车上，她忽然明白过来了，他们这是把我往医院里送，弄不好弄假成真，对自己未必有利。她一边说："药我没有喝多少，瓶子里没有什么药了……"一边准备下担架下车。白大梁的堂兄如何允她自便，堂兄两手像铁钳子一样将她的全身按倒在担架——车后座上，一面从塑料袋里掏出木炭渣粉，说是"要不咱们先灌活性炭……"吓得吕二凤不敢乱动，只是紧紧咬死牙关，怕是被灌了干面子，活活噎死。

一辆小“面包”拉着“服毒”人员“看护”人员，一辆夏利拉着村支部组织兼保卫委员，一起到了医院，医生也完全进入程序，下令用肥皂水然后是生理盐水冲洗肠胃，注射阿托品，并用探喉压舌木片放入吕二凤的嗓子，探喉压舌催吐。吕二凤抗拒挣扎，人们便七嘴八舌地说要采取更严重的强制麻醉与医疗措施，总而言之，感谢我国农村合作医疗的成功，这次是把吕二凤治了个三魂出窍，二魂涅槃。在医院把她折腾了几个小时后，吕二凤服服帖帖了。

十一

表面上看，在大杏子峪村老少爷们心照不宣的合心合力的默契与合作下，吕二凤已经彻底被摆平了。重点转移，从此吕二凤主抓经营了。这个期间，农家乐旅游在大杏子峪村渐成气候，都市一批画家记者来到此村暂住或长住，带动了一批又一批城里人假日前来旅游。一些条件好的农家，腾出高级房间，搞好清洁卫生，安装上下水道（全村的自来水系统完成，从隔日供水两小时改为昼夜不间断常年供水），安装空调设备，修厨房火灶，尤其是兴起了土法烤全羊的热潮。过去一年到头见不到几次现钱，现在都是明码交易，现款结算。农村标准间居住，加一天三顿饭，每天每人五十块钱。叫一只烤全羊加二百元。酒水在外。凡是经营了农家乐旅游的，家家时时见钱。见钱眼开，见钱眼开，大杏子峪村人总算开始尝到了见钱眼开的快乐滋味。

白大梁只能眼馋地看着别人挣钱。他没有财力装修房屋、增加客房、安装卫生设备、雇用服务员与厨师，他做不到现场结算、见钱眼开。吕二凤这时显出了足智多谋。她将自己住房的西南方的墙打开，拾掇拾掇，弄成了一个小卖部，进货包括啤酒、白酒、香烟、打火机、面包、饼干、果汁、可乐、雪碧、黏豆包、火烧、蝇拍、万金油、花生米、糖果、油盐酱醋糖茶、酱菜、腐乳、香肠、火腿……唰唰唰地进钱。真是无商不富，钱滚钱，货增货，白大梁的家境马上变了样了。

吕二凤的这一项实绩，不但令白大梁佩服欢喜，连白杏也不敢造次了。

白杏上学陆陆续续用着钱，白大梁没有预备好钱等着白杏花，就只能向老婆乞讨。吕二凤边冷笑边讽刺，指着咱家白大小姐上大学做大事发大财吧，好日子全在后头呢。伸手的人如何能直得起腰来！

到了上高中三年级的时候，白杏那边的花销越来越多了。多数同学来自城里的老板家庭，开学的那一天奔驰宝马卡迪拉克雪佛兰雪铁龙凌志日产一大片，公路都为之堵塞了。白杏是坐着爸爸开的三马子来的。同学们的衣装名牌炫耀，女生们的化妆品，她不但没有用过也没有听说过。而学校里又是秋游又是运动会，又是艺术节又是大联欢，又是书法比赛又是补钙补锌与一些商人联手推销营养与国家的未来—— 一些营养食品与饮料的推广词是："为了国家民族的未来"，样样活动都没有说要缴纳多少钱，但样样活动都是孩子们显示自己的家境与慷慨程度的平台，在这样的学校生活里，白杏每天感觉到的都是屈辱与憋气。

那时候还没有发达的互联网，没有"拼爹时代"一词，白杏也远远不是有爹可拼的一族。但是，在紫李子峪中学，拼爹的实际已经摆在了白杏的面前。拼爹一词的终于诞生，证明了存在决定意识，生活先于语词。

一个周末，为了需要做新衣服参加国庆歌咏大赛的事情让白杏痛感到没有钱的委屈、向继母要钱的丢份儿、继母面孔的难以忍受、父亲的舐犊之情的终无大用、与随着年龄渐大再也无法与有钱人家的子女混在一块儿了的自觉的痛心疾首，她大喊起来："你们不用为难，我对不起你们，我花钱太多，我不上学了……"她突然带着青春期的歇斯底里，变音变色地大叫。

同时，她抄起面前的一个搪瓷茶杯，照着玻璃窗砸去，咣当，哗啦，吱嘎，玻璃窗受损了。

接着是白大梁给了闺女一个大嘴巴。

白杏愕然。长这么大，爹爹从来没有动过她一个手指。她看了爹爹一会儿，白大梁一副傻呵呵、糊涂涂、茫茫然的样子。白杏没出声，回到了自己住的西厢房。原来白杏和爹爹住的是北房，从爹爹再婚，她下调到西厢房去了。北房是土木砖瓦结构，高大宽敞明亮，厢房是预制钢筋架子，临时浇灌水泥，冬冷夏热，五面洋灰，不通气，无毛细作用，居住不适。

等到第二天一早，大梁与二凤发现，闺女已经不在了。

十二

离现在的居民点三公里，有一座孤立的山头，山顶被铲平，方圆不过几百平方米，上面盖了几间茅草房和一个大院子。这是本村仍然保留的少数几处老房子之一。歪歪斜斜的院墙上还依稀看得出大跃进年间的标语："鼓足干劲，力争上游，多快好省地建设社会主义！"由于早已无人居住，院子里一片杂草和厚厚的几层羊粪蛋子。正房的房檐下，有一处电灯开关，说明早在近半个世纪前，憋足了劲却颇有些蛮干的干部群众已经在践行农村电气化之梦。列宁说过嘛，苏维埃加上电气化就是共产主义。靠泥和干草搭起来的屋顶，由于没有防水材料，修成两面的大斜坡好走雨水。还有室内仰望，看到的裸露的梁柁椽子和破洞多多的苇席，比此后的民居还更有文化意蕴。如果你是国画家，你会视此房为珍宝。一出院门，居高临下，到处都是密密麻麻的位于你脚下的果木丛林、灌木荆棘蒿草，也很给人美好的感觉。老王他们在这里生活的时候，将此旧房命名为"小庙"，没有常理或考证上的根据，他们自然而然地觉得在二十世纪末叶，这样的房舍更像一座小庙。

白杏挨了爹爹一个嘴巴，悄悄离家的第一夜，传出来是在“小庙”度过的，而且吕二凤援引一二三四，四位乡亲的话说，那天晚上待在小庙里欣赏享用新鲜羊粪蛋气味的不只白杏一人，而是有另一男青年在。人们甚至传出了二人在小庙里发出的响动，说的人，听的人，包括转述的人吕二凤，一提到这响动就二目放光。

“放屁！”白大梁二目圆睁，怒火中烧，吕二凤还从来没有见过他的这副神情，她不说了。同时，她对全村广播了大梁给了白杏一个大嘴巴的铁的事实。

别人谈起此事，白大梁一言不发。许多年以后，大梁才说了两句话，第一句：

“我不就是图她上个学嘛……”

第二句：

“我当时要打的不是她……”

关心者问道：“你要打谁？你要打吕二凤吗？你敢吗？”

白大梁低下了头，又是一声不响了。

十三

白杏一走就是半年。学校通知白大梁与赵丽华，白杏的学籍已经注销。白大梁气得咬牙切齿。他在守护山林的时候对着大山嗷嗷地大哭几次，一边哭一边诉说他为了女儿的学业与前程付出的艰辛，而女儿的一切使他全然无望。“白杏，你狼心狗肺！”他冲着大山喊，村民中甚至有人说，几个月过去了，人们在村里家里，在床上炕上，夜深人静之时，月圆月缺之夜，仍然听得到白大梁痛苦呐喊的回声。

还有白杏的同伴，说是白杏承认，在城里，在梦里，她听到过她爹向着山岭大哭与对她大骂。

村妇女队长告诫大梁：你得积极寻找你闺女的下落，你是监护人，你与赵丽华的离婚协议当中包括了白杏的监护权在你这里的条文。白杏尚未成年，她有个什么闪失，你必须负法律的责任。白杏有个三长两短，赵丽华有权起诉、追究你的监护责任。

白大梁才不在意民法的有关规定呢，爱怎么着怎么着，白杏让人强奸了杀害了，活该，我去坐监狱，那敢情好了，省得我在家憋气。把我枪毙，那尤其好，一了百了，全舒服了。

难以理解的是从此小庙的名誉越来越差，有说这里头闹鬼的，有说这里头有敌特藏匿的，有说这里头有可怕的无名病毒的，后来许多年过去了，在美国九一一事件以后，还有山村的农民说，这个小庙其实可以充当本·拉登临时使用的指挥所。农民看电视，与城里人一样，新闻节目里喜欢看国际新闻，觉着看国际新闻过瘾，而且常常自发地在村头讨论中东与独联体的局势。

终于，进入二十一世纪不久，小庙临时卖给了城里一家，他重新大兴土木，把这里盖成一个鹌鹑蛋生产基地，修起了大铁丝笼，许多鹌鹑在笼里飞，像是新加坡的飞鸟公园。又过了若干年，鹌鹑蛋生产基地无疾而终，但基地留下的破败景象冲淡了人们对于少女白杏即白杏的少女时期的温情与伤感的纪念。此是后话不提。

直到挨嘴巴出走一年后，二〇〇五年，白杏年近十八岁了，她回来了。她言说，她用两天时间，蹭公共汽车加步行到上百公里外的北京，根据多年前留下的地址，她找到了当年送给她景泰蓝镯子的游客，游客留下了她也帮助了她。她一年来经送镯子者介绍，在一家成衣铺打工，她学会了一点使用缝纫机的技术。她说，这期间她多次给老爹写过家信，未获答复。对此，白大梁断然否认，他说是绝对没有收到过女儿的信。女儿则指天画地，说是写过许多信。她怀疑是继母没收了她的信。为了证明她写过信，她甚至于说，她给亲生母亲赵丽华也写了信，在信上，她叫了赵丽华“妈”，为此赵丽华给她的三页的长信浸满了泪水。这么一说白大梁与吕二凤又大哭大骂起来。吕二凤说白杏给她栽赃，并找了乡邮递员来作证，证明一年来从来没有投递过任何人给白大梁的信件。白杏则立即指出，邮递员是内蒙古与他们相邻的×县吕家村人，与吕二凤是同乡，他的证词根本无效。中华文化的特色是重视关系，重视后果，重视息事宁人，躲避锋芒，而绝对不管事情本身的青红皂白是非曲直。白杏学历上是上到高中二年级，而在生活经验上她早已就是博士后的水准了。她对此已经深有体会。

当然，这样的争执、这样的讨论最后的结果肯定是不了了之。事情一旦经过，随着时间的逝去，事情本身的意义就向零方向变化了。白杏是白大梁的女儿，她给他写信，是女儿，她不给他写信，还是女儿。她与他相依为命，是女儿与父亲，她与他发生口角，动了手，也还是女儿。那么，赵丽华与白杏的母女关系，赵丽华与白大梁的原夫妻关系，吕二凤与白大梁的现任夫妻关系，杜铁栓与赵丽华的现夫妻关系，乃至于你如果愿意说吕二凤是白杏的继母，而杜铁栓是白杏的继父，又有什么可以争执、承认或者否认的呢？承认又怎么样？否认又怎么样？

靠一个十年前的景泰蓝镯子在北京混了一年？村民中有人提出怀疑。白杏则解释说，当年给她这个镯子的时候，她岁数小胳臂细。镯子本来是可以打开的，由于她对于那位北京客的良好印象，同时她害怕摘下镯子会丢掉镯子，她一直老老实实地戴着它，以至于镯子的开口也锈死了，她也胖了壮了，她根本打不开镯子了。城里人好，城里人觉悟高，城里人文明，她找了他们。

当然，吕二凤的版本别样。她讲的故事比较肮脏，儿童尤其是少女不宜。

十四

回来后有一段时间白杏的生活谁也摸不清。你问她本人，她说她在自己的即白大梁的家里。你问白大梁，他说，不知道。再问，说，有时候在，有时候不在。再问，说是在就在不在就不在，吃饭时有她，就一块儿吃，没有她，就自行吃。吃完了她回来了，有剩东西，自己热一热吃掉。没有剩东西，做一点吃。没有做，就不做也就不吃。做了，吃了，还剩下了，就第二天接着吃。没有什么东西好做，也就随她便了。

老王有一次听大梁讲这么一套意思，觉得很有哲学味道。人生不过如此，人生大体如此，是问题就什么都是问题，不是问题就什么也不是问题。本来嘛。

还有人说看到白杏住在小庙里，与她的男朋友在一起。她毫不避讳，她给全村看过她的男友。

夏天，有一次老王看到白杏与一青年亲密同行，白杏搂着男青年的腰，男青年搂着白杏的脖子，那个姿势与北京王府井大街或者上海外滩上的情侣没有两样。男青年的一个特点是留着披头士式的头发，使老王一阵阵以为自己到达了统一前的西柏林。老王觉得大杏子峪的村民思想观念更新得十分迅速。老王反省自己，过去以为国人的观念陈旧、前现代化、保守因循，恐怕都是错的。他认识的墨西哥女汉学家白佩兰讲得好，中国人其实是最能追逐时尚、求新逐异、一日千里的。原因之一是国人没有那么严厉苛刻的宗教信仰，中国人最懂得无可无不可，此亦一是非，彼亦一是非：两岸猿声啼不住，轻舟已过万重山；山重水复疑无路，柳暗花明又一村……中国人什么没有见过？中国人什么没有经历过？谁能难得住中华儿女？

白杏有一回还对老王发表评论意见，说是为了发展旅游，大杏子峪的村民们纷纷拆旧房盖新房，拼命向城市靠拢，这失落了山村特色，不对，早晚城里人会另行寻找真正的山野旅行景点，到那时候大杏子峪的人肯定会叫苦不迭的。

老王甚至觉得白杏的参与议政水平快跟上县政协委员啦。

十五

又过去了两年半，白杏与一外省青年结婚，老王一直没有辨清楚的是，此人是不是那个披头士。成家立业以后，她再也不去白大梁那里了。人们说，他们彻底分道扬镳，互相见面竟谁也不搭理谁。至于吗？老王不解。她管杜铁栓名正言顺地叫起了爸爸。爸爸回到村里的正常生活来以后，诸事顺遂，当了村干部与技术管理人员。爸爸带着人不但给女儿盖了房，也修了路。女儿卖山货效益也不错，外地来的新郎买了一辆二手捷达车。爸爸的亲儿子白钢上了高中，功课不错，考上了大学。现在麻烦的是虽然上了大学，毕业后工作难找。杜铁栓声言他已经准备了八万块钱，打点各方，只求给白钢找个城里的工作。赵丽华在村口开了一家“辣妹子湘菜馆”，招揽顾客，常有斩获。她的生活幸福美满。春节快到了，她准备带上老杜与俩孩子回一趟湖南。

吕二凤的奔小康事业也是成绩斐然。她把自己原来的一个娘家弟弟两个女儿全带到了大杏子峪村，又从家乡雇了几个人，扩大经营，管吃管住，干菜野菜，靠山绿、木磊芽、山蘑菇，使家庭面貌一新。她的农家乐餐厅翻修以后，扩大为“二凤风味馆”，不但北京来的游客，连区县领导招待市里来的领导与各种关系户，也时而拉到二凤风味馆来尝鲜。

一家辣妹子湘菜馆，一家二凤风味馆，增添了大杏子峪的旅游吸引力。更巧的是，吕二凤与赵丽华都参加了电视台举办的农家乐烹调大赛，两个人都上了电视，都得了奖。谁的菜烧得更好，到现在难分轩轾。人们意见比较一致的不是炊艺，而是容貌，相差实在太明显。

只是白大梁的堂兄等人，对吕二凤的印象仍然不佳，常常传出来她把在大杏子峪村挣的钱倒腾到吕家村去了的消息。

幸福的生活里也会有各种龃龉与曲折，幸福与龃龉的轮番作业使白大梁的头发过快地花白了。在大大小小的女子面前，他自惭形秽，觉得自己是一事无成。在村里，在自己家里，他都在边缘化。农民而不好好地种地，开饭馆开旅社卖杂货，这使他若有所失。而不论是赵丽华，是吕二凤，是白杏，是白钢，都比他强。大家都说白钢其实是杜铁栓的孩子，但是他跟着赵丽华走了之后，没有改姓。既然姓白，他白大梁就对他有父子之情。每每想到这里，他会怆然泪下。他又不敢承认自己对白钢的感情。他惹不起吕二凤，他在自己的家更像是一个打工佬。他也惹不起杜家，他谁也惹不起。唯一使他有些骄傲的东西，是他的红袖标，红袖标代表的是国家，封山育林，育草，要改善首都的环境条件，他有他的任务。

又一年，二〇〇九年，白杏生了个大丫头，又白又胖。白杏说，一定要让她好好上学，她要天天给女儿补功课，等女儿考上了大学，会带着她去找姥爷。如果那时姥爷不在了，就去给姥爷上坟，弥补她这个不孝女子给老人带来的遗憾。

白杏还说，她相信她的女儿一定比她更幸福，更出息。光阴去得太快，转眼，白杏也到了把自身未能实现的梦想寄托到下一代身上的年纪了。生命延续着，对于幸福与出息的希望也在延续着。

十六

老王到这个村来居住已经满十五年了。这次走过吕二凤开的杂货店，与二凤闲聊了几句。在二凤的热情邀请下，他走进他们的店铺看了看。有一套体量不小的风铃引起了他的兴趣。风铃其实不完全是铃，应该叫风铃兼风管或风笛才对。大小不同的五个金属管子，稍稍有风，管壁发出的是叮叮咚咚的清脆撞击与呜呜嗡嗡的悠长之声的和鸣，管内的空气发出的是 CDEGA 五个闷音，或者也可以说是多瑞米索拉。五个音无序地或因无序而似乎有序地参参差差地响了起来，忽然一声像《紫竹调》，忽然一声像《梅花三弄》，忽然一声像京剧过门中的《夜深沉》，忽然一声像《小放牛》。忽然随着风力的加大风笛激越起来，它挑动得你泪眼迷离，世界如何会这样地眼花缭乱，悲喜莫名。一会儿又因为风力的减小而淡漠了下去，它抚摸得你万念俱空，山沟里竟如此淡淡浓浓，终于失落。来无影，去无踪，似有意，更无情，没有所谓，却是心惊。而金属管壁的碰撞，清清脆脆，零零碎碎，如水，如波涛，如滚动铁环，如春汛破冰……

山野的人也是这样，碰碰撞撞，起起停停。风起了，声起了，动人得心醉心软，撩拨得你无比动情。原来会有这样散漫与游移的旋律，诉说着捏不成个儿画不成形状的喜怒哀乐，自己也不知道自己究竟要诉说什么。风要停了吗？在你刚刚摸着了一点脉络，体会了一点天籁的时候，慢慢地，声音渐趋收起，共鸣余震仍然长远，再长远它也渐渐卷起来了，一直是若有若无，若无若有。你感到的是留恋与失落，既空虚又充实。你忽然想为山风与风铃、风管与风笛浅哭一场。

终于，你笑了。

笙管本无律，清风顾盼闲：哀哀稚子意，眷眷亲人怜。岁月悲华发，流光爱少年。山中有历日，年尽不言寒。

（唐诗有云：“偶来松树下，高枕石头眠，山中无历日，寒尽不知年。”）

幼小便失亲，山深自本真。几行逝水泪，一片朝霞洇。或有野村梦，岂无花蕾心？春夏秋冬后，情仇过眼云。

“山吧”样样宝，处处闻啼鸟，游客沟沟至，大巴路路跑。现钞结现场，新妇抱新小。惜取花开日，曲吟“金缕”好。

曲唱金衣缕，歌吹杨柳枝，情人应有泪，父老岂无持？鸟散伤秋晚，虫集苦夏迟，山光日日好，愁心淡如丝。

月牙泉

乔　叶

乔叶，女，中国作协会员，河南省文学院专业作家，河南省作协副主席。出版散文集《天使路过》等十二部、小说专著《最慢的是活着》等十三部。在《人民文学》《收获》等刊物发表小说八十余万字。曾获庄重文文学奖、华语文学传媒大奖、《小说月报》百花奖、十月文学奖、北京文学奖、人民文学奖以及中国原创小说年度大奖，首届锦绣文学奖、首届郁达夫小说奖等多个文学奖项。2010年中篇小说《最慢的是活着》获第五届鲁迅文学奖。

月牙泉

1

到达宾馆，放下行李报到的时候，我看了一眼手机，五点整。晚餐是自助，会议日程通知的用餐时间是六点到九点，主席团的预备会议九点开。吃饭么，半个小时就够了。这么说，还有时间见见姐姐。

一般而言，我和姐姐一年只见两次：一个是春节，再有就是清明、农历七月十五或十月初一，这三个都是鬼节，通常情况下，我在三个鬼节里面选一个回去上坟。上坟么，就是去看看过世的老人，每年去一次是最低的底线。我一向认为自己是一个没有顶线但有底线的人，有这个底线就行了。

老实说，我不大愿意见姐姐。姊妹四个，两男两女，我是最小的女孩。我在省城，两个哥哥都在县城，老家只有姐姐了。姐姐的家在县城和省城之间，按车程只有一个小时，不远。但因为不大愿意见，这一个小时就显得很远了。按说越远越亲，但在我这里不是，我是越远，就越远了。整天整月见不到面，姐姐越来越像一个词了。

但这次不一样。我得见她。她所在的村子离我住的听涛宾馆很近，我似乎没有理由不见她。听涛宾馆是省里的老牌子宾馆，离省城很远，离黄河很近。一般来说，是不该把宾馆放到这样的位置的，但据说当年毛主席来河南视察前告诉随行人员，他想听听黄河的涛声，于是就诞生了这么一座宾馆。他老人家所住的，就是我现在住的八号楼。姐姐的村子叫什么来着？对了，好像叫待王。顾名思义，据说是因为当年武王伐纣预备路过这里，此地的黎明百姓欢呼雀跃翘首以盼而得的名。还据说当年毛主席路过此村时随行人员把这个典故告诉了他老人家，他老人家微微一笑，点了点头。

听涛宾馆的生意一直不好，车马稀落，门可罗雀，我琢磨着俗话所谓的淡出鸟来，那些鸟的具象大约就是这几只罗雀。因此待王村虽然紧挨着听涛宾馆，却从没有沾上什么光。直到几年前突然有一只神秘的大手笔横空出世，将听涛买了下来，大肆改装扩建，将其力挺为五星级宾馆，又在周边买地建起了别墅区和高尔夫球场，整个听涛换肤，磨骨，丰胸，抽脂，如同一个从头到脚深刻整容的女人，青春勃发，焕然一新。此时，灰扑扑的待王村俯卧在新听涛的旁边，如同光彩照人的皇后生了一团污秽疥疮，又如同气宇轩昂的国王旁边傍着一个落魄乞丐，极为不搭。好在去年大手笔又大手一挥，待王村便被通知拆迁，这个穷了多少年的村子因搭上了听涛的豪华列车，这才轰隆隆地奔在了金光大道上。

进到房间，放下行李，梳洗完毕，我犹豫了片刻，拨通了姐姐的电话。她的手机响了很久，几乎就在我失去耐心的时候，方才听到姐姐粗布一样的声音。

“喂？”在她声音的背后，一片“哗啦”，又一片“哗啦”。

“赌呢？”

“什么赌？”她笑了，“就是玩一会儿。”

就在去年，姐夫因为推牌九欠了高额赌债，她和姐夫闹离婚，末了，姐夫左手的小拇指被剁了，两人才继续过了下去。

“我在听涛。”

“哪儿？”

“听涛宾馆。”

“哦。”她停顿了片刻，大约是在起牌，之后才恍悟过来，“哦——是毛主席那里啊？”然后我听见她对人解释，“我妹。”

“嗯。”我说，“你过来吧。”

“中。”她说，“等我再打两把。我赢了，不好就走。”

2

洗漱完毕，我打开行李箱看了一遍，没有什么多余的东西。来时匆忙，会期又短，我的行李准备做到了最简。我又遛了一趟卫生间，把里面的洗漱用品装了起来，准备给姐姐。这些易耗品只要你把它装起来，服务员每天都会添加。我多年住宾馆的经验就是把它们装起来，拿回家。尽管我不用，但如果有客人来的话，尽可以让他们用，尤其是一次性牙刷。那次姐姐送女儿上大学去我家住，我给她用的就是这些，她连夸这些牙刷好，我就把自己的库存全给她了。

包好洗漱用品，我看了一眼卫生纸，是维达的，不错。便又给客房中心打了个电话，要了两卷卫生纸，说我有急用——也是给姐姐的。这次我没给姐姐带东西，好歹让她带走一些什么，心里就踏实了。当然，我可以给她钱，但是，给她钱，没名没分的，干吗要给呢？

我的日子过得比姐姐好。姐姐一直是这么觉得的，我也是一直这么觉得的。大家都是这么觉得的。过得好的人就有义务给过得不好的人补贴，尤其是兄弟姊妹之间，随着年龄的增长，我是看出了这一点。而我们四个兄弟姊妹，两个哥哥都有嫂子盯着，是不可能给姐姐补贴的，我呢，因为一直把持着家政，经济权相当自由，给姐姐补贴就成了理所应当。最初的时候我也一直给，后来我就给得很节制了，因为是个无底洞。她有多少事啊：要买化肥，要盖房子，姐夫赌博欠了高利贷被黑社会催债，大女儿上大学，二女儿上高中——当年她为了生个儿子，连生了六胎，做了三个留了三个，现在宝贝儿子小乾也快小学毕业了——必须承认，每想到自己挣的钱里有百分之十到百分之二十就得给姐姐，我就觉得委屈。而且，我再帮她又能如何呢？我永远也不能使她抵达我的生活水准。她永远也不可能跟我一样想吃鲍鱼就吃鲍鱼，想吃燕窝就吃燕窝，想去北京就去北京，想去上海就去上海，想出国就出国。迄今为止，她去过的地方最远就是省城，吃过的最好席面就是村里红白事上的流水席……对于她，除了尽一点最起码的帮助外，我基本是放弃了——以各种理由和各种借口。

我拿起会议日程，找到参会人员名单，看了一眼肖的名字。当然，我知道他要来，但还是不自觉地想看一眼。主要日程是明天上午的选举，下午是业务讨论，唉，都是一帮打杀多年的老油条，有什么业务可讨论的，因此实质性的内容就是选举。我们这个美协五年选举一次，本来应该前年就选的，到后年本届的主席正好退休，换新的。但硬是被老人家拖了两年放到了现在，这样他就在退休之后还可以再干三年。这账算得清楚着呢。也因此我们背后都叫他老拖——我们这个美协不是美术家协会，不是美食家协会，也不是美容家协会，更不是美女美景美言家协会，而是美酒家协会。十年前我和几个朋友适时买了一个刊物的刊号，命名为《美酒》，便做了起来。踢开了前三脚，现在市场已经相当可观，光省内的白酒厂子就够我们吃饱喝足了。那广告赞助，唰唰的。作为执行主编，我也因此才有缘成了美协的副主席。

电话铃响，一个甜美的声音传来："您好，我是总台。有位女士找您，请问有预约吗？"

"是。让她进来吧。"我说。

很快，"咚咚"，有人敲门。很大声，一定是姐姐。我上去打开门，她气喘吁吁满面笑容地站在那里。紫外套，红毛衣，绿围巾，这颜色配得让我眼晕。我把她让进房间，当她和我擦肩而过的时候，她身上的气息扑鼻而来。那是一种什么气息啊，汗味儿，面味儿，灰尘味儿，劣质烟味儿……我想起总台小姐的称呼：女士。切。

"跑着来的？急什么？"

"怕你等。"她说，"给我口水喝。"

"你爬了九层？"我连忙打开一瓶矿泉水，"有电梯啊。"

"不会坐。害怕。"她说。

我无语。看着她咕咚咕咚地喝了一瓶水。喝完水，她把嘴角一抹，道："黑饭咋吃？去家里吃吧。这么近。"

我犹豫了一下，道："我晚上还有会。还是在这里吃吧，这里有饭。"

"啥饭？"她在床上坐下，认真地问。我还没有回答，她自顾自地笑起来，"不说我也知道，盘碟席面。"

"你也一起吃吧。"

"我也吃？"她重复了一句，我看着她的衣着，顿时有些后悔了。但她已经下定了决心，"那我就在这儿吃吧。还没吃过这大宾馆的饭呢。几点吃？"

"还有个把钟头呢，你先洗个澡吧。"我把宾馆配送的那些洗漱用品又拿了出来，说，"水很好。"

3

姐姐进了卫生间，开始洗澡。我打开电视，躺在床上，装作不在意的样子朝她瞄去。

浴室和房间之间不是水泥墙，而是一道玻璃隔断。现在很多酒店的房间都使用这种格局，玻璃墙外面，一般都装饰着布帘或者百叶窗。这里用的是绸缎，在床头灯的照耀下，闪着淡淡的粉色的光。为什么用玻璃墙呢——不是为了省钱，也不是为了省空间，一道水泥墙和一道玻璃墙，又能省出多少钱腾出多少空呢？不够可怜人的。我也是慢慢才琢磨出了其中的意思：一是设计显得俏皮。一般的墙都是泥灰砖，这墙是透亮亮的玻璃，化重为轻，可不是俏皮么？二是让住客方便。一个人的时候，我喜欢不拉帘子，边洗澡边看电视。有一次我还把书贴着玻璃墙外放好，边泡澡边看书。当然只能看一页。书名是《微暗的火》还是《微暗的光》，我忘记了。再就是性感。有一次我和肖在宾馆里约会，那个宾馆也是这种格局，我正在洗澡，肖把百叶窗一点一点地拉了上去，让我一丝不挂的身体湿淋淋地暴露在他的面前。

“像一个人体瀑布。”事后，他这么说。

水声嘭嘭，姐姐开始试水温了。她还穿着胸罩和裤头。她很快就要在玻璃墙后洗澡了。如果我不想看，把帘子拉住就是了。可我想看。不知道为什么，我就是想看。我看得很小心，但我很快发现自己的小心翼翼完全是多余，她根本就不在意我，只管洗着，大刀阔斧。

虽然是赤身裸体，但此时的她一点儿都不性感。乳房下垂，小肚子凸出，后背宽厚，胳膊、腿和脸上的皮肤都透出一层与其他部位有明显差异的黑红。她洗得很认真，上一遍洗发水，再上一遍。抹一遍护发素，再抹一遍。打一遍浴液，再打一遍。她抬起胳膊，使劲儿搓着腋下。她叉开双腿，让莲蓬头涌出的凶猛水流冲刷着私处。她又把莲蓬头放到身后，冲刷着臀部……她已经有四十六岁了吧，连联合国规定的青年上限四十五岁都超过了，已经真正人到中年。她比我大八岁，八年之后，我也是这样……呵，此时我好像有点儿明白了我为什么不愿意见她，因为她像是一个让我不得不跟跑的人。当然，跑在我前面的女人不少，但对我来说，似乎只有她才最具备让我跟跑的意义，因为我和她是从同一个跑道出来的，在没有割双眼皮隆鼻漂唇和做光子嫩肤之前，我的相貌曾经和她是那么地相像……

忽然间，玻璃墙笃笃地响了两声，我从电视上转过视线，看见姐姐用毛巾示意了一下。我便走进去，帮她搓背。走进去后才发现我把洗漱盒里的专用搓澡巾也给收起来了，便又出去拿，她看见我拿着崭新的搓澡巾进来，连忙叫道："别沾了，别沾了，留着给闺女用。我要是用了，她们会嫌。"

将毛巾拧干，拧成棒状的小卷，我俯在她的背上，给她搓澡。已经有多少年没有干过这种活了啊。小卷不断地散开，我再卷上。再散，再卷，她背上的污垢一层层地脱落下来，由黑色、黑灰变成灰色，又变成浅灰……她背上的肉非常厚，几乎看不见肩胛骨。

"我背上的肉多吧？跟个小案板似的。"

"嗯。"

"对了，更年期是啥时候？"

"四十七八，五十出头的都有。人跟人不一样。"我说，"你例假怎么样？"

"农民，哪有假。"她笑了，"只要想歇，都是假。"

"我说的是月经。"

"哦。"她笑了，"还有点儿，不准，也不多了。对了，都说吃豆对女人好？"

"嗯，你来年多种点儿。"

"不种，没地了，只够种点麦子和玉米了。能顾住吃，不买粮食就中了。"

洗过澡，姐姐冒着热气从卫生间走了出来，行动中的肉体总有一种格外的明亮，使得我不能正视她，我从衣柜里拿出酒店备用的浴袍让她披上，她很珍重地穿好，扎紧腰带，在衣柜上镶的穿衣镜前左照右照，道："多白！把我的脸色也衬好了，白里透着红……这衣裳，跟电视里的一个样。"

我无语，只是看着电视。她欣赏够了，恋恋不舍地把浴袍脱下来，直接去穿秋裤。我问她怎么不穿内裤，她道："我是不洗澡不换裤衩，一洗澡就得换裤衩。这裤衩，脏啦，一会儿回家穿干净的。"

一口一个裤衩，真够难听的。我想纠正她，但很快明白没有必要。我想起房间小货架上一般都备着内裤，去找，果然在一个抽屉里找着了，给她拿出来。上面标着：定价十元。

"还有这？"她喜滋滋地打开，看了看，又收起来，"这个样式好，不沾了，回家给闺女穿。对了，我方才看见还有一个男式的，也给我吧。"

"不让她们穿，就让你穿！"我突然有些生气。只要一见面，她总有些举动会让我生气。

穿好秋衣秋裤，我让她先别穿随身的衣服。我把行李箱里的衣服拿出来，一套套往她身上配。但是，不行，怎么穿都不合适。

"算了，我还穿我的。谁的衣服就是谁的。"她说，"其实你的也不好看，不是多一块就是少一块，古模怪样，不是正经衣裳……"她的口气微微有些犹豫，"要不，我还是回家吃饭吧？"

"没事，去吧。"我知道自己似乎有些过分了，收起了衣服。

4

姐姐能吃，我知道，但我不知道她这么能吃。她拿了一盘又一盘，蒜香排骨、油炸羊肉串、三文鱼、泡椒鸡爪、手撕包菜、圣女果、米粉、面条、扬州炒饭、包子、蒸饺、小蛋糕、冰激凌……她的胃，大大地超出了我的想象力。我已经很多年没有见过这么能吃的人了。

我的座位正对着餐厅门口，不断有人过来跟我打招呼，但是没人跟我坐在一起。也好，此时，我也很怕有人和我坐在一起。不是因为别的，主要是口音。我和姐姐在一起，必须得说方言。我们那里是豫北，和河南的主流方言很不一样，偏山西口音，很硬，很难听。我的这些圈内同行十有八九都没有听过我的方言。我的普通话经过这么多年的淘滤，已经洗得很干净。如果有人和我们坐在一起，我必须得在方言与普通话之间跳来跳去，那一定会让我很难受。

“这就是自助餐？”姐姐边吃边道。

“嗯。”

“光能吃不能拿？”

“嗯。”我说，“你小点儿声，这儿不是你家地里。大声嚷嚷就是不礼貌。”

姐姐笑了笑，继续埋头苦吃。看着她吃的样子，简直就像个饿极了的孩子。用我们老家的话讲，是“饿死鬼托生的”。环顾四周，再没有人能像她那样饕餮的了。我慢慢地吃着，有一搭没一搭地应答着她的话，忽然想起在我们杂志上最近发的一篇随笔，说的就是吃饭的事，说吃饭不是简单地凑桌。一般来说，人越少，谈话的质量越高。相处的质量也越高。两个人在一起，是朋友心谈。三个人在一起，就是小社会，要用心眼谈。四五个人在一起，那就是大杂烩，要眼观六路耳听八方。更多的人在一起，那吃饭就是繁重的体力劳动兼脑力劳动……我平日的很多次吃饭，就是这种双重意义的辛苦劳动。相比之下，和姐姐这样的对坐吃饭，算最轻松的了。

肖进了餐厅，和我的眼光对视了一下，拿了东西，从我身边走过的时候，跟我打了个招呼，和我隔张桌子对坐了下来。很快，他的短信就来了：“什么人？”

“姐。”

“亲的?”

“嗯。”

“还真有些像，但比你差多了。”

我微微一笑。真是聪明人。说不像，不是实话。说像，知道我会难受。说有些像且又比她强，是漂亮的实话。

老拖也进来了，在离咖啡壶不远的地方坐下。这个年过六旬的老头子，穿着最新款的花花公子牌黑毛衫，焗着几根乌黑狰狞的头发——让我不由得想起一个脑筋急转弯的段子：无论风怎么吹，一个男人的发型总也不乱，请问这是为什么？答案：他的头发只有一根。他还戴着一副煞有介事的黑框眼镜，这身行头让他显得比实际年龄要年轻很多。尤其是这黑框眼镜，和上次见面时戴的又不一样了。应该还是宝岛的吧，他说过他只戴宝岛的。这眼镜又能遮眼袋又显得时尚还显得有文化，真好。等过了四十，我也来一副。

据说老拖原来在省报业集团当副总，退休之后退而不休，一来二去就到我们美酒协会当了主席，干得非常起劲，硬是把闲职干成了忙职。此时他身边已经围了一堆人，他满面笑容，一脸的受用。我当然不能缺了一个礼，暗暗筹划着一会儿起身作态去拿咖啡，便可以自自然然顺到他那里。

手机铃响，肖的短信又到了：“一年不见，你更好看了。”

“得了吧你。”

“火龙果很新鲜，多吃些。”

“嗯。”

“嗯一声就完?”

这个坏家伙。我看了他一眼，他迎着我的目光，笑了。

我当然明白他频频发短信的用意，无非是想水到渠成地上床。这个人精，从不浪费一丁点儿多余的智慧。跟他通常都是在美协的年会上见面、做爱，一年一次。在做爱之前的一个月和做爱之后的一个月里，他往往会短信频频，之前是为了顺利上床，之后是上完床的余温。中间的十个月则是有事说事，无事便无信。当然，他是对的。按说他此时的小意殷勤应该让我很舒服，但是，此刻，或许是因为姐姐的缘故，忽然间，我对他的感觉开始不那么舒服起来。我当然知道因为姐姐而嫌恶他是冤枉他，但我骗不了自己，不舒服就是不舒服。当然，再不舒服我也不会失去起码的礼仪。我回复了两个字："呵呵。"

5

"嗳。"虎牙过来了。虎牙是美协一个地方分会的主席，去年才进的美协圈子。她所在的白酒厂子在地方上也是独霸一方。她叔叔是厂长，两个孩子都陆续出了国，他思子心切，一年有半年时间都在国外，便把厂子交给虎牙打理。在圈子里，我和她算是私交很好的了。虎牙是我对她的专有昵称，因为她长着两颗迷人的虎牙。我喜欢她那一对虎牙，一笑起来便闪烁着一种难以言传的兽性之美。

虎牙紧挨着我并肩坐下，朝姐姐笑了笑，姐姐有些不知所措，也忙笑了笑。很明显，虎牙笑得粗，姐姐笑得细——不，这么说不太对，应该是虎牙笑得细，姐姐笑得粗——不，这么说还不对，那么，应该是什么呢？对了，应该是：虎牙是习惯性地露八颗牙的笑，技术含量高，情感含量少，因此看起来笑得细实际上笑得粗；姐姐的笑虽然没有技术含量，但笑得脚踏实地认认真真，因此看起来笑得粗实际上笑得细——这么绕来绕去，我的头都有些大了。

"介绍一下？"虎牙问我。

"我姐。"

"姐姐好。"虎牙点头，然后又转向我，"一会儿开主席团预备会？"

她转得有些匆忙，有些不够圆融。按她平时的作风，应该会和姐姐再聊几句。当然她也没有错，她只需问一句看一眼便明白姐姐是一个不需要她再多对话的人，而且她同时也明白我不会也不应该因为这个而计较她。换了我，也和她一样。

“嗯。”我应答，“还不放心？”

“瓜不熟蒂不落，你让我怎么放心哪？”她贴近我耳边轻语，“你给老拖说了没有？这次要是不成功，我回去可没法给叔叔交代。”

她说的是副秘书长的事。去年才进圈，今年就想当副秘书长，这活儿赶得急了点儿，但也不是不能做。她早就跟我提过，可我没给老拖提。早提就得早承他的人情，白抻得人难受。不如见面再跟他说。见面说比电话短信说的都有效果，再怎么说，一个扑着热气的人在面前站着呢。

“说了。你的事我还不是当圣旨？”我笑，“一会儿我再催催。”

“够意思！明年你们杂志的封二都是我们的。”

“也别光吊到我这里。”我看着她的虎牙，“再找两个人说说就更保险了。”

“知道。谢了。”她甜美地笑笑，又冲姐姐点点头，“姐姐慢用。”然后起身便走。空气中顿时香风细细。

“多懂礼数。”姐姐夸道。

我起身去倒咖啡，顺理成章地在老拖那里坐了半天，众目睽睽之下，他光明正大堂而皇之地一把抓住我的手寒暄起来，左问右问我怎么不给他发短信打电话？都在省城怎么不常去找他？很是慈祥。这个狡猾的老男人，总是披着长辈的外衣，却时时露出暧昧的獠牙。还是功夫不够啊，要是功夫到了，那就藏着獠牙，到关键时刻一口把我吞了才算本事呢。

当然，任他握手，我只微笑，甜蜜温顺。这个世道，谁比谁不会敷衍？此类老男人又敏感又好强又多疑，马上还要请他办事，断不能惹他，大不了回去多洗几遍手就是了。这么挨了一会儿，好不容易趁着没人，我便把虎牙的意思给他说明了，他先是露出为难的神情——先抑后扬，是常用的江湖手段——接着断然道："你说出了口，我不能给你放那儿。行不行就这！我说行就行！"

"有情厚谢！"我相信自己此刻一脸的诚恳。这种表情操练过无数次了，不会失误。

"怎么谢？"他顺杆儿而上，声音低微，但内涵丰富。

"你说。"我笑靥如花——也是操练过无数次的不会失误的表情。

他微微一笑，会心的。这正是我期盼的效果。我知道，此刻，我们在彼此眼中都很得体。得体，经历了这么多世事之后我终于认识到：一个人在什么时候都得体，这是一种非常难以抵达的境界。现在，我可以自信地说：我基本上已经是一个得体的人了。见什么人说什么话，到什么山唱什么歌，什么场面穿什么衣服，什么情境开什么玩笑，两个人在一起如何聊天，三个人在一起如何说话，四个人在一起如何热闹，一帮人在一起如何鬼混，如何和小男人调情，如何逗老男人开心，如何在调情和开心之际深入到自己最想要的那块领地……我全知道，我全明白。甚至对于如何得体地失控或者说失控的得体这种高难度的得体动作，我也常常无师自通。常常的，某事某刻某地某事，我打眼一看就心思透亮，实施起来如行云流水。

当然，得体惯了，也常常会觉得无聊，看到不得体的人，就会觉得他们格外有趣。有时候也会想让自己货真价实地不得体一下，但是，我找谁去不得体呢？谁能盛下我的不得体呢？放眼四顾，没有人。放眼再顾，还是没有人。这时候才忽然悟到：让我得体面对的那些人，我对他们看似尊重，实际上是一种皮不沾肉地看不起。而能让我不得体的那些人，对我来说可能才具有真正的分量。正如我父母在世的时候，我在他们的面前的所作所为，现在想来，几乎全都是不得体。

6

再回到座位上时，姐姐已不见了。我的包也不见了。我放下咖啡便去找，发现她又在拿菜。她都拿多少次了！我的姐姐啊。此时我才有些痛彻心扉地后悔带她来吃饭。太没型了，太没样了，看起来太没出息了。我都看见有几个服务员在盯着她窃窃私语捂嘴而笑了。这真让我不舒服——让她来丢我的人还不如我亲自去丢人呢。我亲自去丢人还知道如何再给自己拾捡回来，而她的丢人，就是实实在在不可挽回地丢人。

有那么一个瞬间，我真想拿咖啡浇到她的头上。

但我不能。我只是一口一口地喝着咖啡。优雅地、看起来无所事事没心没肺地喝着——这是给别人看的。至于她，我还是决定给她脸色看，让她明白我的不高兴。于是喝完一杯咖啡后，我拿起了手机。我不再和她说话，一句也不说。

“咋不吃了？”姐姐似乎察觉出了什么，抬头催促道，“再吃点儿。”

我沉默。删着手机里的短信。

“这油炸虾可好吃了。我给你拿点儿吧？”

我依然沉默。

“二妞，我跟你说话呢。”姐姐提高了声音。

我放下手机，看着她的眼睛，轻声道：“看都看饱了。”

姐姐看着我的眼睛，她的眼神有些困惑，也有些诧异。很快，她似乎明白了过来，道：“不是让随便吃么？”

“吃吧。”良久，我说。忽然间，面对着她，我还真不知道该说些什么。

于是，她继续吃了下去，吃得那么坚决，那么顽强。但是，很明显，她咀嚼的速度慢了下来，吞咽的力度也小了一些。终于，吃完了这盘菜之后，她抹了抹嘴，道："走吧。"

她一直替我拿着包。一路无语，我们回到房间，看着电视干坐了一会儿，她小心翼翼地看了看我的脸，道："你吃得太少了，饿不饿？"

"你有吃的？"我心一软，笑道。

"有！"她朗声应答。同时拿起我的包，喜滋滋地打开。那个硕果累累啊：蛋糕、酸奶、甜橙、香蕉、茶叶蛋，还有两条油煎小黄鱼用餐巾纸包着，餐巾纸已经油透了。

"姐！"我喝道。一瞬间，我恶向胆边生。

"我可小心呢。没人发现，不要紧。"她有些怯怯地看了看门外，但很快缓了过来，"反正又没吃，他们来要就再还给他们呗。"

我夺过包，将包里的所有东西一股脑地倒出来，又将包底朝下，彻底清理包里的食物残屑。姐姐蹲下去，用那张油透的餐巾纸将地毯上的残屑一点点擦捡干净。看着她的头发，我的难过顿时涌出。我做了个深呼吸，把泪水调整回去。

"晚上……你上家睡？"她犹豫着问。

"在这儿睡。一会儿还有会呢。"我冷着脸说。想想自己似乎又有些过分，便微微鼓了鼓腮，放松了一下脸上的肌肉，"你回家，还是在这儿？"

说完我就后悔了。不该这么问她的。

"都中。"她道，"那我还是在这儿吧。咱们也恁长时候没见了，说说话。我先回趟家，你回不回？见见小乾。他又长高啦。"

小乾就是她拼死拼活怀了六胎才生出的那个宝贝儿子。

手机又响，是肖："一起散步吧？"

"那，一起走吧。"我合上手机，对姐姐说。

7

出了宾馆的大门，从有路灯的大道岔上一条小柏油路，走上大约五百米，就是姐姐的待王村了。柏油路上没有路灯，但并不妨碍路的清晰。夜是有光的，自来光。在有灯的地方，灯的强悍把这自来光给遮住了，现在，在这乡村的小柏油路上，这原本柔弱的自来光淡淡地，慢慢地，浸染出来，弥漫开来。

快走到村口的时候，我看见一棵树下立着一个男人矮墩墩的黑影，走到那个黑影身边，姐姐停了下来。黑影问道："去哪儿了？"

"我妹。"姐姐指指我，"来这儿开会了，在宾馆住，抽空来家看看。"

"哦。"

黯淡的夜色中，我无法看清楚男人的脸，只能感觉到一阵浓重的酒气和烟气。酒是白酒，闻不出来什么牌子。烟味我很熟，就是河南本土的黄金叶。

"镇上的人又来找没有？"男人问。

"没有。"

"那就中。"

说着，男人朝着村外走去，我回头看了一眼，他的右腿微微有些瘸。姐姐告诉我，他是村长，他家在村里是单姓小户，穷且不说，又只有他一个男孩，他学习也不好，在读书上没有出路，因此很早就辍学当了泥瓦匠，后来到外面当包工头，吃了不少苦，连腿都瘸了，终归赚到了钱，前年村委会换届时他特意回来参选村长。原来的老村长本是不想干了，但有人争食便觉得香，再加上这食确实是香——要拆迁的信息前年便开始萌动了。老村长便愈发不肯放手，发誓要守住江山，还为此在银行贷了十万元款，时不时给村民们送礼，请村民们到饭店里大吃二喝，原本以为自己胜券在握，没想到最终输给了这个没怎么拉票的瘸腿。当看到选举结果时，老村长都吐血了。

“村里的人吃了人家的，拿了人家的，还不投人家的票?”我纳闷。

“咦，就是不投他。大家伙儿心里都明白着呢，不吃白不吃，不拿白不拿，可到了投票的时候，还就是不能投他。他要是还当村长，那十万的贷款还不得想法子从村里的公款上出？他么，”姐姐身后一指，“他不缺钱，图的不是钱，是从小被欺负惯了，要回来争口气，瘦牛只吃大食不出大力，壮牛是又吃大食也出大力。他是能办事的。我这房子要不是他护着，乡里早就给我扒了。”她得意地叹了口气，“去年那个宅子没办法，等钱用，扒得早了。这个房子，我就不扒！谁不知道越迟扒越好？越迟扒利越大？我盘算好了，争取当个倒数前五名!”

聊着说着，我们走进了村庄深处。路灯很少，只有主干道上的两盏。拐进姐姐家的街道，走了没几步，灯光就被黑暗吞噬了。村庄的深处真暗，真静啊。这或许才是真正的黑暗——灯光已经消失，自来光还没有显现。我打开手机照着走了几步，才渐渐看清了路。

姐夫和小乾正在吃饭。看见我进屋，他们两个都站了起来。他们都有些怕我。姐夫怕我是因为欠了我的债，小乾怕我是因为我教训过他很多次，几乎每次见面都会教训他：不要抠鼻子，夹菜的时候夹到什么就是什么，不要胡乱翻，不能歪倒在沙发上看书，不能直呼两个姐姐的名字……姐姐是太惯着他了，舍不得教训。我可没有什么舍不得。当然我教训他也不是单单为了他好，更主要的是为了让自己的视线舒服：在外面对不顺眼的事忍耐是因为不得已，在这个小屁孩面前我凭什么还得忍耐呢?

姐姐进了里间，姐夫招呼我吃饭，我说吃过了。他们便又坐下去吃。我看了一眼姐夫的左手，小拇指被剁掉了，但没有影响他的吃饭。小拇指么，在手指里面的作用是最小的，况且又是左手，应该不影响干活——看来他在选择被剁对象的时候精密思考过。我忽然想：在那只手指离开他身体的一刹那，他是什么感觉呢？反正我听到这个消息的时候，是两个字：欣快。啊，他被剁掉了一个手指，这真好，早就该被剁掉了——就是这样，除了自己家的人，别人的不幸总是会带给我一种莫名其妙的欣快。幸灾乐祸这个词可能就是为我这种人专造的。包括姐夫的赌博。开始是小赌，尚无大碍，后来是中赌，便开始欠债。每当年关姐姐因为他欠赌债来向我求救的时候我都会生气，但同时也会因为他们的没出息和可怜巴巴而生出欣快。姐姐家原有两处宅子，去年镇上开始发放拆迁赔款时，姐夫也开始了大赌，当姐夫最后也是最大的那次高达五万元的赌博欠债消息传来，姐姐在电话里对我哭哭啼啼的时候，我生气的程度自然是抵达了最大，但欣快的程度也到了最深，如潜艇浮出了海面一样，一个念头浮到了我的心里：他赌得这么大，欠的钱这么多，这真好，我终于可以不再管了。义正词严地，正气凛然地，不用再管他们了。就像一个癌症到晚期的人，我再也不用往里面填医疗费了。

最终，我一毛不拔。姐夫的那根手指顶了一万块钱。剩下的四万元，他们十万火急地拆了一处宅子，用他们刚刚到手的拆迁款补了进去。此时，看着那根一万元手指的遗址一动一动，我无来由地有些愧疚，觉得自己真不是个好人。但很快又为自己的愧疚而气恼起来：有什么可愧疚的？不是我不帮他，是他的所作所为没办法让我帮。他的这种德性张口让我帮就是他的不对，就是在欺负我——对，他就是在欺负我！这个世界就是有这么一种人，他们不是用强壮来欺负人，而是用软弱来欺负人，不是用怒吼来欺负人，而是用哀求来欺负人。姐夫就是这么一种人，他是活该活该活该！

“我们小乾，现在也会挣钱啦。”姐夫说。小乾脸上呈现出一缕羞赧的笑容。姐夫说村里派下的任务，为了建设社会主义新农村，村里出资要重涂街墙，每平米五元，小乾今天吭哧了一下午，涂了四平米，赚了二十。

“不是要拆迁了么？还涂墙干什么？”我问。

“拆是拆，涂是涂，都是上头的话，一码是一码。”姐夫说。

姐姐从里间出来，已经又换了一身衣服。看起来八成新的样子，再加上洗了澡，很精神。她跟姐夫和小乾嘱咐完了一些琐碎事，我们便又出了门。

“我还没住过宾馆呢。”黑暗中，姐姐忽然说。似乎被什么绊住了脚，我踉跄了一下。姐姐连忙抓住我的胳膊，她可真有力气啊，抓得我生疼。但不知道为什么，疼得很舒服。她就这么抓着我，一直抓到了有路灯的街上。灯并不亮，但从黑暗中走来，就显得很亮了。记忆中，我和姐姐从来没有过这么亲密的肌肤之亲。是的，就肢体意义上说，我和虎牙，和肖，甚至和老拖的肌肤之亲的频率和面积都比跟姐姐的大得多。

我晃了晃脑袋。今天，跟姐姐在一起，我都有些不正常了。

8

会开得不是很顺利，尤其是虎牙的副秘书长，小有争议，可大势所趋，有异议的人也无奈，于是虎牙得逞。走出小会议室的门，已经十一点了。我刚给虎牙发过短信，肖的短信也及时而至：“我一会儿过去吧。”

“不行。姐姐在。”

“那你来我这里。”

这副口气显然是不容置疑的。我反感顿生：你凭什么用这种口气跟我说话？有什么资格？我是你什么人？睡过几次就有这种权利了吗？

“跟姐姐不好交代。”我回。

“是不想要我了吗?”

我笑。这娇撒的。不过他说得不错，我是不想，尤其今天。当然，这么想可以，这么说不可以。

“真是因为姐姐在这里。”

“怕她么？她管得着你么?”

我又笑。是啊，姐姐管不着我。她怎么能管得着我呢。但是，今天晚上，我就是不想。究其原因，可能还真就是因为姐姐。

“不好意思。”想了半天，我用这四个字回了他。这四个字是双关的，既可以理解为怕姐姐看出端倪而觉得羞惭，也可以理解为对他的致歉。整天办杂志，这点语言的小技巧，我还是擅长的。

“我明天下午就走，不知何时才能再见。”——有恳求的意思，当然也可以解读为委婉的威胁。

我有礼有节地回复：“来日方长。”

刚刚按下发送键，手机又响，是老拖的来电，只一句：“来我这里坐一会儿吧。”说完便挂断了电话。这副口气更是不容置疑的。当然，他有理由不容置疑：刚刚给我办过事嘛，有理由居功自傲嘛。我答应着，暗叹这个老家伙的狡猾：绝不发短信，短信可以让对方假装没收到，或者有思考和推脱的余地，直接打手机就压缩掉了对方所有的作弊空间。没的说，姜还是老的辣啊。

切。

我马上又打通了虎牙的电话——都是她给我惹的祸，我当然不会一个人去虎口探险。没有比她更合适当电灯泡的人了，名正言顺地去感谢嘛。

“欢迎，欢迎!”看到我和虎牙同时出现，老拖的笑容不露丝毫破绽。当然，我也看到了他镜片后面意味深长的寒光一闪。但我只当没看见。只要我没看见，他再闪也白闪。

两女一男，我和虎牙把老拖的房间聊得莺莺燕燕，高潮迭起。

将近十二点的的时候，我看了看手机，道："哎呀，都这个时候了，我们真是太没眼色了。真该走啦。您老就听着黄河的涛声晚安吧。"

出了老拖的房间，我就关掉了手机。

9

进到房间，姐姐正在用纸巾擦地毯。她蹲在地上，认认真真的，细细腻腻地擦着，膝盖都快要着地了。

"刚才喝茶的时候没注意，把杯子碰落了。"她说，"茶叶可碎，不好捡。"

我纳闷，茶叶？她从我行李箱里拿茶叶了？我的茶叶并不碎啊——宾馆里的袋装茶我是从来不动的。我蹲下身，立马就明白了：她把袋装茶的茶袋给拆开了。她不懂怎么喝袋装茶。她不懂。

"别捡了。"我说，"明天让服务员来收拾。"

"罚钱不罚？"

"不罚。"

姐姐站起来，长嘘了一口气。

房间里的电话突然响了，我还没有说话，姐姐就飞快地接了起来，她只说了一个字："啥？"之后又拿着话筒听了很久，才挂断了电话，纳闷地看着我说："有个女的打电话来，问需不需要服务，我还没听明白呢，她就挂了。"

"别理她。"我说。

"不会耽误你啥事吧？"

"不会。"

姐姐放心地点点头，开始脱衣服。脱得很净，是一副要去洗澡的样子。

"又去洗澡？"我问。

"趁着你的好水，再洗洗。"

她刚脱完，电话又响，姐姐看了看我，我示意她去接电话。她接了之后，只说了一个字“哦”，就挂断了电话。然后对我说：“是个男的，说他打错了。”

我微笑。肯定是肖。他没打错。这下，他该放心了。

姐姐朝卫生间走去。姐姐在浴缸里站立。姐姐打开了水。花洒罩住了姐姐的身体。我肆无忌惮地，默默地看着姐姐洗澡。那是我的姐姐。那个人，是我的姐姐。忽然间，我有些恍惚——不，不能说是忽然，虽然似乎是越来越明白，但现在我恍惚的时候俨然是越来越多了。

我在床上坐下。床上是姐姐堆着的衣服。洗澡，这么频繁地洗澡……我还是觉得有些异样。我拿起衣服，闻了闻，有一股淡淡的白酒味儿，还有一股淡淡的黄金叶味儿。

姐姐洗完澡，便钻进了被窝。我关掉了灯。黑暗中，我也知道有必要说点什么，就是这样，要是一个人，说睡也就睡了。两个人这么睡了，就是不合适。况且她还是我姐。她还说过想说说话。所以不能就这么睡。不得体。

……

“姐。”

“嗯。”

“最近教会活动多么？”

“多。我给你说，信教可有意思了。回头我先给你一本《圣经》，你先看着。”

“不用，我有。”

“那你得了空儿好好看看。”

“嗯。”

……

“姐。”

“嗯。”

“还记得那一年你舍不得把你穿小的衣服给我的事？”

“唉，那时候，小。”

……

“姐。”

“嗯。”

“缺钱么？”

“不缺。这个房子的拆迁款要是到手了，少说也有十万。”

“新房子乡里给盖？”

“嗯。正盖着呢。快好了。在镇子边上。楼。”

久久的沉默。似乎没什么好说的了。可我觉得还是有必要再说些什么。可是，说什么呢？

“姐。”

“嗯。”

“他来了？”

“谁？”

“他。”

黑暗中，她带着风声，呼地一下子坐了起来。

“你……咋知道？”

我沉默。终于，她又嗵的一声躺了下去，“嗯”了一声。

“你们……怎么就好上了呢？”

“那年，他回来参选，有人夜里打他，我正好路过，给他伸了把手。后来，我这个房子，镇上要拆，他一直给我顶着……就好了。他人好。”

“小心点儿，别让姐夫知道。”

姐姐笑了：“傻话。其实，都忙，人多言杂，凑到一块可不容易，我跟他，没几次。你……也有吧？”

“没有。”

“瞅准了，能有的话，也有一个。要不是，这一辈子，老亏。那一年，你跟孩子他爸，不是也差点儿离了？”

“嗯。”

……

“姐。”

“嗯。”

“你困了？”

“嗯。”

“那，咱们睡吧。”

“中。”

10

姐姐的床上，很快响起了呼噜声。我静静地看着窗外无尽的黑夜。姐姐的呼噜声让夜越发地静了。深深地陷在床中央，我忽然觉得有些飘忽。忽然觉得自己很小，很小，小得像粮仓里的一颗麦子。

我睡不着。

打开床头的阅读灯，我拿起一本宾馆配送的杂志，随便翻到某页读了起来。是一篇小散文，说婚外恋的：

“……婚姻是什么？社会的、经济的、家庭的、传宗接代的……诸多大梁把它造成了一所复杂且坚固的房子。房子里琳琅满目，都是生活的必需品。而婚外恋呢？它是森林深处的一方草地，两人相遇，躺在上面，星光熠熠，月光溶溶，花香如酒，鸟鸣如歌……它在婚外，婚姻所有的功能和用处，它都不必考虑。它是最纯粹的那点儿爱，它是最朴素的那点儿爱，它是最简单的那点儿爱，它也是最可怜的那点儿爱。它的存在，除了爱本身以外，不再有任何意味。

“忽然想起那年我去敦煌看到的月牙泉。月牙泉，它孤零零地汪在那里，如一只无辜的眼睛，让人心疼。仿佛一弯稍纵即逝的奇迹。

“在我的想象中，真正优质的婚外恋就是这样的奇迹。”

……

我笑了。呵，可真会写。我也去过敦煌，我也看过月牙泉，我也知道月牙泉外是漫漫黄沙，可我怎么就想不到这些呢？看看这些句子——

“所以啊，最娇弱、最清澈、最甘甜的月牙泉，当你碰到它的时候，如果你情不自禁地弓身去掬。那就去吧。不要问月牙泉的以后，也不要问月牙泉的将来，更不要去环顾那一望无际的漫漫黄沙。那些都在月牙泉外，在你本来就很微渺的步履之外。

“你只需看月牙泉。静静地，默默地，看着月牙泉本身。”

……

我合上杂志。不能再看了。这篇狗屁小散文勾出了我的难过。我抵抗一切让我难过的事物。活到了这把年纪，我想抵抗一切难过。可是，不行，还是难过起来了——不，不是为婚外恋难过，婚外恋本身没什么好难过的。要难过我也就不此起彼伏地恋着了。那是为什么呢？好像是为姐姐，但又不全是。那到底还为了什么呢？嗯，好像还有那个词：月牙泉本身。对，这个月牙泉本身也让我难过。那么这又是为了什么呢？嗯，好像，好像我曾经就是那个本身。是么？我曾经就是那个本身么？如果我曾经是那个本身，那我到底是怎么干涸到这步田地的呢？

脑袋里顿时漫漫黄沙。我忍不住又笑起自己来：切，就你？别糟蹋月牙泉了。

我翻过身，看着姐姐。姐姐此时只是一个轮廓。我看着她。这是我的姐姐，我和她是一个父母，我和她曾经是那么近，后来变得那么远，现在，此刻，又是那么近。明天之后，又会是那么远。我和她，这样的晚上，很可能只有一个。那么，这个唯一的晚上，是不是也如那篇文章所言，是一个月牙泉呢？

我的心里忽然涌起一种无边无际的恐惧。

“姐。”我喊。

她仍然睡着。

“姐！”我提高了声音。她的呼噜声停顿了片刻，又响起来。

“姐！”我更大声。

“嗯？”她应答，“咋了？”

“我……有点儿冷。”

她坐了起来，有些茫然地怔了片刻，摸索到我的床边，道：“别是发烧了吧。”然后，她摸了摸我的额头，道：“不烧。”又摸了摸我的被子，道：“这被子是有点儿薄。你秉性瓤，不顶。”

她打开灯，在房间里搜寻起来，但是没有多余的被子。她想了想，把她的被子搂了过来，道：“咱们挤一块睡，你就不冷了。”

姐姐的呼噜声在耳边重新响起。她厚实的背紧贴着我的背。我在姐姐温暖的体温里，静静地看着窗外无尽的黑夜，泪忽然无声无息地流了出来。我没有擦，任它在眼角那里越聚越多。我忽然想：这一洼小小的泪，衬着我黄色的皮肤，是不是也有点儿像沙漠里的月牙泉呢？

月光下的银匠

阿　来

阿来，1959 年生于四川西北部藏区。1980 年毕业于马尔康师范学校。任乡村教师期间开始业余文学创作。出版有短篇小说集《旧年血迹》《月光里的银匠》《格拉长大》《遥远的温泉》，长篇小说《尘埃落定》《空山》《格萨尔王》，以及随笔集《大地的阶梯》《就这样日益丰盈》《看见》。

曾获茅盾文学奖、华语文学传媒大奖、全国少数民族文学骏马奖等十数个文学奖项。部分作品被翻译为英、法、德、意、西、葡、日、韩等十多个语种在国外出版。

月光下的银匠

在故乡河谷，每当满月升起，人们就说：“听，银匠又在工作了。”

满月慢慢地升上天空，朦胧的光芒使河谷更加空旷，周围的一切都变得模糊而又遥远。这时，你就听吧，月光里，或是月亮上就传来了银匠锻打银子的声音：叮咣！叮咣！叮叮咣咣！于是，人们就忍不住要抬头仰望月亮。

人们说：“听哪，银匠又在工作了。”

银匠的父亲是个钉马掌的。真正说来，那个时代社会还没有这么细致的分工，那个人以此出名也不过是说这就是他的长处罢了——他真实的身份是洛可土司的家奴，有信送时到处送信，没信送时就喂马。有一次送信，路上看到个冻死的铁匠，就把套家什捡来，在马棚旁边砌一座泥炉，叮叮咣咣地修理那些废弃的马掌。过一段时间，他又在路上捡来一个小孩。那孩子的一双眼睛叫他喜欢，于是，他就把这孩子背了回来，对土司说：“叫这个娃娃做我的儿子、你的小家奴吧。”

土司哈哈一笑说：“你是说我又有了一头小牲口？你肯定不会白费我的粮食吗？”

老家奴说不会的。土司就说：“那么好吧，就把你钉马掌的手艺教给他，我要有一个专门钉马掌的奴才。”正是因为这样，这个孩子才没有给丢在荒野里喂了饿狗和野狼。这个孩子就站在铁匠的炉子边上一天天长大了。那双眼睛可以把炉火分出九九八十一种颜色，那双小手一拿起锤子，就知道将要炮制的那些铁的冷热。见过的人都夸他会成为天下最好的铁匠，他却总是把那小脑袋从抚摸他的那些手下挣脱出来。他的双眼总是盯着白云飘浮不定的天边。因为养父总是带着他到处送信，少年人已经十分喜欢漫游的生活了。这么些年来，山间河谷的道路使他的脚力日益强壮，和土司辖地里许多人比较起来，他已经是见多识广的人了。许多人他们终生连一个寨子都没有走出去过，可他不但走遍了洛可土司治下的山山水水，还几次到土司的辖地之外去过了呢。

有一天，父亲对他说：“我死了以后，你就用不着这么辛苦，只要专门为老爷收拾好马掌就行了。”

少年人就别开了脸去看天上的云，悠悠地飘到了别的方向。他的嘴上已经有了浅浅的胡须，已经到了有自己想法，而且看着老年人都有点嫌他们麻烦的年纪了。父亲说：“你不要太心高，土司叫你专钉他的马掌已经是大发慈悲了，他是看你聪明才这样的。”

他又去望树上的鸟。其实，他也没有非干什么、非不干什么的那种想法。他之所以这样，可能是因为对未来有了一点点预感。现在，他问父亲：“我叫什么名字呢，我连个名字都没有。”

当父亲的叹口气，说：“是啊，我想有一天有人会来告诉我你叫什么名字，那他就是你的父母，我就叫他们把你带走，可是他们没有来。让佛祖保佑他们，他们可能已经早我们上天去了。”当父亲的叹口气，说：“我想你是那种不甘心做奴隶的人，你有一颗骄傲的心。”

年轻人叹了口气说：“你还是给我取个名字吧。”

“土司会给你取一个名字的。我死了以后，你就会有一个名字，你就真正是他的人了。”

“可我现在就想知道自己是谁。”于是，父亲就带着他去见土司。土司是所有土司里最有学问的一个，他们去时，他正手拿一匣书，坐在太阳底下一页页翻动不休呢。土司看的是一本用以丰富词汇的书，这书是说一个东西除了叫这个名字之外，还可以有些什么样的叫法。这是一个晴朗的下午，太阳即将下山，东方已经现出了一轮新月淡淡的面容。口语中，人们把它叫作“泽那”，但土司指一指那月亮说：“知道它叫什么名字吗?”

当父亲的用手肘碰碰捡来的儿子，那小子就伸长颈子说：“泽那。”

土司就笑了，说：“我知道你会这样说的，这书里可有好多种名字来叫这种东西。”

当父亲的就说：“这小子他等不及我死了，请土司赐你的奴隶一个名字吧。”土司看看那个小子，问：“你已经懂得马掌上的全部学问了吗?”那小子想，马掌上会有多大的学问呢，但他还是说：“是的，我已经懂得了。”土司又看看他说：“你长得这么漂亮，女人们会想要你的。但你的内心太骄傲了，我想不是因为你知道自己有一张漂亮的脸吧。你还没有学到养父身上最好的东西，那就是作为一个奴隶永远不要骄傲。但我今天高兴，你就叫天上有太阳它就发不出光来的东西，你就叫达泽，就是月亮，就是美如月亮。”当时的土司只是因为那时月亮恰好在天上现出一轮淡淡的影子，恰好手上那本有关事物异名的书里有好几个月亮的名字。如果说还有什么的话，就是土司看见修马掌的人有一张漂亮而有些骄傲的面孔而心里有些隐隐的不快，就想，即使你像月亮一样那我也是太阳，一下就把你的光辉给掩住了。

那时，土司那无比聪明的脑袋没有想到，太阳不在时，月亮就要大放光华。那个已经叫作达泽的人也没有想到月亮会和自己的命运有什么关系，和父亲磕了头，就退下去了。从此，土司出巡，他就带着一些新马掌，跟在后面随时替换。那声音那时就在早晚的宁静里回荡了：叮咣！叮咣！每到一个地方那声音就会进入一些姑娘的心房。土司说："好好钉吧，有一天，钉马掌就不是一个奴隶的职业，而是我们这里一个小官的职衔了。至少，也是一个自由民的身份，就像那些银匠一样。我来钉马掌，都要付钱给你了。"

这之后没有多久，达泽的养父就死了。也是在这之后没有多久，一个银匠的女儿就喜欢上了这个钉马掌的年轻人。银匠的作坊就在土司高大的官寨外面。达泽从作坊门前经过时，那姑娘就倚在门框上。她不请他喝一口热茶，也不暗示他什么，只是懒洋洋地说："达泽啦，你看今天会不会下雨啊。"或者就说："达泽啦，你的靴子有点破了呀。"那个年轻人就骄傲地想：这小母马学着对人尥蹶子了呢。口里却还是说：是啊，会不会下雨呢。是啊，靴子有点破了呢。

终于有一天，他就走到银匠作坊里去了。

老银匠摘下眼镜看看他，又把眼镜戴上看看他。那眼镜是水晶石的，看起来给人深不见底的感觉。达泽说："我来看看银器是怎么做出来的。"老银匠就埋下头在案台上工作了。那声音和他钉马掌也差不多：叮咣！叮咣！下一次，他再去，就说："我来听听敲打银子的声音吧。"老银匠说："那你自己在这里敲几锤子，听听声音吧。"但当银匠把一个漂亮的盘子推到他面前时，他竟然不知自己敢不敢下手了，那月轮一样的银盘上已经雕出了一朵灿烂的花朵。只是那双银匠的手不仅又脏又黑，那些指头也像久旱的树枝一样，枯萎蜷曲了。而达泽那双手却那么灵活修长，于是，他拿起了银匠樱桃木把的小小锤子，向着他以为花纹还须加深的地方敲打下去。那声音铮铮的，竟那样悦耳。那天，临走时，老银匠才开口说：“没事时你来看看，说不定你会对我的手艺有兴趣的。”

第二次去，他就说：“你是该学银匠的，你是做银匠的天才，天才的意思就是上天生你下来就是做这个的。”

老银匠还把这话对土司讲了。土司说：“那么，你又算是什么呢？”

“和将来的他相比，那我只配做一个铁匠。”

土司说：“可是只有自由民才能做银匠，那是一门高贵的手艺。”

“请你赐给他自由之身。”

“目前他还没有特别的贡献，我们有我们的规矩不是吗？”老银匠叹了口气，向土司说：“我的一生都献给你了，就把这点算在他的账上吧。那时，你的子民，我的女婿，他卓绝的手艺传向四面八方，整个雪山栅栏里的地方都会在传扬他的手艺的同时，念叨你的英名。”

“可是那又有什么意思呢？”

老土司这样一说，达泽感到深深绝望。不是因为别的，就是因为土司说得太有道理了。一个远远流布的名字和一个不为人知的名字的区别又在哪里，有名和无名的区别又在哪里呢？达泽的内心让声名的渴望燃烧，同时也感到声名的虚妄。于是，他说：“声名是没有意义的，自由与不自由也没有多大的关系，老银匠你不必请求了，让我回去做我的奴隶吧！”

土司就对老银匠说：“自由是我们的诱惑，骄傲是我们的敌人，你推荐的年轻人能战胜一样是因为不能战胜另外一样，我要遂了他的心愿。”土司这才看着达泽说：“到炉子上给自己打一把弯刀和一把锄头，和奴隶们在一起吧。”

走出土司那雄伟官寨的大门，老银匠就说：“你不要再到我的作坊里来了，你的这辈子不会顺当，你会叫所有爱你的人伤心的。”说完，老银匠就头也不回地走了。留下一地白花花的阳光在他的面前，他知道那是自己的泪光。他知道骄傲给自己带来了什么。他把铁匠炉子打开，给自己打弯刀和锄头。只有这时，他才知道自己失去了什么，他才知道自己是十分想做一个银匠的，泪水就哗哗地流下来了。他叫了一声：“阿爸啦！”顺河而起的风掠过屋顶，把他的哭声撕碎，扬散了。他之所以没有在这个晚上立即潜逃，仅仅是因为还想看银匠的女儿一眼。天一亮，他就去了银匠铺子的门口，那女子下巴颏夹一把铜瓢在那里洗脸。她一看见他，就把那瓢里的水扬在地上，回屋去了。期望中的最后一扇门也就因为自己一时糊涂、一句骄傲的话，而在眼前关闭了。达泽把那新打成的弯刀和锄头放到官寨大门口，转身走上了他新的道路。他看见太阳从面前升起来了，露水在树叶上闪烁着耀眼的光芒。风把他破烂的衣襟高高掀起，他感到骄傲又回到了心间。他甚至想唱几句什么，同时想起自己从小长到现在，从来就没有开口歌唱过。即或如此，他还是感到了生活与生命的意义。出走之时的达泽甚至没有想到土司的家规，所以，也就不知道背后已经叫枪口给咬住了。他迈开一双长腿大步往前，根本就不像是一个奴隶逃亡的样子。管家下令开枪，老土司带着少土司走来说：“慢！”

管家就说：“果然像土司你说的那样，这个家伙，你的粮食喂大的狗东西就要跑了！”

土司就眯缝起双眼打量那个远去的背影，他问自己的儿子：“这个人是在逃跑吗？”

十一二岁的少土司说：“他要去找什么？”

土司说：“儿子记住，这个人去找他要的东西去了，总有一天他会回来的。如果那时我不在了，你们要好好待他。我不行，我比他那颗心还要骄傲。”管家说：“这样的人是不会为土司家增加什么光彩的，开枪吧！”但土司坚定地阻止了。老银匠也赶来央求土司开枪：“打死他，求求你打死他，不然，他会成为一个了不起的银匠的。”土司说：“那不正是你所希望的吗？”

“但他不是我的徒弟了呀！”

土司哈哈大笑。于是，人们也就只好呆呆地看着那个不像逃亡的人，离开了土司的辖地。土司的辖地之外该是一个多么广大的地方啊！那样辽远天空下的收获该是多么丰富而又艰难啊！土司对他的儿子说：“你要记住今天这个日子。如果这个人没有死在远方的路上，总有一天他会回来的。回来一个声名远扬的银匠，一个骄傲的银匠！你们这些人都要记住这一天，记住那个人回来时告诉他，老土司在他走时就知道他一定会回来。我最后说一句，那时你们要允许那个人表现他的骄傲，如果他真正成了一个了不起的银匠。因为我害怕自己是等不到那一天的到来了。”

小小年纪的少土司突然说：“不是那样的话，你怎么会说那样的话呢？”

老土司又哈哈大笑了：“我的儿子，你是配做一个土司的！你是一个聪明的家伙！只是，你的心胸一定要比这个出走的人双脚所能到达的地方还要宽广。”

事情果然就像老土司所预言的那样。

多年以后，在广大的雪山栅栏所环绕的地方，到处都在传说一个前所未有的银匠的名字。土司已经很老了，他喃喃地说：“那个名字是我起的呀！”而那个人在很远的地方替一个家族加工族徽，或者替某个活佛打制宝座和法器。土司却一天天老下去了，而他浑浊的双眼却总是望着那条通向西藏的驿道。冬天，那道路是多么寂寞呀，雪山在红红的太阳下闪着寒光。少土司知道，父亲是因为不能容忍一个奴隶的骄傲，不给他自由之身，才把他逼上了流浪的道路。现在，他却要把自己装扮成一个用非常手段助人成长的人物了。于是，少土司就说：“我们都知道，不是你的话，那个人不会有眼下的成就的。但那个人他不知道，他在记恨你呢，他只叫你不断听到他的名字，但不要你看见他的人，他是想把你活活气死呢！”

老土司挣扎着说：“不，不会的，他是一个聪明的孩子，他的名字是我给起下的。他一定会回来看我的，会回来给我们家做出最精致的银器的。”

“你是非等他回来不可吗？”

“我一定要等他回来。”

少土司立即分头派出许多家奴往所有传来了银匠消息的地方出发去寻找银匠，但是银匠并不肯奉命回来。人家告诉他老土司要死了，要见他一面。他说，人人都会死的，我也会死，等我做出了我自己满意的作品，我就会回去了，就是死我也要回去的。他说，我知道我欠了土司一条命的。去的人告诉他，土司还盼着他去造出最好的银器呢。他说，我欠他们的银器吗？我不欠他们的银器。他们的粗糙食品把我养大。我走的时候，他们可以打死我的，但我背后一枪没响，土司家养得有不止一个在背后向人开枪的好手。所以，银匠说，我知道我的声名远扬，但我也知道自己这条命是从哪里来的，等我造出了最好的银器，我就会回去的。这个人扬一扬他的头，脸上浮现出骄傲的神情。那头颅下半部宽平，一到双眼附近就变得逼仄了，挤得一双眼睛鼓突出来，天生就是一副对人生愤愤不平的样子。这段时间，达泽正在给一个活佛干活。做完一件，活佛又拿出些银子，叫他再做一件，这样差不多有一年时间了。一天，活佛又拿出了更多的银子，银匠终于说，不，活佛，我不能再做了，我要走了，我的老主人要死了，他在等我回去呢。活佛说，那个叫你心神不定的人已经死了。我知道你是怎么想的，你是想在这里做出一件叫人称绝的东西，你就回去和那个人一起了断了。你不要说话，你是一个伟大的艺术家，但好多艺术家因为自己心灵的骄傲而不能伟大。我看你也是如此，好在那个叫你心神不定的人已经死了。银匠觉得自己的五脏六腑都叫这个人给看穿了，他问，你怎么知道土司已经死了，那你知道他叫什么名字吗？

活佛笑了，来，我叫你看一看别人不能看见的东西。我说过，你不是普通人，而是一个艺术家。

在个人修炼的密室里，活佛从神像前请下一碗净水，念动经咒，用一支孔雀翎毛一拂，净水里就出现图像了。他果然看见一个人手里握上了宝珠，然后，脸叫一块黄绸盖上了。他还想仔细看看那人是不是老土司，但碗里陡起水波，就什么也看不见了。

银匠听见自己突然在这寂静的地方发出了声音，像哭，也像是笑。

活佛说："好了，你的心病应该去了。现在，你可以丢心落肚地干活，把你最好的作品留在我这里了。"活佛又凑近他耳边说："记住，我说过你是一个伟大的艺术家。"也许是因为这房间过于密闭而且又过于寂静的缘故吧，银匠感到，活佛的声音震得自己的耳朵嗡嗡作响。

他又在那里做了许多时候，仍做不出来希望中的那种东西，活佛十分失望地叫他开路了。

面前的大路一条往东，一条向西。银匠在歧路上徘徊，往东，是土司辖地，自己生命开始的地方，可是自己欠下一条性命的老土司已经死了，少土司是无权要自己性命的。往西，是雪域更深远的地方，再向西，是更加神圣的佛法所来的克什米尔，一去，这一生恐怕就难于回到这东边来了。他就在路口坐了三天，没有看到一个行人，终于等来个人却是乞丐。那家伙看一看他说："我并不指望从你那里得到一口吃食。"

银匠就说："我也没有指望从你那里得到什么。不过，我可以给你一锭银子。"

那人说："你那些火里长出来的东西我是不要的，我要的是从土里长出来的东西哩。"那人又说："你看我从哪条路上走能找到吃食？再不吃东西我就要饿死，饿死的人是要下地狱的。"那人坐在路口祷告一番，脱下一只靴子，抛到天上落下来，就往靴头所指的方向去了。银匠一下子觉得自己非常饥饿，于是，他也学着乞丐的办法，脱下一只靴子，让它来指示方向。靴头朝向了他不情愿的东方，他知道自己这一去多半不会有什么好结果，就深深地叹口气，往命运指示的东方去了。他迈开大步往前，摆动的双手突然一阵阵发烫。他就说，手啊，你不要责怪我，我知道你还没有做出你想要做的东西，可我知道人家想要我的脑袋，下辈子，你再长到我身上吧。这时，一座雪山耸立在面前，银匠又说，我不会叫你受伤的，你到我怀里去吧，这样，你冻不坏，下辈子我们相逢时，你也是好好的。脚下的路越来越难走，那双手却在怀里安静下来了。

又过了许多日子，终于走到了土司的辖地。银匠就请每一个碰到的人捎话，叫他们告诉新土司，那个当年因为不能做银匠而逃亡的人回来了。他愿意在通向土司官寨的路上任何一个地方死去。如果可以选择死法，那他不愿意挨黑枪，他是有名气的，所以，他要体面的，像所有有名声的人都要的那样。少土司听了，笑笑说："告诉他，我们不要他的性命，只要他的手艺和名声。"

这话很快就传到了银匠的耳朵里，但他一回到这块土地上就变得那么骄傲，嘴上还是说，我为什么要给他家打造银器呢。谁都知道他是因为土司不叫他学习银匠的手艺才愤而逃亡的。土司没有打死他，他自然就欠下了土司的什么。现在他回来了，成了一个声名远扬的银匠。现在，他回来还债来了。欠下一条命，就还一条命，不用他的手艺作为抵押。人们都说，以前那个钉马掌的娃娃是个男子汉呢。银匠也感到自己是一个英雄了，他是一个慷慨赴死的英雄，他骄傲的头就高高地抬了起来。每到一个地方，人们也都把他当成个了不起的人物，为他奉上最好的食物。这天，在路上过夜时，人们为他准备了姑娘，他也欣然接受了。事后，那姑娘问他，听说你是不喜欢女人的。他说是的，他现在这样也无非是因为自己活不长了，所以，任何一个女人都伤害不了他了。那姑娘就告诉他说，那个伤害了他的女人已经死了。银匠就深深地叹了口气。那姑娘也叹了口气说，你为什么不早点回来呢，你早点回来的话我就还是个处女，你就是我的第一个男人。这话叫银匠有些心痛。他问，谁是你的第一个？姑娘就咯咯地笑了，说，像我这样漂亮的女子，在这块土地上，除了少土司，还有谁能轻易得到呢。不信的话，你在别的女人那里也可以证明。这句话叫他一夜没有睡好。从此，他向路上碰到的每一个有姿色的女人求欢。直到望见土司那雄伟官寨的地方，也没有碰上一个少土司没有享用过的女子。现在，他对那个少年时代的游戏里曾经把他当马骑过的人已经是满腔仇恨了。

他在心里暗暗发誓，绝不为这家土司做一件银器，就是死也不做。他伸出双手说，手啊，没有人我可以辜负，就让我辜负你吧。于是，就甩开一双长腿迎风走下了山冈。

少土司这一天正在筹划他作为新的统治者，要做些什么有别于老土司的事情。他说，当初，那个天生就是银匠的人要求一个自由民的身份，就该给他。他对管家说，死守着老规矩是不行的。以后，对这样有天分的人，都可以向我提出请求。管家笑笑说，这样的人，好几百年才出一个呢。岗楼上守望的人就在这时进来报告，银匠到了。少土司就领着管家、妻妾、下人好大一群登上平台，只见那人甩手甩脚地下了山冈正往这里走来。到了楼下，那紧闭的大门前，他只好站住了。太阳正在西下，他就被高高在上的那一群人的身影笼罩住了。

他只好仰起脸来大声说：“少爷，我回来了！”

管家说：“你在外游历多年，阅历没有告诉你现在该改口叫老爷了吗?”

银匠说:“正因为如此,我知道自己欠着土司家一条命,我来归还了。”

少土司挥挥手说:“好啊,你以前欠我父亲的,到我这里就一笔勾销了。”

少土司又大声说:“我的话说在这亮晃晃的太阳底下,你从今天起就是真正的一个自由民了!”

寨门在他面前隆隆地打开。少土司说:“银匠,请进来!”银匠就进去站在了院子中间,满地光洁的石板明晃晃地刺得他睁不开双眼,他只听到少土司踩着鸽子一样咕咕叫的皮靴到了他的面前。少土司说,你尽管随便走动好了,地上是石头不是银子,就是一地银子你也不要怕下脚呀!银匠就说,世上哪会有那么多的银子。少土司说,有很多世上并不缺少的东西有什么意思呢。你也不要提以前那些事情了。既然你这样的银匠几百年才出一个,我当然要找很多的银子来叫你施展才华。他又叹口气说:“本来,我当了这个土司觉得没意思透了。以前的那么多土司做了那么多的事情,叫我不知道再干什么才好。你一回来就好了,我就到处去找银子让你显示手艺,让我成为历史上打造银器最多的土司吧。”

银匠听见自己说:“你们家有足够的银子,我看你还是给我当学徒吧。”

管家上来就给了他一个嘴巴。

少土司却静静地说:“你刚一进我的领地就说你想死,可我历来喜欢有才华的人,才不跟你计较,莫不是你并没有什么手艺?”

一缕鲜血就从银匠达泽的嘴角流了下来。

少土司又说:“就算你是一个假银匠我也不会杀你的。”说完就上楼去了,少土司又大声说:“把我给银匠准备的宴席赏给下人们吧。”

骄傲的银匠就对着空荡荡的院子说，这侮辱不了我，我就是不给土司家打造什么东西。我要在这里为藏民打造出从未有过的精美的银器，我只要人们记得我达泽的名字就行了。银匠在一个岩洞里住了下来。第二天，太阳升起的时候，达泽已经带着他的银匠家什走在大路上了。他愿意为土司的属民们无偿地打造银器，但是人们都对他摊摊双手说，我们肯定想要有漂亮的银器，可我们确实没有银子。银匠带着绝望的心情找遍了这片土地上所有的人：奴隶，百姓，喇嘛，头人。他几乎是用哀求的口吻对那些人说，让我给你们打造一个世界上绝无仅有的银器吧。那些人都对他木然地摇头，那情形好像他们不但不知道这世界上有着精美绝伦的东西，而且连一点同情心都没有了似的。最后，他对人说，看看我这双手吧，难道它会糟蹋了你们的那些白银吗？可惜银匠手中没有银子，他先把这只更加修长的手画在泥地上，就匆匆忙忙跑到树林里去采集松脂。松脂是银匠们常用的一种东西，雕镂银器时作为衬底。现在，他要把手的图案先刻画在软软的松脂上。他找到了一块，正要往树上攀爬，就听见看山狗尖锐地叫了起来，接着一声枪响，那块新鲜的松脂就在眼前迸散了。银匠也从树上跌了下来，一支枪管冷冷地顶在了他的后脑上。他想土司终于下手了，一闭上眼睛，竟然就嗅到了那么多的花草的芬芳，而那银匠们必用的松脂的香味压过了所有的芬芳在林间飘荡。达泽这才知道自己不仅长了一双银匠的手，还长着一只银匠的鼻子呢。他甩下两颗大愿未了的眼泪，说，你们开枪吧。

守林人却说："天哪，是我们的银匠呀！我怎么会对你开枪呢。虽然你闯进了土司家的神树林，但土司都不肯杀你，我也不会杀你的。"银匠就禁不住倒吸了一口凉气，一时忘形又叫自己欠下了土司家一条性命。人说狗有三条命，猫有七条命，但银匠知道自己是不可能有两条性命的。神树也就是寄魂树和寄命树，伤害神树是一种人人诅咒的行为。银匠说："求求你，把我绑起来吧，把我带到土司那里去吧。"

守林人就把他绑起来，狗一样牵着到土司官寨去了。这是初春时节，正是春意绵绵使人倦怠的时候，官寨里上上下下的人都睡去了。守林人把他绑在一根柱子上就离开了，说等少土司醒了你自己通报吧，你把他家六世祖太太的寄魂树伤了。当守林人的身影消失在融融的春日中间，银匠突然嗅到高墙外传来了细细的苹果花香，这才警觉到又是一年春天了。想到他走过的那么多美丽的地方，那些叫人心旷神怡的景色，他想，达泽你是不该回到这个地方来的。回来是为了还土司一条性命，想不到一条没有还反倒又欠下了一条。守林人绑人是训练有素的，一个死扣结在脖子上，使他只能昂着头保持他平常那骄傲的姿势。银匠确实想在土司出现时表现得谦恭一些，但他一低头，舌头就给勒得从口里吐了出来，这样，他完全就是一条在骄阳下喘息的狗的样子了，这可不是他愿意的。于是，银匠的头又骄傲地昂了起来。他看到午睡后的人们起来了，在一层层楼面的回廊上穿行，人人都装作没有看见他给绑在那里的样子。下人们不断地在土司房中进进出出，银匠就知道土司其实已经知道自己给绑在这里了。为了压抑住心中的愤怒，他就去想，自己根据双手画在泥地上的那个徽记肯定已经晒干，而且叫风抹平了。少土司依然不肯露面。银匠求从面前走过的每一个人替他通报一声，那上面仍然没有反应。银匠就哭了，哭了之后，就开始高声叫骂，少土司依然不肯露面。银匠又哭，又骂。这下上上下下的人都说，这个人已经疯了。银匠也听到自己脑子里尖厉的声音在鸣叫，他也相信自己可能疯了。少土司就在这个时候出现在高高的楼上，问："你们这些人，把我们的银匠怎么了？"没有一个人回答。少土司又问："银匠你怎么了？"

银匠就说："我疯了。"

少土司说："我看你是有点疯了。你伤了我祖先的寄魂树，你看怎么办吧。"

"我知道这是死罪。"

"这是你又一次犯下死罪了，可你又没有两条性命。"

"……"

少土司就说："把这个疯子放了。"

果然就松绑，就赶他出门。他就拉住了门框大叫："我不是疯子，我是银匠！"

大门还是在他面前哐啷啷关上了，只有大门上包着门环的虎头对着他龇牙咧嘴。从此开始，人们都不再把他当成一个银匠了。起初，人们不给银子叫他加工，完全是因为土司的命令。现在，人们是一致认为他不是个银匠了。土司一次又一次赦免了他，可他逢人就说："土司家门上那对银子虎头是多么难看啊！"

"那你就做一对好看的吧。"

可他却说："我饿。"可人们给他的不再是好的吃食了。他就提醒人们说，我是银匠。人们就说，你不过是一个疯子。你跟命运作对，把自己弄成了一个疯子。而少土司却十分轻易就获得了好的名声，人们都说，看我们的土司是多么善良啊，新土司的胸怀是多么宽广。少土司则对他的手下人说，银匠以为做人有一双巧手就行了，他可能永远也不会知道做一个人还要有一个聪明的脑子。少土司说，这下他恐怕真的要成为一个疯子了，如果他知道其实是斗不过我的话。这时，月光里传来了银匠敲打白银的声音：叮咣！叮咣！叮咣！那声音是那么的动听，就像是在天上那轮满月里回荡一样。循声找去的人们发现他是在土司家门前那一对虎头上敲打。月光也照不进那个幽深的门洞，他却在那里叮叮咣咣地敲打。下人们拿了家伙就要冲上去，但都给少土司拦住了。少土司说："你是向人们证明你不是疯子，而是一个好银匠吗？"

银匠也不出来答话。

少土司又说："嗨！我叫人给你打个火把吧。"

银匠这才说："你准备刀子吧，我马上就完，这最后几下，就那么几根胡须，不用你等多久。我只要人们相信我确实是一个银匠。当然我也疯了，不然怎么敢跟你们作对呢。"

少土司说："我干什么要杀你，你不是知错了吗？你不是已经在为你的主子干活了吗？我还要叫人赏赐你呢。"

这一来，人们就有些弄不清楚，少土司和银匠哪个更有道理了，因为这两个人说的都有道理。但人们都感到了，这两个都很正确的人，还在拼命要证明自己是更加有道理的一方。这有什么必要呢？人们问，这有什么必要呢？证明了道理在自己手上又有什么好处呢？而且就更不要说这种证明方式是多么奇妙了。银匠干完活出来不是说，老爷，你付给我工钱吧。而是说，土司你可以杀掉我了。少土司说，因为你证明了你自己是一个银匠吗？不，我不会杀你的，我要你继续替我干活。银匠说，不，我不会替你干的。少土司就从下人手中拿过火把进门洞里去了。人们都看到，经过了银匠的修整，门上那一对虎头显得比往常生动多了，眼睛里有了光芒，胡须也似乎随着呼吸在颤抖。

少土司笑笑，摸摸自己的胡子说："你是一个银匠，但真的是一个最好的银匠吗？"

银匠就说："除去死了的，和那些还没有学习手艺的。"

少土司说："如果这一切得到证明，你就只想光彩地死去是吗？"

银匠就点了点头。

少土司说："好吧。"就带着一干人要离开了。银匠突然在背后说："你一个人怎么把那么多的女人都要过了。"

少土司也不回头，哈哈一笑说："你老去碰那些我用过的女人，说明你的运气不好，你就要倒霉了。"

银匠就对着围观的人群喊道："我是一个疯子吗？不！我是一个银匠！人家说什么，你们就说什么，你们这些没有脑子的家伙。你们有多么可怜，你们自己是不知道的。"人们就对他说，趁你的脖子还顶着你的脑袋，你还是操心操心你自己。银匠又旁若无人地说了好多话，等他说完，才发现人们早已经走散了，面前只有一地微微动荡的月光，又冷又亮。

银匠想起少土司对他说，我会叫你证明你是不是一个最好的银匠的。回到山洞里去的路上，达泽碰到了一个姑娘，他就带着她到山洞里去了。这是一个来自牧场的姑娘，通体都是青草和牛奶的芳香。她说，你要了我吧，我知道你在找没人碰过的姑娘。其实那些姑娘也不都是土司要的，新土司没有老土司那么多学问，但也没有老土司那么好色。他叫那些姑娘那样说，都是存心气你的。银匠就对这个处女说，我爱你。我要给你做一副漂亮的耳环。姑娘说，你可是不要做得太漂亮，不然就不是我的，而是土司家的了。银匠就笑了起来，说，我还没有银子呢。姑娘就叹了口气，偎在他怀里睡了，银匠也睡着了。他做了一个梦，梦见自己给这姑娘打了一副耳环，正面是一枚美丽的树叶，上面有一颗盈盈欲坠的露珠，背面正好就是他想作为自己徽记的那个修长灵巧的手掌。醒来时，那副耳环的样子还在眼前停留了好一会儿。他叹了口气，身旁的姑娘平匀的呼吸中，依然是那些高山牧场上的花草的芬芳。又一个黎明来到了，曙色中传来了清脆的鸟鸣，银匠也不叫醒那姑娘就独自出门去了。他忽然想到，这副耳环就是他留在这世上最为精湛的东西了。要获得做这副耳环的银子，只有去求土司了。太阳升起时，他又来到了土司家门前，昨晚的小小改动确实使这大门又多了几分威严。太阳把他的身影拉得很长，他望着那是自己又不是自己的影子想，让我为这个姑娘去死，让我骗一骗土司吧。于是，他就大叫一声，在土司官寨的门口跪下了。

这回，很快就有人进去通报了。少土司站在平台上说，我就不下去接你了，你上来和我一起用早茶吧。

银匠抬头说，你拿些银子让我给你家干活吧。我想不做你家的奴才，我想错了，我始终是你家的奴才，这没有什么好说的。

少土司说，你果然还算是聪明人。你声称自己是最好的银匠，带了一个不好的头，如今，好多银匠都声称自己是天下最好的银匠了。这是你的罪过，但我有宽大的胸怀，我已经原谅你了，你从地上起来吧。

当他听说有那么多人都声称自己是最好的银匠时，心里就十分不快了。现在，仅仅就是为了证明那些人是一派谎言，他也会心甘情愿给土司干活了。他说，请土司发给我银子吧。

少土司却问，你说银匠最爱什么？

他说，当然是自己的双手。

少土司说，那个想收你做女婿，后来又怂恿我杀了你的老银匠怎么说是眼睛呢？

银匠就说，土司你昨晚看见了，好的银匠是不要眼睛也要双手的。

少土司就笑了，说，我记下了，如果你今后再犯什么，我就取你的眼睛，不要你的双手。

太阳朗朗地照着，银匠还是感到背上爬上了一股凛凛的寒气。他说，那时，土司你就赐我死好了。

少土司朗声大笑，说，我要留下你的双手给我干活呢。

银匠想，他不知要怎么地算计我，可他也不知道我是要匀他的银子替那姑娘做一副耳环呢。于是，又一次请求，给我一点活干吧，匠人的手不干活是会闲得难受的。

少土司说，你放宽心再玩些日子。我要组织一次银匠比赛，把所有号称自己是天下最好的银匠都招来，你看怎么样？银匠就很灿烂地笑了，银匠说，那就请你恩准我随便找点活干干，你不说话，谁也不敢拿活给我干啊。少土司说，一个土司难道不该这样吗？说句老实话，当年如果我是土司，你连逃跑的想头都不敢有。不过既然那些银匠都在干活，那么，你也可以去找活干了。不然，到时候赢了还好，若是你输了，会怪我不够公平呢。像个爱名声的人，我也很爱自己的名声呢。

银匠找到活干了，每样活计里面攒下一丁点银子，直到凑齐了一只耳环的银子时，那个牧场姑娘也没有露面。少土司则在紧锣密鼓地筹备银匠比赛，精致的帖子送到了四面八方。从西边来了三十个银匠，北边来了二十个银匠，南边那些有着世仇的地方，也来了十个银匠，从东边的汉地也来了十个银匠。据说，那广大汉地的官道上，还有好多银匠风尘仆仆地正在路上呢。银匠们住满了官寨里所有空着的房间。四村八寨的人们也都赶来了，官寨外边搭满了帐房。到了夜半，依然歌声不断。明天就要比赛了，一轮明月正在天上趋于圆满。银匠支好炉子，把工具一样样摆在月光下面。而且，他听见自己在唱歌！从小到大，他是从来没有唱过歌的。他想自己肯定是不会唱歌的，但喉咙自己歌唱起来了。银匠就唱着歌，开始替那个不知名字的姑娘做耳环了。太阳升起时耳环就做好了，果然就和梦中见到的一模一样。他说，可惜只有一只，不然我也用不着去比赛了。他想，哪个银匠不偷点银子呢？你说不偷也不会有人相信。早知如此，不要等到现在才动手，那还不是把什么想做的东西都做出来了。他把家什收拾好，把耳环揣在怀里，就往比赛的地方去了。

少土司把比赛场地设在官寨那宽大的天井里。银匠们围着天井坐成一圈，座下都铺上了暖和的兽皮。土司还破例把寨子向百姓们开放了，九层回廊上层层叠叠的净是人头。银匠达泽发现那个有着青草芳香的姑娘也在人群中间，就对她扬了扬手。姑娘指指外边的果园，银匠知道她是要他比赛完了在那里等她。银匠就摸了摸自己的耳朵。这时，少土司走到了他的面前，说，你要保重你自己，输了我就砍下你的双手，你说过你最爱你的双手。银匠立即就觉双手十分不安地又冷又热。但他还是自信地笑笑说，我不会输的。少土司又说，手艺人就是这样，毛病太多了，你可不要犯那些毛病，不然我同样不会放过你的。

少土司又问："记住了？"

银匠说："记住了。"

"我只是怕你到时候又忘了。"

少土司回到二楼他的座位上，挥挥手，一筐银元就哐啷啷从楼上倒到天井里了。

开初的几个项目，都是达泽胜了，少土司亲自下来给他挂上哈达。

夜晚也就很快到来了。银匠们用了和土司一样的食品：蜜酒，奶酪，熊肉和一碗燕麦粥。用完饭，少土司还和银匠们议论一阵各地的风俗。这时，月亮升起来了。又一筐银元从楼上倒了下去。少土司说："像玩一样，你们一人打一个月亮吧，看哪个的最大最亮。"

立时，满天的叮叮咣咣的声音就响了起来。很快，那些手下的银子月亮不够大也不够圆满的都住了手承认失败了。只有银匠达泽的越来越大，越来越圆，越来越亮，真正就像是又有一轮月亮升起来了一样。起先，银匠是在月亮的边上，举着锤子不断地敲打：叮咣！叮咣！叮咣！谁会想到一枚银元可以变成这样美丽的一轮月亮呢？夜渐渐深了，那轮月亮也越来越大，越来越晶莹灿烂了。后来银匠就站到那轮月亮上去了。他站在那轮银子的月亮中央去锻造那月亮。后来，每个人都觉得那轮月亮升到了自己面前了。他们都屏住了呼吸，要知道那已是多么轻盈的东西啊！那月亮就悬在那里一动不动了。月亮理解人们的心意，不要在轻盈的飞升中带走他们伟大的银匠，这个从未有过的银匠。天上那轮月亮却渐渐西下，侧射的光芒使银匠的月亮发出了更加灿烂的光华。

人群中欢声骤起。

银匠在月亮上直了直腰，就从那上面走下来了。

有人大叫，你是神仙，你上天去吧！你不要下来！但银匠还是从月亮上走下来了。

银匠对着人群招了招手，就径直出了大门到外边去了。

少土司宣布说，银匠达泽获得了第一名。如果他没有别的不好的行为，那么，明天就举行颁奖大会。人们的欢呼声使官寨都轻轻摇晃起来。人们散去时，少土司说，看看吧，太多的美与仁慈会使这些人忘了自己的身份的。管家问，我们该把那银匠怎么办呢？少土司说，他成了老百姓心中的神仙，那就没有再活的道理了，这个人永远不知道适可而止。少土司发了一通议论，才吩咐说，跟着银匠，他自己定会触犯比赛时我们公布了的规矩的。管家说，要是抓不住把柄又怎么办呢？少土司说："你们把心放在肚子里。凡是自以为是的人，他们都会犯下过错的，因为他不会把别的什么放在眼里。"

银匠在果园里等到了那个牧场姑娘。她的周身有了更浓郁的花草的芬芳。银匠说："你在今天晚上怀上我的儿子吧。"

姑娘说："那他一定会特别漂亮。"

她不知道银匠的意思是说，也许，过了今天他就要死了，他要在这个世界上留下一个不信服命运的天才的种子。于是，他要了姑娘一次，又要了姑娘一次，最后在草地上躺了下来。这时，月亮已经下去了。他望着渐渐微弱的星光想，一个人一生可以达到的，自己在这一个晚上已经全部达到了，然后就睡着了。又一天的太阳升起来了，他拿出了那只耳环，交给姑娘说："那轮月亮是我的悲伤，这只耳环是我的欢乐，你收起来吧。"

姑娘欢叫了一声。

银匠说："要知道你那么喜欢，我就该下手重一点，做成一对了。"

姑娘就问："都说银匠会偷银子，是真的？"

银匠就笑笑。

姑娘又问："这只耳环的银子也是偷的？"

银匠说："这是我唯一的一次。"

埋伏在暗处的人们就从周围冲了出来，他们欢呼抓到偷银子的贼了。银匠却平静地说："我还以为你们要等到太阳再升高一点动手呢。"被带到少土司跟前时，他把这话又重复了一遍。少土司说："这有什么要紧呢，太阳它自己会升高的，就是地上一个人也没有了，它也会自己升高的。"

银匠说："有关系的，这地上一个人也没有了，没人可戏弄，你的日子就不好过了。"

少土司说："天哪，你这个人还是个凡人嘛，比赛开始前我就把该告诉你的都告诉你了，为什么还要抱怨呢？再说偷点银子也不是死罪，如果偷了，砍掉那只偷东西的手不就完了吗？"

银匠一下就抱着手蹲在了地上。

按照土司的法律，一个人犯了偷窃罪，就砍去那只偷了东西的手。如果偷东西的人不认罪，就要架起一口油锅，叫他从锅里打捞起一样东西。据说，清白的手是不会被沸油烫伤的。

官寨前的广场上很快就架起了一口这样的油锅。

银匠也给架到广场上来了。那个牧场姑娘也架在他的身边。几个喇嘛煞有介事地对着那口锅念了咒语，锅里的油就十分欢快地沸腾起来。有人上来从那姑娘耳朵上扯下了那一只耳环，扔到锅里去了。少土司说，银匠昨天沾了女人，还是让喇嘛给他的手念念咒语，这样才公平。银匠就给架到锅前了。人们看到他的手伸到油锅里去了。广场上立即充满了一股奇怪的味道。银匠把那只耳环捞出来了。但他那只灵巧的手却变成了黑色，肉就丝丝缕缕地和骨头分开了。少土司说，我也不惩罚这个人了，有懂医道的人给他医手吧。但银匠对着沉默的人群摇了摇头，就穿过人群走出了广场。他用那只好手举着那只伤手，一步步往前走着，那手也越举越高，最后，他几乎是在踮着脚尖行走了。人们才想起银匠他忍受着的是多么巨大的痛苦。这时，银匠已经走到河上那道桥上了。他回过身来看了看沉默的人群，纵身一跃，他那修长的身子就永远从这片土地上消失了。

那个牧场姑娘大叫一声昏倒在地上。

少土司说："大家看见了，这个人太骄傲，他自己死了。我是不要他去死的，可他自己去死了。你们看见了吗?!"

沉默的人群更加沉默了。少土司又说："本来罪犯的女人也就是罪犯，但我连她也饶恕了!"

少土司还说了很多，但人们不等他讲完就默默地散开了，把一个故事带到他们各自所来的地方。后来，少土司就给人干掉了，到举行葬礼时也没有找到双手。那时，银匠留下的儿子才一岁多一点。后来流传的银匠的故事，都不说他的死亡，而只是说他坐着自己锻造出来的月亮升到天上去了。每到满月之夜，人们就说，听啊，我们的银匠又在干活了。果然，就有美妙无比的敲击声从天上传到地下：叮咣！叮咣！叮叮咣咣！那轮银子似的月亮就把如水的光华倾洒到人间。看哪，我们伟大银匠的月亮啊！

月光斩

莫　言

莫言，山东高密人，1955年2月出生，毕业于解放军艺术学院。1980年开始创作，著有长篇小说《红高粱家族》《天堂蒜薹之歌》《十三步》《酒国》《丰乳肥臀》《檀香刑》《生死疲劳》《蛙》等十一部、中篇小说《透明的红萝卜》《爆炸》《野骡子》《欢乐》等二十四部、短篇小说《枯河》《白狗秋千架》《拇指铐》等六十余篇，另有剧本、散文等多部、篇。许多作品已被翻译成英、法、德、意、日、西、俄、韩、荷、瑞、挪、波等多种语言。曾获茅盾文学奖等国内外诸多奖项，2012年获诺贝尔文学奖。

月光斩

在县文化局工作的表弟给我发来邮件说，表哥，最近县里发生了一件大事，请看附件。

八月七日上午八点。县委办公大楼五层保密室。机要员小冯，是你的老同学冯国庆的二女儿。小冯刚上班，提着热水瓶想去打开水，听到窗户外乌鸦噪叫，探头外望，发现那棵最高的雪松顶梢悬挂着一个黑乎乎的东西。起初以为是乌鸦们在此筑了巢，心中有几分丧气，继而又见那些乌鸦竟像不畏生死的斗士轮番向那黑物攻击，心中诧异，定睛细看，是一颗人头，随即发出一声尖叫，热水瓶掉在地上，竟然没碎，也是奇迹。正在整理文件的小许——她是你老战友的三女儿——跑到窗前往外看，发出更为夸张的尖叫。几分钟后，县委大楼朝南的窗户全部打开，县委大院乱成一个如被火燎的马蜂窝。

虽然人头已被乌鸦啄得千疮百孔，但人们还是辨认出那是县委刘副书记的面孔。他面色惨白，愈显得精心染过的头发漆黑如墨。他的眼睛已被乌鸦啄瘪，看不到他的眼神了，因此也就无法想象他临终时刻是惊惧还是愤怒，是浑然无觉还是早有准备。有人道：不一定是乌鸦所毁，很可能是罪犯所为，因为据说西方已经可以用一种特殊技术，从死者的视网膜提取信息，然后输入电脑，显示出罪犯的形象。由此判断，罪犯是一个对犯罪学相当了解的高智商者，绝不是一般的坏人。又有人说，罪犯将人头悬挂在县委大院，显然有杀鸡儆猴之意，带有明显的政治意图，因此可以排除一般的情杀或图财害命。刘副书记是组织部长提起来的，主管干部提拔任用多年，少言寡语，为人谨慎，有良好的口碑，究竟是什么人，将这样一个好干部残忍杀害？闻风而至的县公安局几乎所有的警车发出的刺耳尖啸把所有人的声音都淹没了。县消防中队的一辆救火车开进大院，竖起云梯，一个身穿杏黄色防护服的消防员爬上去，展开一块红绸，将人头小心翼翼地包起来。乌鸦愤怒地对他发起冲击，他举起一条胳膊护住面颊，用另一条胳膊夹着人头，迅速地爬下来。

人头被一个着白大褂的法医接过去，小心地托着，钻进警车，鸣着笛，转着灯，开走。市里的警车与市委领导的车也赶到了，大院里无处停车，就停在了大楼前的永安大街上。县里的防暴警察和武警中队的官兵已经在大道上排开人墙，封锁了道路，成群结队的行人和自行车被封堵，形成了两个乌压压的人团，万头攒动、人声如潮。警察用电动喇叭喊话，命令人们绕道而行，但人们却一个劲地往前挤，直至公安局的马副政委对天鸣枪示警，人们才恋恋不舍地散去。

警笛声停止，但车顶上的警灯还在把一束束令人心寒的光芒扫来扫去。县委大楼上所有的窗户都遵命关闭，但许多人的目光还是不由自主地往外斜，即使他们目不斜视地盯着书本、文件或是压在玻璃板下的照片，但他们的脑海里，还是……好了，表哥，我不想对你描绘刘副书记遇难后发生在县委大楼的事了，从表面上看，已经没有什么异常，常委们躲在五楼小会议室里开紧急会议，各办公室里的人们以比平日里严肃得多的态度工作，小头头们抓住一点鸡毛蒜皮的小事严厉地训斥部下，而部下也带着痛不欲生的表情承认错误。当然，每个人心中的想法，就只可意会不可言传了。

很快就传来了消息，说在县城唯一的那家三星级饭店的一个豪华套间里，发现了刘副书记的尸体。尸体穿着深蓝色的西服，脖子上扎着紫红色的领带，端坐在沙发上，只要安上一个头就可以做报告。清扫房间的服务员怔了半天，才发现客人是无头的。奇怪的是，竟然没有一点血迹，米黄色的化纤地毯像是刚刚用强力吸尘器吸过一样，连一点灰尘都没有。断头处，仿佛用烙铁烙过一样平整——也有人说仿佛用速冻技术处理过一样平整。房间里没有任何的搏斗痕迹和罪犯留下的蛛丝马迹。这样的现场，令县里和市里那些刑警挠头不止。下午，省公安厅的破案专家飞车赶来。他们看了现场，研究了被分成两截的遗体，也感到大惑不解。问题的焦点集中在：刘副书记的血流到哪里去了？罪犯使用什么样的凶器才能干出这样干净利索的活儿？

当省、市、县的破案专家绞尽脑汁思索时，一个传说，像风一样吹遍了县城的每一个角落，连永安大街上那两处爱民工程、外面用绿色马赛克里面用白色马赛克贴了墙面的公共厕所也没漏过——厕所尿池子上方白色的马赛克墙壁上，有人——也许是鬼——用彩笔写上了三个大字：月光斩——当然这传说也从县城波及到了乡村，甚至传到了外县、外省、外国。那三个字，每个都有足球般大，字迹稚拙，乍一看颇似顽皮儿童的涂鸦，但仔细研究，又像一个很有书法根基的人在扮嫩。

何为月光斩？人们马上就想到了一部香港拍摄的电视连续剧的名字，剧中有个人物，手持一把寒光闪闪的宝刀，专拣明月皎皎之夜杀人。但传说中的月光斩与这部香港电视剧毫无关系。传说里说——

一九五八年，大炼钢铁的时候，城关公社的一群机关干部，突发奇想，冲到新建的县火葬场，要用那台新安装的化尸炉炼钢。火葬场技术员向这些人解释，说化尸炉跟炼钢炉根本不是一种构造，但那批执拗的干部，任火葬场技术员磨得嘴唇起泡也不动摇。说他们去国营天河洼农场请来两位右派，帮助改造化人炉。这两位右派，一位名叫任你行，一位名叫令狐退。任你行原是钢铁厂的副总工程师，在苏联留过学，获得过副博士学位；令狐退原是省冶金学校副校长，留德归来的材料学专家。这是两个真正的专家，与当时那拨子建土炉子炼钢的人有天壤之别。如果不划成右派，我们这个小县城用八抬大轿也请不来他们，但成了右派后，一请就把他们请来了。这样两个人，别说是把化尸炉改成炼钢炉，给他们个尿罐，也能改造成可以熔化黄金的坩锅。这个由化尸炉改造成的炼钢炉，炼出了一块纯蓝的钢，就像国王的妃子抱了铜柱而受孕产下来的那块铁一样玄妙。他们往炼钢炉里投进去一百多个破旧的日本钢盔、五十多口铁锅、一万多个从棺材上起出来的铁钉，还有一千多枚罗汉钱，但出钢时只流出不满的一勺钢水。这是真正的金属的精华，七道凌厉的蓝光直冲云霄，有七颗流星沿着蓝光落到钢水勺里。它们在降落时，金光与蓝光剧烈摩擦，放射出刺目的强光，并散发出浓烈得让人昏迷的烧冰的香气——把冰凌放在火上烧，这是我们那里的坏小孩常玩的游戏——我知道这样写有悖物理学原理，但这是传说，姑妄言之姑妄听之。七星落入钢水勺后，正好齐平勺沿，那两个右派中的一个，可能是令狐退，也可能是任你行，亲手端着钢水勺子，浇灌到早就准备好的长条形钢锭模子里，他们准备了一百多个模子，但只灌了半个模子。这块钢——姑称为钢吧——在模子里冷却了，炼钢炉里的火也熄灭了，只有邻近火葬场的人民医院里那个土高炉还冒着火苗子。不久，人民医院的土高炉也灭了。此时，天上一轮明月，放射着浅蓝的光辉，那块钢，在模子里放出幽蓝的光芒，令在场的人心中都滋生出了庄严、神圣的感情。至于这块奇异的蓝钢的下落，有许多种说法，但每一种说法，都无从调查，因为那些炼钢的人大半作古，活着的人，只能提供一些含糊的证词，如果沿着这些证词调查，那就如同太阳的光线一样，射向四面八方，有的变成植物，有的变成气体，有的变成人类无法认识的物质。

但很快又有一个令人振奋的传说出现。

县城东门外，原有个东关村，村里有户铁匠，姓李，李铁匠六十丧妻，三个儿子，陆续成人，都无妻室，跟着父亲打铁为生。父子都是文盲，春节时，请村里一位曾经当过私塾先生的人写对联，那人好谑，提笔写道：一门四光棍，父子八大锤。横批不合规矩，只有三个字：硬碰硬。此联大为有名，县城的人都知道。新的传说与这户铁匠有关。

说“文化大革命”期间的一个傍晚，铁匠炉封了火，苞米粥的香气弥漫全室。铁匠们的饭量极大，一个比笆斗还大的双耳锅吊在铁匠炉上方，锅里的金黄的粥倒出来足有一桶。兄弟三个围着锅站立，每人捧着一个粗大碗，喝得十分香甜。满室粥响，夹杂着老铁匠的哼哼。老铁匠病了，缩在墙角的地铺上，盖着一张烂羊皮。炉里飘游不定的蓝色火苗不时照亮老铁匠铜色的干巴脸，然后便敛了，房子又沉入黑暗。心比较细的老三嘴里有粥，含含糊糊地问：爹，你还是喝一碗吧，人是铁，饭是钢，一顿不吃饿得慌！老铁匠咳嗽一阵，喘息着问：粮食市上的苞米，涨到多少钱一斤啦？老大瓮声瓮气地说：管他多少钱一斤，水涨船高，粮食价涨，咱的工钱也跟着涨。老二道：这年头，还不知怎么闹腾呢，吃了今日就别去管明日啦！老铁匠喘息着说：今晚上加班，把“井冈山”红卫兵那批扎枪头子打出来，收一笔钱准备着，世道乱了，好往关外逃。三儿子道：你以为关外就不乱了吗？你没听到大喇叭里吆喝？五湖四海一片红啦！爷们儿正说着，喝着，听着县城里传出来的阵阵呐喊和火车的凄厉笛声，感受着火车进站时引起的地皮震颤，就有一个人影轻悄悄地，犹如一匹金钱豹子闪了进来。正好又有一个罂粟花般大小的蓝色火苗从封住的火炉上飘起来，悬浮着，久久不逝，照亮了来者。

那是一个年约十五六岁的姑娘，身穿一套草绿色的仿制军装，腰里扎着一条奇宽的牛皮腰带，使她的身材显得有几分英武。她头上扎着两根小辫，浓眉大眼，蒜头鼻子，长嘴厚唇，有点傻气。当然，她的胳膊上还套着一个红色的袖标。最重要的是，她怀里抱着一个黑色的包裹，看上去十分沉重，不知道里边是什么东西。

铁匠兄弟都是正当盛年的光棍，来者虽是一个小丫头，但毕竟是女性，所以他们都用热情的眼光上下打量着她，姑娘把怀中的包裹扔在地上，发出沉闷的响声，使地皮都颤抖。你是“井冈山”的吗？老三说，你们那批扎枪明天才能打出来。老二道：回去告诉你们的头头，一手交钱，一手交货！老大道：苞米涨价了，煤也涨价了，我们的扎枪头也涨了，每个两块！姑娘直起腰，把双手的拇指与食指插进腰带，捋捋衣服，又往下抻抻衣角，挺起胸膛，冷冷地说：我既不是“井冈山”的，也不是“东方红”的，我是“独立大队”。老三笑道：蒙谁呀？县城里根本就没有这么个红卫兵组织。姑娘道：我不跟你们废话，我有一块好钢，请你们帮我打一把刀。老三道：什么好钢，拿出来瞧瞧。于是，姑娘蹲在地上，解开地上的包裹。先是一层黑布，继而是一层蓝布，然后是一层红布，最后是一层白布。当那层白布解开时，炉子上方那个飘游的火苗像胆怯的小鼠一般，倏地钻进了煤堆。被烟熏火燎得黝黑的铁匠铺子，顿时被一种幽蓝的光芒照亮，四面的墙壁和房顶，仿佛都刷了一层明亮的釉彩，焕发出动人的光芒。铁匠兄弟们都忘记了喝粥，捧着碗，张大嘴，眼睛直愣愣地瞪着那块钢。那块钢，安静地躺在白布上，仿佛一条远古时代的鱼，女孩伸出一个手指，轻轻地触摸了一下那块钢，然后疾速缩回，仿佛那块钢奇冷又仿佛那块钢奇热。她用挑战的口吻说：看到了吧？就是这样一块钢，我想请你们打一把刀，样子我也带来了，但不知你们有没有这个本事。她说着，从衣兜里摸出一张折叠成儿童玩的纸炮形状的纸片，展开，举给就近的老三：就照着这样子打。老三接过纸片，借着那钢的光，看着纸上的图。那是一把古老样式的刀，刀把是个圆环，刀背弧线流畅，宛如妙龄女子的腰背，刀尖与刀背吻合部形成一个钝角，刀刃线条凸起，犹如鱼的肚腹。这样的刀，倒也不难锻打，老三说着，将纸片递给老二，老二看罢，又递给老大。老大道：不知这位姑娘能出多少加工费？姑娘冷笑一声，道：只要你们能将这块钢，锻打成这样一把刀，加工费嘛，要多少就是多少。老大说道：小姑娘，别说大话，你爹不是银行行长，即便你爹是银行行长，那些钱也不是你们家的对不对？告诉你，我打铁三十年了，我爹打铁六十年了，什么样的钢没见过？什么样的铁没砸过？你想用这块抹了一层荧光粉的铁来胡弄我们吗？姑娘冷笑着，一探身夺回纸片，装进衣兜，然后便蹲下，包裹那块蓝钢。这时，一直缩在墙角的老铁匠气喘吁吁地说：姑娘，慢着点包裹。老三，扶我起来，让我见识见识。老三上前，扶起老铁匠，颤颤巍巍地过来，一低头，眼睛里立即生出光彩，脸上的肌肉也猛然紧张起来，仿佛片刻之间变成了另外的一个人。他蹲下，抬头看看姑娘，低头看看蓝钢；抬头，低头；抬，低。然后伸手触了一下蓝钢。然后又触了一下。又触。每一下都像蜻蜓点水。然后，站起来，双手抱拳，作一个长揖，小心翼翼地说：姑娘，儿子们出语无状，多有得罪。我们是些土铁匠，锻打个锨、镢、镰、锄，混碗苞谷粥糊口罢了。这样的宝物，您还是另请高明吧。姑娘叹一口气，说：都说李铁匠家祖上是为康熙大帝打过屠龙宝刀的御用铁匠，原来不过尔尔。说罢，用无比失望的眼光扫视了一遍铁匠父子，蹲下身，包裹起那钢，艰难地抱起，趔趔趄趄向外走去。房子里顿时又沉入黑暗，那蓝色火苗浮起，照耀着铁匠父子的脸，犹如四尊尴尬的泥神。姑娘的身影，犹如金钱豹子，即将在门口消失那一刹那，老铁匠用悲凉的声音问：姑娘，你到哪里去？——我把这块钢，扔到南湾里去，让它沉没到淤泥中，永远不见天日。——回来，姑娘，老铁匠说，这是我的命，逃是逃不过的。——你决定要征服它了吗？姑娘的身影又如金钱豹子，一闪便回到了铁匠炉旁。她的目光里闪烁着惊喜，道，我知道你不会放过它的，一个好铁匠，总是盼望着这样的钢出世，然后，用奇特的方式，使它服从自己的意志，变成一把宝刀。老铁匠脱下身上的破褂子，露出瘦骨嶙峋的胸膛，从水桶里舀起一瓢冷水，咕咕地灌下去，然后一抹嘴，腰板挺直，仿佛年轻了二十岁，或者三十岁，雄赳赳地说：儿子们，生起火来！生起火来啊生起火来！生起火来！

老铁匠的二儿子用铁钩子捅开煤壳，拉动风箱，呱嗒呱嗒，白烟上冲，直冲房顶，火星四蹿，火苗紧接着出现。老铁匠从姑娘怀中接过那包裹，放在屋子正北方向的祖先牌位前，跪地，行三跪九叩之大礼。礼毕，将包裹解开，悲切切地说：列祖列宗，保佑吧！祝毕，将右手中指塞进嘴巴，咬破，在那蓝光的映照下他的血也成了蓝色，滴滴下落到那钢上，先发出叮叮咚咚的声响，仿佛珍珠落到冰上，然后又咬破左手中指，将血滴上去，又发出吱吱啦啦的声响，仿佛那钢是灼热的。铁匠的儿子们嗅到了古怪的香气，与那用荷叶包裹着的人血馒头放至灶火烧烤时的香气颇为接近。血祭完毕，那钢的蓝色浅了，淡了，不似初时那坚硬与凌厉，增添了些许温柔，与深秋时节的满月光辉有几分相似。然后，也不包扎手指，搬起那钢，如抱着一个五世单传的婴孩，塞进了熊熊的炉火之中。

用了比烧透一般钢铁十倍的时间，才将那块蓝钢烧透。当爷们儿把那蓝钢用头号大钳抬到铁砧子上时，铁匠铺里变成了一个冰一样透明的世界，屋子里的人和物，都仿佛远古时的物体，被凝固在一块浅蓝的琥珀里。此时，只有凝神观察，才能看到那鱼一样形状的钢，活泼泼地躺在砧子上，浑身抖动不止，不知是痛苦还是兴奋。老铁匠操着小锤，与其说是打，毋宁说是抚摸了一下那蓝钢，三个如狼似虎的儿子，各操着十八磅的大锤，各打了一锤。接下来，老铁匠的小锤便如鸡啄米一样迅疾地敲打下去，三个儿子手中的大锤，挟带着狂热与激昂，如同奔驰中的烈马之蹄，迅速无比但又节点分明地砸下去。奇怪的是竟然没有声音。往常这父子四人打铁时发出的声响半条街上都能听到，连火车的汽笛声都被盖住，但现在，这锻打，这劳动，剧烈之极，但墙角蟋蟀的鸣叫都声声入耳，让人感觉到深秋之悲凉，生命之短暂。那个小姑娘呢？那个姑娘缩在墙角里，双手捧着腮，眯缝着眼睛，犹如食后蹲在大树上休息的金钱豹子。奇怪的是如此猛烈的锻打，竟然没有半点的火星溅出，往常这父子四人打铁时，火星四溅，碰到墙壁反弹回来，发出扑簌簌的声响，远远看过去，宛如礼花绽放。这样的锻打持续了足有半个时辰。三个儿子身上热气腾腾，犹如三根刚从油锅里夹出来的油条，但那老铁匠，却连一滴汗珠都没流。老铁匠手中的小锤慢了下来，儿子们手中的大锤跟着慢下来。小锤更慢了，东一下，西一下，宛如一只吃饱了的鸡，在米堆里拣虫吃。老铁匠歪着头，眯着眼，神情和姿态都与一只黑色的老公鸡相似。更慢了。当当，小锤声；哐哐，大锤声。当，哐，当，哐。小锤扔在地上，站立着，柄儿摇晃，终于静止。三个儿子如同三株朽木，瘫倒在地上，只有老铁匠还站着。炉子里的火半明半暗，蓝色的火苗柔软无力，犹如微风中的丝绸。老铁匠头顶光秃，嘴角下垂，脖子上老皮垂挂，仿佛老了二十岁，或者三十岁。他勉强站着，用目光招呼着那个小姑娘。小姑娘畏畏缩缩地走到铁砧子前，先看了一眼铁匠，然后低头看砧子。她又抬起头看老铁匠，满脸疑惑。无怪她疑惑，因为那砧子上似乎什么都没有，好像那块奇异的蓝钢，被铁匠父子们打成了空气，或者打成了光，涂抹到这房间里的所有物体上，连人的皮肤上、头发上、眼睫毛上，都涂抹得有。老铁匠眼睛半睁着，可见疲劳已使他的眼皮没了力气，声音细弱，如同蚊虫哼哼，非侧耳屏气难以听到。但姑娘分明是听到了。她把右手中指塞进嘴巴，一口咬破，血珠滴落，举到砧子上。一股碧绿的烟雾腾起，房子里溢散开用灶火烧烤用荷叶包裹着的用人血蘸过的馒头的气味。与此同时，那把刀的形状便在砧子上渐渐地显现出来。大约有一米长，最宽处约有二十厘米，完全符合那张纸片上的形状。她又把左手的中指咬破，血珠滴落，举到刀上，叮叮咚咚，如同珍珠落在冰上。与此同时，那刀的形状又渐渐朦胧了，犹如雾里看花，水中望月，隔着玻璃看沐浴的美人。

你把它拿走吧。说完这句话，老铁匠往后便倒，随即停止了呼吸。

你把它拿走吧。说完这句话，老铁匠的大儿子随即停止了呼吸。

你把它拿走吧。说完这句话，老铁匠的二儿子随即停止了呼吸。

你把它拿走吧。老铁匠的小儿子说。

姑娘抓起那把刀，犹如捏着一段月光，对铁匠的小儿子说：你跟我一起走。

这两个年轻人，女的提着刀，男的空着手，走出铁匠铺子，走上街道，走出东关村，进入原野，消逝在蓝色的月光之中。

这把刀的名字叫“月光斩”。

只有用“月光斩”砍人首级，才能滴血不出，才能碴口如熨过的“的确良”布料一样平滑。

但不久又有一个传说出来，传说说：身首分离的刘副书记，其实是一个塑料模特，不知道是哪个恶作剧的家伙，或者是哪个被刘副书记扇过耳光的坏蛋，制造了这样一出闹剧。尽管是闹剧，但造成了极为恶劣的政治影响，对刘副书记的名誉也有毁灭性的伤害，而且还造成了难以估量的经济损失，那么多的警车，那么多的警察、武警，那么多的官员，都投入到破案中去，车辆磨损、汽油耗费、工资、差旅费……嗨！

为了挽回影响，县委、县政府在人民广场举行篝火晚会，庆祝中秋佳节，电视台直播。人们从电视里看到，刘副书记先讲话，后唱京戏，又与女青年跳舞。无论是讲话、唱戏，还是跳舞，他的脸上都带着微笑，非常有亲和力，非常平静，仿佛什么事情都没有发生过。

看完了附件，我给表弟回复邮件：表弟如晤，久未通信，十分想念。姑姑好吗？姑夫好吗？建国表哥好吗？青青表妹好吗？你在县城工作，要经常回老家看看，姑姑姑夫年纪大了，多多保重。你若回去，一定代我去眉间尺的坟前烧两百纸钱。遇见韦小宝的后人，一定要礼貌周全——宁得罪君子，不得罪小人，这是古训，不可违背。一转眼间你也快三十岁了，婚姻问题要赶快解决，天涯何处无芳草？不必死缠着小龙女不放，我看那个还珠格格就不错，野是野了点，但毕竟是金枝玉叶，跟她成了亲，对你的仕途大为有利，赶快定下来，万勿二心不定，是为至嘱。

北门口预言

韩少功

韩少功，1953年出生，湖南长沙人。著名作家，是倡导“寻根文学”并有突出实绩的重要作家。中国作协主席团成员，海南省文联名誉主席。著有短篇小说《西望茅草地》《归去来》，中篇小说《爸爸爸》《鞋癖》，散文《世界》《完美的假定》，散文集《山南水北》，长篇小说《马桥词典》《暗示》《日夜书》等。另有译作《生命中不能承受之轻》《惶然录》等。

北门口预言

北门口是杀人的地方。

城楼靠河，乌鸦总是栖在城墙上，凝视河水里涌荡着的夕阳或晨星。船到了，船客们钻出船篷，忽觉世界明亮耀目，脸上红红的兴奋，便开放在满河的捣衣声及其回声之中。外地人东张西望，鼻梁几乎承受不住凌空欲下的楼影，还有斑驳的青苔、蓬生的蒿草，以及城门上“古道雄关”几个汉隶大字。他们顾盼之间不免暗生一丝惊愕，觉得这里一定发生过什么大事，只是无从打听。

船客们的竹背篓里，多背着穷人的营生。他们有时付不起船资，就用劳力作为抵偿。从辰州到这里溯水上行，一路上三十六滩。每遇到河道狭窄处，哗哗白浪一排排自天而下，船靠岸略停，不用吩咐，这时候自有一些船客挽起裤脚下船，依次搭上一条纤索，拉着船体逆水而上，就算是给船家交钱。纤索悠悠弯弯地悬垂，似乎并未吃上力，却不知纤夫们何以拉得一个个都四肢伏地，一颗颗屁股高高翘起被太阳烧烤。他们胀得脸红脖子粗，额上青筋暴出，大口喘气的嘴巴几乎就要啃着地，啃着河岸上粉红色的野花，啃着岩鹰偶尔投撒过来的影子。本地人把行船叫作爬船，我开始以为是对划船的误读，后来才觉得叫爬船也很切——纤夫们一路上确实就像狗一样爬着。

他们沿着河爬进山来，是为了这里的桐油，竹木，砂金，兽皮，还有鸦片和枪。揣度外乡人的目光，首先来自北门口的一些老妪。她们端坐街面上，守着面前小摊上的粽粑、甜酒和醋萝卜，脸上布满着如网皱纹，面色油黑光亮，酷似一件件烟熏火燎过的根雕。如果不是逢集，街面人少，她们便少有买卖，但她们仍然天天守在这里，似乎不是为了买卖，只是要列阵迎接暮色，静观岁月在小城里的流逝。

过了街口，有粪臭和蝇飞，有汉子们抽着烟三两相聚，便是牛马场了。这里买牛不论老少，用一根竹条箍量牛的前肋，再以拳宽比量竹条，依长短定出价格。水牛至十六拳为大，黄牛至十三拳为大，此为“拳牛”。买马则须论老少，看牙口，看毛色，还用木棒从地面比至鞍脊，高至十三拳为大，此为“比马”。至于木柴买卖，人们从不用秤，只是把劈柴码成四方垛，用脚比量柴垛的长短，就算估出价格。他们对脚的大小从不注意和计较。

北门口以前是杀人的地方。

买卖若谈成了，汉子们一高兴，大多会去饭店喝酒。店堂里支着几口铁锅，锅下炭火不熄，锅里浑汤长留，周围有窜来窜去的狗，还有杂乱的板凳或矮椅，留住客人们在木板上的余温。新来的客人一进门，对认识和不认识的人都点头笑笑，叫一碟牛肉或猪脚，选一口锅倒入，从容烫热下酒。若是客人多了，锅不够用，店家会取来铁质隔网插入汤锅，将一锅隔成两区或三区，让两三拨客人各得其所。这样一来，锅中食料虽有分隔，但油汤隔网相串，故名“百家汤”；因常年不绝，浅了便加水，加水又见浅，再得名“万年汤”。这种老汤熬煮各种肉骨和菜蔬，翻滚着热辣辣的红油，不知被多少双筷子搅和过，黏乎乎聚天地百味之精华与千家万户之和气，最让客人们欢喜。

酒到三分，他们脸上放出红光，忍不住一手托腮，开始相邀对歌。与拉山歌不一样，这种近距离对歌不在乎声高，只在乎辞巧，因此托腮几成歌手的标准动作，有点像以手遮嘴讲点悄悄话。他们上一板，下一板，一接上头便要比个输赢，常常唱得凉凉暮色流进店来，注入他们的衣袖和他们空空的酒碗，还迟迟不肯散去。在这时候，听歌人其实比唱歌人还忙碌，目光齐刷刷地随着歌声在对歌者之间来回转移，待歌声一落，便评议歌词的优劣。这句好。这句杀得有劲。张老板肚子里文章好多呵。诸如此类。他们精确地审度形势，及时地表彰优胜，巧妙地挑唆情绪，促成一场场诗歌的拼杀。歌手不斗气他们不开心，真斗气了他们又急急劝解，甚至掏钱买酒给歌手们一些安抚。

唱到斗气时，歌手们常有的诅咒之辞是“你烂嘴烂舌讲鬼话，北门口去啃泥巴”。北门口是杀人的地方。“北门口去啃泥巴”一语自然恶毒。这里的人都知道，以前只要铜号声一响，北门口就特别热闹。不用士兵吆喝，摊贩们纷纷闪避，让出城门下那一块地坪空空荡荡，任蝴蝶在那里翻飞戏舞。因为人们已有经验，有些死囚性子烈，死到临头还要发点脾气，把士兵的手咬去一块皮肉，或者一路上把货摊哗啦啦踢个遍。有一次，一口炸油饼的油锅被死囚踢翻，扬起一匹金浪，烫着了一条狗。这条狗的屁股头至今还红鲜鲜地溃烂了一块，难以摆脱苍蝇的追绕。出于同样的理由，娃崽们此时最让人悬心。他们闻号而动，焦急万分地迅跑，小小赤脚在麻石街上几乎不发出什么声音，接下来在大人们腰边或胯下钻挤，一心把杀人场面看个真切。母亲们免不了到处寻找自己的娃崽，一旦找到便咒骂，便揪耳，便打屁股，把他们鸡一样提回家去，原来的刽子手姓曾。姓曾的老了以后，又换上了一个姓周的，人称周矮子，周老二。姓周的比姓曾的杀得好，动刀前不用喝酒壮胆，下刀时也不大声念咒，自己身上干干净净，从不曾沾一滴血。他不用板刀，只用拐子刀，每次刀口朝外，贴在自己右臂一侧，听到行刑官下令，便从死囚身后抄上去，横肘一抹，人头落地，动作轻捷利落，旁人还来不及看清刀下奥秘，他的差事就已经完成。人们说，他还可以双刀斩双头，动作一次性完成，叫左右开弓，叫阴差阳错，此绝技不轻易示人。

要是他事先得了死者亲属的银钱，自然会在刀下做点手脚，横肘一抹时看似威猛，刀却极有分寸地暗暗带住，留下一两寸未断的颈皮，连接死者的头颅和身躯，这叫留一个全尸。至于没有亲属来事先打点的，或是獐头鼠目面相刁恶的，痛哭流泣贪生怕死的，周老二一声冷笑，嚓——人头便扬起黑发嘀溜溜地旋转，旋得飞快，旋出老远，一直旋到街边的粪水沟里，五官被粪水污得一塌糊涂。脑袋受了这等折磨，身躯还必定扑通一声向前扑倒，算是最后伏罪一拜，尊严荡然不存。

这种死法，自然让各位看客目光僵直，倒抽一口冷气，很长一段时间内还精神恍惚。据说有一奸夫，虽然奸情并未败露，但自从在北门口看过一次杀人，已吓得魂不附体，疯疯癫癫几日以后，一根绳子上了吊。

周老二杀人杀得名气大了，便杀出了新规矩。每次完成差事，他提着拐子刀从北门口大摇大摆回家，见到肉案，不用问是谁的，不用看是什么肉，随心所欲砍上一刀，三斤就是三斤，五斤就是五斤，挂在刀尖上，扬长而去，无须说话更无须付钱。这叫作吃“揩刀肉”，谁也奈何他不得。以至后来一听到北门口号响，街上的肉贩子都神色慌张，赶紧收拾摊子躲避，怕被周老二撞见。

周老二没碰上肉案，气不打一处来，便用刀尖戳几个馍，戳一串饼，也算聊作退而求其次的补偿。他的拐子刀泻一道寒光，是他这一天白吃白喝的特权，指向哪里，哪里就得有贡献，哪里就有人赔笑脸。有些人也许是想早早与他拉好关系，见他来了总是尊称“四爷”，又是搬椅子，又是泡茶水或切瓜剥果，阿谀奉承之辞不绝于嘴，似乎只有把这位爷侍候好了，自己日后才有全尸的可能。

“刘麻子他胆敢躲老子!”周老二咬牙切齿，指的是一个肉贩子。

讨好者跟着愤愤：躲什么躲？四爷不是看得起你，会到你的案子上揩刀么？

或者说：这家伙不仁义，将来总要落在我们四爷手里。

只是此语的意思稍嫌含混，不知“落在周爷手里”一语，是指到时候砍下猪肉还是砍下人肉？

不过，周老二也有碰到对头威风扫地的时候。这一次，县衙发布文告，处决一个土匪头。此人是个黑大汉，魁伟身材，从监房一直骂到北门口，又大喊“姓彭的你在云家湾等啊——”不知话里隐着什么故事。他临刑前拒不低头，更不求全尸，挨过第一刀以后，扬着血脖子差一点站起来，挨过第二刀以后，脑袋虽已栽倒，但骂声仍在继续。最后，他挨了第三刀，第四刀，第五刀……让周老二颇费一番手脚，拖泥带水地很没面子。更重要的是，他估计周老二在身后靠近，很有心计地突然改变姿势，由双膝跪地改为盘腿而坐，双腿朝前顶着，暗暗用力，确保自己倒下时是坐死而不是跪死，是仰死而不是俯死。颈腔向后一翻，鲜血还喷溅过来，喷红周老二衣襟，使他狼狈不堪，少见地污了身子。见此情景，看客们都暗暗敬佩，有位后生情不自禁大喊一声“好——”，兴冲冲地一个劲卷衣袖，似乎受到什么启发，就要上场去比试比试什么。

土匪头身坯肥大。要抬他去游乡示众，四个人还抬不动他，只好把他拦腰锯断，分开负担。锯到骨头的时候，发现骨头太硬，怪不得周老二大费周折，于是嘎嘎锯骨声从北门口一直顺着石阶滚下，蹦跳到河滩上，惊动了河边的船客——大家不知道是什么声音。恰逢天气很热，为了防止尸体速腐，保证四乡百姓都受到警示，兵丁们给他全身抹上消毒去虫的石灰。他们没有料到的是，石灰沤过的人肉慢慢变成了绿色，兵丁们只好抬着这绿手绿脚绿脑袋，如抬着一个地府阴曹的厉鬼，走进稻草垛子散发出来的炎炎初秋。

像以前某些土匪头一样，黑大汉在伏法前已被从头到脚搜过多次，未搜出什么珍奇，以至众人疑心他腰缠万贯的传说恐是虚名。不过，他的小老婆最后赶到北门口，号哭一阵以后，从容脱去亡人的鞋子，套在脚指头的八个金戒指一亮，跳入围观者的眼中。有人立即捶胸顿足，娘哎娘哎地悔恨自己刚才粗心，诅咒自己的命运。

这都是一些传说。

在很长一段时间里，此地官匪难分。有些官军脱了制服便成了土匪，有些土匪穿上制服又成了官军。但不管是哪些人穿制服，坐衙门，贴文告，周老二照旧一把拐子刀干他的差事。曾经有一次，一位新来的长官倡导新制，用枪毙代替斩首，差点端了周老二的饭碗。不过这位长官很快便被更新的长官当土匪给斩了，一切又回复旧规矩。人们也觉得还是旧规矩让人放心。用周老二的话来说，放枪嘣一下就了事，放个屁一样，杀没有杀威，死没有死相，还费铁子，成何体统？

这位倡导新制的长官是外来人，号召富人减租，要求穷人读书，令众人颇感新奇。他不抽鸦片，不纳妾，不嫖娼，不赌钱，不收礼，还不坐轿子，也不准手下人这般逍遥。一位强奸民女的结拜兄弟，被他割耳朵下了大牢，令百姓拍手叫好深为敬佩。但跟着他长久了，他手下人便渐渐觉得清苦乏味，没有多少好处。连钱都不能赌，连女人都不能嫖，那不等于跟着他坐牢么？百姓们开始还觉得他仁义，但后来发现这家伙自己走路，自己扫地和擦灯罩，哪像个官呢？发现这家伙不常杀人，那还有谁怕呢？再想想，不像个官的人，大家都不怕的人，能把衙门坐得长久？

他们开始叫他“王圣人”，后来叫他“王癫子”，见他和善如常并不气恼这一绰号，更认定他确确实实癫了，去北门口啃泥巴，恐怕是迟早的事。

又一支军队来了，把王癫子一伙赶到霸王岭，连攻十六日没攻上去。最后传下命令，凡下岭投降的，只要办一桌谢罪酒饭，洗心革面，三年之间欠租的减租，欠捐的免捐，祖坟一律受到保护。其中献上王癫子的更可得重赏。这一招果然灵，不到两天，王癫子便由他的几名卫士五花大绑押下岭来。

北门口的号又吹响了，人们拥挤着争看墨迹未干的文告。听文告上说，匪首王犯文彬，江西某州某县人氏，惯以伪善欺世，实为衣冠禽兽，曾奸宿其婶其嫂其媳，每天还食人肉若干……众人看此文告都大吃一惊：还有这样的事？还有这样丧尽天良的畜生？一些曾经在王癫子管束下很少逍遥的人，一看文告更加上火：他娘的只准州官放火，不准百姓点灯啊。他原来也是一肠子屎，为何倒压着我们当菩萨？

正当人们交头接耳之际，一位女子哭天喊地冲到北门口，头发散乱，泪流满面，一只鞋子脱落。她冲着汉子们抢地磕头，央求道：彭家大叔，罗家大叔，石家大叔，你们讲句公道话吧。我家文彬没有吃过人肉，没有吃过人肉哇——

汉子们沉默，低下头往别人身后躲。也许他们并非胆怯，只是说话得有凭据，得给他们慢慢查实的时间。他们躲过女子的目光，皱着眉头，抹抹脸皮，深深呼吸，似乎暗示他们正准备这样去做。

冯家大叔，张家大叔，李家大叔，你们大家都讲句公道话哇。我家文彬从不伤风败俗，压根儿就没有嫂嫂和儿媳啊——

没有嫂嫂和儿媳，可婶娘呢？汉子们个个都义道，但仍然无法声援，只能含糊。

女子的声音逐渐嘶哑和稀薄了。她被两名士兵揪住头发，拖到牛马市那边去了。北门口只留下她的一只鞋子。

王癞子就是在这天一命归西。他似乎不怎么好汉，临刑前居然哭了起来，让周老二十分看不起。周老二下手时狠狠用力，让死者的脑袋不但尽旋，而且蹦跳，一路血泪交迸，最后滚到臭粪沟里。只是收刀以后，周老二觉得背上扭得有点阴痛。开始还没在意，回家后觉得越来越痛，最后摸到蚕豆大小的一肉团，硬得让人心疑。他请郎中看，郎中说是毒疔，来者不善，一定是来收命的。

几天之内，这颗毒疔越来越硬，竟有碗口大小，黄色的脓头密集相聚，如一颗饱满熟透的石榴鲜红而美艳。一到夜里，半个镇子都可以听到刽子手彻夜的号叫，狗吠也随着此起彼伏。再仔细听听，在号叫间歇的寂静里，有麻石街上轻轻的脚步声，时有时无，似远似近，不知是何人还在深夜独步。

有人说，可能是王癞子冤死，周老二才遭此冤死鬼的报应。人们这才想到，王癞子可能确有冤情。比如说他吃人肉，那时候北门口几乎没吹过号，他有什么人肉可吃？难道是去掘坟吃腐肉不成？又比如说他淫乱，但他当时不妾不嫖，有什么理由要打几个黄脸婆的主意……这一想，人们又议论他的遗书。据说他女人只收存了亡夫一纸遗书，后来一直帮人家打豆腐，确实没有接下什么家产。遗书上写着："既为民生，当为民死。行恶民仇，名善民嫉。仇兮嫉兮，不亦梦兮。"似乎写得有点没头没脑。一位老郎中最通文墨，把这份遗书看了好半天，也支支吾吾没说出个意思。

人们想到王癞子临刑前的仰天痛泣，惴惴的有些不忍，最后在老郎中提议下，凑了点钱，把尸体从乱坟岗挖出，置一口棺材，燃一通炮竹，重新下葬了。

周老二也凑了一份钱。大概是凑得及时，破财消灾，他背上的毒疔竟脓净封疤，好了。他的操刀营生接下去还干了多年，照样杀得很好，照样赚过好些揩刀肉。

我第一次来到北门口的时候，这里早已不是刑场。城楼旁边升起了百货公司的水泥墙，还有邮局、书店、银行以及政府机关，成了守摊老妪们新的背景。有一位伞匠把手中铁板敲得丁当响，走过街市，播一路防雨的警告，又像是敲打出什么暗号。间或有些大城市来的游客，看看残破的城楼，尝尝老妪们兜售的零食，用照相机咔嚓咔嚓地把小城拍来拍去。我就是这样知道了北门口的来历。

至于有名的周老二，据说他还活着，老得牙齿都掉光了，偶尔去酒店喝一盅包谷酒，在牛马买卖双方之间当中人。他一手拉住买方的手，一手拉住卖方的手，手都伸到对方袖筒里，指头捏一捏，就捏出些暗号，让对方心知肚明。一旦左右两手捏出的价位趋同，就算讨价还价结束，他抽回手一拍，一桩机密的买卖宣告完成。人们说，他年过八旬还精明出众，只是身骨子不太强了，而且看人时还习惯性地往颈根上看，说人还习惯性地往颈根上说。比方说到人的身体，他不大说胖瘦高矮，只说颈根太粗或者太细，说颈根嫌长或者嫌短，让人们有些诧异。说到某人当上了林木站站长，他就说此人干不了大事，颈根与脑袋一样粗，颈后有个扁担坨，活脱脱的贱相，同邮局的彭老三差不多。这里的问题是，说人就说人，为什么又说到颈根？邮电局确有个彭老三，但彭老三从不与他交道，他为何如此熟悉对方的颈根？是什么时候仔细观察并且牢记在心？甚至可随口拿来打比方？

周老二有时还在干部面前吹嘘，说他也有过革命功绩，理应受到政府的福利照顾。按照他的说法，那年革命党号召剪辫子，没有什么人响应，后来不就是全靠他周老二一把板刀？镇守使授权他惩治长发鬼（有时候他说红军是授权方）。他忙得没日没夜，肩上背着一捆长辫，成天提着板刀在墟场上转（有时候他又说自己骑了马）。只要见到长辫子，他一把揪住，拖到某个肉案上，揪得那人引颈于案，手起刀落，银光一闪，嚓，一条辫子就体温犹存地落入他手中。他革命好几个月，容易吗？总共斩下了几百条辫子（有时候说斩下了几千条，包括洋教士们的假辫子），容易吗？当年再强霸的后生也被他斩得抱头鼠窜，乡下人好几个月都不敢上街赶场。一个最先消灭长辫子的模范县就诞生在这里啊。这样的丰功伟绩，怎么就一笔勾销了？

有个后生很崇拜地看着他，说你这样革命，后来怎么还去坐牢？

冤案，冤案么！周老二用没有牙齿的嘴巴说，张镇长他公报私仇啊，他占了我家的坟地还硬说我入过洪帮，完全是无中生有……

干部们对以前的坟地和洪帮都不感兴趣，敷衍他几句，就向酒店里其他熟人搭腔。那些人也无意听周老二讲古，假装没看见他，只顾划拳或对歌，闹出一阵阵喧哗。就这样，他没争到福利照顾，只好自斟自饮，久久地呆坐，任三两只苍蝇叮在他的眼角，似乎已无气力去摇头或扬手，把讨厌的苍蝇们赶开。他衰弱的目光依旧颤颤抖抖地浮游出去，停留在人们一棵棵可爱的颈根上，把它们逐一轻柔地抚摸。

我住进这个小城，正碰上这里的一件大事。在县里某基建工地出土了一批西汉时期的石俑，共有八个，除了挖断一条手臂，其余基本上完好。最大的一座石俑有活人般高大，神态生动，堪称绝品，连省文物部门派来的专家都惊叹不已。县政府也立即筹资建文博中心，计划利用这些石俑，再加上本地悬棺、城楼以及溶洞，发展本地的旅游业。

本地人争相来看稀奇。据说有乡下来的一位老妇人，看到最大的那座男俑时突然大惊失色当场晕倒。后来，她醒来时喃喃，说她看见文彬了，那个石头人就是王文彬！

王文彬是谁，后辈人都不明白。有几个老街坊寻思半晌，讨论片刻，才想起王某就是多年前在北门口啃泥巴的王癫子。他们急忙忙再来石俑面前核对，左看看，右看看，觉得确实有点像，但又不怎么太像。

老妇人因此一病不起，很快咽了气。她留在街心的一只鞋子重新被人们传说，她后来的命运我也慢慢得知一二。她改嫁一位桶匠，生有二男一女，住城东的小村里，门前有荷塘。她的儿女现在都在外地工作。

我曾沿着河岸散步，看月光如水，把对岸的山影洗得模糊，把流水声洗得明净而清晰。这条陌生的河流，闪着月亮的波光，流向哗啦啦的黑暗。在波光熄灭的前面那一片河滩，野渡无人，有一条隐约可见的空船，似乎也将滑向无边黑暗不再回来。我来到石俑前，再一次细细观看它们，发现其中最大的一尊双眼平视远方，嘴唇紧闭，似乎不愿说出往事。我摸到了他的腿，感到一种刺心的冰凉。他真像一个什么人吗？真像一个时隔两千多年以后的某个死囚吗？

我不知道这件古物的制作者是谁，也不知道当年制作时是否参照过什么人的面容，但我摸到了两千年的冰凉。

我还听到了哭泣，左右寻找，才发现不是石俑在哭——哭声来自临江的一座木楼，一户陌生的人家。

这篇文章将要结束了。也许还可以附带说说另一件事。人们告诉我，十年前曾有一位白发老人路过此地，预言十年后这里将土里出金，河里流血。刚好十年过去了，第一句似乎已经灵验：石俑出土，旷世珍奇，招八方游客，纳滚滚财源，不就是“土里出金”么？至于第二句，经好事者们机警周密地思索，终于附会给一家化工厂。

那化工厂不知生产什么，排出的废水殷红如血，染红了半条江。烟囱里还飘出红色粉尘，红了墙瓦和道路，红了晾晒的衣衫，红了老人的白发，红了鸡鸭和猪狗，甚至连人拉出的粪便也泛红。我曾见到某家的一只老鼠，如全身抹了胭脂，一道红光射入衣柜底下。这就是十年前老人所预言的“河里流血”？

我走出红色。为了反映群众的强烈要求，我把搬迁化工厂的事记下来，答应回去后向有关政府部门报告。

1992 年 6 月

发廊情话

王安忆

王安忆，小说家，做过知青、演奏员、编辑，1980年入中国作家协会文学讲习所学习，1983年参加美国爱荷华大学国际写作计划，1987年应聘上海作家协会专业作家，2004受聘复旦大学中文系教授。1977年发表作品，迄今出版小说《长恨歌》《天香》《小鲍庄》《叔叔的故事》《天仙配》及散文、剧作、论述等共计六百余万字。曾获全国短篇小说奖、茅盾文学奖、鲁迅文学奖、花踪文学大奖及红楼梦奖等奖项。部分作品有英、德、荷、法、俄、意、西、日、以、韩、越、泰等译本。

发廊情话

这一间窄小的发廊，开在临时搭建的披厦里，借人家的外墙，占了拐角的人行道，再过去就是一条嘈杂小街的路口。老板是对面美发厅里辞职出来的理发师傅，三十来岁的年纪，苏北人。也许，他未必是真正的苏北人，只是入了这行，自然就操一口苏北话了。这好像是这一行业的标志，代表了正宗传继。与口音相配的，还有白皙的皮肤，颜色很黑、发质很硬的头发，鬓角喜欢略长一些，修平了尖，带着乡下人的时髦，多少有点流气，但是让脸面的质朴给纠正了。脸相多是端正的，眉黑黑，眼睛亮亮，双睑为多，鼻梁比较直，脸就有架子。在男人中间，这类长相算是有点“艳”，其实还是乡气。他们在男人里面，也算得上饶舌，说话的内容很是女人气，加上抑扬缠绵夸张的扬州口音，就更像是嘴碎的女人了。这与他们剽悍的体格形成很有趣的对比。他们的一双手，又有些像女人了，像女人的白和软，但要大和长了许多，所以，就有了一种怪异的性感。那是温水、洗发精、护发素，还有头发，尤其是女人的头发的摆弄，所养护成的。他们操起剪子来，带着些卖弄的夸张，上下翻飞，咔嚓作响，一缕缕头发洒落下来。另一只手上的梳子挑着发绺，刚挑起，剪子就进来了，看起来有些乱。一大阵乱剪过去，节奏和缓下来，细细梳平，剪刀慎重地贴住发梢，张开。用一句成语来形容，就是，动如脱兔，静如处子。

这一个苏北人，就是说老板，却不大爱说话。他的装束也有了改变，穿了件黑皮夹克，周转行动多少是不便的。也许是做了老板，所以不能像个单纯的理发师那样轻佻随便了，再加上初做生意，不免紧张，于是就变得持重了。他包剪和吹，另雇了两个年轻姑娘洗头，兼给烫发的客人上发卷。有了她们，店里就聒噪多了。她们大约来自安徽南部一带，口音的界别比较模糊，某些音下行的趋向接近苏北话，但整体上又更向北方语靠拢。最主要的是，语音的气质要粗犷得多，这是根本的区别。她们的年龄分别在二十出头和三十不到，长相奇怪地很相似，大约是因为装束。她们都是削薄碎剪的发型，发梢错乱地掩着浑圆的脸庞，有一点风尘女子的意思。可她们的眼神却都是直愣愣的，都像大胆的乡里女子看人。五官仔细看还有几分秀气，只是被木呆的表情埋没了。她们都穿一件窄身编织衫，领口镶尼龙蕾丝，袖口撒开，一件果绿，一件桃红。裤子是牛仔七分裤，裤口开一寸衩，脚下各是一双松糕底圆口横带皮鞋。衣服都是紧窄的流行样式，裹在她们身上，显得很局促。她们经过室外强度劳作的身体，出力的部位，像肩、背、臂膀、髋部、肌肉都比较发达，就将这些衣服穿走了样。倘若两张椅上都坐了洗头的客人，她们便一边一个，挺直身子站到客人身后，挤上洗发水，一只手和面似的将头发搅成一堆白沫，然后，双手一并插进去，抓、挠、拉。她们就像是一个师傅教出来的，抬肩、悬臂的姿势一模一样，抓挠的程序动作也完全一致，看上去，很是整齐。她们还都喜欢抓挠着头发，眼睛看着正前方镜子里，客人的眼睛，直逼逼地，要看出客人心中的秘密。看了一时，再侧过头去，与同伴说话。她们说话的声音很大，笑声也很响亮，总之是放肆的。老板并不说她们，看来，是个沉默的人，还有些若有所思的。她们于是会疏懒下来，只是依样画葫芦般地动作，却没什么实质性的效果。这时，客人就会发声音了：你不要在表面划来划去，要抓到里面去。受谴责的小姐便委屈地说：方才的客人还说我的指甲太尖了呢！客人再说：你手指甲再尖也无用，只在表面上划。这时，老板就站起来，走到客人身后，亲手替客人洗发。小姐呢，依然带着受委屈的表情，走开去，到水池前冲手，然后往墙边铁架折叠椅上一坐，那姿态是在说：正好歇着！她们多少已经学油滑了。

店里时常还会坐几个闲人，家住附近，没事，就跑来坐着。人还以为等着做头发的，推门并不进来，而是问：要排队？里面的人一并说：不排队，不排队！生怕客人退走。闲人多是女性，有的手里还拿着毛线活，有的只是抄着手。虽说是闲人，可却都有一种倦容，衣履也不够整洁，好像方才从床上起来，直接走到店堂里似的。可能也不是倦容，只是内室里的私密气息，总有些粘滞不洁，难免显出邋遢气。果然，有几次，方才还蓬头垢面地在这里闲话，这一时却见换了个人似的，化了妆，换了衣服，踩着高跟鞋，噔噔噔，头也不回地从店门前走过去，赴哪里的约会去了。等再来到这里，已经是曲终人散的阑珊人意了。她们回忆着前夜的麻将，麻将桌上的作弊、口角和得失；或者是一场喜宴，新郎新娘的仪表、行头，酒席的排场，各方宾客来头大小。就好像一宵的笙歌管弦，要在这里抖落掉余烬似的。此外，股市的起伏波动，隔壁店家老板与雇员的争端，弄内的短长事，还有方才走出的客人的吝啬与大方，也是闲话的内容。有她们在，那两位洗头小姐，也觉得不沉闷了。并且，有多少知识，可以从她们那里得来。遇到和计较的客人吵嘴，她们则会出来打圆场。她们都是有见识的，世事圆通的人。甚至你会觉得不相称，像她们这样见过世面，何以要到这小店来，与两个安徽女子轧道？难得她们如此随和。岂不知道，这城市里的人原不像看上去的那么傲慢，内心里其实并没有多少等级之分的。她们生活在人多的地方，挺爱热闹，最怕的是冷清。她们内心，甚至还不如这些外来的女子来得尖刻。这倒是出于优越感了，因为处境安全，不必时时提防。当然，还是因为生性淳厚，你真不会相信“生性淳厚”这几个字能安在她们身上，可事实的确如此。在这闹市中心生活久了，便发现这里有几分像乡村，像乡村的质地。生活在时间的延续中，表面的漂浮物逐浪而去，一些具有实质性的内容则沉积下来，它们其实简单得多，但却真正决定了生活的方式。所以，这些闲坐的女人里，没几个能猜得到那两位小姐背地里如何谈论她们，当她们光鲜地从玻璃门前走过去，她们在门后的眼光，藏着怎样复杂的心思。

每天早上，将近九点钟光景，玻璃门上的帘子拉开了，门从里面拨了销。这城市的街是扭的，房屋的朝向便不那么正，说不出是怎样一来，太阳从门外照到镜子上，很晃眼的。在晃眼的阳光里，两位小姐在摆放椅子，收拾镜台上的小东西，顺便对了镜子整理身上的衣衫和头发。有一点像舞台，方才拉开帷幕。倘有赶早的顾客，这时候推门进去，会嗅出店堂里的气味有些浊，夹杂着许多成分。“他”或“她”当然分辨不出那里面有被褥的气味，混了香脂的体味，还有几种吃食的气味：泡饭的米汤气，酱菜的盐酱气，油条的油气，再有一股灼热的磁铁气味，来自刚燃过的电炉。她们就是在里面过宿的，折叠床、铺盖、锅碗，都掩在后门外面。这里还有一扇后门，门外正是人家的后窗台，用纸板箱围住半平方米的地方，搁置这些杂物，上面再覆一张塑料薄膜。在这条窄街上，沿街的住户门口，都堆放着杂物，所以，就不显得突兀和不妥。过了一时，老板也来了，进来看看，并没什么事，就又走了。走了一时，又来，再看看，还是没什么事，再又走了。他显得很忙碌，有着一些对外的交道需要处理的样子。有了自己的生意，做了老板，他的外形上似乎有了改变。他黑了，抑或并不是黑，而是粗糙，就像染了一层风霜。而且，有一种焦虑，替代了他们这类手艺人的悠闲劲儿。那是由手艺娴熟而生出的松弛，以致都有点油滑气了。现在，他却是沉郁了。这件黑皮夹克他穿着真是不像样，硬，板，灰蒙蒙，就像一个奔走在城乡之间的水产贩子。黑色牛皮鞋也蒙了灰，显出奔走操劳的样子。等他跑进跑出告一段落，停歇下来，一时又没有剪和吹的客人，他便坐在柜台里面，背后是嵌了镜子的玻璃壁架，架上放各种洗涤品，冷烫精、护发素、油膏。柜台上立有一面硬纸板，上面排列着标了号码的各种染料颜色样本。总之，这发廊虽小，可五脏俱全。老板坐在柜台里边，用指甲锉锉着指甲。这带有女气的动作，倒流露出一点他本行的小习气。

他低头坐在那里，任凭小姐们与闲坐的人如何聒噪，也不搭腔。人们几乎都将他忘了，可是，很奇怪地，又像是要说给他听。倘若他要不在场，说话的兴头就会低一点，话题也变得散漫，东一句，西一句，有些漫不经心的意思。这个沉默的人，无论如何是这里的主人，起着核心的作用。现在，他坐在这里了，眼睛望着前边的玻璃门，门外街面上的忙碌，有一种熟稔的日常气息。人脸大致是相熟的，所作所为还是相熟。在这闹市的腹地，夹在民居中间的街，也是近似乡村的气质，相对封闭。外面世界的波澜，还进不到这里面，只会因冲击边岸而引起骚动。老板的眼光茫茫然的，这是处在创业艰难中的人统有的眼光，忙定下来，不禁自问道：有什么意思呢？发廊里的闲话很热烈，两位小姐兴奋着，手在客人头上动作，连带身体雀跃着，形成一种舞蹈的节奏。肥皂泡飞到客人的眼睛里，客人抗议了一次，又抗议了一次，待到第三次，空气中就有了火气。老板在柜台后面立起来，可是，没有等他走到客人身后，有一个人却代替他，挤开了那位小姐。这是边上坐着的一个闲人，也算是常客了，家住街那头百货公司楼上，丈夫是做生意的，养着她，没事，就到这里来坐着。

她从铁架折叠椅上站起来，走到客人身后，略一挽袖，抬起手臂，手指头沿了客人发际往两边敏捷地爬行开去，额上立即干净了。她快速地将客人顶上的泡沫堆叠起来，然后伸进深处抓挠。她笑嘻嘻地回头看人们，好像在说：怎么样？是孩子气的技痒，也显出她曾经是干过这一行的。要这么一想，你便发现，她其实也和那两个小姐有些像呢！圆脸，短发，细淡尚端正的五官。所有的洗发小姐几乎都像从一个模子里刻出来的。她的个子比那两个小姐还要小些，穿呢，又穿了一条灯芯绒，胸前缝一个狗熊贴花的背带裤，这使她看起来，完全是孩子的形容。不过，再仔细端量，才会看出她怀有着身孕！这样，你忽就不确定起来。进一步地，你注意到她看人的眼光，不是像那两位一样直逼逼的，恰巧相反，很柔软，似乎什么都没看，其实全看见了。你想，这女人有些不简单啊！到此，她已经与那两位小姐完全区别开来了。她们有着本质的不同，这不同来源于经验、年龄、天赋，还有地域。对了，这女人是上海人，她说一口上海话。她甚至还不像她那个年龄，二十多，三十，或者三十出头？就这一个年龄段吧，她不像这个年龄段的上海男女，有许多流行语，又有许多生硬的发音。她的上海话竟有些老派的纯熟，这显示她应该是在正宗的沪上生活里面。

客人安静下来，小姐们则兴奋着问出诸多问题，总起来就是，你也做过这一行啊！她翘起下巴，朝柜台，也就是老板的方向一点：我开过一个发廊。不等人们发出惊愕的叹声，她又加上一句：先前做过一段百货。再是一句：还开过一家饭店，名叫“好吃”！说到此，人们反倒不吃惊了，因为不大可信。这三段式加在一起需要多长时间？而她究竟又有多大年纪？再看她脸上的笑容，那样得意，又变成孩子了，沉不住气，爱说大话的孩子，狡黠地眨眨眼：信不信随便。小姐们不看她了，由她自己替客人洗头。她笑着将干洗的全套动作做了两遍，然后说：冲去吧！将客人还给原先的小姐，带到洗头池前，自己举着手等在一边，等水池子空出来好冲手。她很有兴趣地看着手上堆着的泡沫，手指撮弄出一个尖，尖上正好停着一点太阳光。光流连到她脸上，她的笑容在晃动的光影里有一点茫然。店里有一瞬是静着的，只有水冲在头发里柔和的咝咝声，还有煤气热水器噗一声开，又噗一声关。老板肘撑在膝上，下巴托在掌中，那样子有点像小孩，想着小孩子家的心事。

我的发廊在安西路，安西路，知道吗？她说。小姐们摇头说不知道。现在已经拆了，那时候，很繁荣呢！长宁区那边有名的服装街，有人叫它小华亭的。我的发廊在服装街的尾上，或者也不能说尾，而是隔了一条横马路的街头上。我对那地方比较熟，虽然我自己家住在淮海路那边，可是朋友借给我做小百货的门面在安西路，所以就熟了。

小姐们回头朝向她，听她说。冲头发的冲好了，送到座位上，老板起身去吹风。小姐自己站在一边，用一块干毛巾擦手。她走到空出来的水池，拧开龙头，冲净手上的泡沫，暂时停下来，脸上带了微笑。她左右手交换握了花洒，冲手。水丝很软弱地弯曲下来，汇成细流。电吹风的嗡嗡声充满在店内，头发的气味弥散在透进玻璃门窗的阳光里，显得有些黏腻。她洗好手，那小姐将手中干毛巾递过来，她没接，只是在上面正手反手摊了摊，算是擦干了，回到先前的折叠椅上，坐下。后来呢？小姐中的一个问道。她抬起微笑的脸，询问地看着发问的人。为什么不做百货而要做发廊？那人解释了自己的问题。

她哦了一声，仿佛刚明白过来似的。小百货，你知道利极薄，倘若你没有特别的进货渠道，赔煞算数。那些供销商，你打过一趟交道，三天吃不下饭！说到此处，她忽然收住，意识到险些说到不该说的话。安西路的铺面，是我朋友借我做的，本来就不是我自己的，做也做不长。所以呢，做，做，做，我就想自己做了。做什么呢？在家待业的时候，我陪隔壁邻居家的小姑娘，到理发学校听过课，回到家，我让她在我头上练洗头，我在她头上练，就这么练着玩。到后来，我洗得比她还好。她抬了抬下巴，好像在说：方才你们也见到了。我想：就开个发廊吧！安西路，就这点好，做什么事都像玩一样，没有心理压力的。朋友又多，因为都是靠朋友的，所以都肯帮朋友。当然，安西路的人和我们淮海路的不一样。就是这里，她用手点点脚下的地面，这静安寺地方的人和淮海路的都不一样。淮海路的女孩子，走到哪里都看得出来不一样。不是长相，不是说话，也不能说不是，可能有一点是，不过并不是主要的。主要的，大约是气质。她为自己说出“气质”这两个字，有些不好意思，笑了一下，似乎觉得不够谦逊。不过，安西路的人有安西路人的好，他们很肯帮忙，而且，更重要的，就是我刚才说的：什么严重的事情，在他们看来，都和玩一样。听他们说话，你会听不懂，难道是吹牛？吹牛也要打打草稿。可他们完全是像真的：开发廊？好呀，我的朋友在香港学出师的，专给明星做发型；店面吗？安西路服装街要延长，还要丰富品种，我有个朋友和区长认识，同他说一声好了；第三个朋友恰巧专门做推销洗发香波的，可以用批发价卖我。还有工商局、卫生局、劳动服务公司、治安大队，都有朋友，或者朋友的朋友，都是一句话就成的。当然，实际上不会有这么好运道，否则，人人都发财了。那个做发型的朋友，不是在香港，而是在温州学的，不过曾经在香港人的发廊里做过，开的价高过天，还要有住房，包交通，因为他实际连温州人都不是，而是温州底下的德清乡下人。服装街不仅不延长，连原来的都有拆掉的危险，有几户居民是有来头的，人大代表和政协委员，一直在呼吁。你知道，安西路一带多是洋房，本来是极清静的。那推销洗发香波的，倒是天天来，来到我的百货摊位上，这时我的百货还没有结束。他拎一只拷克箱，盖子揭开来，里面像中药房样，一小格一小格，放着样品。样子蛮像，结果全是假货，在火车站那里的地下工厂生产出来，四面八方去兜售。一上手就知道，处处是关隘，问题是，一上手就甩不掉了。本来，不过是玩玩的，一来二去，玩成真了。脾气上来了，志气也上来了，非要成功不可了！发廊到底开出来了，倒真开在隔横马路的街那头，政策有一时松动，一要解决待业人员生计，二要街道里委创收。不过，松几天又紧起来，除了我这家发廊，再没有开出别的铺面。我的发廊正好嵌在弄堂贴边上，狭长的一条，门是朝里的，对了弄堂另一侧墙面。

在她讲述的过程中，又先后进了两个客人，一个男客，一个女客。老板先给男宾修面，再给女客抹彩色油。女客对了硬纸板上的颜色样品思忖很久，最后选定一种。两个小姐听得出神，听故事并不比聊天更影响她们干活，甚至聆听产生的专注，使她们安静下来，手下就不那么浮躁了。老板依然沉默着，这是一个静默的男人，即便需要与客人交流，他也尽可能以动作示意，比如，点头，摇头，用手指比画。万不得已要说话，他就用极轻的音量说出极简单的几个字。她的叙述相当流利，语音清晰，轻盈地穿行在店堂间，透过刀剪的嚓喳、花洒里的水丝、客人与老板耳语般的对话。

生意好不好？一个小姐问道。她没有正面回答这问题，依着原有的思路往下去。开张这一日，大家，就是安西路服装街的朋友，都来放炮仗了。朋友中有一个人，大家都叫他“老法师”，她停顿一下，绕过这话题，这个人等会儿再说。你问我生意如何？她看着方才提问的小姐。这一绕道有些打乱叙述，需要一个缓冲，用来调整节奏。生意嘛，不好不坏，多的还是洗头，其中起码有一半是朋友，“挑”我生意的。她一笑，因为用了一句粗俚的切口稍有些羞惭。像我们这种发廊，多少有点不上不落。居民习惯去国营的理发店，隔壁小区里，就有一个里弄开的理发室，洗头只要五块钱。生活质量高的又要去美发厅、美容院，香港台湾人开的。再有一类发廊，是要在城乡接合部，外地人集聚的地方，叫是叫发廊，小姐们连洗头都不会。她停下来，略过去了。到我们这地方来洗头的，多是一些小姑娘，读中学的，刚刚学了时髦，大人又不许去美发厅，就只得到我们这里来。她们多数是一头直发，拖到背脊处，额角上胎毛还没掉干净，怀里抱一瓶自家的洗发水，坐到椅子上，喊一声阿姨，多抓抓噢！别看她们年纪小，已经学了白领的脾气，一会儿说抓重了，一会儿说抓轻了，一会儿又说洗出头皮屑，一会儿再说吹风筒太近，头发开出叉。半通不通，口气却很凌厉，你也不好跟她凶，只好和她"捣糨糊"。她又用了一个俚语，自己笑出声。和这帮小姑娘混得时候长了，要来真正做发型的客人，倒有点不晓得怎么下手了。当然，即使有做头发的，也不过是几个老阿姨，卷一卷，吹一吹。就算是比较时髦的，也不怕，我的师傅路子还是正规的，原来在"紫罗兰"做过，怕是怕那种路子外边的。但是，你越怕什么，就越来什么。这一天，不早不晚，来了一个人。她忽然止住，本来交错抱在肚子上的手臂解开来，插进背带裤的口袋，这样，腰就往前挺一挺，肚子也挺一挺，脚尖并拢朝前伸直。再继续往下：他要剃光头。

这是一个光头客？只不过长出薄薄一层头发茬儿，他要再推推光。他是这样进来的，推开门，一脚在门里，另一脚在门外，说：推不推光头？好像他自己也没什么把握，只是来试试。我们那个师傅，已经笑出来了，马上有话要跟进：到剃头担子上去推！其实谁看见过剃头担子，只不过放在嘴上说说罢了。就在这当口，也不知道怎么，我"拔"地立起来，抢过师傅的话头，说了一个字：推！事后再想，并不是一时冲动，而是有来由的，我感觉到这不是一般的光头。她笑了，两位小姐也笑了，问：不是一般，又是什么？这话怎么说！她沉吟了一时。这一时很短促，可在她整个流畅连贯的讲述中，却是一个令人注意的间隙，好像有许多东西涌了上来。她沉吟一时，说下去。假如是一个老头儿、民工、乡下人，或者穿着陈旧……怎么说，反正是那种真正剃光头的朋友，我就不会留人了。但是这一个呢，年轻，也不算顶年轻，三十左右。他穿一件中式立领，黑直贡呢的棉袄，那时候还不像这几年时兴穿中装，猛一看，就像道袍，裤子是黑西裤，底下一双黑直贡呢圆口布底鞋。背的一只包，也很奇怪，你们猜是什么包？洗白的帆布包，盖面上缝一只五角星，军用书包。他的样子就是这么怪，但是，很不一般，极其不一般。

我请他进来，坐下，抖开尼龙单子，围好，封紧，再去镜箱里拿工具。我们店里的人都看着我，不晓得我准备怎么下手。我眼睛盯着我的手，一会儿拿起一把电推刀，一会拿起一把剪刀，先是拿大的，再是拿小的，我一捏住那把小剪刀的时候，心里忽然定了，我拿对东西了。我这个人就是这样，做事情都凭感觉，感觉呢，又都集中在手上。所以，许多事情，我都要先去做，做在想前边，做以前什么都不知道，可是只要做起来，自然就懂了。小时候，我们弄堂里的小姑娘，兴起来钩花边，大家把花样传来传去。还有书，书上有照片，针法。我是不要看这些，我就是要钩针，线，在手里，三绕两绕，起了头，各路针法我就都钩出来了。大人说我手势好，说，什么叫手势好，伊就是！这时候，我捏了这把小剪刀，回到客人身边，把椅子放低一节，这个光头客个子挺高的。他看了看我手里的小剪刀，没有说话，也不晓得是看出我会，还是看出我不会。我反正觉得我会。事后，我们那师傅也问我在哪里学的，说一看我拿起剪刀，就晓得我会。其实，我不但没学过，连看也没看过，我就是知道，不能用推刀，也不能用刮刀，那就真的是剃头担子了。

而我们是发廊，客人呢，又是那样的，我们必须是新潮的。我拿起剪刀来就再没有犹豫，我从发际线开始，一点一点往后剪。剪刀小，刀口短，留下的“角”就小，总之，一句话，就是要剪圆。这是基本原则，不要有“角”。这个客人的头型很好，圆。你们不要笑，你们接触的头比接触的人还多，是不是都圆？不是吧！可以说大多数的头不圆，或者整体圆，局部却有凹凸。可他不！不仅圆，还没有凹凸，更难得的是，他头上没有一处斑秃和疤。倘若要把所有人的头都剃光的话，你们会发现，人人头上都会有几处斑秃和疤。可他就没有。所以他敢剃光头呀！光头不是人人能剃的，要有条件。这个头，我整整剪了一个半小时，剪下的头发茬儿，细得像粉。我虽然注意力全在他的头上，可我知道，他一直睁着眼睛，从镜子里看着我的手势。后来，他告诉我，他以前的头，都是用电推刀推的，他的女朋友帮他推。他和他的女朋友，都是戏剧学院的，他是老师，女朋友是学生。他的女朋友去外地拍电视剧了，他只好出来找地方推头。走过几条马路，找了无数家发廊，都说不推光头，最后才找到我的发廊。他和他的女朋友，在武夷路上借了套一室户住，离安西路不很远，以后，他就时常来了。这些都是他以后告诉我的。

叙述显然到了关键部位，店里的空气竟有些紧张。正是下午两三点不大上客的空当里，两个小姐一左一右坐在她身边，老板在柜台里打瞌睡，对她的故事不感兴趣的样子，但是也没有出来干涉她们这样大谈山海经。他真的改了脾性，理发师傅都是饶舌的，爱听和传一些家长里短的故事，而这一个，已经变得漠然了。小姐们等着情节继续发展，不料她却话锋一转：我刚才有没有提到一个“老法师”？那是安西路做服装的朋友中的一个。叫他老法师，一是因为年纪，那时候他已经四十岁，二是因为他有社会经验。他的社会经验用在生意上面并不多，主要是用在嘴上。他只要坐下来一开讲，老板就都忘了做生意，聚到他身旁边来听课。据说他在局子里面，承办员听他讲得忘了问案情。她顿了一下，因为说漏嘴脸红了，旋即坦然一笑：不讲也明白，安西路上的老板，大约有一半进过“庙”。带出切口没有使她再停歇下来，脸上的红却扩大并且加深，就有了类似豁出去的表情。从“庙”里出来，找不到工作，就做生意了。老法师吃官司，还是因为他的嘴：诈骗！他骗人家说他是华侨，在南洋开橡胶园，到上海来是想娶个上海太太。南洋那边的华人多是福建一带过去的，长相不好，矮，瘦，黑，热带瘴气重，遗传上有许多问题。所以，他就决定到上海来解决婚姻大事。上海人种好，他说。你们知道，他说起来一套又一套的，天底下哪个角角落落他好像都去过。他说上海人种好，上海人里面，女更比男好。江南地方，水分充盈，就滋阴。他说：你们看过《红楼梦》吗？贾宝玉说，女人是水做的，就是这个意思。上海的女人，就是水做的女人。水土湿润，气韵就调和，无论骨骼还是肌肤，都分量相称，短长相宜。比如脸相，北方人，多是蒙古种，颧骨宽平，腮大，眉毛疏淡，单眼皮，矮鼻梁，嘴形缺乏线条，表情呆滞。南方人，是越人种，就像福建的那种，眼睛圆大，而且重睑，但陷得太深，鼻孔上翻，有猴相，欠贵气。江南人，却是调和了南北两地的种相，上海呢，又调和了江南地方的种相。上海的调和，不仅是自然水土的调和，还加上一层工业的调和。有没有看过老上海的月份牌？美人穿着的旗袍，洋装皮大衣，绣花高跟鞋，坐着的西洋靠背椅，镂花几子，几子上的留声机，张着喇叭，枝形架的螺钿罩子灯，就是工业的调和。老法师穿一件西装，手里拎一只拷克箱，坐在宾馆的大堂酒吧里，和一批批客人开讲。到了吃饭时间，自然有人请去餐厅，水晶虾仁、松鼠桂鱼、叫化鸡一道道点上来。这时候，他就改讲吃经。这些人都是鸡生蛋、蛋生鸡地生出来的，多数二十岁左右的小姑娘，有一些家世还挺好的，据说有高干的女儿、医生的女儿，有大学生、教师，还有一个电影演员。认识过后，不出一个月，就向人家开口借钱。其实不要他开口，人家自己就会给他钱，外币兑换起来不便当，还要去中国银行排队填表，拿人民币去用吧，不必客气！上家的钱给下家用，就像银行一样，周转起来非常顺利，没有一点漏洞的。老法师长得难看，不是难看，而是怪。猛一看没有下巴，定定睛，下巴是有的，却连着喉结这一段，形成一个收势。第二看，没有肩膀，其实肩膀肯定有，而且相当宽，可是头颈太粗，两块肩胛提肌特别发达，肩膀就塌下来，变成黄牛肩膀了。第三看，多了一副手臂转弯骨。原因是手心朝里，转弯骨朝外，手心一翻，转弯骨就到里面来了，就好像多出一副。要说，老法师是长得没有福相，不过，一双手脚又补回来一些。他的手脚都小，与他一米七八的身坯比起来，实在小得不相称。所以，这也是一怪。这样七歪八扭的一个人，就全凭着一张嘴，招蜂引蝶。她说到这个词，大约想到与老法师的形象不符，便笑了。笑里边带了讥诮，又很微妙地带一点怜惜。她脸上的红没有褪去，而是均匀地布开了，使她平淡的面容变得有些姣好。后来，有一日，人家介绍给他一个小姑娘，跟过来看的，有她一帮亲眷朋友，其中一个看过后就有点起疑，觉得这人面熟陌生，像是他们单位，区饮食公司里的供销员。但他自己还不敢确定，过一日，又带了另一名同事来看，另一名同事连他的名字都喊出来了。于是，报告公安局。骗过的人再鸡生蛋、蛋生鸡地吐出来，竟然有十二个，整整一打。老法师一个也不赖，统统顶下来。他说，是他自己失足，就要自己承担，有本事不要穿帮，穿帮就不要赖，本事不是用在这时候的。审他案子的承办员也很服帖他，夜里值班瞌睡上来了，就把他叫出来，听他讲，然后一人一碗大排面消夜。因为他态度好，就判了从宽，三年劳教。在白茅岭农场，劳教也都服帖他，他做了大组长。劳教也分三六九等，诈骗第一等，因为智商高呀！老法师又是高里面的高人。

有客人进来了，一个女客，洗和做，因晚上去喝喜酒，要求做得仔细一点。叙述被打断了，一个小姐去洗头，另一个拉过盛卷发筒的塑料筐，将卷发筒上挂着的橡皮筋扯开来，各放一边，等会儿好用，一边问：那么光头客呢？怎么就讲到老法师上面了呢？洗头的小姐也侧过脸对了这边问：是呀，光头客到哪里去了呢？她光笑不答，向老板要了个一次性塑料杯，到饮水器上接了水，慢慢地喝。人们便不敢催她，耐心地等着。店里的骚动平息下来，重新建立秩序，恢复了讲述和聆听的安静气氛。

老法师在白茅岭农场待了两年半，另外半年减掉了。她继续说老法师。从白茅岭回来，他就到安西路上租个铺面，做服装，专做女装。他生意经一般，这也正是他有社会经验的表现。他常常说：大家都是一条船上的人，何必要强过人家的头呢？安西路上做得巴结的人做大了，摊位转租出去，自己到虹桥路开时装店的也有，开服装厂的也有，去南非、阿根廷做生意的也有，老法师却稳坐钓鱼台，不动。他有一句话，叫作：家有千千屋，日卧三尺。所以他生意就做得潇洒，进来的服装，有我们喜欢的，他就很慷慨地一送：拿去！他对我们小姑娘很好，出手也大方，还教我们许多事情。他说：女人只要基本端正，没有大的缺陷就可以了，重要的是要有脑子，就是有智商。老话说“红颜薄命”，这句话的另一层意思是，长得好看并非有好命，是不是？还有一句俗话，叫作：“聪明面孔笨肚肠”，什么意思？为什么要把面孔和肚肠对立起来？原因就是，女人自恃有一张脸就放松了头脑的训练，结果就是前一句——“红颜薄命”。中国的四大美女，其实并不是漂亮。杨贵妃，你们知道吗？就是唐代皇帝的妃子，皇帝为了她，差点丢了江山。后来，将士要求皇帝杀了杨贵妃，才肯为他出兵打仗。杨贵妃有狐臭，所以就在脖子上戴一圈鲜花，“闭月羞花”的“闭月”二字，就是从这里来的。可见她并不是以色貌取唐明皇欢心宠爱，凭什么？你们自己去想。再有王昭君，你们以为她有多美？皇帝会把真正的美妃送给野蛮人？

重在贵而已，贵是贵在大汉王朝宫里的人，这身份就足够有余了。可她聪明啊！让她去那种地方，住帐篷，吃羊肉，天寒地冻，话也听不懂。她没有一头撞死，真去了。这一去，便青史留名。西施和貂蝉两位，智商就更高了，她们实实在在就是两个间谍，放进去的倒钩。没有超人的智商，担当得起吗？反过来说，女人聪明，自然就会漂亮，这漂亮不是那漂亮，是一种气质。说到“气质”这个词，她又不自觉地笑了一下，却没有减缓叙述的进程。比如西施，从诸暨乡下选来的民女，为什么不直接送去给吴王夫差，而是要由大夫范蠡专门调教她？调教什么？走路，抬手，说话，看人。学这些，靠什么？智商。走路，可以说决定了整个人的风度。人家说回头率，回头率从哪里来？马路上人头挤挤，都是擦肩而过，五官、皮肤、身材哪里来得及端详？引人回头的就是走路：步态。过去贵族学校，中西女中，有一堂课，就是走路。头上顶一本书，直走，转弯，上楼梯，下楼梯。书不能掉下来。练的什么？挺胸，但不能挺得太过，像军人走操；抬头，也不能抬得太过，变成“额角头朝天花板”了，以眼睛平视为标准。胸挺起来，腰、背、颈就直了。步子不宜太小，小了就像戏台上跑圆场，忸怩作态；亦不能太大，大了就有男气。有没有发现老电影里的旗袍，开衩开到膝盖下面一点？这就对了，这个尺寸就是跨步子的长短，要用足，但不能硬撑。现在新式旗袍，衩一径开到腿根，忒粗鲁，可以跑步了。没有生意的时候，老法师就教我们练走路。不瞎讲，走在马路上，我一眼就认得出，老法师教出来的人。我们中间有几个，与老法师特别好，猜也猜得出来，关系不平常。但是大家都晓得不可能，因为她们或者有家庭，或者有男朋友，或者只想和老法师玩玩，并不想结婚。老法师到底年纪大了，那时候已经四十多岁。他自己也不想，他说大家在一起是因为开心，不是为了烦恼。他还关照我们，不要和年轻的男孩子搞，搞出感情来麻烦得很。

店里的女客已经卷好头发，在烘发，手上翻一本时装画报，不晓得哪年哪月的，都卷了边。主雇三人暂时都歇下来。太阳到了这一面，透过窗上的尼龙镂花帘子，从背后照了她。她的脸就在暗处了。不过，这只是对比而言，在强光下的暗，依然是明亮的，而且显得柔和。她笑一笑，将手里喝空了的塑料杯一下子捏瘪，这个动作有一种结束的意思，可是底下还有：你们没有想到吧，我老公就是老法师。其实，我不是和老法师特别好的小姑娘，可我是要和老法师结婚的。老法师说：这就是你比她们聪明的地方。他以前也曾经说过这样的话，但意思是指我的气质：到底是淮海路的女孩子。她得意和羞怯地笑了笑，站起身来往外走。光头客呢？两个小姐着急起来，追在她身后问。死了！她回答，推出门去，手一松，弹簧门又送回来，将照在上面的微黄的阳光，打了两个闪，映在小姐们失望的脸上。稍停一时，她们就又热烈地讨论起来，讨论她的年龄，到底有多大。看上去只像二十多岁，可是，将她经过的事排一排，又不够排的，怎么都要三十朝上。忽然间，老板吐出一个字：鸡！这是他迄今为止发出的唯一的声音，仅一个字，声气言辞却极粗暴，小姐们的聒噪便戛然而止，静下来。

2003年2月14日，上海

李十三推磨

陈忠实

陈忠实，1942 年出生于西安，现任中国作家协会副主席。1965 年初发表散文处女作《夜过流沙河》，1979 年《信任》获全国优秀短篇小说奖，1982 年出版了第一本短篇小说集《乡村》，1992 年报告文学《渭北高原，关于一个人的记忆》获 1990 ~ 1991 年全国报告文学奖。长篇小说《白鹿原》获得 1998 年第四届茅盾文学奖。

迄今，已出版的作品有《陈忠实文集》七卷、《陈忠实小说自选集》三卷、散文集《生命之雨》《家之脉》《原下集》等七种。有的作品被翻译成英、日、韩、越等国文字出版。

李十三推磨

“娘……的……儿——”

一句戏词儿写到特别顺畅也特别得意处，李十三就唱出声来。实际上，每一句戏词乃至每一句白口，都是自己在心里敲着鼓点和着弦索默唱着吟诵着，几经反复推敲斟酌，最终再经过手中那支换了又半秃了的毛笔落到麻纸上的。他已经买不起稍好的宣纸，改用便宜得多的麻纸了。虽说麻纸粗而且硬，却韧得类似牛皮，倒是耐得十遍百遍的揉搓啊翻揭啊。一本大戏写成，交给皮影班社那伙人手里，要反复背唱词对白口。不知要翻过来揭过去几十几百遍，麻纸比又软又薄的宣纸耐得揉搓。

“儿……的……娘——”

李十三唱着写着，心里的那个舒悦那分受活是无与伦比的，却听见院里一声呵斥：

“你听那个老疯子唱啥哩？把墙上的瓦都蹭掉了……”

这是夫人在院子里吆喝的声音，且不止一回两回了。他忘情唱戏的嗓音，从屋门和窗子传播到邻家也传播到街巷里，人们怕打扰他不便走进他的屋院，却又抑制不住那勾人的唱腔，便从邻家的院子悄悄爬上他家的墙头，有老汉小子有婆娘女子，把墙头上的灰瓦都扒蹭掉了。他的夫人一吆喝，那些脑袋就消失了，他的夫人回到屋里去纺线织布，那些脑袋又从墙头上冒出来。夫人不知多少回劝他，你爱编爱写就编去写去，你甭唱唱喝喝总该能成嘛！他每一次都保证说记住了再不会唱出口了，却在写到得意受活时仍然唱得畅快淋漓，甭说蹭掉墙头几页瓦，把围墙拥推倒了也忍不住口。

"儿……啊……"

"娘……啊……"

李十三先扮一声妇人的细声，接着又扮男儿的粗声，正唱到母子俩生死攸关处，夫人推门进来，他丝毫没有察觉，突然听到夫人不无烦厌倒也半隐着的气话：

"唱你妈的脚哩！"

李十三从椅子上转过身，就看见夫人不愠不怒也不高兴的脸色，半天才从戏剧世界转折过来，愣愣地问："咋咧吗？出啥事咧？"

"晌午饭还吃不吃？"

"这还用问，当然吃嘛！"

"吃啥哩？"

这是个贤惠的妻子。自踏进李家门楼，一天三顿饭，做之前先请示婆婆，婆婆和公公去世后，自然轮到请示李十三了。李十三还依着多年的习惯，随口说："黏（干）面一碗。"

"吃不成黏（干）面。"

"吃不成黏（干）的吃汤的。"

"汤面也吃不成。"

"咋吃不成？"

"没面咧。"

“噢……那就熬一碗小米米汤。”

“小米也没有了。”

李十三这才感觉到困境的严重性，也才完全清醒过来，从正在编写的那本戏里的生死离别的母子的屋院跌落到自家的锅碗灶堂之间。正为难处，夫人又说了：“只剩下一盆包谷糁子，你又喝不得。”

他的确喝不得包谷糁子稀饭，喝了一辈子，胃撑不住了，喝下去不到半个时辰就吐酸水，清淋淋的酸水不断线地涌到口腔里。胃已经隐隐作痛几年了。想到包谷糁子的折磨，他不由得火了：“没面了你咋不早说？”

“我大前日格前日格昨日格都给你说了，叫你去借麦子磨面……你忘了。倒还怪我。”

李十三顿时就软了，说：“你先去隔壁借一碗面。”

“我都借过三家三碗咧……”

“再借一回……再把脸抹一回。”

夫人脸上掠过一缕不悦，却没有顶撞，刚转过身要出门，院里突响起一声嘎嘣脆亮的呼叫：“十三哥！”

再没有这样熟悉这样悦耳这样听来让人从头到脚从里到外都感觉到快乐的声音了，这是田舍娃嘛！又是在这样令人困窘得干摆手空跺脚的时候，听一听田舍娃的声音不仅心头缓过愉悦来，似乎连晌午饭都可以省去。田舍娃是渭北几家皮影班社里最具名望的一家班主，号称“两硬”班子，即嘴硬——唱得好，手硬——耍皮影的技巧好。李十三的一本新戏编写成功，都是先交给田舍娃的戏班排练演出。他和田舍娃那七八个兄弟从合排开始，夜夜在一起，帮助他们掌握人物性情和剧情演变里的种种复杂关系。还有锣鼓铙钹的轻重……直到他看得满意了，才放手让他们去演出。这个把他秃笔塑造的男女活脱到观众眼前的田舍娃，怎么掂他在自己心里的分量都不过分。

“舍娃子，快来快来！”

李十三从椅子上喊起来站起来的同时，田舍娃已走进门来，差点儿和走到门口的夫人撞到一起，只听“咚”的一声响，夫人闪了个趔趄，倒是未摔倒，田舍娃自己撑不住腰，重重地摔倒在木门槛上。李十三抢上两步扶田舍娃的时候，同时看见摔撂在门槛上的布口袋，“咚”的沉闷的响声是装着粮食的口袋落地时发出的。他扶田舍娃起来的同时就发出诘问：“你背口袋做啥？”

“我给你背了二斗麦。”田舍娃拍打着衣襟上和裤腿上的土末儿。

“你人来了就好——我也想你了，可你背这粮食弄啥嘛！”李十三说。

“给你吃嘛！”

“我有吃的哩！麦子豌豆谷子包谷都不缺咯！”

田舍娃不想再说粮食的事，脸上急骤转换出一副看似责备实则亲畅的神气：“哎呀我的老哥呀！兄弟进门先跌个跟斗，你不拉不扶倒罢了，连个板凳也不让坐吗？”

李十三赶紧搬过一只独凳。田舍娃坐下的同时，李夫人把一碗凉开水递到手上了。田舍娃故作虚叹地说：“啊呀呀！还是嫂子对兄弟好——知道我一路跑渴了。”

李十三却以不容置疑的口气对妻子说：“快，快去擀面，舍娃跑了几十里肯定饿了。今晌午咥黏（干）面。”

夫人转身出了书房，肯定是借面去了。她心里此刻倒是踏实，田舍娃背来了二斗麦子。明天磨成面，此前借下的几碗麦子面都可以还清了。

田舍娃问：“哥呀，正谋算啥新戏本哩？”

李十三说：“闲是闲不下的，正谋算哩，还没谋算成哩。”

田舍娃说：“说一段儿唱几句，让兄弟先享个耳福。”

“说不成。没弄完的戏不能唱给旁人。”李十三说，“咋哩？馍没蒸熟揭了锅盖跑了气，馍就蒸成死疙瘩了。”

田舍娃其实早都知道李十三写戏的这条规矩，之所以明知故问，不过是无话找话，改变一下话题，担心李十三再纠缠他送麦子的事。他随之悄声悦气地开了另一个话头：“哥呀，这一向的场子欢得很，我的嗓子都有些遭不住了，遭不住还歇不成凉不下。几年都不遇今年这么欢的场子，差不多天天晚上有戏演。你知道嗒——有戏唱就有麦子往回背，弟兄们碗里就有黏（干）面咥！”

李十三在田舍娃得意的欢声浪语里也陶醉了一阵子。他知道麦子收罢秋苗锄草施肥结束的这个相对松泛的时节，渭河流域的关中地区每个大小村庄都有“忙罢会”，约定一天，亲朋好友都来聚会，多有话丰收的诗蕴，也有夏收大忙之后歇息娱乐的放松。许多村子在“忙罢会”到来的前一晚，约请皮影班社到村里来演戏，每家不过均摊半升一升麦子而已。这是皮影班社一年里演出场子最欢的季节，甚至超过过年。待田舍娃刚一打住兴奋得意的话茬，李十三却眉头一皱眼仁一聚。问：“今年渭北久旱不雨，小麦歉收，你的场子咋还倒欢了红火咧？”

“戏好嘛！咱的戏演得好嘛！你的戏编得好嘛！”田舍娃不假思索张口就是爽快的回答，“《春秋配》《火焰驹》一个村接着一个村演，那些婆娘那些老汉看十遍八遍都看不够，在自家村看了，又赶到邻村去看，演到哪里赶到哪里……”

“噢……”李十三眉头解开，有一种欣慰。

“我的十三哥呀，你的那个黄桂英，把乡下人不管穷的富的老的少的男的女的都看得迷格登登的。”田舍娃说，“有人编下口歌，‘权当少收麦一升，也要看一回黄桂英’。人都不管丰年歉年的光景咧！”

说的正说到得意处，听的也不无得意，夫人走来当面请示：“话说完了没？我把面擀好了，切不切下不下？”

“下。”李十三说。

"只给俺哥下一个人吃的面。我来时吃过了。"田舍娃说着已站立起来，把他扛来的装着麦子的口袋提起来，问，"粮缸在哪儿，快让我把粮食倒下。"

李十三拽着田舍娃的胳膊，不依不饶非要他吃完饭再走，夫人也是不停嘴地挽留。田舍娃正当英年，体壮气粗，李十三拉扯了几下，已经气喘不迭，厉声咳嗽起来，长期胃病，又添了气短气喘的毛病。田舍娃提着口袋跷进另一间屋子，揭开一只齐胸高的瓷瓮的木盖儿，吓了一跳，里边竟是空的。他把口袋扛在肩上，松开扎口，哗啦一声，二斗小麦倒得一粒不剩。田舍娃随之把跟脚过来的李十三夫妇按住，扑通跪到地上："哥呀！我来迟了。我万万没想到你把光景过到盆干瓮净的地步……我昨日格听到你的村子一个看戏的人说了你的光景不好，今日格赶紧先送二斗麦过来……"说着已泪流不止。

李十三拉起田舍娃，一脸感动之色里不无羞愧："怪我不会务庄稼，今年又缺雨，麦子长成猴毛，碌碡停了，麦也吃完了……哈哈哈。"他自嘲地撑硬着仰头大笑。夫人在一旁替他开脱："舍娃你哭啥嘿？你哥从早到晚唱唱喝喝都不愁……"

田舍娃抹一把泪脸，瞪着眼说："只要我这个唱戏的有的吃，咋也不能把编戏的哥饿下！我吃黏（干）面决不让你吃稀汤面。"随之又转过脸，对夫人说："嫂子，俺哥爱吃黏（干）的汤的尽由他挑。过几天我再把麦背来。"

田舍娃抱拳鞠躬者三，又绽出笑脸："今黑还要赶场子，兄弟得走了。"刚走出门到院子里，又折回身："哥呀！我知道你手里正谋算一本新戏哩！我等着。"

"好！你等着。"李十三嗓门亮起来。说到戏，他把啥不愉快的事都掀开了，"有得麦吃，哥就再没啥扰心的事了。"

李十三和他的夫人运动在磨道上。两块足有一尺多厚的圆形石质磨盘，合丝卡缝地叠摞在一起，上扇有一个小孩拳头大小的孔眼，倒在上扇的麦粒，通过这只孔眼溜下去。在转动着的上扇和固定着的下扇之间反复压磨，再从磨口里流出来。上扇磨石半腰上捆绑一根结实的粗木杠子，通常是用牲口套绳和它连接起来，有骡马的富户套骡马拽磨，速度是最快的了；一般农户就用自养的犍牛或母牛拽磨，也很悠闲；穷到连一条狗都养不起的人家，就只好发动全家大小上套，不是拽而是推着磨盘转动了。人说“拽犁推磨打土坯”是乡村农活里头三道最硬茬的活儿，通常都是那些膀宽腰圆的汉子才敢下手的，再就是那些穷得养不起牲口也请不起帮手的人，才自己出手硬撑死扛。年届六十二岁的李十三，现在把木杠抱在怀里。双臂从木杠下边倒钩上来反抓住木杠，那木杠就横在他的胸腹交界的地方，身体自然前倾，双腿自然后蹬，这样才能使上力鼓上劲。把几百斤重的磨盘推动起来旋转起来。他的位置在磨杠的梢头一端，俗称外套，是最鼓得上力的位置，如果用双套牲口拽磨，这位置通常是套犍牛或二马子的。他的夫人贴着磨道的内套位置，把磨杠也是横夯在胸腹交界处，只是推磨的胳膊使力的架势略有差异。她的右手从磨杠上边弯过去，把木杠搂到怀里，左手时不时拨拉一下磨扇顶上的麦子，等得磨缝里研磨溜出的细碎的麦子在磨盘上成堆的时候，她就用小木簸箕揽了。离开磨道，走到箩柜跟前，揭开木盖，把磨碎的麦子倒入箩柜里的金丝箩子，再盖上木盖。然后扳动摇把儿，箩子就在箩柜里咣当咣当响起来，这是磨面这种农活的象征性声响。

“你也歇一下下儿。”

李十三听见夫人关爱的声音，瞅一眼摇着拐把的夫人的脸，那瘦削的肩膀摆动着。他抬起一只胳膊用袖头抹一抹额上脸上的汗水，不仅没有停歇下来，反倒哼唱起来了：“娘……的……儿——”一句戏词没唱完，似乎气都堵得拔不出来，便哑了声，喘着气，一个人推着磨扇缓缓地转动，又禁不住自嘲起来："老婆子哎！你说我本该是当县官的材料，咋的就落脚到磨道里当牛做马使唤？还算不上个快马，连个驽牛也不抵……哎！怕是祖上先人把香插错了香炉……"

"命……"夫人停住摇把，从箩柜里取出箩子，把箩过的碎麦皮倒进斗里，几步走过来，又回到磨道里她的套路上，习惯性地抱住磨杠推起来，又重复一遍，"命。"

李十三似接似拒的口吻，沉吟一声："命……"

李十三推着石磨。要把一斗麦子的面粉磨光箩尽，不知要转几百上千个圈圈，称得"路漫漫其修远兮"了。他的求官之路，类如这磨道。他十九岁考中秀才，令家人喜不自禁，也令乡邻羡慕；二十年后的三十九岁省试里考中举人，虽说费时长了点儿，却在陕西全省排在前二十名，离北京的距离却近了；再苦读十三年后到五十二岁上，他拉着骡子驮着干粮满腹经纶进北京会试去了。此时嘉庆刚主政四年，由纪昀任主考官，录取完规定的正编名额后，又拟录了六十四名作为候补备用的人。李十三的名字在这个候补名单里。按嘉庆的考制，拟录的人按县级官制待遇，却不发饷银，只是虚名罢了。等得牛年马月有了县官空缺，点到你的名字上，就可以走马上任做实质性的县官领取县级官饷了。李十三深知这其中的空间很大很深，猫腻狗骚都使得上却看不见。恰是在对这个"拟录"等待的深度畏惧发生的时候，失望同时并生了，做官的欲望就在那一刻断灭。是他的性情使他发生了这个人生的重大转折，凭学识凭本事争不到手的光宗耀祖的官衔，拿银子换来就等于给祖坟上泼了狗尿。

他依着渭河北部高原民间流行的小戏碗碗腔的种种板路曲谱，写起戏本来了。第一本名叫《春秋配》，交给田舍娃的皮影班社。得了田舍娃的好嗓子，也得了他双手绝巧的"要杆子"的技艺，这个戏一炮打响，演遍了渭北的大村小庄……他现在迷在写戏的巨大兴趣之中，已有八本大戏两本小戏供那些皮影班社轮番演出……现在。

他和夫人合抱一根木杠，在磨道里转圈圈，把田舍娃昨日晌午送来的麦子磨成白面，就不再操心锅里没面煮的事了……

“十三哥十三哥十三哥——”

田舍娃的叫声。昨日刚来过怎么又来了？田舍娃压抑着嗓门的连声呼叫还没落定，人已窜进磨房喘着粗气。收住脚，与从磨道里转过来的李十三面对面站着，整个一副惶恐失措的神色。未等李十三开口，田舍娃仍压低嗓门说：“哥呀不得了咧……”

李十三喘着气，却不问，他和夫人在自家磨道推磨子，闭着眼也推不到岔道上去，能有什么了不得的祸事呢！那一瞬，他甚至料定田舍娃是虚张声势。虚张声势夸大事态往往是这些皮影艺人的职业习性。

“哥呀！皇上派人抓你来咧……”

李十三嘿的一声不着意地轻淡的笑：“你也算是当了爸的人了，咋还说这些没根没影的话……”

田舍娃见李十三不信，当下急得失了色变了脸，双手击捶出很响的声音，像道戏曲白口一般疾骤地叙说起来：“嘉庆爷派的差官已经到县上咧。我奶妈的三娃在县衙当伙夫，听到这事赶紧叫人把信儿传给我。我撂下饭碗赶紧跑过来给你透风报信。你还大咧咧地信不下……”

李十三打断田舍娃的话问：“说没说我犯了哪条王法？”

“‘淫词秽调’——”田舍娃说，“皇上爷亲口说你编的戏是‘淫词秽调’，如野草般疯长，已经传流到好多省去了。皇上爷很恼火，派专使到渭南，指名要‘提李十三进京’，还说连我这一帮演过你的戏的皮影客也不放手……”

田舍娃说着说着就自动打住口，哑了声。他叙述这个因由的过程，突出的眉棱下的两只燕尾形的眼睛一直紧盯着他亲爱的李十三哥，连扶着磨杠的嫂夫人一眼也顾不及看。他看着李十三由不信不屑不嗤的眼神脸色逐渐转换出现在这副吓人的神色，两眼瞪得一动不动一眨不眨，脸色由灰黄变成灰白，辨不清是气恨还是惧怕，倒吓得田舍娃不敢再往下说了。

李十三突然猛挺起身子，头往后一仰，又往前一倾，“噢”地叫了一声，从嘴里喷出一股血来。田舍娃眼见一道鲜亮如同朝阳的红光闪耀了一下，整个磨房弥漫起红色的光焰，又如同一条血的飞瀑，呼啸着爆响着飞溅出去，落在磨扇顶端已经磨碎的麦粒上，也泼洒在琢刻着石棱的磨扇上。磨盘上堆积着的尚未收揽的碎麦麸顷刻间也染红了，田舍娃噢呀惊叫一声，吓愣了。

李十三又挺起胸来，头先往后一仰，即刻再往前用力一倾，又一道血的光焰血的飞瀑喷洒出去，随之横跌在磨盘上，一只手垂下来。

田舍娃手足无措地站在一边，突然灵动过来，一把抱起李十三，轻轻地摆平仰躺在地上。夫人也早吓蒙了，忙蹲下身为李十三抚胸搓背，连声呼叫：“你不能走呀你甭走呀……”随之掐住了丈夫的鼻根。

许久，李十三终于睁开眼睛了，顺手拨开了夫人掐着他鼻根的手。稍停半刻，他两手撑地要坐起来。夫人和田舍娃急忙从两边帮扶着。李十三坐起来。田舍娃这时才哭出声来。夫人也哭了。

李十三舒了口气，看着田舍娃说：“你咋不跑还在这儿?”

“你是这样子，我咋跑呀!”田舍娃说，“让人家把咱俩一块提走，我好招呼着你。”

李十三摇摇头：“咱俩得跑。”

田舍娃忙接上说：“就等你这句话哩，快走。”

李十三站起来，走了两步试了试腿脚，还可以走动，便对夫人说：“你也甭操心了。你操心也是白操——皇上要我的命，你还能挡住？挡不住咯。我要是命大能跑脱，会捎话给你，会来取戏本的——这本戏刚写到热闹的当当儿，你给我藏好。”

两人装出无什么要紧事的做派，走出门，走过村巷，还和村人打着礼仪性的招呼。村人乡党打问今晚在哪个村子摆场子，舍娃说在北原上很远很远的一个寨子。乡党直惋叹太远太远了。两人出了村子，两人又从出村的这条宽敞的土路拐上一条一步多宽的岔路，两边是高过人头的包谷苗子。隐入无边无际的包谷绿秆之中，似乎有一种被遮蔽的安全感。两人不约而同又拐上一条岔道，岔道上铺满青草，泛着一缕缕薄荷的清香。两人又跷过水渠，清凌凌的水已经没有诗意了，渠沿上的白杨也没有诗意了。这渠水和这白杨是最容易诱发诗意的景致，他每一次踏过渠上的木桥或直接跷过这水渠的时候，都忍不住驻足品味，都忍不住撩起水来洗一把脸。现在只有奔逃的恓惶和恐惧了。李十三在用力跳过渠的时候，有一阵晕眩，眼睛黑了一瞬，驻足的同时，又吐出一口血来。稍作缓息，田舍娃搀扶着他继续走着。两边依旧是密不透风的包谷秆子，青幽幽闷腾腾的田野。走到这条小路的尽头，遇到一道土塄，分成又一个岔口，李十三站住脚，咱俩该分手了。

田舍娃愣了一下，头连着摇：“分手？谁跟谁分手？我跟你分手——我死都跟你不分手。”

李十三说：“咱俩总不能傻到让人家一搭儿抓了，再一窝端了一锅蒸了嘛！留下一个会唱会耍竿竿儿的（支撑皮影的竹竿）人嘛！”

“不成不成不成！”田舍娃的头摇得更欢了，“耍竿竿儿的人多，死了我还有那一大帮伙计，会编戏的只是你十三哥——死谁都不能死你。”

“是这样嘛——”李十三说，“咱俩谁都不该死。咱俩谁都不死当然顶好咧！现时死临头了，咱俩分开跑，逃过一个算一个，逃过两个更好。千万不能一锅给人家煮了蒸了。”

田舍娃还是听不进去：“你这么个病身子，我把你撂下撇下，我就是你戏里头写的那号负义的贼了。”

李十三说：“我的戏本都压在你的箱子里，旁人传抄的不全，有的乱删乱添，只有你拿的本子是我的原装本子。想想，把我杀了不当紧，我把戏写成了。要是把你杀了又抄了家，连戏本子都会给人家烧成灰了……你而今活着比我活着还当紧。”

田舍娃这下子不说话了。

李十三又说：“你活着就是顶替我活着。”

田舍娃出着粗气，眼泪涌出了。

“你的命现在比我的命贵重。”李十三再加重说，“快走赶快跑，哥的戏本就指望你了。”

李十三转过身走了。

田舍娃急抢两步，堵在李十三面前，扑通跪在路上，连磕三个响头，站起来又抱拳作揖者三，瞪着眼睛说：“我的哥呀！你放心走，只要有我舍娃子一条命，你的戏本一个字都丢不了！”

“你的命丢了，本子也甭丢。”李十三也狠起来，“你先把戏本藏好再逃命。”

“记下了。”田舍娃跑走了，跑到一畛谷子地里，对着坡塄骂了一句，“嘉庆呀嘉庆，我没有你这个爷了。”

田野静寂无声。

李十三顺着这条漫坡路走着。他想到应该斜插到另一个方向的梯田里去，谁会傻到顺着一条上渭北高原的官路逃亡呢？他不想逃跑，又不想被抓住。他确凿断定自己活不了几个时辰了。他只不过不想死到北京，也不想活着看见那个受嘉庆爷之命前来抓他的差官的脸。他也不想死在磨道里或死在炕上，那样会让他的夫人更恓惶，活着没能让她享福，死时却可以不让她受急迫。他也不想死在田舍娃当面，越是相好的人越想死得离他远点。

莽莽苍苍的渭北高原是最好的死地。

李十三面朝着渭北高原背对着渭河平原，往前一步一步挪脚移步，他又吐出一口血。血把脚下被人踩踏成细粉一般的黄土打湿了，瞬间就辨不出是血是水了。

再挣扎到一个塄坎上的时候，他又吐血了。

当他又预感到要吐血的时候，似乎清晰地意识到这是最后一口所能喷吐出来的血了。他已经走出村子二十里路了，在这一瞬转过身来，眺望一眼被绿色覆盖的关中和流过关中的渭河，他吐出最后一口血，仰跌在土路上，再也看不见渭北高原上空的太阳和云彩了。

附 记

约略记得是上世纪五十年代末，我在周六从学校回家去背下一周的干粮，路上的男男女女老人小孩纷纷涌动，有的手里提着一只小木凳，有的用手帕包着馒头，说是要到马家村去看电影。这部电影是把秦腔第一次搬上银幕的《火焰驹》，十村八寨都兴奋起来。太阳尚未落山，临近村庄的人已按捺不住，挎着凳子提着干粮去抢占前排位置了。我回到家匆匆吃了饭，便和同村伙伴结伙赶去看电影了。"日行千里夜行八百"的火焰驹固然神奇，而那个不嫌贫爱富因而也不背信弃义更死心不改与落难公子婚约的黄桂英，记忆深处至今还留着舞台上那副顾盼动人的模样。这个黄桂英不单给乡村那些穷娃昼思夜梦的美好期盼，城市里的年轻人何尝不是同一心理向往。直到五十年后的今天我才弄清楚，《火焰驹》的原始作者名叫李十三。

李十三，本名李芳桂，渭南县蔺店乡人。他出生的那个村子叫李十三村。据说唐代把渭北地区凡李姓氏族聚居的村子，以数字编序排列命名，类似北京的××八条、××十条或十二条。李芳桂念书苦读一门心思为着科举高中，一路苦苦赶考直到五十二岁，才弄到个没有实质内容的"候补"空额，突然于失望之后反倒灵醒了，便不想再跑那条路了。这当儿皮影戏在渭北兴起正演得红火，却苦于找不到好戏本，皮影班社的头儿便把眼睛瞅住这个文墨深不知底的人。架不住几个皮影班头的怂恿哄抬，李十三答应“试火一下”，即文人们常说的试笔。这样，李十三的第一部戏剧处女作《春秋配》就“试火”出来了。且不说这本戏当年如何以皮影演出走红渭北，近二百年来已被改编为秦腔、京剧、川剧、豫剧、晋剧、汉剧、湘剧、滇剧和河北梆子等。这一笔“试火”真是了得！大约自此时起，李十三这个他出生并生活的村子名称成了他的名字。李芳桂的名字以往只出现或者只应用在各级科举的考卷和公布榜上，民间却以李十三取而代之。民间对“李芳桂”的废弃，正应合着他人生另一条道路的开始，编戏。

李十三生于一七四八年，距今二百六十年了。我专意打问了剧作家陈彦，证实李十三确凿是陕西地方戏剧碗碗腔秦腔剧本的第一位剧作家，而且是批量生产。自五十二岁摒弃仕途试笔写戏，到六十二岁被嘉庆爷通缉吓死或气死（民间一说吓死一说气死，还有说气吓致死）的十年间，写出了八部本戏和两部小折子戏，通称十大本：《春秋配》《白玉钿》《火焰驹》《万福莲》《如意簪》《香莲口》《紫霞宫》《玉燕钗》，《四岔》和《锄谷》是折子戏。这些戏本中的许多剧目，随后几乎被中国各大地方剧种都改编演出过，经近二百年而不衰。我很自然地发生猜想，中国南北各地差异很大的方言，唱着说着这位老陕的剧词会是怎样一番妙趣。不会说普通话更没听过南方各路口音的李十三，如若坐在湘剧京剧剧场里观赏他的某一本戏的演出，当会增聚起抵御嘉庆爷捉拿的几分胆量和气度吧，起码会对他点灯熬油和推磨之辛劳，添一分欣慰吧！

然而，李十三肯定不会料到，在他被嘉庆爷气吓得磨道喷吐鲜血，直到把血吐尽在渭北高原的黄土路上气绝而亡之后的大约一百五十年，一位秦腔剧作家把他的《万福莲》改编为《女巡按》，大获好评更热演不衰。北京有一位赫赫盛名的剧作家田汉，接着把《女巡按》改编为京剧《谢瑶环》，也引起不小轰动。刚轰动了一下还没轰得太热，《谢瑶环》被批判，批判文章几成铺天盖地之势。看来田汉胆子大点儿气度也宽，没有吐血。

一切都已成为过去。过去了韵事就成历史了。

我从剧作家陈彦的文章中，获得李十三推磨这个细节时，竟毛躁得难以成眠。在几种思绪里只有一点纯属自我的得意，即我曾经说过写作这活儿，不在乎写作者吃的是馍还是面包，睡的是席梦思还是土炕，屋墙上挂的是字画还是锄头，关键在于那根神经对文字敏感的程度。我从李十三这位乡党在磨道里推磨的细节上又一次获得确信，是那根对文字尤为敏感的神经，驱使着李十三点灯熬油自我陶醉在戏剧创作的无与伦比的巨大快活之中，喝一碗米粥咥一碗黏（干）面或汤面就知足了。即使落魄到为吃一碗面需得启动六十二岁的老胳膊硬腿去推石磨的地步，仍然是得意忘情地陶醉在磨道里，全是那根虽然年事已高依然保持着对文字敏感的神经，闹得他手里那支毛笔无论如何也停歇不下来。磨完麦子撂下推磨的木杠，又钻进那间摆置着一张方桌一把椅子一条板凳的屋子，掂起笔杆揭开砚台蘸墨吟诵戏词了……唯一的实惠是田舍娃捐赠的二斗小麦。

同样是这根对文字太过敏感的神经，却招架不住嘉庆爷的黑煞脸，竟然一吓一气就绷断了，那支毛笔才彻底地闲置下来，我就想把他写进我的文字里。

2007.5.9　二府庄

伊琳娜的礼帽

铁　凝

铁凝，1957 年生于北京。现为中国作家协会主席。主要著作有长篇小说《玫瑰门》《大浴女》《笨花》等 4 部，中短篇小说《哦，香雪》《永远有多远》等 100 余篇、部，以及散文、随笔等共 400 余万字。作品曾 6 次获鲁迅文学奖等国家级文学奖，另有小说、散文获中国各大文学期刊奖 30 余项。其编剧的电影《哦，香雪》获第 41 届柏林国际电影节大奖。部分作品被译成英、俄、德、法、日、韩、西、丹、挪、越等多国文字出版。

伊琳娜的礼帽

我站在莫斯科的道姆杰德瓦机场等待去往哈巴罗夫斯克的航班。懂俄语的人告诉我，“道姆杰德瓦”是小屋的意思。那么，这个机场也可以叫作小屋机场了。

这是二〇〇一年的夏天。

我本来是和我表姐结伴同游俄罗斯——俄罗斯十日游，我们都曾经以为彼此是对方最好的旅伴。不是有中学老师给即将放假的学生出过那么一道题吗：从北京到伦敦，最近的抵达方法是什么？答案不是飞机、网络什么的，而是：和朋友一起去。听起来真是不错。其实呢，旅途上最初的朋友往往会变成最终的敌人。我和我表姐从北京到莫斯科时还是朋友，从莫斯科到圣彼得堡时差不多已经成了敌人。原因是——我觉得，我那位表姐和我，我们都是刚离婚不久，我们在路上肯定会有一些共同语言，我们不再有丈夫的依傍或者说拖累，我们还可以肆无忌惮地诅咒前夫。但是——居然，我表姐她几乎在飞往莫斯科的飞机上就开始了她新的恋爱。我们邻座那位男士，和我们同属一个旅行团的，一落座就和她起劲地搭讪。我想用瞎搭葛来形容他们，但很快得知那男士也正处在无婚姻状态，真是赶了一个寸劲儿。我这才发现我表姐是一个盲目乐观主义者，并且善于讨好别人。我就没那么乐观了，与人相处，我总是先看见别人的缺点，我想不高兴就不高兴，也不顾忌时间和场合。我把脸一耷拉，面皮就像刷了一层糨糊，干硬且皱巴。这常常把我的心情弄得很沮丧。而当我对自己评价也不高的时候，反过来会更加恼火别人。在飞机上我冷眼观察我们的男邻座，立刻发现他双手的小拇指留着过长的指甲。他不时习惯性地抬起右手，跷起一根小拇指把垂在额前的头发往脑袋上方那么一划拉，那淡青色的半透明的大指甲，叫人不由得想起慈禧太后被洋人画像时戴了满手的金指甲套：怪异，不洁，轻浮。加上他那有一声没一声的短笑，更是有声有色地侵犯了我的听觉。到达莫斯科入住宇宙大饭店之后，我迫不及待地把我的感受告诉给我表姐。她嘿嘿一笑说："客观地说，你是不够厚道吧。客观地说，他的有些见解还真不错。"我于是对我的表姐也有了一个新发现，我发现她有一个口头语那就是"客观地说"。什么叫"客观地说"？谁能证明当她说"客观地说"的时候她的说法是客观的呢？反倒是，一旦她把"客观地说"摆在口头，多半正是她要强调她那倾向性过强的观点的时候。我因此很讨厌我表姐的这个口头语。

当我站在"小屋"机场等待去往哈巴罗夫斯克的航班的时候，我归纳了一下我和我表姐中途分手的原因，仿佛就是那位男邻座过长的指甲和我表姐的口头语"客观地说"。这原因未免太小，却小到了被我不能容忍。我们从莫斯科到达圣彼得堡后，我耷拉着脸随旅行团勉强参观完铁匠大街上的陀斯妥耶夫斯基故居，听一位精瘦的一脸威严的老妇人讲解员讲了一些陀氏故事。没记住什么，只记得老妇人嘴边碎褶子很多，好似被反复加热过的打了蔫儿的烧卖。还记得她说陀氏的重孙子现在就在陀氏故居所在街区开有轨电车。对这个事实我有点幸灾乐祸的快意：陀斯妥耶夫斯基是俄罗斯的大人物，他的后代不是也有开有轨电车的么。我想起我母亲也是个作家，而我也没能按照她的希望出人头地。我的职业和婚姻可能都让她悲哀，但不管怎么说，我好歹还是个身在首都的国家公务员。我对我母亲的书房和文学从来就不感兴趣，所以，当我看见我表姐和她的新男友脑袋顶着脑袋凑在陀氏故居门厅的小柜台上购买印有这个大人物头像的书签时，当机立断作出决定：我要离开他们，一个人先回国。我没能等到返回我们所住的斯莫尔尼饭店，就皮笑肉不笑地把我的想法告诉了我的表姐。她怔了怔说："客观地说，你这是有点儿要小孩子脾气。还有四天我们就能一起回去了。"我则在心里念叨着：别了，您那"客观地说"！

我想直接飞回北京但是不行，旅行社告诉我必须按他们合同上的计划出境。我应该从莫斯科飞哈巴罗夫斯克，再乘火车经由西伯利亚进入中国牡丹江。这是一条费事但听说省钱的路线，为此我愿意服从旅行社。二〇〇一年夏天的这个晚上，我在陈旧、拥挤的小屋机场喝了两瓶口味奇异的格瓦斯之后，终于等来了飞往哈巴的航班，是架陈旧的图—154。我随着客流走进机舱，发现乘客多是来自远东，哈巴罗夫斯克人居多吧，只有少数莫斯科人和我这样的外国人。我既不懂俄语也分辨不清他们之间口音的差异，但说来奇怪，直觉使我区分出了莫斯科人和哈巴罗夫斯克人。我的座位在后部靠走道，能够方便地大面积地看清铺在舱内那红蓝相间的地毯。地毯已经很脏，花纹几近模糊，渗在上面的酒渍、汤渍和肉汁却顽强地清晰起来。偏胖的中年空姐动作迟缓地偶尔伸手助乘客一臂之力——帮助合上头顶的行李舱什么的，那溢出唇边的口红暴露了她们对自己的心不在焉，也好像给了乘客一个信号：这是一架随随便便的飞机，你在上面随便干什么都没有关系。我的前排是一男两女三个年轻人，打从我一进机舱，听见的就是他们的大笑和尖叫。那男的显然是个莫斯科新贵，他面色红润，头发清洁，指甲出人意料地整齐，如一枚枚精选出来的光泽一致的贝壳，镶嵌在手指上。他手握一款诺基亚超大彩屏手机正向一左一右两位卷发浓妆少女显摆。二〇〇一年的俄罗斯，手机还尚未普及，可以想象新贵掌中的这一超新款会在女孩子心里引起怎样的羡慕。似乎就为了它，她们甘愿让他对她们又是掐，又是咬，又是捏着鼻子灌酒，又是揪着头发点烟。我闷坐在他们后排，前座上方这三颗乱颤不已的脑袋，宛若三只上满了发条的电动小狮子狗。这新贵一定在哈巴有生意，那儿是俄罗斯远东地区重要的铁路枢纽，是河港、航空要站，有库页岛来的输油管道，石油加工、造船、机械制造什么的都很发达。也许这新贵是弄石油的，但我不关心他的生意，只惦记飞机的安全。我发现他丝毫没有要关机的意思，便忍不住用蹩脚的英语大声请他关机。我的脸色一定是难看的，竟然镇住了手机的主人。他关了机，一边回头不解地看着我，好像在说：您干吗生那么大气啊？

这时舱门口走来了这飞机的最后两位乘客：一个年轻女人和一个五岁左右的小男孩。女人的手提行李不少，最惹眼的是她手里的一个圆形大帽盒。大帽盒在她手中那些袋子的最前方，就像是帽盒正引领着她向前。她和孩子径直朝我这里走来，原来和我同排，在我右侧，隔着一条走道。我这才看清她是用一只手的小拇指钩住捆绑那米色帽盒上的咖啡色丝带的，我还看见帽盒侧面画着一顶橘子大的男式礼帽。同样是人手的小拇指在动作，我对这个女人的小拇指就不那么反感。这个用小拇指钩住帽盒丝带的动作，让她显得脆弱并且顾家。这是一对属于哈巴罗夫斯克中等人家的母子，他们是到莫斯科走亲戚的。回来时带了不少东西，有亲戚送的，也有谨慎地从莫斯科买的。丈夫因事没和他们同行，她特别为他买了礼物：一顶礼帽。我在心里合理着我对这母子的判断，一边看她有点忙乱地将手中几个鼓鼓囊囊的袋子归位。她先把大帽盒安置在自己的座位上，让由于负重而显出红肿的那根小拇指小心翼翼地从帽盒的丝带圈里脱身出来，好像那帽盒本身是个正在熟睡的旅客。然后她再把手中其他袋子放进座位上方的行李舱。最后她双手捧起了帽盒，想要为它找个稳妥的去处。但是，原本就狭小的行李舱已被她塞满，其实已经容不下这庞大的帽盒。女人捧着帽盒在通道上原地转了个圈，指望远处的空姐能帮她一把。空姐没有过来，离这女人最近的我也没打算帮她——我又能帮上什么呢？换了我表姐，说不定会站起来象征性地帮着找找地方，我表姐会来这一套。这时女人前排一个瘦高的男人从座位上站起来，打开他头顶上方的行李舱，拽出一件面目不清的什么包，扔在通道上，然后不由分说地从女人怀里拿过帽盒，送进属于他的那一格行李舱。随着那舱盖轻松地啪的一声扣上，瘦高男人冲女人愉快地摊了摊手，意思是：这不解决了吗？接着他们俩有几句对话，我想内容应该是：女人指着地上的包说，您的包怎么办呢？男人捡起包胡乱塞进他的座位底下，说，它本来就不值得进入行李舱，就让它在座位下边呆着好了。女人感激地一笑，喊回她的儿子——萨沙！这个词我听得懂。其时萨沙正站在我前排那莫斯科新贵跟前，凝神注视新贵手中的新款诺基亚。他不情愿地回到母亲身边，小声叨咕着什么。我猜是，女人要他坐在靠窗的里侧，就像有意把他和新贵隔离。而他偏要坐靠通道的座位。当然，最终他没能拗过他的母亲。这是一个麦色头发、表情懦弱的孩子。海蓝色的大眼睛下方有两纹浅浅的眼赘儿——我经常在一些欧洲孩子娇嫩的脸上看见本该在老人脸上看见的下眼赘儿，这让孩子显得忧郁，又仿佛这样的孩子个个都是老谋深算的哲学家。

飞机起飞了，我侧脸看着右边的女人，发现她竟是有些面熟。我想起来了，我在我那作家母亲的书架上见过一本名叫《卓娅和舒拉的故事》的旧书，书中卓娅的照片和我右边这位女邻座有几分相像。栗色头发，椭圆下巴，两只神情坚定的眼睛距离有点偏近。卓娅是我母亲那一代人心中的英雄，对我这种出生在二十世纪六十年代的人，她则太过遥远。当年我凝望她的照片，更多注意的是她的头发。尽管她是卫国战争时期的英雄，可从时尚的角度看，她一头极短的卷发倒像是能够引领先锋潮流。那时我喜欢她的发型，才顺便记住了她。现在我不想把飞机上我这位女邻座叫成卓娅，我给她编了个名字叫做伊琳娜。俄罗斯人有叫这个名字的吗？我不在乎。我只是觉得我的邻座很适合这几个字的发音：伊琳娜。她的绾在脑后的发髻，她那有点收缩的肩膀，她的长度过于保守的格子裙，她的两只对于女人来说偏大了点的骨关节泛红的白净的手，她那微微眯住的深棕色的眼睛和颤动的眼皮，那平静地等待回家的神情，都更像伊琳娜而不是卓娅。有广播响起来，告知乘客这架飞机飞行时间是九小时左右，将于明晨到达哈巴罗夫斯克。飞机十分钟之后为大家提供一份晚餐，而酒和其他食品则是收费供应。

我草草吃过半凉不热的晚饭，三片酸黄瓜、几个羊肉丸子和油腻的罗宋汤。我得闭眼睡一会儿。哈巴罗夫斯克不是我最后的目的地，我还得从那儿再坐一夜火车。一想起这些就觉得真累。人们为什么一定要旅行呢？

当我睁开眼时，我发现这机舱起了些变化。多数旅客仍在睡着，变化来自伊琳娜前排座位。她前排座上的那个瘦高男人正脸朝后地把胳膊肘架在椅背上，跪在自己座位上和后一排的伊琳娜聊天。我暂且就叫他瘦子吧，他的一张瘦脸上，不合比例地长了满口白且大的马牙。他这脸朝后的跪相儿使他看上去有点卑微，有点上赶着。不过他那一身过于短小的、仿佛穿错了尺码的牛仔夹克牛仔裤，本身就含有几许卑微。他的表情是兴奋的，手中若再有一枝玫瑰，就基本可以充当街心公园里一尊求婚者的雕像。伊琳娜虽然没有直视他的眼，却对他并不反感。他们好像在议论对莫斯科的印象吧，或者不是。总之他们说得挺起劲。没有空姐过来制止瘦子的跪相儿，只有伊琳娜身边的萨沙仰脸警觉地盯着瘦子——尽管他困得上下眼皮直打架。后来，久跪不起的瘦子终于注意到了萨沙的情绪，他揿铃叫来空姐买了一罐可乐和一根俄罗斯红肠给萨沙。果然，萨沙的神情有所缓和，他在母亲的默许下，有点扭捏地接受了瘦子的馈赠。他一手攥着红肠，一手举着可乐，对这不期而至的美食，一时不知先吃哪样为好。瘦子趁热打铁——我认为，他把两条长胳膊伸向萨沙，他干脆要求和萨沙调换座位。他有点巴结地说他那个座位是多么多么好——靠走道啊，正是萨沙开始想要的啊。萨沙犹豫着，而伊琳娜突然红了脸，就像这是她和瘦子的一个合谋。她却没有拒绝瘦子的提议，她默不作声，双手交叠在一起反复摩挲着。瘦子则像得到鼓励一样，站起来走到后排，把手伸到萨沙胳肢窝底下轻轻一卡，就将孩子从座位上“掏”了出来，再一把放进前排他的老座位。也许那真该被称作是老座位了，只因为座位的改变预示着瘦子和伊琳娜关系的新起点。难道他们之间已经有了什么关系吗？

我看见瘦子如愿以偿地坐在了伊琳娜身边，他跷起一条长腿搭在另一条腿上，身子向伊琳娜这边半斜着，脚上是后跟已经歪斜的尖头皮便鞋，鞋里是中国产而大多数中国人已不再穿的灰色丝袜，袜筒上有绿豆大的烟洞。我看出瘦子可不是富人，飞机上的东西又贵得吓人。但是请看，瘦子又要花钱了：他再次揿铃叫空姐，他竟然给伊琳娜和自己买了一小瓶红酒。空姐连同酒杯也送了来，并为他们开启了瓶塞。他们同时举起酒杯，要碰没碰的样子，欲言又止的样子，像是某种事情到来之前的一个铺垫。我看见伊琳娜有些紧张地拿嘴够着杯口啜了一小口，好比那酒原本是一碗滚烫的粥。瘦子也喝了一口，紧接着他猛地用自己的杯子往伊琳娜的杯子上一碰。就像一个人挑衅似的拿自己的肩膀去撞另一个人的肩膀。伊琳娜杯中的酒荡漾了一下，她有点埋怨地冲他笑了。我很不喜欢她这种埋怨的笑，可以看作那是调情的开始，或者说是开始接受对方的调情。

我在我的座位上调整了一下姿势，让自己坐得更舒服，也可能是为了更便于观察我右侧的这对男女。我承认此时我的心态有几分阴暗，就像喜欢看名人倒霉是大众的普遍心理一样。虽然伊琳娜不是名人，但我觉得她至少是个正派女子。看正派女子出丑也会让我莫名其妙地满足。我觑眉皱眼地左顾右盼，并希望萨沙过来看看他母亲现在这副样子。萨沙正专心地品味红肠，从我这个角度可以看见他小小的半侧面。我前排那三位“电动狮子狗”在睡过了一阵之后同时醒来。他们一经睡醒就又开始忙着吃喝，几乎买遍飞机上所有能买的东西。他们喝酒也不用酒杯，他们一人一瓶，嘴对着瓶口直接灌，间或也互相灌几口。他们的粗放顿时让伊琳娜和瘦子显得文明而矜持，如果你愿意也完全可以说是让他俩显得寒碜。当我想到这个词的时候，杯中酒已经让伊琳娜放松了，她和瘦子从有距离的闲聊开始转为窃窃私语，她脑后的发髻在椅背的白色镂花靠巾上揉搓来揉搓去，一些碎发掉下来，垂在耳侧，泄露着她的欲望。是的，她有欲望，我在心里撇着嘴说。那欲望的气息已经在我周边弥漫。不过我似乎又觉得那不是纯粹主观感觉中的气息，而是——前方真的飘来了有着物质属性的气息。

从这机舱的前部，走来了两位衣冠楚楚的男士。当我把眼光从伊琳娜的发髻上挪开，看见前方这两个男人，顿时明白那气息来自他们——至少是其中一人身上的博柏利男用淡香水。我对香水所知甚少，所以对这款香水敏感，完全是我母亲的缘故，她用的就是这一款。记得我曾经讥讽我母亲说，您怎么用男人的香水啊。我母亲说，其实这是一款中性香水，男女都能用。我想起母亲书架上《卓娅和舒拉的故事》，对这位年轻时崇拜卓娅、年老时热衷博柏利男款香水的妇人常常迷惑不解。眼下这两位男士，就这架懒散、陈旧的飞机而言，颇有点从天而降的意味——尽管此时我们就在天上。他们年轻，高大，标致，华丽，他们考究，雕琢。打扮成如他们的，仿佛只有两种人：T型台上的男模和游走于五星级酒店的职业扒手。他们带着一身香气朝后边走来，腕上粗重的金手链连同手背上的浓密汗毛在昏暗的舱内闪着咄咄逼人的光。他们擦过我的身边，一眨眼便同时在机舱后部的洗手间门口消失了。

我的不光明的好奇心鼓动着我忍不住向后方窥测，我断定他们是一同进了洗手间而不是一个等在外边。在这里我强调了“一同”。此时最后一排空着的座位上，一个空姐正视而不见地歪着身子嗑着葵花子。显然，她对飞机上的这类行径习以为常。大约一刻钟后，我终于亲眼看见两个男人一前一后从洗手间出来了，其中一个还为另一个整理了一下歪斜的领带。我一边为我这亲眼看见有那么点兴奋，一边又为他们居然在众目睽睽之下，利用飞机上如此宝贵而又狭小的洗手间将两个身体同时挤了进去感到气愤。啊，这真是一架膨胀着情欲的飞机，两位华丽男士的洗手间之举将这情欲演绎成了赤裸裸的释放——甚至连这赤裸裸的释放也变成了表演。因为半小时之后，这二位又从前方他们的座位上站起来，示威似的相跟着，穿过我们的注视，又一同钻了一次洗手间。

我所以用了“我们”，是因为当华丽男士经过时，伊琳娜和瘦子也注意到了他们。而瘦子的右手，在这时已经搭上了伊琳娜的左肩。

过了半点钟，那只手滑至伊琳娜的腰。

过了半点钟，那只手从伊琳娜腰间抽出，试探地放上了她的大腿。

夜已很深，我已困乏至极，又舍不得放松我这暗暗的监视，就找出几块巧克力提神。巧克力还是我从国内带出来的，德芙牌。在国内时并不觉得它怎么好吃，到了俄罗斯才觉得我带出来的东西全都是好吃的。这时一直没有睡觉的萨沙也显出困乏地从前排站起来找伊琳娜了，他来到伊琳娜身边，一定是提醒她照顾他睡觉的。可当他看见伊琳娜正毫无知觉地和瘦子脑袋顶着脑袋窃窃私语，便突然猛一转身把脸扭向了我。他的眼光和我的眼光不期而遇，我看出那眼光里有一丝愠怒。那短短的几秒钟，他知道我知道为什么他会突然扭转身向我，我也知道他知道我看见了他母亲的什么。在那几秒钟里我觉得萨沙有点像一个被遗弃的孤儿。我本是一个缺乏热情的人，这时还是忍不住递给他一块巧克力。对食物充满兴趣的萨沙却没有接受我的巧克力，好像我这种冷悯同样使他愠怒。他又一个急转身，捯着小步回到他那被置换了的座位上，坐下，闭了眼，宛如一个苦大仇深的小老头。

我偷着扫了一眼伊琳娜，她的头一直扭向瘦子，她没有发现萨沙的到来和离开。

过了半点钟，瘦子的手还在伊琳娜腿上——或者已经向上挪了一寸？它就像摆在她格子裙上的一个有形状的悬念，鼓动我不断抬起沉重的眼皮生怕错过什么。好一阵子之后，我总算看见伊琳娜谨慎地拿开它，然后她起身去前排照看萨沙。萨沙已经睡着了——也许是假寐，这使伊琳娜有几分踏实地回到座位上，瘦子的手立刻又搭上了她的大腿。她看了看复又搭上来的这只手，和瘦子不再有话。她把眼闭上，好像要睡一会儿，又好像给人一个暗示：她不反感自己腿上的这只手。果然，那只手像受了这暗示的刺激一般，迅疾地隔着裙子行至她的腿间。只见伊琳娜的身体痉挛似的抖了一下，睁开了眼。她睁了眼，把自己的手放在瘦子那只手上，示意它从自己腿间挪开。而瘦子的手很是固执，差不多寸步不让，就像在指责伊琳娜刚才的“默许”和现在突然的反悔。两只手开始较劲，伊琳娜几经用力瘦子才算妥协。但就在他放弃的同时，又把自己的手翻到伊琳娜手上，握住她那已经松弛的手，试图将它摆上自己的腿裆。我看见伊琳娜的手激烈地抵抗着，瘦子则欲罢不能地使用着他强硬的腕力，仿佛迫切需要伊琳娜的手去抚慰他所有的焦虑。两只手在暗中彼此不服地又一次较量起来，伊琳娜由于力气处于劣势，身体显出失衡，她竭力控制着身体的稳定，那只被瘦子紧紧捉住的充血的手，拼死向回撤着。两人手上的角力，使他们的表情也突然变得严峻，他们的脑袋不再相抵，身体反而同时挺直，他们下意识地抬头目视正前方，仿佛那儿正有一场情节跌宕的电影。

我累了。我觉得这架飞机也累了。

就在我觉出累了的时候，我看见伊琳娜终于从瘦子手中夺回了自己的手，并把头转向我这边。她匆忙看了我一眼，我用平静的眼光接住了她对我匆忙的扫视，意思是我对你们的事情不感兴趣。我听见伊琳娜轻叹了一声，再次把头转到瘦子那边。接着，她就像对不起他似的，活动了一下被扭疼的手，又将这手轻轻送进瘦子的手中。这次瘦子的手不再强硬了，两个人这两只手仿佛因为经过了试探，对抗，争夺，谈判，最终逃离了它们之间的喧哗和骚动，它们找到了自己应该的位置，它们握了起来，十指相扣。最后，在这个夜的末尾，他们就那样十指相扣地握着手睡了。这回好像是真睡，也许是因为伊琳娜终于让瘦子知道，一切不可能再有新的可能。

哈巴罗夫斯克到了。我没能看见伊琳娜和瘦子何时醒来又怎样告别，当我睁开眼时，他们已经像两个陌生人一样，各走各的。伊琳娜已经把属于她的各种袋子拿在手上，领着萨沙抢先走到前边到达机舱门口，就像要刻意摆脱瘦子一样。睡眼惺忪的旅客们排在他们后边，离他们母子最近的是莫斯科新贵，他早已打开诺基亚，高声与什么人通着什么话。然后是那两位华丽男士。一整夜的旅行并没有使他们面带疲惫，相反他们仍然衣冠楚楚，头发也滑腻不乱，好比蜡像陈列馆里那些酷似真人的蜡像，也使昨晚的一切恍在梦中。

八月的哈巴罗夫斯克的清晨是清凛的，如中国这个季节的坝上草原。走出机场，我呼吸着这个略显空旷的城市的空气，打了个寒战。旅客们互相视而不见地各奔东西，你很少在奔出机场的匆匆的人群中见到特别关注他人的人。我也急着寻找旅行社来接我的地陪，却忽然看见在我前方有一样熟悉的东西——伊琳娜的大帽盒，现在它被拿在那个瘦子手里。他走在我前边，正跨着大步像在追赶什么。我想起来了，伊琳娜的帽盒被存进瘦子的行李舱，而她在下飞机时把它忘记了。

帽盒使昨晚的一切又变得真切起来，也再次勾起了我的好奇心。我紧跟在瘦子后面，看见他扬着手中的帽盒，张嘴想要喊出伊琳娜的名字，却没有发出声音。我想他们其实就没有交换彼此的姓名吧，这给他的追赶带来了难度。可是伊琳娜在哪儿呢？我在并不密集的人流中没有发现他们母子，他们就像突然蒸发了一样。又走了几步，在我前边的瘦子猛地停了下来，盯住一个地方。我也停下来顺着他的眼光看去：在停车场旁边，在离我和瘦子几米远的地方，伊琳娜正和一个男人拥抱。或者说正被一个男人拥抱。那男人背对着我们，因此看不清面目，只觉得他个子中等，体格结实，头颅显得壮硕，脖子上的肉厚，稍微溢出了衬衫的领子。伊琳娜手中那些袋子暂时摆放在地上，萨沙守在袋子旁边，心满意足地仰头看着他的父母——肯定是他的父母。

这情景一定难为了瘦子，而伊琳娜恰在这时从男人肩上抬起头来，她应该一眼就看见了帽盒以及替她拎来了帽盒的瘦子。她有点发愣，有点紧张，有点不知所措。在她看见了瘦子的同时我认为她也看见了我。她的儿子，那个正在兴高采烈的萨沙，更是立刻就认出了我们俩。他警觉并且困惑地盯着这两个飞机上的男女，好像一时间我和瘦子成了会给他们母子带来不测的一组同伙。一切都发生在几秒钟之内，来不及解释，也不应该出错。是的，不应该出错。我忽然觉得我才应该是那个为她送上帽盒的最佳人选，我很惊讶自己又一次当机立断。我不由分说地抢上一步，对瘦子略一点头算是打了招呼，接着从他手中拿过——准确地说是“夺过”帽盒，快步走到伊琳娜丈夫的背后，将帽盒轻轻递到她那正落在她丈夫肩上的手中。至此，瘦子，我，还有伊琳娜，我们就像共同圆满完成了一项跨越莫斯科与哈巴罗夫斯克的接力赛。也许我在递上最后这一“棒”时还冲她笑了笑？我不知道。我也看不见我身后瘦子的表情，只想脱身快走。

我所以没能马上脱身，是因为在这时萨沙对我做了一个动作：他朝我仰起脸，并举起右手，把他那根笋尖般细嫩的小小的食指竖在双唇中间，就像在示意我千万不要作声。可以看作这是一个威严的暗示，我和萨沙彼此都没有忘记昨晚我们之间那次心照不宣的对视。这也是一个不可辜负的手势，这手势让我感受到萨沙一种令人心碎的天真。而伊琳娜却仿佛一时失去了暗示我的能力，她也无法对我表示感激，更无法体现她起码的礼貌。就见她忽然松开丈夫的拥抱，开始解那帽盒上的丝带。也只有我能够感受到，她那解着丝带的双手，有着些微难以觉察的颤抖。她的丈夫在这时转过脸来，颇感意外地看着伊琳娜手中突然出现的帽盒。这是一个面善的中年人，他的脸实在是，实在是和戈尔巴乔夫十分相似。

伊琳娜手中的丝带滑落，她打开盒子，取出一顶做工精致的细呢礼帽。礼帽是一种非常干净的灰色，像在晴空下被艳阳高照着飞翔的灰鸽子的羽毛。这礼帽让戈尔巴乔夫似的丈夫惊喜地笑了，他以为——按常规，伊琳娜会为他戴上礼帽，但是，伊琳娜却丢掉帽盒，把礼帽扣在了自己头上。

我所以用“扣”来形容伊琳娜的戴礼帽，是因为这按照她丈夫的尺寸选购的男式礼帽戴在她头上显得过大了，她那颗秀气的脑袋就像被扣进了一口小锅。礼帽遮挡了她那张脸的大部，只露出一张表情不明的嘴。礼帽在一瞬间也遮挡了她的礼貌，隔离了她和外界的关系，她什么也看不见了，包括不再看见瘦子和我。她可以不必同任何生人、熟人再作寒暄，她甚至可能已经不再是她自己。她的丈夫再一次欣赏地笑了，他一定是在妻子扣着男式礼帽的小脑袋上，发现了一种他还从来没有见过的幽默。然后，他们一家三口就拎着大包小包，朝远处一辆样式规矩的黑轿车走去。

其实我从来就没想过要把昨晚飞机上的事告诉给第二个人。昨晚发生了什么吗？老实说什么也没有发生。是萨沙贴在唇上的手指和伊琳娜扣在自己头上的礼帽让我觉出了某种无以言说的托付。特别当我预感到我和他们终生也不会再次谋面时，这“托付”反而变得格外凝重起来。嗯，说到底，人是需要被人需要的。我一边这样想着，一边再次遥望了一下远处的伊琳娜，她头上晃荡的礼帽使她的体态有点滑稽，但客观地说，她仍然不失端庄——我知道我在这里初次用了一个我最讨厌的我表姐的口头语：“客观地说”。不过它用在这儿，似乎还称得上恰如其分。

我看见一个脸上长着痤疮的中国青年举着一块小木牌，上面写着我的名字。他就是我在哈巴罗夫斯克的地陪了，我冲他挥挥手，我们就算接上了头。

吉祥如意

郭文斌

郭文斌，祖籍甘肃，1966 年生于宁夏西吉县。先后就读于固原师范、宁夏教育学院中文系、鲁迅文学院。著有畅销书《寻找安详》《〈弟子规〉到底说什么》、小说集《瑜伽》、散文集《守岁》、诗集《我被我的眼睛带坏》等十余部，出版有《郭文斌论》。短篇《吉祥如意》先后获人民文学奖、小说选刊奖、鲁迅文学奖；短篇《冬至》获北京文学奖；散文《永远的堡子》获冰心散文奖。部分作品被翻译成外文。

现任银川市文联主席，《黄河文学》主编。为中国作协全委，宁夏作协副主席，宁夏大学、宁夏师范学院客座教授。全国宣传文化系统“四个一批”人才，享受国务院政府特殊津贴。

吉祥如意

五月是被香醒来的。娘一把揭过捂在炕角瓦盆上的草锅盖，一股香气就向五月的鼻子里钻去。五月就醒了。五月一醒，六月也就醒了。五月和六月睁开眼睛，面前是一盆热气腾腾的甜醅子。娘的左手里是一个蓝花瓷碗，右手里是一把木锅铲。娘说，你看今年这甜醅发的，就像是好日子一样。六月看看五月，五月看看六月，用目光传递着这一喜讯。五月把舌头伸给娘，说，让我尝一下，看是真发还是假发。娘说，还没供呢，端午吃东西可是要供的。五月和六月就呼地一下子从被筒里翻出来。

到院里，天还没有大亮。爹正在往上房门框上插柳枝。五月和六月就后悔自己起得迟了。出大门一看，家家的大门上都插上了柳枝，让人觉得整个巷子是活的。五月和六月跑到巷道尽头，又飞快地跑回。长长的巷道里，散发着柳枝的清香味，还散发着一种让他们说不清的东西。雾很大，站在巷子的这头，可以勉强看到那头。但正是这种效果，让五月和六月觉得这端午有了神秘的味道。来回跑的时候，六月觉得有无数的秘密和自己擦肩而过，嚓嚓响。等他们停下来，他又分明看到那秘密就在交错的柳枝间大摇大摆。再次跑到巷道的尽头时，六月问，姐你觉到啥了吗？五月说，觉到啥？六月说，说不明白，但我觉到了。五月说，你是说雾？六月失望地摇了摇头，觉得姐姐和他感觉到的东西离得太远了。五月说，那就是柳枝嘛，再能有啥？六月还是摇了摇头。突然，五月说，我知道了，你是说美？这次轮到六月吃惊了，他没有想到姐姐说出了这么一个词，平时常挂在嘴上，但姐把它配在这个用场上时还是让他很意外，又十分的佩服。自己怎么就没有想到它呢？随之，他又觉得自己没有想到这个词是对的，因为它不能完全代表他感觉到的东西。或者说，这美，只是他感觉到的东西中的一小点儿。

等他们从大门上回来，爹和娘已经在院子里摆好了供桌。等他们洗完脸，娘已经把甜醅子和花馍馍端到桌子上了，还有干果，净水，在蒙蒙夜色里，有一种神秘的味道，仿佛真有无数的神仙在他们看不见的地方等着享用这眼前的美味呢。

爹向天点了一炷香，往地上奠了米酒，无比庄严地说：

艾叶香，香满堂，
桃枝插在大门上，
出门一望麦儿黄，
这儿端阳，那儿端阳，
处处都端阳。

艾叶香，香满堂，
桃枝插在大门上，
出门一望麦儿黄，
这儿吉祥，那儿吉祥，
处处都吉祥。

……

接着说了些什么，五月和六月听不懂，也没有记住。爹念叨完，带领他们磕头。六月不知道这头是磕给谁的。想问爹，但看爹那虔诚的样子，又觉得现在打扰有些不妥。但六月觉得跪在地上磕头的这种感觉特别的美好。下过雨的地皮湿漉漉的，膝盖和额头挨到上面凉津津的，有种让人骨头过电的爽。

供完，娘一边往上房收供品，一边说，先垫点底，赶快上山采艾。说着给他们每人取了一碗底儿。然后拿过来花馍馍，先从中间的绿线上掰开，再从掰开的那半牙中间的红线上掰开，再从掰开的那小半牙上的黄线上掰开，给五月和六月每人一牙儿。他们拿在手上，却舍不得吃。这么好看的花馍馍，让人怎么忍心下口啊。可是娘说这是有讲究的，上山时必须吃一点供品。五月问，为啥？娘说，讲究嘛，一定要问个子丑寅卯来。六月说，我就是想知道嘛。娘说，这供品是神度过的，能抵挡邪门歪道呢。六月说，真的？娘说，当然是真的。六月说，那我们每天吃饭都供啊。娘说，好啊，你奶奶活着时每天吃饭就是要先供的。

甜醅子是莜麦酵的，不用吃，光闻着就能让人醉。花馍馍当然不同于平常的馍馍了，是娘用干面打成的，里面放了鸡蛋和清油，爹用面杖压了一百次，娘用手团了一百次，又在盆里饧了一夜，才放到锅里慢火烙的。一年才能吃一次，嚼在口里面津津的，柔筋筋的，有些甜，又有些淡淡的咸，让人不忍心一下子咽到肚里去。

接着，娘给他们绑花绳，说这样蛇就绕着他们走了。六月问，为啥？娘说，蛇怕花绳。六月就觉得绑了花绳的胳膊腕上像是布下了百万雄兵，任你蛇多么厉害老子都不怕了。绑好花绳后，娘又给他们每人的口袋里插了一根柳枝。有点全面武装的味道，让六月心里生出一种使命感。

五月和六月在雾里走着。在端午的雾里走着。六月不停地把手腕上的花绳亮出来看。六月手腕上是一根三色花绳，在蒙蒙夜色里，若隐若现，让人觉得那手腕不再是一个手腕。是什么呢，他又一时想不清楚。六月想请教五月。可当他看见五月时，就把要问的问题给忘了。因为五月在把弄手里的香包。六月一下子就崩溃了。他把香包给忘在枕头下面了。六月看着五月手里的香包，眼里直放光。六月的手就出去了。五月发现手里的香包不见了，一看，在六月手上。六月看见五月的脸上起了烟，忙把香包举在鼻子上，狠命地闻。五月看见，香气成群结队地往六月的鼻孔里钻，心疼得要死，伸手去夺，不想就在她的手还没有变成一个“夺”时，六月把香包送到她手上。五月盯着六月的鼻孔，看见香气像蜜蜂一样在六月的鼻孔里嗡嗡嗡地飞。五月把香包举在鼻子前面闻，果然不像刚才那么香。再看六月，六月的鼻孔一张一张，蜂阵只剩下一个尾巴在外面了。五月想骂一句什么话，但看着弟弟可怜的样子，又忍住了。就在这时，香包再次到了六月手里。六月一边往后跳，一边把香包举在鼻子前面使劲地闻，鼻孔一下一下张得更大了，窑洞一样。五月被激怒了，一跃到了六月的面前，不想就在她的手刚刚触到六月的手时，香包又回到她手里。

嘿嘿。五月被六月惹笑了。这时的六月整个儿变成了一个大大的鼻子，瘫在那里，一张一合。五月的心里又生起怜悯来。反正肥水没流外人田，要不就让他再闻闻吧。就把香包伸给弟弟。不想六月却摇头。五月说，生姐姐气了？六月说，没有，香气已经到我肚子里了。五月说，真的？六月说，真的。五月说，你咋知道到了肚子里？六月说，我能看见。五月说，到了肚子里多浪费。六月想想，也是，一个装屎的地方，怎么能够让香委屈在那儿呢。要不呵出来？五月说，呵出来也浪费了。

我可以呵到你鼻子里啊。六月为自己的这一发明兴奋不已。五月也觉得这是一个好主意，就把嘴大张了，蹲在六月的面前。六月就肚皮用力，把香气一下一下往姐姐鼻孔里挤。

但六月却突然停了下来。六月看见，姐姐闭着眼睛往肚里咽气的样子迷人极了。那香气就变成一个舌头，在五月的额头上亲了一下。

妈哟，蛇。五月跳起来。六月向四周看了看，说，没有啊。五月说，刚才明明有个蛇芯子在我头上舔了一下。六月说，大概是蛇仙。五月说，你看见是蛇仙？六月点了点头。五月问，蛇仙长什么样儿？六月说，就像香包。五月看了看手里的香包，说，难怪你这么喜欢它，原来它成仙了。

做香包讲究用香料。五月和六月专门到集上去买香料。五月说，她要选最香最香的那种。要把六月的鼻子香炸。六月说，把我的鼻子香炸有啥用，我又不是你女婿。五月说，反正香炸再说。二人乐颠颠地向集上走去。

集上的香料可多了。五月到一个摊上拿起一种闻闻，到一个摊上拿起一种闻闻，从东头闻到西头，又从西头闻到东头，把整个街都闻遍了，还是确定不下来到底哪一个最香，拿不定主意买哪一种。五月犯愁了。这时，过来了一个比五月大的女子选香料，五月的眼睛就跟在她的手上。五月问六月，你看这个人像不像是新媳妇？六月看了看，屁股圆圆的，辫子长长的，像。五月说，那她买的，肯定是最香的。五月就照刚才那个新媳妇买的买了。

山上有了人声，却看不见人。五月和六月被罩在雾里，就像还没有出生。六月觉得今天的雾是香的。不知为何，六月想起了娘。你说娘现在干啥着呢？六月问。五月想了想说，大概做甜糕呢。六月说，我咋看见娘在睡觉呢。五月说，你还日能，还千里眼不成，咋就看见娘在睡觉呢？六月说，真的，我就看见娘在睡觉呢。五月说，那你说爹在干啥呢？六月说，爹也在睡觉呢。五月说，我们走时他们明明起来了，咋又睡觉呢。六月说，爹像是正在给娘呵香气呢。五月说，难道爹也把娘的香包给叼去了？六月说，大概是吧。

突然，六月说，那是我的香包。说着往回跑。五月一跃，像老鹰抓鸡似的把六月抓在手里，说，你走了，我咋办？六月说，我拿了香包就回来。五月看了看六月，解下脖子上的香包给六月，说，我把我的给你。六月犹豫着，没有动手。五月就亲自给六月戴上。六月看见，胸前没有了香包的五月一下子暗淡下来，就像是一个被人摘掉了花的花秆儿，看上去可怜兮兮的。但他又没有力量把它还给五月。六月想，人怎么就这么喜欢香呢？是鼻子喜欢还是人喜欢呢？

然后他们去挑花绳儿。街上到处都是花绳儿，这儿一绺那儿一绺的，让人觉得这街是谁的一个大手腕。六月和五月每人手里攥着两角钱，蜜蜂一样在这儿嗅嗅，在那儿闻闻，还是舍不得花。直到集快散了，他们才不得不把那两角钱花出去。他们的手里各拿着五根花绳儿。那个美啊，简直能把人美死。

路上，六月问五月，你说，谁的新媳妇最漂亮？五月说，你的啊。六月说，好好说啊。五月说，你说呢？六月说，要说，肯定是街的新媳妇最漂亮啊。五月一惊，看着六月，问，为啥？六月说，他的一个大胳膊上就戴了那么多的花绳儿，腔子上戴了那么多的香包，身上有那么多的香料，你说不是他还能是谁？五月把眼睛睁得像铜锣一样，贴向六月的脸，笑了一下，说，怪死了怪死了，你咋会有这样一个奇怪的想法，街咋能娶新媳妇，要是街娶了新媳妇，那该是怎样的一个女子才配呢？六月说，你就配啊，我知道你想配呢。五月哈哈哈地大笑起来。那姐就是这个世界上最幸福的人了。六月说，那我就是街的大舅舅了。五月说，那我们就有用不完的花绳和香包了。

雾仍然像影子一样随着他们。六月的目光使劲用力，把雾往开顶。雾的罩子就像气球一样被撑开。在罩子的边儿上，六月看见了星星点点的人。六月给姐说，你看，他们早已经上山了。五月说，这些扫店猴，还扇得早得很。说着，二人加快了脚步，几乎跑起来。

到了一个地埂下，六月说，这不是艾吗？五月上前一看，果然是艾。一株株艾上沾着露水豆儿，如同一个个悄悄睁着的眼睛。五月看了看山头，说，他们咋就没有看见？六月说，他们是没有往脚下看。五月说，他们为啥就不往脚下看？六月说，他们没有想起往脚下看。五月觉得六月说得对，欣赏地看着六月说，你咋就想起往脚下看？六月说，我本来也想着山顶呢，我也不知道咋就往脚下看了一下。五月说，山上那些人多冤枉。六月说，但我还是想上山。五月问，为啥，这里不是有艾嘛？六月说，我想看大家采艾，我也想和大家一起采。五月说，那姐采你看不就行了？六月说，你一个人采，有啥看头。五月说，可是万一路上碰上一条蛇呢？六月说，我们不是绑了花绳儿吗？我们不是吃过供了的花馍馍了吗？五月说，那就到山顶吧。五月想，其实她也想到山顶呢。人怎么就那么喜欢到山顶上去呢？脚下明明是有艾的，却非要上到山顶去。

五月缝香包时，六月就欺负她。噢噢，给她女婿缝香包着呢。噢噢，给她女婿缝香包着呢。五月追着打六月。六月一边跑一边说，养个母鸡能下蛋，找个干部能上县。但五月总是追不上六月。这连她自己都奇怪。平时，她可是几步就一把把六月压到地上了。后来，她发现自己其实是有私心的。她就是不想追上。她只是喜欢那个追。说穿了，是喜欢六月一边跑一边这么喊。羞死了，羞死了。六月跑一跑，停下来，把屁股撅给五月，用手拍拍。跑一跑，停下来，把屁股撅给五月，用手拍拍。五月就真羞了，就装作生气的样子回到屋里，把门关上，任六月怎么敲也不开。六月就在外面给她一遍又一遍地下话，一遍又一遍地保证不再欺负她。五月就好开心。她喜欢六月这样哄她。之前，每当六月欺负她，她总是像猫扑老鼠一样抓住他，拧他耳朵，听他告饶。但现在她不喜欢那样了。她觉得这样躲在门后听六月下话，感觉真是美极了。

上到半山腰，六月就跟不上了。六月说，姐慢点行吗，我走不动了。五月回头一看，笑笑。这时，五月发现雾的罩子破了一条口子，从口子里看去，村子像个香包一样躺在那里。五月的舌头上就泛起一种味道，那是娘捂在盆里的甜醅子。五月想回家了。但艾还没有采上呢。这是一年的吉祥如意呢。五月就叫六月快走。不想，六月索性蹲下了。

哎哟，蛇。五月突然叫了一声，跑起来。六月在后面拼命追。不一会儿就超过五月，跑在前面，并且一再回头催姐快跑啊。跑了一会儿，五月的腿就不听话了，就索性一屁股坐在路上，出着粗气大笑。六月回头，看见五月坐在那里大笑，上气不接下气地问，你真看见蛇了？五月说，真看见了。六月说，蛇是啥样的？五月说，就像个你。六月说，才像你呢，你就是一条美女蛇。五月说，你不是说一点都走不动了吗，咋跑起来还比姐快。六月就看见他的心被五月的话划开了一条缝儿。是啊，当时明明走不动了嘛，怎么姐一声蛇，自己反而就跑到姐前面去了呢？

哎哟，你看蛇。五月却坐在那里不动。六月装作真的样子跑了几步。回头看五月，五月还是坐在那里不动。五月说，娘说了，蛇是灵物，只要你不要伤它，它是不会咬人的。娘说，真正的毒蛇在人的心里。六月说，娘胡说呢，人的心里咋能有毒蛇呢。五月说，娘还说，人的心里有无数的毒蛇呢，它们一个个都懂障眼法，连自己都发现不了呢。六月就信了，就在心里找。找了半天，也没有找到。最后，他发现问题不是有没有蛇，而是他压根就不知道心在哪里。问五月。五月也说不上来。六月的心里就有了一个问题。

娘说香包要缝成心形，心肩上吊三色穗子，心尖上吊五色穗子。一般情况下，每年的香包都是没有过门的新媳妇做好了让人送给婆家的。六月家没有没过门的新媳妇，就只能是娘和姐姐自己做了。这让五月六月心里多少有些遗憾。但五月比六月看得远，五月说，其实没关系，娘年轻的时候不也是咱们家的新媳妇嘛。六月一下子对五月佩服得不得了。六月说是啊，可是她是谁的新媳妇呢？五月都笑死了。五月说，你说是谁的？六月想了想，没有想出个所以然来。五月说，爹啊，你这个笨蛋，娘是爹的新媳妇啊，还能是别人的不成？六月恍然大悟。经五月这么一说，六月突然觉得娘和爹之间一下子有意思起来。还有五月，今年已经试手做了两个香包了。娘说，早学早惹媒，不学没人来。五月就红着脸打娘。娘说，男靠一个好，女靠一个巧，巧是练出来的。五月就练。一些小花布就在五月的手里东拼拼西凑凑。

但六月很快就忘了这个问题。因为五月真的看见了蛇。六月从五月的脸色上看到，这次姐不是骗他。五月既迅速又从容地移到六月身边，把六月抱在怀里，使劲抓着六月的手，然后用嘴指给六月看身边的草丛。六月就看见了一个圆。姐弟二人用手商量着如何办。六月说，我们的手腕上不是绑了花绳儿了吗，我们不是吃过供过的花馍馍了吗？五月说，娘不是说只要你不伤它它就不会伤你吗？六月说，娘不是说真正的蛇在人的心里吗？难道草丛就是人的心？或者说人的心就是草丛？五月说，人心里的那是毒蛇，说不定眼前的这条不是毒蛇呢。这样说着时，六月的身子激灵了一下，接着，他的小肚那儿就热起来。五月瞥了一眼六月。六月的脸上全是蛇。

就在这时，那圆开始转了，很慢，又很快。当他们终于断定，它是越转越远时，五月和六月从对方身上，闻到了一种香味，一种要比香包上的那种香味还要香一百倍的香味。直到那圆转到他们认为的安全地带，五月和六月的目光相碰，然后变成了水，在两个地方流淌，一处是手心，一处是六月的裤管。

娘教五月如何用针，如何戴顶针。五月第一次体会到了用顶针往布里顶针的快乐，把针穿过布的快乐，把两片布连成一片的快乐。五月缝时，六月趴在炕上看。真是奇怪，这么细的一个针，屁股上还有一个眼儿，能够穿过去线，那线在针的带领下，能够穿过去布，那布经线那么一绕一绕，就连了起来，最后变成娘说的“心”。有意思。手就痒了。就向姐要针线。拿我也试试嘛。娘说，男孩子不能拿针的。六月问，为啥？娘笑着说，男孩子要拿大针呢。六月问，啥叫大针？娘说，等你长大就知道了。六月复又躺在炕上，在心里描绘那个大针。有多大呢？五月戴的是娘的顶针，有些大，晃晃荡荡的，针就不防滑脱，顶到肉里去，血就流出来。五月疼得龇牙咧嘴。六月急着给她找布包。娘却没事一样。娘说，这一开始，就得流些血。六月就觉得娘有些不近人情。再看娘手中的针，简直就像是她干儿子一样听话。它在娘手里怎么就那么服帖呢？

山顶就要到了，五月和六月从未有过地感觉到“大家”的美好。每一个人看上去都是那么可爱。即使是那些平时他们憎恶得瞅都不愿意瞅一眼的人。六月给五月说了自己的这一发现，六月悄悄说，我咋现在就看着德成不憎恶呢。五月悄悄地说，我也是。

噢噢，噢噢，你看六月像不像一个新女婿。德成说。大家说，像极了。德成说，还领着一个新媳妇呢，脖子里还挂着红呢。六月有些羞，又有些气，却没有发火。五月说，我们刚才看见蛇了。地生说，真的？六月自豪地说，当然是真的。地生说，别吹牛了，如果真看见，早尿裤裆了。六月的脸就红了。五月护短说，你才尿裤裆呢，如果是你，说不定都吓死了。地生说，如果是我，我就把它抓了烧着吃。五月说，吹老牛。地生说，不信你找一个来试试啊。白云说，闭上你的臭嘴，我奶奶说，蛇可灵呢，它能听见呢。我奶奶还说，蛇是不咬善门中的人的。地生问，啥叫善门中的人？白云说，就是一辈子做好事的人家，还不吃肉，不吃有臭味的东西。白云接着说，我奶奶说，那时村子里发生蛇患，人们晚上想方设法关紧门窗，蛇也常常钻到被窝里，有许多人都被蛇咬死。唯独李善人每晚开着门睡大觉，蛇却从来不去找他。六月说，真的？我奶奶说，千真万确，说着，白云上前拿起六月的香包看。

喜欢就送你吧。六月没有想到自己会说出这么大方的一句话。白云惊讶地看着六月，就像是发现太阳从西边出来了。六月接着说，喜欢就送给你。白云说，真的？五月咳嗽了几声。不想六月还是说，真的。说着拿下来给白云。白云迟疑着接过，有点担当不起的样子，又有点不相信这是真的样子。

噢噢，白云是六月媳妇。噢噢，白云是六月媳妇。

地生和德成拍着手喊。太阳就从六月和白云的脸上升起来了。

爹让六月舂香料。六月拿起石杵一舂，香料就捣蛋地跳出来。五月说，让我试试吧。爹说，女孩子不能干这个活的。五月问，为啥？爹说，不为啥。五月的嘴就噘起来了。不为啥又为啥不让人舂。爹拿过杵给六月示范。那香料一点儿也不捣蛋了。六月再试，它们还是跳出来。五月说，就那么点香料，都让六月糟蹋完了。爹一边往石窝子里捡跳到地上的香料，一边说，爹刚学时，也是这样，得摸索，说不清的。六月听爹刚学时也是这样，就大了胆子舂，直舂得香料在石窝子里乱开花。舂着舂着，那香料就服帖了。六月奇怪，当你小心翼翼地舂时，它反倒要跳，可当你不管它三七二十一，不怕它跳时，它反倒不跳了。这一发现让六月激动得头皮一阵阵过电，像是谁伸手一下子把他心里好多窗子都打开了。六月看五月，五月一脸的羡慕。六月就又心疼姐姐。有些事你是永远不能干的。突然，六月发现这家里是分着两派的，爹和他是一派，娘和姐是一派。你看，这娘教姐学针，却不让他学。这爹教他拿杵，却不让姐拿。莫非这杵，就是娘说的大针？

五月无望地看着六月舂香料，终于觉得这事和自己无缘，就拿了花布开始缝香包。随着六月杵子的一上一下，屋子里渐渐地充满了香味儿。

雾渐渐散去。山上的人们一点点清晰起来，就像是一条条鱼浮出水面。六月东瞅瞅，西瞅瞅，心里美得有些不知所措。六月向山下看去，村子像个猫一样卧在那里。一根根炊烟猫胡子一样伸向天空。娘和爹还在睡觉吗？娘和爹多可惜啊，不能看到这些快要把人心撑破了的美。

不觉间，太阳从东山顶探出头来，就像一个香包儿。山也过端午呢，山也戴香包呢。六月想。再看大家时，大家就像听到太阳的号令似的一齐伏在地上割艾了。六月问五月，为啥不等到太阳晒会儿把艾上的露水晒干了再采？五月说，这艾就要趁太阳刚出来的一会儿采，这样采到的艾既有太阳蛋蛋，又有露水蛋蛋。这太阳蛋蛋是天的儿子，露水蛋蛋是地的女儿，它们两人全时，才叫吉祥如意。六月奇怪五月怎么把太阳和露水说成蛋蛋。蛋蛋是娘平时用来叫他们的。姐姐这样一说，六月就蹲下来，拿出篮子里的刃子准备采艾。但是六月却下不了手。一颗颗玛瑙一样的露珠蛋儿被阳光一照，让人觉得它不再是露珠，而是一个个太阳崽子。六月一下子明白了五月为啥要用蛋蛋来称呼太阳和露珠儿。这样，一刃子下去，就会有好几个太阳蛋蛋死掉。五月说，你发什么愣，还不趁着露珠蛋蛋刚醒来赶快采。六月说，我下不了手。五月问，为啥？六月说，我觉得这露珠儿太可怜了。五月就扑哧一声笑了，我还以为是你觉得艾可怜呢，真是个二愣，这露珠儿有什么可怜的，你不采，太阳一出来，它们也得死，它们就是这么个命。但是它们又没有死，明天早上，它们又会活过来。六月想想也是。接着心里升起对五月姐的崇拜来。他没有想到姐会说出这么大的道理来。

但六月还是下不了手。五月又笑了，说，如果你觉得它们可怜，你可以先把它们摇掉啊，让它躺到地里慢慢睡去，你再动手啊。六月觉得这个主意好，就动手摇。不想又把六月的心摇凉了。这一摇，让六月看见了一个个美的死去原来是这样简单的一件事。他第一次感到了这美的不牢靠。而让这些美死去的，却是他的一只手。六月看了看他的手，突然觉得它不单单是一只手，它的里面还藏着一些深不可测的东西，是什么呢？他又一时想不明白。但他又不甘心，这分明是我自己的手，怎么连自己都看不明白呢？六月第一次对自己开始怀疑起来。

六月开始采艾。采着采着，就把露珠儿的问题给忘了，把手的问题也忘了。六月很快沉浸到另外一种美好中去。那就是采。刃子贴地割过去，艾乖爽地扑倒在他的手里，像是早就等着他似的。六月想起爹说，采艾就是采吉祥如意，就觉得有无数的吉祥如意扑到他怀里，潮水一样。

一山的人都在采吉祥如意。

多美啊。

娘教五月如何往香包里放香料：把香料均匀地撒在新棉花上，然后把棉花装进香包里，然后封口。娘说，这样香包就既是鼓的，又是香的。六月问娘，为啥要鼓？娘笑笑说，就你问题多，你说为啥要鼓？六月说，叫我姐说。五月说，又不是我问的问题。六月说，鼓了五月女婿喜欢。五月就打六月。娘笑得嘴都合不上了。六月说，我看地地对我姐有意思呢。娘说，是吗，让地地做你姐夫你愿意吗？六月说，不愿意，他又不是干部。娘说，那你长大了好好读书，给咱们考个干部。六月说，那当然。等我考上干部后，就让我姐嫁给我。五月一下子用被子蒙了头。娘哈哈哈地大笑。六月说，就是嘛，我爹常说，肥水不流外人田，我姐姐为啥要嫁给别人家？娘说，这世上的事啊，你还不懂。有些东西啊，恰恰自家人占不着，也不能占。给了别人家，就吉祥，就如意。所以你奶奶常说，舍得舍得，只有舍才能得，越是舍不得的东西越要舍，这老天爷啊，就树了这么一个理儿。六月说，这老天爷是不是老糊涂了。娘说，他才不糊涂呢。

等地娘娘把她的女儿全部从艾上收去时，大家开始收刃。六月站起来，看见姐姐的花袄子被露水打得像个水帘。姐姐把他采的艾拿过去，用草绳束了，给他。然后用草擦刃子上的泥。太阳照在擦净的刃面上，扑闪扑闪的。姐姐翻了一下刃面，那扑闪就到了她的脸上。不知为何，六月觉得这时的姐姐就像一株艾。如果她真是一株艾，那么该由谁来采呢？六月被自己的这一想法吓了一跳。这一采，不就等于死了吗？可是，大家分明认为死是一件吉祥的事呢，要不怎么会有一山头的人采艾呢？六月又不懂了。

路上，六月看到别人采的艾要比他们姐弟采的多得多，就觉得他们家小孩太少了。六月突然想到，爹和娘咋不上山采艾呢？问姐姐。姐姐说，因为爹和娘不是童男童女。六月问，啥叫童男童女？姐姐想了想说，大概就是铜做的吧？六月觉得不对，分明是肉，怎么说是铜做的。六月问，不是铜做的为啥就不能采艾？五月说，不知道，爹这样说的，你看，这上山采艾的，都是童男童女。六月的脑瓜转了一下。不对，这童男童女，是没有当过新娘和新郎的人。

五月被六月的话惊了一下，回头看路后边的人，发现真是这么回事。看六月，六月的神情是一个等待。五月用一个揽的动作表达了她的夸奖。六月就感到了一种童男童女的自豪和美好，也感到了一种不是童男童女的遗憾。

乔治和一本书

魏　微

魏微，生于1970年。小说曾登1998、2001、2003、2005、2006、2010年中国小说排行榜。曾获第三届鲁迅文学奖、第二届中国小说学会奖、第十届庄重文文学奖、第九届华语文学传媒大奖·年度小说家奖等重要奖项，部分作品被译成英、法、日、韩、意、俄等多种文字。著有《姐姐和弟弟》《流年》等书籍十余本。现供职于广东省作家协会，一级作家。

乔治和一本书

呵，成为他一夫多妻生活中的另一个自我！

特丽莎突然问："照点裸体的怎么样？"

"裸体照？"萨宾娜笑了。

"是的，"特丽莎更加大胆地重复了她的建议，"裸体的。"

"那得喝酒。"萨宾娜把酒瓶打开了。

萨宾娜花了一点时间把自己的浴衣完全脱掉，又花了几分钟在特丽莎面前摆弄姿势，然后她向特丽莎走去，说："现在该我给你拍了。脱！"

萨宾娜多次从托马斯那里听到命令，"脱！"这已深刻在她的记忆里。现在，托马斯的情人向托马斯的妻子发出了托马斯的命令，两个女人被同一个有魔力的字连在了一起。这就是托马斯的方式，不是去抚摸对方，向对方献媚，或恳求对方，他是发出命令，使他与一个女人的纯真谈话突然转向性爱，突如其来，出人意料，甚至带有权威的口气。

他也常常用这种方式对待妻子特丽莎，她从未拒绝过。现在她听到了这个命令，她燃起了更为强烈的服从欲望。顺从一个陌生人的指令，这本身就是一种疯狂。

——摘自《生命中不能承受之轻》

1

他在燕园附近有一套私房，是十几年前购置的。三十五岁，单身，肥胖，肉感（他自己说是性感，粗犷中带有清秀）。生活已完全地北京化。

其实他是香港人，叫乔治。他在北京交游甚广，臭名昭著，即使在自由随便的文化圈内也是声名狼藉。他是香港某杂志的头号负责人，P大的访问学者，一个花花公子。

他常在自己的寓所开“Party”，被邀请的多是燕园的女生，有集体被邀的，也有个人。她们年轻，可爱，特别。最主要的，她们很现代。

乔治记得是在八八年的秋天，他在圆明园认识了外语系的漂亮女生佳妮。事实证明，这确实是他众多女友中最别具一格的一个。她难以让人忘怀。

他们互留了地址。乔治约会她：“我住在P大西门，往左拐200米，有一座红楼——”

佳妮轻轻地笑起来，摇头说道：“这不好，我要你来接我。”

晚饭时，乔治在女生楼的窗下喊她。他仰着头，看见站在窗口的佳妮和蓝天底下的一群鸽子，灰色的楼房，阴影，枯树的剪影。

乔治甚至看见了自己，孩子气地仰着头，久久地吹着唿哨。

乔治的房间里有很多书。他拿来英文版的小说《生命中不能承受之轻》，问佳妮：“你看过没有？”

佳妮摇摇头。

乔治轻轻念上一段。他的英文发音异常准确，鼻音很重，像个地道的英国绅士。有时候他会要噱头，在个别音节上会露出马脚，佳妮欢喜地纠正了。

乔治给她介绍这本书的作者和时代背景，又说了些国外文学的现时状态。然后，他把书翻到中间的某页，也就是本章开头笔者引用的那一段，念了起来：

这就是托马斯的方式，不是去抚摸对方，向对方献媚，或是恳求对方，他是发出命令，使他与一位女人的纯真谈话突然转向性爱。

乔治停了一下，看着佳妮。佳妮不知所措地瞪着他。

乔治又念道：

呵，成为他一夫多妻生活中的另一个自我！……萨宾娜花了点时间把自己的浴衣完全脱掉，又花了几分钟在特丽莎面前摆弄姿势，然后她向特丽莎走去，说："现在该我给你拍了。脱！"

佳妮羞赧地笑起来。

托马斯常常用这种方式对待她们两个。现在，托马斯的情人向托马斯的妻子发出了托马斯式的命令，两个女人被同一个有魔力的字连在了一起……服从一个陌生人的指令，这本身就是一种疯狂。

念完了，两个人站了起来，好久没有说话。唱机上淌着德彪西的音乐，柔软的坐垫，高脚酒杯，香槟酒，虽是北京城的夜晚，也像。

乔治说："现在该我说了。脱！"这次他说的是中国话，温和而坚定，甚至带有权威的口气。

他从佳妮的眼里看到了特丽莎式崇拜的神情。这神情，从他屋里穿过的每个女人都有。

2

乔治给我讲起这个故事是在七年后，那时我在 P 大中文系念大三。

我们是在一次舞会上认识的。乔治置杨于不顾（杨是我的男友），一连请我跳了三支曲子。乔治骨节粗大，肩胸宽阔。喜欢插科打诨，反应灵敏，是个轻浮之徒。那时他的身体渐趋发福，是肥胖的中年人的身躯。他喜欢孩子气地仰着头，气宇轩昂地走路，说话，行事……无庸置疑，他吸引了我。我想，他有点像过去时代的“老式”少年，鲁莽不失单纯。

就像七年前的佳妮一样，我被乔治带到了他的房间里。

我看见在他的床头放了一本像册，里面有他和众多显赫人物的合影。这正是乔治的可爱，他甚至不知难为情。他喜欢粗俗的炫耀，直来直去，不会拐弯。他是个不谙世事的孩子。

他坐在我对面，拉着我的手。我看见了他那双纵欲过度的眼睛，眼睑下塌，有一些老态。

我们就这样坐等了两个小时。我是说“等”……真有点难以启齿。您知道乔治是干什么的，他把我带到他的房间里，又是晚上，拉着我的手一直从八点坐到十点……底下轮到我不安了。

乔治也有点不安。他那晚异常腼腆，拉着我的手时，我发觉他的身体竟在颤抖。我吃惊地看着他，问：“乔治，发生了什么事?”

乔治并不说话。他张着嘴巴看着我，有点犹豫。

又坐了一会儿，我站起身来说：“那我回去了，你不送送我么?”

乔治把我推到墙角，他畏畏缩缩地圈住我。我看见了他的眼睛，那是一双热情和胆怯的眼睛。是的，他想和我亲热，但是不知该怎么做。

乔治终于放弃了他的努力，老实说："我弄丢了《生命中不能承受之轻》，中译本的倒是有，可是我念不出来。"

他郁悒地搓着手，有些手足无措。

我问："这是件重大的事情吗?"他说"是的"，他现在简直不知该怎么办了。

他又一次给我讲佳妮的故事。讲起七年前的那个晚上，那本书。这一次他讲得非常细致，我突然明白了，这不仅仅是一个男人如何去勾引女人的故事。这故事讲的是什么，我也不知道。我只知道，乔治用书去勾引女人。事实上，这样的伎俩在佳妮以前，和佳妮以后他一直惯用。他用得熟能生巧，没一次失手。

乔治告诉我说，书中的不少字句他还能记得。现在他只能背了。

他断断续续地背道：

这是托马斯的方式，他不是去抚摸对方，他是发出命令，使他与一个女人的纯真谈话突然转向性爱。现在，托马斯的情人向托马斯的妻子发出了托马斯式的命令："脱!"

乔治背到这儿狐疑地瞟了我一眼，近乎恳求。他神色慌张，声音粗鄙，整个人近乎下流了。我一下子讨厌他了。

我说："这是个相当糟糕的方式。你再也找不回那本书了吗?"

乔治在房间里来回踱步，他说："一直在找，让我再想想办法。总会有办法的。"

看得出乔治那晚一直在讨好我。冲了凉以后，他似乎恢复了些信心，脸上又有了专横的神气。

我们说了一些闲话。我频频地看手表，示意这样的谈话可以结束了，我想回校。乔治不由分说把我的手表扔到了窗外，接着把自己的手表也扔了出去，说："这样就没有时间了。"

我起身想离开，乔治一把拉住我靠近他的脸部。我闻到了他咻咻的气息。一种男性荷尔蒙气息。我厌恶至极。

我挺直了腰杆，正色说道："你想干什么，你想强迫我么?"

"我本来没想，不过现在我改变主意了。"他把我逼到墙角，脸上有惶恐之色。

我冷笑道："你怕了么?你害怕什么?你的那本英文小说丢了，你整个人早就完了。你垮了。哈哈哈……"我不顾一切地疯笑起来。

乔治松开了他勒住我的手。这个可怜的家伙脸色苍白，眼睛发愣。半晌，他哆嗦着嘴唇说道："你知道吗，从见到你的那一刻起，我就想跟你做爱。"

"可惜你丢了那本书，你再也不知道该怎么办了。"

"是的，"乔治说，"你走吧。一切越来越不像了。"

我抬脚跨到门外，信步来到大街上，然后疯跑起来。

我万没有想到，这个著名恶棍会败在我的手下，他受伤了，异常孱弱。其时我二十岁，和杨有过两次欢爱，但并不热衷。

然而不可否认的是（这非常糟糕），从那天晚上开始，我爱上他了。

1996 年写于南京

吹　牛

红　柯

红柯，本名杨宏科，1962年生于陕西关中农村，1985年大学毕业，先居新疆奎屯，后居小城宝鸡，现执教于陕西师范大学。曾漫游天山十年，主要作品有“天山系列”长篇小说《西去的骑手》《大河》《乌尔禾》《生命树》《喀拉布风暴》等，中短篇小说集《美丽奴羊》《跃马天山》《黄金草原》《太阳发芽》《莫合烟》《额尔齐斯河波浪》等，另有幽默荒诞长篇《阿斗》《好人难做》等。曾获冯牧文学奖、鲁迅文学奖、庄重文文学奖、中国小说学会奖长篇小说奖、陕西省文艺大奖等。

吹　牛

他们正在喝开桌酒，动筷子前先把自己跟前三杯酒干掉。有人在外边喊他。那人骑在马上，可以听见马蹄刨地的声音。那人说：“你的老朋友马杰龙叫你。”

“啥事？”

“叫你吹牛。”

那人打马走了。

马杰龙的牧场离镇上有好几十公里。大家嚷嚷：“喝酒喝酒，明天再说。”他把开桌酒喝了，但没动筷子，大家就不高兴：“拉个老太太就可以吹牛，非要你去吗？”马杰龙养了一大群牛，他也喜欢马杰龙的牛。他说：“对不起，我得去一下。”大家都在发愣，他就出去了。

他跨上马，一抖缰绳，马踢踏踢踏一路小跑。快要出镇子时，他又踅回去。他一直把马骑到商店里，骑到柜台跟前。店里的人都扬头看他。他的马打出一串吐噜，主人问他要什么？他高高在上，指指这个指指那个，柜台上很快放了一堆绿洲方糖云南砖茶还有四瓶伊犁特。主人问他还要什么？他的眼睛搜索半天，他看见了花生和蚕豆，他说就要这个。主人取出几袋花生和蚕豆，问他还要什么，好东西多得很，主人掂两条红雪莲香烟，他把烟收了。主人又掂两袋阿瓦提洗衣粉，他嗯一声拉下脸，主人就尴尬了。旁边的人都笑："娘儿们才买洗衣粉，人家又不是娘儿们。"他指指柜上的东西："给我装好。"主人找一个蛇皮袋，往里塞砖茶方糖，主人要装伊犁特时，他把酒抓过来。马脑袋也伸过了柜台，差点把主人撞倒，主人靠在货品架上。他把伊犁特一瓶一瓶插进口袋，肋巴两边全塞满了，像别了几把刀子。他把蛇皮袋压在马鞍上，一带缰绳就出去了。

出了镇子，马反而慢了，马蹄又碎又轻。马知道主人喜欢这样。主人腰板笔直，可主人的脑袋是耷拉的，灯心绒外套的领子贴着腮，眼睛眯得很细，马背一颠晃，眼睛便晃荡出一丝瞳光，像溅出来的水。马奔上一面长坡，从坡头开始出现零乱而低矮的山冈。山都是赤褐色的沙碛和岩石，植物难以逾越。牧草和骆驼刺越来越少，后来连骆驼刺也不见了。他就睡着了。

他有马背上睡觉的功夫。到了沙石地带，他就瞌睡。他跟植物一样，对沙石不抱任何奢望。他的头发被风高高吹起来，头发有点卷，那是风吹卷的。沙土落在头上很快就不见了，沙土沉淀到头皮上，头发还是很黑的。沙土还在往下沉，那些大颗沙粒跟虫子似地快要叮破脑壳了。他早就习惯沙粒的叮咬，它们跟虱子没什么两样，顶多让你痒痒一下，他确实被痒了一下。他就打呼噜，他的呼噜声是顶有名的。

他在床上打呼噜，他老婆就往他嘴里灌水。水也止不住雄壮的呼噜声，跟煮茶似的，他睡得更酽了。老婆就哭，老婆一哭，他就醒了，呼噜声戛然而止，老婆的哭声很灵验，别人的老婆是打哭的，他老婆的哭声是呼噜打出来的。他没打过老婆，男人怎么能打老婆呢？他对那些爱打老婆的人说，儿子娃娃是长口的，干吗动手呢？手是对付男人的。人家就嚷嚷，问他有什么高招制服女人，他就说打呼噜。他老婆喜欢他，也喜欢他的呼噜；尽管呼噜让她哭鼻子，可呼噜声也制止了丈夫的牛性子。老婆把家治得井井有条，把他侍候得熨熨帖帖。他吃好喝好，往床上一躺，大型轰炸机就起飞了。他把自己的呼噜声比作威力无比的大型轰炸机。对他来说睡觉不是停顿，而是新世界的开始。呼噜声是做好梦，你说这有多奇妙！

马杰龙是他的好朋友，去马杰龙家做客，他有这奇妙的感觉，他就能在马背上睡得山呼海啸波澜壮阔。

他和他的马穿行在连绵起伏的丘冈地带，每上一道冈，身子就猛地往后倾斜，又猛地往前一栽，但绝对栽不到地上。他前后俯仰，绝不左右摇晃，左右一晃非栽下来不可。有时路很窄，路面全是乱石，马就跳起来，他差点惊醒，他都惊出汗了，睡眠眼看就要破裂，他的脑袋不是气球，他的脑袋盛得下任何坚硬的睡眠。他脑袋一涨，山风就软下去，山冈落在马蹄底下。他和他的脑袋高耸在马鞍上，除过太阳和鹰，还没有谁能翻越他的脑袋。

天空升起绿色的光芒，草原出现在地平线上，马打出一串欢畅的吐噜，他也在这强劲的绿色中醒来了。他看见草地上的牛群，它们都是出奶很多的花牛，黑白相间，跟拼贴画一样。马杰龙的牛群要比这些牛棒得多。他和他的马从牛群边走过去。放牛的汉子跟他打招呼，还丢给他一支烟，他也给人家丢了一支。牧场的人都认识他，他是马杰龙的朋友嘛。

马杰龙的牛圈空荡荡的，马杰龙的老婆在里边起牛粪。女人看见他衣兜里的酒瓶子，女人就嚷嚷。他每回来都喝得大醉，马杰龙也醉得一塌糊涂，两个壮汉还要胡闹一气，家里跟遭抢劫一样。女人不怕他们喝酒，就怕他们胡闹。有时候他们喝得很高雅，边喝边吹牛，女人不停地加菜加肉，女人很喜欢他们吹牛。那才是他们最得意的时候，酒劲再大也闹不起来，身体壮得跟山一样。酒是什么？不就是哗哗流淌的水么。他是很有酒量的。可他就是喝不过马杰龙。总是他先醉，马杰龙也只好把自己灌醉，否则就不够朋友。每回喝酒，女人总是盯着他这位大兄弟，盯得他不好意思。

“嫂子你这是干什么？”

“嫂子怕你喝醉。”

“大哥不是也醉了吗。”

他已经有三分醉态了，他一定要把马杰龙比下去：“马大哥你很稳当啊——嗯，我要让你晃起来。”马杰龙笑。女人说：“兄弟你太傻了，你是远道来的客，他以逸待劳，除非你歇一宿。”

就这样他养成了马背睡觉的习惯，马杰龙只能跟他打平手。高雅的气氛就是这样出现的，谁也比不过谁，就吹牛，海阔天空无边无际。牧场到底偏僻，吹起牛来马杰龙总是甘拜下风。马杰龙喜欢他吹牛，牧场的人都喜欢他吹。吹牛的范围由小镇而奎屯、石河子、昌吉，最后是乌鲁木齐，那是他去过的最大城市了。

他们醉酒的时候越来越少，可他这嫂子还这么嚷嚷，他就逗这可爱的女人：“嫂子你开开恩吧，我们兄弟快半年没醉了。”“嫂子不喜欢你们那副醉鬼样子。”女人真生气了，他就掏出酒瓶让女人看：“没几瓶嘛，你不用怕。”

“你把酒厂搬来我也不怕，我把他赶出去了。”

“嫂子你真狠心呀。”

他把蛇皮袋丢在院子里，腿一夹马就窜出去。女人在院子里大喊：“你一定把他叫回来，你们在家里喝，我给你们煮肉。”

他嘴里嘿嘿直叫，他已经感觉到一种不同寻常的东西了。在无边无际的草原上喝酒，喝得再疯也不用担心撞翻桌子椅子茶几什么的。他和他的马窜成一股风，越上山冈时，大地就像咽下一块东西；

他又窜进树林，树叶哗然响动，树好像刚刚站起来，又直又挺。

草原逐渐开阔，再也看不到低矮的山冈和稀疏的林子了。四野茫茫，天上只有一颗太阳，他就看太阳。太阳肯定知道他的朋友马杰龙，马杰龙就在这片草原上，马杰龙就是跑到俄罗斯，太阳也看得见。他在马背上仰头看太阳，太阳无数道光芒中有一道光变粗变长了，它的锋芒所指就是马杰龙的方位。他一抖缰绳，朝那里奔过去。

他穿过紫色的苜蓿，穿过蓝色的毋忘我，眼前出现大片大片的草原菊。

他的朋友马杰龙就坐在金黄的菊花地上。他的朋友马杰龙笑眯眯的，那笑容就像从花里开出来的。马杰龙盘腿坐在花毯上，传说中的哈萨克王就这样坐在白毡上眯着眼睛看他美丽的草原。马杰龙掐着下巴上的黑胡子，说："我的朋友你好啊。"马杰龙大手一撇，他就顺着那手势坐在地上。他的屁股可以感觉到鼓鼓囊囊的草原菊，他的手也感觉到了，花朵像锦缎绾出来的。四瓶伊犁特蹲在马杰龙的脚边，像四只小猎犬。他也有四瓶伊犁特，他的伊犁特像刀子一样掖在衣兜里。马杰龙说："你的酒你带回去，怕我马杰龙供不起酒吗？家里还有好几箱呢。"

"我喜欢喝你的酒。"

他取出蚕豆和花生，没东西盛，他撕开袋子掏着吃，马杰龙也掏了几颗蚕豆。他们一人一瓶抿着喝。蚕豆太咸。马杰龙说："吃这个。"马杰龙摘一朵草原菊丢在嘴里，他也摘一朵，慢慢咀嚼，麻丝丝的，草腥味儿很浓，咽下去后却有一股清香，香味儿是从鼻子里散出来的，他说："好厉害的花，沁到肺里了。"马杰龙说吃惯了，尝不出味儿，他说慢慢吃，马杰龙就慢慢吃，跟吃奶酪一样，细嚼慢咽，一股香气从鼻腔里冲出来，马杰龙打了个清冽的喷嚏。马杰龙抿一口酒，他也抿一口。马杰龙说："我还想打喷嚏。"马杰龙咽下一棵草原菊，便有一个喷嚏爆出来。马杰龙说：“舒服死了，我从来没这么舒服过。”他说：“这就叫鼻烟。”马杰龙瞪大眼睛，手里的酒瓶也是一惊一乍，晶光闪闪。他说：“清朝的王公贵族就吸这种烟，装在玉石雕刻的壶里用鼻子吸。”

“不用嘴？”

“不用嘴。”

“那烟丝肯定是草原上长出来的。”

“就是这草原菊，”他摘一朵草原菊，“清朝的祖先是从北方大草原上来的，进了北京老想着老家的特产，就把这草原上的宝贝配制成烟，不用嘴吸，用鼻子闻，闻一下，味儿全都出来了。”

“草原妙就妙在这味儿上。”

“还有喷嚏。”

“喷嚏真好。”

他打了一个，马杰龙也打了一个。

马杰龙说：“想女人的时候才打喷嚏，这小玩艺儿也能叫人打喷嚏。”马杰龙捻一朵草原菊，花朵飞旋，马杰龙在他肩上打一下：“好兄弟，大哥我就喜欢听你吹牛，来，咱吹喇叭。”

他们咬住瓶嘴，整瓶酒嘟嘟嘟响起来，就像骑手吹牛角号。吹完他们长长啊一声，又开第二瓶。瓶盖用牙咬开，酒香冲天而起，像冲出魔瓶的妖魔，向草原的四面八方逃窜。马杰龙说：“我发现我有点着魔。”他说我也是。马杰龙说：“这才是我的好兄弟，我们一起缠上了魔鬼。”

他们把酒瓶举起来对着太阳看。马杰龙说：“太阳成女人了，太阳穿着红兜兜。”他也看见了太阳的红兜兜，太阳那么一身好肉全让红兜兜给勒出来了，他就把那红兜兜给撕下来。其实那是图案优美的标签，伊犁特曲的标签是红色的，太阳穿上很合身。他叫起来：“哈，太阳成了光溜溜。”马杰龙也叫起来：“太阳是个女的。”他说："咱们斯文些，女人看咱哩。"他坐端正，马杰龙也挺挺胸，马杰龙说："你嫂子就是这么个人，爱叨叨，其实她喜欢咱喝酒，也喜欢你吹牛。"

"嫂子是好嫂子，咱给嫂子敬一杯。"

酒瓶磕在一起。

他们喝得高兴，就向太阳敬酒。嘴里嘀咕什么太阳没听清，可太阳看清楚了，他们给她敬酒了哩，太阳就过来了。太阳走到他们跟前，他们打酒嗝，可他们坐得很端正。马杰龙说："乖媳妇，今儿不吃菜不吃肉，纯纯地喝酒吹牛。"太阳空着手，太阳啥都没端，太阳大大方方走到他们跟前，马杰龙拱拱手："乖媳妇你坐下。"他也拱拱手："老嫂子你坐下。"太阳红了一下脸。马杰龙说："你这兄弟，你嫂子不老么，你一说老，你嫂子就急了。"

"嫂子年轻着哩。"

"那你还说她老？"

"老是好的意思，咱中国人，尊重谁就把谁叫老啥老啥。"

马杰龙乐了："兄弟我的好兄弟，我就爱听你吹牛。"

马杰龙看太阳一眼："媳妇，咱不叫你乖媳妇了，乖来乖去不如一个老字，咱就叫你老婆。"马杰龙对着太阳叫老婆，他对着太阳叫老嫂子。

太阳雍容华贵，拎起金光灿烂的裙摆走开了。

"你嫂子就这么个人，不叫她弄菜，她非弄不可。"

太阳蹲在绿色草原上，草原亮堂堂的。草原上的女人都是这样做饭，用干牛粪燃起一堆火，煮奶茶煮肉。

"草原上的女人不容易啊，在屋里侍候男人，男人出外，还得跟着牲口住帐篷。"

"嫂子跟着你走遍了大草原。"

"要把牛娃子喂大，就得找最好的草场，它们刚长起来，就变成这个。”

马杰龙从怀里掏出一张纸片片，摇得哗啦啦响。那是一张现金支票，是奎屯一家食品厂的，上面的数字是十二万五千元。

“老兄你发财啦，你嚷嚷什么？”

“一大群牛变成一堆洋码数字，你说这算什么事儿？”

“这确实是桩头疼事。”

“老哥我头疼得厉害，你嫂子头也疼。”

“她莫（没）事，我来的时候她起牛圈呢，她干得很欢。”

太阳在草地上捡牛粪，太阳把干牛粪堆起来，堆得很高。

“你嫂子就这么个人，干活不惜力气，圈里的牛粪够烧，她还要到外边去捡，堆得跟山一样。”

太阳把牛粪点着了，烈火熊熊，发出轰轰的吼声。

“那是我的牛在叫。”马杰龙抹一下脸，泪水就不见了，马杰龙说：“我莫事。”马杰龙看他一眼：“我真的莫事，我给你嫂子留了几头牛，女人心软，本来说好留两头小牛，她一嚷嚷，就多留两头大的，那是小牛的爹和娘。”

“我看见了。”

“你看见了？”

“在圈里，挺不错。”

“你也觉得不错。”

“是你马杰龙的牛啊，马杰龙的牛是草原最好的牛。”

“可我的牛被他们赶走了。”

“喂老兄，是你卖掉的，人家给你的价钱很公平。”

“价钱确实很公平，我就是受不了。半夜三更我还提马灯去给牛加料，牛圈空荡荡的，我一下着魔了，骑上马抄起枪，在草原上窜了一夜，把身上的子弹全射光了。我赶到奎屯心里就发毛，那里没有草，我的牛肯定饿坏了。不管怎么说，我得把它们赶回去，赶到草原上去。厂子里的人就是听不进去，还说我无理取闹，为了我的牛我不在乎，我告诉他们，这里根本不是牛呆的地方，牛应该呆在草原上。厂长脸一横，你出尔反尔要受罚。我不在乎，罚多少算多少，我只要我的牛。厂长就往车间打电话，厂长说，你后悔也来不及了，牛全宰掉了。我大叫，二百头牛啊。厂长说，我们是机械化，流水线作业。手下人也嚷嚷，别说二百头，两千头也是一眨眼的工夫。我问他们杀牛干什么，牛跟你们有仇吗？人家就说我是苕子（新疆人把疯子叫苕子），他们跟苕子不说。”

“你确实有点苕。”

“你说我的牛能回来吗？”

“能回来。”

“那你就给我吹一吹，我的牛怎么能回来。”

“那里已经有一头牛了，”他指着草原上的太阳，告诉马杰龙，“嫂子在挤奶哩。”

马杰龙眯着眼睛看，马杰龙喝酒的时候也没挪眼睛。

太阳的黄裙子拖在地上，太阳的手也是金黄的，在草原菊的花朵上，有一匝红艳艳的牛奶头，太阳的金手紧紧地攥着牛奶头，使劲捋，一道白线就出来了。

马杰龙直勾勾瞅着美丽的太阳，马杰龙连酒都想不起来了，他碰一下，马杰龙跟着动一下，马杰龙像个机器人一样。他知道他的朋友马杰龙，他也知道马杰龙的婚姻，他往马杰龙的嘴里塞一棵草原菊，他小声说：“这是牛奶头。”马杰龙的腮动一下，草原菊被咂得吱儿吱儿响，马杰龙已经尝到牛奶头的甜头了。他小声说：“你还记得那片草原吗？你肯定记得。草原上最出色的骑手马杰龙赶了好几百里路，干渴难忍，就抓住一头奶牛，咬住牛奶头美美地喝一通，把一对牛奶头都咂瘪啦。”“咂瘪啦。”马杰龙把草原菊咽到肚子里，又一棵草原菊塞到马杰龙的嘴里，马杰龙说：“对，对，是两个，牛奶头是两个。"

"你的记性还不错，应该是两个。你解了渴就打马走了，你醒来的时候，那头牛卧在帐篷外边。牛吃了一夜草，奶头胀鼓鼓的，你乐坏了，奶牛还要让你喝一回。岂止一回，它要让你天天喝，喝个美。你高兴得发抖，可这回你没咂出奶，你吭哧半天连奶星子也没咂出来。奶牛的那双大眼睛多么亮啊，跟太阳一样望着你，你感动得泪都流下来了，你肯定听见奶牛给你说的话了。"

"奶牛真的说了?"

"肯定说了，要不你马杰龙能流泪吗，要不你马杰龙能有那么大胆子，喝了人家的牛奶，还要带走人家的丫头。"

马杰龙大口大口喝酒，紧张得要命，紧紧地抓住他的手："好兄弟，我的好兄弟。"他声音小小一点，他几乎是耳语："那头奶牛显然有神灵相助，神灵附体的动物就能张口说话，给人指点迷津，奶牛告诉你，要成为最幸福的人，必须请来它的主人，主人的手能让牛奶像泉水一样源源不断流出来。新婚之夜，你一着急就把新娘子当成了牛，你没叫新娘的名字，你喊出的是：牛啊我的牛。"

"我这样叫了吗?"

"你肯定这样叫了，你火急火燎咬新娘的奶头。"

"有这么回事。"

"肯定是这么回事，神灵在天上盯着呢，你没咂出奶对吧?"

"没咂出奶。"

"也没咂瘪?"

"没咂瘪。"

"而且越咂越大?"

"越咂越大。"

"草原所有的牛加在一起也比不上那么一对小奶头。"

马杰龙把酒全灌下去了，马杰龙俯在地上，用嘴噙住金光灿烂的草原菊，“唉，我的小奶头，我的牛。”马杰龙脖子一挺，整个大地都隆起来了，马杰龙噙住了大地的奶头，脑袋左晃右晃咂了很久很久，才抬起头长出一口气，马杰龙说：“我的牛回来了。”马杰龙看他一眼又说：“兄弟我的牛回来了。”

他说：“我的牛也回来了。”

他的脑子里铮响一下，他拿不住自己了。他从兜里拔出最后一瓶伊犁特，咬开盖子，对着瓶嘴吹喇叭，嘟嘟嘟，像雄壮苍凉的牛角号。这回他没看见太阳的红兜兜，他也没撕瓶子上的标签。太阳不用穿衣服，也不用给谁做媳妇，太阳完全一副蛮横相，硕大的脑袋上挺着两只角，一颠一颠跑起来。

他说：“牛来了。”

马杰龙说：“那是我的牛。”

他说：“那是我的，是公牛，你看它没奶头。”

他们争得很厉害。

马杰龙对自己说：“老婆对不起我得闹一闹。”

他对自己说：“老嫂子对不起我也要闹一闹。”

他们的脑袋“嘭”撞在一起，“嘭”又撞一下，他们的脑袋就起了牛犄角，他们嘿嘿笑：“牛犄角，牛犄角，你一个我一个。”他们撞得很厉害，牛犄角越撞越大，他们感到吃惊，这牛犄角怎么像女人奶头，越弄越大，他们就摸自己的额头，上边确实长了牛犄角。

他们不撞了，他们往回走。走到家门口，女人就叫：“头怎么了?”他们说：“让牛撞了。”

果　院

石舒清

石舒清，原名田裕民，回族。1969 年 11 月生于宁夏海原县，毕业于宁夏固原师专英语系，当过中学英语教师、县委宣传部创作员等。现为宁夏文联专业作家、宁夏文史馆馆员、中国作家协会会员。作品散见于《人民文学》《十月》《青年文学》等刊，以短篇小说创作为主。出版有中短篇小说集五部，其中《苦土》《暗处的力量》分别获得第五、第八届全国少数民族文学奖骏马奖，短篇小说《清水里的刀子》获得第二届鲁迅文学奖，曾获第十一届庄重文文学奖。

果 院

我只对平凡的事物感到惊异。

——博尔赫斯

耶尔古拜的女人在果院里翻土。耶尔古拜去找剪果树的人了。她想着耶尔古拜这一次会去找谁。昨天夜里，两人商量着这一次该去找谁来剪果树，终而没定下一个人来。但耶尔古拜吃完早饭还是骑着摩托出去了，让她将果院里的土翻翻，说他去找个剪果树的人。剪果树的时间到了。按当地的说法，耶尔古拜是一个比较细详的人，什么事都要有个样样儿行行儿。劳动的时候就穿劳动时穿的衣裳，劳动完了，洗洗手脸，把可以出门的衣裳再换上。这样穿了又脱，脱了又穿，在别人是有些麻烦的。耶尔古拜却乐得如此。俗话说，不像的不遇，他的女人也这样的。劳动时，两口子都穿着旧衣服，也并非旧得不堪，只是让人觉得，劳动时穿那样的衣服，很是顺眼。出门走亲戚的时候，两口子都收拾得整整齐齐精精神神的，连头巾和袜子也要把最新的换上。然后耶尔古拜用摩托带了女人，去赶集去走亲戚。摩托车也总是干干净净的。且不说穷富，仅以这样一种状态活着，这两口子就能赢得人们的歆羡和赞誉。多少有钱人都活得愁眉苦脸乱七八糟啊。原本这里种果树的人，剪总是要剪的。像无论多么懒的人，脏得不堪的人，头成年隔月总要理一理一样，但总是三年两年才请了人来，把自家的果树剪上一剪。耶尔古拜两口子，却是一年剪两次，秋冬之交剪一次，春夏之交剪一次。年年都这样的。耶尔古拜觉得，这给果树摘叶剪枝，就如同人的剪头发剪指甲一样，总还是勤剪为好，不然头发就会成为累赘，长指甲不方便不说，还会在里面藏污纳垢。同样的道理，果树如若不剪，也会累赘树的吧；一些枝枝叶叶多出来闲得慌，就可能会调皮捣蛋，无事生非，成为一棵树的心病和祸端。他正是从人的剪指甲和剪头发上悟出修剪果树的必要性，讲给女人听，女人听得直点头，对他很佩服。因此每到剪果树的时节，别人家的果院里可能沉寂着，他家的果院里却总是有约不爽似的传出剪果树的声音来。这样一来他家的果子就一定比别人家结得多么？他家的果子就比别人家的更甜更有味道么？有时倒未必。但他们两口子就是这样的习性，觉着不剪就是个心病，一剪即使果子并不因此大而且多且甜，一块心病却实在是没有了。

果院里的土一年也要翻几次。常翻，土就比较随和顺应，对铁锹不拒绝，似乎很乐意铁锹进到自己里面去，正如一个痒痒着的人需要一个什么伸入来给自己挠痒痒。不久前果院里灌过水的，地皮上已看不出来，地皮已干了，但下面的土却还湿着的。翻出来的土沃湿着，像本身即是一种肥料。这样子的土一锹一锹翻出来，不论是看在眼里还是心上感觉着，都是很让人舒坦的。有时会用锹在湿土上拍一下，立即会显明出一个锹印来。翻这样的土人就不易觉着累。果院里还修着一些菜畦，种些葱啊西红柿啊韭菜啊还有土豆什么的。原本以为自己这里的水土是种不了别的什么的，试着种了一小块枸杞和辣子，真是叫人意外，竟都长了出来。这里人少见枸杞，还以为种了些狗牙齿。狗牙齿和枸杞像孪生兄弟。就问种这么多狗牙齿做什么。女人摘着枸杞，心里是很得意的，真是不大愿意说出去，让别人也学着自己种枸杞。他们还打算种种花生和橘子试试的，不管它出不出来，不管它结不结果，先种进去再说。不结果也不打紧，不再种就是了。刚开始两口子还担心果院里种菜蔬，会影响果树。后来试着种了，果树依旧开花结果，果子依旧那么多那么大，于是就觉到果院里的生长力原来是很足的，是不可估量的，如果不开辟这些菜畦，那么这里的一部分生长力就白白地浪费掉了，就像一个彪形大汉背了一个小学生的书包那样。他们小两口在种种尝试里学到了许多可做与不可做的。

耶尔古拜还要去城里做生意。这个村里的男人们都在做生意，好像不做生意就不是个男人。但一些男人生意做好了人也学坏了，一些男人生意没能做好人却学坏了。他们这个村子，什么时候有人戴过手铐？没有过的，但是现在，已有好几个人让公家给法办了。她相信耶尔古拜是不会学坏的。他可以把一块电子表十几年都戴在腕子上。她看见他把气哈在电子表盖上，用手巾擦拭着。他把一块电子表都可以戴十几年，都哈着气擦它，这些都使她对他又满足又放心。她隐隐觉得，要说坏，自己是更容易比他变坏的，她知道自己心里有一些火一样野烈的东西，有一些冲动需要她压伏着。好在自己是个女的，眼界窄，机会少，她想她要是像耶尔古拜那样骑了摩托到处做生意，况且生意也还不错，那会怎么样呢？有一年家里请来个剪果树的，竟是乡园艺站的，戴着眼镜，总是习惯性地把挡在镜片上的长发捋上去。他有些拘谨，说话时似乎不情愿让人将他看着。这就使她对他有了一种特别的兴趣。女人总会打问一些女人感兴趣的问题。她很快就得知他还没有结婚，虽然毕业两三年了，但还没有结婚。为什么没呢？一是没合适的，一是家里光阴还是有些紧，不然他为什么要来给人剪果树呢？目的也是挣几个钱。他们有一句没一句地谈着，渐渐地谈得就比较深，那小伙子甚至告诉她他现在已存有多少多少钱，家里是指望不上的，要娶媳妇就得完全靠自己。存的钱也够娶一个媳妇了吧，凑合一点是够了，但还没有合适的人。她当时听着，心情真是有些荒唐，竟匪夷所思地把自己也列了进去，好像自己又成了一个待选的姑娘。她对自己还是自信的。至少在这个村子里，她是数一数二的女人，不然也做不了耶尔古拜的女人。给耶尔古拜当媳妇，说真的她也是满足的。她从那个年轻园艺师的拘谨与羞涩上，也能觉出自己作为一个女人的分量。而且由于他的未婚，使她觉得自己在他面前有了某种优势。耶尔古拜去城里了，把工钱给她留着。工钱耶尔古拜已经和年轻人说好了。家里再没有别人。街门半掩着。果院的小门也是半掩着。她看见果院的小门半掩着，关上或完全打开的可能性都有的，时时都可以显出来。果院里也是静悄悄的，像是在聆听他剪果树枝的声音。是冬天，叶脱枝疏，剪枝的声音听起来很是清晰。像是并没有剪着什么，只是剪刀在空响似的。阳光充足，觉得和暖。他每剪落一个枝条，都要拿在手里细细看一看才扔掉，像在看究竟剪得对也不对。他这样低着头看时，头发就下来挡在镜片上。她心里痒痒着，想给他撩上去。真的，有一次，她的手指竟不自觉地动了动，好像已做了一个什么似的。她掩饰地用这根手指刮了刮自己的鼻尖。她端了茶和馒头来给他吃。他推说不吃。当他坐在树坑边儿上偏过头去吃馒头时，她看到他连耳廓都红着的。这些都使她感觉强烈和异样。她当时真是很大胆的。在他偏着头时她完全地将他看着，那一刻他要是回过头来肯定会吓一跳。但他没有回过头来。他一直偏着头吃馒头，腮边的几粒青春痘随着咬肌一动一动，显得比他本人要粗犷莽撞一些。他噎住了，打嗝，但是水杯在她这一边。他竟不能回过头来取水杯。就那样将吃剩的馍馍小纸团似的拿在手里，将嗝一个接一个打下去。她偏不将茶杯递给他。她像是很有兴味地看着他打嗝。那时候在她，是有些一触即发的意思。她后来想过，要是他突然来抱她，她会给他抱的，甚至可以亲嘴，隔了衣服摸摸也可以的。别的连她自己也不知道自己会怎样了。她当时手里有一个小土块，她把它攥得湿湿的了。她是想着用这个打一下他的，但始终未能打出去。她就把那个土块在手里捻成粉末，然后看也不看，经由指缝让它们漏撒到地上去，让细小的风吹散它们。那天她累得厉害，连自己也觉得自己有些反常。看到耶尔古拜时，她竟有些慌乱和羞臊，倒好像自己真的背着他干了什么。她想耶尔古拜是否会看出什么马脚来。他该看出来的。她觉得自己身上到处都是马脚，藏也藏不住的。但他竟没能看出什么来。实际上她低估了自己的掩饰能力，而耶尔古拜又根本就没往这方面想。连她也觉得他实在是疏忽得可以。他去果院看了看年轻人剪的果树，不是很满意。然而那一年果子却结得不错。一些树枝被果实压得弯下来，树皮在弯下来的地方绷紧着，时有折裂开来的危险，就在旁边栽了一些棍子将它们支撑着，在棍子上系了绳子，将重甸甸地弯垂下去的它们提携着。其实年年都要栽这样一些棍子的，但那年栽了用来帮忙的棍子的确是要多一些。村里人来看果子时，耶尔古拜显出得意来。但女人看着一树一树的果子，却不说什么，口被缄了似的。那些果子使她感觉异样，使她心里似乎有了一个不便告人的秘密。再一次剪果树时，耶尔古拜又要去找那个园艺师，说人家正经学过的就是不一样。女人却不大响应，甚至好像是不乐意请他了。她说今年果子结得好，不一定完全是剪果树的原因，她把一部分原因归功于自己的喷洒农药。耶尔古拜买了农药来，嘱她择时给果树们喷喷。女人就换了劳动时穿的衣裳，戴了口罩，背了药箱去给果树喷药，喷过好几次的。她觉得自己好像是在有意抹杀那个年轻人的功劳，在和那个年轻人争功似的。

她说不清自己为什么这样说。她甚至曲意妄言，说那个小伙子好像对工钱不满意，她给他工钱时，他皱着眉头，显出不快来。实际可不是这样啊。实际完全不是这样的。她还记得他接工钱时的那份窘迫和尴尬，好像他的手宁愿缩回袖筒里去。但耶尔古拜还是去叫那个年轻人。没能把他叫来。原来他已经调到另外的乡上去了。有摩托就不愁跑路，耶尔古拜还是找到了他。但是他说他已不给人剪果树了。他已经当了那个乡上的秘书，工作忙得脱不开身。实际上他并不忙的，耶尔古拜找到他时，他正在乡政府大门外和几个人捣台球。耶尔古拜的邀请倒像是揭了他的老底，使他显出尴尬和恼意来。他应付了耶尔古拜两句就开始扔下他捣台球，而且总是拿屁股对着他，捣台球时，也似乎有了一些情绪，把台球捣得很响。只好另寻一个人来剪了。但是女人却好像在这件事上不能善罢甘休，埋怨耶尔古拜不该去找他，说他还以为他是个干部呢，臭架子放不下来，其实在她眼里他连一个普通人也不如。她笑话了他总是往下耷拉的头发，说那和女人似的，笑话了他把树枝剪下来拿在手里打量。有什么好打量的呢？明显他还是个新手嘛，还嫩着哩嘛。归结到一句，没找来倒好。即使他真的来，她从心里也不愿他再剪的。那年轻人的邀而不来，莫名地使女人非常生气，并且隐隐觉得难堪，她似乎受了一个不小的挫折和侮辱，很长一段时间，这口闷气都憋在心里，似乎没有好办法把它尽情吐出来。

女人已翻完了两个菜畦。并不觉得累，但她还是坐在地埂上休息着。她把旧白手套脱下来放在锹头上，锹头上夺目的阳光就被掩住了。她把手指活动活动。要是在外面的田里劳动，她是不能戴手套的，这会惹人闲话。有些闲话是不必受的。但在果院里劳动时，尤其翻地一类，她就把旧手套戴上。她把旧手套也洗得干净。两个拇指不约而同地破了，她把它们补好，上面密密地走了许多针脚，这样就耐磨了。偶尔会翻出去年的一小截葱或一个土豆什么的，但是葱已瘪瘪的像一段烂肠子，土豆也只有指头蛋那么大，说明他们两口子还是收拾得很干净的。葱就翻到土下面去做肥料，土豆扔到一边去，一会儿拿给羊吃。她坐在地埂上，目光信马由缰地在院子里看来看去。这会看出许多趣味来。她发现虽然都是树，但一棵树却是一个模样，没有任何两棵树是一样的，几乎连双胞胎似的树也不易看见。有时是许多棵树在她眼里，虚虚的，如一种幻觉，似乎一阵风就可以吹得它们无影无踪；但目光只要落定在一棵树上，那树立刻就会显出一种笃定与明确来，好像在你看它的一瞬它也牢牢地盯住了你，而且要不辜负你这一看似的，它会把自己的每一根枝条每一个联结处甚至每一个疤痕都坦陈给你看。没有疤痕的树是没有的。她发现将一棵树潦草地一看和盯住看时，会有那么大的不同。将一棵树盯住了看，那么看的时间越长，看到的就会越多，有时候那么小的一个嫩芽和那么隐秘的一个联结处也会被她看见。看的时间长了，她觉得那树缓缓地移到自己跟前来，就在眼前不远处，伸手可及，但是眨一下眼，它一下子又逃回去了，似乎一下子逃得更远了，那些一一向她呈现的细节也一概不见了。要看见就得重新来一次。她看了这棵又去看那棵，刚一搭眼，它们的那种不同几乎让她发笑，像它们要故意这样不同，像它们之间闹了什么别扭似的。但是只要盯住看，看久了，便发现那一棵棵不同的树又像是一样的了。就像是一棵树那样。她发现单单看一棵树，和把它放在许多树里看，也是有些不一样的。好像它独在着是一个样子，混迹于众多的树里又是一个样子，她还有些不信，一次次这样试验着，结果却都一样的。她看见一棵树被她盯住了看时显得气势汹汹的，枝柯交错，旁逸斜出，好像要发脾气和谁打架，但放到众树里去看，它却似乎藏形匿迹，温和了许多。在众树中它甚至不显出格外地醒目来。在劳动的间隙，她有意无意地这样看着，偶尔也会觉得有些意思的。虽然剪得较勤，但枝枝柯柯还是生得很快。她一一望着院子里的树，倒好像它们从来没被剪过似的。这也没有什么可奇怪的，她想起耶尔古拜剪指甲的比喻来。人的指甲一生要被剪多少次，然而一旦长长，就显得从未剪过似的。道理总还是一样的。她想着就看了好一会儿自己的指甲，才把目光又转到那些待剪的树上去。她在一棵棵树上寻来觅去，想着哪一些树枝不久将会被剪掉。许多树枝密集在一起，显出一些潦草与乱糟糟来。有些树枝似乎是过于嚣张，比其他的树枝显摆似的高出或长出许多，让人觉得不适和多余，便是她，也知道这些地方是非剪不可的。专意找人来剪果树不是剪这些，这些谁也会剪的。找人剪的正是那些一般人把握不准的枝条。有一些枝条，在她看来长得规规矩矩，本本分分，而且凭她的经验，应该是树上最有用的枝条，但是请来的人却把它们剪掉了。这就使她不敢肯定自己的眼力，觉得自己虽然在果院里务了这么久，但眼力实在还差得太远。像那个年轻人的打量树枝一样，那些被她看好的树枝被剪落后，她也忍不住拿起来端详一番，似乎想看出它们为什么被剪落。然而看不出的。她也鼓励耶尔古拜自己剪，久病成良医嘛。耶尔古拜说，你以为那只是个动剪子的事么？那里头深着呢，不是谁想剪就能剪的。这是实话。村里几乎家家有果树，但这么大的村子，这么多的果树，细一寻思，竟实在是没有一个大家都能信任的剪树师傅。都是到外面去请。而且不知什么原因，通常情况下，今年请了张三，来年就不大可能再请张三了，而是请李四来。年年都这样换着。好像任何一个人剪的果树后来都难以让人完全满意。既不满意，当初又凭什么把自己的一院子果树交出去让剪了呢？也好像没有人多事，这样地来寻根究底。反正到该剪果树的时候，果树总是被剪着就是了。至于被谁剪，事先像是不知道的。也是不很考虑的。反正到时候总会请到人来剪果树。像那个年轻人，以为自己是个乡政府的秘书，不再适合给人剪果树了，但少了他剪果树的人并不缺。果树仍还是被剪了。一定和他所剪的不同，剪却是一定了的。剪果树时，耶尔古拜多时不在，总是女人陪同了去剪，给师傅当下手。她发现虽然都是剪果树的人，都是同行，但这同行之间，差异却真是大得悬殊。把一棵树给两个师傅剪，剪出的结果会有馒头和饼子那样的不同。她记得一次请了一个老人来剪果树，那老人形容古奇，就像是一棵核桃树变的。也不知耶尔古拜从哪里把他找来。他看着那一棵棵果树，目光阴沉，好像它们都是一些重症患者，好像他对它们一个个都了如指掌，它们的什么伎俩和秘密也逃不开他的眼睛似的。他那天的剪果树真是把耶尔古拜的女人吓得不轻。他哪里是剪，他主要是用锯的方式。他把一些腕粗的树枝也锯掉了。他骑在树上锯着，在他的工作中沉浸得很深，根本不看她一眼，好像身边就没她这么个人似的。看着一个接一个大柯杈渐渐地从树上歪斜了身子，发出刺耳的折裂声，终于重重地掉到地上时，她甚至觉到了一种不祥。她许多次都冲动地要喊老人停下来，但老人的那种笃定不二的气势却震慑了她，使她两手上都急出汗来，却眼睁睁地开不了口。老人让她把剪下来的枝柯拖到一边去，就堆起一个大垛来，有一间房大。而满院的果树竟像突然间集合了一伙形形色色古模怪样的残疾人那样，一个个愣怔又惊诧地立着，显得茫然又无辜。她看着竟觉到一种恐惧。她想先不给工钱，等耶尔古拜回来再做理论。但她突然对他有了一种恐惧，竟怕他做出别的什么事来。于是急急付了钱，把老人打发了。好在老人的心并不重。原本以为他这样大动干戈一场，手工费一定不低的，一定会成倍地上去。她已经想好了一个价码。在这个价码上，结合他的劳动，她是能接受的。她想着先把自己的私房钱垫上，回头再跟耶尔古拜要。想不到老人要的还是跟耶尔古拜定好的那个价钱。但她还是觉得这钱付得不是个滋味，就好像人家欺负了她一通，反过来她还要给人家钱似的。她觉得老人哪里是剪果树，简直是在果树上由着性子胡屠乱宰了一通。她想着耶尔古拜回来，一定会惊得坐在地上。但耶尔古拜却没有像她想的那样。他的意外和惊讶是有一些的，但他说这是一个剪了一辈子果树的老人，他这样剪，就必有他的道理。这就像给一个人剃了个光头嘛，他故作轻松地笑着说。女人觉得这不止于剃光头，这好比连半个脑袋也给弄得没有了。但那年结果倒不坏。那些剩下的枝枝干干，像是选拔出来的精兵强将和敢死队，在每一根枝上都尽可能多地结出果子来，而且果实又大又匀称。耶尔古拜再去找老人来剪树时，他已是土里面睡着的人了。和老人比较起来，那个年轻的园艺师就温和多了，几乎可以说有些文雅。他好像连剪刀也不大愿意动的，似乎在他眼里，每一根枝都是有用的，都是可珍惜的。拿捉贼来做个比方，老人眼里似乎全是贼，甚而强盗也有的，他即使闭了眼伸出手去，也能容易地抓到一个。年轻人却是从人海里找贼，他寻觅贼的时间要比他出手逮贼的时间更多一些。年轻人那天更多是剪落了一些小枝，大枝也有的，倒好像出于一种必须的搭配才剪落了几根拇指粗的枝。像老人那样大刀阔斧地锯，他一次也没有过。他来的时候就没有带锯子。直到现在，女人仍会时不时想起这一老一少来，不知他们谁的剪法才是对的。反正树总归是要结果子，好像被任何一个人修剪后，树都会结出果子来。女人的想法是信马由缰不着边际的，有时就会想，要是任由着果树去，不剪会怎样。她忽然想起作为一个女人，自己的头发就从来没剪过的，也并没有因此怎么样啊，头发并没有因此长到天上去啊。

一边的地埂上有一堆草，水里浸泡过似的。它被冻结成一大块，看上去硬硬的。草很细碎。像被牲口嚼了半天又吐出来那样。她向那里看着。她认出来了，那是从牛肚子里倒出来的。冬天的时候，正是婆婆的忌日，家里宰了一头牛的。牛提前买来，她喂了有半年，和买来时比较，已像是两个牛。她记得那牛总是微眯着眼忍耐苍蝇。好像嘴唇痒痒，有时还将唇在地上蹭一蹭。宰它时院子里动静很大，她没有去看。也记不得这牛肚子是谁收拾的了，把它肚子里的草料翻出来倒在了这里。她惊讶这么多的日子过去，自己不知为什么竟一直没能看见。

树已经开花了。同样是树，开花也是有先后的。她看见先是杏花开了。花开起来是很快的，几乎在眨眼之间。有一棵小杏树，瘦高的身材，像个稚气的中学生，它先是在一条边枝上小心地开出几朵花来，其余的枝都还孤寂着，没得到音信似的。这是昨天的事，但是今天她突然看见它已是满树繁花了。真是一夜之间就开成了这样。花一开就有了蜜蜂的声音，隔了老远也能听见，从有花的树上陆续地传来，似一些细碎的水纹，在和暖的阳光下幻变无已。许多树还一朵花也不见，依旧一副冬日模样。一只蜜蜂在她的脸前面定定地飞了片刻，像一时认定了她似的，她还是有些怕它，吹一下，它就借势荡开去，一下子飞远了。

她从锹头上拿起手套戴上，手套下面的阳光一下子跃上来伤她的眼睛。她戴了手套坐着，翻出来的泥土已晒干了，一些原本柔和的小土块也慢慢地显出棱角和硬度来。

她侧耳向大门那里听了听，想着不知耶尔古拜又会领回怎样一个剪果树的师傅来，这一份不知道，使她觉得新鲜，隐隐有一丝期待。

松树镇

金仁顺

金仁顺，1970 生，现居长春。出版有长篇小说《春香》，中短篇小说结集出版有《爱情冷气流》《彼此》《桃花》《松树镇》等，散文集《仿佛一场白日梦》《美人有毒》《时光的化骨绵掌》，电影剧本《绿茶》《时尚先生》。

曾获得春申原创文学奖、中国小说双年奖、庄重文文学奖、作家出版集团奖、中国少数民族骏马奖等。

松树镇

我们到达松树镇的时候是下午三四点钟，在火车上度过的最后一个小时，空气已经变得清新沁凉，夹杂着怡人的松香气息。火车站很小，还是三四十年代时日本人修铁路时盖的，灰扑扑脏兮兮的。几棵美人松也是那时候栽的，早就有了腰身，拧着股劲儿一直拔到天上去。

来车站接我们的赵红旗、张景乾、小莫都是我堂兄的朋友。他们四个加上另外四个男孩子，年纪差不多少，从小一起长大，既是同学，又是邻居，性情相投，初中时候燃香磕头拜过把子。八个少年形影不离，好勇斗狠，名噪一时，连社会上的混混也让他们几分。

赵红旗是典型的东北大汉，个子高，块头大，像截铁塔似的，是私营煤窑的煤窑主；张景乾是副镇长，是“有身份的人”，举手投足里面总有股“看山是山，又不是山”的劲儿；三个人里面，小莫最有亲和力，他长了一张喜洋洋的脸，笑口常开，我们这次住的旅馆就是他家开的，他们开来的丰田越野车则是赵红旗的。

松树镇座落在山间，四条街组成个“井”字，也有小贩叫卖也有妇女站在街边聊天，孩子四处跑，但松树镇就是给人一种很沉静的感觉。夕阳西下，云彩在山顶上飘荡，像镶了金边的婚纱裙子。

他们在镇子里最大的饭店给我们接风。而“最大”也不过四五十平方米，放六张桌子而已。老板娘高大丰满，眉毛文得像毛毛虫，上下眼线也都文了，在眼角处向上那么一挑，把眼睛变成了两尾写意小鱼，嘴唇抹得红通通的。她跟赵红旗张景乾小莫熟得很，招呼我们坐下喝茶吃瓜子。

赵红旗不看菜谱儿，交代老板娘，“挑好的弄一桌。”

“你们来这里拍电影？”赵红旗问，“这里有什么好拍的？”

“这个电影是写生活在煤矿的几个初中生的故事。”我说。

“什么样的故事？”

我大概地讲了讲这个故事，讲到主人公男生被录像厅老板娘勒索，后来跟同班女生借钱不成，差点儿杀了这个女孩子时，赵红旗他们没有流露出任何惊奇的表情，他们似乎把这个故事当成了真事儿，听完后，觉得不过瘾似的说起学校里其他的一些恶性案件。有几个初中生，把学校里刚分来的英语老师强奸了，事发时教室里还有另外几个男生旁观；还有几个女生，只因为一个女生长得太漂亮，让她们看不顺眼，就上去一顿拳打脚踢，差点儿毁了她的容，她们被抓到派出所后，还跟警察叫板：“我们没到法定年龄呢，又没杀人放火，你教育我们几句不还得把我们放出去吗。”话题逐渐扯远了，他们又说起其他的社会案件，最近镇里有个很有名儿的煤窑主被人枪杀了。这个人和另外一个人合开煤窑，开始时也是小打小闹，但慢慢地干大了，几百万资产是至少的，他想和合伙人拆单单干，结果没等签合同，他就被干掉了。

“绝对是他身边人干的。”小莫说，他跟这个老板是朋友，事发后他接到消息，赶在警察前面去了趟现场，室内也没有打斗的痕迹，从伤口上看，是凑近了太阳穴开的枪。

“活儿干得相当专业。”

“说这些事儿，”张景乾提醒小莫，“也得看看地方。”

“不就我们这一桌嘛。”小莫说。

我们说话的过程中老板娘开始上菜。

“好好侍候着，”赵红旗跟她开玩笑说，“他们是来拍电影的，没准儿弄个三陪小姐之类的角色让你演演。”

“你又有老婆又有老铁，还有好几个小蜜，”老板娘笑微微地说，“哪轮得上我啊。”

小莫正咬着瓶盖，听见老板娘的话，哏哏笑。

我们喝的是白酒。来之前我给周为和方磊讲过，煤矿的人野，直率爽气，跟他们喝酒，能喝要喝，不能喝也要喝。如果你有酒量却不喝，他们就会认为你很假，不实在，瞧不起人。而一旦给他们留下坏印象，事情就不好办了。

周为和方磊喝得很痛快，半小时没到，两个人就先后冲到卫生间吐了。

“不能喝你们不早说，”赵红旗说，“看你们上来就干杯，我还以为碰上高手了呢。”

张景乾叫老板娘泡壶热茶来。

老板娘泡了壶茉莉花，还洗了山楂。

“吃山楂解得快。”她把盘子放到周为和方磊的面前，跟赵红旗说，“别往死里灌人家，跟土匪似的。”

“你跟我这么说话，”赵红旗说，“就像土匪老婆似的。”

“土匪老妈还差不多。”老板娘笑着回敬了一句，抓了把瓜子，到外面跟厨师聊天去了。

我们吃完饭出来，天黑得透透的，星星像是从很远的地方射过来的长矛，穿透黑夜的帷幕，露出点点银亮的矛尖。镇子很静，在酒桌上听了那些故事以后，这种静谧变得阴险和杀机重重了。

小莫家的旅馆是一栋两层小楼，一共八个房间，厕所是公用的，没有洗澡间。唯一一间带浴室的房间，是小莫自己用的，他带我们去看他的浴盆，他介绍那两条金龙鱼的样子就好像它们是他的儿子。

第二天一早起来，夏末秋初的季节，洗脸的水居然冰手。洗过脸后，神清气爽，我们散步走过两条街，去昨天吃过饭的饭店。街上不少骑自行车上班的人，铃声嘀铃铃响，树上还有雾气没有褪尽，像丝丝缕缕的白絮。空气又凉又湿，有重量似的。

赵红旗和张景乾先到了，餐桌上面摆着煮鸡蛋、馒头、葱油饼、小米粥，几个凉菜都是大盘的，老板娘跟我们打了声招呼就进了厨房，接着听到里面一阵声响，她又端出四盘热菜来。

“弄得太隆重了，”我说，“平时我们都不吃早餐的。”

“也没什么好吃的，你们将就将就，”赵红旗说，“晚上我看看能不能弄个野狍子，烤着吃吃。”

“千万别，”我们几个直摆手，连说好几遍，务必让赵红旗相信我们是认真的，不是跟他客气。

“那吃蛤蟆吧，现在的蛤蟆最肥。”赵红旗问小莫，“哎对了，老吴不是会捉蛇吗？让他捉两条来。”

“千万别千万别。”我们又开始猛摆手。

“我最怕蛇了。”我说。

“切成段炖熟了，你根本看不出是什么玩意儿。”小莫说，“女孩儿吃毒蛇还美容呢，脸上不长疙瘩。”

“我宁可长疙瘩。”我说。

周为和方磊也坚决反对吃蛇，“从现在开始除了绿叶儿的东西其他的我们都不吃了。”

张景乾让我们逗笑了，对赵红旗说：“给他们弄点儿新鲜榛蘑炖老母鸡。”

吃完了饭，张景乾去上班，赵红旗开车，带着小莫跟我们去山上。公路像层层捆缚山的绳索，我们像陀螺似的转了一圈儿又一圈儿，往下面看时，松树镇变成了一个漏斗的底座。又开了一会儿，一些小煤窑开始出现在我们眼前，规模不大，大部分是斜井，往外运煤的小火车车厢，跟棺材差不多大小，开动的时候晃里晃当地响。工人们每天坐着这些小火车进掌子面工作，下班再坐这小火车出来。

赵红旗和小莫谁都认识，方磊和周为拿着摄像机取景的时候，他们跟煤窑主，或者主管聊天。

他们无一例外地问我们是干什么的。赵红旗说我们是拍电影的，他们的回答全都一样，“这地方有什么好拍的?!”

“是煤矿里一些中学生的故事。”赵红旗说。

他们很快谈起真正关心的事情，贮藏量怎么样，煤质如何，找到买家没有，今年冬天的煤价是涨还是降。他们都为钱焦虑，工人的工资拖欠得太久了，再不赶紧把煤发走弄回钱来，不知道哪天刨煤的大镐头就刨到他们的脑袋上了。

“你们早晨醒来，一抬头看见的是太阳初升，”赵红旗对我和小莫说，“我每天睁开眼睛，先得琢磨这样那样的费用，没有个三千四千的，推不开门啊。”

“进钱的时候你怎么不说呢，”小莫跟我说，“有钱的时候，唱卡拉OK他给我们一人找三个小姐。”

我们的笑声在山坡上滚动，方磊隔着百十来米，把镜头转向我们，赵红旗踢了小莫一脚。

赵红旗的矿在小煤窑里算大的，除了一个斜井，还有个竖井，他说这个竖井是以前国营煤矿留下来的，现在也能用，但太深了，有二百米呢。

我拽着井边防护用的绳索，探头往下看，黑黑的一柱空洞，通向地心，看得人眼晕。

方磊没敢上去，他是南方人，白白净净的，现在脸色更加苍白，他见我从上面下来，说我，“真是个心狠手辣的女人。”

“你知道左拉吧？法国作家？”

方磊说知道名字，但没看过他的作品。

我说左拉有一次去煤矿做实地考察，在一百五十多英尺的井下，看到一匹高头大马拉着满满一车煤在隧道中走，他问向导：“你们每天是怎么让这匹牲口进出矿井的？”矿工们以为他在开玩笑，都笑起来。后来发现左拉是认真在问，才回答他说：“这马还是小马驹时，还能塞得进我们下来时乘的罐笼时，就被运下来了。这马是在井下长大的，因为没有光亮，一两年后它的眼睛就全瞎了。它在这煤道里面拉车拉到死为止，然后被埋在这里。”

“左拉把这件事情写到了他的小说里面。”我说。

方磊的眼睛湿湿的，转身走了。

周为和赵红旗他们也听见了我的话，谁也没说什么。

我们在山上看到更多的被废弃的矿井，井口边煤渣石成堆地堆着，一度被工人们踩出来的小路重又被荒草覆盖，斜井像个既敞开又遮掩的房间，仿佛是专为罪行和勾当准备的；有一些竖井没有任何防护措施，深度少则十几米，多则几十米，有的井口边上长满了杂草，周为说这些杂草是“塞壬的歌声”。

赵红旗和小莫不知道什么是“塞壬的歌声”，我解释了几句。

“你们文化人，”赵红旗说，“说话带拐弯儿的！”

“景乾没准儿能知道。”小莫说。

“你觉得这地方行吗？”我问周为。

“我想要的东西，这里差不多都有。”

周为想在山坡上面找一棵树，不要树林，要孤零零的一棵，越老越高越粗越枝叶如伞越好，最好是梨树。他描述我小说里面的场景，问赵红旗和小莫有没有可能找到。

"就算有那样的树，"赵红旗说，"也早让人砍了。"

临下山前，小莫采了一大把雏菊放到车的后备箱里。

我们回饭店吃午餐，第三次登门，才注意到牌匾上面的五个大字：甜蜜蜜酒家。

饭店里另外有两桌客人，喝得脸红脖子粗的，张景乾坐在他们中间，脸已经是猪肝色了。我们一进门，赵红旗和小莫立刻被人拉过去，一直到我们这边菜上齐了，他们才回来。

"我看你们吃得都不多，"张景乾说，"让他们少炒了几个菜。"

少也还有八个呢，而且桌中央的蘑菇炖老母鸡是用盆盛上来的。赵红旗问喝不喝酒，周为说，下午还要去学校看景，不喝了吧？

"行，不喝就不喝。"赵红旗一边让老板娘盛饭，一边给我们每人倒了杯啤酒，"当水喝，爱喝多少喝多少。"

我们的饭没吃上两口，邻桌有个人拎着三瓶啤酒，带着杯子走了过来，他说他是红旗、小莫、镇长的朋友，而我们是他朋友的朋友，当然就是他的朋友。说到张景乾时他冲他嘿嘿一笑，"我有点儿高攀哈。"

"朋友肯定是朋友，"没等我们接腔儿，赵红旗先站了起来，很亲热地拍拍来人的肩膀，掏心掏肺说什么机密话儿似的凑近那个人耳边说，"昨天他们喝了两杯啤酒就吐了。这样行不行？他们一人喝一口，剩下的我来。"

"看出来了吧？"来人指指赵红旗冲我们笑，"大哥是个讲究人！"

"那是那是。"我们说。

"别喝多了，就一人一口。"小莫提醒我们。

我们一人喝了一口，赵红旗挨个端起我们的杯子，把酒喝光。

"我也喝三杯。"敬酒的人自己给自己倒酒，啤酒沫像花朵在他的杯子里面盛开了三次，未及凋谢就被他吞下肚去，"这旮旯穷山恶水，有用得着我的地方，吱声！"

他刚回去，另外一个人就走了过来，也是带着三瓶啤酒和一个空杯子。话也说得和前一位差不多少。还是赵红旗替我们挡，我们喝一口，剩下的由赵红旗来。这一位又换来另一位，另一位接另另一位，每个人都过来敬酒，赵红旗、张景乾和小莫轮流上场，有时候，对方还会抢着替我们喝，我们三个人的杯子沾过多少人的口水，已经数不清了。但每次轮到我们三个人喝那表决心似的一口时，我们谁都没含糊。

午饭吃完，已经三点多钟了，为了醒酒，他们让老板娘沏热茶，厨师去市场买了一筐无核野枣，名字叫枣，实际上是微型的奇异果，皮是绿色的，很薄，酸里面夹着甜味儿，是长白山山区的特产。

小莫揭张景乾的老底，说他以前是文学青年。写过诗，其中有一首他还记得，叫《山》：“这山望着那山/那山望着这山/这山觉得那山高/那山看着这山好/这山崇拜那山/那山爱慕这山/这山望着那山/那山望着这山/地老/天荒。”

我们鼓起掌来，“真棒嗳。”

张景乾的脸本来就是紫红色的，也看不出他有多窘。

“我谈恋爱的时候跟我对象动不动就来首诗，弄得她老崇拜我了。”小莫说，“结婚以后她才知道诗是景乾写的。”

下午四点半钟，我们终于要离开“甜蜜蜜”了，这时去学校已经来不及了，赵红旗带我们去看国营大煤矿。

国营大煤矿到底气势不同，井口有十来米宽，高度也差不多有十来米。这张大嘴把整座山变成了巨大的青蛙，沿着井口墙壁点亮的灯光，像一个个泡泡从青蛙的嘴里吐出来。

我们刚好赶上白班工人下班，几百个工人，戴着带探灯的安全帽，穿着覆盖了煤尘的工作服，脚蹬着长统胶靴，手里拎着装着饭盒的网兜，从井口深处走出来，先是黑暗的一部分，然后从黑暗的背景中挣脱，朝我们走来。他们个个高大健壮，几乎都不说话，黑黑的脸让他们看上去既深沉又阴沉。

“这感觉太棒了!”周为激动起来，他盯着工人的模样儿，就好像他电影里的人物要从那中间跳出来似的。

方磊扛着摄像机在拍摄，有个工人经过他身边时，问他：“你们是《焦点访谈》的吗?”

“不是。”方磊回答。

赵红旗小莫张景乾在离我们几米远的地方说着话儿，这时都转过头来朝我们这边望着。

“那你们是哪儿的?”

“电影学院的。”周为回答。

那个工人转身走开，跟另一个人说：“他们是电影学院的。”

随着他的声音在空气中的传播，某种紧张感舒缓开来，仿佛原本有个无形的、巨大的系结，被扯开、抻平了。

晚饭我们又回到“甜蜜蜜”，中午变成了啤酒战场，大家都没怎么吃东西，进门的时候，发现老板娘和厨师在给我们包芹菜馅饺子，菜绿莹莹的，加了很少的精肉，看上去很清爽。

“你真是我肚子里的蛔虫啊，”赵红旗跟老板娘说，“知道我惦记啥。”

“肚子里的蛔虫是宠物啊。”小莫一本正经地说。

“狗嘴里吐不出象牙。”老板娘笑骂，转身跟我们说，“买到山梨了，你们先吃几个，解解酒，开开胃。我这就烧水下饺子。”

山梨个小儿，皮糙肉硬，但味道绝佳，是很硬的时候摘下来，放到一种特殊的蒿草里面焐熟的。

“以前没发现你这么善解人意啊。”赵红旗咬了口梨，冲着老板娘笑。“你就像这梨，越焐越有味道啊。”

小莫的脚在桌子底下朝赵红旗踢，但却踹到了方磊的腿上，他疼得叫出了声，从椅子上直跳起来。

“哎哟，对不起对不起——”小莫说。

老板娘跟厨师收拾好东西，回厨房去了。

“大哥啊——”小莫冲赵红旗说。

“一撅腚就知道你拉什么屎。”赵红旗脸沉下来，做了个让他闭嘴的动作。

“你拉完屎倒是痛快了，”小莫哼一声，“擦屁股的时候别找我啊。”

“在饭桌上呢，”张景乾敲敲饭桌，“文明点儿！”

小莫起身走出去，不一会儿带着一大把雏菊回来，他钻进厨房，弄了个大雪碧瓶子剪成的花瓶装着花，抱出来放到我面前，“送你的。”

“猪脑袋长犄角，”赵红旗哼一声，“净整那洋（羊）事儿。”

吃完晚饭回到小莫家的旅馆，赵红旗他们找了个人，组成了麻将局，周为方磊和我聊了会儿天，“‘甜蜜蜜’那个老板娘要是能演我们电影里那个三陪，还真行，”周为说，“这个老板娘，成熟体贴，有心机，绵里藏针，对于一个初中男生来说，对付老板娘，就像小鸡跟老鹰叫板，戏剧性多强啊。你写的那个原来看着也行，但一比较，就觉得有些轻飘飘的了。”

“她不会演的，”方磊低头看着小腿鸡蛋大的一块淤青，小莫那一下子还真是踢得不轻。“在这样的地方，演了三陪，她还不得让人说闲话说死。”

“不一定非让她来演，但可以把那个人物朝这个方向改改。”周为问我，“你说呢？”

“行啊，试试吧。”

赵红旗他们打麻将打到了天亮，吃早餐时，没精打采，呵欠连天的。张景乾吃了饭直接去上班了，我们要自己去学校，赵红旗和小莫不肯。

镇中学走路也就十五分钟，建在一个山坡上面，有高高的砖砌围墙，进入大门前有几十级水泥台阶，进门后正对着大操场，大门口往右，麻将牌似的建着四排房屋，每排有八间教室，房屋中间有一条通道，通向后操场，后操场的两边，有长长的水泥砌的厕所。进大门往左边走，是一座二层小楼，是教职工楼。

校长是个五十来岁的女人，矮，胖，既矜持又和善。来之前小莫说，她之所以能在校长这个位置上坐稳当，是沾了她派出所所长弟弟的光。

校长看了周为和方磊的教师证身份证，也看了我的记者证，她很认真地挨个打量我们，她不相信我们，但又找不出可疑之处。

“是个什么样的电影呢？”她问。

“就像《阳光灿烂的日子》。”周为回答说。

校长没看过《阳光灿烂的日子》，但她显然听说过，电影的名字似乎也让她放心不少。周为又说了这部电影如何蜚声国际影坛，拿了多少大奖之类的话，绘声绘色是他的本事，别说校长，连我这个故事的原创者都忍不住顺着他现在的思路走下去，禁不住去想，真的啊，我们是可以拍成《阳光灿烂的日子》的啊，那也不用“地下”了啊。

我们得到了校长的允许，去初二初三班寻找演员，学生们听说来了拍电影的，都炸了锅似的兴奋起来。先前的几个班都不理想，在初三三班，女班长听说我们的身份和来意后，脸涨得红红的，眼睛紧盯着我们，身子动来动去，唯恐我们的目光会错过她。

“我当然不会错过她，”事后周为跟我说，“这个女孩子张扬、卖弄、渴望名利，还有她那长相举止，再合适不过了。”

但他故意忽略她，目光停留在一个神情羞怯的女生身上。

“你愿意和我们谈谈吗？”周为问她。

她点点头，脸红得像苹果。

我们往外走，走到教室门口，周为像突然想起什么似的，回头看看那个女班长，她眼泪汪汪的，仍然紧盯着我们。

“——你也来吧。”周为说。

女班长低低地叫了一声，她从座位上站起来时，把桌椅弄出很大的响声。加入到我们阵营后，她紧紧地拉住同学的手，两个人交换了一下又惊又喜的目光。

我们来到学校外面的水泥台阶上，校长被市教育局打来的电话叫走了，方磊举着摄像机对着这两个女孩，比较内向羞怯的，叫孙甜，女班长叫张今芳。

“你们要拍什么样的故事？”张今芳问。

“拍的时候会有剧本。”周为说，“现在还只是看外景和选演员。我们有可能选中你们，也有可能选不中。”

两个女孩子沉默了。

“除了学习，你们有什么业余爱好？”周为问。

“我喜欢唱歌跳舞。”张今芳说。

孙甜没吭声。她是个小美人，很耐看。

“她唱歌跳舞也挺好的，我们开联欢会时，都是一起排练一起演出，”张今芳替孙甜回答，急不可耐地问我们，“如果我们拍了电影，是不是就会像魏敏芝那样？”

“你想像她那样吗？”

“当然想了。”张今芳说，“我很想当明星。”

“你想当明星吗？”周为问孙甜。

孙甜点点头。

“可我不是张艺谋啊，你们会不会失望？”

“不会，”张今芳说，“总归是拍电影啊。”

我们还需要找到一个男孩，这是电影里面最重要的角色。刚才在八个班里挑，没有一个男生适合。

张今芳听见我们的话，推荐她的男朋友，“刚才你还拍他来着，坐在我们班最后那排的高个儿男生。”她跟方磊说。

方磊倒回带子，周为抻头看了看那个男生，“我们考虑考虑。”周为说，问孙甜，“你有男朋友吗？”

孙甜摇摇头。

“追她的人多着呢。”张今芳说，“比追我的还多。”

孙甜用胳膊肘推了张今芳一下。

“她们行吗？”往回走的时候，小莫问。

“差不多，”周为说，“具体拍的时候，还得好好调教调教。我们想要她们本色出演，只要她们到时候不怵场就行。”

“这样就行了？”赵红旗问，“那我不是也可以演？”

“可以啊。”周为说，“到时候有什么角色适合真找到你，你可别推啊。”

“算了吧，”赵红旗说，“我可不行。”

我们走下山坡，拐向小莫家的旅馆时，经过一个市场，在市场的头儿上，有个很大的西瓜摊，老板说西瓜是昨天刚运来的，给我们搬来个小圆桌、几个小凳子，老板拿着刀唰唰几下，把西瓜剖好，递给我们。

有个少年在不远处，跟一条大黄狗在玩儿，“蹲下！”“起来！”少年在驯狗，狗要是听话，他从兜里掏出几粒花生米给它，狗要是不听话，他就打狗爪，一边打一边还叫：“打爪！打爪！打爪！”

方磊举起摄像机对着男孩子拍了一会儿，倒过来给周为看。

“你们认识他吗？”周为问小莫。

小莫问西瓜摊老板，“谁家的孩子？”

“老白家的，”老板叫了一声，“白云飞，你过来！”

白云飞回头看看，带着狗过来。人和狗都脏兮兮的，同时也都有股难以言传的快乐和自由。

“你怎么不上学呢？”周为问。

“你是老师吗？”白云飞反问。

“我还真是老师。”周为说。

白云飞愣了一下，上下打量着周为，“——不可能。”他看看方磊，“你们是电视台的吧？”

周为不置可否，问他：“你想不想上电视？”

“我上电视干啥？我也没做啥好事儿——”白云飞说，“也没做坏事儿！”

我们都让他逗笑了，周为看了我一眼，我也觉得他很合适。

“我们是拍电影的，”周为说，“你想不想拍电影？”

这回，白云飞是认认真真地看着我们了，“——我能拍什么？”

“那先不管，你就说你想不想拍？”周为问。

“——想。”

“你走近点儿，”周为说，“看着镜头，你做一个很恨的样子。”

白云飞犹豫了一下，对着镜头瞪了一下眼睛，他脸上单纯的笑容瞬间回缩攥紧，挤压出恶相，还有股狠劲儿。

“再笑一个，越高兴越好！”

白云飞好像还被刚才的情绪控制着，过了一会儿，才笑出来，他的牙挺白的，很整齐。

“我们中午带着他一起吃饭吧？”周为问赵红旗。“我需要和他多接触。”

“你带他睡觉我们也管不着啊。”赵红旗呵呵笑着说。

我们把白云飞带到“甜蜜蜜”，老板娘听说这是我们挑中的演员，很好奇地打量他，厨师也跑出来，他认识白云飞的爸，“后山那个老白，对不对？”

白云飞点点头。

“吃完饭去你家看看，行吗？”周为问。

“行啊。”他很爽快。

赵红旗和小莫还是陪着我们，他们把车开到山脚下，说好了在这里等，我们就单独跟白云飞走了。山坡上面的房子错落地建着，每家都有前后院，方磊跟白云飞落在后面，嘀嘀咕咕的，周为低声跟我说：“他们聊私生活呢。”

“这个小家伙挺有点儿意思的。”

刚才吃饭时，白云飞承认自己有女朋友。不过不在这里，在另外一个镇上，他经常沿铁路走两个小时去看她。

“我今晚还去！”他说。

他等不及要把自己要演电影的消息告诉她。

白云飞的家在一个歪歪扭扭的胡同里面，院子里面种着棵沙果树，小果子结在树上，正在从青转红，房子是三间红砖房，挺破败的，后院子里种着的向日葵，有两三棵长疯了，一直蹿到房顶上，黄艳艳地仰脸追逐着太阳光。

周为和方磊激动得不得了，四处找角度拍向日葵。

一个中年女人走出来，看到那么多陌生人跟着儿子回来，其中一个还扛着摄像机，吃惊不小。

她的眼睛跟白云飞很像，年轻的时候，想必也是让很多男人心动过的。但长期的愁苦在她的脸上生了根，改变了她的容颜，她的薄嘴唇紧紧地闭着，像两片小刀子。

我们为这样贸然登门跟她道歉，她点点头，恨恨地盯一眼白云飞。我们说要请她的儿子演电影时，她又惊奇地打量他，好像突然之间他变陌生了。

白云飞家所有的一切，都沾着煤味儿，走进屋里，仿佛夜晚提前降临了。墙壁发黑，厨房炉子上面的墙壁则是墨黑，上面浮着很厚的煤粉和灰尘，炉子上的饭锅和水壶，被煤烟熏得乌涂涂的。橱柜里面的盆盆罐罐，盘子碗筷子非残即旧，既旧且残。

房间一共有三间，两间带窗子的房间，家俱很少，无非是地桌，木凳和箱子，箱子上面摞着被褥。在厨房的旁边有一间很小的房间，开门就是炕，没有窗，炕上面坐着个女孩子，光着身子，皮肤黑黄，表情憨痴，瞪着跟妈妈和哥哥很像的大眼睛，“咯”地一笑。

我的心一紧，好像被她的笑容咬了一口。

白云飞的妈妈过来，抬手放下了门口的布帘。

“生下来就傻。”她跟我说话，眼睛却望着方磊。那个摄像机似乎让她很不安，仿佛那个是枪口。

“如果我们用白云飞，”我悄悄问周为，“会给他多少报酬？”

“没多少，”周为说，“意思意思而已。”

我们离开的时候，白云飞也要跟我们走。

“你留在家里吧。”周为说，“我们一个月后回来找你。”

“你们肯定会回来吗？”他问。

“当然了。”周为笑笑。“你得好好上学，好好听父母的话啊。”

白云飞点点头。

赵红旗和小莫在车里睡着了，老远就听见他们的打鼾声。我们说演员定了，景也看了差不多了，今天晚上就走。

他们不让，“哪能说走就走？”赵红旗说。

“反正一个月后就回来了，还有不少工作要准备呢。”周为说，转向小莫，“你们家旅馆别住外人了，都给我们留着。我提前一个礼拜跟你联系。”

小莫说没问题，他马上开始修浴室。

我们在松树镇的最后一顿饭吃得像年夜饭，赵红旗张景乾小莫都喝了不少酒，我们也各尽所能地喝，老板娘陪我们坐了半天，跟我们每个人都单喝了一杯。

“这顿饭我请客！”她强调。

“我们回来的时候，”周为说。“得把你这儿变成剧组食堂了。”

“那是我的光荣啊。”老板娘爽快地说，“放心吧，我不挣你们钱，就收个工本费。”

我们去车站的时候，张今芳和孙甜不知道从哪儿听来的消息，跑来送我们。

“你们一定会回来的吧？”她们问了一遍又一遍，火车开起来时，张今芳一边跟着火车跑，一边还在问。

“一定。”我们跟张今芳挥手，跟孙甜挥手，跟赵红旗张景乾小莫挥手，跟松树镇挥手。我们确实以为我们会回来，在一个月后。但我们没有，三个月后也没有，三年，十年。我们没再去过松树镇。

今年冬天下第二场雪的时候，我接到陌生人的电话，他先确认了我的身份，接着说自己是警察，直到他提到孙甜，提起松树镇，我才明白这不是哪个朋友跟我搞恶作剧，“我们想请你来一下。”警察说。

我出门的时候，雪已经下了半尺了，雪花很小，散落成了棉絮末，落到皮肤上，点点滴滴的湿凉。我站在街边打车打了好半天，很后悔刚才拒绝他们派车来接我。最后我主动提出加钱，才有司机愿意拉我去铁北监狱。

接待我的警察姓刘，电话也是他打的。他在市局负责普法教育方面的工作，正在拍的专题片里面涉及到孙甜的案子，孙甜拒绝合作，除非他们安排我跟她见面。

“她干了什么？”

“杀了她男朋友。”

刘警察带我进了一个小会客室，房间不大，放了一张很大的桌子，椅子是折叠的沙发椅，墙上没贴“坦白从宽，抗拒从严”的条幅，刘警察给我沏茶前还问了我一句，“天冷，喝乌龙茶吧？”

我说好，“她为什么杀她男朋友？”

“她跟电视台台长有暧昧关系，被她男朋友发现了，小伙子要把事情捅出去，她就杀了他。”

刘警察打了个电话，让人把孙甜带过来。他把沏好的茶放到我面前，纸杯有些烫，茶是好茶，暖香袅袅。

“被捕前孙甜在电视台当主持人，是招聘的。她原本希望能通过台长的关系，把自己调进省台呢。她很漂亮，又上镜，拍专题片真是可遇而不可求。”

门外有人敲门，两个警察带着孙甜过来，一个说了几句就离开了，另一个跟孙甜并排坐在了桌子对面。刘警察给他们一人一杯茶，然后走到旁边，打开了录像机，我看了他一眼，但他并未做任何解释，好像这是一件理所当然的事情。

孙甜穿着囚服，头发和脸孔都很干净，眼睛比我记忆中要大，也更亮。她坐在我对面，打量着我，确认我是当年到过松树镇的那个人以后，问我：“你们怎么没来拍电影？你们不是说一定会来的吗？”

“投资方撤资，我们也没办法。”我没说我们拍的是个地下电影，是个烧钱的玩意儿，投资方的艺术热情燃烧了一阵子就清醒过来了。

“我们一直等你们来！”孙甜说。

“——对不起。”

“谁都知道我们要拍电影了，谁都问我们，在电影里面要演什么。”孙甜看着我，“我们不知道电影里要演什么。你现在告诉我，那个电影讲的是什么故事？”

那是十年前的剧本了，有些细节连我自己也记不清楚了。但我不能不回答孙甜的问题，“是煤矿里的几个初中生，白云飞扮演的男生跟你还有张今芳扮演的女生是同学，白云飞很喜欢你，但你却跟体育老师好上了，还怀孕了，他为了帮你忙，去找张今芳借钱，在电影里，张今芳的爸爸是小煤窑主，很有钱。张今芳不肯借钱给白云飞，说话还很刻薄，把白云飞给惹火了，他就想绑架张今芳，跟她爸爸要钱，张今芳逃跑时，掉到了一口废弃的矿井里。白云飞去勒索张今芳的爸爸，被警察抓住了，他到底也没能帮上你——你演的那个女生的忙。”

“什么破剧本！”孙甜沉默了一会儿说，“难怪拍不成。”

“她是怎么干的？”他们离开后我问刘警察。

“她开车撞死了他。被人看见了，还记住了车号。”

“——她会死吗？”

“——谁都会死。”刘警察笑了一下。

警车开了两个多小时才把我送回家。外面黑沉沉的，我的脸映在玻璃上面，闪闪烁烁，表情则是支离破碎的。

我下车时，雪也停了，地面上的雪如新铺的被褥，闻得到淡淡的，清冷的芳香。

2013

中国当代优秀作品国际翻译大赛

推荐作品集

下卷

人民文学杂志社/编

外文出版社
FOREIGN LANGUAGES PRESS

信

刘庆邦

刘庆邦，1951 年 12 月生于河南沈丘农村。当过农民、矿工和记者。现为中国煤矿作家协会主席，北京作家协会副主席，一级作家，获国务院特殊津贴专家，北京市政协委员，中国作家协会第五、第六、第七、第八届全国委员会委员。

著有长篇小说《平原上的歌谣》《红煤》《遍地月光》等七部，中短篇小说集、散文集《走窑汉》《梅妞放羊》《遍地白花》《响器》等三十余种，并出版有四卷本刘庆邦系列小说。

短篇小说《鞋》获第二届鲁迅文学奖。中篇小说《神木》《哑炮》先后获第二届和第四届老舍文学奖。中篇小说《到城里去》和长篇小说《红煤》分别获第四届、第五届北京市政府奖。根据其小说《神木》改编的电影《盲井》获第 53 届柏林电影艺术节银熊奖。曾获北京市首届德艺双馨奖，首届林斤澜短篇小说杰出作家奖。

多篇作品被译成英、法、日、俄、德、意、西、韩等文字。

信

一般的柜子两开门，李桂常家的大衣柜是三开门。中间那扇门宽，左右两扇门窄。小小暗锁装在两扇窄门上，需要把柜子上锁时，两边的锁舌头都得分别探进中间那扇宽门的木槽里。柜子里的容积已经不小了，可着中间那扇门镶嵌的一面整幅的穿衣镜，给人的感觉，又大大扩展了柜子的空间：卧室里的一切，阳台上的亮光，似乎都被收进柜子里，李桂常本人也像是时常从柜子里走进走出。

天气凉了，李桂常把儿子的毛衣拆开重织，需要添加原来剩下的毛线，就把柜子右侧的一扇门打开了。这扇门里面有一道竖墙样的隔板，把大柜子隔开，隔成一间小柜子。小柜子里放的都是不常用的东西，如李桂常以前穿过的黑棉裤、蓝花袄，用旧的粗布印花床单，一塑料袋大小不等五色杂陈的毛线团子等。这扇门李桂常不常开，她一旦打开了，一时半会儿就不大容易关得上。因为小柜子的下方有一个抽屉，抽屉里有一本书，书里夹着一封信。这封信她已经保存了九年。每当她打开这扇门，心上的一扇门也同时打开了。

她有些不由自主似的，只要打开这扇门，就把要干的事情暂时忘却了，就要把放在抽屉里的信拿出来看一看。信有十好几页，她一拿起来就放不下，看了信的开头，就得看到信的结尾，如同听到写信人以异乎寻常的声调在信的抬头处称呼她，她就得走过信的园林，找到写信人在落款处站立的地方。李桂常小心翼翼地把抽屉拉开了，几乎没发出一点声响。如果抽屉中睡着的是一只鸽子，她也不一定会把鸽子惊动。受到触动的是她自己，和以往每次一样，她的手还没摸到信，心头就弹弹地开始跳了。然而这一次她没有找到信。她不相信伴随她九年的信会失去，因而她连自己的记忆和眼睛也不相信了。夹藏那封信的是一本挺厚的专门图解毛线编织技术的书，她把书很快地翻了一遍又一遍，把每一页都翻到了，只是不见那封信。她脸色变白，手梢儿发抖，脑子里空白得连一个字都找不到了。她的动作变得慌乱和盲目，把棉裤棉袄床单一一抖开翻找。把抽屉全部抽出来，扣得底面朝上，把每一个细小的缝隙都检查过了。她甚至怀疑那封信会埋在盛毛线团的塑料袋里，就把毛线团往床上倾倒。花花绿绿的毛线团以不错的弹性，纷纷从床上滚落，滚得满地都是。毛线团带着调皮的表情，仿佛争相说我在这儿呢，可它们每一团都是绕结在一起的毛线，而不是那封长信。李桂常对自己说不要慌不要慌，好好想想。她坐在床边虚着眼想了一下，再次拿起那本书，幻想着熟悉的信札能拍着翅膀从书里飞出来。书板着技术性的脸，无情地打破了她的幻想。李桂常鼻子一酸，差点落下泪来。看来那封万金难买的信真的不见了。

李桂常很快想到了自己的丈夫，家里除了她，握有柜子钥匙的只有丈夫，知道那封信放在什么地方的也只有丈夫，一定是丈夫把信拿走了。对于她保存那封信，丈夫一直心存不悦，认为那不过是一些写过字的废纸，毫无保存价值。丈夫更是反对她看那封信，威胁说，只要发现她看那封信，马上把信撕掉。丈夫在家时，她从来不看那封信，只把信保留在心上。她都是选择自己一个人在家的时候，才把门关上，窗关上，按一按胸口，全心投入地看那封信。她清楚地记得，上次看信是在一个下雨天。那天，杨树叶子落了一地，每片黄叶都湿漉漉的。一阵秋风吹过，树上的叶子还在哗哗地往下落，它们一沾地就不动了。但片片树叶的耳廓还往上支楞着，像是倾听天地间最后的絮语。她看了一会儿满地的落叶，心里泛起丝丝凉意，还有绵绵的愁绪，很想叹一口气。回到家里她才恍然记起，自己有一段时间没看那封信了。她说了对不起对不起，随即把信拿出来了。待她把信读完，天高地远地走了一会儿神，才把气叹出来了。叹完了气，她像是得到了最安适的慰藉，心情就平静下来。她珍惜地把信按原样叠好，重新装进原来的信封里，并夹到书本的中间，放回抽屉里。那天丈夫很晚才回家，不可能看见她读信。难道丈夫在放信的地方作了不易察觉的记号，她一动信丈夫就知道了？倘是那样的话，事情就糟糕了。她仿佛已经看见，丈夫恼着脸子，以加倍的办法，很快把信撕成碎片，抛到阳台下面去了。在想象里，丈夫每撕出一个新的倍数，她的心就痉挛似地收紧一下。当丈夫把信的碎片抛掉时，她也像是被人从高空抛下，抛到不知名的地方去了。她不由地抽了一口凉气，几乎叫了一声。她也许已经叫出来了，只是叫得声音有些细，自己的耳朵没有听见。但她的心听见了，心上的惊呼把她从想象中拉回来，她意识到自己可能把事情想得过于严重了，便摇摇头数，嘲笑了自己一下，动手整理被自己弄乱的东西。

丈夫对她总是很热情。丈夫回家，人没进来，声音先进来了。丈夫以广泛流行的亲爱称呼向她问好。这样的称呼，丈夫叫得又轻快又顺口，而她老是不能适应，形不成夫唱妇随。她按自己的习惯，迎到门口接过丈夫的手提包，问了一句你回来了。下面的问话她是脱口而出："你见到那封信了吗？"这句问话，她本打算等就寝后再向丈夫委婉地提出来，急于知道那封信命运如何的心理，使她有些管不住自己，一张口就问出来了。话一出口，连她自己都有些吃惊，但已收不回来了。

“信？什么信？”丈夫问。

“就是那封信。”

“哪封信？说清楚点。你怎么吞吞吐吐的？出什么事了？”丈夫眉头微皱，目光变得锐利起来。

李桂常不知怎样指称那封信，说：“就是放在柜子抽屉里的那封信。”

丈夫似乎还是不解，双手西方人似地那么一摊说：“我怎么知道，什么信不信的？信则有，不信则无，我历来不关心。”丈夫从她手里要过手提包，从里面掏出两本封面十分花哨的杂志，说这是给她新借来的，其中有几篇文章很好看，有一篇是披露某个当红歌星的婚变，还有一篇是介绍娱乐业中的女性，都比信精彩得多。

李桂常接过杂志，说她今天不想看，随手丢在客厅的沙发上了。近年来，丈夫隔不几天就给她借回一两本新杂志，这些杂志有妇女、家庭、法制方面的，也有影视、时装和美容方面的，称得上五花八门。丈夫不无得意地向她许诺，不光让她吃得好穿得好，还保证供给她充足的精神食粮。丈夫的用心她领会到了，丈夫是想用这些杂志占住她的心，不让她再看那封信。这些名堂越来越多的杂志她也看，但无论如何也代替不了她看那封信。她说：“信就在抽屉里放着，它自己又不会扎翅膀飞走，怎么就不见了呢？”

丈夫说：“你把信东掖西藏的，谁能保证你不会记错地方！”丈夫很快地举了一个例子：一个老太太，靠拾废品攒了一卷子钱，觉得放在哪儿都不保险，后来塞进一只旧棉鞋里，结果忘了，把旧棉鞋连同钱当废品卖掉了。丈夫的意思是以此类比，给李桂常指出一个方向，让她往自己身上找原因，不要怀疑别人。

李桂常说得很肯定，说她不可能放错地方，也决不会放错地方，因为她还不是一个老太太。

“那我问你，你最近是哪一天看的信？”

李桂常想说是下雨那天看的信，话到嘴边，想起丈夫说过的不让她看信的话，就有些支吾，说她记不清了，又说她最近没有看信。

丈夫一下子就抓住了支吾的脖子，指出她连哪天看的信都记不清，还谈什么不会记错地方。丈夫给了她一个台阶，说：“好了，儿子该放学了，你去接儿子吧。”

李桂常的执拗劲儿上来了，她站在自己的立场上，拒绝踏上丈夫给她的台阶，她说，要是找不到那封信，今天她哪儿也不去。她听见自己声音发颤，眼泪即时涌满了眼眶。

丈夫以为可笑，自己笑了一下。丈夫像哄一个爱掉眼泪的孩子一样拍拍她的背，说她把一封信看得比儿子还重要，这日子没法过了。“这样吧，我来帮你找找。真没办法，谁让我娶了一个把看信当日子过的老婆呢！”丈夫打开柜子门上下瞅瞅，就去拉写字台的抽屉。写字台的抽屉一共有六个，他只拉开了两个，就喊着李桂常的名字，让李桂常过去，“看看，这是不是你的宝贝？”

李桂常走进卧室一看，眼睛里马上放出欣喜的光芒，丈夫手里拿着的正是那封信。奇怪，信怎么会跑到写字台的抽屉里呢？一定是丈夫悄悄把信转移出来的。丈夫大概在做一个试验，看她把信淡忘了没有。她走到丈夫身边，刚要把信接过来，丈夫却倏地一收，把信收回去了，问：“你承认不承认是你自己把信放在这里了？”

既然信还存在着，就不必跟丈夫较真了。不过要让她承认自己把信放错了地方，也很难。她说：“给我，给我！”撒娇似的扑在丈夫身上，把信要过来了。她把信封上写着的她的名字看了一眼，就把信装进口袋里去了。她的手在口袋外面按着那封信，像是怕失而复得的信再不翼而飞似的。

她出门去接儿子时，丈夫喊住了她，表情严肃地对她说："我希望不要让我的儿子看见你的信，不然的话，你不好解释，我也不好解释。我要让我的儿子保持纯洁的心灵！"

李桂常不能同意丈夫的说法，她觉得她的信纯洁得很，比血液都纯洁。但她没有说话，就下楼去了。她的手一直没有离开装信的口袋，像捂着一只小鸟，并能感到"小鸟"心脏的跳动。她有心把信掏出来看一看，想到丈夫有可能会在阳台上观察她，就克制着没有掏。她抬头往阳台上一望，见丈夫果然居高临下地在上面站着，正小着她的心。

晚上，他们看的是一部有关新生活的长篇电视连续剧，剧中的男主角只有一个，女的却是一些变体。不管剧中人的生活怎么变化，主要场景都是在床上，主要生活都是在电视里看电视。李桂常不让儿子看这样的电视剧，儿子一写完作业，她就让儿子在自己的小屋里睡了。她和丈夫也没好好看。她一边看一边给儿子织毛衣。丈夫则接了好几个电话。丈夫在矿上当着一个科的科长，他的电话总是不少。二人躺下后，丈夫把信的问题又在床上提出来了，他问李桂常，准备把信保存到什么时候。李桂常说她也不知道。丈夫不说话了，心情很沉闷的样子。李桂常晃晃丈夫，丈夫也不动声色。李桂常解释说，信上没写什么，挺干净的，建议丈夫把信看一看。说着她下床去了，把信从口袋里拿出来递给丈夫。丈夫把信推开了，说他不看，他不屑于看。丈夫推得有些不耐烦，由信累及到人，把李桂常也推开了。对丈夫这样的动作，李桂常不大好接受。对丈夫的说法，她也不能同意。李桂常也不说话了，她把信放回口袋，躺进自己被窝里，拉被子蒙上头。两口子僵持了一会儿，丈夫反而耐不住了，自言自语似地说开了话。丈夫的口气还是不软，他说那封信写得不怎么样，一个新鲜的词儿都没有，有的地方连语法儿都不通，顶多是初中一年级的水平。

李桂常明白丈夫是把话说给她听的，但她听着每一句话都不好听。还说不屑于看，原来背地里看过了，什么人哪！

丈夫还在说。丈夫说就这样的信，他一天能写十封，问李桂常信不信。

李桂常这次不答理丈夫不行了，她说："你写呀，谁不让你写！"

"信是距离的产物，咱俩成天在一块儿，我怎么给你写！"

"你又不是没出过差，你出差的时候可以写嘛。"

"好，我下次出差一定给你写信。咱先说好了，看了我的信，你不要太感动。你要是一哭鼻子，儿子不明白，还以为出了什么事呢！"丈夫缓和气氛似的笑了。

"感动不感动是我自己的事，你以为我那么容易感动呀。"

丈夫提出了一个交换条件，他要是给李桂常写一封感情充沛的长信，李桂常是不是就可以放弃保存那封信，变成保存他的信。

李桂常犹豫了一会儿才说，那要看丈夫的信写得好不好。

"好，一言为定！"丈夫向她伸出一只手。工作上都是这样，既然达成了协议，就要把手握一握。

李桂常把手伸出来了，却没让丈夫握到，只在丈夫手上做游戏似的拍了一下。

丈夫当然不会就此罢休……

过了几天，丈夫真的出差去了。丈夫这次出差的地方相当远，是南方一座新起的暴发的城市。丈夫是坐飞机从天上去的。李桂常想，丈夫这次大概要给她写信了。在此之前，丈夫从没有给她写过信。丈夫学问不小，口才也好，在会上讲话一套一套的。丈夫还很会说笑话，常常能把不爱笑的人逗笑。为此有的女同事还羡慕她，说她丈夫是个幽默的男人。这样的丈夫，写起信来应当不会错。丈夫刚走不几天，她就开始等丈夫的信。他们这里的家属楼没有门牌号码，信不能直接送到家里。所有外面来的信件都是一总放在矿上收发室，由收发室分送到各单位。李桂常的单位是采煤队单身矿工宿舍楼。这种宿舍楼是旅馆化的，所以李桂常的工作跟旅馆里的服务员一样，每天为单身矿工打水扫地，整理房间等。要是丈夫来了信，采煤队队部的人会很快把信交到她手里。等到第七天还没收到丈夫的信，她就有些着急，思念起丈夫在家的种种好处。她得承认，丈夫对她是很好的。丈夫是个细心周到的人，很会体贴爱惜女人。说的不好听一点，丈夫是懂得怎样滋养女人，不惜钱，也不惜话，在她需要什么的时候，丈夫就及时给她什么，千方百计达到她的满意。他们也有发生摩擦的时候，丈夫从来不过火，不走极端。眼看要走极端了，丈夫就退回去了，对她作出让步。丈夫的年龄是比她大一些，但一个男人对女人的怜惜之心是天生的，跟年龄大小没有多大关系。丈夫也没打电话来。她想到了丈夫大概在有意闸蓄自己的感情，待感情蓄满了，写起信来感情才会汹涌而至。

迟迟等不到丈夫的信，李桂常只好把她保存的那封信拿出来看一看。信是一位年轻矿工写给她的。年轻矿工与她同村，彼此之间比较熟悉。媒人把她介绍给年轻矿工，一开始她不是很乐意。年轻矿工家里只有两间草房，条件差了些。犹豫之际，她收到了年轻矿工从矿上给她写的这封长信。读了信，她就同意嫁给年轻矿工了。可以说，是这封信促成了她和年轻矿工的婚姻，信是她和年轻矿工成为夫妻的决定性因素。然而，她和年轻矿工结婚还不到两个月，作为年轻矿工的新娘，她住在矿上的临时家属房里还未及回老家，一场突如其来的井下瓦斯爆炸事故，就夺去了年轻矿工的生命。她哭得昏过去三次，医生把她抢救过来三次。他们还没有子女，矿上按规定让她顶替年轻矿工当了工人。年轻矿工没有给她留下什么，留下的只有这封信。她觉得这就够了，这封信就是年轻矿工那永远勃勃跳动的心哪！

秋往深里走，夜静下来了，淡淡的月光洒在阳台上。李桂常拧亮台灯，把身子坐正，在橘黄色柔和的灯光下，轻轻地展开了那封看似平常的信。信是用方格纸写成的，一个字占一个格，每个字都不出格。由于保存的时间久了，纸面的色素变得有些沉着，纸张也有些发干发脆，稍微一动就发出风吹秋叶似的声响。好比一个多愁善感之人，时间并不能改变其性格，随着人的感情越来越脆弱，心就更加敏感。信的折痕处已经变薄，并有些透亮，使得字迹在透亮处浮现出来，总算没有折断。李桂常不愿在信上造成新的折痕。每次看完信，她都遵循着年轻矿工当初叠信时的顺序，把信一丝不苟地按原样叠好。久而久之，信的折痕就明显了。钢笔的笔迹还是黑蓝色，仔细看去，字的边缘微微露出一点绛紫。只有个别字句有些模糊，像是被泪滴洇湿过。就是这样一封经年累月的信，她刚看了几行，像是有只温柔的手把她轻轻一牵，她就走进信的情景里去了。她走得慢慢的，每一处都不停下来，每一处都看到了。不知从什么时候，牵引她的手就松开了，退隐了，一切由她自己领略。走着走着，她就走神了。信上忆的是家乡的美好，念的是故乡之情。以这个思路为引子，她不知不觉就回到与写信人共有的故乡去了。一忽儿是遍地金黄的油菜花，紫燕在花地上空掠来掠去。一忽儿是向远处伸展的河堤，河堤尽头是茫茫无际的地平线，一轮红日正从地平线上升起。一晃是暴雨成灾，白水浸溢。一晃又变成漫天大雪，茅屋草舍组成的村庄被盈尺的积雪覆盖得寂静无声……这些景象信上并没有写到，可李桂常通过信看到了。或者说，信上写到的少，李桂常看到的多，信上写的是具体的，李桂常看到的是混沌的，信上写到的是有限，李桂常看到的是无限。可是，如果没有这封信，她的幻觉就不能启动，她什么都看不到。仿佛这封信是一种可以飞翔的载体，有了它的接引和承载，李桂常的心魂才能走出身体的躯壳，才能超越尘世，自由升华。

当李桂常意识到自己走神了，就不再看信，想让神走得更远些。

然而她的眼睛一离开信，就像梦醒一样，顿时回到现实世界。她眨眨眼，看看阳台上似水的月光，只好接着看信。不一会儿，她就在信里看到了她自己，看到了她的身影，她的微笑，似乎还听到了她说话的声音。她不记得自己说过如此意味深长的话，可那分明是她的语气。那当是她的少女时代，抑或是已长成一个大姑娘了。她有时在田间劳动，有时在千年古镇上赶庙会，还有时站在河边眺望远方。不管她在哪里出现，似乎都有一双羞怯的眼睛追寻着她。于是她躲避。她越走越快，甚至在春天的河坡里奔跑起来。她觉得已经跑得很远了，就停下来拐起胳膊擦擦额头上的汗，整理鬓角被风吹乱的头发。也就是擦汗和整理头发的工夫，她一回眸，发现那不舍的目光又追寻过来。在这种情况下，她反而镇静下来了，开始在自己身上找原因，看看自己究竟有什么值得人家如此追寻。找原因的结果，她热泪潸然了。在读到这封信之前，她从没有看到过自己。她虽然用镜子照过自己，但那不算看到自己，因为镜子里的她太真了，跟自己本身没什么两样。而在信里看到的自己就不一样了，这虽然也是一种折射，却是从另一个人的心镜里折射出来的。心镜的折射不像玻璃镜的折射那样毫发毕现，它是勾勒的，写意的，甚至有一些模糊。可李桂常更喜欢看到这样的自己。这样的自己和本来的自己像是拉开了距离，给人一种陌生感、塑造感和重铸感，因而更具有真实感。她愿意把这样的自己作为美好善良的人生目标，一辈子都渴望追求与目标的重合。

是的，信里没有什么新鲜的词句，一切都平平常常，平常得跟秋天的田野一样。然而信里从始至终萦绕着一种调子。这种调子不是用言语所能表达，说它沉郁、忧伤、旷古或者悠长，都有那么一点，但都不能完全达意。如果用某种号子或某种曲子与之作比，也许能接近一些。在辽阔的原野，暮归的耕牛对小牛的呼唤；在晚风中，一个孤独者的歌唱；在春夜，细雨不断打在陈年柴草垛上的声音，等等，其中的韵味和信里的调子都有相通的地方。对了，那种自然质朴的调子更像弥漫在秋天田野里的一层薄雾，它轻轻的，柔柔的，却饱含水气，睫毛一沾到它，睫毛就湿了。"薄雾"多少有点影响人的视线，眼睛不能望远。正是因为眼睛不能望远，心上的眼睛才发挥了作用，才看得更远，远到令人怆然的地方去。

还有任何人不可代替的写信者的手迹。李桂常不认为信上的字写得很好，也不认为不好，无意对字体的外观作出评价。她看重的是字的手写性质。李桂常见过一个词，叫见信如面。以前她对这个词不大过心，以为不过是一种客套的说法。自从得了这封信，自从写信的人永远离去，再拿起这封信时，她心中轰然如撞，才突然明白词里所包含的千般离情，万般欣慰。如同人与人的面貌不可能完全一样，每个人的字迹也只能是个人化的，举世无双的。一个人写的字，仿佛就是这个人身上分离出来的细胞，人与字之间天生有着不可更改的血缘关系。青年矿工的字体是内向的，看上去有些拘谨，还有那么一点自卑。同时又是温和的，守规矩的，和与世无争的。反正李桂常只要一看到信上的字，就像是看见了青年矿工写字的手，继而看见了青年矿工略嫌瘦弱的身体和无声的微笑。直到信看完了，青年矿工还与她执手相望似的，久久不愿离去。

第九天，丈夫从南方城市来了电话，问她怎样，儿子怎样。李桂常说，她和儿子都挺好的。丈夫说，再过一两天，他就回矿上了。李桂常还记挂着丈夫答应给她写信的事，问："你给我写信了吗？"

丈夫道了对不起，说他本来打算写信来着，只是太忙了，每天都要喝酒，中午喝，晚上还喝，喝得头昏脑涨，烦死人了。因为是求人家办事，请人家喝酒，自己不喝还不行，真没办法。丈夫还说，不光请人家喝酒，还要请人家干别的。有些事情等回家再跟她细说。

李桂常不再提写信的事，说："那你就赶快回来吧，你儿子都想你了。"

丈夫给她带回不少东西，有穿的，有戴的，还有往脸上抹的。每拿出一样，丈夫都问她喜欢吗。她说喜欢。丈夫说，等下次出差，他一定给李桂常写信，让李桂常好好看看他的文采。李桂常只是笑笑。她不敢对丈夫写信抱什么希望了。晚间，丈夫问她是不是又看那封信了。这次李桂常没有隐瞒，承认看了。她心里还有一句话：你不给我写信，难道还不许我看看别的信吗！不料丈夫夸奖了她，说她这次表现不错，态度诚实。丈夫接着说了一篇子对信的看法，丈夫说，信作为一种交流信息的形式，其实已经过时了，因为信的传递速度太慢，信息量太少，效率太低。有写信、收信的工夫，一百个电话都打完了。打电话方便快捷，还能听到对方的声音，何乐而不为呢！他劝李桂常多多利用现代通讯工具，不要再保存那封信了。李桂常说："这是两码事，二者并不矛盾。"丈夫说她太固执，"二者怎么能不矛盾呢，你对信情有独钟，就说明你的感情是怀旧的，思想是保守的。有这样的思想感情，就不容易接受新生事物，就跟不上时代的潮流。问题的关键还不在这里，关键是你的做法在伤害着别人的感情，并有可能危及到家庭生活的安全。"

"你说的太严重了，谁伤害你什么了？"

"你既然问到了，我要是不说出来，就显得不够坦率。你保存着那封信，我精神上一直存在着一种障碍，觉得我们生理上结合了，心理上并没有完全结合。我有时候还产生幻觉，好像柜子里藏着的不是一封信，而是一个人，那个人会随时走出来，插足我们的夫妻生活。"

李桂常向锁着的柜子看了一眼，说："那都是你自己瞎想的。"

"存在决定意识，要是那封信不存在，我就不会瞎想。我看你还是把信处理掉算了。"

"怎么处理？"

"我相信你会有办法。"

“我没办法!”

丈夫不高兴了:“说白了我看你是旧情难忘!”

“什么叫旧情难忘?我怎么旧情难忘了?写信的人都死了,难道连一封信都不能留吗!”说到写信的人死了,李桂常顿觉伤感倍生,眼泪夺眶而出。

和往常一样,一见把李桂常惹急了,丈夫就不说话了。停了一会儿,等李桂常情绪缓解下来才说。他说得静着气,像是生怕再把李桂常惹翻。他以自己作榜样,说他对李桂常爱得一心一意。自从和李桂常结婚后,他连一次老家都没回过,也没给农村老家原来那个离婚不离家的老婆写过信。这都是为李桂常负责,为儿子负责,为家庭的幸福安宁负责。不见李桂常对他的话有什么反应,他就给李桂常出了一个建设性的主意,让李桂常把兴趣转移到集邮上去。没人写信也没关系,可以到邮局买新发行的邮票。反正邮票不会贬值,只会增值。

李桂常仍没有说话。她为自己情急之中说出的那句伤感的话伤心伤远了,一时还在那句话里不能走回来。

后来,那封信到底还是失去了。一发现信不见了,李桂常马上向丈夫讨要。丈夫笑着,把李桂常稳住,说要给李桂常一个惊喜。李桂常说她不要惊喜,她什么都不要,就要那封信。丈夫对她打保票,说她一定会惊喜的。李桂常耐心等了几天,迟迟不见“惊喜”出现,就失了耐心,立逼着丈夫把信还给她。没办法,丈夫只好向她交底:丈夫把信作为稿子寄给矿工报社了,希望矿工报给予刊登。丈夫说,信一登在报纸上,保存起来就方便了。听丈夫这么一说,李桂常惊是惊了,但没有喜,而是恼了。她脸色煞白,双手发抖,坚决反对把她的信投出去发表。她质问丈夫,有什么权利把属于她个人的信投寄出去,要丈夫马上把信追回来。丈夫大概没想到李桂常会这样厉害,火气也上来了,指责李桂常不知好歹。二人吵得不可开交，动手撕扯起来。丈夫一不小心，碰到了大衣柜上的穿衣镜，把穿衣镜碰碎了，露出了后面的木板。镜子一碎，柜子里虚幻的空间就小了，似乎连卧室也变得逼仄起来。玻璃质的穿衣镜破碎时发出的声音有些大，对二人起到一定的镇定作用。丈夫说："你看，碎了吧？"

次日，李桂常坐车到矿工报社追要她的信，人家说没收到那样的稿子。

1999 年 11 月 6 日于北京

相爱的日子

毕飞宇

毕飞宇，男，当代中国最重要的小说家之一。1964 年出生于江苏兴化，1987 年毕业于扬州师范学院中文系，同年赴南京任教。1992 年任《南京日报》记者，1998 年供职于《雨花》杂志社。现为南京大学毕飞宇创作工作室教授。

上世纪八十年代开始文学创作，在长篇、中篇和短篇创作中都有所建树。作品获第一、第二届鲁迅文学奖，第八届茅盾文学奖、第四届亚洲文学奖，法国《世界报》文学奖，入围英国独立报文学奖短名单。作品被翻译成近 20 个语种出版。

相爱的日子

嗨，原来是老乡，还是大学的校友，居然不认识。像模像样地握过手，交换过手机的号码，他们就开始寒暄了。也就是三四分钟，两个人却再也没什么好说的了，那就再分开吧。主要还是她不自在。她今天把自己拾掇得不错，又朴素又得体，可到底不自在。这样的酒会实在是太铺张、太奢靡了，弄得她总是像在做梦。其实她是个灰姑娘，蹭饭来的。朋友说得也没错，蹭饭是假，蹭机会是真，蹭着蹭着，遇上一个伯乐，或逮着一个大款，都是说不定的。这年头缺的可不就是机会么。朋友们早就说了，像“我们这个年纪”的女孩子，最要紧的其实就是两件事：第一，抛头；第二，露面——机会又不是安装了 GPS 的远程导弹，哪能瞄准你的天灵盖，千万别把自己弄成本·拉登。

可饭也不好蹭哪，和做贼也没什么两样。这年头的人其实已经分出等级了，三五个一群，五六个一堆，他们在一起说说笑笑，哪一堆也没有她的份。硬凑是凑不上去的。偶尔也有人和她打个照面，都是统一的、礼貌而有分寸的微笑。她只能仓促地微笑，但她的微笑永远都慢了半拍，刚刚笑起来，人家已擦肩而过了。这一来她的微笑就失去了对象，十分空洞地挂在脸上，一时半会儿还拿不下来。这感觉不好，很不好。她只好端着酒杯，茫然地微笑，心里头说，我日你爸爸的！

手机却响了。只响了两下，她就把手机送到耳边去了。没有找到工作或生活还没有着落的年轻人都有一个共同的特征，接手机特别地快。手机的铃声就是他们的命——这里头有一个不易察觉的幻觉，就好像每一个电话都隐藏着天大的机遇，不容疏忽，一疏忽就耽搁了。"喂——"她说，手机却没有回音。她欠下身，又追问了一遍："——喂？"

手机慢腾腾地说："是我。"

"你是谁呀？"

手机里的声音更慢了，说："——贵人多忘事。连我都不认识了。抬起头，对，向左看，对，卫生间的门口。离你八九米的样子。"她看见了，是他。几分钟之前刚认识的，她的校友兼老乡。这会儿她的校友兼老乡正歪在卫生间的门口，低着头，一手端着酒杯，一手拿着手机，挺幸福的，看上去像是心上人调情，是情到深处的样子。

"羡慕你呀，"他说，"毕业还不到一年半，你就混到这家公司里来了。有一句话是怎么说的？金领丽人，对，说的就是你了。"

她笑起来，耷拉下眼皮，对着手机说："你进公司早，还要老兄多关照呢。"

手机笑了，说："我是来蹭饭的。你要多关照小弟才是。"

她一手握住手机，另一只手抱在了胸前，这是她最喜欢的动作，或者说造型，小臂托在双乳的下面，使她看上去又丰满、又佻㑊)，是"丽人"的模样。她对手机说："我也是来蹭饭的。"

两个人都不说话了，差不多在同时抬起了脑袋，对视了，隔着八九米的样子。他们的目光穿过了一大堆高级的或幸运的脑袋，彼此都在打量对方，开心了。他们不再寂寞，似乎也恢复自信。他微笑着低下头，看着自己的脚尖，有闲情了，说："酒挺好的，是吧？"

她把目光放到窗外去，说："我哪里懂酒，挑好看的喝呗。"

"怎么能挑好看的喝呢。"他的口气显然是过来人了，托大了，慢悠悠地关照说，"什么颜色都得尝一尝。尝遍了，再盯着一个牌子喝。放开来，啊，放开来。有大哥呢。"随即他又补充了一句，"手机就别挂了，听见没有？"

"为什么？"

"和大哥聊聊天嘛。"

"为什么不能挂？"

"傻呀。"他说，"挂了机你和谁说话？谁会理你呀，多伤自尊哪——就这么打着，这才能挽救我们俩的虚荣心，我们也在日理万机呢。你知道什么叫日理万机？记住了，就是有人陪你说废话。"

她歪着脑袋，在听。换了一杯酒，款款地往远处去。满脸是含蓄的、忙里偷闲的微笑。她现在的微笑有对象了，不在这里，在千里之外。酒会的光线多好，音乐多好，酒当然就更好了，可她就是不能安心地喝，也没法和别人打招呼。忙啊。她不停地点头，偶尔抿一口，脸上的笑容抒情了。她坚信自己的微笑千娇百媚。日你爸爸的。

"谢谢你呀大哥。"

"哪儿的话，我要谢谢你！"

"还是走吧，冒牌货。"她开开心心地说。

"不能走。"他说，"多好的酒，又不花钱。"

三个小时之后，他们醒来了，酒也醒了。他们做了爱，然后小睡了一会儿。他的被窝和身体都有一股气味，混杂在酒精和精液的气息里。说不上好，也说不上不好，是可以接受的那一类。显然，无论是被窝还是身体，他都不常洗。但是，他的体温却动人，热烈，蓬勃，近乎烫，有强烈的散发性。因为有了体温的烘托，这气味又有了好的那一面。她抱紧了他，贴在了他的后背上，做了一个很深的深呼吸。

他就是在这个时候醒来的，一醒来就转过了身，看着她，愣了一下。也就是目光愣了一下，在黑暗当中其实是不容易被察觉的，可还是没能逃出她的眼睛。“认错人了吧?”她笑着说。他笑笑，老老实实地说：“认错人了。”

“有女朋友么?”她问。

“没有。”他说。

“有过?”

“当然有过。你呢?”

她想了想，说：“被人甩过一次，甩了别人两次。另外还有几次小打小闹。你呢?”

他坐起来，披好衣服，叹了一口气，说：“说它干什么。都是无疾而终。”

两个人就这么闲聊着，他已经把灯打开了。日光灯的灯光颠了两下，一下子把他的卧室全照亮了。说卧室其实并不准确——他的衣物、箱子、书籍、碗筷和电脑都在里面。他的电脑真脏啊，比那只烟缸也好不到哪里去。她眯上眼睛，粗粗地估算了一下，她的“家”比这里要多出两三个平方。等她可以睁开眼的时候，她确信了，不是两三个平方，而是四个平方。大学四年她选修过这个，她的眼光早已经和图纸一样精确了。

他突然就觉得有些饿，在酒会上光顾了喝了，还没吃呢。他套上棉毛衫，说：“出去吃点东西吧，我请客。”她没有说“好”，也没有说“不好”，却把棉被拉紧了，掖在了下巴的底下，“再待一会儿吧。”她说，“再做一次吧。”

夜间十一点多钟，天寒地冻，马路上的行人和车辆都少了，显得格外地寥落。却开阔了，灯火也异样地明亮。两侧的路灯拉出了浩荡的透视，华美而又漫长，一直到天边的样子。出租车的速度奇快，“呼”地一下就从身边窜过去了。

他们在路边的大排档里坐了下来。是她的提议，她说她“喜欢大排档”。他当然是知道的，无非是想替他省一点。他们坐在靠近火炉的地方，要了两碗炒面，两条烤鱼，还有两碗西红柿蛋汤。虽说靠近火炉，可到底还是冷，被窝里的那点热乎气这一刻早就散光了。他把大衣的领口立起来，两只手也抄到了袖管里，对着炉膛里的炉火发愣。汤上来了，在她喝汤的时候，他第一次认真地打量了她，她脸上的红晕早已经褪尽了，一脸的寒意，有些黄，眼窝子的四周也有些青。说不上好看，是那种极为广泛的长相。但是，在她做爱的过程中，她瘦小而强劲的腰肢实在是诱人。她的腰肢哪里有那么大的浮力呢。

一阵冬天的风刮过来了。大排档的“墙”其实就是一张塑料薄膜，这会儿被冬天的风吹弯了，涨起来了，像气球的一个侧面。头顶上的灯泡也跟着晃动，他们的身影就在地面上一左一右地摇摆起来，像床上，激烈而又纠缠。他望着地上的影子，想起了和她见面之后的细节种种，突然就来了一阵亲昵，想把她搂过来，好好地裹在大衣的里面。这里头还有歉意，再怎么说他也不该在“这样的时候”把她请到这样的地方来的。下次吧，下一次一定要把她请到一个像样的地方去，最起码，四周有真正的墙。

她的双手端着汤碗，很投入，咽下了最后的一大口，上气不接下气了，感叹说：“——好喝啊！”

他从袖管里抽出胳膊，用他的手抚住她的腮。她的腮在他的掌心里蹭了一下，替他完成了这个绵软的抚摸。“今天好开心哪！”

她说。

“是啊，”他说，“今天好开心哪。”他的大拇指滑过了她的眼角。“开心”这个东西真鬼，走的时候说走就走，来的时候却也慷慨，说来就来。

大排档的老板兼厨师似乎得到了渲染，也很开心，他用通红的火钳点了一根烟，正和他的女帮手耳语什么，很可能是调笑，女帮手的神情在那儿呢。看起来也是一个乡下姑娘，炉膛里的火苗在她开阔的脸庞上直跳。除了他们这“两对”男女，大排档里就再也没有别的人了。天寒地冻。趁着高兴，他和大排档的老板说话了：“这么晚了，又没人，怎么还不下班哪？”

“怎么会没人呢，”老板说，“出租车的二驾就要吃饭了，还有最后一拨生意呢。”

“晚饭”过后他们顶住了寒风，在深夜的马路上又走了一段，也就是四五十米的样子。在一盏路灯的下面，他用大衣把她裹住了，然后，顺势靠在了电线杆子上。他贴紧她，同时也吻了她。这个吻很好，有炒面、烤鱼和西红柿蛋汤的味道。都是免费的。他放开她的两片嘴唇，说：“——好吃啊！”

她笑了，突然就有些不好意思，把她的脑袋埋在他的胸前，埋了好半天。她拽紧了他的衣领，抬起头来，说：“真好。都像恋爱了。”

又是一阵风。他的眼睛只好眯起来。等那阵风过去了，他的眼睛腾出来了，也笑了，“可不是么，”他说，“都像恋爱了。”

她回吻了他。他拍拍她的屁股蛋子，说：“回去吧，我就不送了，我也该上班了。”

他的“班”在户部街菜场。在没有找到对口的、正式的工作之前，他一直在户部街菜场做接货。所谓“接货”，说白了也就是搬运，把瓜、果、蔬菜、鱼、肉、禽、蛋从大卡车上搬下来，过了磅，再分门别类，送到不同的摊位上去。这些事以往都是摊主们自己做的，可是——外人往往就不知道了——那些灰头土脸的摊主们其实是有钱人，哪有有钱人还做力气活的。摊主们不做，好，他的机会可就来了。他把他的想法和几个摊主说了，还让他们摸了摸他的肌肉。几个摊主一碰头，行。工钱本来也不高，摊开来一算，十分地划得来，每一家也就是三个瓜两个枣。

接货的劳动量并不大，难就难在时段上。在下半夜。只能是下半夜。第一，大白天卡车进不了城；第二，蔬菜娇气，不能“隔天”，一“隔天”品相就不对了。品相是蔬菜的命根子，价码全在这上头。关于蔬菜的品相，摊主胡大哥有过十分精辟的论述，胡大哥说，蔬菜就是“小姐”，好价钱也就是二十郎当岁，一旦蔫下来，皮塌塌、皱巴巴的，价格就别想上得去!

撇开“小姐”不说，比较下来，他最喜欢“接”的还就是蔬菜。不油，不腻，“接”完了，冲冲手，天一亮就可以上床了。最怕的是该死的禽蛋，不管是鸡蛋、鸭蛋还是鹌鹑蛋，手一滑，哗啦一下，一个都别想捡得起来。只要“哗啦”一次，他一个月的汗水就不再是汗，而是尿。尿就不值钱啦。

刚开始接货的时候他有些别扭，似乎很委屈。现在却又好了，挺喜欢的。体力活他不怕，夜里头耗一耗也好。一身的蛮力气绷在身上做什么呢，每天起床的时候裤裆里的小弟弟没头没脑地架在那里，还做出瞄准的样子，又没有目标。现在好多了，小弟弟是懂道理的，凌晨基本上已经不闹了。

可话又说回来了，他到底还是不喜欢，主要是不安全。为了糊口，在户部街菜场临时过渡一下当然没问题，可总不能“接”一辈子“小姐”吧。也二十四岁的人了，总要讨老婆，总要有家吧。一想起这个他的心里总有一股说不上来的落寞，也有些自怜的成分。特别怕看货架。晨曦里的货架琳琅满目，排满了韭菜、芹菜、莴苣、大椒、蒜头、牛肉、羊肉、风翅、鸭爪、猪腰子，还有溜光滚圆的禽蛋。这些都不属于他。并不是他买不起，是“买菜”这样的一种最日常的生活方式不属于他。他就渴望能有这样的一天，是一个星期天的早晨，很家常的日子，他一觉醒来了，拉着“她”的手，在户部街菜场的货架前走走停停，然后，和“她”一起挑挑拣拣。哪怕是一块豆腐，哪怕是一把菠菜——能过上那样的日子多好啊。会有的吧。总会有的吧。

作为一个“接货”，他在下班的时候从来都不看货架，天一亮，掉头就走，回到“家”，倒头就睡。

户部街菜场离他的住处有一段距离。他打算在附近租房子的，由于地段的关系，价格却贵了将近一倍。城里的生计不容易。他不是没有动过回老家的念头，但是，不能够，回不去的。不是脸面上的问题，当初他要是考不上大学反而好了，该成家成家，该打工打工——现在呢，他在老家连巴掌大的土地都没有，又没有本钱，怎么能立得住脚呢？能做的只能是外出打工。与其回去，再出来，还不如就呆在城里了。唉，他人生的步调乱了，赶不上城里的趟，也赶不上乡下的趟。当年的中学同学都为人父、为人母了，他一个光棍，回家过年的能力都没有，一声“叔叔”一百块，两声“舅舅”两百块，他还值钱了。他怎么就“成龙”了呢？他怎么就考上大学了呢？一个人不能有才到这种地步！

到底年轻，火力旺，和她分手才两三天，他的身体作怪了，闹了。“想”她，“想”她瘦小而强劲的腰，“想”她坚忍不拔的浮力。可是，她还肯不肯呢？那一天可是喝了一肚子的酒的——他一点把握也没有了。试试吧，那就试一试吧。他一手拿起手机，另一只手却插进了裤兜，摁住了自己。她没有接。手机最后说：“对不起，对方的手机无人接听。”

他合上手机，羞愧难当。这样的事原本就不可以一而再、再而三的。他站在街头，望着冬日里的夕阳，生自己的气，有股子说不出口的懊恼，还有那么一点凄惶。他就那么站着，一手捏着手机，一手握住自己。不过他到底没有能够逃脱肉体的蛊惑，又一次把手机拨过去了。这一回却通了，喜出望外。

“谁呀?”她说。

“是我。”他说。

“你是谁呀?”她说。她的气息听上去非常虚，嗓音也格外地沙哑，像在千里之外。

他的心口一沉。问题不在于她的气息虚不虚，问题是，她真的没有听出他的声音。不像是装出来的。

“贵人多忘事啊。”他说，故意把声调拔得高高的。这一高其实就是满不在乎的样子了。“是我——同学，还有老乡，你大哥嘛!”他自己也听出来了，他的腔调油滑了。这样的时候只有油滑才能保全他弱不禁风的体面。这个电话他说什么也不该打的。

手机里没声音了。很长很长的一段沉默。他尴尬死了，恨不得把手机扔出去，从南京一直扔回到他的老家。这个电话说什么也不该打的。

出人意料的事情就在这时发生了。在一大段的沉默过后，手机里突然传来了她的哭泣，准确地说，是啜泣。她喊了一声“哥”，说：“来看看我吧。”

他把手机一直摁在耳边，直到走进地下室，直到推开她的房门。就在他们四目相对的时候，他们的手机依然摁在耳边，已经发烫了。可她的额头比手机还要烫。她正在发高烧，两只瞳孔烧得晶亮晶亮的，烧得又好看、又可怜。

“起来呀，”他大声说，“我带你到医院去。”

她刚才还哭的，他一来似乎又好了，脸上都有笑容了。“不用，”她沙哑着嗓子说，“死不了。”

他望着她枕头上的脑袋，孤零零的，比起那一天来眼窝子已经凹进去一大块了。她一定是熬得太久了，要不然不会是这种样子。他想起了上个月他熬在床上那几天，突然就是一阵酸楚。“——你就一直躺在这儿？”他说，明知故问了。

“是啊，没躺在金陵饭店。”她还说笑呢。

“赶紧去医院哪——”

“不用。”

“去啊！”

“死不了！”她终于还是冲他发脾气了。到底上过一次床，又太孤寂，她无缘无故地就拿他当了亲人，是“一家子”才有的口气，“唠叨死了你！”

“——还是去吧……”

“死不了。”她说，“再挺两天就过去了——去医院干吗？一趟就是四五百。”

他想说“我替你出”的，咽下去了。他们这些人都有一个共同的毛病，在钱这个问题上有病态的自尊，弄不好都能反目。他赔上笑，说：“去吧，我请客。”

“我不要你请我生病。”她闭上眼睛，转过了身去，“我死不了。我再有两天就好了。”

他不再坚持，手脚却麻利了，先烧水，然后，料理她的房间。不知道她平日里是怎样的，这会儿她的房间已经不能算是房间了，满地都是擦鼻子的卫生纸、纸杯、板蓝根的包装袋、香蕉皮、袜子，还有两条皱巴巴的内裤。他一边收拾一边抱怨，哪里还像个女孩子，怎么嫁得出去，谁会要你？谁把你娶回去谁他妈的傻×！

抱怨完了，他也打扫完了。打扫完了，水也就开了。他给她倒了一杯开水，告诉她“烫”，出去了。他买来了感冒药、体温表、酒精、药棉、面包、快餐面、卷筒纸、水果，还有一盒德芙巧克力。

他把买来的东西从塑料口袋里掏出来，齐齐整整地码在桌面上都妥当了，他坐在了她的床边，把她半搂在怀里，拿起杯子给她喂药，同时也喂了不少的开水。在她喝饱了的时候，她拧起了眉头，脑袋侧过去了。他就开始喂面包。他把面包撕成一片一片的，往她的嘴里塞。吃饱了，她再一次拧起了眉头，脑袋又侧过去了。他就又塞了一只梨。也没有找到水果刀，他就用牙齿围绕着梨的表面乱啃了一通。

“昨天为什么不给我打电话?”她说，“前天为什么不给我打电话?”喝饱了，吃足了，她的精神头回来了。

这怎么回答呢，不好回答了。他就不搭理她了，脱了鞋，在床的另外一头钻进了被窝。他们就这样捂在被窝里，看着，也没有话。她突然把身子往里挪了挪，掀起了被窝的一个角，她说：“过来吧，躺到我身边来。”他笑笑，说：“还是躺在这边好。躺在你那儿容易想歪了——你生病呢。”

“哥，你就不知道你的脚有多臭吗?”她踹了他一脚，“你的脚臭死啦!”

大约到初夏，他和她的关系相对稳定了，所谓的稳定，也就是有了一种不再更改的节奏。他们一个星期见一次，一次做两回爱。通常都是她过来。每一次他的表现都堪称完美，有两次她甚至都给他打过一百分。他们俩都喜欢在事后给对方打分，这也是后戏的一个重要部分。前戏是没有的，也用不着，从打完电话到她赶过来，这里头总需要几十分钟。这几十分钟是迫不及待的，可以说火急火燎。他们的前戏就是他们的等待和想象，等待与想象都火急火燎。

没有前戏，后戏反过来就格外重要，要不然，干什么呢?除非接着再做。从体力上说，双方都没有问题，但每一次都是她控制住了，“下次吧，夜里头你还有夜班呢”。他们的后戏没有别的，就是相互打分，两次加起来，再除以二。他们就把除以二的结果刻在墙面上，墙面写满了阿拉伯数字，没有人知道那是怎样的一笔糊涂账。

打了一些日子，他不打了。在打分这个问题上男人总是吃亏的，男人却有他的硬指标。其实，正是因为这一点，她坚持要打。她说了，在数字化的时代里，感受是不算数的，一切都要靠数字来说话。

数字的残酷性终于在那一个午后体现出来了，相当残酷。原是他和她约好了，下午一点钟在鼓楼广场见面，说有好消息要告诉她。没想到一见面他就蔫了，怎么问他都不说一句话。回到"家"，他还是不说，干什么呢，还是做吧。第一次他就失败了。她只好耐着性子，等他。第二次他失败得更快。她笑死了，对他说："——零加零除以二还是零哦！"她特地从他的抽屉里找出了一把圆规，一定要替他把这个什么也不是的圆圈给他完完整整地画在墙壁上。她一点也没有留意这一刻他的脸色有多阴沉，他从她的手里抢过圆规，"呼噜"一下就扔出了窗外，他的脸铁青，气氛顿时就不对了。

因为他的动作太猛，她的手被圆规划破了，血口子不算深，但到底有三厘米长，吓人了。这么长的日子以来，撇开性，他们其实是像兄妹一样相处的，她在私下里已经把他看作哥哥了。他这样翻脸不认人，她的脸上怎么挂得住。她捂着伤口，血已经出来了，疼得厉害。这时候要哄的当然是她。可她究竟是知道的，一定是她的玩笑伤了他男人的自尊，反过来哄着他了。没想到他还不领情了，一巴掌就把她推开了，血都溅在了墙上。这一推真的伤了她的心，你是做哥哥的，妹妹都这样让着你、哄着你了，你还想怎么样吧你！

她再也顾不得伤口了，拿起衣服就穿。她要走，再也不想见到你。都零分了，你还发脾气！

她的走终于使他冷静下来了，从她的身后一把抱住了她。他拿起了她的手，他望着她的血，突然就流下了眼泪。他把她的手握在掌心里，用他的舌头一遍又一遍地舔。他的表情无比地沮丧，似乎是出血的样子。她的心软了，反过来还是心疼他，喊了他一声“哥”。他最终是用他的蹩脚的领带帮她裹住伤口的，然后就把她的手捂在了脸上。他在她的掌心里说：“我是不是真的没用？我是不是天生就是一个零分的货？”

“玩笑嘛，你怎么能拿这个当真呢。我们又不是第一次。”

“我是个没用的东西。”他口气坚决地说，“我天生就是一个零分的货。”

“你好的。”她说，“你知道的，我喜欢你在床上的。”

他笑了，眼泪却一下子奔涌起来。“我当然知道。我也就是这点能耐了。”他说，“我一点自信心也没有了，我都快扛不住了。”

她明白了。她其实早就明白了，只是不好问罢了。他一大早就出去面试，“试”是“试”过了，“面子”却没有留得下来。

“你呀，你这就不如我了。”她哄着他，“我面试了多少回了？你瞧，我的脸面越‘拭’越光亮。”

“不是面试不面试的问题！”他激动起来了，“她怎么能那样看我？那个女老板，她怎么能那样看我？就好像我是一堆屎！一泡尿！一个屁！”

她抱住了他。她知道了。她是知道的。为了留在南京，从大三到现在，她遇见过数不清的眼睛。对他们这些人来说，这个世上什么东西最恐怖？什么东西最无情？眼睛。有些人的眼睛能扒皮，有些人的眼睛会射精。会射精的眼睛实在是太可怕了，一不小心，它就弄得你一身、一脸，擦换都来不及。目光里头的诸种滋味，不是当事人是不能懂得的。

她把他拉到床上去，趴在了他的背脊上，安慰他。她抚摸他的胸，吻他的头发，她把他的脑袋拨过来，突然笑了，笑得格外地邪。她盯住他的眼睛，无比俏丽地说：“我就是那个老板，你就是一摊屎！你能拿我怎么样？嗯？你能拿我怎么样？”他满腹的哀伤与绝望就是在这个时候决堤的，成了跛扈的性。他一把就把她反摁在床上，她尖叫一声，无与伦比的快感传遍了每一根头发。她喊了，奋不顾身。她终于知道了，他是如此这般地棒。

“轻松啊，”她躺在了床上，四仰八叉。她用手抚摸着自己的腹部，叹息说，“这会儿我什么压力也没有了，真轻松啊——你呢？”

“是啊，”他望着头上的楼板，喘息说，“我也轻松多了。”

“相信我，哥，”她说，“只要能轻松下来，日子就好打发了——我们怎么都能扛得过去！”

就这样了。除去她“不方便的日子”，他们一个星期见一次，一次做两回。他们没有同居，但是，两个人却是越来越亲了，偶尔还说说家乡话什么的。他倒是动过一次念头的，想让她搬过来住，这对她的开销绝对是个不小的补助。不过，话到了嘴边他还是没敢说出来。她的开销是压下来了，他的开销可要往上升，一天有三顿饭呢。他能不能顶得住？万一扛不下来，再让人家搬出去，两个人就再也没法处了。还是不动了吧，还是老样子的好。

可他越来越替她担忧了，她一个人怎么弄呢？还是住在一起好，一起买买菜，做爱也方便。性真是一个十分奇怪的东西，它是什么样的一种药，怎么就叫人那么轻松的呢。还有一点也是十分奇怪的，做得多了，人就变黏乎了，特别亲，就想好好地对待她。可到底怎么一个“对待”才算好，又说不上来了。不过，他的这么一点小小的心思在做爱的时候还是体现出来了。最初的时候，刚开始的时候，他是有私心的，一心只想着解决自己的“问题”。现在不同了，他更像一个哥哥，要体贴得多。他对自己尽可能地控制，好让她更快乐一些。她好了，他也就好了。他就希望她能够早一点好起来。

秋凉下来之后她回了一趟老家。他其实是想和她一起回去的，一想，不成了。离开户部街菜场两个星期，这个岗位是不可能等他的。多少比他壮实的人在盯着他的位置呢。他也就没有客套，只是在临走的时候给她买了几个水果，“路上吃吧。就这么啃，都洗过了。”

都说“小别胜新婚”。新婚的滋味是怎样的，他们不知道，然而，“小别”是怎样的胜境，他和她一起领略了。其实也就隔了两个星期，可这一隔，不一般了。他在呼风，她能唤雨。好死了。这一次她却没有给他打分，她露出了她骄横的、野蛮的和不管不顾的那一面，反反复复地要。后来还是他讨饶了，可怜兮兮说：“不能了。还有夜班呢。”

“不管。你是哥，你就得对我好一点。”

那就再好一点吧。他们是下午上床的，到深夜十点她还没有起床的意思。到后来，他实在也“好”不出什么来了，她就光着身子，躺在他光溜溜的怀里，不停地说啊说，还用胳膊反过来地勾住他的脖子。两个人无限地欣喜、无限地缠绵了。她突然“哦”了一声，想起什么来了，弓着腰拽过上衣，从上衣的口袋里面掏出了她的手机。她握住手机，说：“哥，商量个事好不好？”他的双手托住了她的乳房，下巴搁在她的肩膀上，脑袋一抬，说：“说吧。”她从手机里调出一张相片，是一个男人，说：“这个人姓赵，单身，年收入大概在十六万左右。”她噼里啪啦摁了几下键钮，又调出了一张相片，却是另外一个男人，说：“这个呢，姓郝，离过一次，有一个七岁的女儿，年收入在三十万左右，有房，有车。”介绍完了，她把手机放在自己的大腿上，握住了他的手，她把她的五只手指全都嵌在了他的指缝里，慢慢地摩挲，“我就想和你商量商量——你说，哪一个好呢？”

他把手机拿过来，反复地比较，反复地看，最终说：“还是姓郝的吧。”她想了想，说：“其实我也是这么想的。”他说：“还是收入多一些稳当。”她说：“其实我也是这么想的。”商量的进程是如此地简单，结论马上就出来了。她就特别定心、特别疲惫地躺在了他的怀里，手牵着手，一遍又一遍地摩挲。后来她说：“哥，给我穿衣裳好不好嘛。”撒娇了。他就光着屁股给她穿好了衣裳，还替她把衣裤上的褶皱都拽了一遍。他想送送她，她说，还是别送了吧，还是赶紧地吃点东西去吧。她说，还有夜班呢。

他就没送。她走之后他便坐在了床上，点了一根烟，附带把她掉在床上的头发捡起来。这个疯丫头，做爱的时候就喜欢晃脑袋，床单上全是她的头发。他一根一根地拣，也没地方放，只好绕在了左手食指的指尖上。抽完烟，掐了烟头，他就给自己穿。衣服穿好了，他也该下楼吃饭去了。走到过道的时候他突然就觉得左手的食指有点疼，一看，嗨，全是头发。他就把头发撸了下来，用打火机点着了。人去楼空，可空气里全是她。她真香啊。

亲亲土豆

迟子建

迟子建，1964 年元宵节出生于漠河。1984 年毕业于大兴安岭师范学校。1987 年入北京师范大学与鲁迅文学院联办的研究生班学习，1990 年毕业后到黑龙江省作家协会工作至今。1983 年开始写作，已发表以小说为主的文学作品五百余万字，出版有八十余部单行本。主要作品有长篇小说《伪满洲国》《越过云层的晴朗》《额尔古纳河右岸》《白雪乌鸦》，小说集《北极村童话》《白雪的墓园》《向着白夜旅行》《逝川》《朋友们来看雪吧》《清水洗尘》《雾月牛栏》《踏着月光的行板》《世界上所有的夜晚》，散文随笔集《伤怀之美》《我的世界下雪了》等。出版有《迟子建文集》四卷、《迟子建中篇小说集》五卷、《迟子建短篇小说集》四卷以及三卷本的《迟子建作品精华》。曾获得第一、第二、第四届鲁迅文学奖，第七届茅盾文学奖，澳大利亚“悬念句子文学奖”等多种文学奖项。作品有英、法、日、意、韩等海外译本。

亲亲土豆

如果你在银河遥望七月的礼镇，会看到一片盛开着的花朵。那花朵呈穗状，金钟般垂吊着，在星月下泛出迷幻的银灰色。当你敛声屏气倾听风儿吹拂它的温存之声时，你的灵魂却首先闻到了来自大地的一股经久不衰的芳菲之气，一缕凡俗的土豆花的香气。你不由在灿烂的天庭中落泪了，泪珠敲打着金钟般的花朵，发出错落有致的悦耳的回响，你为自己的前世曾悉心培育过这种花朵而感到欣慰。

那永远离开了礼镇的人不止一次通过梦境将这样的乡愁捎给他的亲人们，捎给热爱土豆的人们。于是，晨曦中两个刚刚脱离梦境到晨露摇曳的土豆地劳作的人的对话就司空见惯了：

“昨夜孩子他爷说在那边只想吃新土豆，你说花才开他急什么？”

“我们家老邢还不是一样？他嫌我今年土豆种得少，他闻不出我家土豆地的花香气。你说他的鼻子还那么灵啊？”

土豆花张开圆圆的耳朵，听着这天上人间的对话。

礼镇的家家户户都种着土豆。秦山夫妇是礼镇种土豆的大户，他们在南坡足足种了三亩。春天播种时要用许多袋土豆栽子，夏季土豆开花时，独有他家地里的花色最全，要紫有紫，要粉有粉，要白有白。到了秋天，也自然是他们收获最多了。他们在秋末时就进城卖土豆，卖出去的自然成了钱存起来，余下的除了再做种子外，就由人畜共同享用了。

秦山又黑又瘦，夏天时爱打赤脚。他媳妇比他高出半头，不漂亮，但很白净，叫李爱杰，温柔而贤惠。他们去土豆地干活时总是并着肩走，他们九岁的女儿粉萍跟在身后，一会儿去采花了，一会儿又去捉蚂蚱了，一会儿又用柳条棍去戏弄老实的牛了。秦山嗜烟如命，人们见他总是叼着烟眯缝着眼自在地吸着。他家的园子就种了很多烟叶，秋天时烟叶长成了，一把把蒲扇似的拴成捆吊在房檐下，像是古色古香的编钟，由着秋风来吹打。到了冬天，秦山天天坐在炕头吸烟，有时还招来一群烟友。他的牙齿和手指都被烟熏得焦黄焦黄的，嘴唇是猪肝色，秦山媳妇为此常常和他拌几句嘴。

秦山因为吸烟过量常常咳嗽，春秋尤甚，而春秋又尤以晚上为甚。李爱杰常常跟其他女人抱怨说她两三天就得洗一回头，不然那头发里的烟味就熏得她翻胃。女人们就打趣她，秦山天天搂着你吸烟不成？李爱杰便红了脸，说去你们的，秦山才没那么多的纠缠呢。

可是纠不纠缠谁能知道呢？

秦山和妻子爱吃土豆，女儿粉萍也爱吃。吃土豆的名堂在秦家大得很，蒸、煮、烤、炸、炒、调汤等等，花样繁杂得像新娘子袖口上的流苏。冬天的时候粉萍常用火炉的二层格烤囫囵土豆，一家人把它当成饭后点心来吃。

礼镇的人一到七月末便开始摸新土豆来吃了。小孩子们窜到南坡的土豆地里，见到垄台有拇指宽的裂缝了，便将手指顺着裂缝伸进去，保准能掏到一个圆鼓鼓的土豆，放到小篮里，回家用它炖豆角吃真是妙不可言。当然，当自家地的裂缝被一一企及、再无土豆露出早熟的迹象时，他们便猫着腰窜入秦山家的土豆地，像小狐狸一样灵敏地摸着土豆，生怕被下田的秦山看见。其实秦山是不在乎那点土豆的，所以这个时节来土豆地干活，他就先在地头大声咳嗽一番，给小孩子们一个逃脱的信号，以免吓着他们。偷了土豆的孩子还以为自己做贼做得高明，回去跟家长说："秦山抽烟落下的咳嗽真不小，都咳嗽到土豆地去了。"

初秋的时令，秦山有一天吃着吃着土豆就咳嗽得受不住了，双肩抖得像被狂风拍打着的一只衣架，只觉得五脏六腑都错了位，没有一处舒服的地方。李爱杰一边给他捶背一边嗔怪："抽吧，让你抽，明天我把你那些烟叶一把火都点着了。"

秦山本想反驳妻子几句，可他无论如何都没有那力气了。当天夜里，秦山又剧烈咳嗽起来，而且觉得恶心。他的咳嗽声把粉萍都惊醒了，粉萍隔着门童声童气地说："爸，我给你拔个青萝卜压压咳吧？"

秦山拉着胸说："不用了，粉萍，你睡吧。"

秦山咳嗽累了便迷迷糊糊睡着了。李爱杰担心秦山，第二天早早就醒了。她将头侧向秦山，便发现了秦山枕头上的一摊血。她吓了一跳，想推醒秦山让他看，又一想吐血不是好事，让秦山知道了，不是糟上加糟吗？所以她轻轻拈起秦山的头，将他的枕头撤下，将自己的枕头垫上去。秦山被扰得睁了一下眼睛，但捺不住咳嗽之后带给他的巨大疲乏，又睡去了。

李爱杰忧心忡忡地早早起来，洗了那个枕套。待秦山起来，她便一边给他盛粥一边说："咳嗽得这么厉害，咱今天进城看看去。"

"少抽两天烟就好了。"秦山面如土灰地说，"不看了。"

李爱杰说："不看怎么行，不能硬挺着。""咳嗽又死不了人。"秦山说，"谁要是进城给我捎回两斤梨来吃就好了。"

李爱杰心想："咳嗽死不了人，可人一吐血离死就近了。"这种不祥的想法使她在将粥碗递给秦山时哆嗦了一下，她甚至不敢看他的眼睛，只是无话找话地说："今天天真好，连个云彩丝儿都没有。"

秦山边喝粥边"唔"了一声。

"老周家的猪这几天不爱吃食，老周媳妇愁得到处找人给猪打针。你说都入秋了，猪怎么还会得病？"

"猪还不是跟人一样，得病哪分时辰。"秦山推开了粥碗。

"怎么就喝了半碗？"李爱杰颇为绝望地说，"这小米子我筛了三遍，一个谷皮都没有，多香啊。"

"不想吃。"秦山又咳嗽一声。秦山的咳嗽像余震一样使李爱杰战战兢兢。

早饭后李爱杰左劝右劝，秦山这才答应进城看病去。他们搭着费喜利家进城卖菜的马车，夫妇俩坐在车尾。由于落过一场雨，路面的坑坑洼洼还残着水，所以车轱辘碾过后就溅起来一串串泥浆，打在秦山夫妇的裤脚上。李爱杰便说："今年秋天可别像前年，天天下雨，起土豆时弄得跟个泥猴似的。"

费喜利甩了一下鞭子回过头说："就你们家怕秋天下连绵雨，谁让你们家种那么大的一片土豆了？你们家挣的钱够买五十匹马的了吧？"

秦山笑了一声："现在可是一匹不匹呢。"

费喜利"咦嘀"了一声，说："我又不上你家的马房牵马，你怕啥？说个实话。"

李爱杰插言道："您别逗引我们家秦山了，卖土豆那些钱要是能买回五十匹马来，他早就领回一个大姑娘填房了。"

费喜利嘀嘀地笑起来，马也愉快地小跑起来。马车颠簸着，马颈下的铃铛发出银子落在瓷盘中的那种脆响。

秦山气喘吁吁地说："咱可没有填房纳妾的念头，咱又不是地主。”

李爱杰追问道：“真要是地主呢?”

“那也只娶你一个，咱喜欢正宫娘娘。”秦山吐了一口痰说，“等我哪天死了，你用卖土豆的钱招一个漂亮小伙入赘，保你享福。”李爱杰便因为这无端的玩笑灰了脸，差点落泪了。

医生给秦山拍了片子，告诉三天后再来。三天后秦山夫妇又搭着费喜利家进城卖菜的马车去了医院。医生悄悄对李爱杰说：“你爱人的肺叶上有三个肿瘤，有一个已经相当大了。你们应该到哈尔滨做进一步检查。”

李爱杰小声而紧张地问：“他这不会是癌吧?”

医生说：“这只是怀疑，没准是良性肿瘤呢。咱这儿医疗条件有限，无法确诊，我看还是尽早去吧，他这么年轻。”

“他才三十七虚岁。”李爱杰落寞地说，“今年是他本命年。”

“本命年总不太顺利。”医生同情地安抚说。

夫妻俩回到礼镇时买了几斤梨，粉萍见父母回来都和颜悦色的，以为父亲的病已经好了，就和秦山抢梨吃。也许梨的清凉起到了很好的祛痰镇咳作用，当夜秦山不再咳了，还蛮有心情地向李爱杰求温存。李爱杰心里的滋味真比调味店的气味还复杂。答应他又怕耗他的气血使他情况恶化，可不答应又担心以后是否还有这样的机会。整个的人就像被马蜂给蜇了，没有一处自在的地方，所以就一副尴尬的应付相，弄得秦山直埋怨她：“你今晚是怎么了?”

第二天李爱杰早早就醒来，借着一缕柔和的晨光去看秦山的枕头。枕头干干净净的，没有一丝血迹，这使她的心稍稍宽慰了一些。心想也许医生的话不必全都放在心上，医生也不可能万无一失吧。两口子该做啥还做啥，拔土豆地里的稗草、给秋白菜喷农药、将大蒜刨出来编成辫子挂在山墙上。然而好景不长，过了不到一周，秦山又开始剧烈咳嗽，这次他自己见到咯出的血了，他那表情麻木得像蜡像人。

“咱们到哈尔滨看看去吧。”李爱杰悲凉地说。

“人一吐血还有个好吗?”秦山说，“早晚都是个死，我可不想把那点钱花在治病上。”

“可有病总得治呀。”李爱杰说，“大城市没有治不好的病。况且咱又没去过哈尔滨，逛逛世面吧。”

秦山不语了。夫妻二人商量了半宿，这才决定去哈尔滨。李爱杰将家里的五千元积蓄全部带上，又关照邻居帮她照顾粉萍、猪和几只鸡。邻居问他们秋收时能回来么?秦山咧嘴一笑说:“我就是有一口气，也要活着回来收最后一季土豆。”

李爱杰拍了一下秦山的肩膀，骂他:“胡说!”

两人又搭了费喜利家进城卖菜的马车。费喜利见泰山缩着头没精打采，就说:“你要信我的，就别看什么病去。你少抽两袋烟，多活动活动就好了。”

“我见天长在土豆地里干活，活动还算少吗?”秦山干涩地笑了一声，说，“看什么病，陪咱媳妇逛逛大城市去，买双牛皮鞋，再买个开长衩的旗袍。”

“我可不穿那东西给你丢人。”李爱杰低声说。

两个人在城里买了一斤烙饼和两袋咸菜，就直奔火车站了。火车票没有他们想象的那么贵，而且他们上车后又找到了挨在一起的座位，这使他们很愉快。所以火车开了一路李爱杰就发出一路的惊诧:

“秦山，你快看那片紫马莲花，绒嘟嘟的!”

“这十好几头牛都这么壮，这是谁家的?”

“这人家可真趁，瞧他家连大门都刷了蓝漆!”

“那个戴破草帽的人像不像咱礼镇的王富?王富好像比他瓷实点。”

秦山听着妻子恍若回到少女时代的声音，心里有种比晚霞还要浓烈的伤感。如果自己病得不重还可以继续听她的声音，如果病入膏肓，这声音将像闪电一样消失。谁会再来拥抱她温润光滑的身体？谁来帮她照看粉萍？谁来帮她伺候那一大片土豆地？

秦山不敢继续往下想了。

两人辗转到哈尔滨后并没心思浏览市容，先就近在站前的小吃部吃了豆腐脑和油条，然后打听如何去医院看病。一个扎白围裙的胖厨子一下子向他们推荐了好几家大医院，并告诉他们如何乘车。

"你说这么多医院，哪家医院最便宜？"秦山问。

李爱杰瞪了秦山一眼，说："我们要找看病最好的医院，贵不贵都不怕。"

厨子是个热心人，又不厌其烦地向他们介绍各个医院的条件，最后帮助他们敲定了一家。

他们费尽周折赶到这家医院，秦山当天就被收入院。李爱杰先缴了八百元的住院押金，然后上街买了饭盒、勺、水杯、毛巾、拖鞋等住院物品。秦山住的病房共有八人，有两个人在吸氧气。在垂危者那长一声短一声的呼吸声中有其他病人的咳嗽声、吐痰声和喝水声。李爱杰听主治医生讲要给秦山做CT检查，这又是一笔不小的开销。但李爱杰豁出去了。

秦山住院后脸色便开始发灰，尤其看着其他病人也是一副愁容惨淡的样子，他便觉得人生埋伏着的巨大陷阱被他踩中了。晚饭时李爱杰上街买回两个茶蛋和一个大面包。与秦山邻床的病人也是中年人，很胖，头枕着冰袋，他的妻子正给他喂饭。他得的好像是中风，嘴歪了，说话含混不清，吃东西也就格外费力；喂他吃东西的女人三十来岁，齐耳短发，满面憔悴。有一刻她不慎将一勺热汤撒在了他的脖子上，病人急躁地一把打掉那勺，吃力地骂："婊子、妖精、破鞋——"女人撇下碗，跑到走廊伤心去了。

李爱杰和秦山吃喝完毕，便问其他病人家属如何订第二天的饭，又打听茶炉房该怎么走。大家很热心地一一告诉她。李爱杰提着暖水瓶走出病室的门时天已经黑了，昏暗的走廊里有一股阴冷难闻的气味。李爱杰在茶炉房的煤堆旁碰到那个挨了丈夫骂的中年妇女，她正在吸烟。看见李爱杰，她便问：

“你男人得了什么病？”

“还没确诊呢。”李爱杰说，“明天做 CT。”

“他哪里有毛病？”

“说是肺。”李爱杰拧开茶炉的开关，听着水咕噜噜进入水瓶的声音。“他都咯血了。”

“哦。”那女人沉重地叹息一声。

“你爱人得了中风？”李爱杰关切地问。

“就是那个病吧，叫脑溢血，差点没死了。抢救过来后半边身子不能动，脾气也暴躁了，稍不如意就拿我撒气，你也看见了。”

“有病的人都心焦。”李爱杰打完水，盖严壶盖，直起身子劝慰道，“骂两句就骂两句吧。”

“唉，摊上个有病的男人，算咱们命苦。”女人将烟掐死，问：“你们从哪里来？”

“礼镇。”李爱杰说，“坐两天两夜的火车呢。”

“这么远。”女人说，“我们家在明水。”她看着李爱杰说，“你男人住的那张床，昨晚刚抬走一位。才四十二岁，是肝癌，留下两个孩子和一个快八十的老母亲，他老婆哭得抽过去了。”

李爱杰提水壶的胳膊就软了，她低声问：“你说真要得了肺癌还有救吗？”

“不是我嘴损，癌是没个治的。”那女人说，“有那治病的钱，还不如逛逛风景呢。不过，你也别担心，说不定他不是癌呢，又没确诊。”

李爱杰愈发觉得前程灰暗了，不但手没了力气，腿也有些飘，看东西有点眼花缭乱。

“你家在哈尔滨有亲戚吗?”

“没有。”李爱杰说。

“那你晚间住哪儿?”

“我就坐在俺男人身边陪着他。”

“你还不知道吧，家属夜间是不能呆在病房的，除非是重病号夜间才允许有陪护。看你的样子，家里也不是特别有钱的，旅店住不起，不如跟我去住，一个月一百块钱就够了。”

“那是什么地方?”李爱杰问。

“离医院不远，走二十分钟就到了。是一片要动迁的老房子，矮矮趴趴的。房东是老两口，闲着间十平方米的屋子，原先我和那个得肝癌病的人的老婆一起住，她丈夫一死，她就收拾东西回乡下了。”

“太过意不去。”李爱杰说，“你真是好心人。”

“我叫王秋萍。”女人说，“你叫我萍姐好了。”

“萍姐。”李爱杰说，“我女儿也叫萍，是粉萍。”

两个女人出了茶炉房，通过一段煤渣遍地的市道回到住院处的走廊。她们一前一后走着，步履都很沉重。一些病人家属来来往往地打水和倒剩饭，卫生间的垃圾桶传出一股刺鼻的馊味儿。

秦山在李爱杰要离开他跟王秋萍去住的时候忽然拉住她的手说:“爱杰，要是确诊是癌，咱可不在这遭这份洋罪，我宁愿死在礼镇咱家的土豆地里。”

“瞎说。”李爱杰见王秋萍在看他们，连忙抽回手，并且有些脸红了。

“你别心疼钱，要吃好住好。”秦山嘱咐道。

“知道了。”李爱杰说。

房东见王秋萍又拉来新房客，当然喜不自禁。老太太麻利地烧了壶开水，还洗了两条嫩黄瓜让她们当水果吃。那间屋子很矮，两张床都是由砖和木板搭起来的，两床中央放着个油漆斑驳的条形矮桌，上面堆着牙具、镜子、茶杯、手纸等东西。墙壁上挂着几件旧衣裳，门后的旮旯里有个木盖马桶。这所有的景致都因为那盏低照度的灯泡而显得更加灰暗。

王秋萍和李爱杰洗过脚后便拉灭了灯，两人躺在黑暗中说着话。

“刚才看你男人拉你手的那股劲，真让我眼热。”王秋萍羡慕地说，“你们的感情真深哪。”

“所以他一病我比自己病还难受。”李爱杰轻声说。

“唉，我男人没病前我俩就没那么好的感情，两天不吵，三天早早的。他病了我还得尽义务，谁想这人脾气越来越随驴了。我伺候了他三个月了，他的病老是反复，家里的钱折腾空了，借了一屁股的债，愁得我都不想活了。两个孩子又都不立事，婆婆还好吃懒做，常对我指桑骂槐的。”

“你家也靠种地过日子？”李爱杰问。

“可不，咱也是农民嘛。前年他没病时跟人合开了一个榨油坊，挣了几千块钱，全给赌了。”

“那你的钱怎么还呢？”

“我现在就开始干两份活了。”王秋萍说，“每天早晨三点多钟我就到火车站的票房子排队买卧铺票，然后票贩子给我十五块钱。中午我给一家养猪厂去几家饭店收剩饭剩菜，也能收入个十块八块的。一天下来，能有二十几块吧。”

“你男人知道你这么辛苦吗？”

“他不骂我就烧高香了，哪还敢指望他疼我。”王秋萍长长叹口气，“他将来恢复不好，真是偏瘫了，我后半辈子就全完了。有时候真巴不得他——”

李爱杰知道她想说什么，她在黑暗中吃惊地“啊”了一声。

“你要是摊上了就知道了。”王秋萍乏力地说，“要是你男人真得了癌，得需要一大笔钱，还治不出个好来。到时我帮你联系点活干，卖盒饭、给人看孩子、送牛奶……”

王秋萍的声音越来越细，沉重的疲惫终于遏止了她的声音，将她推入梦乡。李爱杰辗转反侧，一会儿想秦山在医院里能否休息好、夜里是否咳嗽，一会儿又想粉萍在邻居家住得习惯吗，一会儿又想礼镇南坡她家那片土豆地，想得又乏又累才昏昏沉沉睡去。等到醒来后天已经大亮了，房东正在扫地，有几只灰鸽子在窗台前咕咕叫，王秋萍的铺已经空了。

“夜里睡得踏实吗？”房东热情地问。

“挺香的。”李爱杰说，“一路折腾来的乏算是解了。”

房东一边忙活一边絮絮叨叨问李爱杰一些事。男人得的什么病呀，家里几口人呀，住几间房呀。她告诉李爱杰，王秋萍一大早就上火车站排队买卧铺票去了，让她早起后到街角买个煎饼馃子吃。

李爱杰洗过脸，就沿着昨夜来时的路线去医院。街上无论是汽车还是行人都多得让她数不过来，她想，城里的马路才真正是苦命的路。天有些阴，但大多数的女人都穿着裙子，她们露着腿，背着精致考究的皮包，高跟鞋将人行道踩得咯噔咯噔响。她本想在街角买个煎饼馃子吃，但因为惦记秦山，还是空着肚子先到医院去了。一进走廊，就见秦山住的病室的门被推开了，一下子涌出来五六个手忙脚乱的人，有医生，也有神色慌乱的陌生人。跟着推出了一个病人，吓得李爱杰腿都软了。直到看到那病人不是秦山，这才缓口气来，看着他们朝抢救室急急而去。

秦山替妻子订了一份小米粥，怕粥凉了，用饭盒扣得严严实实的，搁在自己的肚子上，半仰着身子用手捂着。李爱杰一来，他就笑着从被窝里拿出饭盒，说：“还温着呢，快吃吧。”

李爱杰鼻子一酸，轻声问："夜里没咳嗽吧？"

秦山眨眨眼睛，摇摇头，轻声说："你不在身边就是睡不踏实。"

李爱杰眼睛湿湿地看了眼秦山，然后垂头去吃那盒粥。病室窗外的树叶被风吹得飒飒响，像秦山年轻时用麦秸拨弄她耳朵逗她发痒的那股声音。李爱杰看了一眼王秋萍的丈夫，他四肢僵硬地躺在床上，歪着头，贪馋地看着邻床的病人吃烙饼。那表情完全像个不谙世事的小孩子。

秦山的检查结果很快出来了。当李爱杰被医生叫到办公室后她知道一切都完了。

医生说："他已经是晚期肺癌了，已经扩散了。"

李爱杰没有吱声，她只觉得一下子掉进一口黑咕隆咚的井里，她感觉不出阳光的存在了。

"如果做手术，效果也不会太理想。"医生说，"你考虑吧，要么就先用药物维持。不过最好不要让病人知道真实情况，那样会增加他的心理负担。"

李爱杰慢吞吞地出了医生办公室，她在走廊碰到很多人，可她感觉这世界只有她一个人。她来到住院处大门前的花坛旁，很想对着那些无忧无虑的娇花倩草哭上一场。可她的眼泪已经被巨大的悲哀征服了，她这才明白绝望者是没有泪水的。

李爱杰去看秦山的时候为了掩饰自己内心的慌乱，特意从花坛上偷偷摘了一朵花掖在袖筒里。秦山正在喝水，雪亮的阳光投在他青黄瘦削的脸颊上，他的嘴唇干裂了。李爱杰趁他不备将花从袖筒掏出来："闻闻，香不香？"她将花拈在他的鼻子下。

秦山深深闻了一下，说："还没有土豆花香呢。"

"土豆花才没有香味呢。"李爱杰纠正说。

"谁说土豆花没香味？它那股香味才特别呢，一般时候闻不到，一经闻到就让人忘不掉。"秦山左顾右盼见其他病人和家属都没有注意听他们说话，才放心大胆地打趣道："就像你身上的味儿一样。"

李爱杰凄楚地笑了。就着这股笑劲，她装做兴高采烈地说："你知道我为什么偷花给你吗？咱得高兴一下了，你的病确诊了，就是普通的肺病，打几个月的点滴就能好。"

"医生跟你说了？"秦山心凉地问。

"医生刚才告诉我，不信你问问去。"李爱杰说。

"没有大病当然好，我还去问什么呢。"秦山说，"咱都来了一个多礼拜了，该是收土豆的时候了。"

"你放心，咱礼镇有那么多的好心人，不能让咱家的土豆烂到地里。"李爱杰说。

"自己种的地自己收才有意思。"秦山忽然说，"钱都让你把着，你就不能给我几百让我花花？"

"我才没那么抠门呢。"李爱杰抿嘴一乐，"你现在躺在医院里又不能出去逛，你要钱有什么用？"

"订点好饭呀，托人买点水果呀什么的。"秦山端起水杯喝了几口水，然后说："身上有钱踏实。"

李爱杰就从腰包数出三百块钱给了秦山。

当天下午，护士便来给秦山输液了，是一种没贴药品标签的液体。李爱杰一边陪他输液一边和他说着温暖话。到了黄昏，输完液，送饭的来了。他们又一起吃了米饭和豆角。秦山吃得虽然少，但他看上去情绪不错，因为他一直在说话。

黄昏了。王秋萍来给丈夫送饭，她黑着眼圈，手上缠着绷带。她这两天特别倒霉，铁路打击票贩子，票贩子都不敢出现了。她想自己买票暗中高价卖掉，不料这一段天天起得迟，到了售票处只能排到队尾，自然毫无所获，而且手又不巧被铁栅栏给划破了。她丈夫虽然脾气不好，但食欲却比往日还要旺盛，整天指着名要鸡要鱼的，王秋萍只能硬捱着。

“秦山，你也喝点鸡汤吧。”王秋萍说。

“我和爱杰刚吃过。”秦山和悦地笑笑，“谢谢了。”

王秋萍的丈夫恨恨地瞪了王秋萍一眼，说：“你看他比我年轻，让他喝我的鸡汤，你勾引人——”

王秋萍摇头叹口气，无可奈何地给丈夫一勺一勺地喂鸡汤。喂完丈夫，她和李爱杰一起上厕所，突然说：“那么多不该进太平房的人都进了那里，他这该进的却天天活着磨人。有时候真想毒死他。”

李爱杰怔怔地看着王秋萍，失神地说：“秦山确诊了。”她突然扑到王秋萍怀里哭起来，“我还不如你，想让他磨我也没这个日子了！”

两个中年女人相抱在一起哭成了泪人，将一些上厕所的人吓得大惊失色。

那一夜王秋萍和李爱杰几乎彻夜未眠。两个人买了瓶白酒，喝得酩酊大醉，将在厕所没有哭完的泪水又哭了出来。刚开始时两人都觉头昏沉沉的，奇怪的是哭得透彻了倒把酒给醒了，毫无睡意。两人便讲起各自的家世，说得天有晓色，才觉得眼睛发涩，便都酣然沉睡于蓓蕾般的黎明中。

李爱杰梦见自己和秦山去土豆地铲草，路过草甸子，秦山为她采一枝花，掉进了沼泽中。眼看着人越陷越深，急得李爱杰大喊起来，一个激灵从睡梦中坐了起来。揉揉太阳穴，看着矮桌上的空酒瓶和吃剩的香肠、豆腐干、花生米，她才忆起昨夜和王秋萍喝酒的事。王秋萍裹条薄绒毯子，睡得头发披散，鼻翼微微翕动，面色也比白日里看上去好多了。李爱杰抓过手表，一看已经是正午时分了，吓得非同小可，连忙推醒王秋萍：“萍姐，中午了，咱们还没去医院呢。”

王秋萍也“哎哟”一声坐起来，用手背使劲揉了下眼睛，懊恼地自责："唉，排不成车票，连猪食也收不成了。"她直了直腰，忽然又四仰八叉躺倒在床，一副听天由命的样子："反正已经中午了，不如睡到晚上，还能省顿饭。"

李爱杰知道她在说气话。待她梳洗完毕回到小屋，王秋萍果然已经起床了。她对李爱杰说，过两天她要回明水一趟，夜里她梦见两个孩子让狗给咬了："一个咬在胳膊上，一个咬在腿上，扑在我面前哭得起不来，孩子托生在我家真是可怜。"

"梦都是反着来解的。"李爱杰安慰她，"你梦见他们哭说明他们笑。"

"咳，我想孩子了。"王秋萍又是一声长长的叹息，"也该秋收了，总不能老指着我娘家人帮忙吧？"

"是该秋收了，我们家有好大一片土豆地呢。"李爱杰说这话的感觉就像没过足秋天双脚却踩在了初冻的薄冰上，有一种说不出的失落和凄楚。

两个人说着话来到街上，各自买了一个煎饼馃子，倚着浮灰重重的栅栏吃起来。阳光很灿烂，她们眯缝着眼睛，百无聊赖地看着行人、车辆、广告牌，听着汽车喇叭声、磁带销售摊前录音机播放的流行歌曲声以及此起彼伏的叫卖声。

她们赶到医院时午饭已经过了。李爱杰一进病房就傻了眼。秦山不见了，病服堆在床上，床头柜上的饭盒等东西也不见了。

护士正在给患者扎针，见了李爱杰便态度生硬地说："五号床的家属，你们家的病人怎么不见了？"

"昨晚我离开时他还好好地呆在这里，他怎么会出了医院？"李爱杰气急地说，"该问你们医院吧？"

"医院又不是托儿所。"护士没有好气地说，"还住不住了？不住还有其他病人等着床呢。"

李爱杰掀开秦山的床单，见床下的拖鞋也不见了，她便害怕地坐在床头哭起来。邻床的一位患者说，晚上秦山还睡得好好的，凌晨四点左右，天才放亮，秦山就下床了，他以为他去解手了。

秦山会不会去死呢？昨天她和王秋萍在厕所哭了一场，尽管回病房前洗了好几遍脸，又站在院子的风中平静了一番，可她红肿的眼睛也许让他抓到蛛丝马迹了。他没有告别就走了，看来是不想活了。

王秋萍顾不上自己的丈夫了，连忙陪同李爱杰去找秦山。她们去了松花江边、霁虹桥的铁路交叉口以及公园幽深的树林，一切可以自杀的场所几乎都让她们跑遍了，然而没有什么人投江、卧轨或是吊在公园的树下。天黑的时候，她们仍不见秦山的影子，有的只是源源不断的、形形色色的陌生的归家人。李爱杰趴在霁虹桥的绿铁栏前痛哭起来。

她们绞尽脑汁想秦山会去哪里，最后王秋萍说也许他去极乐寺出家了。李爱杰也觉得有些道理，也许秦山以为遁入佛门会使他的病和灵魂都得到拯救。于是她们又捱过一个不眠之夜后，一大早就去了极乐寺。她们找到住持，问昨天是否有人要来出家。住持双手合十念了声“阿弥陀佛”，然后微微摇头。她们便又去了大直街上的天主堂和一处基督堂。她们为什么去教堂？也许她们认为那是收留人灵魂的地方。转到下午，仍不见秦山的影子。她们又跑回住处看房东家的电视，看本市午间新闻是否有寻人启事或者是意外事故的发生，结果她们毫无所获。

一直到了下午两点，处于极度焦虑状态的李爱杰才突然意识到秦山一定是回礼镇了。一个要自杀的人怎么会带走饭盒、毛巾、拖鞋等东西呢？她又联想起秦山那天朝她要钱的事，就更加坚定地认为秦山回了家乡了。李爱杰开始打点回家的行装。

“萍姐，一会儿跟我去办出院手续。”李爱杰头也不抬地说，“秦山一定是回了家了。”

“他不想治病了?”王秋萍大声叫道。

“他一定明白他的病是绝症了，治不好的病他是不会治的。”李爱杰哽咽地说，“他是想把钱留下来给我和粉萍过日子，我知道他。”

“这么善良的人怎么让你摊上了?”王秋萍抽咽了一下，“他回家怎么不叫上你?”

“叫上我，我能让他走吗?”李爱杰说，“今天的火车已经赶不上了，明天我就往回返。”

一旦想明白了秦山的去处，李爱杰就沉静下来了。下午王秋萍陪她去办出院手续，院方开始不退住院押金，说病人已经住了一周多了，而且又用了不少药。李爱杰说不过他们，便去求助于秦山的主治医生。医生听明情况后，帮助她找回了应退还的钱。

晚间，李爱杰打开旅行袋，取出一条很新的银灰色毛料裤子，递给王秋萍:“萍姐，这是我三年前的裤子，就上过两回身。城里人爱以貌取人，你去哪办事时就穿上它。你比我高一点，你可以把裤脚放一放。”

王秋萍捧着那条裤子，将它哭湿了好大一片。

李爱杰赶回礼镇时正是秋收的日子，家家户户都在南坡地里起土豆。是午后的时光，天空极其晴朗，没有一丝云，只有凉爽的风在巷子里东游西逛。李爱杰没有回家，她径直朝南坡的土豆地走去。一路上她看见许多人家的地头都放着手推车，人们刨的刨、捡的捡、装袋的装袋。邻家的狗也跟着主人来到地里，见到李爱杰，便摇着尾巴上来叼她的裤脚，仿佛在殷勤地问候她：你回来了?

李爱杰远远就看见秦山猫腰在自家的地里起土豆，粉萍跟在他身后正用一只土篮捡土豆。秦山穿着蓝布衣，午后的阳光沉甸甸地照耀着他，使他在明亮的阳光中闪闪发光，李爱杰从心底深深地呼唤了一声：“秦山——”双颊便被自己的泪水给烫着了。

秦山一家人收完土豆后便安闲地过冬天。秦山消瘦得越来越快，几乎不能进食了。他常常痴迷地望着李爱杰一言不发。李爱杰仍然平静地为他做饭、洗衣、铺床、同枕共眠。有一天傍晚，天落了雪，粉萍在灶间的火炉上烤土豆片，秦山忽然对李爱杰说："我从哈尔滨回来给你买了件东西，你猜是啥？"

"我怎么猜得出来。"李爱杰的心咚咚地跳起来。

秦山下了炕，到柜子里拿出一个红纸包，一层层轻轻地打开，抖搂出一条宝石蓝色的软缎旗袍，那旗袍被灯光映得泛出一股动人的幽光。

"哦！"李爱杰吃惊地叫了一声。

"多亮堂啊。"秦山说，"明年夏天你穿上吧。"

"明年夏天——"李爱杰伤感地说，"到时我穿给你看。"

"穿给别人看也是一样的。"秦山说。

"这么长的衩，我才不穿给别人看呢。"李爱杰终于抑制不住地哭着扑倒在秦山怀里，"我不愿意让别人看我的腿……"

秦山在下雪的日子里挣扎了两天两夜终于停止了呼吸。礼镇的人都来帮助李爱杰料理后事，但守灵的事只有她一人承当。李爱杰在屋里穿着那条宝石蓝色的软缎旗袍，守着温暖的炉火和丈夫，由晨至昏，由夜半至黎明。直到了出殡的那一天，她才换下了那件旗袍。

由于天寒地冻，在这个季节死去的人的墓穴都不可能挖得太深，所以覆盖棺材光靠那点冻土是无济于事的。人们一般都去拉一马车煤渣来盖坟，待到春暖花开了再培新土。当葬礼主持差人去拉煤渣的时候，李爱杰突然阻拦道："秦山不喜欢煤渣。"

葬礼主持以为她哀思深重，正要好言劝导，她忽然从仓房里拎出几条麻袋走向菜窖口，打开窖门，吩咐几个年轻力壮的人："往麻袋里装土豆吧。"

大家都明白李爱杰的意图，于是就一齐动手捡土豆。不出一小时，五麻袋土豆就装满了。

礼镇人看到一个不同寻常的葬礼。秦山的棺材旁边坐着五麻袋敦敦实实的土豆，李爱杰头裹孝布跟在车后，虽然葬礼主持不让她跟到墓地，她还是坚持随着去了。秦山的棺材落入坑穴，人们用铁铲将微薄的冻土扬完后，棺材还露出星星点点的红色。李爱杰上前将土豆一袋袋倒在坟上，只见那些土豆咕噜噜地在坟堆上旋转，最后众志成城地挤靠在一起，使秦山的坟豁然丰满充盈起来。雪后疲惫的阳光挣扎着将触角伸向土豆的间隙，使整座坟洋溢着一股温馨的丰收气息。李爱杰欣慰地看着那座坟，想着银河灿烂的时分，秦山在那里会一眼认出他家的土豆地吗？他还会闻到那股土豆花的特殊香气吗？

李爱杰最后一个离开秦山的坟。她刚走了两三步，忽然听见背后一阵簌簌的响动。原来坟顶上的一只又圆又胖的土豆从上面坠了下来，一直滚到李爱杰脚边，停在她的鞋前，仿佛一个受宠惯了的小孩子在乞求母亲那至爱的亲昵。李爱杰怜爱地看着那个土豆，轻轻嗔怪道："还跟我的脚呀？"

狼行成双

邓一光

邓一光，上世纪八十年代开始从事文学写作，出版长篇小说9部，短篇小说集12部，现居深圳。曾获首届鲁迅文学奖、首届冯牧文学奖、人民文学奖、《小说月报》第八届百花奖、全国十佳短篇小说奖、《十月》文学奖、林斤澜短篇小说奖等诸多文学奖项。

狼行成双

他在前面走着。

她在后面跟着。

中间相隔着十几步的距离。

他们沿着一片生长着红褐色赤松的丘陵往坡下走。走是慢慢的那种样子，懒懒散散的，精神和筋骨都是松弛的，因为要抵抗风雪，身子略微有点儿向一边斜，脸也就捎带跟着向一边斜了，这样就不至于被乱风飏起的雪粒子打得生疼。他们这样，在漫天洁白的风雪中不是那种从容的样子，那种休闲的样子，而是一种漫不经心，倦慵和懒散，一种看不透的茫然，相反倒印证了这种天气。

天气是这个季节里非常恶劣的那一种，俗称鬼见愁，就是说，鬼在这样的天气里，也都把门掩得紧紧的，守着烧得炽旺的炭火死乞白赖地不出门。气温很低，低得万物都没精打采的，好像都打着瞌睡，若是活动着，一律很缓慢，既无速度又无节奏，一个个要在呵气成凌的天气中叹口气停滞下来似的。鸟儿根本不敢从天空中飞过，主要是不敢抻开翅膀，若一抻开翅膀，这么低的气温，翅膀立刻就会给冻脆，再一扑扇，羽毛会化成粉末。能见度也低，因为有雪，鹅毛大雪，石蕊一般大朵大朵的，密无间隙地往下飘落；关键是还有风，很急的风，刨刀磨剪的风，把雪花刮得四下里乱撞，风又是看不见的，来无踪去无影，只知道怂着雪四下里张扬，阴险得很，于是就看见雪花一片片的满世界都是，一会儿悠悠晃晃，一会儿气喘咻咻，一会儿鞭抽似地往南赶，一会儿水泼似地向北涌，没头没脑，让人看着眼累。

他们在风雪中慢慢走着。

他和她，他们是两只狼。

他是大个头，很结实，刀条耳，风过时一片尖啸，目光炯炯有神，很像一具造型美妙而又严格的细颈瓷瓶。他属于那种魁梧伟岸的样子，那种能烤化岩石驱风避雹的样子。他那种样子，一看就知道皮毛下掩藏了很多坎坷不凡的经历，那些坎坷不凡的经历蓄集起来，若是不放弃，就有所不同了，就是一种实力和气质了，进一步的，就是一种高贵的品质了。当然，人们现在是看不到这一点的，人们现在看到的只是他棕黄色的皮毛，这种颜色的皮毛，在一片洁白的大雪中，仿佛就像这个世界留存下来的最后暖意，是唯一对抗着这个冬天世界的象征。

她则完全不一样，她个子小巧，充满灵气，鼻头黑黑的，眼睛始终潮润着，有一种小南风般朦胧的雾气，在一潭秋水之上悬浮着似的。她体态匀称，顾盼有风，与他是截然不同的两种风格。他的风格是山的样子，她的风格则是水的样子；也就是说，他让人知道什么是有，什么是在，而她呢，不像他那么抢眼，不像他那么老想着占地势，让普天下的人都冲着他鼓掌，她是另外的样子，同样也是一种标志，因为有了她的样子，这世界才不光是有了，而且才长长地吐出一口气，活过来了。她的皮毛与他也是不同的。她的皮毛是一种冷凝气质的银灰色，安静地，不动声色地，能与一切融合且使融合者升华为高贵；那银灰的颜色与这冰雪的天气搭配得极好，是它使这白得瘆人的天地间有了一种活意，有了一种灵动，有了一种与众不同的新鲜，这也是一种富贵的品质，因为有了这种富贵的品质，她就可以和他匹配，他们共同的，与这毫无生机的冰雪世界格格不入了。

他在前面走着。

她在后面跟着。

中间相隔着十几步的距离。

他的步子稳健，有力。这是他一贯的步子。但是现在不同，现在他有些急躁，步子下得急，有一种故意作对的成份，这样就踢起一道道雪糁子，那些雪糁子扬起来，在他缃黄色的腹部粉碎开，慢慢洇化入凝止的空气中去。他这样是带着情绪的。他在前面走，有时候停下来，转过巨大的头颅来看她一眼。他看她的样子分明也带着情绪，用尽可能多的眼白部份，自下而上，狠狠地剜那么一下，同时在鼻孔里哼一声。

她在他的后面跟着，目光一直在他的身上，当然也就完全能够洞悉他的情绪。她满不在乎，步子轻巧地在棉花絮似的雪地上走着。这也罢了，她反而要去招惹他，在他用目光剜她的时候，她就用自己的目光去迎接他，迎还不老老实实地迎，而是带着一丝笑意，是那种顽皮的，偏不合作的，揭短的笑意。她的眼睛像所有狼的眼睛一样有点斜，眼斜着，秋水似的深澈和潮润，永远有着一层雾气，况且还笑着，这样的眼神，连漫天飏着的雪花都被迷住了，稠稠酽酽飘不动的样子，哪里还能迎合他，给他赌着气的心情制造什么氛围呢？

这样他就更有气了。他发狠地用爪子去踢雪，把雪糁子踢得扬起来迷住了眼睛，这使他一点儿也不像一头狼，反而倒像了一个不晓事故的孩子。这一点，他从她忍俊不禁的眼神里完全看出来了。但这又有什么关系呢？他想，不晓事故就不晓事故，孩子就孩子，有什么了不起。他这么想，在鼻孔里又狠狠地出了一口气。

他这么想，这么做，是有理由的，理由就是那只兔子。那只兔子，很肥的野兔子，它从一丛生着乳白色绒毛的白薇中蹿出来，在他们的面前仓皇地逃开。他那个时候正好有点肚饿。他们站在一片雄伟的塔松林边上，在他们不远处，有一头灰褐色的雪豹懒洋洋地朝树林中走去，而他们的头顶，有一只淡腹雪鸡卧在一株大腹便便的塔松上目不转睛地盯着他们，这一切使他显得兴奋起来。他想这太有意思了。他想看我的。他这么想着，埋了头，收了四爪，微微提起下腹，身体向后坐去，然后一发力，弹丸似地射了出去。

他并没有捉住那只兔子。她比他快了半拍，在他前面蹿了出去，穿花似的用她灵活的步子在他面前做了眼障，使他奔跑起来失去了速度和节奏。她还用前爪撩起雪糁子来，去扑赶那只惊恐万状的兔子，使那个踩着死神发梢的可怜鬼跑出更没有规律的步子来。她这么做纯粹是为了开心。她想和他做一个游戏。有时候他太严肃了，跟七月间的太阳似的密不疏风。她却总是疯疯颠颠的，喜欢有更多的惊喜和情趣。如果一定要她来选择，她宁可选择游戏而放弃美味。这当然和她一贯的不操心生计有关，但是不是可以说，这也和她一贯的快乐心境有关呢？

兔子是在他们的面前眼巴巴地跑掉的。

有时候他真的有点弄不懂她。她是他的配偶，用人的称谓来说，是他的妻子。他是在他还是个少年的时候就征服了她的。用征服这个词绝对当之无愧，因为他是狼群中最出色的那一个。他们结成了伴侣，然后他们在一起相依为命，共同生活了整整九年，九年的时间，对于狼的婚姻真是够漫长了，这其间，她不知为他操碎过多少次心。她曾一次次地把他从血气冲天的战场上拖下来，把伤痕累累昏迷不醒的他拖进荒僻的山洞里，用舌舔他的伤口，舔净他伤口上的血迹，把猎枪的沙弹或者凶猛的敌人咬碎的骨头渣子清理干净，然后，她从灌木丛中闪身而出，从高坡上风也似地冲下，蹿入草丛，去追捕獐獾，用獐脐和獾油为他涂抹伤口。做完这一切之后，她就在他的身边守着他。她挨着他卧下，整日整夜的，一动不动。有时候她用她那双潮润的眼睛看一看昏迷不醒的他，又看一看不断涌进新鲜空气的洞口。一到夜晚，她就不断地嗥叫，以警告企图靠近山洞的敌人。在整个寒气逼人的夜晚，她咄咄逼人的嗥叫声传遍了整个山野。

但是，更多的时候，不是由她看顾他而是相反，是由他来看顾她的。作为狼，他们的生存环境相当恶劣，得去无休无止地追逐食物，与同伴拼死拼活地争夺地盘，提防比自己强大的凶猛对手的袭击，还得随时警惕来自人类的睥睨。这真的很难，可以说太难了。有时候他简直累坏了。他总是伤痕累累，疲于应战。而她呢，却像个不安分的惹事包，老是在众多的天敌之外不断地给他增添更多的麻烦。她太好奇，而且有着过份快乐的天性。她甚至以制造那些惊心动魄险象环生的麻烦为乐事，而唯独不考虑如何去应付和收拾那些麻烦事。他不得不重复着与环境和强大的敌手的抗争。他怒气冲天，一次又一次深入绝境，把她从厄运之中拯救出来。他在那个时候简直就像一个威风凛凛的战神，没有任何对手可以扼制住他。他的麻烦更多的是由她造成的，包括他的创伤；但同时，他的成功和荣誉也差不多全是由她创造出来的。我们完全有理由这么说，没有她的任性，他只会是一只普通的狼。

现在他在生着她的气，为了那只死里逃生的兔子而耿耿于怀。他弄不明白她，而她却在调笑他，因为一次不错的游戏得意，这种情况和大多数的时候没有什么两样，只是风有些大，雪也有些大，这让他的生气和她的调笑困难了一些，但总体来说，也都无伤大雅。

他们走着，有时候停下来。大多时候，停下来没有什么实际意义，只是他停下来，她也就跟着停了下来。但也有的时候是不同的。有一次是因为有一只大鸟从他们头顶上飞了过去。那是一只名字叫作雕鸮的大鸟，它的体长至少有一尺半，黑色的弓型喙，跗蹠和趾爪上覆盖着厚厚的湖蓝色羽毛，样子十分神秘。它强有力的翅膀带起一片雪霰，那片雪霰像一阵迷乱的云似的把它笨重的身体托向了空中。还有一次是两只杂食类的小鸟，它们闯进了他们的视线。一只是有着些许绿色金属光泽羽毛的岩鸽，它行走得十分快疾；另一只是长着棕色毛羽的沙鸡，样子神经兮兮的。它们缩在雪地里，冻得瑟瑟发抖。他朝它们看了一眼，是那种很平静的目光，有些心不在焉的样子，那样的停顿不是真的要停下来，很快就走过去了。

他第三次停下来的时间显得稍许有点长了些。她丝毫没有在意。他停下来，她也就停了下来，借着他全神贯注地在那儿发呆的时候，东张西望地去打量四下里快乐的由头。那是一枚不大的齿菊石，它躺在一大片茂盛的野参之间，也许是因为一大丛手掌似的参叶的遮掩，竟没有被大雪掩没。它真是一枚漂亮的齿菊石，盘壳光滑晶莹，叶部锯齿如浪，缝合线向外翻卷，如同一朵绽开着的菊花，或者一大滴凝止在那里的海浪。他站在那里，低头看它，样子专注而投入。他被那枚小巧玲珑的古代无脊椎头足纲动物的化石给彻底地迷住了，一瞬间，他的眼中甚至弥漫出一层温馨的泪光。

他们第四次在雪地里停下来的时候，情况就和前三次完全不同了。这一次他们遇到了一点麻烦，严格地说，是遇到了一次危险。

危险来自同类。那是另外一群狼，大约有二十来只，他们大部分是成年狼，一个个瘦骨嶙峋，皮毛肮脏，目光呆滞而冷漠，他们就像一群幽灵似的无声无息地出现在一座小山包上。

他们双方彼此发现的时候先是紧张了一下，等弄清楚身份之后又都释然了。然后他们互相通报了姓名和各自所属的群落。他和她于是知道了，对方属于一个叫做派的狼群，那是一个相当庞大的狼群，他们只不过是其中的一小支。他们这个群落有很长一段时间没有过丰收的日子了，为了活命，只能化整为零，到处迁徙。

他和她相互对视了一下，从对方潦倒败落的样子，他们相信对方的话是真的。他告诉对方他和她就是一个群落，他和她，除此之外再没有多余的谁。他们的群落名字叫极，曾经也累赘过，有时候是三个，有时候是五个，但是这种现象是暂时的，一旦孩子长大之后，他们会把孩子赶走，赶到荒原上去，赶到大漠里去，让孩子成为狼群里新鲜的一族。这种过程匆忙而又短暂，本身就是新鲜的，他和她为此非常骄傲。他们不必拿任何别的什么来证明他们自己，比如他们是谁，他们叫什么。他们连骄傲都是单纯的，无须与别人分享。

属于派那个群落的狼群的小头目是一个名叫夜蛾的狼，他是一头年轻的公狼，黑色的皮毛，瘦长腿，相貌英俊，因为领导着二十多匹狼而显得有点儿目空一切。夜蛾告诉他和她，他的狼侦察到，在二十里路外的大草甸子里，有一大群转移草场的羊群，羊很肥，天气又是这种夜黑风高的样子，纯粹是在帮忙，他们不好意思不去大肆劫掠一番。夜蛾说，考虑到他们共同属于狼，同时考虑到狼的见者有份的传统，他代表派群落邀请他和她与他们共进晚餐，也就是说，他代表派邀请他和她同他们一块去洗劫那一大群肥美的羊儿。

这真是一个具有诱惑性的好建议，对于狼来说，这个建议可以说太具有诱惑性了，何况他和她真的有点饿了。她抬头看了看天色，天色已经有点晚了，雪一点也不见小，关键是风尤其猛烈，这样的天气如果能有一场风雪之中尽兴的逐猎，以及一匹肥美的羊儿做晚餐，真的就没有什么遗憾了。

他对风雪之中的逐猎和肥美的羊儿这两样都很有兴趣，尤其是在他们刚刚失去一只活蹦乱跳的兔子的时候。但是他没有立刻向那只名叫夜蛾的狼表态，而是转过头来先看了看站在一边的她。他发现她和他的反应不一样，她的眼神是冷漠的，有一种比夜蛾更加傲慢的神情。他立刻明白了她是在拒绝。他想那群肥美的羊儿真是可怜的很。他猜测她是对它们不感兴趣呢，还是因为讨厌了夜蛾，或者是脏兮兮目光冷漠的派们，于是连他们的邀请都一起讨厌了呢。他这么想着，转过头去，隔着十几步远的风雪，淡泊地对夜蛾说，不。

夜蛾愣了一下，有些没有反应过来。夜蛾没有想到他们会拒绝他的邀请。他没有邀请他俩去与一群鬣狗或是豺作战，没有邀请他俩去招惹野猪或是棕熊，他是邀请他们一块儿分享一群和肉没有什么两样的羊，他的邀请如果要算是恩赐，也不是说不过去，但是他们却拒绝了他。他表情淡泊地对他说，不，他们凭什么？

夜蛾的目光中掠过一道残忍的寒意，显得有些不奈烦似的把瘦长的腿支棱起来，从山坡上居高临下地看着他和她。

夜蛾说，不？

他和夜蛾隔着十几步远的风雪，加上没有在意，开始没有听清楚夜蛾说的是什么，后来夜蛾又问了一句，这一次他听清楚了。

他说，是的，不。

夜蛾说，不识抬举。

本来他已经走开了，在他第二次回答它那个不字后，他已经决定离开这个地方，离开名叫派的狼群和这个名叫夜蛾的年轻公狼。既然他已经决定了不参与他们的狂欢节，他也就没有必要留在那里了。实际上，他已经转过了他的身子，朝一旁走开了，但是，夜蛾的那句话却使它站住了，他在风雪之中重新转过了他的身子。

他盯着夜蛾，说，你说什么？

夜蛾说，我说你们俩是一对不识抬举的蠢东西。

他有些困惑地说，你怎么了？你没生病吧？

夜蛾傻笑着说，我很好，很健康，简直太健康了，倒是你们俩，像一对呆瓜。

他停了一会儿说，你知道你在说什么吗？

夜蛾说，我知道，我在嘲笑你们。

他冷冷地说，你活腻了。

夜蛾说，哦？

她站在那里。她和夜蛾身后的那一群狼，这时都警觉地注视着他们俩。夜蛾身后那一群狼，接二连三地伸长了脖子朝着天空嚎叫。她没有。她只是扭过头来安静地看着他，看他有什么反应。他的反应也就是她的，在面对挑战的时候，这是他们之间的默契。

他这一次没有和她交视目光，只是紧紧地盯着山坡上的夜蛾。他生气了，而且是非常地生气，这和生兔子的气是完全不同的两回事儿。他邀请了他和她，他代表她拒绝了他的邀请，情况就是这么简单，凭什么说他们不识抬举？凭什么说他们是一对呆瓜？这头名字叫做夜蛾的狼，他很年轻，很英俊，但这并不代表他就可以傲视一切，如果他真的认为他可以这样做，那他可就大错特错了。

他在雪地里慢慢弓起身子，把四只爪子撑直了。他的棕黄色的皮毛就像一袭披风，在凌厉的北风中慢慢乍立起来。他的两只耳朵像一对短刃，紧紧地抿贴在脑后，风在那里不断地被切割开，发出尖锐的呻吟声。他面对着山坡上那头有着黑色毛皮的年轻的狼慢慢抬起下颌，目光中渐渐渗出血色，样子充满了威严和骄傲。他站在那里，像一尊不肯风化的岩石，风扬起大朵大朵的雪花击打在他身上，立刻就粉碎了。

他那么站立着，然后，他慢慢朝着山坡上走去。

夜蛾是在最后那一刻做出了那个决定。也许这个决定太过冷静，有些含着屈辱的成份，但不管怎么样，这个决定至少避免了一场血腥厮杀，进而避免了一次更大的羞辱。夜蛾似乎是突然悟到了自己的无聊，要么他是听到了二十里路外草甸子中那一大群肥美的羊儿咩咩如音乐的招呼声，现实的诱惑使理想主义的斗志顷刻间化为乌有。夜蛾在敌手即将走上山坡的时候扬起漂亮的头颅，朝天打了个尖啸，扭过头去，带着他那二十多个部下扬长而去。

如果不是嗥叫得太张狂，狼在风雪之中的消失是无声无息的。

派群落的消失，使整座山岗一下子就寂静下来，只有单纯的风雪声在稀疏的松林里撞来撞去，仿佛是一阙重返的天籁。他站在那里，似乎对派的消失有些不明白，有些不知所措，一时找不回念头的重心似的。她从山岗下慢慢走上来，走到他的身边，站住。她的目光和他的目光是在一处的，遥视着由派搅起的正在徐徐落下的雪雾。她知道因为失去了一场搏击，一场关乎尊严的搏击，他有些失意，甚至于，他是有些疼痛得切齿的。她当然也是为着他而遗憾了，但同时她也认为，他们是不配与他作战的，他们只配呼啸着去袭击一群转场的羊儿。她这么想着，就温馨十足地贴了过去，用自己的脖颈，去摩擦他昂立在那里的脖颈，她要把他的失意和委屈摩擦掉。

命运就是在这里被改变了滑行的方向。

她那个时候感到饿了。实际上她早就有点饿了。他们还是在两天以前捕到了一头鹿，正经吃过一餐，那之后他们的运气一直不太好。有一次他试图去猎捕一只鹰。那只鹰在低空盘旋，追逐着几只在雪地里突围的田鼠。他想利用高坡上的跳跃把那只鹰从天空中猎击下来。他的失败是合乎正常情理的。他向前奔跑了几步，从长满苔藓的土坡上高高地跃起来，像一只腾空飞翔的鸟儿，可是他并不是一只鸟，而是一只狼，他十分不情愿地从空中跌落了下来。他在雪地里摔得够呛，跟头把式地滑出了老远。她当时站在一边，乐坏了。有一阵她笑得腰都直不起来。她真是喜欢他的那种执着的傻劲儿。他的念头充满了金黄色的理想主义抱负。他怎么会想到去捕猎飞翔在天空中的鹰的？那以后，她故意放走了那只昏头昏脑的兔子。

她是想要把她得到的快乐蔓延下去，蔓延到她觉醒时的每一个神经末梢的角落里。她怎么会想到她会饿的呢？现在她真的饿了，饿到肚子咕咕地直叫，而且天气又是这么的寒冷，她又冷又饿，简直都想哭出来，她甚至开始怀念那只在雪地里笨拙地逃开的兔子了。

天在义无反顾地黑下去，雪是蓝莹莹的那一种，风把一天的云朵搅和成比雪更细碎的雾的样子，使视觉成了大地上最莫可奈何和不能相信的东西。他决定尽快地去为她弄到裹腹的食物，也为自己弄到裹腹的食物。他选择了进村子这一条路。这是一条危险的路。对于狼来说，他们最不愿意与人类打交道，不愿触及人类拥有的利益，如果不是为了报复，他们基本上不靠近人类居住的地方，他们因此而把自己限制在荒原和森林中，但是此刻他没有别的选择了。他看出她的快乐正在风雪之中迅速地消失，她的湿漉漉的黑鼻头是冰凉的，银色的皮毛在渐浓的暮色中缺乏光泽，潮润的眸子里那层迷人的雾气正在不可遏止的消散开，这使他感到烦躁。他为自己的无所作为而脸红。有一阵，他竭力驱使自己不转过脸去看她。他想，他算得上什么样的丈夫呢？他就是在这个时候决定乘着夜色进村去寻找食物的。

天很黑，风雪又大，一箭柞杆远的地方就难以分辨出什么来了，他们在这种状况下朝着灯火依稀可辨的村子走去，自然就无法去发现那口井了。

井是一口枯井，很有些年头了，原先水很足，且甜，汩汩地老不见底，后来不知怎么断了水脉，就枯了，空剩下三丈来深的干井筒子，冻得像岩石似的井壁上，图画似的长一些叶片儿肥大的悬铃兰和宽叶香蒲，另外更多的是黑乎乎的泥苔。井在平常被村里人当成一口窖，窖些地瓜白菜之类，不当窖的时候就是一个空空洞洞的纪念，冷冷森森地躺在那里，让人们来来往往地看了，一点点忆出它往昔的好处来。

井像大地上的一只独眼，时刻睁着，本来也是无碍的，偏偏连日下雪，偏偏村里人不愿让雪灌了井，将一张黄棕旧雪披事先护住了井口，雪披捧着雪，将井不经心地做成了一个陷阱，村里人也不会想到，这么大的风雪，呼吸都要封住了，还会有谁往村子里来。村里人若想到了，也许就不会往井口埋雪披了。问题是，村里人实在没想到。

他在前面走着，她在后面跟着，中间相隔着十几步。他是丝毫也没有预感，待他发觉脚下让人疑心的虚松时，已经来不及阻止自己了，他，一袭雪披，以及一大堆膨松的积雪，一起朝井底坠落下去。

她那时正在看雪地里的一处旋风。旋风中有一枝折断了的松针，在风的嬉弄下旋转得如同停止不下来的舞娘，让她感到喜欢。轰的一声闷响从脚下的什么地方传来，她才发现他从她的视线中消失了。她奔到井口，朝那个黑黢黢的窟窿往下张望。那是一段不可知的距离，她的视力无法穿越它们。她感到一阵强烈的恐惧。她不知道这口阴险的埋伏在洁白的雪下面的井究竟要干什么。她不知道他跌下去会跌得怎么样。她突然有一种极度的害怕。她害怕他会永远地消失在那黑色的背后，不再出来与她厮守。

她朝井下喊。她的声音有些发抖。她喊道，你在那里吗？

他在那里。

他有一刻昏厥过去了。三丈来高的井深，他一点儿也没有留意，突然地陷落，跌得有些重了，落到井底时，全身的筋骨都跌散了架。但是他很快醒了过来，并且立刻弄清楚了自己的处境。这是一种素质，一种生存的素质。现在他并不害怕什么。他发现情况不像想象的那么糟糕。他只不过是掉进了一口枯井里。他想这算不得什么，比这种情况麻烦一百倍的事情他也遇到过。他曾被一口猎人安置的活套套住，那个活套是用来套雷鸟的。还有一次他被夹在两块顺流而下的冰砣当中，整整两天时间他才得以从冰砣当中解脱出来。另外一次他和一头受了伤的疯狂的野猪狭路相逢，那一次他差不多被刺穿，整个身子都被鲜血染红了，没有一块皮毛是完整的。他经过的厄运不知道有多少，最终都闯过来了。他从不认为自己是那种福祉高照的家伙，但他也从不认为自己会放弃。他想他就是这样的一只狼。

他慢慢地站起来，耸了耸身子，摇晃掉沾在身上的雪粉和泥土，开始打量和研究出路。

井是那种大肚瓶似的，下畅上束，井壁凿得很光溜，长满了生机勃勃的蒲类植物和厚厚的苔藓，没有可供攀援的地方。他想这有点讨厌，比希望的要困难一些。但这并没有让他气馁。他想他会找到办法来对付这些麻烦的。

她说：你在那里么？

他说：是的，我在。

她说：你没事儿吧？

他说：没事儿，我很好。

她说：你吓坏我了。

他说：别担心，我会上来的。

他这么说，根本看不到她。但他决定试一下。不是试看见她，而是试离开这口倒霉的枯井。只要他能离开这口枯井，他想怎么看她都行，他有的是时间。他这么决定了，就要她离开井口。他要她站开一些，以免他跃出井口时撞伤了她。

她果然站开了，站到离井口几尺远的地方。除了顽皮的时候，她总是很听从他的。她站了一会儿，听见井底传出他信心十足的一声深呼吸，然后听见由近及远退回去的两道尖锐的刮挠声，随即是什么东西重重跌落的声音。

她朝井口奔去。

雪停了。风也停了。它们那种脾气，一向是没有招呼，说停就停的。雪和风停的正是时候，它们一停，天空中的沉霾就散开了，现出月儿来。月儿是积蓄长久的月儿，把大地映照得一片明亮，这样，趴在井口的她就完全能借着月色看清他了。

他躺在井底，一头一身全是雪粉和泥土，样子脏极了。他并没有像自己许诺的那样幸运。他刚才那一跃，跃出了两丈来高，这个高度实在是有些了不起，但是离着井口还差着老大一截子。他的两只利爪将井壁的冻土刮削出两道很深的挠痕，那两道挠痕触目惊心，同时也隐喻着一种深深的遗憾，它们似乎是在那里说，他想要跳出这口枯井是一件并非那么容易的事。

他躺在井底，愣着。她趴在井口，也愣着。他们一时都不说话，都为这个被发现的事实感到有些沮丧。说实话，这种事对他俩算得上一次很重的打击了。在这个刚刚停歇下来，万籁俱寂的雪夜里，这种打击真的让人难以接受。但是无论是他还是她，他们很快就都明白了这一点，他们眼下正停泊在事实的岸边。他有很长时间没进食了，饥肠辘辘；他在井底，井底范围狭小，无法助跑以提高跳跃的质量，况且是难度更大的垂直向上的跳跃，这一切都使他无法跳出通常的水平来；也就是说，他现在是身陷樊笼，根本不可能创造出昔日的辉煌了。

她哭了。她是看清楚这一点之后哭的。她趴在井沿上，先啜泣，后来止不住，放声出来，哭得呜呜的，伤心极了。她说，呜呜，都怪我，我不该放走那只兔子。

他在井底，反倒是笑了。他是被她的眼泪给逗笑的。他的笑声很洪亮，因为井的封锁相反扩大了，声音嗡嗡的。他从地上爬起来，抖落掉身上的泥土和雪粉，仰着头朝井沿上的她说，好呀，你这么说了，你去把兔子追回来吧。

天渐渐亮了，那段时间里一直没有再下雪，晴得很干爽。在天亮之前的那段时间里，她离开了井台，到森林里去了，去寻找食物。她走了很远，终于在一株又细又高的橡树下捕捉到一只被冻得有些傻的黑色细嘴松鸡。她又冷又饿，差不多快要饿昏过去了。她捉住那只松鸡后，有一刻把身子伏在雪地上一动也不动。她怕自己一动就会把松鸡吞进肚子里去。她是强忍着肠胃的痉挛才把那只松鸡带回到井台边的。

他把那只肉味鲜美的松鸡连骨头带肉一点不剩全都嚼了，填进了胃里。他感觉好多了。也许他仍然可以吞下一头野驴或者是一头傻狍子，但现在已经足够了，他不是那种不知满足的狼。他发现力量和信心重新又回到了他的身上，他可以继续试一试他的逃亡行动了。

这一次她没有离开井台。她不再顾忌他跃上井台时是否会撞伤她。她趴在井台上，有时候站起来，绕着井台转半个圈，从另外一个方向注视他，以及观察他的行动。她不断地给他鼓劲儿，呼唤他，鼓励他，一次又一次地催促他起跳。有时候她有些急躁。她在上面泪水涟涟地责备他，攻击他的懒惰，诅咒他的灰心。但是大多数时候她是把她的两只前爪伸向他，把她分明的企望伸向他的，好像那样她至少可以缩短一点他与井台的距离。隔着井里那段可恶的距离，她伸出双爪的姿式在渐渐明亮起来的天空的背景中始终是那么的坚定，这让井底的他一直热泪盈眶，有一种高高跃上去用力拥抱她的强烈欲望。

然而他的所有努力都失败了。他的每一次起跳都相当有力，相当的高，充满了求生的欲望和愤怒的抗争。但是同样的，他的每一次起跳都只有一个结果，就是重新跌回到井底，跌回到起跳的原地。井口就像一个阴险的魔鬼，不管他跳得有多么高，它始终都在更远一点的地方嘲笑地等待他，他每一次的起跳只不过是徒劳地在井壁上多留下两道乱糟糟的爪印罢了。

在第十五次的尝试失败之后，他躺在井底下不动了，疲惫不堪地喘着粗气。她从井台上欠起身子，站在那里。他们两个都沉默着，不再说话。那一刻，他们共同地都感到一种绝望的念头在向他们袭来。

天亮的时候，她离开了井台，消失在森林之中。这里离村庄太近，村子里人们的身影绰约可见，她不能留在井台上，否则会引起人们的注意，给他带来新的危险。

整个白天的时间里只剩下他了。他躺在井底的背阳处，一动也不动，只是在漫长的凝止之中，偶尔抬头望一望井口那方狭小的天空。不断有人从井台边走过，有时候是猎人带着一群出猎的猎犬，有时候是孩子们驾着新做的雪橇，它们溅起一些雪粉落下井来，掉在他的脸上和身上，麻酥酥的。他没有去抖落它们。他不动，仿佛是井底一段原有的黑暗。他感到一种从未有过的屈辱和悲观。他有生以来第一次的，有一种想要哭的感觉。

天黑之后她回来了。她很困难地来到井台边。她为他带来了一只獾。她自己也已经吃饱了。为此她付出了很大的力气。为了填饱自己，并且准备一份更充足的食物，她差不多整整一个白天都没有停止过追逐和撕搏。她甚至企图去袭击一头离母亲有着二百公尺距离嬉戏着的幼豹。

天上又在下雪了，但雪不大，飘得很安静，一点儿声息也没有，悠悠缓缓的，在夜色中显得十分美丽。因为如此，因为无声和舒缓，才让人觉得这飘舞着雪花的夜晚是那么的静谧和安详。雪是无染的雪，洁白到极致，把月光反映到井底下，使她在井上便能看得清楚他。她看见他用力而专注地撕咬那只獾，很满足地把它嚼碎并且吞下去。她的眼睛潮湿了，鼻子有些堵塞。她要他别那么慌，慢慢吃，天才刚刚黑，他们有的是时间。

他在井底，把那只獾一点儿不剩地全都填进了胃里。他感到黑夜重新归还给了他信心，整个白天渗透进他骨髓里的恐惧和孤独此刻已经荡然无存。因为进食他有点儿累。他趴在那里休息了一会儿，然后站起来，开始了他新的尝试。

她有时候离开井台，走到通往村子的路上去，看看他们是否惹出了什么动静，然后她再踅回到井台边来。她总觉得在她离开的这段时间里，奇迹也许更容易发生。她在那里张望着，企盼等她回到井台边上的时候，他已经大汗淋漓地站在那里，四爪间满是黑乎乎的苔泥，喘着粗气傻乎乎地朝着她笑了。

但是没有。他并没有站到井台上来。他确实大汗淋漓，确实喘着粗气，确实满爪苔泥，可他仍然在井下。他挟火裹风，像一道姜黄色的闪电，在黑暗中一次又一次朝井上扑来。他是那么地投入，那么地卖力，他还从来没有那么投入和卖力过。可是那并不能证明什么。他每一次的跃起都伴随着同样距离的跌落。他跃起得越高就跌落得越狠。有好几次他都摔得很厉害，好一阵爬不起来。雪是静静地在那里下着，样子像是在水里似的，降落得很慢，看着一朵朵飘着，老半天落不到地上。这是风做成的。风一不在的时候，雪就下得有点儿怪模怪样了。竟然有月亮，很圆很亮的月亮，明目张胆地挂在那里，一点儿也不受雪花的干扰。他在月亮下跃起，落下，咚的一声闷响，那月亮就抖一下。他跃起，落下，再跃起，再落下，月亮一直这样抖着，不断地抖下去，终于抖落到松梢下，看不见了。

天亮的时候，她再度离开井台，消失在森林里。

太阳升起的时候，雪地里一片耀眼的亮光。有一只凤头百灵落到井台边来，歪着头朝太阳看，看一阵，张嘴来了一串亮丽的啾鸣，阳光在那串亮丽的啾鸣声中碎成无数金黄色的矢羽。

他躺在井下的背阳处，让黑暗和潮湿把自己罩住，万念俱灰地闭着眼喘气。他浑身肮脏不堪，土黄色的皮毛凌乱得完全不成了样子，因为不断地摔打跌落，他的身子已经有些浮肿了，这使他显得相当的萎靡不振。他不想让凤头百灵或别的什么看到这样的他，也不再抬头看井口那方狭小的天空，他把他的整张脸都埋藏在前爪中，一动不动，就这么，捱过了漫长而孤独的白天。

她在整个白天都不曾有过一刻的停歇。为了寻找食物，她走了很远的路。她差不多把森林全部搜索了一遍。她比他要累得多，也委屈得多。她差不多快要累垮了，而且因为委屈不断地出错。她顾不得她那身凌乱的皮毛。而且，她不止一处受了伤。在追逐一只狐狸而未能得手之后，她竟然昏头昏脑地去攻击一只身材魁梧的成年鬣狗，结果被对方咬住了脖颈。她带着那些伤口，拖着一身随风披拂的银灰色皮毛在松软的落叶上奔跑，她掠过白桦林和雪松林的匆匆身姿充满了一种伤感和悲壮，她奔跑时带起的雪粉，像一片神秘的云雾在雪地上延伸，久久地悬挂在那里不肯散去。

天黑的时候，她疲惫不堪地回到井台边。她很难过，心里充满了对他的愧疚。她的运气太不好了，整整一天时间，她只捉到了一只还没有来得及长大的松鼠。她自己当然是饿着的，只是象征性地舔食了一些落了新鲜松子的雪。她知道那只可怜的松鼠根本不够他塞牙缝的，如果在平时，他连正眼也不会瞧它一眼，它完全够不上他瞧它的资格。可现在她能做些什么呢？没有他她什么也做不了，她甚至做不到去找回那只傻乎乎的兔子。现在，她能把那只松鼠给他么？她的心因为隐隐地疼痛而一阵阵的痉挛。她觉得真是太委屈他了。她甚至认为是她使他受到了这样的耻辱。但是，接下来她所看到的事情却使她从沮丧之中很快挣脱出来。她感到了一阵惊喜。

他在井底，但却不像昨天那样，无所做为地等待着她回到井台上来。他在那里忙碌着，忙得大汗淋漓。他是在把井壁上的冻土一爪一爪地抠下来，把它们收集起来，垫在脚下，把那些冻土踩结实。他那么干着，非常投入，连她回到井台上来这件重要的事情都没能打扰他。他肯定干了很长一段时间了。他十只爪子已经完全劈开了，淌出鲜血，这使那些被他一爪一爪抠下来的冻土显得湿漉漉的。但他一点儿也没有放弃的意思。他仍然在那里仰着头，伸出前爪，满怀热情，一爪一爪地从井壁上抠取冻土。

她先是愣在那里，但是她很快就明白过来了，他是想要从井壁上取土，把井底垫高，缩短井底到井口的距离。也就是说，他是在那里创造着拯救自己的生命通道。她一旦明白这个之后，眼睛一下子就潮湿了。她想他是多么地勇敢哪，他是多么地了不起呀！她的喉咙哽噎着，差点儿就把这句话喊出来了。

现在她也加入到他的努力中来了。她把那只可怜的松鼠丢给他，并且不再愧疚。她让他先到一边歇息着，她来接着干。她在井坎附近刨开冰雪，把冰雪下面的冻土刨松，再把那些刨松的冻土推下井去。她这么刨上一阵，再换了他来，把那些推下井去的冻土收集起来，垫好，重新踩结实。这个工作干起来很费劲，很枯燥，但是他们干起来却十分开心。因为有了她从井台上刨下来的冻土，他不必一点一点地从井壁上往下抠冻土了，只需隔上一阵，把她推下井来的那些浮土踩结实，这样速度就快多了。

他们这样轮流地干了一阵子，又干了一阵子。他发现她在井台上的速度慢了下来。他在井下大声地催促她。他有点急不可耐。他不知道她是饿的，也是累的，她还有伤。她有一阵差点儿一头扎倒在雪地里了。她强忍着撑住，喘着粗气，看了看正在迅速西坠的月儿，然后扑向被她刨松的冻土，把它们用力推下井去。

整个夜晚，空气中充满了新鲜的浓酽的黑森森的冻土的芬芳。

天亮时分，他们停了下来。他们全都累坏了，汗水在皮毛上凝结成无数的冰珠子，就像一身华丽奇瑰的铠甲，身子一动就发出金属的悦音。他们对自己的工作很满意。那些冻土，它们在被重新踩实之后，已经有很厚的一层了，它们把那口枯井的恐怖填充得越来越短，再也没有那么可怕了。甚至，它们使那口枯井里阴冷潮湿的空气中有了一丝生命的暖意。他们都看出来了，照这个样子干下去，再干上一个晚上，最多两个晚上，他们就会得到他们希望中的足够的高度，他站在那个高度上，就能轻而易举地跃起来，跃出那口孤独的枯井。这个前景使他和她都激动了好一阵。

太阳升起来之前，她离开了井台，拖着疲惫的身子朝森林中走去。她得躲开人们的注意，同时为他们最后的努力寻找食物。而他则再度躲藏到井底的背阳之中去，休养生息，等待黑夜的再度到来，等待在无垠的雪地上自由自在奔逐的时光的再度到来。

如果事情就像这么发展下去，那他们肯定会如愿以偿，他们会在下一个太阳升起来的时候，最终逃离那口可恶的枯井，双双朝着森林里奔去。这真是一个美好的前景，它就像冉冉升起的太阳一样，令人砰然心动。但是，事情在最后却没有按照原有的轨道发展下去，而是在某一个关键的地方出现了差错。

有两个村子里的少年发现了他们。

两个少年乘着狗爬犁路过了那口枯井。两个少年看到了被扒开的积雪和刨得坑坑洼洼的冻土。两个少年走到井台边，探头朝井下看，他们发现了躺在井底心怀憧憬的他。两个少年拿冻土块来抛他。他们很兴奋。他们从来没有在这么近的地方用冻土块抛过一只活着的狼。当然，他们村子里任何一个孩子都没有这么干过，别的村子也没有听说过这种事。他们认为这是一种荣耀。他们为这种荣耀而骄傲。他们抛冻土块。他们抛了一阵之后抛累了，然后他们跑回村子里去，取回一支猎枪来，朝井里的他放了一枪。

他在枪响的时候跳开了，但尽管这样他还是被击中了。子弹从他的后脊梁射进去，从左肋穿出，血像一条暗泉似的往外蹿，他一下子就跌倒了，再也站不起来。

开枪的少年在往枪膛里推上第二发子弹的时候被他的伙伴阻止住。阻止他的少年指给他看雪地里的几串脚印，它们像一些灰色的玲珑剔透的梅花，从井台一直飘落进远处的森林中。少年是多么的聪明呵，他们立刻明白了他们还有另外一个可以守候的目标，一个因为没有现身而出没叵测的目标，一个因为没有陷入绝境而充满更多刺激的目标。少年明白过来这一点后停止了向井下的他补射。他们放过了他。他们决定拿受了重伤的他做一个活饵。他们在离枯井不远的一个窝棚里掩藏下来，准备伏击那个随时可能出现的目标。

她是在太阳落山之后回到这里的。这一回她很幸运，带回了一头肥硕的黄羊。但是她没有走近井台。她的嗅觉相当敏锐，她在淡淡的橡树籽和芬芳的松针的味道中闻到了人的味道和只有人才使用的火药的味道，这使她感到了一种潜在的威胁。她把自己掩藏在森林的边缘上，并不急于走出森林的佑护，然后，她就在晴朗的夜空下听见了他的嗥叫。

他的嗥叫是那种报警的。在黑夜到来的时候，他开始了不间断的嗥叫。他在警告她，要她别靠近井台，要她返回森林，远远离开他，要她逃回橡树籽的味道和松针的味道中去，离开人和人才使用的火药的暗算。他流了太多的血。他的脊梁被打断了。他无法再站起来。但是他却顽强地从因为流淌不止而尚未冻住的血泊中挣起头颅，艰难地把它昂起来，朝着头顶上那片斗大的天空久久地嗥叫着。

她当然听到了他的嗥叫。她立刻变得不安起来。她昂起头颅，远远地朝着井台嗥叫。她的嗥叫是询问。她在询问出了什么事。

他没有正面回答她。他叫她别管。他叫她赶快离开，离开井台，离开他，进入森林的深处去。

她不。她知道他出了事儿。她从他的声音中嗅出了血腥味儿。她坚持要他告诉她到底发生了什么，否则她决不离开。

他开始烦躁了。他的声音里充满了愤怒。他大声地叫她滚，叫她别招惹他。他威胁她说他会撕烂她银灰色的皮毛，咬断她的脖子，除非她立刻走开。

他把她理解错了。她也许够不上他那么勇敢，她也许太看重开心而并不在乎是不是能够随着鹰飞上天空，但是谁要想吓唬她，她相反不吃那一套。她的声音变得凄厉起来。她要求他告诉她发生了什么事情。她凄厉的询问声在雪野和森林之间回荡着，传出了很远很远。

两个少年，他们在窝棚里耐心地藏着。他们先是听到了井下的他和森林里的她在那里嗥叫着。他的嗥叫急促而严厉，她的嗥叫悠远而焦灼。两个少年很高兴。他们高兴，因为另一个目标的出现证实了他们最初的观察和判断，这就让他们有更多的事情可做了。他们只有点急。他们弄不明白，那两只狼，他们在那里嗥叫着，呼吸毗连，一唱一和，只有声音，怎么就见不到影子？但是他们的疑惑没有延续多久，她就出现了。

她是慢慢走出那片掩身的森林的。她斜着身子，把自己亮在白桦林和橡树林的护佑之外，高傲地昂着头颅，站在那里，似乎是等待着暗算的到来。他知道这个，因为她停止了嗥叫，于是他也停止了嗥叫。那一刻，雪地里一片宁静，连雪堆坍塌和冰挂坠落的声音也明皙可辨。空中先是干净的，这时就有一阵暖暖的风经过，把一些干爽的雪粒子吹起来，吹到空中做再一次的飘舞。

风儿吹过之后，她像是深深地吸了一口气似的，收束起腹部，迈开步子，朝井台这边走来。

两个少年，他们被她的美丽惊呆了。她是一匹怎样美丽的母狼呀！她体态娇小，身材均称，仪态万方，鼻头黑黑的，眼睛始终潮润着，弥漫着小南风一般朦胧的雾气，在一潭秋水之上悬浮着似的。她的皮毛是一种冷凝气质的银灰色，安静的，不动声色的，能与一切融合且被融合者升华为高贵的。她站在那里，然后慢慢朝他们走过来。她的步子是矜持的，从容的。她那种样子，使这个被冰雪覆盖着的大地有了一种灵气，有了一种活意，有了一种与众不同的新鲜景色。

两个少年，他们先是愣着的，后来其中一个醒悟过来。他把手中的猎枪举起来，瞄准了走在雪地里的那只狼，抠动了板机。

枪声很沉闷。子弹从枪膛中钻出来，有点犹犹豫豫的，朝着她飞去，钻进了她前面的雪地里，溅起一片细碎的雪粉。她愣了一下，转过身去，像一阵干净的轻风，消失在森林之中。

枪响的时候，他在枯井里发出长长的一声嗥叫。这是愤怒的嗥叫，撕心裂肺的嗥叫。他的嗥叫声差不多把井台都给震垮了。

两个少年都被他的叫声吓坏了。不过这只是一瞬间的事情。他们很快明白过来，他是在井里的，何况他们手中有枪，他们用不着怕他。但是他们没有击中她是事实，这又使他们感到沮丧。两个少年在雪地里站了很长一段时间。他们在慢慢走回窝棚里去的时候有些恼羞成怒。他们决定留在那里，把他们的伏击做成最后的结果。

在整个夜晚，她始终待在那片离井台最近的森林里，不断地发出悠长的嗥叫声。他在井底，也在嗥叫。他听见了她的嗥叫，知道她还活着，他的高兴是显而易见的。他一直在警告她，要她别再试图接近他，要她回到森林的深处去，永远不要再走出来。她不干，说什么也不离开他。他们互相传递着各自的看法，声音是焦灼的，带着一种掩饰不住的烦躁。他把它当做一种责任。他不知道她也是把它当做一种责任的。那是她的责任，与他的责任同样的持重，是属于不能轻易放弃的那一种。她仰天长啸着，坚持自己的看法，在不下雪的月夜里，她的长啸从森林里传出来，一直传出了很远。

天亮的时候，两个少年熬不住，阖上眼打了一个盹。与此同时，她从森林中出来，快速接近了井台。她倒着身子，刨飞一片片雪雾，把那只冻得发硬的黄羊拖到井台边上，用力推下枯井。他躺在那里，因为被子弹打断了脊骨而不能动弹，那头野羊就滚落到他的身边。他大声地咒骂她。他要她滚开，别再来扰烦他，否则他会让她好看，他不会饶过她。他头朝一边歪着，看也不看她，那个样子，好像他对她有着多大的气似的。她趴在井台上，尖声地呜咽，眼泪汪汪。她不断地把面前的积雪刨开，刨出一个坑，然后把自己泪水涟涟的脸埋进坑里去。她哽咽着乞求他，要他坚持住，只要他还有一口气，她就会把他从这口该死的枯井里救出去。

两个少年后来醒了。但是他们来不及射击她。等他们刚刚抓住枪的时候，她已经消失在森林中了。两个少年好一阵后悔。他们发现自己并没有自认为中的那么具有智慧，还是被她给算计了。他们互相埋怨了一阵之后，发誓在往后的时间里决不再犯这样的错误。他们决定轮流休息，始终保持着有一个人举着那支猎枪。无论如何，他们一定要猎获那只有着银灰色皮毛的美丽的母狼！

在接下去的两天时间里，她一直在与他们周旋。她只是在去寻找食物的时候才暂时离开那片森林，然后她会很快回到那里。她一直在试图接近那口枯井，去给井里的他送新鲜食物，并且试图着把他从那里救出去。两个少年在两天的时间里一共朝她射击了七次，因为距离太远，她又刻意提防着，他们没能射中她。这是他们的失利。但是，他们在失利中也有收获。他们因为采取了轮流守候的办法，并且因为更加的尽心，致使她完全没有机会再度接近井台，这就切断了她和他之间的所有联系。她当然没有放弃。实际上，她每时每刻都在破坏和瓦解掉他们的毅力和信心。她在那里，在森林的边缘地带时隐时现，以一种让人无法相信的疯狂举动与他们周旋，让人相信，她如果愿意，就能把事情做成，她要坚持下去，真的有可能突破他们自信的防线。只是因为两个少年，他们被激怒了，他们决心要与那只该死的美丽母狼较量下去，分出高低，这样，她和他们才形成了胶着的抗衡状态。

如果不是因为后面发生了一件事，使她和少年之间的那种胶着的抗衡状态出现了一些混乱，以至于让少年们有了可乘之机，谁也无法预料这场抗衡会持续到什么时候，最终的赢家会是谁。但是，这件事情毕竟发生了，混乱毕竟造成了，间隙毕竟出现了，它打破了她与少年之间那种长期的周旋状态，使她和少年们必定地要在空旷的雪地里对手相逢。

事情是由他做下的。

在那两天的时间里，他一直在井里嗥叫，没有一刻停止过。他的嗓子肯定已经撕裂了，以至于他的嗥叫断断续续，无法延续成声。这让两个少年揪心死了，厌烦死了。但是第三天的早上，他的嗥叫声突然消失了。空气中最后那一丝破裂的声音悠悠落到雪地上之后，四周里一片寂静。两个少年愣了一会儿，钻出窝棚朝井台跑去。他们跑到井台边，探头朝井下看。他们看见那头受了伤的公狼已经死在井底了。他是撞死的，头歪着顶在井壁上，颅盖粉碎，脑浆四溅。那只冻硬了四足的野羊，完好无损地躺在他的身边。

两个少年一时有点发懵，不知道井下发生了什么事情。但是他死了，而且是撞死的，这是事实。他们分明受了一次打击，而且井底的他是拿着自己的生命来打击他们的，这让他们十分沮丧。他们灰头灰脑的站了一会儿，实在也站不出什么结果来，其中有一个就说，找绳子把他弄上来，回家去吧。另一个听了，抬手抹一把冻出来的清涕，说，嗯哪。

他们这么说着。他们说得对。他们的判断和分析是正确的。那两只狼一直试图重返森林，他们差一点就成功了。他们后来陷进了一场灾难，先是他，然后是她，其实他们一直是共同着的。现在他们当中的一个死去了，他死去了，另一个就不会再出现了，难道他的死不就是为着这个的么？

两个少年就转身朝着村子里走去。他们走得没精打彩。他们回村子去拿绳子。但是他们没有走出多远就站住了。他们站住了，并且转过身来，两个人全都目瞪口呆地看着前方。

前方那片森林里，先是传来一声悠长而凄凉的嗥叫，在橡树籽和松针的芬芳里，那声嗥叫让人心颤。然后，她出现在那里。

那是一个让少年们永远难以忘怀的形象。她站在那里，全身披拂着银灰色的皮毛，皮毛下伤痕累累，皮毛上满是血痂。她是精疲力竭的样子，身心俱毁的样子，她那种样子，因为皮毛被风儿吹动了，就给人一种飘动着的感觉，仿佛是森林里最具古典性的幽灵。她的目光像水一样的平静，悬浮于上的雾气正在迅速散开，成为另外的一种样子，一种纯粹的样子。她微微地仰着她的下颌，似乎是轻轻地叹了一口气，然后，她朝井台这边轻快地奔来。

两个少年几乎看呆了，直到最后一刻，他们其中的一个才匆忙地举起了手中的那支枪。

枪声响起的时候，停歇了两天两夜的雪又开始飘落起来了。但是可以肯定的是，降落到地上的第一捧雪不是从天上飘落下来的，而是从井台边的那棵树上抖落下来的。

那是一棵苹果树。在我们的视力范围内，那是最后一棵苹果树。

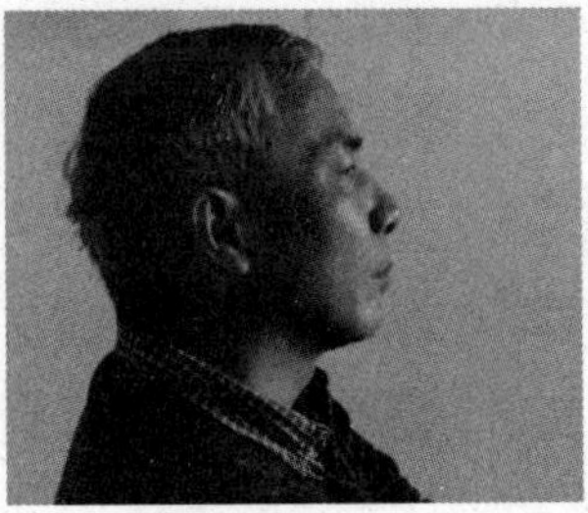

凉州词

格　非

格非，1964年8月生于江苏丹徒。1981年考入上海华东师范大学中文系。文学博士。现为清华大学中文系教授，博士生导师。

主要从事小说创作和文学研究。代表作有长篇小说《人面桃花》《山河入梦》《春尽江南》等、短篇小说《迷舟》《青黄》等，论著有《文学的邀约》《小说叙事研究》等。

凉州词

闲 谈

作为当代文化研究领域内声名显赫的学者，临安博士近来已渐渐被人们遗忘。四年过去了，我从未得到过他的任何消息。正如外界所传言的那样，不幸的婚姻是导致他最终告别学术界的重要原因。最近一期的《名人》杂志刊发了一篇悼念性质的文章，作者声称，据他刚刚得到的讯息，临安先生现已不在人间，他于一九九三年的六月在新疆的阿克苏死于霍乱。直到今年秋天，当临安博士背着沉重的行囊突然出现在我寓所的门前，上述推断才被证明是无稽之谈。

他是从张掖返回长沙的途中经过上海的。由于那则不负责任的谣传和多年不见的隔膜，我们相见之下令人不快的尴尬是不难想象的。这些年来，世事沧桑，时尚多变，在大部分人忙于积攒金钱的同时，另一些人则自愿弃世而去，我们的谈话始终笼罩着一层抑郁、伤感的气氛，临安博士已不像过去那样健谈，激情和幽默感似乎也已枯竭。我们长时间看着窗外，看着那些花枝招展的少女穿过树林走向食堂，难挨的沉默使我们感到彼此厌倦。

在我的记忆中，临安先生尽管学识丰湛，兴趣广博，却称不上是一个治学严谨的学者，他的研究方式大多建立在猜测和幻想的基础上，甚至带有一些玩笑的成分。对于学术界在困难的摸索中渐渐养成的注重事实和逻辑的良好风气，临安常常出言讥诮，语露轻蔑："捍卫真理的幼稚愿望往往是通向浅薄的最可靠的途径。"

四年前，他将一篇关于李白《蜀道难》的长文寄给了《学术月刊》，从此销声匿迹。在这篇文章中，他一口断定《蜀道难》是一篇伪作。"它只不过是一名隐居蜀川的高人赠给李白的剑谱，其起首一句'噫唏嘘嚱'便是一出怪招……"《学术月刊》的一名女编辑在给我的信中流露出了明显的不安："你的那位走火入魔的朋友一定是神经出了问题。"现在看来，这篇文章也许仅仅是临安博士对学术界表示绝望的戏仿之作。

不过，临安博士并未就此与学术绝缘，这次见面，他还带来了一篇有关王季陵《凉州词》的论文。他告诉我，他写这篇论文的初衷只是为了排遣寂寞，没想到竟意外地治愈了他的失眠症。文章的风格与他的旧作一脉相承，标题却冗长得令人难以忍受。如果删去枝蔓，似乎就可以称作：《王之涣：中唐时期的存在主义者》。

旧　闻

"普希金说过：湮灭是人的自然命运。我也是最近才明白这句话的真正含义……"临安博士就这样开始了他的论述，并立即提到了有关王之涣的一段旧闻。

在甘肃武威城西大约九华里外的玉树地方，曾有过一座两层楼的木石建筑。现在，除了门前的一对石狮和拴马用柱铁之外，沙漠中已无任何残迹。这幢建筑位于通往敦煌和山丹马场的必经之路上，原本是供过路商旅借宿打尖的客栈。到了开元初年，随着边陲战事的吃紧，大批戍边将士从内地调集武威，这座客栈一度为军队所租用。最后占领这座客栈的是一些狂放不羁的边塞诗人，他们带来了歌妓、乐师和纵酒斗殴的风习，竞夕狂欢，犹如末日将临。

自从世上出现了诗人与歌妓之后，这两种人就彼此抱有好感。但这并不是说，在地僻人稀的塞外沙漠，诗人与歌妓们蚁居一处饮酒取乐，就一定不会发生这样或那样的争执。为了防止流血事件的频繁出现，一个名叫叶修士的诗人在酒后发明一种分配女人的方法，具体程序说来也十分简单：诗人们一般在黄昏时从城里骑马来到这里，随后饮酒赋诗，叙谈酬唱。等到月亮在沙漠中升起，歌妓们便依次从屏风后走出来，开始演唱诗人们新近写成的诗作。只有当歌妓演唱到某位诗人的作品时，这位诗人才有权与她共度良宵。

“这种仪式有些类似于现在在英国流行的‘瞎子约会’，”临安博士解释道，“它使得传统的嫖娼行径更具神秘性质，而且带有一种浓烈的文化色彩。”

自从王之涣贬官来到武威之后，就成了这座客栈的常客，遗憾的是，他的诗作从未有幸被歌妓们演唱过。根据后代学者的分析，王季陵在这里备受冷落，除了他“相貌平平，神情犹疑”，不讨女人们喜欢之外，最重要的原因是他的诗歌不适合演唱。情况确也是如此，让一个卖弄风情、趣味浅俗的歌妓大声吟唱“黄河远上……”一类的词句，的确有些过分。不过，不久之后发生的一件事似乎完全出乎人们意料。这件事显然不属于正史记述的范畴，清代沈德潜在其《唐诗别裁》一书中对这段旧闻偶有涉及，但描述却极不准确。

这天晚上，诗人们的聚会依旧像往常一样举行。只是听说客栈新来了几名歌妓，诗人们的情绪略微有些激动。第一个从屏风后面走出来的是一名身材臃肿的当地女子。大概是因为此人长相粗劣，诗人们的目光显得有些躲躲闪闪，惊惶不安，唯恐从她的嘴里唱出自己的诗篇。这位姑娘用她绿豆般的小眼扫视了一遍众人，最后将目光落在了高适的身上。她唱了一段《燕歌行》。人们在长长地松了一口气之后，都用同情的目光看着高适。高适本人对此却有不同的看法，他低声地对邻座的王之涣说道："这个姑娘很可爱，我喜欢她的臀部。"

接着出场的这名歌妓虽然长相不俗，但毕竟已是明日黄花。她似乎被王昌龄高大、英俊的外表迷住了，曾经异想天开地用一把剪刀逼着王昌龄与她结婚。她每次出场，总是演唱王昌龄的诗作，因此，其余的诗人对她不会存有非分之想。果然，她这次所唱，又是那首老掉牙的《出塞》。王昌龄看上去虽有几分扫兴，但仍不失优雅风度，他谦虚地嘿嘿一笑："温习温习……"

时间就这样过得很快。王之涣似乎已有了一丝睡意。在这次聚会行将结束时，从屏风后面突然闪出一个女人。她的出现立即使王季陵困倦全消。

关于这个女人的美貌，历来存有不同的说法。有人称她"玉臂清辉，光可鉴人"，有人则说"仪态矜端，顾盼流波，摄人心魄"。不管怎么说，这些评论在某一点上是一致的：她的身上既有成熟女人的丰韵，又有少女般的纯洁清新。她所演唱的诗作正是王季陵的《凉州词》。

看上去，这个端庄、俊美的女人并未受过基本的音乐训练。她的嗓音生涩、稚拙，缺乏控制，一名衰老的琴师只能即兴为她伴奏，徒劳无益地追赶着她的节拍。她的眼中饱含泪水，仿佛歌唱本身给她带来的只是难以明说的羞辱。

"如果有人决心喝下一杯毒酒，最好的办法莫过于一饮而尽，"临安对我说，"她就是在这样一种交织着犹豫、悔恨以及决定迅速了却一桩心愿的急躁之中，唱完了这支曲子，然后不知所措地看着众人。"

短暂的沉默过后，人们看见王之涣干咳了两声，从椅子上站起身来，朝这名歌妓走去。他脸上的冷漠一如往常，勉强控制着失去平衡的身体。他甚至连看都没看她一眼——就像这个女人根本不存在似的，匆匆绕过她身旁的几只酒坛，径直来到了屋外。

深秋的沙漠中寒气袭人，沙粒被西风吹散，在空中碰撞着，发出蜜蜂般嗡嗡的鸣响。借着客栈的灯光，他在一排倒坍的栅栏边找到了那匹山丹马。接着，他开始流泪。客栈里传来了酒罐被砸碎的破裂之声，那名歌妓发出了惊恐的尖叫。

“现在，我们已经知道，那名歌妓正是王季陵的妻子。”临安故作平静地说，“这件事说起来有些令人难以置信，但它毕竟是事实。你知道，当时在玉树的这座客栈定期举行的诗人聚会与如今港台地区盛行的流行歌曲排行榜并无二致，在那个年代，它几乎完全操纵着武威这个弹丸小城附庸风雅的文化消费。王之涣的妻子平常足不出户，丈夫频繁的终夜不归使她颇费猜测。在一个偶然的机会，她从一个上门来兜售枸杞子的穆斯林口中知道了玉树客栈所发生的一切，丈夫在那里遭受的冷落不禁让她忧心如焚。后来，她慢慢想出了一个办法……”

“看来，这个女人对于诗歌艺术有一种狂热的爱好……”我对临安说。

“仅仅是一种爱好而已。而且这种爱好也仅仅是因为她的丈夫恰好是一名诗人。那时的女人们就是这样，假如她的丈夫是一个牙科医生，那么她就会莫名其妙地对拔牙用的老虎钳产生亲近之感。事实上，她对诗歌几乎一窍不通。在太原时，她曾对王之涣的那首《登鹳雀楼》提出质疑，按照她的逻辑，欲穷千里目，更上一层楼是远远不够的，起码也应该一口气爬上四五层楼，因为这样才能看得更远。王之涣怎么向她解释都无法说服她。最后，他只得将妻子带到那座即将倒塌的鹳雀楼前。‘你瞧，这座楼总共只有三层，’王之涣耐心地解释道，‘我写这首诗的时候是在二楼……’他话音刚落，妻子便不好意思地笑了起来，露出一排洁白的牙齿：我明白啦。因此，这件不幸事情的发生仅仅与爱情有关。在我看来，所谓爱情，不是别的，正是一种病态的疯狂。”

“也许还是一种奢侈。”我附和道。

“确实如此，”临安站起身来，似乎准备去上厕所，“在王之涣身上发生的这件事已经远远超出了悲剧的范畴。按照现在流行的观点来看，它正是荒谬。类似的事在我们这个时代倒是俯拾即是。”

临安在厕所里有好长一段时间没有出来。我知道，我们的谈话远远没有结束。在冰箱压缩机单调的哼哼声中，我的眼前浮现出临安妻子那副忧戚的面容。自从她与临安离婚之后，我就再也没有见过她。

诗作及其散佚

众所周知，王之涣在十三四岁的少年时代即已开始了写作的生涯，四十年后在文安县尉的任上死于肺气肿，身后仅余六首诗传世。这些诗作后虽被收入《唐诗》，但经过考证，《宴词》等四首亦属伪托之作，“移花接木，殊不可信”。因此，准确地说，王之涣留给后人的诗篇只有两首，这就是脍炙人口的《凉州词》和《登鹳雀楼》。

临安博士告诉我，他在张掖、武威一带滞留时，曾在一家私人藏书楼中读到李士佑所撰木刻本的《唐十才子传》。作者的生卒年月皆不可考。其境界俗陋，引证亦多穿凿附会之处，但却以一种极不自信的笔调暗示了王季陵诗作散佚的全部秘密。

按照李士佑的解释，王之涣病卧床榻数月之后，自知在世之日无多，便在一个豪雨之夜将自己的全部诗作付之一炬，而将《凉州词》与《登鹳雀楼》分别抄录在两张扇面上赠给长年跟随的仆佣，聊作纪念之表。

对于王季陵自焚诗稿的原因，李士佑认为，这是王季陵渴望身后不朽的一种冒险。他进而做了一个象征性的说明：假如世上仅剩一对价值连城的花瓶，你砸碎其中的一只，不仅不会有任何损失，相反会使另外一只的价值于顷刻之间成倍地增值……

“这种描述的可笑与浅薄是不难证明的，”临安博士一谈起这件事，就显得愤愤难平，“我们知道，王之涣生前对于自己诗作的公之于众极为谨慎，即便是惠送知己、酬赠美人也往往十分吝啬，这种怪癖后来直接引发了他与高适、王昌龄二人的反目。如果王之涣像李氏所说的那样爱慕名声的话，那么他现在的地位已不在李、杜之下。”

在临安博士的这篇论文里，他用了很长的篇幅描绘了许多年前的那个风雨之夜，行文中处处透出苍劲和悲凉。但我不知道他的描述在多大程度上是真实的。当我留意到他的那张形同朽木的脸颊以及额上的茎茎白发，我知道，事实上我无权向他提出这样的疑问。

“即便是一个理智正常、神经坚强的人，也不免会产生出自我毁灭的念头，”过了一会儿，临安换了一种较为柔和的语调说道，“这种念头与他们在现世遭受的苦难及伤害的记忆有关。一般来说，这种记忆是永远无法消除的，它通常会将人的灵魂引向虚无缥缈的时间以及种种未知事物的思索，尽管逃脱的愿望往往带来绝望。正如曹雪芹后来总结的那样：世上所存的一切说到底只不过是镜花水月而已。”

临安的一番话又将我带向过去的岁月。早在几年前，他的妻子在给我的一封信中已预示出他们婚姻行将崩溃的种种征兆。这封信是用俄文写成的，她心事重重地提到，临安近来的状态让她十分忧虑，也使她感到恐惧。因为“他在不经意的言谈中已渐渐流露出了对地狱的渴望……”

“说到王之涣，倒使我想起一个人来，”临安用手指敲打脑壳，似乎想竭力回忆起他的名字，“一个犹太人……”

“你说的是不是里尔克?”

“不，是卡夫卡，”临安纠正道，同时由于兴奋，他的脖子再度绽出青筋，“王之涣焚诗的举动常使我想起卡夫卡忧郁的面容。他们都死于肺病，在婚姻上屡遭不幸；他们都有过同样的愿望——随着自己的消失，在人世间不留任何痕迹，但都没有获得成功——世人往往出于好心而弄巧成拙，使这些孤傲的魂灵不得安宁。在这一点上，马克斯·布洛德的行径是不可原谅的。”

“你的意思是不是说，王之涣的自甘湮灭与他对这个世界的仇恨有关?”

“仇恨仅仅是较为次要的原因，”临安说，“况且，对于王之涣的身世，我们知道得很少，问题在于，王之涣已经窥破尘世这座废墟的性质，并且谦卑地承受了它。这一点，我以为，他在《凉州词》一诗中已说得十分清楚。”

“你在这篇论文中似乎还提到了地理因素……”

“沙漠，”临安解释道，“王之涣长年生活的那个地区最常见的事物就是沙漠。在任何时代，沙漠都是一种致命的隐喻。事实上，我离开甘肃几天之后，依然会梦见它在身后追赶着我所乘坐的那趟火车。我走到哪里，它就跟到哪里。我在想，如果这个世界如人们所说的那样有一个既定的进程的话，毫无疑问，那便是对沙漠的模仿。”

结　论

“你无需考虑别人的命运，却也不能将自己的命运交给别人去承担，这就是我在这篇文章中所要表达的基本思想。”临安在做了这样一个简短的总结之后，我们之间的谈话就结束了。

天已经亮了，不过太阳还没有出来。

临安博士走到我的书橱前，大概是想随便抽出一本书来翻翻。

他在那里一站就是很久。

书橱的隔板上搁着一件工艺品玩具：用椰壳雕成的一头长尾猴。

它是临安以他与妻子的名义送我的纪念品。当时，他们新婚不久，刚从海南回来。我记得，那是一个遥远的午后，他们俩手拉着手，站在我的窗下，她头上别着的一枚银色发箍，在阳光下，闪闪发亮。

梦幻快递

范小青

范小青，祖籍江苏南通，从小在苏州长大。1978年初考入苏州大学中文系，1982年毕业留校任文艺理论教师，1985年调入江苏省作家协会从事专业创作。现为江苏省作家协会主席、党组书记，全国政协委员。

1980年起发表文学作品，以小说创作为主，著有长篇小说十八部，代表作有《女同志》《赤脚医生万泉和》《香火》等，中短篇小说三百余篇，代表作有《城乡简史》等，另有散文随笔、电视剧本等。共创作字数一千多万字。有多种小说被译成英、法、日、韩等文字。短篇小说《城乡简史》获第四届鲁迅文学奖，长篇小说《城市表情》获第十届全国“五个一工程”奖，获得第三届中国小说学会短篇小说大奖，另有《小说选刊》《小说月报》《中篇小说选刊》《中华文学选刊》《人民文学》《北京文学》等奖项。

梦幻快递

有一天我送快递到一个人家，收件人是个年轻的女孩，就是最热衷网购的那种，从屋里出来，接了快件就向我要笔签收，我提醒她说，先开箱看一下货吧。

这可不是因为我有责任心，这是公司的规定，公司规定一定要让收件人开箱后再签收，否则后果一律由我们送货人自负，我才不想负这么多的后果，所以我坚持要她先开箱后签收。她似乎有些不耐烦，对我送来的货物看起来也不怎么在乎，马马虎虎说，哎呀，不开了吧，我忙着呢。我说不行，不开箱不能签收的，除非——她赶紧问我，除非什么？我说，除非你在单子上写明。她又问要写什么，我说，写收件人自愿不开箱验货，与递送员无关，一切后果自负等等，再签上你的名字。她又嫌烦，说，哎哟，烦死人，要写那么多字，算啦算啦，就打开来看看吧。可是箱子包裹得很严实，她又皱眉，又想马虎过去。还好，我随身带着小刀子，将包扎箱子的胶带划开来。我这小刀子这是专门对付那些嫌麻烦的收件人的。他们会以没有工具打开箱包为由，就强行直接签收，马虎了事。这种做法我是不能允许的。

当然你们也都知道的，其实收件人并不都是这样的人，有些人的习惯正好相反，他们对付快递来的货物的顶真程度让你简直忍无可忍。比如一个妇女喜欢从网上购买衣服，每次拿到衣服，她都上上下下前前后后里里外外反复检查，甚至连线缝都扒开来看个仔细，我在旁边看得心里暗笑，她是不是以为这衣服是我本人缝制出来的，就算看出线缝有问题，她拿我有什么办法呢。另有一个妇女也是经常买衣服的，有一次打开箱子验货时闻到一股橡胶味，她坚持说这是假冒伪劣产品，当场就要退货，又说穿这种衣服会得癌的，说得吓人倒怪。但无论是货真价实还是假冒伪劣，都与我无关，她这是在为难我，我耐心跟她解释了条例，验货时只有当货物损坏或原先确认过的尺寸颜色不符才能拒收，没有一条规定说，衣服有异味也能当场拒收的，最后磨了半天，她还算讲理，收下了那件可能很恐怖的衣服，决定打客服电话要求退货，后来怎么样我就不知道了，也不关我事。还有一个收件人也很奇怪，一定要问我叫什么名字，我说公司没有规定要报名字，可以不告诉她，但见她执意要问，我就告诉她了，我还心存侥幸地以为她要给我介绍对象呢。不料下次去的时候，她又问我的名字，我说上次告诉你了，她说记性不好，忘了，我又告诉一遍，如此三番几次的，我心里有疑问，我跟她解释说，其实，送快递跟名字没有关系的。她说，怎么没有关系，我连送水工都要问他们名字的。我想她可能是防患于未然吧，生怕哪天出了事找不到人。但其实她不知道快递公司都有规定的，哪一片区域归哪一个快递员，都是清清楚楚的，她只要说出她的地址，公司就能知道是谁送的，除非那是个不规矩的公司，如果是不规矩的公司，你知道快递员的名字有人才通知，你就算知道老板的名字，也同样不能解决问题的。

真是林子大了什么鸟都有。什么鸟你都得小心应付，谁让你是快递员呢。现在快递中的差错很多，无论谁是谁非，最后鸟屎总是要拉在我们头上的，我们只能如履薄冰地保护着自己的脑袋不受鸟的欺负。

不说鸟了，还是回到眼前的这个人身上吧，她终于打开纸箱，拎出那个货物，我才没心思管她是什么货物，就算大变活人也不管我事，可是她还偏偏把那货物扬到我的眼前，喏，看见了吧。我貌似瞄了一眼，是一条打底裤，还洋红色呢，我心里就很瞧不起她，别以为我不知道，网购一条打底裤，贵不过几十元，最便宜的十块钱就卖了。她倒没为她的低廉的打底裤难为情，扬过打底裤后，又说，行了吧，算验过了吧，可以签收了吧。

当然可以了，我又不是有意要刁难她，只要她按规矩办就行，我请她在单子上签了名，我撕走上面一张，就可以走了，她也回屋里去了，两下刚刚转身，忽然我听到她那里发出一声尖叫，我以为又出错了，赶紧回头看，她却已经笑得直不起腰了，弓着身子在那里哎哟哟，哎哟哟。我不知道她哎哟个什么劲，既然她不是找我麻烦的，我赶紧撤。她见我要撤，才勉强直起了腰，冲我说，哎哟，我买过一条一模一样的哎，哎哟，我怎么忘得干干净净，一点也记不得了，看到它，我才想起来，前几天才买过的呀。这与我无关，我还是得撤。她又说，我不会得老年痴呆了吧，我才二十五岁呀。这仍然与我无关，我再撤。

我这才撤走了。

我开始干这一行的时候，还有些新鲜感，但时间一长，什么感也没有了，什么都一个样，收件人呢，恐怕有七八成都是刚才那样的小八婆，手里有一点钱，钱又不多，尽在网上淘些不值钱的甚至没多大用的东西，我真是替她们想不通，她们那手，真的很痒，一天不拿鼠标点一下，又点一下，再点一下，貌似这一天的日子就不下去。当然，就是因为她们天天点一下，又点一下，再点一下，快递公司就那样如雨后春笋般地冒出来了，而且越冒越多，越冒越强，我都听说了，现在有一千多家快递公司。我同事说，一千多？谁统计的，那些连册都不注的黑公司他统计得了吗？我同事比我有想法，按照统计的数字是一千多字，按照他的想法，那就不知道是多少家了，难怪竞争这么激烈。

当然，这无数无数的收件人，她们收到的东西，也不一定都是她们自己买的，也有别人赠送或代购的，比如男朋友啦，比如父母啦，比如别的什么人啦，但那个比率是很小的。

说起来，我不应该抱怨她们，更不应该瞧不起她们，有了她们，才有快递公司的生意，才有我们的饭碗。其实她们中间也有好多不错的女孩，如果她们的手不那么痒，其实真是很好的，如果我能够找其中的任何一个做老婆，也都心满意足了。

有一次我到一家送快递，那姑娘开了门，还客气地紧着请我进去，我知趣，才不会进去，但她太热情了，甚至还过来拉我，说，进来呀，进来呀，没事的。那我也只能站在她家门口，就这么一站，我顺便朝她屋里一望，我的个妈呀，堆了半屋子的快递，多半都还没有开包呢，封得死死的。我不知道这是哪家快递公司递送的，怎么能不开箱把货就给她了呢。不过这也不关我事，我只要做好我的工作就行了，还管别家快递公司干什么，各家有各家的规矩。我只是想，这样的老婆我不娶也罢，她这哪里是购物，分明是在做游戏，我一个送快递的，哪有那么多钱给她过家家啊。

我这算是自卑呢，还是自卑呢？我这算是一厢情愿呢，还是一厢情愿呢？

这是关于收件人的林林总总，关于寄件人呢，我是看不见他们的，但我也知道，反正五花八门，什么样的都有，因为我看不见他们，我也懒得说。

我还是更关心一下我自己吧。有时候我到了某一个小区的时候，会有一种做梦的感觉。为什么是做梦呢，因为对这些小区太熟悉了，因为这些小区太相像了，我每天进入不同的小区，但它们好像又都是同一个小区，无法区别，不仅梦里会梦到它们，就是醒着的时候，也会把它们当成是梦境。

其实，即使你不进入这些小区，即使你闭上眼睛，想一想，难道不是这样吗，这许许多多新建起来的小区难道不是差不多的模样吗，火柴盒似的竖在那里，一幢贴一幢，只是有的贴得紧密一点，有的贴得宽松一点，这就是小区与小区之间仅有的差别了，前者呢，就叫个普通小区，后者则可以称作高档小区，至于那些楼的形状和颜色虽略有差异，但这不是问题的关键，只是表面现象而已。我们都是成年人，不会被表面现象蒙蔽了双眼哦。

然后你再找到某一幢，到几零几，是高层的话，就坐电梯，不是高层，就爬楼梯，然后，你敲门，或者按门铃，然后，有一个人在里边问，谁呀，你说，快递。然后，门就开了，你望里边一瞧，别说大楼和大楼相似，这屋里的装饰，也差不多少。

如果你每天每天都行进在这差不多的空间和时间里，你也许真的会搞不清什么时候是梦，什么时候是梦醒了。

好了好了，别做梦了，现在我已经从打底裤那儿出来，又来到另一个差不多的小区，找到一幢差不多的楼，上了几乎一模一样的楼梯，然后，按响门铃，里边问，谁呀，我答，快递。门立马就开了，都没从门镜里朝外看一看再开门，不知道是他们的警惕性太差，还是对递送来的货物太看重，太着急。

前些时有个新闻说，某女独住，被快递员杀了。这个新闻出来后，我和我的同行以及我们的老板都有些沮丧，有很不好的感觉，以为快递业要下滑了，以为快递件会大大减少了，结果呢，根本就没少，还越来越多了，所以我们老板又神气起来了，到那一年的11

月 11 日凌晨，那个电子购物，不叫购物，叫秒杀。那可是杀得个昏天黑地。

有时候我也很无聊，就幻想着哪一天能够碰到一个不太相同的收件人，但是没有，真的没有。现在站在我眼前的这个，还是那样子，她打开箱子，眼睛往下一扫，算是看过了，说了声，我晕，就签收了。我不知道她“晕”什么，反正我也没注意快递的是什么东西。关于我们递送的货物，每一联单子、无论是最后执在我手里的一联，还是贴在箱子上留给收件人的那一联，上面都有写明，但是我才没那么多时间和那么好的心情将每天要送的东西一一看过来，我只管送，不管知情，更不管收件人对于收到的货物的表情，所以她对于货物晕不晕，不管我事，她既然签了，我就完成任务走了，至少比前面那个不肯验收的打底裤干脆些。

没想到的是，她的这个晕，后来晕到我头上来了，那货送后的第三天，也就是中间隔了两天，我接到一个妇女的电话，问快递怎么没到？这事情不稀罕，多了去，我也不着急，先问她怎么个情况，她说我前天上午给她打过电话，说马上送到，结果等了两天也没到。

这也是个人物呀，等了两天才给我打电话，真不着急啊。我回想了想我前天的工作，没有遗漏呀，前天的任务我都完成了呀，不过我也仍然没有着急，我又问她，你前天接到的电话，确定是我打给你的吗？她说当然呀，我手机上还保留着你的电话呢，要不我怎么会打电话给你呢，幸亏我留着，否则还不知道找谁呢。其实她的话是不对的，或者说不完全对，快递收不到，不一定全是快递员的问题，也可能是其他的某个环节出了问题。不过我也还是理解她的，像她这样的妇女，又不知道快递公司是个什么样子，又看不见公司的操作程序，她不可能想象我们仓库、我们的分拣中心是个什么样子，她能看见的，就是快递员了，她不问我问谁呢，何况我的手机号码已经落在她手里了嘛。我十分耐心地再跟她确认一遍，你是说，前天我跟你联系过，说马上送快递给你？她说，是呀。我很有经验哦，又再跟她核对说，那你报一报你的地址和收件人姓名。她报来，我赶紧拿笔记下，承诺她尽快答复。这种事情，我当然得尽快，像她这样的，看起来性子不算太急，还比较好说话，有些性急的人，根本不问青红皂白，不论谁错谁对，一下子就给你捅到公司里，让你吃不了兜着走，即便是日后查清楚了到底是谁的责任，可你在老板的心目中，已经不是十全十美的了，已经是有了污点的了，亏吧。

前天的运送单早收在公司了，我赶紧挤时间回公司调前天的单子，调出单子我就仔仔细细一一检查，根本就没有疏漏呀，张张单子都有人签收，这说明什么呢，说明我没有出差错。我给那个妇女回了个电话，告诉她，她的那个地址，确实有快件，货物也确实已经投递了，因为有人签收了。她立即“咦”了一声，说，签收？不可能，我们家白天除了我，没别人的。我说，我这里白纸黑字，这是百无抵赖的。她又说，奇了怪，那是谁？谁签收的？我看了看那个名字，签得龙飞凤舞，我勉强看出来了，告诉她，是某某某。她愣了一会儿，说，某某某？某某某是谁？我说，就是你家签收的人呀。怕她不明白，我又重新说清楚一点，就是说，我把货物投递到你家，你可能不在家，但是你家有另一个人签收了。那妇女说，不对呀，我根本就不认得你说的这个某某某，她不是我们家的人，你投错了。她的口气倒是一直蛮平静蛮客气的，可客气有什么用，她再客气我也要把快件投给她呀，可是快件到哪里去了呢？我的脑袋“轰”地一下大了，我赶紧冷静下来，让脑袋缩回去，仔细想了一想可能发生的错误它在哪里，既然签收的人名错了，首先，我当然想到了地址。我还是有些经验的，我再和那妇女核对地址，果然，地址错了一个字，洪湖花园，成了洪福花园，我经验丰富，一下就知道，这方言口音问题，因为发音中的和h和f分不清的原因。

我的心情就更宽松了，我首先想到的是，那不是我的责任，那是寄件人的责任，怪不着我，当然，也同样不能怪收件人。我赶紧安慰她说，好了，你别着急，我知道问题在哪里了，我投到寄件人提供的错误地址上去了，这事好办，我再到那儿跑一趟，拿回来，再给你送去就是。那妇女说，也太粗心了，地址都会写错。我当然知道她说的是不我，我放心下来，赶紧着往那个错误的地址去。

这时候我仍然一点也不着急，写错地址的事情太多了，写错人名的也很多，许许多多的错误，只有你想不到的，没有他们犯不出的。有一次我打电话问收件人，你是某某街某某号某某小区某幢楼某零某室吗？对方说是的呀，我正家等着快递呢。我就送过去了，那个人也高兴地签收了。可是很快又有人来电话讨要这个快件，我说已经准确投递了，而且签收了，但是他并没有收到，更没有签收，这真是奇了怪。这事情后来经过长时间的反复纠缠，搅得我们大家都不知所以了，最后才发现，这个快件根本就投错了一个城市，两个城市竟然有两个同名的小区，不仅小区同名，连街名和门牌号都是一样的，你以为这样的事不会发生吗，它真的会发生。

更多的是写错收件人电话的，你打到那个错误的电话上，人家好说话的，告诉你打错了，不好说话的，还操你妈，你能和他对操吗，当然不能。

总之事情就是这样的，无论是正确的寄件人和收件人还是错误的寄件人和收件人，他们都是你上帝，只不过这些看得见的上帝和那个真正的看不见的上帝才不一样呢。有一次我手机出了故障，用不起来了，我知道情况紧急，赶紧去维修，可是就那么短短一个小时时间，有客户就已经投诉到公司了，说我关机，一个送快递的怎么能关机呢？强盗逻辑呀，难道送快递的就不能有一点特殊情况吗，万一我路上遭遇车祸昏死过去了呢——我呸。我还是别遭遇车祸吧。无论你遭遇什么祸，人家都是上帝，你都是上帝的仆人。

现在我到了洪福花园的那幢楼，上了那个几零几，敲门，门开了，一个陌生的妇女出现在我面前，有些茫然地看着我。尽管很可能我前天刚刚见过她，但我仍然觉得她陌生，我不可能记住每一个收件人的面孔，这很正常，我如果有那样的超常的记忆力，恐怕我也不必再风里来雨里去送快递，我干脆毛遂自荐到情报部门当间谍算了。

不过她的脸陌生不陌生倒也无所谓，我又不是来找她本人的，我是来讨回送错了的货物的，我直截了当跟她说明了情况，我一边说，她一边摇头，摇到最后，她说，你搞错了，我没有收你送来的的快件。我说，我是前天来你这儿投递的，是你自己签收的。虽然我觉得她是个陌生人，但我一定得先强加于她，否则——没有否则，事实就应该是这样的。她疑问说，你投快件给我，我收的？你见过我吗？我怎么没有见过你？我不好说见过她，但也不敢说没见过她，我换了个思路问她，那你，平时有网购、电视购物这些吗？她说，有呀，经常有，我经常收快递，不过，不是你送来的。只要她承认收过就好，我这才拿出单子来，递给她看，我说，你看，这地址，是你的吧？她看了看地址，有些奇怪地说，咦，地址确实是我的，但是收件人不是我呀。不等我再发难，她又进一步看出了问题的实质，跟我说，不仅收件人不是我，签收的人也不是我，别说名字不是我，笔迹也不是我的呀。

我满以为这样一个小错误，只要再到错误的地址上跑一趟，负负得正，就能解决了，哪知情况复杂起来了，我的脑袋又大起来，她倒是蛮善解人意的，跟我说，是的呀，现在送快递麻烦的，很容易搞错，现在的人都是粗枝大叶的。看来她真是深知我的难处，她又主动建议说，你要是不相信，你拿纸出来，我签个名你比比看，看那单子上到底是不是我的字。我也没有其他的法子，只能这样做了，显得我很不相信人，很小肚鸡肠，但是你们不知道，干我们这行的，不得不这样，不然你稍稍马虎一点，陪得你倾家荡产。即便是货到付款的那一类，不需你陪钱，也得让你陪时陪力陪声誉，总之你得陪点什么。

她在我提供的纸上，写下了她的名字，我只瞄了一眼，心里就认了，我手里的运送单，肯定不是她签收的。她见我没说话，以为我看不出来，又认真地指点着她的笔迹跟我说，你看，这笔迹，完全不一样，再说了，我要是签了，我为什么要抵赖呢，没必要吧。虽然我一眼就看出来不是她的字，但我还是不甘心，我不能甘心，我一甘心，这事情就没有余地，没有退路了。我又换了个思路，再问她，会不会你不在家，是你家里人签的？她说，我家里人白天都不会在家的，再说了，我家里也没有人叫这个名字的人呀。她看我一脸的疑惑，又说，你快递的什么东西呀，贵重物品吗？我说，好像不是贵重物品，没有保价，是某某电视购物的拖把。她说，那就更不可能有人冒领了，冒领个拖把干什么？值吗？我说，可是，可是那把拖把会到哪里去呢？她态度一直很好，可我仍在怀疑她，她终于也有点不高兴了，开始批评我说，你自己也有问题的，单子上的收件人明明叫张三，你却让李四签收，连个“代”字也不写。我不能同意她的说法，公司规定也没有说一定要本人签收，家人是完全可以代收的，再说了，如果有人存心冒领，写个“代”字有屁用。

我就真的奇了怪。虽然说起来，送快递的奇怪事情很多的，但是因为我这个人生性谨慎，也知道保住饭碗不易，所以一般是不会出差错的。这一回问题到底出在哪里呢？我整理了一下思路，先是寄件人把小区的名字写错了，我当然是按照寄件人写的地址去投递，这第一步，我没有错；第二步，电话没有错，我也通过电话，收件人本人也接到过电话，等待我送货去的，这第二步我也没错；第三步，我到了寄件人给的错误地址那里，人家确实正在等着快递呢，就签收了，虽然不是收件人本人的名字，但反正他们是一个屋檐下的，应该不会错，这第三步，我仍然没有错。

我没有错，拖把就不会有错，但是那把正确的拖把它到底到哪里去了呢？

我再调动起以往的经验教训，仔细想了一下，是我走错了楼层吗？应该到五楼的，结果潜意识里我想偷懒，就少爬了一层，到了四楼？或者，我走错了一幢楼，把三幢看成了二幢，这也是有可能的，或者，我根本就没有来过这个小区，我到的是另一个小区？

反正你们知道的，小区和小区之间，楼和楼之间，楼层和楼层之间，真是很相像的。

这个想法一出来，立刻把我自己吓了一跳，正如我在梦里看到的，一幢一幢的楼，一个一个的小区，都是一样的，但是我是按图索骥的，难道我手里拿着一个地址，会走到另一个地址去吗？我如果没有去过那个小区，我怎么会记得那个小区呢，难道是在梦里去的？

难道梦里的事情比现实更清楚？

我不敢说“不可能”。

什么都是有可能的。

只是现在没有任何证明来证明我到底是犯了哪一项错误。

我回忆起前天送快件的情形，忽然灵光闪现，我想起来了，我在那个小区，曾经遇到了一个熟人，我们还站在小区的路上说了一会儿话，

我只要找到这个人，事情就迎刃而解了。

可事实上，我离迎刃而解还差得远呢。

我本来是个不着急的人，所以我难得犯错，一个难得犯错的人，一旦犯了错，肯定比经常犯错的人要着急，我就是这样。

我现在有点着急了，倒不是因为丢了一个拖把，而是因为我的工作责任心和我的记性，这两者比起来，后者更重要，如果连两三天前发生的事情都不能记起来，岂不要让我吓出一身冷汗来。

我着急呀，一着急，就把我在小区里碰见的那个熟人的名字给忘记了。我努力地回想，努力地在自己的混乱的脑海里捞出他的确定的身份来。

他到底是谁？

家人？同学？朋友？同事？亲戚？邻居？

还好，像我这样的屌丝男，关系密切的人也不算多。我先在手机通讯录里找了一下，用他们的名字对照我记忆中那个人的长相，想启发一下自己，开始的时候，我看着每一个名字，都觉得像，但再看看，又觉得每一个都不是。

然后我又不惧麻烦地一一地把有可能的人都问了一遍，有人听不懂，不理我，凡听懂了的，都特奇怪，说，什么小区，听都没听说过，我到那里干什么，你怀疑我包二奶吗？也有的说，你什么意思，今天又不是愚人节，就算今天是愚人节，你的把戏一点也不好玩。还有一个更甚，说，你在跟踪我？谁让你干的？你不说我也知道，是谁谁谁让你干的。我一听，这不快要出人命了吗，赶紧打住吧。

如此这般，我心里就更着急了，再一着急，不好了，连那个和我在小区里说话的人长什么样子我都忘记了，我们在那里说了什么，更是一点印象也没有了，我急呀，我怕这个明明出现过的人一下子又无影无踪了，就像从来没有一样。

见我抓狂了，我一同事提醒我说，你去看看小区的摄像吧，只要你们站的位置合适，也许会把你和那个人录下来的。我大喜过望，赶紧跑到小区，可是那物业却说，这个不能随便给人看的，要有警察来，或者至少要有警方出具的证明。这也难不倒我，我再找人罢，联系上警方，警方问我什么事要看录相，我说，我送快递的，丢了一把拖把。警方以为我跟他们开玩笑，把我训了一顿。我不怕他们训我，打我也不要紧，我再央求他们，又把事情细细地说了，拖把虽然事小，但是丢饭碗的事大。结果果然博得了他们的同情，其中更有一个警察，特别理解我，说，你们也挺不容易的，现在要快递的太多了，我老婆就上了瘾，天天买，甚至都不开包，或者一开包就丢开了，又去买，害人哪。

我靠着警方的这点同情心，终于可以看小区的录相了，小区物业也挺热心的，帮着我一会儿快进，一会儿快退，找到我所说的那个时间段，再慢慢看，我的个天，果然有我，我还真的是进了这个小区的。我看到我电瓶车上绑了如此之多的快件箱子，自己都把自己吓一跳，要是看到的是别人，我一定会替他担心的，这轻轻飘飘的车子，能载这么多的货物吗？

但那确实就是我干的事情。只是平时我骑着车子在前面走，那许许多多的货物堆在我身后，我看不见它们。

跟着我的身影再往下看，我的个老天，我真的看到我在小区碰到的那个人了。

那个人是我爷爷。

你们别害怕，我爷爷死了三年了，我遇见的是三年前去世的爷爷，我都没害怕，你们更不用怕。

大家都说，在现在的这个世界上，什么都可能发生的，难保死而复生的事情就不会发生哦。

爷爷穿着绿色的邮递员的制服，推一辆自行车，车上也绑着大大小小的纸箱子。不过这并不奇怪，因为爷爷年轻时是邮递员，我干上快递的时候，我妈曾经骂过我，说，龙生龙，凤生凤，老鼠生子打壁洞。我干脆一不做二不休，跟我妈开了个恶心的玩笑，我说，我是爷爷生的吗？把我妈气得笑了起来。

虽然爷爷的出现没有让我觉得奇怪，但我多少还是有些不解，在小区的摄像头下面，我问爷爷，你这么老了，怎么还没退休？爷爷说，我本来是休息了，可是他们说人手不够，请我们这些早就休息了的，都出来帮帮忙。我想了想，觉得这也无可厚非。所以你们别以为你们平时能够看到大街小巷的驼着快件的快递员穿来穿去，其实还有一部分你们并没有看见哦。我正这么想着，爷爷又跟我说，现在这日子真的方便，就算你从美国买个东西，几天就收到了，不像过去，等一封平信都要等上十天半月的。我说，那是，现在这速度，简直就不能叫速度了。爷爷说，那叫穿越。我正想夸爷爷时尚，爷爷又说了，快过年了，我想给你奶奶买个新年礼物快递过去。我吃了一惊，说，我奶奶？她不是死了二十多年了吗，她能收到吗？爷爷说，孙子哎，咱们这是赶上好日子啦，你说现在这日子，有什么事是办不成的？

说了几句，爷爷就推着自行车送快递去了，我也想得通，他年纪大了，车上装了那么多货物，他骑不起来了，只能推着走。

我回家告诉我妈，说我三天前在某某小区遇见了爷爷，我妈“呸”了我一声，骂道：“做你的大头梦吧。”

我妈这一呸，让我迷惑起来，或者说，让我惊醒过来，难道小区里发生的一切，真是我做的一个梦吗？

一直到我的手机响起来，我才确认，这会儿我醒着呢。但是我又想，真的就能够确认吗，人在梦里也会接打电话的呀，我自己就经常做打电话的梦，那真是活灵活现，按健，接听，说话，无一不和醒着的时候一模一样。

电话是应收拖把的那个妇女打来的，她说拖把收到了，还谢了谢我。我很惊奇，我还没找到拖把呢，她倒已经收到了，真叫人费解，这把拖把到底是哪一把拖把？是哪个好心人知道我纠结，替我把拖把补上了；或者，是另一个粗心大意的寄件人，也写错了地址，恰好错到她的地址上去了，于是别人的拖把就错递到她家去了；或者，是我爷爷心疼我，躲在哪里作了个法。

谁知道是怎么回事呢，反正拖把到了，不再有我什么事，我很快就把拖把抛到脑后了，只要不再追究我的责任，一切OK。

我回到公司，又接了一叠任务，低头一看，单子上头一个投送地址是：梦幻花园。

我就出发往梦幻花园去了。

推测几种

方　方

方方，本名汪芳。1955 年生于南京。1978 年考入武汉大学中文系，大学期间始发小说。毕业后分配至湖北电视台当编辑，撰写过电视纪录片脚本和电视剧本。1989 年调入湖北作家协会。现为中国作协全委会委员、湖北省作家协会主席，长江文艺杂志社社长兼主编。曾获中国《诗刊》新诗一等奖。中篇小说《风景》《琴断口》曾获全国优秀中篇小说奖。其他作品多次获《小说月报》百花奖、中国女性文学奖等国内重要奖项。出版有小说、散文集约八十余部。多部小说被译为英、法、日、意、葡、韩等文字在国外出版。

推测几种

也不知出于怎样的心态，赵一和他的几个朋友觉得城市使他们倒了胃口。

虽然当初为了来城里他们各自都使尽浑身的解数，合法的或非法的。比方钱二咬咬牙把同他恋爱几年的一个漂亮村姑遗弃了，找了个略有残疾的并且并不美丽的城市女孩。虽然他嘴上说是思想和人生观同村姑有了根本差异，实际并不尽然。他自己也十分清楚地认识这点。又比方孙三索性与他的老婆办了离婚，虽然他为此付出了代价：被他十岁的儿子所不齿。可他还是觉得值得，因为他终于同他的情人结了婚并且靠她得以将户口转进了城里。他像一个真正的城市人一样堂而皇之地走在大街上，并公开地对缩头缩脑地在每一家商店大惊小怪地发议论的乡下人表示蔑视。至于李四，他则纯粹是靠了自己的努力。因为他拼了命去用功，这使他得以在一个非常运气的日子考上了大学。在大学里他找了一个家里多少有些地位的女朋友，虽然这女孩并不是他很喜欢的一种类型，可他想那又算得了什么？最明白不过的是她能使他在分配时留在城里并且谋一份在社会上很有面子的工作，这就行了。结果自然这一切他都如愿以偿。谈不上他的日子里有多少爱，他在家里永远处于劣势，他只能低声下气地讨他老婆的欢喜，但他走出家门，那种扬眉吐气之感便强烈地从他的身体内向四周散发，他觉得自己这种人上之人的气度是他的老婆带给他的，这种感觉也足以让他平衡了他在家中隐隐产生的不悦。他觉得同他的父亲相比，他的人生是恰恰翻了个个儿。他的父亲在家里是一家人的活阎王，谁都得让着他。可一出了家门他便只是一个龟孙子，谁都可以欺负他。他想与其像他父亲那样怕许多的人，不如像他自己这样只需怕上一个。更何况，他安慰自己说，这一个人到底也还有让他压在她身上的时候。

他们几个在一个偶然的日子里非常偶然地碰到了一起。起先他们都谈自己的事业和家。谈着谈着，他们都发现彼此的共同点，即他们都是靠了女人的关系才得以做一个城市人，于是他们都纷纷地感慨起来。赵一说，城里这些头脸人物家的女儿其实就是为我们这些人准备的。钱二说要奋斗就会有牺牲，为什么明知有牺牲还去奋斗？那就是因为奋斗所得到的东西远远地大于牺牲掉的东西。人人都不傻。孙三说城里的女孩读多了浪漫的小说，总以为我们都是如何如何纯朴如何如何老实的，其实也不一定是这样是不是？赵一，钱二，李四听他这一说都笑了起来。李四说只有我们从乡下走出来的人才知道我们这一群人最根本的心思。其他三个听他如此一说皆笑问道：你说说看，是什么？看我们认不认这个账。李四说：那就是，我们不能也不甘像我们的祖辈那样去活！

他的话后是好一阵的沉默，显然另外的三个都认了这个账。

那次偶然相遇后，他们便经常地小聚，在一起喝酒和发牢骚，甚至于骂老婆。这后一桩事是他们以前早想做而一直没机会也没胆量做的。现在他们有了自己的地方。他们好开心。

有一天，好像是一个春暖花开的日子，他们又找了个由头聚到一起。这一次的话题比较干净，是从城市的春天是灰色的这一点开始谈起来的。赵一说那些小巷子到处散发着阴湿潮霉之气。钱二说不知为什么，树叶子就是不显得绿。孙三说做一口深呼吸，进去的一半是灰尘。李四说太阳挂在城市的上空都显得没什么精神。他们都大骂起了城市的丑恶，痛诉城市是如何地扼杀人性、如何地令人压抑窒息，如何地把一个鲜活的人改造成了一个呆板的机器。谈着谈着他们觉得如此一个让人生厌之地自己怎么就能一待就是几年呢？于是在莫名间他们都开始怀念起了彼此都待过的山间和乡下。想起那里淙淙的清泉，郁郁的树林，广袤的田野和日夜都有的鸡鸣狗吠。想得心里都是疼的。

好半天，才听得赵一用一种商量的口气说：怎么样，到山里去清静几天？钱二说：请假？那工作？赵一说：去他妈的工作！孙三说：老婆那儿怎么说？赵一又说：也去他妈的老婆！李四说：自费么？赵一说自费又怎么样，再去他妈的钱！其余人都痛快地大笑了起来，几乎是异口同声地说：下一个是，去他妈的城市！

在距那个春暖花开的日子没两天，赵一、钱二、孙三、李四便都找到了各自合适的理由出门了。这也是一个春暖花开的日子，虽然他们一再地表示出城市里的这种春光大大地逊色于乡下，可火车开动的一刹那，他们都在心里生出一点点怅然的情绪。这突出地表现在火车启动时他们都望着窗外，没有说话。这其实不太符合他们的性格，因为他们是一帮讲究实际的人，而这样的人是不容易产生伤感情绪的。也不知是不是他们久居城市已被改造得易于波动感情了。

他们去的那地方叫瓣山。瓣山是一座什么样的山，除了李四之外，其余几个闻所未闻。李四是做记者的，当然见多识广。他解释说有一次他采访路过此地，知道这山里有泉水有森林有奇花异草。除此外，李四说是他在黄昏之际驱车在半山腰时，见得山峦四处起伏着蓝紫色的烟雾，极令人想入非非。当时他就想他这一辈子无论如何都要到这地方来待上几天。他得来沾一些大富大贵之气。果然他的梦实现了，而且他还带上了一些朋友来与他共享之。赵一当即便笑说那我们岂不是把你的大富大贵均分了？李四亦笑笑说其实还有顶顶重要的没有说，就是这山上有好几个疗养所，有一个所的所长我认识，我们可以免费住上一星期是绝没问题的。其余人皆欢呼了起来。这是他们出门的第一阵欢呼，为了他们的免费住宿。

A 疗养所的所长果然是个仗义之士。他是个北方佬，操一口纯粹的东北话，胸膛拍得梆梆响地说：没问题，就住我这儿，难得来你们这些大城市的人，食宿我全包了。一天三餐都有酒，只要你们敢喝。要想吃野味，自己拿了枪去山里打，打了什么给你们吃什么。从城里来我们这老山里，我明白，就是图个野趣，是不是？赵一钱二孙三李四都连忙答道是是是。

山里的风景真正是叫人难以形容。远望千岩竞秀，重峰环合，近游修竹参差，曲径通幽。赵一一行手舞足蹈，眉飞色舞着放肆欣赏山景。赵一说这才是人生呀。钱二说这才叫作苍翠欲滴呀。孙三说快把原先吸进去的灰清出来呀。李四说太阳挂这儿才不枉为太阳呀。他们就这么地大发感慨，嘲笑着那些只知道傻住在城里、视城里那一隅之地为不换之宝地的人。他们嘲笑得尽了兴便回去了。所长真的拿出了好酒款待他们，乘兴致好，他们几个都喝了个一醉方休。

次日醒来已是日升山顶的时候了。便都笑说山里的空气有催眠药的成分。正说笑时，赵一突然发现对面树林边有一个头发花白的老头蹲在地上干些什么，于是提出疑问。钱二说管人家，玩咱们的去吧。孙三李四也都说是呀是呀管人家的什么事。

这一日他们爬了另外一座山。他们之所以去爬它，是因为昨天他们在看山景时一致认为这是众山中最美的一座，想当然进入其间会更有美景数不胜数。不料他们人人一身臭汗地抵达预期的地点时，却觉得眼前一切似同想象中的差了些距离。更兼赵一的鞋叫一块利石扎了个眼儿；钱二的皮夹克被树枝拉了条小口子，这是钱二托人从皮服厂以厂价买来的，就这还花了四百多人民币；而孙三的太阳镜在他从一块大石头上跳下来时摔折了腿；李四虽未受任何损失，可他最后一个爬上来时至少用了十分钟喘气，嘴里不断叹说武功全失武功全失。

这一天似乎不及头日来劲，但也还算玩了一通。在他们精疲力竭地到达他们所住的山头并已看见疗养所的白色屋顶时，钱二又发现了早上的那个老头蹲在树林的另一边搞些什么。他像早晨的赵一一样提出了问题。可众人实在是太累，没有一个人接他的话，这包括早上对这老头多少有点兴趣的赵一。

孙三是在这一天里第一个起床的人。虽说争得了第一，可其实也已是十点之后了。要是在城里，坐在办公室至少也已喝下去三杯茶。他感慨着光阴似箭，便独自出了门。他一出来便见到了昨天赵一钱二都已提到过的那个老头。老头还是蹲在地上专心致志地研究着什么，孙三刚想走过去问一个明白，可老头恰恰这时起了身，并朝另一片树林走去，使孙三大大地产生一股自家被冷落的失望，也由此对老头陡生反感。正反感得有些思想深度时，钱二叫他，说是吃饭了，别让厨房里的人发多了牢骚，这几天他们为每天早上不能早点下班已憋了一肚子的火。孙三听得此说，方将适才对老头的反感暂时搁在了脑袋一边，集中了力量攻击厨房。孙三说是他们的官大还是所长的官大？也不看看我们是些什么人！孙三说完想起至少是十年前他还是一个孩子的时候，一个城里来的人就是用这样鄙视的语气说他。那时他十五岁，在乡政府食堂帮忙烧火。

昨天的疲劳使他们四个人全都没有在一夜间恢复过来，于是这一日他们都不想出去了。钱二第一个开始想家。他刚说一句要是在家里……便立即遭到另外三个的进攻。赵一说事先说好了的，不玩足一星期不回家。孙三说不是说城里的树叶都不绿吗？钱二说我不是想城市，是想我自己的家。李四便说上回你不是还说看见你老婆你就够了吗？钱二说可是看不见就不够了。他这一说，原本攻击他的三个人又都一下子失声笑了起来。然后他们找服务员借了一副牌，四个人打起了“拱猪牵羊”。这一拱一牵就是到半夜，除了吃饭上厕所，他们什么也没干。

李四是几个人中这天早上起得最早的一个。李四习惯早上长时间地蹲厕所，这毛病说来也是进城之后才学会的，因为城里人的厕所委实是比较舒服，不在里面蹲长点时间似乎不太合算，李四想他最初蹲城里的厕所时就是这么想的。而疗养所的厕所不仅仅是厕所，它是卫生间，这就意味着洁净白亮的瓷砖和可供坐着边看小说边排泄的马桶，意味着它的舒适度更高于城里的私家厕所。很自然地，李四的如厕时间又延长了好几分钟。待他出来时，其他三个都已不在了，李四便到窗口去张望他们的去向。他刚想点名道姓一一呼喊时，忽然间也看到了令赵一钱二孙三都感到奇怪的那个老头。同样的，他眼里的老头也采用的蹲式，他全神贯注地盯着地上的什么东西，手上也间或地东捅一下西捅一下。李四想他这是在干什么呢？

吃罢早饭他们几个都一起回到房间，商量着下面的时间他们该往何处去。赵一说去东边的山，钱二说去西边的山，孙三说去南边的山，李四说去北边的山，一人一票，没法统一，每个人都叙述自己强有力的理由。赵一激动起来，挥着手臂，一派叱咤风云的样子，他走到窗口，突然他的手臂僵往了，声音也小下去许多。钱二也冲动起来，他吼着赵一说：说呀你说呀，怎么不说了呢？他说时也踱到了窗边，他怔了怔，他也如赵一般，手臂停止了挥动，声音也变了硬度。孙三李四也都走了过来。孙三说怎么了？李四说你们呆了？在他们见到在此前他们见过的那个老头时，他们也同赵一钱二一样地沉默了下来。

老头其实并没有什么新的花招。他只是还像他们前几天所见的那样，身体蹲得很低，脸部距地面很近，手里捏了根小棍或是镊子什么的，捅来捅去，这一次相距较近，赵一钱二孙三李四都能看见他的嘴里似乎还在念念有词。赵一说：他到底在干什么？钱二说：这是个什么人？孙三说：未必是在作研究？李四说：是土族还是外来的？

仍然还是争论不休。李四到底读过大学，脑子运动得比他人快。他说：这样吧，我们来推测一下这老头到底是干什么的，谁猜对了，就去谁的山头。这个民主的提议得到大家一致的赞同，纷纷说书读得多的人就是同旁人不一样，既公平又有趣。于是决定给十分钟考虑时间，十分钟后由赵一开始起讲。

其实那十分钟考虑时间谁也没用。赵一去泡了杯茶。钱二去撒了泡尿。孙三去找他昨天被赵一拿去画猪的笔。李四则把他的扑克牌洗好装入了盒子里。然后时间就到了。

赵一说：我认为这老头是个土壤学家，他是在研究这儿的土质。他是一个做大学问的人。因为只有这样的人，才有一种与众不同的气质。这种气质中有许多的迂阔，许多的傻劲。不用问，我们今天得上东山了。

钱二说：我看他更像是一个诗人。他住在这儿搞创作，偶尔出来转转，观察观察地上的小生物，恰恰每次都叫我们几个碰上了。赵一说他为什么只观察小生物呢？既然是诗人，他恐怕更多会是去观察树叶云彩太阳光线什么的，何苦一天到晚撅着屁股往地上看。

孙三说：不，我认为这个老头是一个精神病。这里的土壤有什么研究头？种田？石太多，开不出几分地；种果树？山太高，没几人愿往这里跑；办工厂？笑话一个。我想他是没什么目的的，他只是有毛病而已。

孙三的观点遭到一致的反对。钱二说如果你说他像个精神病这就从另一个方面证明了我的判断，因为所有的诗人都是神经质的。孙三说请记住：神经质并不等于精神病。赵一说别争了，听听李四怎么讲。

李四慢条斯理地开了口。他说：我想他一定是一个侦探。他是在为一桩案子寻找蛛丝马迹。能这么锲而不舍地去发现他所能发现的一切，这证明这不会是一件小案子，至少会是命案，更有可能是一桩大命案。凶手说不定来过这里，也说不定现在也还待在这里。赵一钱二孙三一起吸了口冷气。李四继续说：他在这里的任务或许是监视也或许是侦察。否则很难解释他的行为为什么这样怪异。

孙三反对说：不！决不可能。因为愈是做侦探的就愈要使自己大众化，以不让自己的对手察觉。赵一钱二皆说：是呀是呀，电影电视里可不都是这样的？李四冷笑一声道：连你们都会这样想，凶手难道就不会？真正的大侦探是完全能掌握常人的心态的。他故意做出神秘状，他的对手一想电影电视里的侦探都不是这样弄得神秘兮兮的，料想此人肯定不是。这一来就真的上了他的圈套。赵一钱二孙三觉得李四的思路是对的，可他的判断却一定不对。所以都觉得有话想说，又不知从何说起。这时，李四却一脸傲慢地站起了身说：怎么样？服了吧，今日可是定了上北山？

回答是三人一致的吼叫：不——！李四说：怎么？不服？好吧，不服者可以亲自去问。只是我得提醒你们，真正的侦探也是不会轻易地暴露自己身份的。他即使十分地佩服我的分析，他也会编一个谎话来应付局面。最后的结果我料定不出这样。

赵一钱二孙三几个目瞪口呆，他们这回才真正体会到了读书人的厉害：问和不问李四都已经稳操胜券。

但是赵一还是决定去问个明白。李四表示他无兴趣前往，理由还是他先前所说的，对方不可能对他们说真话，既不能说真话，问之又有何用？孙三也表示他懒得动。孙三是因为那天叫了老头一声没被理会，对老头始终抱有反感。他想他犯不着再去跟那个精神病多搭腔。李四说你们两个去也一样，我和孙三俩在家玩玩“跑得快”。于是赵一钱二就身负重任地去找那老头了。

几乎到了吃中饭的时间，赵一钱二才回来。他们俩的气色不是太好。孙三李四皆说还是我的话说得对吧？

赵一说：你们俩和我们一样，都是放的一个响屁。孙三说怎么讲？钱二说：那老头才不是一般的人哩。你们知道这一点就够了。李四说：我从来就没有说过侦探是一般的人。赵一说他要是个侦探砍我的头。李四说他要真是个侦探你的头就能让人砍吗？赌这些不能兑现的咒是最没有效果的。赵一张口结舌，一肚子的理由不知如何说出才能令李四信服。

钱二说，说了你们也许不信，老头是一个退休老干部。孙三说，多大官？赵一说这辈子你恐怕还没见过的那么大。孙三叱了一下，冷笑两声，以示不服。钱二便说了他的来头。孙三听得不由得咧开了嘴。他自然有些不信，可钱二的神情的确没有半点开心的意思。李四淡淡笑笑说：你们说他是如此之人，那么你们也说说他到底在那里干什么呢？像他这样的大人物，在此荒山僻野之地，蹲在地上一蹲便是一天，是不是也太不合情理了？赵一钱二皆说是是，是不符合情理。赵一说可你在听了他说他在这里干什么你会觉得他更不符合情理。李四说怎么讲？钱二说他以前是搞地下工作的，总是在敌人内部做瓦解工作，做惯了，喜欢看别人争斗。后来的日子里，逢他做小官时，他上面的大官便总是不和，再后来，他自己做了大官，他手下的小官们则总是不和。他说：待在一边冷眼看别人在他的调度下相互斗得头破血流，其中之乐趣真是难以言说。李四听得入迷，连连称道有趣有趣。又追问着以下的。赵一说他来这儿，是回乡玩玩。没有人相互争斗的日子顶寂寞无聊，所以他决定逗逗蚂蚁。他的工具是一瓶蜜。他把蚂蚁之间的战争挑了起来，他说他很快就弄清楚了怎样可以使蚂蚁在最短的时间内发生战斗。虽然这乐趣比看人和人之间相斗要少一点，但真正地投入进去看也依然是其乐无穷。孙三听此一说，顿时有目瞪口呆之感，嘴上反复道：世上有这样的人？有这样的人？不，不，这也只能划入精神病的范畴。李四则拊掌顿足地叫：真奇人也，真奇人也。太有性格了，太有性格了。深刻深刻。叫得孙三只觉得精神病不是老头而是李四。

于是推测又深入到了另一阶段。即老头是纯属一解寂寞呢还是习惯行为？是从中取乐呢还是非此不可？赵一钱二孙三李四又是各自持一种答案。以李四的意见，得用几天时间去同老头好好地谈谈，探索探索人世间的苦甜酸辣。但他的动议遭到了赵一钱二孙三三人的反对。因为，他们已用去了整一天的时间来讨论老头的问题，结果弄得无论是东山还是西山，无论是南山还是北山，他们都没有去成，下山的时间就到了。

疗养所的所长是他们四人一致认为的世上最好的人。他派了辆专车送他们下山，然后送给了他们每人一袋上好的香菇和木耳，外带一块硬度很高的桦木菜板。所长说：把这东西拿回去，你们的老婆肯定个个高兴。赵一钱二孙三李四一想：可不是？

这趟春天的旅行用李四文绉绉的语言来形容是：充满浪漫，富有情调，尤其老头的出现，使之更加意味深长。究竟有怎样的浪漫有怎样的情调以及有怎样的深长意味，赵一钱二孙三都没有琢磨透。他们各个推测了许久也没推测出来。并且带回去的东西也没怎么讨到老婆的多少好，反之老婆们认为山里既然有那么多的木料，怎么不想法子弄一两方回来，家具都该换下一轮的了。老婆们的欲望有多大，赵一钱二孙三几个推测了许久也未推测出来。只有李四，每次见到他们，都一次又一次地推测老头的目的和意义，再一次又一次地推翻自己的推测，以至于赵一钱二孙三都私下里推测李四到底是走火入魔还是故意在他们面前显示自己读了书的不同。这个推测也没有结果。

后来不知怎么，他们的小聚慢慢地稀了，又慢慢地没有了。但他们的推测却是愈来愈多。他们总是推测：城市到底是好呢还是不好？城市到底是让人得到了解放呢还是让人更加压抑？答案有许多，只是他们几个都没有找到最为合适的一种。

倒流河

贾平凹

贾平凹，男，陕西丹凤县人，生于1952年2月21日。其父为乡村教师，其母是农民。1972年毕业于西北大学，此后一直生活在西安，从事文学编辑兼写作工作。出版作品有《贾平凹文集》二十三卷，代表作有长篇小说《废都》《秦腔》《古炉》《高兴》《带灯》、中短篇小说《黑氏》《美穴地》《五魁》及散文《丑石》《商州三录》《天气》等。作品曾获得国家级文学奖五次，即茅盾文学奖、鲁迅文学奖、全国优秀短篇小说奖、全国优秀中篇小说奖、全国优秀散文（集）奖。获施耐庵文学奖、华语传媒文学奖、冰心散文奖、朱自清散文奖、老舍散文奖、当代文学奖四十余次。另获得美国飞马文学奖，法国费米那文学奖，香港红楼梦·世界华人长篇小说奖，法兰西文学艺术骑士勋章。

二十余种作品被翻译成英、法、德、俄、日、韩、越等文种出版，十四种作品被改编成电影、电视、话剧和戏剧。

倒流河

有一条倒流河，河北是两个镇，河南是三个镇。河北、河南的要往来了，没有桥，只有老笨的一条船，那就得去搭船，搭吧。于是，来人在渡口喊：船过来哟——老笨。

老笨就放下水烟锅，使劲地摇橹，力气已经不够了。但河面上空横拉着一道铁丝，船绳套在上边，船不至于被水刮走。

搭船的人往船上来，老笨认得邻村的顺顺，顺顺头上新别了一个发卡，绿莹莹的像落上去的蜻蜓。

大家开始取笑老笨的牙，门牙没了，嘴角两边的牙便显得特别长，那是要长出象牙吗？又戏谑说：人清闲了坐在炕桌前才吸水烟锅的，你拿到船上用，是长年在水上的缘故呢，还是扎个势，要显摆？老笨咔啦咔地笑，却说：你们在河南好好地两条腿走路，咋就去河北趴下四条腿？老笨还会挖苦人，大家扑过去扯他的嘴，船就晃荡不已，在河面上打旋儿。

天上满是些疙瘩子云，船到了对岸，老笨又吸起水烟锅了，一边轻吹细捻，听烟锅子里的咕噜声响，一边望着下了船的人爬到了塄畔。塄畔上一簇一簇的白花。其实那不是花，是干枯了一冬的野棉蒿裂出的绒絮。河南的樱桃已经开了，而河北，绒絮还在风里扯着。

河北那是产煤的地方，到处都是些小煤窑。夜里如果有了流星，朝着流星坠落的方向去寻陨石，那峁呀梁呀下面会发现一个洞，洞斜着就钻进去了。这些洞差不多靠近某一个村庄，三里路或者五里路，路都是黑的。长长的白天里，驴无声地驮着煤筐走，偶尔开过的卡车和拖拉机留下了车辙，很深又很硬，驴在辙里拐了蹄，便被赶驴人日娘捣老子地骂。

骂声让石峁梁上的人听到了，那也是个赶驴的，不免相互喊话，话却在半空里就乱了，嗡嗡一团，只好你招招手，我也招招手。

沟岔底的那个洞，和别的洞不一样，洞旁边搭了个棚，还种了一窝南瓜。因为有了一场好雨水，藤蔓叶大如头，竟爬上了棚顶。下面坐着一伙媳妇，她们是来送饭的，等候得久了，就数起黄灿灿的南瓜花，说哪朵是实花，花下已经有了小瓜胚子，而哪朵没结瓜，是朵谎花。顺顺当下就不数了，坐到一边去，把包着饭罐的帕帕解开了，又包上，再要解开时结紧得怎么也解不开，脸色难看。别的人赶紧使眼色，不说谎花了，说罐子，说：咋还不出来，罐子都凉了。

罐子都是一样，罐子里的饭却不同。有的是红豆米饭，炒了土豆丝或炖了萝卜；有的是油泼的捞面；有的是四个杠头馍，全掰开了，夹了辣子酱豆和葱，还有一疙瘩蒜，说：我那人饭量大。立本年前就害上了胃疼，顺顺给他摊了煎饼，为了软和，煎时在面糊里多加了西葫芦丝，饼子都煎得不囫囵，她羞于给别人看，把罐子抱在怀里了，暖着热气。

一阵响动，洞口里就扔出了个安全帽来，接着爬出来一个人，再接着五个六个都爬出来了。这些男人各自看着自己的媳妇便笑，但媳妇们看着他们都是一样黑衣服黑脸，一时倒认不清。顺顺是第一个抱着饭罐跑过来，立本的眼白多，现在更白了，比别的人都白。立本伸手就抓煎饼，煎饼上留下黑指印，顺顺说：急死你！扯了片南瓜叶子让先擦手。

吃过了饭，媳妇们就走了，男人横七竖八地躺下晒太阳，吸纸烟，开始说自己媳妇。一个说：我呀，晚上回去，她就把长面捞到碗里了。一个说：我回去先上炕，她再忙，擦擦手也就来了。立本说哼，哼了几下，心里想：那算个屁！我一进门，顺顺一手端了饭，一手提裤子，问先吃呀还是……他就闭上眼，眯瞪了。旁边人说：你哼啥哩？立本，立本！立本已经睡着了。怎么叫立本都不醒，掏出一枚硬币轻轻放到他手里，手却立即攥紧了，气得大家都笑，骂：瞧这货，这货！

但洞口经常也有哭声。不定在什么时候，洞里爬出的人双肩上套了绳索，人爬出来了，再把绳索往出拉，就拉出个铁皮斗子，斗子里不是煤块，是另一个血肉模糊的人。洞口就呼天抢地，一片哭声。

棚边的南瓜藤蔓干枯后，露出一堆一堆纸钱灰，有的纸钱没烧尽，风吹着总往人身上沾。沾在立本的裤腿上了，立本就要呸口唾沫，说：我和你没吵过架，也没欠钱，别寻我！

四里外的村口一直有家小卖铺，挖煤的常在那里买酒喝。村里人把挖煤的叫煤黑子，煤黑子买了酒多半要先赊账，店掌柜就在墙上写了人名和钱数。有些账还在，人却在事故中没了，权当给烧了纸吧，墙上就在那个人名上画个叉。不久，都在传说：一个月黑风高的夜里，有三个人敲小卖铺的门，要买烟酒和方便面。掌柜见是煤黑子，说：不赊账啊？三人说：给现吧！天明后掌柜点钱，发现都是些阴票子。

从此，煤黑子的媳妇们都在租住的村屋里贴菩萨像，天天给菩萨上香。顺顺在立本上窑上时，往怀里放一个桃木节，或者一个小纸包，包着朱砂。立本爱显摆，有一回在洞里掏出纸包给别人看，里边却不是朱砂了，是一张棉布片，上面有血。大家当然知道那是什么血，取笑了一番。立本回来给顺顺发脾气，顺顺才说是村里来了个阴阳师，告诉她经血最能辟邪，立本火降下来，但碗已经拿起来要摔了，就拣了个破碗摔碎。

这个窑的煤黑子有县东的人也有县西的人，而大多是河南、河北的。河南来的八个人，不到六年，死了五个，一个断腿，还有一个躺在炕上能出气，叫不应，活成了植物。而立本活着，立本给人夸自己的那个地方长着一颗痣的，旁人说：还不是顺顺给你的平安！立本也觉得顺顺好，回来把顺顺抱在怀里亲，还亲了她的肚子。

顺顺明白立本的意思，夜里老实得像个猫儿，任着折腾。事毕了，她要给立本去倒温水洗，立本说：不敢让流了！给了个枕头垫在屁股下，顺顺就把头吊在炕沿下。

顺顺已经给将来的孩子起了个名字叫安然。但又过了一年，顺顺还是没怀上。

那时候，煤的市场不景气，小煤窑的煤里矸石又多，更是卖着艰难。矿主就鼓励人去推销，推销出一吨可以提百分之五的成。顺顺给立本说：你的胃病好多了，我给咱跑生意去，两个人赚着总比一个人赚着多，攒够盖新房的钱，明年就该回去了。立本说：那我咋吃饭呀？顺顺说：搭老魏的伙。老魏的媳妇也是送饭的，顺顺出一份钱，老魏同意，老魏的媳妇也同意。

顺顺先回到河南。别人家的稻子都扬花了，她家的稻田遭了虫害，稻叶子一疙瘩一疙瘩锈着色，忙着三天两夜挑料虫。从田这头到田那头走一趟，料虫能挑少半筐，倒在坑里用木杵砸，而腿上却趴了蚂蟥。蚂蟥往肉里钻，捏不出来，血就顺腿流，过路人说：拍，一拍它才肯出来！拍了三下，蚂蟥掉下来了，那人说：看把庄稼做成啥了！顺顺觉得下煤窑没挣下钱，庄稼也荒了，让人笑话，就发誓要好好推销煤。

县城里各个单位都有着锅炉，一到冬天居民家里又烧炉子取暖，顺顺就挨家挨户给人说好话。头一两个月自己单独骑自行车，早去晚归，后来叫上立本的一个老叔一块去。老叔胖，坐在自行车后座上，顺顺便骑得一身的水，还和人撞过三次，把老叔跌下来，断了一颗牙。顺顺承诺将来要给老叔补个金牙，每次到了县城东门外，老叔跑北城片，顺顺就跑南城片，在一棵柳树后把旧袄脱下，换上一件红底碎花衫子。她喜欢这件衫子，换上了要对着城河水照几回。

在单位里和人家谈价钱，往往谈到最后了，人家就提出要回扣。回扣有五百元的，也有一千元的，顺顺老是心疼，后来灵醒了，再不给现金，运去十吨煤，打的条子上却写上十三吨。但是，卸煤时，烧锅炉的要让她请吃饭，饭就不请了，把饭钱给塞兜，还搭一包纸烟，她帮着一块卸。烧锅炉的时不时拿眼光在顺顺身上蹭，说：听说在窑里挖一年煤要尿三年的黑水？顺顺说：你唾唾沫，唾沫也是黑的嘛。两人都笑，说咱们这是干啥哩，老鸦还嫌猪黑？

推销得好，顺顺五天或七天了到窑上领推销款，晚上就不走，要尽女人的责任，但立本总是下了班就去喝酒。等到醉得摇摇晃晃回来了，立本很张狂，把一沓子钱往顺顺面前一甩，说：给！妈的丝。顺顺笑着，也就从怀里掏出钱来，她的钱沓子比立本的钱沓子厚。

撑船的老笨入秋后就一直喊脊背疼，喜欢搭船的人拿鞋底给他拍。去看医生，医生说是受了潮，要求每天去镇卫生院刮一次痧。儿子用自行车带他去了一次，说：不就是用牛骨板在身上刮嘛，你把钱给我，我夜夜给你刮。老笨哼了哼，赶紧把帽子按了按，帽壳里有着一百元的票子。

三十年前，老笨刚开始撑船，河里涨水，一条鲇鱼跳到船上，捉住了提回家，老婆正好给他生下个儿子，他就给儿子起名鱼，宋鱼。这宋鱼长大了，去城里干过传销，传销被政府取缔了才回村种庄稼，庄稼种得不好，却染上了赌博。曾经钻进苞谷地里和人掷色子，掷了三天三夜，胡子长出一指长，从此就留个小胡子。

老笨说：你三更半夜不沾家，你给我刮？

宋鱼听了爹的话，故意把自行车往一个小石头上骑，差点把老笨颠下去。骑到一个小商店门口了，却进去买了个木挠挠，木挠挠是专门搔痒的，河南人都叫它是：孝顺。宋鱼说：我不沾家，它就替我嘛。

老笨说：儿呀，你这么浪荡着咋行？你也去河北下下窑嘛。

宋鱼说：我去下窑？当兵的是死了没埋的人，挖煤的是埋了没死的人！

后来宋鱼赌得大了，面前放一袋子钱，和人坐在公路边上猜车号的尾数是单还是双，谁猜对了就把钱袋子提走。宋鱼输过，也赢过，幸运的是多赢了几次，就买了辆摩托，整天放着响屁地跑，还在后座上驮了女孩子，女孩子的裙子经风一吹，腿像两个白萝卜。

县城里人常有开了车来游玩的，要看倒流河的水是怎么倒流的，还要看河南的老房子。别的地方建房三十年木头就坏了，土墙也坍了，河南的房子砖砌皮，里边的土心也是浸了米浆捶打的，百十年的民居在，而且明代的龙王庙在，清代的魁星阁在，还有一个木刻砖雕的老戏楼子。这天，就有个人停了车，端了照相机四处拍，拍到一座房子，这房子虽也砖砌皮，却椽头腐了，檐角垮了，屋顶上苫了塑料布，拿石头压着还呼啦呼啦响。对着门楼拍那匾额“积善流光”四个字，门道里卧了一条狗，龇了龇牙，没有叫。又转到房的山墙后，那里搭了一间土屋，里边站着一头牛。牛体瘦毛红，脚下垫着的土和草料被粪尿搅和成了稀泥，苍蝇乱飞，臭气烘烘。拍照的说：这牛若是人变的，那人是囚徒。宋鱼就跑过来，喊：哎，干啥的，干啥？

这房子并不是老笨的家，但宋鱼就是不让拍。照相的不拍了，却对着牛圈门口的一块石头说：这石头是老石头。宋鱼说：二百年的捶布石！照相的喜欢捶布石平整光滑，更感叹它挨了多少棒槌击打，就说：把这石头给我吧。宋鱼却要钱，要了一百元，他吭哧吭哧把石头抱上了汽车，狗却汪汪地叫。照相的说：这钱应该给这家主人吧？宋鱼说：走你的，狗说不了人话！

煤还是卖不动，而窑上事又不断，许多煤窑就关停了，或者廉价转售。从河北回河南的人多起来，或一脸灰黑，背着被褥卷儿，或拖家带口的，男人在前边走，媳妇拉着孩子老撵不上。老笨很忙，夜里还得撑一次船。空中的月亮一团明光，船撑到河南岸了，最后下船的是个年轻女子，怀里抱了个婴儿。老笨知道在河北挖煤挣不下钱了，但却躲过了计划生育，说：这世道呀，娃都生娃了。年轻女子不爱听，回过头说：不生娃生老汉呀？戗得老笨半天缓不过气来。

立本没有回河南，却谋划着和另一个人要把沟岔底的小煤窑买下来。两人回到河南来筹款，顺顺在新草帽上搓麻什给他们吃。顺顺的指头嫩嘟嘟的，搓出的麻什像猫耳朵，那人说：手真好！顺顺侧过头了，无声地笑。那人出了厨房，在院子里给立本说：你娶了个好媳妇！顺顺想听自己的男人怎么说，立本却只嘿嘿了一下。

立本把购窑的事说给顺顺，顺顺吓了一跳，不敢同意，立本就反复给她讲，现在的煤窑设备不行，又没有木支护，所以老出事故。矿主只会骂人，不善经营，煤就卖不出去。趁着眼下煤价落到了底，咱买了肯定是好事，一时煤卖不动，总有能卖动的时候呀。如果咱命好，那挖的就不是煤，是金，日进斗金。顺顺说：那咱命就能好？立本说：我那个地方长着痣啊！顺顺想了想，说：我依你吧。就同意了。

决定了买煤窑，那人出五十万，立本也要出五十万，而立本总共积攒了十万，还准备要翻修老屋的。立本去贷款，信用社不给贷，顺顺说：我给你过三十六吧。

三十六是男人生命中最重要的岁数，河南的乡俗就是摆宴席，亲朋众友来相贺。立本的生日原本在腊月，顺顺却给他提前过，为的是能收一笔礼，还可以向亲戚们借钱。但是，席桌上顺顺说了借钱的事，立本却站了起来说：这不是借钱，是让大家入股哩，有十万的入十万，没十万的五万八万也行，我给经营着，明年就给你们分红。立本还介绍了这个煤窑的情况，也讲了它的光明前景，拍着腔子说要让大家的钱鸡生蛋，蛋生鸡，不停地生下去。亲戚们被他煽呼起来了，顺顺的二舅当下拿出五万，说他要买水泥铺院子呀，不铺了。二舅一带头，大姨父应允了五万，二姨父应允了五万，大伯五万，二伯四万，三伯三万，姑姑六万，大舅四万，三舅四万，三个侄子各五万，五个舅表姑表各四万，六个侄女和外甥女各三万。顺顺娘有个干姨妹，其儿子和女婿来了，心也热了，说：让我们也沾个光吗？立本说：你们也是亲戚嘛，行呀。那两人各应承了两万。

三天后，所有的钱都拿到手了，九十八万，顺顺又卖了要翻修老屋的一副大梁担，还有她的一双银镯子，共两万整数。账一笔一笔写好，账本装在一个盒子里，顺顺抱着盒子要放到屋梁上去，一只老鼠在看她，又担心老鼠会咬盒子，便把盒子用铁丝吊在梁上，铁丝上还加个旧电灯罩。天开始下雨，雨也关心着，敲得屋外树叶子响。顺顺给立本说：这不老鼠爬不下来了！

有了自己的小煤窑，立本很辛苦，扩拓了坑道，加固了木支护，又新招了一批煤黑子，忙得小便都尿不净，裤裆里老是湿的。顺顺让老叔继续推销，自己也在窑上忙活，她办了一个大灶，媳妇们都不各自送饭了，省了的人手都运煤装车。她不愿意窑后的坡上只是野棉蒿，从河南挖了一桃树栽在那里，时常提了水去浇，希望能活。

桃树真的活了，可顺顺一年下来，人瘦了一圈，再穿那件红底碎花衫，又宽又长，衣不附体，风一吹，大家都说：你要上天呀！

夜里回到出租屋，立本当然还要做那事，顺顺心里不要，把身子给他，但黑暗里睁大了眼，要听着远处有没有狗咬，炕台上的电话会不会突然响起，提心吊胆着窑上出事。

月底发工资，还放一天假，煤黑子们都去喝酒了，顺顺领着一伙媳妇去坡上拾地软，嚷嚷着回去包饺子捏馄饨。等着大家都下坡了，顺顺坐在那里看桃树，几日不来，春便老了，桃花落了一地。

不觉得就春节了，回到河南，立本说：初五把亲戚都召来吃顿饭吧。所有出过钱的亲戚都来了，口口声声叫着立本是老板，盼望老板分红呀。饭菜吃了一半，立本给各位敬酒，却说这一年窑上的煤依然卖不动，还伤了三个人，虽生命都保住，可住院和补偿就花去了二十三万，总之，是赔了。大家面面相觑，就往顺顺脸上瞅，顺顺脸也茫然，立本又说了：做生意就是有风险嘛，既然赔了，如果各位还要把这个窑维持住，就等待以后的大分红，那就需要各家再缴三万。三舅说：赔得血本都没了，还敢再缴！立本说：都是亲戚嘛，不愿意我也不强迫，那就不缴了，也就没股了。

顺顺不知道该说些什么，但她得依着立本。亲戚们七嘴八舌议论了半天，都是不再缴钱了，怨恨自己当初发财心切，不该听立本的话，他只是个煤黑子，哪里是当老板的料呢？饭没吃毕，屁股一拧都出门走了。

顺顺的娘家人再不和顺顺往来，顺顺的眼泪流到了正月十五。

正月十六，村长得了孙子要过满月，宋鱼张罗着通知来客。十五的晌午他就站在村前公路上见人便说：村长给孙子过满月呀，让请你哩！被挡住的人说：哦，那就去随礼嘛。也有不说去也不说不去的，却问：把你积极的，是不是村长让你承包修水渠上的那个涵洞呀？宋鱼说：我不赚那小钱。那人说：那你给人家的孙子出过力？宋鱼说：他那儿媳妇……我口没那么粗吧？嘻嘻地笑。

宋鱼骑了摩托再往另一个路口去，路上就有人和牛挡了路，中间是一个老汉，两边各一头犏牛，悠闲缓慢地走。宋鱼鸣喇叭，那老汉没反应，左边的牛却立刻走向了右边，宋鱼骑过去了骂：你不如个牛，牛都知道靠右行哩！顺顺刚好过来，说：他是个聋子，你骂他哩？宋鱼见是顺顺，也通知了顺顺，说：你一定得去的。顺顺说：那为啥哩？我和他不是本家子。宋鱼说：他是村长呀，你和立本树梢子在河北，树根子在河南呀！

顺顺回来给立本说去呀不去，立本不去，说：礼钱咱能赚回来？顺顺明白立本在吃醋，把头低了没再多说。但第二天，她还是一个人带了礼去了村长家，把人家的小孙子抱着喜欢了半天。

村里过红白事，是乡里乡亲维持关系的平台，都去帮忙呀，上礼呀，即使有小怨小仇的也去示个好，隔隙也可修复。而村长这天村人去了多半，仍有小半没来，村长脸上挂不住，问宋鱼：你咋通知的？宋鱼说：我再去喊。

宋鱼又站在门外十字路口喊人，有几户来了却来的不是大人，是孩子，还有来的人把礼钱一上又顺门要走了。宋鱼说：走呀？走的人说：礼上了。宋鱼说：那得吃饭呀！走的人说：为啥不吃，叫他想去！

入了夏，河南的树荫把村都罩了，夜夜蝉声嘶叫，蛙声如雷，河北的峁梁上草长不到半尺高，牛虻却多得像苍蝇，撵着人隔衣服蜇。

窑上的生意不好也不差，收入盘点后，合伙人提出再买一个窑，立本又和顺顺商量，顺顺这回是坚决反对，因为不可能再筹到钱了。立本说：咱卖老屋房，把房卖了。立本是入赘到顺顺家的，顺顺说了狠话：那是我爹我娘给我留的，你别打它主意！结果合伙人拿了他的红，又抽走了当初买窑的一半钱，自己单独去干了。

大部分的钱都被抽走，煤黑子的工资发不了，原本关系还和和气气的，这下子红脖子涨脸，闹僵了，有人竟把三十个安全帽偷走了。顺顺得知那人是邻村的，并且回了河南，就也撵了去要。那人说：这不是偷，是顶账的。顺顺说：兄弟，我用别的给你顶账，你把帽子还我，下窑没帽子你这不是卡我脖子吗？带那人到了老屋，指着那个五格子板柜，让抬走了。板柜一抬走，顺顺趴在地上给她爹她娘磕头，爹娘下世早，只有照片挂在墙上，她就呜呜地哭。

把安全帽装了两麻袋，一袋先背着走一段路，放下来，又反身去背另一个麻袋，黑水汗流地背到老笨的船上了，头上的发卡不知道遗在了哪里，头发扑撒了半脸。老笨说：哎哟，现在兴减肥哩，顺顺你减得有效果。顺顺说：你是说我黑瘦得没人样了？她不敢坐到船头去，害怕水里照出影子。

仅仅是过了四个月，谁也没想到，窑上的煤突然卖得快了，而且价格越来越高，已经用不着去推销了，拉煤车在每一个窑前都排队，还是现金交易，来人提着一口袋一口袋的钱。

立本觉得奇怪，顺顺更是要呆了，晚上关了门，两个人在炕上数钱，手指头把嘴里的唾沫都蘸干了，还没数完。顺顺说：这不是在梦里吧？立本说：我拧拧你的脸。拧了一把，拧得重，顺顺疼得哎哟了一声，立本就扑过去压她，顺顺要把钱收拾了再说，他说就在钱上，钱欺负了他半辈子，他也该给钱点颜色。那几天顺顺还真来了那个，好多钱就成了红钱。

河北的羊多，镇街上有几家水盆羊肉店，立本一定要带着顺顺去吃一顿。路上顺顺说有人看他们的眼神邪邪的，是不是要打劫？立本说：走你的路，越紧张贼越看出咱有钱了。顺顺又操心家里的钱全放在炕洞里安全吗，立本不理她了，解开外套扣子，说：咋这阵热的！顺顺想笑，但她没笑，心里说：钱烧的来呗。

进了一家店，要的是包间，包间里没窗子，灯不甚亮，屋顶棚还黑乎乎的。立本喊：来个妇女！店主跑来了很疑惑，立本说：端盘子的女服务员呢，把灯泡换个瓦数大的嘛！店主说：应该是叫小姐。吃了一半，立本在汤里发现了一只苍蝇，责问小姐汤里怎么能有苍蝇，小姐说整天杀羊哩还能没苍蝇？顺顺这才发现灯泡吊绳上爬满了苍蝇，而顶棚上也是苍蝇趴得多了才黑的。

这顿饭没有吃好，但是包间是木板隔的，隔板那边的包间里也有人吃饭，在说着国家改革的事。他们说南方改革的力度大呀，一个镇的财政收入抵过了西北地区一个县的财政收入。还说，现在中央政府的经济政策向西北倾斜了，给的大型基础建设项目多了几倍，一起上马，咱这里要振兴呀。顺顺不懂得振兴，却明白振兴了才使窑上的煤卖得快嘛。

立本突然大骂以前的合伙人。

顺顺说：煤能卖了，可惜他走了。

立本说：他舅在县上是干部，他肯定是早知道国家的政策了才闹着要分手的。你知道不，他新买了三个窑。

立本开始恨顺顺当时不让再买窑，顺顺也后悔，可谁能长前后眼呢？庆幸的毕竟还有着这个窑，够了，这就够了嘛。立本说：够啥呀，风来了就要多扬几木锨啊！他警告着顺顺：以后有决策的事，要听他的！

于是，立本谋划着再买几个窑，可跑了几个地方，窑都涨了价，是以前的五倍，而且第一次去问一个窑五百万，过了几天，又成了八百万。等到下了决心再去买吧，已经是一千二百万了。立本当然掏不起这么多钱，回来就喝酒，发酒疯，顺顺劝他，他踢凳子，把凳子腿都踢断了。

顺顺说：你疯啦？

立本说：煤疯啦，河北疯啦！

河南的人又多往河北跑，跑得像一窝蜂。老笨撑船的次数比往常多了五趟，就让宋鱼在岸边搭了个茅屋，把被褥拿来，也支了锅灶，基本上就不回家了。宋鱼十天半月来送一次米面和蔬菜。但来一次，老笨的钱就少了些，他不清楚儿子怎么就知道他把钱一卷一卷塞在那些破鞋窠里，鞋又是藏在床角的麦草里。他和儿子嚷，宋鱼说：你要那么多钱干啥，我是你儿哩，你不给你儿花？

老笨夜里躺在茅屋，水鸟在河滩的芦苇丛里一声声叫，他想：家里那院房子保不定什么时候就让儿子卖了，自己会不会最后就死在这茅屋呢？睡不着，起来又坐在门口吸水烟锅，成群的萤火虫在面前飞，像是星星从空里掉下来了，明的明，灭的灭。

到了六月二十四日，是荷花生日。河南的三个镇都有水田，每个村前又都有荷塘，六月二十四日就要给荷花过生日，企盼着荷花长得好了也就是水稻也收成好。老笨回了一趟家，拿了一把香在塘边刚点燃，村长就急急忙忙来喊他快去渡口：来了大领导要过河呀。

过河的是有十几个人，大多穿着褂子，五个人却西服领带的穿戴整齐。老笨拉住村长问：那是多大的领导？村长说：是市长和县长，你把船撑稳些。老笨说：穿得恁厚的？知道西服领带的就是官服，觉得那些煤黑子搭船时也有穿过西服的，但没有领带，还穿着旧布鞋，怪不得那么不好看。

船到了河心，市长对县长说：这河上得修座大桥呀。县长说：我们已经规划了。老笨听了，想：呀，修了大桥，我这船就撑不成了。迟疑了一下，船就顺水往下漂，赶紧摇了几下橹。却又想，这么大的河面怎么修桥呢？县长或许说说就是了，前几年县上办葡萄酒厂让河南人大种葡萄，把葡萄能增加收入的话说得天花乱坠，可葡萄种了，收葡萄时却没钱，农民把葡萄一架子车一架子车倒在县政府门口，来年全把葡萄园铲了。难道为了方便运煤，县上就给这里修大桥？咋会呢？不会。

船靠到河北，领导们上了岸，岸崖上有几辆小车在迎候，还整齐站了一排人。县长给市长介绍着这位是某某老板，那位是某某老板，都是煤老板。老笨远远地看到煤老板里有着立本，而顺顺却和一伙人走下了岸崖上船，他们要回河南去。

顺顺给老笨说：船年头久了，该换换新的了。

老笨说：再耐活几年吧。

顺顺也是回家来要给荷花过生日的，虽然有钱了，再不指靠家里的庄稼，但顺顺坚持要给荷花过生日。还有一桩心事，惦记着院子里那棵石榴树开花了没，石榴多籽，她也要拜拜，希望自己今年怀上孕。

傍晚里，河南人家家做了麦仁粥，端了饭把粥一疙瘩一疙瘩放在塘靠边的荷叶上，就眼望着这儿的一朵朵荷花开了，那儿的一朵朵荷花也开了。宋鱼在家里把粥盛在碗里，说：我先吃一口。院门外就进来了讨债人。

宋鱼顺梯子到院墙头要逃，来人把梯子扳倒，宋鱼跌下来，说：不就是一万元吗，我给你取。进了堂屋，出来时手里却拿了一把刀，当着讨债人就在自己腿上开了一个大口子。讨债人说：我不吃这个！

宋鱼说：我不是自残赖账，你权当我是个女的，我开个肉缝给你。那人扇了他一个耳光，又扇了个耳光，宋鱼眼前满是星星，看讨债人也是两个三个，待看清只是一个人了，他躁了，拿刀朝前一戳。

讨债人没有死，他就坐了两年牢。

两年牢出来，村里人少了许多，他更找不下个媳妇，连妇女也都往河北去了。他才知道河北现在富得流油哩，一个窑的价钱是两千万三千万，而立本也拥有了四个窑，是河南三个镇里最有钱的人。

三个镇的小学都找过立本赞助，立本先是给了一个小学十万元，又给了另一个小学十五万，剩下的那个小学去说如果能给二十万，小学就以他的名字命名，立本就给了二十万。校长领了一百多学生抬了个大匾过了河送到窑上。窑上已经有了大楼，立本的办公室很豪华，还供着一尊铜铸的关公像，说关公义气，是个财神。大匾往墙上挂时，却掉下来拦腰断了，顺顺觉得这是立本承受不了这样的大匾，给立本说：你不识几个大字，咋能把名字做校名？立本才改了主意。

宋鱼给村长鼓动，立本钱这么多了，他应该给村里硬化道路呀，若能给十七八万，咱两个负责修，每人还不落三四万？村长却有他的想法：何不以村的名义去贷款，也买一个窑来？两人先去河北打探，一个窑已涨到三千五百万，买不起了，再去见立本，立本却迟迟不肯见。村长气得骂，宋鱼说：咱是向人家要钱呀，还怕伤脸？他找到顺顺，让顺顺通融。顺顺劝立本，说：村里人不敢得罪，尤其是村长。立本才同意村长和宋鱼到他办公室。

立本坐在沙发上，没给村长和宋鱼让座，也没给递纸烟，刚说起硬化村道的事，立本就开始打电话了。一个电话是让财务室催督市某某部门把两千万快打过来呀，另一个电话却是询问县长的秘书，县长来检查工作是后天上午还是下午，是爱吃烤全羊呢还是喜欢狗肉，冬天里吃狗肉喝烧酒最好。电话打完了，立本说：不就是硬化个路吗？从抽屉里拿出了二十万。又让宋鱼回河南到三个镇里去看有没有百年的桂花树，有了，想办法买来他要栽到公司大楼的门口，钱的事回来了报账。宋鱼应承了，却问：你还是四个窑吗？立本说：卖了两个。宋鱼说：一个卖三千五，你命里有钱，钱就引钱哩！立本说：屁！人家买过去又一转手，卖到四千万了。村长和宋鱼则暗自后悔逮不住机会，活该看着别人吃肉自己只能舀一勺油腥汤喝喝罢了。

硬化了村道，宋鱼净落了三万，又买了两棵大桂花树，一棵一万元，给立本说一棵是两万，再落了两万。拿这些钱就在镇街上办了个商店，进的都是高档货，一般人买不起，专门供应从河北过来的老板买。

立本就来买过几次，每一次都是山参呀鹿茸呀，或是名酒名烟和普洱茶，那时都兴着喝普洱茶，装满了车的后厢，开到县城去。

有一次，立本又来了，他算计着要当人大代表或政协委员，问宋鱼能不能弄到钱钱肉？钱钱肉就是驴鞭，烹制好了吃时要切成片片，样子像铜钱。宋鱼说：这难呀，再难我给你弄去！宋鱼去了河南再往东五十里的凤阳镇，那里能做钱钱肉，他买了大叫驴，还亲眼看着把活驴杀了取鞭，弄了五根，他想县上是四套领导班子，每个班子的一把手一根，得给自己留一根吧。

立本来取货，宋鱼吹嘘这是大叫驴的，而且别人买的都是病驴死了才割的，它这是割了才杀驴，一根一万五千元。把驴鞭摆出来，四根上都贴了纸条，上面写着书记的，县长的，主任的，主席的，还有一根写着：我。立本说：我是谁？宋鱼说：我给我留的。立本说：你吃啥哩！顺手也拿走了。

立本当上了县政协委员，经常要去县上开会，好多人都帮着他打扮形象，立本也慢慢会讲究了，名牌西服，名牌皮鞋和皮带，后来又戴上了外国进口的名表。当然也给顺顺买了几箱子时兴衣服，顺顺开始穿着不自在，出了门手不知道在哪儿放。立本说要给顺顺买高跟鞋，顺顺说：这我不穿，那么细的跟，咋走路呀，咋干活呀？但立本还是买了回来，不止是一双，是五双，逼着让她穿。

立本给顺顺讲了一件事，说他认识的一个煤老板，钱都几个亿了，就是穿戴上不讲究，北京一个歌星在市里演出，有人给拉皮条，肯出一万元就能和人家共度一夜。这老板提了钱去宾馆敲门，歌星开了门，一见是个农民嘛，衣服扑稀拉沓的，嫌脏，把钱袋子扔出来门就关了。

立本说这故事的时候，耻笑那个老板给企业家把人丢了，顺顺心里想：如果那歌星不嫌呢……就把事情做了？

顺顺穿了高跟鞋，身子总挺不直，屁股就耷拉着，头一天脚就磨烂了，一回家脱下，指着骂：鞋，鞋，你害我！但她还得穿，给立本穿，就买了一盒创可贴装在了兜里。

立本做那事时，开始有了各种姿势，这让顺顺感到不适应，她说：你折腾啥呀？老催快点。立本就不做了，坐到桌前去喝酒，还摔烟灰缸。顺顺又觉得欠了立本的，主动说：那你来吧。立本却自己不行了，顺顺说：这不怪我。立本嫌她不吱声，像个死人，说：你要叫床哩，你一叫床我就很厉害。顺顺便低声叫：床呀，床呀！立本打了顺顺一拳头，穿衣出门走了。

这是立本第一次打顺顺，顺顺觉得委屈，决心要和立本闹一场。可立本一走五天没回来，整得顺顺没脾气了，又自己寻自己的不是：是我不好，没给他生个一男半女的，又没能满足他。她到公司去找立本，立本当着众人没有给她脸色看，却说下午要去市里办事，打发她回家。这一走，竟然走了一个月。

宋鱼的商店赚了钱，几次拿了点心给他爹，还带来三只鸡，杀了让爹熬汤喝。老笨说：买这么多东西干啥？宋鱼说：花你的，有的是钱。给爹又掏出一条纸烟，把老笨的水烟锅丢到河里去了。害得老笨又下河捞了半天，才把水烟锅捞回来。

老笨对儿子说：有钱了你就攒着，你要攒不住，拿来交给我攒，攒够了娶个媳妇。为娶媳妇，老笨急，宋鱼不急，父子俩捣了几次嘴。

村长的兄弟在镇政府工作，胖得腆个大肚子，老笨对宋鱼说：人家和你同岁，娃都上小学了。宋鱼说：生娃还不容易？老笨撇了撇嘴，又说：三十多岁的人了，连个肚子都没鼓起来，看人家多富态！宋鱼说：有本事的搞大别人的肚子，没本事的才把自己的肚子搞大。老笨就气得不和儿子说了。

从此宋鱼又不好好经营商店，往河北跑，而且每次都领着三四个年轻女子。老笨每次载儿子和年轻女子过河，他都兴奋，橹摇得特别欢。他觉得儿子是生心了，认识了这么多年轻女子，是不是和其中一个谈恋爱呢？便暗暗打量这些年轻女子，给儿子悄悄说那个穿红衣服的看着身体蛮好的，千万不要那个长腿细腰的，腿长细腰了不好生娃。宋鱼说：去去去！宋鱼把几个年轻女子领去河北了，几天后又带回来，再过几天重新带了几个还去河北。

又是一个清明，顺顺早早几天就催立本回河南给亡去的老人祭坟，立本也就和顺顺回了一趟村子。他们带了香烛烧纸、水果和酒，跪在坟前祭奠，阴票子印得像真的人民币，但面额都是亿元、十亿元的。顺顺说：这么大的数怎么花呀，我爹上集吃碗凉粉得有个零钱。还是掏出一百元的人民币在那些烧纸上一正一反地拍打了一遍。纸烧了起来，立本说：爹呀，娘呀，我现在是政协委员了！政协委员的势儿有多大，给你们说你们也听不懂，就是当年西镇的许县长！

许县长是民国的一个副县长，顺顺也听她爹在生前说过这人，是河南三个镇出的最大的官，那时穿着四个兜的中山装，戴着礼帽，胳膊上迟早都挂个文明杖。

立本的话让司机听到了，很快在河南、河北传开，也传到了县城。再开政协会，政协主席见了立本，说：你怎么拿敌伪县长比政协委员？脸色很严肃。立本慌了，赶忙解释，说：主席，这话你都听到了？那是哄鬼哩，哄鬼哩嘛！主席扑哧笑了，事情才安然过去。

宋鱼已经是立本公司的人了，专门负责采买礼品，比如衣服呀，烟酒呀，手表玉器甚至家具，不一定是最好的，但一定是时兴的最贵的，采买了又要亲自送到该送的人家去。在县委县政府的家属院里，宋鱼从来没有送礼送错过门，也从来没有给张三送时让李四看见。立本对宋鱼很信任，后来出门，一般就让他在身后跟着。宋鱼的眼色又活，立本要上电梯了，他肯定先小跑去摁键；立本进了厕所，他肯定在厕所门口拿着手纸；立本招待客人去歌舞厅娱乐，他会在门口组织一拨一拨坐台的女子进去陪酒。立本差不多离不开宋鱼了，一有事，就习惯地扭头看，宋鱼就说：我在这儿。

这一年春节，顺顺和立本都没有回河南，而河南的风俗是年三十夜里要在屋门上挂红灯，还要去祖坟上挂红灯，以彰显这家有人，鬼也不是绝死鬼。立本就支派了宋鱼去。宋鱼把最大最亮的灯笼在顺顺家的大门上挂了，也在顺顺家的祖坟上挂了，才去河边的茅屋看他爹。老笨在喝买来的苞谷酒，他陪着喝，自己醉得吐了，老笨给他擦洗了半夜。

回到河北，宋鱼给立本建议：得修修老屋了，虽然人不在那里住了，但老屋修得高大堂皇了摆在那里，也是光前裕后的象征，事业干得这么大了不在村里显耀，那如锦衣夜行。立本同意了，就委派他去监修老屋。

宋鱼给立本和顺顺说：我会把老屋修得像个祠堂。

宋鱼到河上游的山里买了上等的木料，运不下来，就放在河里吆排，吆到村前的河滩捞取，结果吆失了三根檩木。买了砖请泥水匠先磨砖，要求每人一天只磨十块，必须棱齐面平，然后各类工匠都到齐了，给准备吃的喝的，仅辣子面就买了两斗。

老屋热热闹闹修着的时候，县委书记也交给了立本一个特殊任务。县上的领导差不多有十多年了没有被提拔高升的，请了阴阳师察看县城的形胜，说不该在修高速路时把城南的山梁挖开一个豁口，要补换风水，就得在豁口旁建一个寺或一个塔。县委书记当然不能建寺筑塔，就让立本盖一座楼，要盖得像市里的钟楼，县上可以拨一块位置好的地让立本便宜购买。

宋鱼得到消息，心里酸得怨立本这么大的事没告诉他，也没让他去负责工程，便喝了闷酒。

闷酒是在村长家喝的，喝高了才到修老屋的现场去，风一吹，脚下发软，倒在院里的石榴树下，树枝把脸剐破了，气得起来让人拿刀砍了树。那个中午，新的房子立木上梁，苫板已经铺了，坨泥苫瓦进行了一半，宋鱼却说柱子下的顶石雕刻得不好，大发脾气，要求换掉。换柱石得把柱子用杠子撬起来，可四根杠子把柱子撬起来了，抱着柱子脚的人原本有经验，以前也做过房子调整的事，可偏偏这回他在抱着的时候咳嗽了一下，身子打个闪，柱脚就斜了，听到屋梁上嘎巴嘎巴响。有人忙喊，快跑！撬柱子的人就往外跑，而屋顶即刻塌下来，把抱柱脚的人压死在下边。

一出事，宋鱼酒醒了，也害怕了，决定这得跑了，就说：我给老板打个电话。拿了手机放在耳朵上，一边走一边回头，走到村口撒脚就跑了。

老笨是在立本和顺顺从河北回来坐船时才知道修房出了人命，要跟着一块去现场。立本说：你去干啥，让人知道宋鱼那瞎货是你养的？立本和顺顺走后，老笨心慌意乱，头晕得差点栽到河里。

下午，船不撑了，老笨还是去了顺顺家。立本在处理后事，顺顺坐在院子里哭，立本不让哭，给了被压死的那匠人家五十万，让入土为安，却继续要匠人们盖新房，不但要盖，还要盖得更好。老笨跟前跑后给立本赔情道歉，顺顺说：这与你没关系的。老笨说：儿是我的儿呀！自己打自己的脸，然后去搬砖搬瓦，黑水汗流得谁也挡不住。

顺顺没有很快回河北，她怕出这事故招村里人耻笑，特意要多待些日子，拉扯拉扯和四邻友舍的关系。她没再穿那些鲜亮衣服，更是脱了高跟鞋，没事了就和村人拉家常。四天后，一户人家给儿子结婚，又恰逢镇街逢集，她去集市上给匠人们买了烟酒，又买了些水果糖回来给孩子们散发。水果糖散发完了，才拍打着衣服要去结婚的那家坐席吃宴，村长的兄弟媳妇就拉了孩子到院里，说：快叫你富婶，你富婶给你糖呀！孩子就叫着婶，富婶，顺顺没了糖，尴尬得脸都红了。那媳妇还在说：你富婶当年搞推销时，我给你富婶揉过腰，你富婶还能不给你糖？顺顺在口袋里掏出一百元钱，塞给了孩子。

结婚的那家见了顺顺，拉着让坐上席，顺顺不，一头钻到厨房帮着洗菜淘米，端了一盆泔水倒到猪槽去，上房台阶上有礼桌，好多人去上了礼。村长说：顺顺给上过礼了？顺顺说：还没哩。提着盆子去上了五百元。记礼单的说：呀呀五百元！旁边有人说：人家五百元算个啥！顺顺又回到厨房，村长进来了，黑脸训她：你再有钱你不能害大家嘛！顺顺说：咋啦？村长说：你又不是没在村里生活过，村人行礼都是五十元，你一下子来个五百元，别人还活不活？顺顺没和村长争辩，但吃饭时喉咙噎得难受，吃了半碗就回了家。

立本还是爱喝酒，却好像不胜了酒力，喝到半斤就喝多了，常常被人三更半夜地背着回来。顺顺总是埋怨送的人，埋怨得多了，立本再喝醉，送的人把立本背到门外了，使劲敲一阵门，人就跑了。立本酒醒后，嫌顺顺埋怨送他的人，影响了他的声誉，说：我要应酬能不喝酒？我的事你不要管！顺顺和立本吵了一顿，顺顺没有赢，她想要控制住立本，立本却拿住了她，酒照旧喝，一喝多了就不再回家来睡。

之后，凡是夜里立本没回来，那必定又喝多了。时间一长，顺顺想，我怎么成了个闲人了，老窝在家里？她去了几次公司，立本不让她干活，说老板的夫人了再干活就丢身份。顺顺想想也是，又回到家里闲着，把头发烫卷了又拉直，拉直了又烫卷，也往脸上抹各种润肤油。一天公司销售主任的老婆来家串门，说用黄瓜切了片往脸上敷能防皱纹，顺顺当下就切了黄瓜，两人睡在床上，贴了一脸的黄瓜片。两人说了一阵话，那老婆突然说：老板还是不回来睡？顺顺说：他事情多呀。心里却想，她怎么知道立本不回来睡？那老婆说：他不回来，你能睡得住，不想那事呀？顺顺说：这么大年纪了还想那事，从来都没想要过。那老婆说：男人和女人不一样。顺顺想，她怎么说这话，是立本在外头胡来哩？但嘴上却说：胡来就胡来吧，那就把咱轻省了。说完还呵呵呵地笑。

顺顺明显地觉得自己年龄大了，头上有了白毛，腰上的赘肉也长出来了。夜里当然是睡不踏实，坐起来要吸几根纸烟，然后睡下了却一觉又能睡四五个钟头。她要求立本把存折都交给她管，她说：我只管存折！心里想，管好存折就管好这个家了。

河北的镇街是三天一集，集市上有个妇女在卖一窝狗娃，一只白毛黑蹄的见了她就叫，声音细得像猫儿似的，顺顺觉得可爱就买了。妇女见顺顺还买了许多东西，打发自己的女儿把狗给她送去。那女儿水灵灵的漂亮，顺顺就和那女儿说了一路的话，知道名字叫苗苗，说：我喜欢你，给你改个名吧，叫安然。到家后还留安然吃了一顿饭。

以后的日子，狗长得很快，顺顺也是三天两头就给安然打电话，安然便跑来陪她说话，一块吃饭，走时还要给送条丝巾呀或者一双皮鞋。安然要叫顺顺是婶，顺顺说：叫姐。

立本回来过一次也见了安然，说：河北还有这么漂亮的人？要让安然到公司去上班，顺顺不愿意，要安然就跟着她，说：你真喜欢她了，就给她每月发一份工资。

终于有一夜，门外的狗叫，顺顺一听脚步声，知道是立本回来了，急得要去开门，把拖鞋穿成了对脚，开了门才发现衣服也披反了。立本又是喝多了，但这回身后没人，顺顺说：咋没人送你？立本说：啊！吐了她一怀。顺顺说：怎么能没人送呢，真是的！扶立本进屋到床上，要给立本脱衣服，立本却怎么都不让脱，躺在那里就睡着了。这半夜，顺顺被酒气熏着，被鼾声聒着，她有些兴奋，人回来了还是好，两个人睡觉总比一个人睡觉着好。她睡一会儿要起来捂捂立本身上的被子，又要去盛开水给立本喝，端着开水一边吹着一边看了窗外，天上正是天狗吃月亮，月亮只剩下半个细牙儿，特别白，特别亮，像是银打的簪子。

河北的矿区现在成了一个新的镇，四面八方的人全来讨生活，求发财。立本从镇街上走过，许多人都问候他，尤其河南来的人更希望能在他的公司寻个活干。立本不愿意河南人到他公司来，因为他们知道他的根根底底，又担心他们来了难管理，要干就去挖煤吧。但河南人不想挖煤，也不死心，就让媳妇们去缠立本，立本出现总是被一些媳妇们围上纠缠，镇上人就说：瞧这个煤老板是唐僧吗，惹得白骨精多！

立本虽然注意着体形，但毕竟还是胖了，当陪着县工业局的领导检查工作了，领导也是个胖子，两个人都凸个肚。领导问立本：你站直看得见小弟弟吗？立本说：两年了没看见过。领导说：要减肥哩，下决心得减肥了。往窑上去，沿途的电线杆上都贴着治性病的野广告，领导问：你没性病吧？立本说：我怎么害性病？领导说：当老板的能不害性病？你也让领导害害病嘛，害性病不是你们的专利啊！两人哈哈大笑。

宋鱼在外跑了两年，混得不好，打听到修房死人的事早已了结，就又跑回河南。他没脸再去见立本和顺顺，却又阴谋着怎样还能在立本的身上再挣到钱，后来真找了个智障的流浪汉，让另外两个同伙带着去立本的煤窑挖煤，挖了半个月，寻机把流浪汉从一处煤层面推进一个坑里，又弄坏几根木支护，让煤块掉下去压死。窑里死了人，立本就慌了，害怕县上安检局要追究责任，影响他的政协委员，于是严格封锁消息，想偷偷联系死者家属，以私了完事。宋鱼立即又派一个同伙冒充了流浪汉的本家哥去立本的公司谈判，要求赔偿一百万。立本不同意给一百万，给了七十万。

顺顺的老叔得知亡者运回河南后是宋鱼把尸首在山坡挖了个坑埋的，把话说给了立本，立本明白了是宋鱼在搞的鬼，气得破口大骂，发誓要报复，要报警。顺顺知道后，到公司去看立本，说：看你交的啥人嘛！数说了一顿，和立本商量对策，一夜愁得头发全白了。天明时，顺顺给立本煮了一碗荷包蛋，说：吃饱了，脑子就清白了。她的主意是不要报复，也不要报警，以免事情弄大了拔出萝卜带出泥，说：咱扑索扑索心口，咽了这亏。

立本听了顺顺的话，却窝了一口气，不久就病了。

为了让立本散心，顺顺要立本跟她去矿区西北的月亮岭上采野菊。月亮岭上的野菊全开了花，一朵花小是小，并不起眼，可一面坡上小花一朵挨着一朵密密实实铺开来，却金光耀眼，极其壮阔。

立本采着采着，觉得后背疼，以为是岔了气，也没在意。回来把野菊泡水喝，喝了拉肚子，吃止泻药都不行，就去了医院治。住了三天医院，腹泻停了，顺顺说那就势把后背疼也检查一下吧，这一检查，医生说拍出的片子上在乳房部位有块阴影，怀疑是癌，乳腺癌。立本当时就躁了，说：我怎么能患癌，一个大男人的患什么乳腺癌？

在省城的大医院经过确诊，立本确实患的是乳腺癌，很快就做了手术。手术是傍晚开始做的，顺顺在手术室外的椅子上坐不住，跑到楼下的花园里哭，哭到天黑。那一夜天阴着没一颗星，顺顺合着掌说：要是能出来个星星，他的病就能好的。仰头在天上寻，寻了半个小时还是没有星星。她得去手术室门口了，仍不死心，一边往楼门道走还仰头往天上看，就在进楼门道时终于看到了小小的一颗，啊地叫了一声，手术室在十楼，她一口气就跑了上去。

做完了手术，立本能说话了，第一句话就问医生：我还能活多久？医生说：你这是早期，而且这种病多半是能康复的。立本说：那我就是那多半！顺顺也高兴立本有这种信念，说：你当然会好的，你不是那地方长着痣吗？立本竟然还让顺顺拿了镜子来，躺在那里照了看，说：我死不了，县上的那座楼就继续盖，你去省城买一套商品房吧，要精装过的，出了院我就住下来做化疗。这事一定不能给任何人说，消息封牢焊死最少三个月，三个月我就回去了！

顺顺也就在省城买了房，出院后在新房里伺候立本。伺候了半月，立本就让顺顺回河北料理公司的一摊子事，顺顺不愿意回去，立本必须让她回去，顺顺就雇了保姆，让司机也留下，她回到了河北。

顺顺突然地坐镇公司，公司里的人都莫名其妙，顺顺解释是老板出国了，去考察了。她去了窑上三次，去了销售部一次，去了财务室一次，还去了县上盖楼的施工现场一次。检查工作严肃认真，一丝不苟，检查完了却宣布发补贴发奖金，数额是立本在时的三倍。她觉得人赚钱不能太多，钱太多了就反过来伤人。

顺顺忙过了公司的事，回到家里就指教安然，安然也知道了立本的病，问顺顺几时去省城呀。顺顺说：我不去了，这得你去。她就每天晚上给安然讲立本爱吃什么，爱穿什么，是什么性格和脾气，手把手教安然做饭，炒菜，熬汤，如何叠衣服，如何布置房间，还有怎么站怎么坐怎么笑。有一天说到洗澡，顺顺就说：哦，他背上以前受过伤，搓澡的时候不敢太用劲。还有，他睡觉打呼噜，别让他窝住了头。安然说：咋给我说这些？顺顺说：这有啥哩，你应该知道。

两个月后，顺顺让司机回来，把安然送去了省城。走的时候，给安然理了刘海，说：你真漂亮！车一走，两股子眼泪却流下来。

立本在城里住着，三个月并没有回来，五个月也没有回来，但他几乎三天就能接到顺顺的一次电话，先是询问身体怎样，又询问安然表现怎样，末了汇报公司的情况。立本知道了煤又卖不动了，是越来越卖不动，曾经拉煤车排得像长龙一样的，如今一天来不了三辆。

立本在电话里问：那是怎么回事？

顺顺说：不知道呀！

立本又问：是不是管理上出了问题？

顺顺说：别的公司都这样呀！

立本看报纸，他看报纸字老认不全，让安然给他念，报上不断地写着美国金融危机、欧洲金融危机，全球的经济都在衰退，也影响到了中国。他去医院化疗时遇着一个年轻女子陪她母亲也化疗，交谈起来，那女子是台湾在大陆一家公司的白领。他说：现在真是经济衰退吗？那女子说：别的行业我不知道，我们公司是专卖高级酱油的，但我知道我们今年的销售量只有往年的三分之一。

顺顺在月底的一次电话里告诉立本，有十多个公司的窑已经关停，是不是咱们的窑也关停了，或者先关停一个，因为卖出去一吨就亏本一吨，既然亏本就不卖了，既然不卖了就不挖了。

立本却在电话里说：不能关停！我不是病也一天天康复吗，我不是有那个痣吗？挖，继续挖！

两个窑就继续生产，煤堆了那么大的一堆，又是一堆。公司的钱没有进的，只是每日投入，所有的钱都变成了煤，堆得沟岔里到处都是煤。

去年旱了一秋，开过年到了初夏，雨却下了三场，最大的一场连下了三天四夜。沟岔里的煤被雨一层层地冲刷，高高的丘堆变成平的，又变成了槽渠。顺顺打着车去看了，她骂着天，骂着骂着却笑了，说：这也好，好了，立本的病总该康复了。就想到了河南的老屋。

倒流河上的船还在撑，船千疮百孔了。过河的人说：老笨呀，你真要换换船了。老笨说：是该换换了。过河的人说：那怎么不换呢？老笨说：政府说修桥呀修桥呀，这几年了也没见修起来，我能换得起吗？

过河的依然很多，是河南的去河北的少，河北的回河南的多。

三天四夜的雨后，河里更涨了水，波涛满河满船，船不能撑了，河北岸崖上还聚了好多人，他们要回河南，大声叫喊：船过来哟——老笨！看着船停在那里，船上没有了老笨。

老笨也没有在茅屋，茅屋三个月前就拆了，他在村里的老屋睡着，做了个梦，梦见拾到了一大筐的鸡蛋。

情人鲁汉明

叶兆言

叶兆言，1957年出生，南京人。1974年高中毕业，进工厂当过四年钳工。1978年考入南京大学中文系，1986年获得硕士学位。80年代初期开始文学创作，创作总字数约五百万字。主要作品有七卷本《叶兆言文集》，《叶兆言作品自选集》以及各种选本。另有长篇小说《一九三七年的爱情》《花煞》《别人的爱情》《没有玻璃的花房》《我们的心多么顽固》，散文集《流浪之夜》《旧影秦淮》《叶兆言绝妙小品文》《叶兆言散文》《杂花生树》等。

情人鲁汉明

情人最初只是人们送给鲁汉明的一个绰号。人们喊着喊着，就喊顺了，有事没事都这么喊他。鲁汉明这人生来好说话，不会和人红脸，更不会和人急凶斗狠，别人都这么喊他，他只好默认。全厂的人都知道他默默地爱过蒋飞飞，有一阵子都拿这事寻他开心，他屡屡红着脸，让别人千万别瞎说。蒋飞飞曾是个很漂亮的姑娘，有一双不肯饶人的眼睛，她刚到厂里来上班的时候，害单相思的小伙子，像流行性感冒一样到处蔓延。这是将近二十年前的事，那个年代的小伙子和今天完全不一样，那时候的人很保守，如果有些什么爱情故事，一定都是古典的。

蒋飞飞最初是一名南京知青。她就在梅城的郊区插队，然后招工进了厂。从时间上看，蒋飞飞比鲁汉明迟进厂一年多，但是实际上她要比他大两岁。鲁汉明记得那是在一个春天，阳光特别明媚，窗外的蔷薇正盛开，车间主任将蒋飞飞带到鲁汉明的师傅处，一本正经地将她交给了他师傅。车间主任唠唠叨叨说了些什么，掉过脑袋，看着鲁汉明说："这下好了，你有个漂亮的师妹了。"

自从有了蒋飞飞，仿佛凝固了春天的气息，小伙子开始往鲁汉明所在的车间跑。车间的人，又不断地往鲁汉明所在的小组跑。目的很明显，都是奔蒋飞飞来的，都不敢和她说话，借口只能是来找鲁汉明。总是有人来找鲁汉明，来了心不在焉和鲁汉明说着什么，眼睛一个劲地往蒋飞飞身上扫描。鲁汉明的师傅反应有些迟钝，不问青红皂白地教训鲁汉明。师傅说："再有人来找你，我就把他们轰走。"

鲁汉明巴不得他师傅会这么做。仍然不断地有人来，都不敢直截了当地和蒋飞飞说话。那时代有个笑话，说要是真见了某个漂亮的姑娘害怕，那就是喜欢上她了。蒋飞飞似乎很有些架子，她神秘兮兮从来不开口，知道这些小伙子是冲自己来的，故意显得非常矜持，除了偶尔和自己的师傅以及师兄鲁汉明，对所有的男人都一概不理睬。

蒋飞飞矜持的时间并不长，有一天，她突然开始主动参加了小伙子们和鲁汉明的谈话。她坐在一边的凳子上，有反应地跟着别人笑起来。她的反应顿时使聪明人变得更聪明，使那些不善言辞的人变得更拘谨。蒋飞飞开始当着别人的面，和鲁汉明非常亲密地说笑。鲁汉明从别人眼光里的嫉妒，感觉到了蒋飞飞的用心，他知道她这么做，不过是为了更引起别人的注意。

果然很快地，鲁汉明就被冷落到一边去了。他的师傅正式开始为太多的男人来找自己的女徒弟感到不高兴，他郑重其事地和蒋飞飞谈了一次话。蒋飞飞说："是别人来找我，我有什么办法？"师傅说："那你就不要理他们。"蒋飞飞说："人家又没得罪我，干吗不理他们？"师傅没想到会在女徒弟面前碰这么个钉子，板着脸说："我知道，你其实是喜欢他们来。"蒋飞飞很厉害地说："我喜欢了，又怎么样？"

鲁汉明都不敢相信蒋飞飞会对师傅说那样的话。他没想到她会如此理直气壮。鲁汉明的师傅是个脾气有些倔的老头，从此只要一有人来找蒋飞飞，他便放下手上的活，到别处去转悠。车间主任因此也找蒋飞飞谈话，这一来，蒋飞飞和师傅算是结了仇。来找蒋飞飞的人说减少就减少，要来也只敢在休息的时候，譬如中午吃饭，又譬如突然停了电。有一次，鲁汉明的师傅为一件小事，和别人吵了一架，差一点动起手来。明摆着是对方不对，鲁汉明想帮师傅说几句话，蒋飞飞拉了拉他，说："活该，管你屁事。"

蒋飞飞有许多一眼就能看出来的缺点，她不仅喜欢直来直去地和师傅过不去，而且还会在背后做些小动作。她为师傅起了一个绰号叫生产队长，因为她觉得师傅和她插队时的那位生产队长性格很相像。师傅之外，她闲着还喜欢送绰号给别的人，似乎从来不在乎把别人得罪。对这些缺点，鲁汉明都能原谅。他明知道蒋飞飞不对，心里不赞成她这么做，她做了也就做了。在蒋飞飞进厂一年半以后，开始有人约她一起去看电影。是二车间的一个小伙子，人长得比鲁汉明还难看，突然色胆包天，托鲁汉明送电影票给蒋飞飞。鲁汉明以为蒋飞飞准会拒绝，没想到她竟然一口答应。鲁汉明为此惆怅了好几天，后悔自己在中间给他们传送电影票。好在那小伙子也就是和蒋飞飞看了一场电影，电影是看了，然而他也和鲁汉明一样惆怅，从此再不敢来找蒋飞飞。鲁汉明隐隐知道他们之间发生了什么，或者说什么也没发生。

比传送电影票更不像话的，是有一次有人竟让鲁汉明带口信给蒋飞飞，让他告诉她，说自己想和她搞对象。鲁汉明说："这种话，要说你自己说，我说不出口。"可是最后鬼使神差，鲁汉明还是带了这口信。蒋飞飞有些意外，红着脸，说："这人怎么这么无聊，你去告诉他，说我谢谢他了，说我不想跟他搞对象。"鲁汉明被弄得十分无趣，就仿佛自己求爱被拒绝了一样。

人们把情人的绰号送给鲁汉明，最初的意思，是指他充当了小伙子们的大众情人。他屡屡起着一个桥梁的过渡作用，像邮递员一样传送着爱情的信息。蒋飞飞容易让别人碰钉子的消息不胫而走，没人再敢冒险公开地追求她。当面被拒绝是一件非常可怕的事情。鲁汉明便成了人们向蒋飞飞发起爱情攻势的前沿阵地。既然他已经为别人送过电影票，带过口信，他就没理由抵制别人类似的请求。人们把自己遭拒绝的难堪，统统转嫁给了鲁汉明。作为中间人的鲁汉明成了十足的爱情掮客。

在蒋飞飞快满师的时候，她早就有男朋友的消息，到处传播开了。刚开始鲁汉明不相信，有一天在街上，他看见她和一个穿海军制服的男人挽着胳膊一起走，才突然明白自己在过去做过的事是多么愚蠢。难怪蒋飞飞会一次次地拒绝他。那个穿海军制服的男人看上去非常健壮，鲁汉明觉得自己不仅愚蠢，而且有些被愚弄。他觉得蒋飞飞应该将自己有男朋友的事实告诉他，但是他立刻就明白她并没有这样的义务。她为什么一定要告诉他呢，他又不是她的什么亲人，他只不过是他的师兄。

鲁汉明遇到蒋飞飞和男朋友在街上走的那一天，正好是一九七六年的九月九日。他听见广播里播放着预告，说是在下午四点钟有重要新闻。街面上的人为即将到来的重大新闻做出种种猜测，鲁汉明看到角落里缩头缩脑地藏着两三个人正说着什么。也就是在这时候，鲁汉明看见蒋飞飞挽着男朋友的胳膊向自己走过来。她笑容可掬，先是没注意到他，突然看见了，很大方地对他点了点头。鲁汉明仿佛触电一般抖了一下，然后便成了木头人。

当沿街的大喇叭里播放毛泽东主席逝世的消息时，鲁汉明已像木头人似的在街上傻站了十几分钟。哀乐声一遍遍地播放着，街面上的人匆匆忙忙向家里奔去，鲁汉明茫然失措，心里说不出什么滋味。他觉得自己没理由为蒋飞飞有了正式的男朋友感到难过，这一天迟早会来临，他应该有这方面的心理准备。他早应该品尝到这种滋味了，他一次又一次地为她拉着皮条，一次又一次传递别人爱她的信息，他难道不是一直在等待着这一天的到来吗。回家时，他看见自己的老父亲正在为毛泽东逝世伤心落泪。也是快六十的人了，老泪纵横的样子让鲁汉明有些感动。他觉得自己也应该大哭一场，但是他知道自己哭不出来。

蒋飞飞就像什么也没发生过一样，继续和他在一起干活。她有时候似乎故意给他一个询问的机会，鲁汉明能够感觉到，只要他开口问，蒋飞飞就会把一切都告诉他。她从一开始就信任他，她现在好像很想和他谈谈她的男朋友。蒋飞飞是招工进厂的女青年，在梅城并没有家，她的家在遥远的省城南京，在厂里她和好几位女工合住集体宿舍。鲁汉明知道她和合住的几位女工关系都不太好，他知道除了自己，蒋飞飞其实没什么人可以诉说。

蒋飞飞结婚搬到丈夫家去住，又离了婚搬回厂里来住，前后也不过只有二年多的时间。那已经到了八十年代初期，这期间，蒋飞飞和鲁汉明相约一起考过大学，结果是大家都没有考上。结婚和离婚使得蒋飞飞声名狼藉，她没有和那位穿海军制服的青年军官结婚，也没有和本厂的一位副厂长的侄子结婚，而是和某中学的一位美术教师成了亲。副厂长的侄子曾经为了蒋飞飞要和他断绝往来，到厂里来大闹过，他站在厂办公室的大门口，向每一位站在那听热闹的人倾诉蒋飞飞的不是。所有听热闹的人，都能从副厂长侄子的话中，听出他和蒋飞飞之间，已有了那种关系。他来这里大闹的目的很简单，就是为了把蒋飞飞搞臭。

鲁汉明也是站在人群中，听副厂长侄子诋毁蒋飞飞的一个人。他很愤怒，一次次地捏紧拳头，想冲上去揍那个人一顿。然而鲁汉明从来就没有打过架，他不知道应该怎么向对方发起进攻。此外，他心里还存在着一个巨大的障碍，这就是别人都听得津津有味，他跳出来又算是怎么一回事。他有什么资格跳出来打抱不平？这厂里那么多爱过蒋飞飞的人不出来说话，他们眼睁睁地看着一个没有男人味的男人，大庭广众之下污辱他们曾经爱过的女人。最后还是一位老妇女跳了出来，像轰苍蝇似的把副厂长侄子撵走了。

内疚心让鲁汉明很长时间里，不敢单独面对蒋飞飞。他们在一起干活的机会很多，他总是找借口躲开她。蒋飞飞多心了，有一次很沉重地问他，他躲着她，是不是也和别人一样，有些看不起她。鲁汉明连连摇头，做梦也想不到她会产生这样的误会。蒋飞飞说："那总有个原因吧？"鲁汉明红着脸说，他非常后悔那天没有站出来，揍那个来厂里诋毁她的臭男人一顿。就算是打不过那个人，他也应该冲出去。他告诉蒋飞飞，自己为那天没有人站出来阻止那个人胡说八道，感到深深的遗憾。蒋飞飞听了，也有些动容，说："你真是这么想的？老实说，我倒不在乎你是否站出来替我说话，你只要在心里能这么想，我就心满意足。"

鲁汉明是厂里唯一一位去过蒋飞飞新房的人。蒋飞飞和副厂长侄子断绝往来不久，就和那位留着女人一样长发的中学美术教师结了婚。新房就设在中学里面，是一间紧挨着传达室的平房，布置得像一间画室，是地方就贴着美术教师画的水彩画。地方很小，没有床，只有一个很破旧的可以折叠的三人沙发，到晚上放下来睡觉。蒋飞飞很听那位美术教师的话，鲁汉明去的时候，离吃饭时候已经很近了，在房间里谈了一会话，美术教师说今天他和蒋飞飞要出去上馆子。鲁汉明于是很尴尬地告辞，谁也没挽留他，美术教师的话无疑就是逐客令。蒋飞飞似乎有些歉意，但是她看了丈夫一眼，连客气一声都不敢。她很听那位美术教师的话。鲁汉明并不想跟着一起去上馆子，他只是觉得很尴尬。

有个叫许茵的女孩子和鲁汉明搞上了对象，是鲁汉明的师傅介绍的。许茵是二车间的车工，鲁汉明和她一起看了两次电影，事情便算定下来。厂里和鲁汉明一起进厂的人都有了女朋友，动作快的已经结婚生了孩子。鲁汉明觉得许茵不错，她个子矮矮的，带着一副眼镜，说话总是不急不慢的样子。蒋飞飞知道鲁汉明和许茵的事，笑着说："许茵这丫头不错。"

蒋飞飞离婚又搬回厂里住，还是住先前的集体宿舍。经过这一番挫折，原来很漂亮的她仿佛一下子憔悴了许多。鲁汉明心里若有所失，想安慰安慰她，却不知从何说起。他隐隐觉得自己若是早知道蒋飞飞会离婚，他说不定就不会和许茵谈对象。许茵是个很好的女孩子，可是鲁汉明眼前总是飘过蒋飞飞脸上藏不住的愁苦模样。许多人都劝鲁汉明赶快结婚算了，许茵也有些奇怪，结婚一事必须得男孩子主动才行，终于忍不住了，笑着问他是不是不打算娶她。鲁汉明便对蒋飞飞说，自己要结婚了。他的本意是想征求她的意见，如果蒋飞飞提出异议，他就立刻中断和许茵的关系。

直到鲁汉明结婚的第二年，蒋飞飞才告诉他自己对他有好感。他们同一个车间同一个小组，天天在一起碰头，这话一说出口，大家都感到不能再十分自然地待在一起。心灵之间薄薄的一层纸被捅破了，大家反而觉得心里面空荡荡的。蒋飞飞似乎有心成为第三者，有一次，就他们两个人，她十分大胆地说："鲁汉明，你和许茵离婚，我们俩结婚。"

鲁汉明吓得脸色苍白，蒋飞飞又不动声色地说："其实我早知道，你过去是喜欢我的，不是吗？"鲁汉明的脸白了一阵，又转红，红着红着，再发青，怔了好半天，一时不知说什么好。这时候，正好有人走进来，那人看着鲁汉明的脸色，关心地问："你怎么了，脸色这么难看？"鲁汉明支支吾吾，蒋飞飞冷笑着说："他呀，现在心脏有些毛病，血都堵那里像水开了似的煮着呢。"听的人不明白，继续看鲁汉明的脸色，鲁汉明已恢复了镇静，连声说自己没什么。蒋飞飞的脸色开始变难看，说："还没什么，都快吓死了。"鲁汉明要她不要瞎说，蒋飞飞偏要说，她话里有话地看着他："我告诉你，刚刚说的话，可都是真的，你记好了。"一边听着的人更不明白了，说你们搞什么名堂。

鲁汉明心猿意马了好几天，晚上翻来覆去睡不着，眼前老是蒋飞飞说那话时的神情。他知道她平时很喜欢和别的男人开一些接近调情的玩笑。在厂里，相互之间开一些无伤大雅的玩笑司空见惯，但是蒋飞飞从来不对他露出轻薄的样子来。女人有时候表现得十分大胆，其实是一种保护自己的办法，离了婚的蒋飞飞故意在男人面前很泼辣，鲁汉明常常觉得她在这方面有时表现得过分了一些。男人喜欢女人和他们开玩笑，女人主动开玩笑，就等于给了男人进攻的机会，难怪厂里面会谣传各种对蒋飞飞不利的流言。这是蒋飞飞第一次用这种口吻和鲁汉明说话，他不知道她是真心的，还是也和对别人一样，只是闹着玩玩。蒋飞飞对他好像不应该这样玩世不恭。

不管蒋飞飞是不是真心的，鲁汉明觉得他应该给她一个答复。蒋飞飞说的是对的，他的确如她所说的那样，一直在偷偷地喜欢她。鲁汉明总是不断地对自己说，他只是对她有好感而已，他总是在欺骗自己，认为自己的感情仅仅只是好感。爱上蒋飞飞似乎是他不敢想象的一件事，他不允许自己在这个问题上深入下去。他现在已经是一个结过婚的人，必须非常慎重地把这件事情想想清楚。经过半个月的苦思冥想，鲁汉明自以为他已将这个棘手的问题理出了头绪。

"我在想，也许我真的应该离婚。"有一天，他很冒昧地看着蒋飞飞的眼睛，一吐为快地说。

蒋飞飞半真半假地笑起来："你这话是什么意思?"鲁汉明傻了眼。

蒋飞飞又说："都多少日子了，怎么又突然想到了这话题?"

鲁汉明有些尴尬地说："你那天说的话，不会是开玩笑。是你，是你让我离婚的。"

蒋飞飞有些悲伤地大笑，笑了一阵，眼泪都快出来："我当然是开玩笑！"

鲁汉明庆幸自己没有对许茵说真话。他差一点就要说出来，许茵仿佛也察觉出他的异常。起先她以为他是有什么不舒服，但是不久就意识到他有心病。她想象不出老实巴交的鲁汉明会有什么心病，问他，不肯讲，再问，还是不肯讲，也就算了。她去医院做了检查，医生向她报喜，说她已经怀孕。鲁汉明觉得自己太对不起许茵了，他不敢对她说真话，越是不敢说真话，心里越感到内疚。

蒋飞飞想尽量做出她和鲁汉明之间什么也没发生过一样，但是事实上根本做不到。他们都害怕两个人单独待在一起。蒋飞飞变得有些疯疯傻傻，越来越爱和别的男人开些不三不四的玩笑。她甚至肆无忌惮地说起下流话来。男人们在背后议论她是想男人想得有些发狂，用最猥亵的语言形容她。鲁汉明想到她曾经是那样地爱那位美术教师，不仅是爱，而且是崇拜，他觉得她如今变成这样，美术教师有很大的责任。那些搞美术的人常常把男女之间的关系看得太随便，把一个好端端的人硬是给糟践坏了。

鲁汉明觉得有必要和蒋飞飞认真谈一次话，他衷心地希望她能好好地找一个人结婚。蒋飞飞说："我要是想找男人，为什么一定要结婚呢？"鲁汉明哑口无言。蒋飞飞又说："你不用跟我绕弯子，你心里怎么想，直说好了。你是不是觉得我现在有些不要脸？"蒋飞飞最后说，"我告诉你，现在一切都已经晚了，我知道你是好心。上次我刚和你说心里话的时候，你要是立刻表态，事情就完全不一样。可是现在一切都晚了，都完了。"

一个月以后，鲁汉明听说蒋飞飞和才进厂的一个小青工搞上了。那青工的名声很不好，本来也是有对象的，还没结婚，年龄要比蒋飞飞小好几岁。这压根就是个丑闻，消息传开的时候，人们纷纷议论着蒋飞飞的不是。鲁汉明不相信人们说的都是真的，虽然大家说得有鼻子有眼，他还是不相信蒋飞飞会如此自暴自弃。他总是记得蒋飞飞刚进厂时的样子，她吸引了当时厂里差不多所有的小伙子，鲁汉明不相信一个曾是大家心目中的好女孩，没理由会一下子变得那么堕落。女人离婚一定是不幸的，离了婚的女人最容易让人们想入非非。鲁汉明想，蒋飞飞肯定是不顾一切地真爱上那个小青工了。

但是蒋飞飞不久就像大家预料的那样，又和那个小青工吹了。她失魂落魄地上着班，心不在焉，脸色苍白，一副遭受了重大打击的模样。有一天，她让鲁汉明带一个口信给小青工，想约个地方再见一次面，谈最后一次话。蒋飞飞说："鲁汉明，我知道你是个老实人，过去你替别人带过许多口信，这一次是我求你了。你去告诉他，我在老地方等他，他要是不来，我就在那等他一夜，无论是冻死还是碰上流氓，我都不在乎。"

鲁汉明便在下班的路上等那小伙子。那小伙子和几个一起进厂的同事骑车过来，鲁汉明喊住了他，他有些吃惊，懒洋洋地一脚踮地，问找他有什么事。鲁汉明说明自己在这等他的目的，那小伙子像审视扯谎的儿童似的，上上下下对他看了半天，突然怪笑起来。鲁汉明让他笑得有些不好意思，说你笑什么。那小伙子说："我笑笑还不行，我这人就这样，想笑，就笑了。我在想，她怎么想到叫你带口信的，你们过去是不是有一腿？"鲁汉明的脸顿时就红了，他感到很愤怒。那小伙子又说："你不要急，对不起，我这人说话就这样。"鲁汉明说："我不管，我反正口信是带到了。"

小伙子说："你这人真怪，我才进厂就听说了，大家都叫你情人，说是你专门喜欢给人带这方面的信。那好，麻烦你也给我带上一个口信，你就说是我说的，她蒋飞飞不要说是在外面等一夜，她等他妈一年，也不关我屁事。你告诉她，我不欠她什么，一开始我们就说好的，玩玩可以，玩真的不行。她别想纠缠着我不放。你告诉她，就说她太老了。"

鲁汉明气得浑身的血都往脸上涌，他真想向他扑过去，和他厮打一番。他知道这个小伙子是很流氓气的，曾经因为打架被劳教过。鲁汉明感到心口一阵绞疼，他恨自己不够强壮，后悔自己没有练过武术。他想象自己正冲上去，对这家伙的鼻子上就是一拳。他不明白蒋飞飞干吗非要喜欢这样的男人。女人有时候真让人想不明白。

鲁汉明气急败坏地说："这些脏话，你自己去对她说吧。"

小伙子说："这口信你带不带拉倒，我是一辈子也不想再见到她了。"

蒋飞飞后来回了故乡南京，她是辞了厂里工作离去的。有人说她又一次结婚了，有人说她只是和人同居。再后来，蒋飞飞又离开了故乡南京，加入了去深圳淘金的队伍。鲁汉明经常听厂里的男人有意无意地谈起她，大家都说她如今已经老了，去什么地方也不会有多大的出息。女人不比文物和古董，越老越不值钱，她不过是胆子大一点，脸皮厚一点，裤带比别人松一点，除此便没有什么过人的地方。人们最爱赞美的常常是女人，最爱糟蹋的也是女人。女人总是最大限度地满足男人对美对丑两种截然不同的欲望。鲁汉明不愿意别人这么在后面糟蹋她，他很想站出来为她辩护，但是他始终缺乏这最后的一点勇气。这最后的勇气已一再让鲁汉明失去了好机会，因此他只好在梦中，反复梦见蒋飞飞刚进厂时的模样。梦中的蒋飞飞永远是漂亮的，美好的。

1994年3月1日

塔　铺

刘震云

刘震云，1958 年 5 月生。河南延津人。北京大学中文系毕业。著有长篇小说《故乡天下黄花》《故乡相处流传》《故乡面和花朵》（四卷）《一腔废话》《手机》《我叫刘跃进》《一句顶一万句》《我不是潘金莲》等，中短篇小说《塔铺》《新兵连》《单位》《一地鸡毛》《温故一九四二》等。《一句顶一万句》获第八届茅盾文学奖。作品被翻译成英、法、德、日、韩、俄、西、匈、阿、越等多种文字。

塔　铺

一

九年前，我从部队复员，回到了家。用爹的话讲，在外四年，白混了：既没入党，也没提干，除了腮帮上钻出些密麻的胡子，和走时没啥两样。可话说回来，家里也没啥大变化。只是两个弟弟突然蹿得跟我一般高，满脸粉刺，浑身充满儿马的气息。夜里睡觉，爹房里传来叹气声。三个五尺高的儿子，一下子都到了向他要媳妇的年龄，是够他喝一壶的。那是一九七八年，社会上刚兴高考的第二年，我便想去碰碰运气。爹不同意，说："兵没当好，学就能考上了？再说……"再说到镇上的中学复习功课，得先交一百元复习费。娘却支持我的想法："要是万一……"

爹问："你来时带了多少复员费？"

我答："一百五。"

爹朝门框上啐了一口浓痰："随你折腾去吧。就你那钱，家里也不要你的，也不给你添。考上了，是你的福气；考不上，也省得落你的埋怨。”

就这样，我来到镇上中学，进了复习班，准备考大学。

复习班，是学校专门为社会上大龄青年考大学办的。进复习班一看，许多人都认识，有的还是四年前中学时的同学，经过一番社会的颠沛流离，现在又聚到了一起。同学相见，倒很亲热。只有一少部分年龄小的，是一九七七年应届生没考上，又留下复习的。老师把这些人招呼到一块儿，蹲在操场上开了个短会，看看各人的铺盖卷、馍袋，这个复习班就算成立了。轮到复习班需要一个班长，替大家收收作业、管管纪律等，老师的眼睛找到我，说我在部队上当过副班长，便让我干。我忙向老师解释，说在部队干的是饲养班，整天尽喂猪，老师不在意地挥挥手：“凑合了，凑合了……”

接着是分宿舍。男同学一个大房间，女同学一个大房间，还有一个小房间归班长住。由于来复习的人太多，班长的房间也加进去三个人。宿舍分过，大家一齐到旁边生产队的场院上抱麦秸，回来打地铺，铺铺盖卷。男同学宿舍里，为争墙角还吵了架。小房间里，由于我是班长，大家自动把墙角让给了我。到晚上睡觉时，四个人便全熟了。三十多岁的王全，和我曾是中学同学，当年脑筋最笨、功课最差的，现在也不知犯了哪根神经，也来跟着复习。另一个长得挺矮的青年，乳名叫“磨桌”（豫北土话，形容极矮的人），腰里扎一根宽边皮带。还有一个长得挺帅的小伙子，绰号叫“耗子”。

大家钻了被窝。由于新聚到一起，都兴奋得睡不着。于是谈各人复习的动机。王全说：他本不想来凑热闹，都有老婆的人了，还拉扯着俩孩子，上个什么学？可看到地方上风气恁坏，贪官污吏尽吃小鸡，便想来复习，将来一旦考中，放个州府县官啥的，也来治治这些人。“磨桌”说：他不想当官，只是不想割麦子，毒日头底下割来割去，把人整个贼死！小白脸“耗子”手捧一本什么卷毛脏书，凑着铺头的煤油灯看，告诉我们：他是干部子弟（父亲在公社当民政），喜爱文学，不喜欢数理化，本不愿来复习，是父亲逼来的；不过来也好，他追的一个小姑娘悦悦（就是今天操场上最漂亮的那个，辫子上扎蝴蝶结的那个），也来复习，他也跟着来了；这大半年时间，学考上考不上另说，恋爱可一定要谈成！最后轮到我，我说：假如我像王全那样有了老婆，我不来复习；假如我像“耗子”那样正和一个姑娘谈恋爱，也不来复习；正是一无所有，才来复习。

说完这些话，大家做了总结：还数王全的动机高尚，接着便睡了。临入梦又说，醒来便是新生活的开始啦。

二

这所中学的所在镇叫塔铺。镇名的由来，是因为镇后村西土坛上，竖着一座歪歪扭扭的砖塔。塔有七层，无顶，说是一位神仙云游至此，无意间袖子拂着塔顶拂掉了。站在无顶的塔头上看四方，倒也别有一番情趣。可惜大家都没这心思。学校在塔下边，无院墙，紧靠西边就是玉米地，玉米地西边是条小河。许多男生半夜起来解手，就对着庄稼乱滋。

开学头一天，上语文课。“当当”一阵钟响，教室安静下来。同桌的“耗子”捣捣我的胳膊，指出哪位是他的女朋友悦悦。悦悦坐在第二排，辫子上扎着蝴蝶结，小脸红扑扑的，果然漂亮。“耗子”又让我想法把他和女朋友调到一张桌子上，我点点头。这时老师走上讲台。老师叫马中，四十多岁，胡瓜脸，大家都知道他，出名的小心眼，爱挖苦人。他走上讲台，没有说话，先用两分钟时间仔细打量台下每一位同学。当看到前排坐的是去年没考上的应届生，又留下复习，便点着胡瓜脸，不冷不热地一笑，道：

“好，好，又来了，又坐在了这里。列位去年没高中，照顾了我今年的饭碗，以后还望列位多多关照。”

接着双手抱拳，向四方举了举。让人哭笑不得。虽然挖苦的是那帮小弟兄，我们全体都跟着倒霉。接着仍不讲课，让我拿出花名册点名。每点一个名，同学答一声“到”，马中点一下头。点完名，马中做了总结：“名字起得都不错。”然后才开讲，在黑板上写下三个字：“黔之驴”。这时“耗子”逞能，自恃文学功底好，想露一鼻子，大声念道：“今之驴”。下边一阵哄笑。我看到悦悦红了脸，知道他们真在恋爱。这时王全又提意见，说没有课本，没有复习资料。马中发了火：“那你们带没带奶妈？”教室才安静下来，让马中拖着长音讲“有好事者船载以入”。课讲到虎驴相斗，教室后边传来鼾声。马中又不讲了，循声寻人。大家的眼睛都跟着他的脚步走，发现是坐在后边的“磨桌”伏在水泥板上睡着了。大家以为马中又要发火，马中却泰然站在“磨桌”跟前，看着他睡。“磨桌”猛然惊醒，像受惊的兔子，瞪着惺忪的红眼睛，看着老师，很不好意思。马中弯腰站到他面前，这时竟安慰他：

“睡吧，睡吧，好好睡。毛主席说过，课讲得不好，允许学生睡觉。”接着，一挺身，“当然，故而，你有睡觉的自由，我也有不讲的自由。我承认，我水平低，配不上列位，我不讲，我不讲还不行吗！”

接着返回讲台，把教案课本夹在胳肢窝下，气冲冲走了。

教室炸了窝。有起哄的，有笑的，有埋怨“磨桌”的。“磨桌”扯着脸解释，他有一个毛病，换一个新地方，得三天睡不着觉，昨天一夜没睡着，就困了。“耗子”说：“你穷毛病还不少！”大家又起哄。我站起来维持秩序，没一个人听。

这时我发现，乱哄哄的教室里，惟有一个人没有参加捣乱，趴在水泥板上认真学习。她是个女生，和悦悦同桌，二十一二年纪，剪发头，对襟红夹袄，正和尚入定一般，看着眼前的书，凝神细声诵读课文。我不禁敬佩，满坑蛤蟆叫，就这一个是好学生。

中午吃饭时，“磨桌”情绪很不好，从家中带来的馍袋里，掏出一个窝窝头，还没啃完。到了傍晚，竟在宿舍里，扑到地铺上，“呜呜”哭了起来。我劝他，不听。在旁边伏着身子写什么的“耗子”发了火：“你别他妈在这号丧好不好，我可正写情书呢!”没想到“磨桌”越发收不住，索性大放悲声，号哭起来。我劝劝没结果，只好走出宿舍，信步走向学校西边的玉米地。出了玉米地，来到河边。

河边落日将尽，一小束水流，被晚霞染得血红，一声不响慢慢淌着。远处河滩上，有一农家姑娘在用筢子收草。我想着自己二十六七年纪，还和这帮孩子厮混，实在没有意思。可想想偌大世界，两拳空空，没有别的出路，只好叹息一声，便往回走。只见那收草姑娘已将一大堆干草收起。仔细一打量，不禁吃了一惊，这姑娘竟是课堂上那独自埋头背书的女同学。我便走过去，打一声招呼。见她五短身材，胖胖的，但脸蛋红中透白，倒也十分耐看。我说她今天课堂表现不错，她不语。又问为什么割草，她脸蛋通红，说家中困难，爹多病，下有二弟一妹，只好割草卖钱，维持学费。我叹息一声，说不容易。她看我一眼，说：

“现在好多了呢。以前家里更不容易。记得有一年，我才十五，跟爹到焦作拉煤。那是年关，到了焦作，车胎放了炮，等找人修好车，已是半夜。我们父女在路上拉车，听到附近村里人放炮过年，心里才不是滋味。现在又来上学，总得好好用心，才对得起大人……”

听了她的话，我默默点点头，似乎突然明白了许多道理。

晚上回到宿舍，“磨桌”已不再哭，在悄悄整理着什么东西。“耗子”就着煤油灯头，又在看那本卷毛脏书，嘴里哼着小曲，估计情书已经发出。这时王全急急忙忙进来，说到处找我找不见。我问什么事，他说我爹来了，来给我送馍，没等上我，便赶夜路回去了。接着把他铺上的一个馍袋交给我，我打开馍袋一看，里面竟是几个麦面卷子。这卷子，在家里过年才吃。我不禁心头一热，又想起河边那个女同学，问王全那人是谁，王全说他认识，是郭村的，叫李爱莲，家里特穷，爹是个酒鬼；为来复习，和爹吵了三架。我默默点点头。这时“耗子”搀和进来：

“怎么，班长看上那丫头了？那就赶紧！我这本书是《情书大全》，可以借你看看。干吧，伙计，抓住机会——过这村没这店儿了，误了这包子可没这馅儿了……”

我愤怒地将馍袋向他头上砸去：“去你妈的！……”

全宿舍的人都吃了一惊。正在沮丧的“磨桌”也抬起头，瞪圆小眼睛，吃惊地看着我。

三

冬天了。教室四处透风，宿舍四处透风。一天到晚，冷得没个存身的地方。不巧又下了一场雪，雪后结冰，天气更冷，夜里睡觉，半夜常常被冻醒。我们宿舍四人，只好将被子合成两床，两人钻一个被窝，分两头睡，叫“打老腾”。教室无火。晚上每人点一个小油灯，趴在水泥板上复习功课。寒风透过墙缝吹来，众灯头乱晃。一排排同学袖着手缩在灯下，影影绰绰，活像庙里的小鬼。隔窗往外看，那座黑黝黝的秃塔在寒风中抖动，似要马上塌下。班里兴起流感，咳嗽声此起彼伏。前排的两个小弟兄终于病倒，发高烧说胡话，只好退学，由家长领回去。

这时我和李爱莲同桌。那是“耗子”提出要和女朋友悦悦同桌，才这样调换的。见天在一起，我们多了些相互了解。我给她讲当兵，在部队里如何喂猪，她给我讲小时候自己爬榆树，一早晨爬了八棵，采榆钱回家做饭。家里妈挺善良，爹脾气不好，爱喝酒，喝醉酒就打人。妈妈怀孕，他还一脚把她从土坡上踢下去，打了几个滚。

学校伙食极差。同学们家庭都不富裕，从家里带些冷窝窝头，在伙上买块咸菜，买一碗糊糊就着吃。舍得花五分钱买一碗白菜汤，算是改善生活。我们宿舍就“耗子”家富裕些，常送些好饭菜来。但他总是请同桌的女朋友吃，不让我们沾边。偶尔让尝一尝，也只让我和王全尝，不让“磨桌”尝。他和“磨桌”不对劲儿。每到这时，“磨桌”就在一边呆脸，既眼馋，又伤心，很是可怜。自从那次课堂睡觉后，他改邪归正，用功得很，也因此瘦得更加厉害，个头显得更小了。

春天了。柳树吐米芽了。一天晚饭，我在教室吃，李爱莲悄悄推给我一个碗。我低头一看，是几个菜团子，嫩柳叶蒸做的。我感激地看她一眼，急忙尝了尝。竟觉山珍海味一般。我没舍得吃完，留下一个，晚上在宿舍悄悄塞给“磨桌”。但“磨桌”看看我，摇了摇头。他已执意不吃人家的东西。

王全的老婆来了一趟。是个五大三粗的黑脸妇人，厉害得很，进门就点着王全的名字骂，说家里断了炊，两个孩子饿得“嗷嗷”叫，青黄不接的，让他回去找辙。并骂：

“我们娘儿们在家受苦，你在这享清福，美死你了！”

王全也不答话，只是伸手拉过一根棍子，将她赶出门。两人像孩子一样，在操场上你追我赶，王全终于将黑脸妇人赶得一蹦一跳地走了。同学们站在操场边笑，王全扭身回了宿舍。

第二天，王全的大孩子又来给王全送馍袋。这时王全拉住那黑孩，叹了一口气：

“等爸爸考上了，做了大官，也让你和你妈享两天清福！”

这时发生了一件怪事，瘦得皮包骨头的“磨桌”，突然脸蛋红扑扑的。有天晚上，回来得很晚，嘴巴油光光的。问他哪里去了，也不答，倒头便睡。等他睡着，我和王全商量，看样子这小子下馆子了，不然嘴巴怎么油光光的？可钱哪里来呢？这时“耗子”插言：“定是偷了人家东西！”我瞪了“耗子”一眼，大家不再说话。

这秘密终于被我发现了。有天晚自习下课，回到宿舍，又不见

"磨桌"。我便一个人出来，悄悄寻他。四处转了转，不见人影。我到厕所解手，忽然发现厕所墙后有一团火，一闪一灭，犹如鬼火。火前有一人影，伏在地上。天啊，这不是"磨桌"吗！我悄悄过去，发现地上有几张破纸在烧。火里爬着几个刚出壳的幼蝉。"磨桌"盯着那火，舌头舔着嘴巴，不时将爬出的蝉重新投到火中。一会儿，火灭了，蝉也不知烧死没有，烧熟没有，"磨桌"满有兴味地一个个捡起往嘴里填。接着就满嘴乱嚼起来。我心里不是滋味，不由向后倒退两步，不意弄出了声响。"磨桌"吃了一惊，急忙停止咀嚼，扭头看人。等看清是我，先是害怕，后是尴尬，语无伦次地说：

"班长，你不吃一个，好香啊！"

我没有答话，也没有吃蝉，但我心里，确实涌出一股辛酸。我打量着他，暗淡的月光下，竟如一匹低矮低矮的小动物。我眼中涌出了泪，上前拉住他，犹如拉住自己的亲兄弟：

"'磨桌'，咱们回去吧。"

"磨桌"也眼眶盈泪，恳求我："班长，不要告诉别人。"

我点点头："我不告诉。"

"五一"了，学校要改善生活。萝卜炖肉，五毛钱一份。穷年不穷节，同学们纷纷慷慨地各买一碗，"哧溜哧溜"放声吃，不时喊叫，指点着谁碗里多了一个肉片。我端菜回教室，发现李爱莲独自在课桌前埋头趴着，也不动弹。我猜想她经济又犯紧张，便将那菜吃了两口，推给了她。她抬头看着我，眼圈红了，将那菜接了过去。我既是感动，又有些难过，还无端生出些崇高和想保护谁的念头，便眼中也想涌泪，扭身出了教室。等晚上又去教室，却发现她不见了。

我觉出事情有些蹊跷，便将王全从教室拉出来，问李爱莲出了什么事。王全叹了一口气，说：

"听说她爹病了。"

“病得重吗?”

“听说不轻。”

我急忙返回教室，向“耗子”借了自行车，又到学校前的合作社里买了两斤点心，骑向李爱莲的村子。

李爱莲的家果然很穷，三间破茅屋，是土垛，歪七扭八；院子里黑洞洞的，只正房有灯光。我喊了一声“李爱莲”，屋里一阵响动，接着帘子挑开，李爱莲出来了。当她看清是我，吃了一惊：

“是你?”

“听说大伯病了，我来看看。”

她眼中露出感激的光。

屋里墙上的灯台里，放着一盏煤油灯，发着昏黄的光。靠墙的床上，躺着一个干瘦如柴的中年人，铺上满是杂乱的麦秸屑。床前围着几个流鼻涕水的孩子；床头站着一个盘着歪歪扭扭发髻的中年妇女，大概是李爱莲的母亲。我一进屋，大伙全把眼光集中到了我身上。我忙解释：

“我是李爱莲的同学。大伙儿知道大伯病了，托我来看看。”接着把那包点心递给了李爱莲的母亲。

李爱莲母亲这时从发呆中醒过来，忙给我让座：“哎呀，这可真是，还买了这么贵的点心。”

李爱莲的父亲也从床上欠起身子，咳嗽着，把桌上的旱烟袋推给我，我忙摆摆手，说不会抽烟。

李爱莲：“这是我们班长，人心可好了，这……这碗肉菜，还是他买的呢!”

这时我才发现，床头土桌上，放着那碗我吃了一半的肉菜。原来是李爱莲舍不得吃，又端来给病中的父亲。床头前的几个小弟妹，眼巴巴地盯着碗中那几片肉。我不禁又感到一阵辛酸。

坐了一会儿，喝了一碗李爱莲倒的白开水，了解到李爱莲父亲的病情——是因为又喝醉了酒，犯了胃气痛老病。我叮嘱了几句，便起身告辞，向李爱莲说："我先回去了。你在家里呆一夜，明天再去上课。"

这时李爱莲的妈拉住我的手："难为你了，她大哥。家里穷，也没法给你做点儿好吃的。"

又对李爱莲说："你现在就跟你大哥回去吧。家里这么多人，不差你侍候，早回去，跟你大哥好好学……"

黑夜茫茫，夜路如蛇。我骑着车，李爱莲坐在后支架上。走了半路，竟是无话。突然，我发现李爱莲在抽抽搭搭地呜咽，接着用手抱住了我的腰，把脸贴到我后背上，叫了一声：

"哥……"

我不禁心头一热。眼中涌出了泪。"坐好，别摔下来。"我说。我暗自发狠：我今年一定要努力，一定要考上。

四

离高考剩两个月了。这时传来一个消息，说高考还考世界地理。学校原以为只考中国地理，没想到临到头还考世界地理。大家一下都着了慌。这时同学的精神，都已是强弩之末。王全闹失眠，成夜睡不着。"磨桌"脑仁疼，一见课本就眼睛发花。大家乱骂，埋怨学校打听不清，说这罪不是人受的。更大的问题还在于，大家都没有世界地理的复习资料。于是掀起一个寻找复习资料的热潮。一片混乱中，惟独"耗子"乐哈哈的。他恋爱的进程，据说已快到了春耕播种的季节。

这样闹腾了几日，有的同学找到了复习资料，有的没有找到。离高考近了，同学们都变得自私起来，找到资料的，对没找到的保密，惟恐在高考中，多一个竞争对手。我们宿舍，就"磨桌"不知从哪里弄到一本卷毛发黄的《世界地理》。但他矢口否认，一个人藏到学校土岗后乱背，就像当初偷偷烧蝉吃一样。我和王全没辙，李爱莲也没辙，于是着急得像热锅上的蚂蚁。这时我爹来送馍，见我满脸发黄，神魂不定，问是什么事，我简单给他讲了，没想到他双手一拍：

"你表姑家的大孩子，在汲县师范教书，说不定他那儿有呢！"

我也忽然想起这个茬儿，不由高兴起来。爹站起身，刹刹腰里的蓝布，自告奋勇要立刻走汲县。

我说："还是先回家告诉妈一声，免得她着急。"

爹说："什么时候了，还顾那么多！"

我说："可您不会骑车呀！来回一百八十里呢！"

爹满有信心地说："我年轻的时候，一天一夜走过二百三。"说完，一撅一撅动了身。我忙追上去，把馍袋塞给他。他看看我，被胡茬包围的嘴笑了笑，从里边掏出四个馍，说："放心。我明天晚上准赶回来。"我眼中不禁冒出了泪。

晚上上自习，我悄悄把这消息告诉了李爱莲。她也很高兴。

第二天晚上，我和李爱莲分别悄悄溜出了学校，在后岗集合，然后走了二里路，到村口的大路上去接爹。一开始有说有笑的，后来天色苍茫，大路尽头不见人影，只附近有个拾粪的老头，又不禁失望起来。李爱莲安慰我：

"说不定是大伯腿脚不好，走得慢了。"

我说："要万一没找到复习资料呢？"

于是两个人不说话，又等。一直等到月牙儿偏西，知道再等也无望了，便沮丧地向回走。但约定第二天五更再来这儿集合等待。

第二天鸡叫，我便爬起来，到那村口去等。远远看见有一人影，我认为是爹，慌忙跑上去，一看却是李爱莲。

"你比我起得还早！"

"我也刚刚才到。"

早晨下了霜。青青的野地里，一片发白。附近的村子里，鸡叫声此起彼伏。我忽然感到有些冷，看到身边的李爱莲，也在打颤。我忙把外衣脱下，披到她身上。她看看我，也没推辞，只是深情地看着我，慢慢将身子贴到了我怀里。我身上一阵发热发紧，想低头吻吻她。但我没有这样做。

天色渐渐亮了，东方现出一抹红霞。忽然，天的尽头，跌跌撞撞走来了一个人影。李爱莲猛然从我怀里挣脱，指着那人影：

"是吗？"

我一看，顿时兴奋起来："是，是我爹，是他走路的样子。"

于是两个人飞也似地跑。我扬着双臂，边跑边喊："爹！"

天尽头有一回声："哎！"

"找到了吗？"

"找到了，小子！"

我高兴得如同疯了，大喊大叫向前扑。后面李爱莲跌倒了，我也不顾。只是向前跑，跑到跌跌撞撞走来的老头跟前。

"找到了？"

"找到了。"

"在哪儿呢？"

"别急，我给你掏出来。"

老头也很兴奋，一屁股坐在地上。这时李爱莲也跑了上来，看着爹。爹小心解开腰中蓝布，又解开夹袄扣，又解开布衫扣，从心口，掏出一本薄薄的卷毛脏书。我抢过来，书还发热，一看，上边写着"世界地理"。李爱莲又抢过去，看了一眼，兴奋得两耳发红：

"是，是，是《世界地理》！"

爹看着我们兴奋的样子，只"嘿嘿"地笑。这时我发现，爹的鞋帮已开了裂，裂口处，洇出一片殷红殷红的东西。我忙把爹的鞋扒下来，发现那满是脏土和皱皮的脚上，密密麻麻排满了血泡，有的已经破了，那是一只血脚。

“爹！”

爹仍是笑，把脚伸回去：“没啥，没啥。”

李爱莲眼中也涌出了泪：“大伯，难为您了。”

我说：“您都六十五了。”

爹还有些逞能：“没啥，没啥，就是这书现在紧张，不好找，你表哥作难找了一天，才耽搁了工夫，不然我昨天晚上就赶回来了。”

我和李爱莲对看了一眼。这时才发现她浑身是土，便问她刚才跌倒摔着了没有。她拉开上衣袖子，胳膊肘上也跌青了一块。但我们都笑了。

这时爹郑重地说：“你表哥说，这本书不好找，是强从人家那里拿来的，最多只能看十天，还得给人家还回去。”

我们也郑重地点点头。

这时爹又说：“你们看吧，要是十天不够，咱不给他送，就说爹不小心，在路上弄丢了。”

我们说：“十天够了，十天够了。”

这时我们都恢复了常态。爹开始用疑问的眼光打量李爱莲。我忙解释：

“这是我的同学，叫李爱莲。”

李爱莲脸登时红了，有些不好意思。

爹笑了，眼里闪着狡猾的光：“同学，同学，你们看吧，你们看吧。”

接着爹爬起身，就要从另一条岔路回家。

我说：“爹，您歇会儿再走吧。”

爹说：“说不定你娘在家早着急了。”

看着爹挪动着两只脚，从另一条路消失，我和李爱莲捧着《世界地理》，又高兴起来，你看看，我看看，一起向回走。并约定，明天一早偷偷到河边集合，一块儿来背《世界地理》。

第二天一早，我拿了书，穿过玉米地，来到那天李爱莲割草的河边。我知道她比我到得早，便想从玉米地悄悄钻出，吓她一跳。但等我扒开玉米棵子，朝河堤上看时，我却呆了，没有再向前迈步，因为我看到了一幅图画。

河堤上，李爱莲坐在那里，样子很安然。她面前的草地上，竖着一个八分钱的小圆镜子。她看着那镜子，用一把断齿的化学梳子在慢慢梳头。她梳得很小心，很慢，很仔细。东边天上有朝霞，是红的，红红的光，在她脸的一侧，打上了一层金黄的颜色。

我忽然意识到，她是一个姑娘，一个很美很美的姑娘。

这一天，我心神不定。《世界地理》找来了，但学习效果很差，思想老开小差。我发现，李爱莲的神情也有些慌乱。我们都有些痛恨自己，不敢看对方的目光。

晚上，我们来到大路边，用手电不时照着书本，念念背背。不知是天漆黑，还是风物静，这时思想异常集中，背得效果极好。到学校打熄灯钟时，我们竟背熟了三分之一。我们都有些惊奇，也有些兴奋，便扔下书本，一齐躺倒在路旁的草地上，不愿回去。

天是黑的，星是明的。密密麻麻的星，撒在无边无际的夜空闪烁。天是那么深邃，那么遥远。我第一次发现，我们头顶的天空，是那么崇高，那么宽广，那么仁慈和那么美。我听见身边李爱莲的呼吸声，知道她也在看夜空。

我们都没有话。

起风了。夜风有些冷。但我们一动不动。

突然，李爱莲小声说话："哥，你说，我们能考上吗?"

我坚定地回答："能，一定能!"

"你怎么知道?"

"我看这天空和星星就知道。"

她笑了："你就会混说。"

又静了，不说话，看着天空。

许久，她又问，这次声音有些发颤："要是万一你考上我没考上呢？"

我也忽然想起这问题，身上也不由一颤。但我坚定地答："那我也永远不会忘记你。"

她长出了一口气，也说："要是万一我考上你没考上，我也不会忘记你。"

她的手在我身边，我感觉出来。我握住了她的手。那是一只略显粗糙的农家少女的手。那么冷的天，她的手是热的。

但她忽然说："哥，我有点冷。"

我心头一热，抱住了她。她在我怀里，眼睛黑黑地、静静地、顺从地看着我。我吻了吻她湿湿的嘴唇、鼻子，还有那湿湿的眼睛。

这是我在这个世界上，第一次吻一个姑娘。

五

累。累。实在是累。

王全失眠更厉害了，一点睡不着，眼里布满血丝，头发乱糟糟的像个鸡窝。一眼看去，活像一个恶鬼。脾气也坏了，不再显得那么宽厚。有天晚上，因为"磨桌"打鼾，他狠狠将"磨桌"打了两拳。"磨桌"醒来，蒙着头"呜呜"哭，他又在一旁嘬牙花子："这怎么好，这怎么好。""磨桌"脑仁更加痛了，一看书就痛，只好花两毛钱买了一盒清凉油，在两边太阳穴上乱抹，弄得满宿舍清凉油味。一天晚上我回宿舍见他又在哭，便问：

"是不是王全又打你了？"

他摇摇头，说："太苦，太苦，班长，别让我考大学了，让我考个小中专吧。"

咕咕鸟叫了，割麦子了。学校老师停止辅导，去割学校种的麦子。学生们马放南山，由自己去折腾。我找校长反映这问题，校长说惟一的办法是让学生帮老师早一点收完麦子，然后才能上课。我怪校长心狠，离考试剩一个月了，还剥削学生的时间。但我到教室一说，大伙倒很高兴，都拥护校长，愿意去割麦子。原来大伙学习的弦绷得太紧了，在那里死用功，其实效果很差。现在听说校长让割麦子，正好有了换一换脑子的理由，于是发出一声喊，争先恐后拥出教室，去帮老师割麦子。学校的麦地在小河的西边，大家赶到那里，二话不说，抢过老师的镰刀，雁队一样拉开长排，“嚓”，“嚓”，“嚓嚓”，紧张而有节奏、快而不乱地割着。一会儿割倒了半截地。紧绷着的神经，在汗水的浸泡下，都暂时松弛下来。大家似又成了在农田干活的农家少男少女，嘻嘻哈哈，打打闹闹。许多老师带着赞赏的神情，站在田头看。马中说：“这帮学生学习强不强不说，割麦子的能力可是不差。要是高考考割麦子就好了！”我抹了一把汗水，看看这田野和人，第一次感到：劳动是幸福的。

不到一个下午，麦子就割完了。校长受了感动，通知伙房免费改善一次生活。又是萝卜炖肉。但这次管够。大家洗了手脸，就去吃饭。那饭吃得好香！

但以后的几天里，却出了几件不愉快的事情。

第一件是王全退学。离高考只剩一个月，他却突然决定不上了。当时是实行责任田的第一年，各村都带着麦苗分了地。王全家也分了几亩，现在麦焦发黄，等人去割，不割就焦到了地里。王全那高大的老婆又来了，但这次不骂，是一本正经地商量：

“地里麦子焦了，你回去割不割？割咱就割，不割就让它龟孙焦到地里！”

然后不等王全回答，撅着屁股就走了。

这次王全陷入了沉思。

到了晚上，他把我拉出教室，第一次从口袋掏出一包烟卷，递给我一支，他叼了一支。我们燃着烟，吸了两口，他问：

“老弟，不说咱俩以前是同学，现在一个屋也躺了大半年了。咱哥俩儿过心不过心？”

我说：“那还用说。”

他又吸了一口烟：“那我问你一句话，你得实打实告诉我。”

我说：“那还用说。”

“你说，就我这德行，我能考上吗？”

我一愣，竟答不上来。说实话，论王全的智力，实不算强，无论什么东西，过脑子不能记两晚上，黄河他能记成三十三公里。何况这大半年，他一直失眠，记性更坏。但他用功，却是大家看见的。我安慰他：

“大半年的苦都受了，还差这一个月？!”

他点点头，又吸了一口烟，突然动了感情：“你嫂子在家可受苦了！孩子也受苦了。跟你说实话，为了我考学，我让大孩子都退了小学。我要再考不上，将来怎么对孩子说？”

我安慰他：“要万一考上呢？这事谁也保不齐。”

他点点头，又说：“还有麦子呢。麦子真要焦到地里，将来可真要断炊了。”

我忙说：“动员几个同学，去帮一下。”

他忙摇头：“这种时候，哪里还敢麻烦大家。”

我又安慰：“你也想开些，收不了庄稼是一季子，考学可是一辈子。”

他点点头。

但第二天早晨，我们三人醒来，却发现王全的铺空了，露着黄黄的麦秸。他终于下了决心，半夜不辞而别。又发现，他把那张烂了几个窟窿的凉席，塞到了“磨桌”枕头边。看着那个空铺，我们三个人心里都不好受。“磨桌”憋不住，终于哭了：“你看，王全也不告诉一声，就这么走了。”

我也冒了泪珠，安慰“磨桌”，没想“磨桌”“呜呜”大哭起来：

“我对不起他，当时我有《世界地理》，也没让他看。”

停了几天，又发生第二件不愉快的事，即“耗子”失恋。失恋的原因他不说，只说悦悦“没有良心”，看不起他，要与他断绝来往；如再继续纠缠，就要告到老师那里去。他把那本卷毛《情书大全》摔到地下，摊着双手，第一次哭了：

“班长，你说，这还叫人吗？”

我安慰他，说凭着他的家庭和长相，再找一个也不困难。他得到一些安慰，发狠地说：

“她别看不起我，我从头好好学，到时候一考考个北京大学，也给她个脸色看看！”

当时就穿上鞋，要到教室整理笔记和课本。但谁也明白，现在离高考仅剩半个月，就是有天大的本事，再“从头”也来不及了。

第三件不愉快的事情，是李爱莲的父亲又病了。我晚上到教室去，发现她夹到我书里一张字条：

哥：

我爹又病了，我回去一趟。不要担心，我会马上回来。

爱莲

可等了两天，还不见她来。我着急了，借了“耗子”的自行车，又骑到郭村去。家里只有李爱莲的母亲在拉麦子，告诉我，这次病得很厉害，连夜拉到新乡去了。李爱莲也跟去了。

我推着自行车，沮丧地回来。到了村口，眼望着去新乡的柏油路，路旁两排高高的白杨树，暗想：这次不知病得怎样，离高考只剩十来天，到时候可别耽误考试。

六

高考了。

考场就设在我们教室。但气氛大变。墙上贴满花花绿绿的标语："遵守考场纪律"，"不准交头接耳"，"违反纪律取消考试资格"……门上贴着"考试细则"：进考场要带"准考证"，发卷前要核对照片，迟到三十分钟自动取消当场考试资格……小小教室，布了四五个老师监堂。马中站在讲台上，耀武扬威地讲话："现在可是要大家的好看了。考不上丢人，但违反纪律被人捏胡出去——就裹秆草埋老头，丢个大人！"接着是几个戴领章帽徽的警察进来。大家都憋着大气，揣着小心，心头嘣嘣乱跳。教室外，停着几辆送考卷和准备拿考卷的公安三轮摩托。学校三十米外，划一条白色警戒线，有警察把着。

警戒线外，围着许多学生家长，在那里焦急地等待。我爹也来了，给我带来一馍袋鸡蛋，说是妈煮的，六六三十六个，取"六六顺"的意思。并说吃鸡蛋不解手，免得耽误考试时间。这边考试，爹就在警戒线外边等，毒日头下，坐在一个砖头蛋上，眼巴巴望着考场。头上晒出一层密密麻麻的细汗珠，他不觉得；人蹚起的灰尘扑到他身上和脸上，也不觉得。我看着这考场，看着那警戒线外的众乡亲，看着我的坐在砖头蛋上的父亲，不禁一阵心酸。

发卷了。头两个小时考"政治"。但我突然感到有些头晕，恶心。我咬住牙忍了忍，好了一些。但接着感到前所未有的疲劳。我想，完了，这考试要砸。

何况我心绪不宁。我想起了李爱莲。两天前，她给我来了一封信：

哥：

高考就要开始了。我们大半年的心血有没有白费，就要看这两天的考试了。但为了照顾我爹，我不能回镇上考了，就在新乡的考场考。哥，亲爱的哥，我们虽不能坐在一个考场上，但我知道，我们的心是在一起的。我想我能考上，我也衷心祝愿我亲爱的哥你也能够考上。

爱莲

就这么几句话。当时，我捧着这封信，眼望着新乡的方向，心里发颤。

现在，我坐在考场上，不禁又想到：不知她在新乡准时赶到考场没有；不知她要在医院照顾父亲，现在疲劳不疲劳；不知面对着卷子，她害怕不害怕，这些题她生不生……但突然，我又想像出她十分严肃，正在对我说："哥，为了我，不要胡思乱想，要认真考试。"于是，我闭了一会儿眼睛，开始集中精力，重新看卷子上的几道题。这时考题看清了，知道写的是什么。还好，这几道题我都背过，于是心里有了底，不再害怕，甩了甩钢笔水，开始答题。一答开头，往常的背诵，一一出现在脑子里。我很高兴有这一思想转折，我很感激李爱莲对我现出了严肃的面孔。笔下"沙沙"，不时看一看腕上借来的表。等最后一道题答完，正好收卷的钟声响了。

我抬起身，这才发觉出了一身大汗，头发湿漉漉的，直往下滴水。我听到马中又在讲台上威严地咋唬："不要答了，不要答了，把卷子反扣到桌子上！能不能考上，不在这一分钟，热锅炒蚂蚁，再急着爬也没有用了！"我从容地将卷子反扣到桌子上，出了考场。

爹早已从砖头蛋上站起，在一堆家长里，踮着脚，伸长着脖子朝教室看。看我出来，忙迎上来，焦急问："考得怎样？"

我答："还好。"

爹笑了，是焦急后的笑，是等待后的笑，是担心后的笑。笑得有点勉强，有点苦涩，有点疲劳。但眼中冒出泪。泪后，对我望着。那苍老的眼里，竟闪出对我表示感激的光。“这就好，这就好。”然后从馍袋里掏出六个鸡蛋，一定让我吃下。可我什么东西都不想吃，只想喝水。爹说：

“不要喝水，不要喝水，接着还要考呢，喝水光想尿。”

但我还是跑到水龙头下，“咕嘟”“咕嘟”喝了个够。

离下场考试还有十分钟，我回到了宿舍。“磨桌”和“耗子”都在。“磨桌”正在焦急地翻书，急得满头大汗，见我进来，带着哭音颤着声说：

“班长，我完了！我好糊涂！这些题我都会背，但我记混了！我把‘党的基本路线’，答成了‘社会主义总路线’！”

我忙问：“那其他五道呢？”

他答着哭声：“还有两道也答混了！我的妈，我的政治要不及格了！”

我安慰他：“既已考过，就不要再想了，还是集中精力想下场的数学吧！”

他仍很焦急：“你说得轻巧，你考好了，当然不着急。可我这些题明明会，却答混了，岂不冤枉！我好糊涂，我好糊涂！”接着便痛苦地用双拳砸自己的脑袋。

“耗子”也十分沮丧，倒在铺上一言不发。

我问：“你怎么样‘耗子’？”

“耗子”瞪了我一眼：“你管我呢！”然后双手捂头，痛苦地叫道，“我×他祖辈亲奶奶，我都认识这些题，但这些题都不认识我。我一场考试好自在，钢笔动都没有动。临到钟声响，才在一道题上写了几个字，‘中国共产党万岁’，那些改卷的王八蛋能给我分吗？”

……

下一场考试的钟声响了。同学们有高兴的，有着急的，有沮丧的，但都又重新聚集到了考场。警戒线外，家长们又在焦急地等待。我爹又坐在毒日头下的砖头蛋上。马中又讲话了，说上一堂考试有的同学表现不好，这一场要注意，不然可别怪鄙人不客气……大家听他讲，都很着急，因为他整整耽误大家八分钟答卷时间，然后才发卷。"忽拉""忽拉"一阵纸响，又静下来。接着又是"嚓嚓"的笔划纸的声音。

忽然，我听到后排"咕咚"一声，接着教室一阵骚乱。我扭回头，吃了一惊，原来是"磨桌"晕倒在地上。监考的老师纷纷向"磨桌"跑，有的同学就趁机交头接耳，偷看别人的试卷。监考老师又不顾"磨桌"，先来维持秩序，马中又大声咋唬。等教室平静，"磨桌"才被人抬了出去。

晕倒的"磨桌"被人抬着，从我身边经过，我看了他一眼。他浑身发抖，眼紧闭，牙齿上下"嗒嗒"响，脸苍白，满头发的汗。我一阵心酸，满眼冒泪。"磨桌"，好兄弟，你就这样完了！你的清凉油呢！你怎么不多在脑门上涂上厚厚的清凉油？你为什么要晕倒呢？大半年的心血，就这样完了！兄弟，你好苦啊！

这场考试临结束，前边又发生了骚乱。这次是"耗子"。马中站在他面前，看他的答卷。看了一会儿，猛然把考卷从他手中抢过，怒目圆睁：

"你这是答的什么题，这就是你的方程式吗？你捣的什么乱，啊！？"

几个监考老师纷纷问：

"怎么了，写了反标吗？"

马中说："反标倒不是反标，但也够捣乱的！我念给你们听听。"接着拖着长音念，"'党中央，教育部：我怀着激动的心情，给你们写信。卷上的考题我不会答，但我的心，是向着你们的。让我上大学吧，我会好好为人民服务……’这叫什么？你以为现在还能当张铁生啦?! ……”

这时校长戴着“监考”牌进来，才止住了马中的唠叨，让考生们静下心，继续答题。

……

两天过去了。

高考终于结束了。

七

高考结束了。

我相信我考得不错。我预感我能被录取。不能上重点大学，起码也能上普通大学。我把自己的感觉告诉了在考场警戒线外等了两天的爹，爹一下竟说不出话来。平生第一次，一个老农，像西方人一样，把儿子紧紧地拥抱在怀里，颠三倒四地说：“这怎么好，这怎么好。”然后放开我，“嘿嘿”乱笑，一溜小跑拉我出了校门，要带我回家；我说学校还有我的行李，他又放开我，自己先走了，说要赶回家，告诉我妈和弟弟，让他们也高兴高兴。

复习班结束了。聚了一场的同学，就要分手了。高考有考得好的，有考得坏的，有哭的，有笑的。但现在要分别了，大家都抑制住个人的感情，又聚到大宿舍里，亲热得兄弟似的。惟独“磨桌”还在住院，不在这里。大家凑了钱，买了两瓶烧酒，一包花生米，每人轮流抿一口，捏个花生豆，算是相聚一场。这时，倒有许多同学真情地哭了。有的女同学，还哭得抽抽搭搭的。喝过酒，又说一场话，说不管谁考上，谁没考上，谁将来富贵了，谁仍是庄稼老粗，都相互不能忘。又引用刚学过的古文，叫“苟富贵，勿相忘”。一直说到太阳偏西，才各人打各人的行李，然后依依不舍地分手，各人回各人村子里去。

同学们都走了。但我没有急着回去。我想找个地方好好松弛一下。于是一个人跑了十里路，来到大桥上，看看四处没人，脱得赤条条的，一下跳进了河里，将大半年积得浑身的厚厚的污垢都搓了个净。又顺流游泳，逆流上来。游得累了，仰面躺到水上，看蓝蓝的天。看了半天，我忽然又想起王全，想起“磨桌”，想起“耗子”，心里又难受起来。我现在感到的是愉快，他们感到的一定是痛苦，我像做了见不得人的事一样，急忙从河里爬出来，穿上了衣服。

顺着小路，我一阵高兴一阵难过向回走。我又想起了爹妈和弟弟，这大半年他们省吃俭用，供我上学，我应该赶紧收拾行李回家。我又想起李爱莲，不知她父亲的病怎么样了，她在新乡考得怎么样。我着急起来，决定明天一早去新乡。

就这样胡思乱想，我忽然发现前面有一拉粪的小驴车。旁边赶车的，竟像是王全。我急忙跑上去，果然是他。我大叫一声，一把抱住了他。

和王全仅分别了一个月，他却大大变了样，再也不像一个复习考试的学生，而像一个地地道道的老农。戴一破草帽，披着脏褂子，满脸胡茬，手中握着一杆鞭。

王全见了我，也很高兴，也一把抱住我，急着问我考得怎么样，我急着问他麦子收了没有，嫂子怎么样，孩子怎么样，不知谁先回答好，不禁都“哈哈”笑起来。

一块儿走了一段，该说的话都说了。我突然又想起李爱莲，忙问：

“你知道李爱莲最近的情况吗？她爹的病怎么样了？她说在新乡考学，考得怎么样？”

王全没回答我，却用疑问的眼光看我：“她的事，你不知道？”

“她给我来信，说在新乡考的！”

王全叹了一口气：“她根本没参加考试！”

我大吃一惊，张开嘴，半天合不拢。王全只低头不语。我突然叫道："什么，没参加考试？不可能！她给我写了信！"

王全又叹了一口气："她没参加考试！"

"那她干什么去了？"我急忙问。

王全突然蹲在地上，又双手抱住头，半天才说："你真不知道？——她出嫁啦！"

"啊？"我如同五雷轰顶，半天回不过味儿来。等回过味儿来，上前一把抓住王全，狠命地揪着："你骗我，你胡说！这怎么可能呢！她亲笔写信，说在新乡参加考试！出嫁？这怎么可能！王全，咱们可是好同学，你别捉弄我好不好？"

王全这时抽抽搭搭哭了起来："看样子你真不知道。咱俩是好同学，我也知道你与李爱莲的关系，怎么能骗你。她爹这次病得不一般，要死要活的，一到新乡就大吐血。没五百块钱人家不让住院，不开刀就活不了命。一家人急得什么似的。急手抓鱼，钱哪里借得来？这时王村的暴发户吕奇说，只要李爱莲嫁给他，他就出医疗费。你想，人命关天的事，又不能等，于是就……"

我放开王全，怔怔地站在那里，觉得这是做梦！

"可，可她亲自写的信哪！"

王全说："那也不过是安慰你，怕你分心罢了。你就没想想，她户口没在新乡，怎么能在新乡参加考试呢？"

又是一个五雷轰顶。是呀，她户口没在新乡，怎么能在那里参加考试？可我怎么没想到这一点？我好糊涂！我好自私！我只考虑了我自己！

"什么时候嫁的？"

"昨天。"

"昨天？"昨天我还在考场参加考试！

我牙齿上下打颤，立在那里不动。大概那样子很可怕，王全倒不哭了，站起来安慰我：

“你也想开点儿，别太难过，事情过去了，再难过也没有用……”

我狠狠地问：“她嫁了？”

“嫁了。”

“为什么不等考试后再嫁？哪里差这几天。”

“人家就是怕她考上不好办，才紧着结婚的。”

我狠狠朝自己脑袋上砸了一拳。

“嫁到哪村？”

“王村。”

“叫什么？”

“吕奇。”

“我去找他！”

我说完，不顾王全的叫喊，不顾他的追赶，没命地朝前跑。等跑到村头，才发现跑到的是郭村，是李爱莲娘家的村。就又折回去，跑向王村。

到了王村，我脚步慢下来。我头脑有些清醒。我想起王全说的话，“已经结婚了，再找有什么用？”我不禁蹲在村头，“呜呜”哭起来。

哭罢，我抹抹眼睛，进了村子。打听着，找吕奇的家。到了吕奇的家门前，一个大红的“（喜喜）”字，迎面扑来，我头脑又“轰”的一声，像被一根粗大的木头撞击了一下。我呆呆地立在那里。

许久，我没动。

突然，门“吱哇”一声开了，走出一个人。她大红的衬衣，绿的确良裤子，头上一朵红绒花。这，这不就是曾经抱着我的腰，管我叫“哥”的李爱莲吗？这不就是我曾经抱过、亲过的李爱莲吗？

这不就是我们相互说过“永不忘记”的李爱莲吗？

但她昨天出嫁了，她没有参加考试，她已经成了别人的媳妇！

但我看着她，一动没有动。

李爱莲也发现了我，似被电猛然一击，浑身剧烈地一颤，呆在了那里。

我没动。我眼中甚至冒不出泪。我张张嘴，想说话，但觉得干燥，心口堵得慌，舌头不听使唤，一句话说不出来。

李爱莲也不说话，头无力地靠在了门框上，直直地看着我，眼中慢慢地涌出了泪。

“哥……”

我这时才颤抖着全部身心的力量，对世界喊了一声：

“妹妹……”但我喊出的声音其实微弱。

“进家吧。这是妹妹的家。”

“进家？……”

我扭回头，发疯地跑，跑到村外河堤上，一头扑倒，“呜呜”哭起来。

李爱莲顺着河堤追来送我。

送了二里路，我让她回去。我说：

“妹妹，回去吧。”

她突然伏到我肩头，伤心地、“呜呜”地哭起来。又扳过我的脸，没命地、疯狂地、不顾一切地吻着，舔着，用手摸着。

“哥，常想着我。”

我忍住眼泪，点点头。

“别怪我，妹妹对不起你。”

“爱莲！”我又一次将她抱在怀中。

“哥，上了大学，别忘了，你是带着咱们俩一块儿上的大学。”

我忍住泪，点点头。

“以后不管干什么，不管到了天涯海角，是享福，是受罪，都不要忘了，你是带着咱们两个。”

我点点头。

暮色苍茫，西边是最后一抹血红的晚霞。

我走了。

走了二里路，我向回看，李爱莲仍站在河堤上看我。她那身影，那被风吹起的衣襟，那身边的一棵小柳树，在蓝色中透着苍茫的天空中，在一抹血红的晚霞下，犹如一幅纸剪的画影。

……

1987 年 1 月北京万寿路

厨　房

徐　坤

徐坤，1965 年 3 月出生于沈阳。北京作家协会副主席，中国社会科学院文学博士。1993 年开始发表小说，代表作有中篇小说《白话》《先锋》《热狗》《通天河》，短篇小说《厨房》《狗日的足球》《午夜广场最后的探戈》，长篇小说《春天的二十二个夜晚》《爱你两周半》《野草根》《八月狂想曲》，话剧剧本《青狐》（根据王蒙长篇小说改编）、《金融街》，话剧《性情男女》（由北京人民艺术剧院 2006 年上演）。

短篇小说《厨房》获第二届鲁迅文学奖。长篇小说《八月狂想曲》获中宣部第十一届“五个一工程”优秀图书奖、第四届老舍文学奖。长篇小说《野草根》被香港《亚洲周刊》评为 2007 年十大中文好书。曾获首届冯牧文学奖、第九届庄重文文学奖等全国性奖项 20 余次。部分作品被翻译成英、德、法、俄、日等文种。

厨　房

厨房是一个女人的出发点和停泊地。

瓷器在厨房里优雅闪亮，它们以各种弯曲的弧度和洁白形状，在傍晚的昏暗中闪出细腻的密纹瓷光。墙砖和地板平展无沿，一些美妙的联想映上去之后，顷刻之间又会反射回眸子的幽深之处，湿漉漉的。细长瓶颈的红葡萄酒和黑加仑纯酿，总是不失时机地把人的嘴唇染得通红黢紫，连呼吸也不连贯了。灶上的圆火苗在灯光下扑扑闪闪，透明瓦蓝，炖肉的香气时时扑溢到下面的铁圈上，“哧啦”一声，香气醇厚飘散，升腾出一屋子的白烟儿。莴笋和水芹菜烹炒过后它们会荡漾出满眼的浅绿，紫米粥和苞谷羹又会时时飘溢出一室的黑紫和金黄……

厨房里色香味俱全的一切，无不在悄声记叙着女人一生的漫长。女人并不知道厨房为何生来就属于阴性。她并没有去想。时候到了，她便象从前她的母亲那样，自然而然走进了厨房里。

这个夏天的傍晚，在一阵骤然而至的雷阵雨的突袭过后，燠热和喧嚣全被随风吸附而走。大地逐渐静止了。城市一枚火红的斜阳正从容地在立交桥上燃烧，一层层散漫的红光怡然飘落而下，照耀着一个在厨房里忙碌的叫做枝子的女人。女人优美的身体的轮廓被夕阳镶上了一层金边，从远处望去，很是有些耀眼。女人利手利脚无比快活地忙碌，还不断在切洗烹炸的间隙，抬头向西窗外瞟上一眼。夕阳就仿佛跟她有某种默契，含情脉脉地越过一棵临窗的茂盛玉兰树枝头对她俯首回望。

枝子的目光，也便跟着燃烧在一片红辉之中，润润的，柔柔的。

厨房并不是她自己家里的厨房，而是另一个男人的厨房。女人枝子正处心积虑的，在用她的厨房语言向这个男人表示她的真爱。

一条鳜鱼浑身被横横竖竖切了无数刀后，周身码放好了蒜片、葱丝和姜条，然后放进锅屉里热汽腾腾的蒸着。卷心菜和河藕也油亮亮地沾着水珠儿洗好，与沙拉酱一起错落有致码放在盘子里边等待搅拌。水汽正顺着不锈钢盖子的缝隙慢慢的一点点往上溢起来。枝子停下手，幽幽的喘了一口气，转头偷眼向客厅里望了一眼。透过宽大明亮的钢化玻璃厨门，她看见男人松泽正懒散地绻坐在沙发上，一张报纸遮住了大半个脸。男人的身子、手、脚都长长大大的，T 恤的短袖裸露出他筋肉结实的小臂，套在牛仔裤里的两条长腿疏懒地斜跷着，大腿弯的部分绷得很紧，衬出大腿内侧十分饱满，很有力度——枝子的脸突然莫名其妙地红了，浑身迸过一阵难以自抑的幸福。她赶紧收回自己潮润润的目光，慌慌转回身去放眼观望窗外斜阳。

夕阳巨大的圆轮现在只剩下半个，它正在被树梢和钢筋水泥的建筑物奋力衔住，一口一口激情的往下吞吻。枝子的脸庞转瞬间又被烧红，周身辉映起一阵盲目的幸福。

我爱这个男人。我爱。

枝子在心里这样迷乱地对自己说。在这样说着的时候她的心里充满了羞涩。

枝子是被称作“女强人”的那种已然不惑的女人。爱情到了她这个年纪并不容易那么轻易来临。经过了岁月风尘的磨洗，枝子早年的一颗多愁善感的心，早就象茧子那样硬厚，那样对一切漠然、无动于衷了。多少年过去，一番刻苦的拼搏摔打，早年柔弱、驯顺、缺乏主见、动辄就泪水长流的枝子，如今已经百炼成钢，成为商界里远近闻名的一名新秀。

她这棵奇葩，将自己的社会身份和地位向上茂盛的苗苗固定之后，却偏偏不愿在那块烂泥塘里长了，一心一意想要躲回温室里，想要回被她当初毅然决然抛弃割舍在身后的家。

不知为什么，就是想回到厨房，回到家。

事业成功后的女人，在一个个孤夜难眠的时刻，真是不由自主地常要想家，怀念那个遥远的家中厨房，厨房里一团橘黄色的温暖灯光。

家中的厨房，绝不会像她如今在外面的酒桌应酬那样累，那样虚伪，那样食不甘味。家里的饭桌上没有算计，没有强颜欢笑，没有尔虞吾诈，没有或明或暗、防不掉也躲不开的性骚扰和准性骚扰，更没有讨厌的卡拉OK在耳朵边上聒噪，将人的胃口和视听都野蛮的割据强奸。家里的厨房，宁静而温馨。每到黄昏时分，厨房里就会有很大的不锈钢精锅咕嘟咕嘟冒出热气，然后是贴心贴肉的一家人聚拢在一起埋头大块朵颐。

能够与亲人围坐吃上一口家里的饭，多么的好！那才是彻底的放松和休息。可她年轻气盛的时候哪儿懂这些？离异而走的日子，她却只有一个简单的念头：她受够了！实在是受够了！她受够了简单乏味的婚姻生活。她受够了家里毫无新意的厨房。她受够了厨房里的一切摆设。那些锅碗瓢盆油盐酱醋全都让她咬牙切齿地憎恨。

正是厨房里这些日复一日的无聊琐碎磨灭了她的灵性，耗损了她的才情，让她一个名牌大学毕业的女才子身手不得施展。她走。她得走。说什么她也得走。她绝不甘心做一辈子的灶下婢。无论如何她得冲出家门，她得向那冥想当中的新生活奔跑。

果真她义无反顾，抛雏别夫，逃离围城，走了。

现在她却偏偏又回来了。回来得又是这么主动，这样心甘情愿，这样急噪冒进，豪无顾虑，挺身便进了一个男人的厨房里。

真正叫人匪夷所思。

假如不是当初的出走，那么她还会有今天的想要回来吗？

她并没有想。

此时她只是很想回到厨房。回到一个与人共享的厨房。她是曾经有过婚姻生活，曾经爱和被爱过的人，比较明了单身和已婚的截然不同。一个人的家不能算家，一个人的厨房也不能叫作厨房。爱上一个人，组成一个家，共同拥有一个厨房，这就是她目前的心愿。她愿意一天无数次的悠闲地呆在自家的厨房里头，摸摸这，碰碰那，无所事事，随意将厨房里的小摆设碰得叮当乱响。她还愿意将做一顿饭的时间无限地延长，每天要去菜市场挑选最时鲜的蔬菜，回来再将它们的每一片叶子和茎杆儿都认真地洗摘。做每一顿饭之前她都要参照书上的说法，不厌其烦地考虑如何将饭菜营养搭配。慢慢料理这些的时候，她的心情定会象水一样沉稳，绝对不会再以为这是在空耗生命和时间。纤纤素手被洗菜水浸泡得指尖红肿、关节粗大，她也不会再牢骚埋怨。她希望她的心情就那样象水一样，温吞，空泛，温吞、空泛地在厨房里消磨时光，什么外面争斗的事情都不去想。她愿意看见有一两个食客，当然是丈夫和孩子吃着她亲手烧的好菜，连好吃都顾不上说，直顾低头吃得满嘴流油，脑满肠肥。

脑满肠肥？一想到这个词，枝子就不由得偷偷地笑了。

她真的是不想再在外面应酬做事，整天神经绷紧，跟来来往往形形色色的人虚与委蛇。不知为什么，她有些厌倦人。名利场上各色各样的人：卑鄙的、龌龊的、委琐的、功于心计的、趋利务实的人……看都看得她眼花了。整天的与人打交道也快把她的神经折磨垮。她想返身逃逸，逃到没有人的地方去。而厨房就是她最后的避难之所。

厨房对她来说从来没像现在这样亲切过。她从来没有像今天这样对厨房充满了深情。

炉上的不锈钢精锅冒出袅袅热气。枝子的想象也随之袅袅。太阳就在她缥缈的想象里一点一点落到树梢下面去，落到她想象的尽头。那个长胳臂长腿的男人松泽看完了报纸，起身抻了一个懒腰，慢慢腾腾挪到厨房里来，再次问枝子需不需要帮什么忙。枝子听到男人满怀关切的问候，赶忙满心欢喜的连连说："不用，不用。"。今天是这个男人松泽的生日，她想独立完成整个操作，让他尽情品尝一番她的烹饪手艺。

她为什么要主动向这个男人献艺？献艺完了又将会是什么呢？枝子不愿意想，不情愿这样残酷的拷问自己。她愿意在心里给自己的自尊留有一点余地。该是什么就是什么。枝子在心里说。枝子只希望能是她所想要达到的那个。此时她真是觉着自己对这个男人有些过分俯就、甚至有些低三下四。因为照她素常里的做人态度，以一个商界女星的身份来说，对她前呼后拥献殷勤的男人总是数不胜数。而她的鼻孔总是抬得很高，并且，暗中加着千倍的小心，很怕落入某些勾引利用的圈套。如今却这样巴巴的主动送上门来，可真是有些不好对自己的心解释了呢！

管它呢。随它去吧！反正来也是来了，还费力解释它干什么？

拖着长头发的高个儿男人松泽扎煞着两只手，在枝子身边围前围后转了两转，明白自己也实在帮不上什么。看来枝子对于今天的下厨是有过精心准备的，知道他这个单身汉的厨房里可能会七七八八的不全，所有的素菜、荤菜备料都由她亲自从外面带来。连烧菜用的油和醋等佐料，也全被她准备到了。甚至枝子还带来了围裙，柔软的白细棉布套头裙，腰间勒一根细带子，至上而下洒下一捧捧勿忘我小碎花。绵软的白裙贴在她身上，正好勾勒出枝子腰条的纤细。枝子的头发本来可以戴上与围裙配套的棉布帽，以免熏进油烟味儿。但她想了想，还是将帽子舍弃，将头发挽了几挽，然后向上用一枚鱼型的发卡松松一别，这样，她乌黑发亮的秀发就尽显在男人松泽的视野。

松泽盯着这个体态窈窕的女人，心里怦怦怦乱动了几动。当然，他是艺术家。艺术家面对美没有不动心的。他和她一直都算得上是很亲密的朋友，亲密的最初原因是枝子出资帮他举办个人画展的成功。从合作的愉快到亲密友好的交往，两人的关系大致上就是走的这样一个过程。但是，再友好，他也不敢说是劳动她的大驾来给自己庆贺什么生日，尤其是没想到她还要亲自下厨。这该是出乎意外且又让他承受不起的情分。

能有一个漂亮女人主动来家里给自己过生日，真是一个求之不得的美事情。男人一方面惴惴，觉得女人枝子给他的面子太大了；一方面又稍嫌累赘，觉得整夜晚在自己家里吃上一顿饭，太缺乏新意。艺术家，总是爱好推陈出新。就在枝子下厨期间，就有三四个女孩子的电话打来，邀他出去派对。他不得不柔声细语轻声回绝。与呆在家里传统的吃生日饭相比，当然 OK 包间或派对沙龙里搂搂抱抱的扭捏抚摸更能激发创造力。但若从长远的角度看，比起跟那些小女崇拜者玩玩白相，跟女老板的关系处理好对他将来的用途更大一些。男人在考虑问题时，往往从最实利的目的想。所以他决定还是死心塌地，留在家里与女老板亲近感情。

这样心里边一踏实下来，男人也就专注移情于厨房中的枝子身上，渐渐从忙而不乱的枝子身姿当中体味到另一种情致。枝子的动作，熟练而静美，如一朵栀子花儿开放在氤氲的厨房香气中。植物烹炒的香气中夹杂的成熟女人的体香，熏得男人松泽有些想入非非。在不知道该从哪儿下嘴的情况下，他便懒散地一条腿以另一条腿为重心，倚在厨房门框上，一边静待时机，一边向忙碌的枝子身上乱抛多情的眼神。

枝子意识到了男人的注视，略微有些慌乱，不等春风吹绽，便先兀自欢颜，面若桃花的有些气短。她一面竖起耳根，悉心倾听男人粗长的呼吸，一面竭力命令自己镇定，尽量掩饰住狂乱心跳，将身体动作恢复成正常。她所企望的，不就是这个男人的这样一种目光吗？如今已经等到了，那么她还紧张什么？这么想着，她手里切菜的动作就有了几分表演性质。

厨房不大，容不得两人同时在里面转身，只要一动，就势必会发生身体上某些部位的接触。所以他们就在各自位置站着，口里还要间或说上几句哼哼哈哈应酬话，身体里却不免都暗暗生出几分紧张。主要是男主人还没有拿摸得好女老板的意图。松泽虽说已是风情老手，但在从来都很端庄的枝子面前，毕竟也是不敢造次，不知道她想要他做什么，要他做到什么程度。他还时时没有忘记她是投资人。所以他只是听之任之，一边散漫无际地调着情，一边还要暂时做出温文尔雅。这种孤男寡女同一屋檐独处的情境，终归还是需要有一些半真半假调情意调的。不然，艺术家就显得太不艺术，太寡淡无味了些。

而女人枝子也还没想好该如何开始。她也很希望能有一些情调，并且，最好由这情调本身给她一个循序渐进、顺理成章、水到渠成过程。她倒是很希望示爱能由松泽一方主动开始。可一旦他真的主动了，说不定她反尔会变得厌恶他，拒斥他。见他站在原地兀自不动，她不禁有些既希望又失望的心理。她看上他，经营他，是看中他的画风里的野气和灵活。后来单相思瞄上他，也是因为在相处过程里发现他已将这野气和灵活全然融合、发挥殆尽，在各种场合都圆熟，灵动，洒脱，很符合她眼里真正艺术家的气质。她以为四周围到处都是被文明过分文明化了的衰人，他的画里却有未曾泯灭的人类远古的粗犷之气，还有与神明相通的灵性。而这一切，正是她内心所深深需要的。

在女老板的得力赞助经营下，松泽果然就大获成功且声名远扬。而她则以画推人，认为理所当然人如其画，画如其人。她便因此而爱上了自己的经营品。

两个身体持久的紧张让他们都有些承受不住。枝子在男人松泽的目光里已经汗流浃背。假如还没有进一步的动作，却还要这样无谓的僵持下去，枝子的细腰简直就要绷断了。她不停的用眼角余光扫射着身旁男人，脸蛋儿烧得厉害，肢体以一种柔和的弧度微微向他倾斜过去，那种身段中分明表示着一丝丝鼓励、期盼和犹豫不决。男人在承受温软的肉体倾斜过来的弯度同时也同样是犹疑不定、优柔寡断。他的身体不易察觉地晃了两晃，终于什么也没有能够做得出来。

就这样又沉默了一会，枝子的手指在水盆里游动时漫不经心的挑起“哗哗”的水声，听起来略微显出了一点烦躁。过分的紧张和犹疑终于把松泽自己调情的兴致破坏了，松泽说了一句“我去布置餐桌”，借机急忙把自己从厨房打发开。

枝子的身体这才有空隙松弛下来。她抬起胳膊肘悄悄抹了一把头上的细汗。松泽到厅里叮哩当啷的去拿碗筷、摆酒，布置餐桌。餐桌就由一个矮脚茶几临时串演。画家的客厅里一切当然都不正规，几个绣着花儿的软垫子散乱地扔在手工绘绣的波斯地毯上，床铺比正常人的矮去半截，只由一层席梦思垫子铺在地上充当。靠墙的一圈转角水牛皮沙发无比宽大，舒适，倒仿佛画家的一切日常活动都要依靠在沙发里展开似的。

松泽把枝子买来的油蜜蜜的生日蛋糕摆在桌子中央。巧克力奶油在灯下沁出浓浓的甜色，样子极其诱人。松泽盯着蛋糕上的奶油想了几想，终究也没想出个子午卯酉来。到现在为止他的另一股情绪并没有得到完全的调动，行动中仍旧有一些惯常与枝子交往时候的应酬色彩。“另一股情绪”当然就是他每每见到来为他献身的崇拜艺术的女孩子时的，那种身体内部的骤然启动，那种非要把一个回合进行到底时的狂乱和野性。说来也怪，他这样野气狂生的时候，竟然没有一次是不得逞的。

可现在他的身体里却分明缺乏这种感觉。怎么回事？这究竟是怎么回子事呢？松泽暗暗为自己的身体担忧。他并不明了，一旦有了身份和功利的意念，一切就都不好玩了，连一点点肉体的冲动都不容易发生。松泽坐下来开启酒瓶，同时也散漫地回眼向厨房打量了一眼。玻璃厨门内的枝子似乎也已料到自己的身影会牵动男人的目光，于是，弯腰投臂的动作都尽力跟他欣赏的趣味相暗合，不慌不忙，舒缓有致。光与影当中枝子的柔媚影象，正跟厨房的轮廓形成一个妥帖的默契。那一道剪影仿佛是在说：我跟这个厨房是多么鱼水交融啊！厨房因了我这样一个女人才变得生动起来啊！

而松泽眼睛里却始终是莫衷一是的虚无。

太阳这时已经完全落下去了。晚霞收起她最后一轮艳丽，渐渐沉没于幽暗之中。夜的幕布开启，一切的人与物转眼之间变得朦胧。灶台上的累累成果现在被移到了餐桌上，香气淋漓，色泽也眩目。紧张和等待了大半晌的松泽这会儿真感到体能被消耗得够戗，确实需要补充营养了。可饥饿之后见到琳琅满目的这么一大桌子，却又有了几分惴惴和惶惶，愈发不知嘴从哪里下比较合适。抬眼再望枝子，枝子这会儿已经面目一新的端坐在他对面，脉脉含情的抬头凝望他。忙完了厨房里活计的枝子没忘了到卫生间里隆重的整修了一下自己。她在眼圈周围细心加过了眼影，这样眼中就愈发布满深情。唇线也用唇笔淡描素抹而过。腮影要不要打上桔红呢？枝子思忖了一下，最后决定放弃。等到进入接吻的实质性阶段时，满腮满脸的厮磨，粉影多了容易弄成一团花脸。

脸部修饰完毕，然后枝子又从手提袋里拿出一套真丝晚装，换下了身上一进门来时穿的果绿色白领丽人套服。套服太呆板，僵硬，笨手笨脚，不太使人容易介入，而丝绸可就相对质感、也简捷轻快得多了。这些都是为今晚的爱情特地准备的。虽然烦琐，但在她满心都是甜蜜憧憬之时，也并不觉得有什么费周折。

再从房里出来时，枝子就已经是黑色真丝长裙飘逸，身体上最值得称赞的部位——修长的脖颈和光洁的臂膊全都从领口和袖口裸露出来，它们在灯下泛起象牙色的皮肤光泽。而没有裸露出来的部位正包裹在真丝绸的内部炫耀着它们的初始神秘，诱惑着艺术家修长的手指去一点一点开启。

松泽再怎么上不来情绪，也还是不免为枝子的这一身装扮眼皮跳了几跳。饱览美尔后再将其饱尝，本来就是他作为画家的特长。这时的松泽他赶忙表示惊艳，表情夸张地一手扶杯，一手将握着倒酒的瓶子停在半空，眼含赞许地盯住枝子，仿佛喃喃自语地说："唔，我的上帝！真漂亮，你真漂亮！"

枝子有些激动，又不好意思流露，只很含蓄地说："谢谢。"说完便用眼光四下里斜了一下，思忖着自己该落坐哪儿。松泽正很舒服地陷落在沙发里，把住了桌子的一方。枝子此刻也很想陷到沙发里去坐，跟松泽并排紧挨着……那样就比较方便多了。枝子脸一红，暗中瞬时一转念：可那样是不显得自己过分主动了呢？她又把眼光偷偷瞟向松泽。可恨松泽那家伙此时并不给她一个在身边坐下的台阶，他若是能拍拍身边的席位，再半开玩笑半正经的说上一句："此处正虚席以待。”那么她也就顺水推舟的坐下来了。可现在他除了假装惊艳，别的一点表示都不呈现。害得她只好溜溜的错过他的身边，绕到对面去，隔着一张桌子，带着好大的失望装出款款落座。毕竟，在一切没正式开始之前，她不愿意将身份失得太轻率。

红葡萄酒在高脚杯子里幽幽的泛情。顶灯、壁灯、落地灯都被男主人一盏一盏的熄掉，只留下烛台上几只红红的蜡烛闪烁灼灼。隐藏进棚顶四角的音箱放送出柔柔的软歌。那是一种从鼻腔送出来的哼唱，绵绵无骨的含在一管萨克斯里头。枝子姿态软软的给松泽一小块一小块切了生日蛋糕，将带有粉红色玫瑰花的那块儿送进了他的碟子，而自己只留一枚嫩绿色的奶油叶子。祝福的话语一说就落入了俗套，远没有喝酒更能展示出新意。枝子和松泽俩人就频频的碰杯，你一杯，我一杯，你再敬我一杯，我再还你一杯。看架势好像都要成心的把自己灌醉。

其实枝子才没想把自己灌醉，她只想借酒壮胆，把自己灌出几分将过程进行到底的勇气来。松泽暂时还没有想到那么多，他一边不辜负枝子的手艺，大块大块朵颐，一边还要腾出嘴，抽空把枝子的手艺表扬。那些称赞的话语落到枝子的耳垂儿上便款款粘住不下，湿乎乎的受用动听。而枝子手中的筷子却难得一动。一来是厨师从来就吃不下经自己手做出的美味佳肴，二来嘛，枝子的心思也完全不在这上头。枝子的眼睛在酒的滋润下，酒汪汪，直勾勾的，几乎是目不转睛地盯着对面的松泽，盯盯地瞧着他咀嚼时腮帮肌肉的漂亮滚动，看着他对女人说赞美话的时候口吐莲花，满头的艺术家长发一甩一甩的，还有他四十多岁男人刮得铁青的饱含魅力的下巴，枝子真是看得又怜又爱，脸蛋儿烧得要起火，连眼珠儿都滋啦滋啦的要冒出火星子来。

这个时候的枝子就有些恨，有些爱，有些无奈，有些牙根儿发痒。她就只好又恨又无奈的猛往自己嗓子眼里灌酒。她不知道松泽对她是怎么感觉的，反正，是直到了这会儿他还没有动作。她想他至少应该是提议跳舞，或者是提议做点别的，发挥出这种场合他惯用的技巧和手段，找个恰当的方式，让亲密和爱意的身体接触有个自然而然的过渡和衔接，而不要显得太雄起和突兀。总不能就这样整个晚上呆在一个位置彬彬有礼固定坐着吧？可他为什么不提议呢？难道这还要让我一个女人家来提议吗？

他还要让我怎么样呢？枝子想。该做的我都做了，我再也越不过我这个年纪的矜持和自尊。她想自己无法保持长久期待状态，得不到满足的期待是持续不下去的。

枝子就愈发独饮自斟，把自己喝得眼神和身态都酒汪汪的。

松泽没边没沿摇头晃脑夸赞了半天，稍一停顿下来时，才发觉耳朵里却只听见自己的话音，对面枝子连一点回声都没有。他赶忙伸手去给枝子斟酒，借这工夫用心往她脸上觑了一眼。却见枝子那里，正在拼命用她的眼神织网。枝子的眼神都快要不行了，温软粘稠，密密匝匝来来回回缠绕在他身上，直把他锁困在情意里头，只要他一挨上，就休想再挣得脱。松泽的心一软，身体一晃，酒就有点对不准杯子口，“哆”的一下，一大半都洒到了酒杯外头。

枝子端起顺着杯沿儿滴的酒，摇摇晃晃起身，说：“来，我们为今夜晚干杯。”

松泽说：“好，为今晚干杯。”

没等松泽的杯子递过去，枝子的杯子却直伸过来，摇摇欲坠的往他的酒杯上碰。但却因为目标不准，杯子直探向他的怀中而来。松泽下意识伸手一搪，“噗”，一杯酒碰洒，全洒在他的 T 恤和裤子上。

枝子慌忙说声：“对不起，对不起”，松泽说：“没关系，没关系”，说完回身要找东西去擦。枝子忙说：“我来，我来”，说着就晃晃的伸手把他拦住，又晃晃的起身，慢慢蹩到厨房里，找来抹布和纸巾，欲替他擦拭身上的酒滴。她从厨房径直过到他的身旁，倚在沙发上，不等他客气拒绝，曲下身，半蹲半跪倚下去，伸手替他在裤子上擦。他就姿势艰难的曲在沙发上承受着。她现在已经跟他靠得这样近了，她的头发已经刮着了他的下巴，他们的身体也几乎完全要贴上，她已经闻到了他身上的体香和酒香。她这时在半晕半醒的脑子里划过一瞬间的迟疑和恍惚：要不要就势投到他的怀里去？

但是就在她这样稍一迟疑的时候，那个可以自然而然投怀送抱的两秒钟已倏忽而过。过了这个时间差，再想要投入进去就显得生硬，扭曲，动作之间的衔接就不紧密、不准确。

恋爱真是不可以用脑子的，只听凭本能去行动就行了。她想。恋爱的时候脑子真是多余啊。她想。她这样想着的时候心里边说不出有多么的沮丧，沮丧得简直就要流出眼泪来了。

还好，就在这当口，一双热乎乎的大手终于伸了出来，温情的顺势将她揽了过去。再不将她揽过去，可就真有些说不过去了。松泽想。松泽就这样做了一个顺水人情，顺势揽过了枝子的腰，让她靠在他身上。枝子听到了男人有力的心跳。她将头紧紧贴在他前胸上，闭着眼，两行委屈的泪水顺着眼缝悄悄流出了一点，但她没有顾得上去擦。她的身子这会儿全软了，软得一塌糊涂，什么也动不了。直到这会儿她被男人搂进怀里，这才觉得所有的骨头立刻都酥化，所有的矜持的铠甲也都立即崩塌。这会儿她想，她只想，我爱这个男人，我爱。跟我爱的男人在一起，这就行了。行了。

男人搂着一个没有骨头的酥软肉体，自身也不免迅速膨胀，酒和本能混杂在一块儿，热辣辣的开始发酵起动。他用力抬起紧贴在他胸口的脸，急速地将嘴唇凑了上去。她那滑得像缎子一样的皮肤，嘴唇在哪儿也站不住脚。他忽然觉得有点咸，稍稍睁眼，推开了一点一看，女人流泪了。泪水顺着鼻梁两侧往下流。他忽然受了莫名的感动，重新将嘴唇贴上去，从眼睛一点一点的往下滑，先是吃干了她的泪，然后将吻落实到她的嘴唇。开始她还有几分矜持，昏昏之中还知道把嘴唇结成一条线，不给他以进去的机会。男人见状手段更加老道，一边吻着，托在她后背上的手还在不停的抚摸，一直抚到她在他手掌里马上就要瘫成一汪水。男人见火候已到，这才缓缓将她抱到沙发上，伸出满是触角的舌头，用力压摩触探上去。果然，女人一双滚烫的红唇，立刻蚌一样张开，她不假思索，一口贪婪吸住了他的舌头。

男人立刻就被火辣辣的舔了进去，任凭怎样也抽脱不出来。这时他才晓得了她这一吸的厉害，不是温热，不是柔软，而是一股狠劲，一股不要命的劲，真是恨不能把他的整个生命都吸吮下去，恨不能立即吊在他这棵树上摇晃死。男人领受不住，慌忙将身体稍微挪开，用力摇动出舌头，只剩舌尖在她的口里到处触碰，毛茸茸撩拨，却不敢在一处固定，不再敢让她有踏实吸附的感觉。

这样在肉体上用力调度她的同时，男人脑子里还在先惊后怕的想，不得了，真不得了，这个女人，不要命的女人，简直要把我玩死了。松泽他曾跟无数个女人玩过这种把戏，十分知道吻与吻之间的区别，些微的差异都逃不过他舌尖上敏锐的触觉。好玩好散的那些女人真是没有这个样子接吻的。她们吻得非常轻飘，愉悦，吻得蜻蜓点水，心猿意马，风过水面打个唿哨就走了，接吻通常都是向床上靠拢的过门儿小调。她们哪能像现在这个女人一样玩得沉重，死命，执意，奋不顾身，吊在他的舌头上，拼命想把他抓牢贴紧，生怕他跑掉了一般。他忽然间心中一动：莫非她是很认真，真的是跟他动了真情？她今天的表现，好像有点不大对劲啊！她为他所做的一切，她的所有厨房语言，好象都在向他示意：她愿意做他这个厨房的女主人，她是做他这个房间女主人的最好人选……

一意识到这里，男人火烧着的身体“忽悠”就打了一个激灵，热度瞬间就冷了下来。原来女人是认真了。这会儿他忽然明白了女人今天不是来玩的，女人今天是来认真的。女人今天来的目的性非常明确。她想要的是结果。她可不光光玩的是情调，而是想要一个实实在在的结果。从她的接吻态势上他已经就品味出来了。她的那些厨房用语的艰苦卓绝，无不在表明着一个实实在在真的心迹，直到这会儿他才把她破译开来。

男人突然间感到懊丧。男人的这份懊丧一下子就灌满了他自己的周身，让他刚刚膨胀起来的身体很快就软化了。真不好玩。实在是不好玩。他能领受假意，却要拒绝真情。他不愿意有负担。在这个人人都趋功近利的时代，谁还想着给自己上套，给自己找负担？尤其是对于他一个艺术家来说，更不愿有任何形式的羁绊。家庭责任也好，社会义务也罢，能躲的就躲，能逃的就逃，能推脱的就推脱。他松泽卖画的税单，都是被逼无奈被税务部门找上门来才交的。他难道还会在他事业最火爆的时候，去选择接受她，会把一个女人当老婆娶到屋子里来养吗？那样的话他的自由和无羁还怎么体现？

谁说女人只是情感动物，比男人缺乏理性呢？女人一旦目的起来，比男人一点也不傻，也不逊色。关键是她选错了人，挑错了对象。艺术家松泽他一点都不想有什么负担，一点都不想去对别人负责。白玩可以，动真格的却不行。她想依赖上他。可他偏偏不是个愿意被依赖上的人。他不愿意有负担。男人跟女人的想法不一样，从根本上就不一样。若说假意嘛，他可是随便乱施得多了，还挺自在安全挺幸福的；若论真情的话，他画家松泽除了对他自己，对他自己的名和利以外，就再也没对谁真情过。他不怕玩，他就怕认真。以假对假的玩，玩得心情愉快，彼此没有负担，同时毫无顾忌。以真对假的玩，那就没法子玩了。以真对真就更不能玩了。

但是他又不能猝然把这一场游戏结束，装作冷冰冰的拒绝。得罪一位对他有用的女出资人，怎么说也划不来。况且他一贯以怜香惜玉著称，在一位风姿绰约的女人面前也不能显得太缺乏风度。再说，跟一个漂亮女人做一场稍微有一点危险的游戏，有什么不好？在悬崖边上玩，才会来得过瘾，比平常有刺激。再怎么说，他也不至于被她强奸成婚吧？

等到漫长的拥吻过去，女人感到心力衰竭，停止吸吮睁开眼睛时，见男人却口里噙着她的双唇在注视她。两个人的脸离得这样近，以至于一瞬间都在彼此的眼里变形。女人感到不好意思，急急避开他的打量，低下头，将脸埋在他的胸里。男人就像理顺一个小狗一样抚摸揉搓着她的后背和头发。她也就顺势连人带衣服绻进他的怀里做小狗依人状。她闭上眼睛，默默享受着吻后余晕，觉得这心情总算有了着落，爱情也有了着落。对女人枝子来说，能够进行到这一步是多么的不容易，不容易啊！她却哪里有暇猜想，这样的逢场作戏，男人松泽他究竟经历了多少。作为一个男性艺术家，他跟周围那些崇拜他的女人滥情滥得，简直都快要滥不起来了。

沉浸在自己一厢情愿爱情中的女人枝子并没心思去猜想这些。沉浸在不惑爱情中的女人可真是了不得。女人热情似火，稍微给她一点暗示就可以扑上来，又啃又咬，真正象只发情的猫。男人沉着应付，以手指的圆熟技巧来对抗她的目的性，饶有兴味地应付着这场追逐。一旦明晓了女人的目的性，男人的身体立即褪了激情，但他的另一份兴致却被点燃起来。现在他虽然置身其中，但却又像抽身其外一样观看着一场情戏的上演，有点像一个把持全局的导演在陪练一个女演员。他已将她的真情当作了好玩的事情。他还很有兴致再看一看，再陪练陪练。他发现自己倒也是很能进入角色嘛！

男人松泽暗中就很有些为自己得意。

而女人千娇百媚，女人此刻正沦陷在激情里不能自拔。女人的脸蛋已经燃出了大火，非要把他和她自己焚成灰烬不可。女人将红葡萄酒跟他一口一口嘴对着嘴含喝。女人偎在他的怀里，将紫红的蛇果拦腰横切，又在每一半边上都细细刻出锯齿型的牙边，然后两人像小老鼠般将锯齿牙边一点一点地啃啮，咬到最后就是嘴唇跟嘴唇的会合，两片肉体贴在一起狂吻热舔。女人的一切小把戏松泽都来者不拒，含情承受。但是他从不主动往下探索，他的手只是隔着衣服揉捏着她的乳房，然后再摩挲在她的细腰上，尽情挑逗撩拨，接着他就停滞不前，决不打探她那开衩很高的绸裙里面的内容，就仿佛他是真正的谦谦君子似的。

这样女人就不知是什么意思。她把自己频频的发动却得不到最终结果，女人简直都快要对自己失去最后的信心。难道是自己的魅力不够吗？女人在焦灼之中困乏的想，只要他一暗示，一有要求，她就会给他的，毫无保留的全部给他。她太想对这场爱情有一个切切实实的体认，太想要一个他和她定情的深入纪念。但是男人却偏偏就不予以满足，让她更百倍的煎熬和难受。情急之中她就更主动，更狂烈，更以丝绸的质感攀附缠绕在他身上，让他动作松懈不得。他也就紧紧用嘴唇将她的唇吻胶住，手掌忙不迭的将她身姿把玩戏耍，极其愉快地观察着她表情的每一点变化，就像一个衔笛起舞的印度耍蛇者。

这样玩着闹着，几个大起大落下去，不知不觉，夜已经深了。当女人又一次滚倒在他的怀中，沉醉于他中音共鸣区的声情并茂时，却听得他咬着她的耳垂，以一种湿漉漉的舌音在耳边叮咛：“嗳嗳，你看，已经两点钟了。我该送你回去了。”

女人一愣，像没听清似的，手臂从他脖子上掉下来，呆呆地仰起脸来看着他，两只盈满秋水的大眼睛里露出迷茫。回去？什么回去？为什么要回去？他这是什么意思？是在下逐客令吗？

女人的思绪半天没有回过神儿来。她的自尊与自信受了格外的打击。这是怎么回子事？难道这个样子就算，完了？他这个态度表明的是什么？

可是她能说不走吗？她能说主动要求留下来过夜吗？那样她成

什么了？

男人却根本不顾女人情绪的空顿，不由分说，起身离开她去衣橱里取外衣。男人的这一动作果断，坚决，不容置疑，不容商量，仿佛在用他的形体语言在提示她：他并无意于接纳她。他已经玩够了，不想再继续玩下去。他对她已经够负责的了，耐心陪了她一个晚上，且还让她囫囵的样子，并没有说对她始乱终弃或者多做别的什么。

女人看着眼前的一切，巨大的失落和自尊，让她的胸脯急遽起伏着，面部表情剧烈扭曲，半句话竟也说不出来。但也就是那么简单的一刹那，她就立刻止住痉挛着的眼底肌肉，突然变得满脸盈笑，用手指撩了撩额前的长发，装作满不在乎的样子，极其大度极其平静地说：“好吧，我先来帮你收拾一下碗筷。”说话的语调，就仿佛她已是情场老手，对于这样的逢场作戏已经司空见惯，仿佛她真的纯粹是为给他过这个生日，为他做一顿生日晚餐而来。并且她还要做得善始善终。

不等男人阻拦，女人便大幅度的行动起来。她的动作幅度很大，有些不正常的难以自抑的夸张，大声问这个东西该放哪儿，那个碟子该放哪儿。她手脚麻利地将所有的东西都归拢好。然后又进卫生间补了补脸上被接吻弄乱的晚妆。接着她表情平静的出来，顺手拎起厨房地上的垃圾袋，对着厨房门口那个看得有些发怔的男人平静地说：“走吧。”

树叶在夜风中哗哗响着，冷露提醒给人以无法遮掩的幽凉。枝子不由在风里打了一个寒战。男人讨好的上来，又殷勤的搂了搂她的肩膀。枝子不说话，任他殷勤着，浑身木木的，一点感觉都没有。进了出租车里，男人和她并排坐在后座上，车子一开动，他便无限温存的伸过手，将她搂靠在他的臂膊中。枝子不拒绝，也不回应，仍旧是麻木的，任他这样毫无意义的搂着。此时她才觉得一切都变得毫无意义。

车子悄无声息的在暗夜里滑行，滑得轻飘而又滞重。偶尔能见前面的车尾灯划出几抹窒息人的暗红。夜是干燥的。夜根本就没有潮声。她想。到了小区的楼门口，女人下车，男人也跟下来，假意跟她拥抱握别。握别完了，男人又返身低头钻进出租车，跟着车子往来时的路上走。女人目送着载着他的红色皇冠在夜幕中一点一点远去。毕竟，他还不是个坏人。她这样想。她愿意尽量往好的方面想。毕竟他还是有责任感的。哪怕这责任感只是在他最后护送她回家的这短短的一程。短短一程中的呵护和温暖，也足够她凭吊一生。

夜风猛劲的从楼门口吹了过来。女人的头发又乱了，几丝长发贴到脸上来，遮住了她的双眼。她抬手将发梢掠向脑后，无意间手指触到了脸上潮乎乎的东西。她转回身，扭亮楼道里的廊灯，准备快速上楼。刚一抬脚，一大包东西碰着了她的腿。她低头一看，原来是厨房里的那一袋垃圾。直到现在她还把它紧紧的提在手里。

眼泪，这时才顺着她的腮帮，无比汹涌地流了下来。

1997年5月26日于北京双秀

喑哑的声音

李　洱

李洱，1966年生于河南省济源市，1987年毕业于上海华东师大，现就职于中国现代文学馆。著有长篇小说《花腔》《石榴树上结樱桃》等。作品被译为德、意、法、英、韩、日等多种文字。

喑哑的声音

每个星期六，孙良都要到朋友费边家里去玩。费边家的客厅很大，就像一个公共场所，朋友们常在那里聚会。他们在那里闲聊、争吵或者玩牌，有时候，这三者同时进行。赌资不大。打麻将的话，庄家自摸，顶多能赢个五六十块钱。朋友们都是脑力劳动者，赢钱不是他们的目的。费边的邻居小刘，在公安上做事，他也常来费边家串门，而且每回都能赢。孙良他们一开始对小刘存有戒心，后来看到他也是个有趣的人，并且能带来许多有趣的话题，就把他也当成了朋友。他们说话的时候，小刘很少插话，他不关心那些知识界的事。可小刘一说话，他们就不吭声了，小刘是行刑队的副队长，他讲的许多事，只能低级小说里才有。这帮朋友不屑于看低级小说，可他们愿意听小刘讲那种故事。

这个冬天的星期六，下午五点多钟，孙良穿上大衣，围上他那条鼠灰色的围巾，就出门了。在家属院的门口，他看见几个妇女围着一个卖芹菜的老人在说着什么。他往跟前凑了凑，想看看她们究竟在干什么。他的妻子也在那里，她手里已经有了一把芹菜，但她似乎还没有回家的打算。这是他的第二任妻子，她刚从澳大利亚回来，好像无法适应这里的气候，所以她穿得比那些女人都要厚一些。她把芹菜递给孙良，孙良接过芹菜，又上了楼，把它送回了家，然后他就从家属院的后门走掉了。他手里有后门的钥匙，这是个秘密，连看门的师傅都不知道。

他赶到费边家的时候，已经将近七点钟了。主要是在街上吃烩面耽误了一些时间。还好，这一天，别的朋友来得比较晚，他没有耽误谈话，也没有误掉牌局。费边刚吃过饭，正钻在书房里，在电脑上打着一首诗。费边告诉孙良那不是他自己写的，而是一个叫曼德尔斯塔姆的俄国诗人写的。费边有这个习惯。他喜欢把他读到的好诗打到电脑上，然后整理成册。他对孙良说，他现在并没有荒废诗艺，还在抽空写诗。“你看这诗有多好，好像是我自己写的一样。”费边说着，就朗诵了起来：真的能颂扬一位死去的女人？她已疏远，已被束缚，异样的力量强暴地将她掳走，带向一座滚烫的坟墓。

“好诗，”孙良说，“给我打印一份出来，我回家再慢慢欣赏。”费边正在打印的时候，又有一个朋友进来了，费边就又打了一份。他们一人拿着一份诗稿，坐在桌前，等着凑够四个人。费边说他之所以觉得这首诗好，是因为他以前也真心地爱过一个女人，可她后来死去了。孙良和另外那个朋友就默不作声了，以示哀悼。其实孙良知道费边所爱的那个女人并没有死去。费边一直爱着他的前妻，而他的前妻却嫁给了别人，他现在其实是在咒她。

等了很久，还是没有别人来。那个朋友就走了。他刚走，小刘就来了，但还是凑不够一桌。小刘看见桌上扔着一份诗稿，就拿了起来。他看了两行，就把它扔到了桌上。他说，他其实可以把儿子叫过来顶替一阵，他的上小学的儿子打麻将是一个天才。他说，这就跟学棋一样，学得越早，打得越好。费边忙说算了，不能让孩子学坏了。就在这个时候，费边的同事来串门了，他说他不会打牌，小刘说，只要坐下来，没有学不会的。后来，他们才知道此人是个高手，漫不经心地就把他们赢了。

真是一物降一物，小刘这次怎么打都不顺手，只要他坐庄，那个人肯定自摸。小刘平时赢惯了，没见过这种阵势。他不停地讲着他知道的那些低级故事，想以此转移那个人的注意力。费边的那个同事，大概也猜出了小刘的心思，就不愿再赢了。小刘以为是自己的讲述奏效了，就一个接一个地讲下去。后来，他就提到了最近发生的一个案子：郑州的一个小伙子打电话给济州交通电台爱情热线的主持人，说自己遇到了一个好女孩，他已经让女孩怀孕了，可他突然发现女孩又爱上了别人，他问主持人，下一步该怎么办。主持人说，你先要搞清楚，对方是不是真的变心了，在搞清楚之前，不要随便瞎猜疑。主持人还说，你一定要相信对方，去和对方心平气和地交谈一次，再打电话过来，共同商量个办法。小刘说，那个小伙子去和姑娘谈了，姑娘说她确实爱上了别人，小伙子就给主持人打了一个电话，可是电话一直占线，小伙子一急，就把那个姑娘杀了。杀了之后，他把责任推到了那个主持人身上。说到这里，小刘又和了一把。

孙良是济州人，对和老家有关的事，他有着一种天然的兴趣。小刘说他也喜欢听那个主持人的节目，说着，他就把费边的收音机打开了。他调试了一会儿，接着他们就都听到了她的声音。她的声音有点疲惫，好像还有点伤感。这时候，小刘又和了，他随手关掉了收音机。他的妻子给他打了传呼，让他回去，再干扰他们已经没有必要了。事情似乎就这样过去了。这一天，孙良没输也没赢。

这一年的十一月底，孙良应邀到济州讲学。他的一个大学同学刚当上济州师院的教务主任，想在校长面前显示一下自己的能力，托孙良在郑州联系几个名人到那里讲讲课。已经有两个人去讲过了，他们回来说，济州发展得很快，都快超过郑州了。还说，那里的师生虽然笨一点，但求知欲很强，很崇拜有真才实学的人，让人很感动。“你的老家还是很有希望的。”那两个人对他说。现在轮到孙良自己去了，他想借此机会亲身感受一下故乡的变化，同时也看望一下自己的伯父。他在上海上大学的时候，伯父到杭州出差，曾专门拐到上海看过他，还给他留下了五十块钱。当时，那五十块钱可不是个小数目，够他花上两个月的。

坐着老同学派来的林肯牌轿车，走高速公路，用不了两个小时就可以到达济州。进入济州境内，他的眼睛就望着窗外，看公路边的那些麦苗、沟渠和麦地里的农人。农人们在清除地里的杂草，当他们直起腰来的时候，几只乌鸦就飞了起来。看到这种情景，孙良有点激动。他想下车到麦地里走一走，和他们说几句话，听听乌鸦翅膀扇动的声音。可一想到麦地里的那些湿泥会把他的皮鞋和白色的袜子搞脏，他就放弃了这个打算。再说了，高速公路上也不准随便停车啊，他想。

他在济州讲了两天课。既然师生们喜欢听那些热门话题，他就向他们介绍了已接近尾声的人文精神大讨论。他讲的时候很动情，讲完之后，有许多学生围上来要求签名，购买他带来的自己的论文集。为了减轻学生们的经济负担，他按半价卖给了他们。不过，他给老同学的那一百本，可是按原价给的，因为那是给学校图书馆的。他问这一百本要不要签名，老同学说你省点力气吧，前面那两个人我也没让签。孙良说不签也好，我的手都签酸了。

讲完课的当天晚上，他的老同学来到他下榻的济州宾馆的三二四房间，说院长明天请他吃饭，并交代他见到院长该说些什么，“我们的高院长其实是个政客，现在还兼着副市长，此人喜欢附庸风雅。”孙良说，你放心好了，我不会给你丢脸的，我知道怎么对付这种鸟人。

房间里剩下他一个人的时候，他把下午卖书的钱整理了一下。漂亮，一共有一千五百多块钱的收入呢。他将“请高院长斧正孙良”几个字反复练了几遍，然后把它们写到了书的扉页上。忙完这个，他就到楼下的小院子里散步。这里处于闹市区，周围的嘈杂更衬托出了这里的幽静。据说中央的领导人每次来济州视察，也都是住在这里。那些低矮的仿古建筑，在清冷的月光下，确有某种迷人之处。它们仿佛和历史沟通了起来，并和现实保持着距离。他看到这里的一些女服务员也很漂亮，她们说的不是济州话，而是标准的普通话。他倒很想听听济州话从那些漂亮姑娘口中说出来，是什么样子。有一句话说得好，乡音就是回忆的力量。

一个女服务员也在外面散步，她耳边举着一个小收音机。她走过他身边的时候，孙良闻到她身上有一种泡泡糖似的香味，他还听到了一种比较耳熟的声音。服务员听得很入迷，没有注意到孙良跟在她的身后。后来，她在一株悬铃木旁边停了下来，抱着那个小收音机，小声地哭了起来。

回到房间，孙良一直想着他在悬铃木树下看到的那一幕。他基本上看清了那个女孩的脸，看不清也不要紧，在一群女孩当中，他保证能把她挑出来，因为哭过的女孩子，眼睛会像小兔子那样发红。他相信自己能够把她带到房间里来，抚慰一番她那伤感的心灵。是啊，来济州仅仅是讲讲课，确实有点太单调了。

在对付女人方面，孙良虽然说不上是个高手，但也屡有斩获。孙良知道自己的性格中有某种轻松的东西，很讨女人喜欢。过了三十五岁之后，他感到自己的外貌、气质发生了一些变化，那种轻松的东西依然存在，但又加入了一些新的内容——主要是沉稳，以及沉稳中蕴藏的某种难以捉摸的因素。沉稳有沉稳的优势，能给女人一种可依赖感；难以捉摸也有它的好处，能增加诱惑力。他确实有过不少艳遇，对这一点，孙良不像一般人那样抵赖。他乐意把其中的一些故事说给朋友们听。他很会剪裁，故事中比较困难的那一部分，在讲述的时候，他都顺便略去了。他不愿给生活抹黑，不愿让大家对生活失去信心。他想，作为一个理想主义者，起码应该让朋友们感到生活是简单而有趣的。

他又走出了房间，这一次他没有到院子里去，他只是挨着楼梯去找那个听收音机的女孩。他尽量做出一副悠闲的样子，在楼梯上走上走下。他手指间夹着一支烟，可他并不点着，因为楼道里铺着地毯。后来，他看到二楼的服务台有一个小收音机在独自响着。他在那里默默站了一会儿，顺便用放在服务台上的一把指甲刀，修剪了一下指甲。再后来，他就把那个小收音机带回了房间。当然，在带走之前，他在那里留下了一张条子。上面写着：我想听听新闻，把收音机带到了三二四房间。他本来还想说明自己是高副市长的客人，但一想到那样做有点庸俗，就免掉了。

当女服务员来到他的房间的时候，他已经给电台的那个女主持人打通了电话。他捂住话筒，很有礼貌地问服务员，这个收音机能不能借给他用两天。说着，他掏出一张印有领袖头的钞票放到了一边的茶几上。他不想让那个女孩子有被侮辱的感觉，所以他又捂住话筒说，“钱先拿去吧，我明天会给你作出解释的。”接着，他就听到自己对着话筒又说了起来。那是一种深思熟虑的即兴表达，当然其中要有一些必不可少的间歇。在这陌生的故乡，星光在窗外闪烁。他斜躺在床上，边听边讲。他慢慢讲得流利了起来，他感到自己的声音，从容而优雅，寂寞而自由。

后来，当他放下话筒的时候，他借助停留在耳边的声音，在脑子里描绘着那个女人的形象。他想起不久前在费边家里的那场牌局，想起小刘的讲述。他现在似乎有点明白了，讲课是次要的，是这个女人在冥冥之中促成了他的故乡之行。

“这大概是一次轻松而迷人的猎艳。”他想。一想到她将要被他斩获，他又觉得那个女人真的是有点不幸，他都有点可怜她了。这么想着，他取出了几粒速效利眠宁，用温开水灌了下去。他拉开窗帘，凝望了一会儿星空，呼吸了几口新鲜空气。接着，他就感到睡意如期而至了。

第二天一大早，他就到了济水公园，在一个儿童滑梯前的长椅上坐了下来。他刚好把椅背上用油漆喷成的卡通画挡住了。他随手翻阅着别人留在长椅上的过期的电影时报。在等待中，他将报缝也看了一下，那上面有医药广告，还有电影预告。预告的日期表明，电影还没有在济州上映。他不时抬头看一下门口。很少有人进来，偶尔进来一个，也是上了年纪的人。那些像我这样的闲人大概都还没有睡醒呢，他想。他看着脚下干枯草皮上的白霜，看久了，他的眼睛就有点发虚，有那么一会儿，他竟然将地上的一个纸团当成了一只鸟。

那个女人迟到了二十三分钟。一看到她走进那个门，他就知道那就是她。他站了起来，向她摇了摇手中的那份报纸，但他并没有上前迎接她，只是她走近的时候，他才往前走了两步。

公园里的人渐渐多了起来，那些越老活得越认真的人们，扯起电线，拧开录音机，练起了气功。他们只好另找个地方。他们过了一座小桥，绕过了一座假山，终于又找到了一个长椅。在他们走向那个长椅的时候，孙良对昨天晚上说过的话已经作了必要的补充。他说，他是应高市长的邀请来济州讲学的，今天上午还得去应付高市长的饭局，所以他只好这么早就请她来。“我在郑州就听说了那件不幸的事，当时我就想，我要找个机会来济州一趟，见见你。这种话是无法在热线电话里讲的，只好说，我有要事和你商量。我为我假称是你的朋友而向你道歉。”

他这么说话的时候，那个女人一直不吭声。女人不时抬手捂一下自己的圆顶软帽。河边确实有风，那风凉嗖嗖的。孙良趁机将衣领竖了起来。

他继续说:“当然,我本人也不时遇到一些麻烦,很想找你谈一谈。是些什么麻烦,一时又说不清楚。我还想告诉你,所有这些都无法促使我直接去拨打那个热线电话。我或许应该非常坦率地对你说一件事。你想听听吗?”

她第一次开口了,说:“反正我已经来了,你就尽管说好了。”这么说着,她第一次露出了笑容。

“昨天晚上,我在济州宾馆看到一个女服务员,她一边听你的声音,一边流泪,后来,她却破涕为笑了。我是个人文知识分子,关心的是人的心智的发展和人的情感世界。哦,你的帽子被风吹歪了。我关心的问题可以说与你相近。你得告诉我,你究竟是用什么魔力,使一个人顿悟的。”

一辆临时改装成小垃圾车的剪草车从他们身边驶过,扬起了一阵尘土。一个卖芝麻糖的小贩走到了他们的身边,很响地敲了一下招徕顾客的小铜锣。就是这一声锣响,使她又笑了起来。她说:“我小时候,听见这锣响,就忍不住要舔嘴唇,现在这毛病好像还没有改掉。”

他反对她吃那种东西,说不干净,对她美丽的牙齿也没有好处,但他还是给她买了两串。在她的要求下,他也吃了一点。看着对方用舌尖舔着嘴唇上粘的芝麻,两个人都乐了。然后,他们又默默地吃着那东西,都吃得很慢。后来,他们就像熟人那样并肩而行了。他们边走边谈,显得很轻松。吃完那两串芝麻糖,女人从小皮包里取出了饭店里用的那种湿巾,递给他擦手。接着,他就又看到那个小包在她好看的身段上飘来荡去了。孙良将湿巾扔进垃圾桶的时候,向着河面做出了一个凌空欲飞的姿势。她也做了这样一个动作。河水有点发黑,河面上有许多塑料袋,被水泡黑的树枝,有一截伸出了水面,上面落着一只鸟。孙良现在觉得这一切都很美丽,很神秘。

看得出来，她似乎也有这种感觉。

这个公园离济州宾馆不远。他们几乎是不由自主地朝那个方向走去了。进到那个幽静的院子，她说她来过这个地方。她第一次提起了她的丈夫，说她的丈夫经常在这里开会，有时一开就是半个月。“不过，我只来过两次。第二次来，是要对丈夫说，他那瘫痪的父亲又不幸地得了脑血栓。”

上到二楼的时候，孙良看到了那个服务员。不过他没有跟她打招呼。他们径直来到了房间里。孙良把窗帘拉开了一半，让阳光照进来。他给她削了一个苹果。她咬了一口，有点顽皮地说，她更想吃只广柑。他就给她切了一只柑子。他自己也切了一只。有那么一个瞬间，吃广柑的两个人都没说话。他扔给了她一本书，说那是自己几年前写的。她想把它装进那个小包，但小包盛不下。他跑到服务台要了个小塑料袋。

这时候，电话响了。是孙良的那个老同学打来的。孙良说他不想去赴高市长的饭局了。“和当官的在一起吃饭，每次都得喝酒，你大概还不知道，我已经戒酒了。”

女人说自己该走了。她说她的真名叫邓林。这个名字起得好。孙良说：“夸父追日，弃其杖，化为邓林。你是神话中的植物呢。”他没有挽留她，但他替她开门的时候，他又穿上了外套。他提醒她应该将上衣的扣子全都系好。“外面的风好像大了一点。”他说。他是怎么离开饭店的，他已经想不起来了。夜里九点多钟，他被电话吵醒了。是他的那个老同学打来的。老同学对他说：“孙良，我们的院长今天非常高兴。他也喝醉了，可他一醒了酒，就提起了你，说你很够意思。他现在信了，我的朋友都很够意思。”孙良想开口说点什么，但他的胃突然翻腾了一下，有一些东西很快就跑到了他的嗓子眼。他只好把电话放到一边，到卫生间吐了一阵。当他用手纸擦着那根散发着酸臭味的食指回到电话旁边的时候，他的同学还在电话里讲着什么呢。

这一天的后半夜，他又吐了一次。吐过之后，就再也睡不着了。他想，他吃的那些利眠宁大概也被吐了出来。他想起他的妻子在出国之前，每次见他喝醉，总是默默地在他身边坐下，看着他吐出来的那堆秽物发呆。他数了一下，妻子这次回来以后，他只喝醉过三次，加上这一次，一共才四次。

需要往胃里填点东西了，因为他听到了肚子的叫声。他用小刀将一个柑子切成了几瓣，悄悄地吃着，同时注意着胃的反应。他听到了自己的嘴巴发出的吸溜汁液的声音，偶尔也能听到胃里发出一种类似于气泡破裂的声音。每当这个时候，他就半张着嘴巴，悉心地捕捉那种气泡的声音，想着那里还会有什么动静。那只柑子吃完之后，他用邓林留下的湿巾擦了擦嘴巴。

他想，要不要再跟邓林联系一下呢？如果就此拉倒的话，他很快就会把这个女人忘掉，甚至会想不起来他曾和她有过一次美妙的散步。一个人没有记忆，就像一个人没有影子。但又怎么联系呢？她晚上才上班，而打那个热线电话，就会占用别人打电话的时间。他又想起了小刘讲过的那个杀人的事件。那真是个不幸的事件，愿那个女人安息，愿那个小伙子的灵魂早日得救。

天亮的时候，他想再到济水公园走一走。可他刚走出幽静的院子，就遇上了邓林。邓林对他说，昨天，她回去的时候，把他的那本书和她的那个小包丢在出租车上了。她请他原谅。

“你知道，济州堵车很厉害的。我急着赶回去，就提前下了车。我没走多远，车流就疏通了。可我发现包没有了。我的脑子一定出了点问题，这段时间我一直有点丢三落四的。”

她一口气说了那么多。他吸着烟，微笑地听她讲着。这个在电台的播音室里口齿伶俐的女人，现在是多么笨拙啊，可他喜欢她的这种笨拙。这么想着，他自己的嘴巴也突然变笨了。他对她说：“我其实比你还笨，昨天，我本来应该送你回去的。”这一句话，他是磕磕巴巴讲完的。他也照样喜欢自己此时的磕磕巴巴。他再次觉得这一切都是多么新鲜迷人啊。

房间已经被服务员整理过了，一些新鲜的水果又放到盘子里，服务员好像料到他会很快回来似的，把广柑给他切成了几瓣。可他对她们这一项周到的服务并不高兴。他自己动手给邓林又切了一个。可她就让他那样递着，不去接。过了片刻，她说：“你看我的手有多脏。”她摊开她的手让他看。那手一点都不脏。她又让他看她的手背。他看见她的指甲是透明的，上面并没有像一般女孩子那样涂上蔻丹一类的东西。这好像就是他们抱到一起之前的全部细节。

当他们重新坐起来的时候，她很快就跑进卫生间去了。他听见了一阵水声。她重新出来以后，却不看他，而是盯着窗户看着。“刚才你关窗户了吗?”她有点胆怯但又很着急地问他。

“这太不应该了，”她又说，泪珠在她的眼圈里打转，“你现在一定会觉得我是一个不好的女人，一定是这样的。我没说错吧。你说，我说错了吗?”孙良不知道该怎样安慰她。他只能走到她的身边，把手搭在她的肩上，他的手还顺着她的胳膊往下移了一点。刚才，他看见那里有一个种牛痘留下的小斑。“幸亏我还没有孩子，”她说，“否则我真不知道怎样去看孩子的眼睛。”有那么一段时间，他短暂地离开了她，为的是把窗帘拉开，让微弱的阳光照进来。窗外有一株悬铃木，那些荔枝似的果穗悬挂在那里，把阳光搞得非常零碎。“幸好你马上就要走了。”她说。说这话的时候，她仰起脸看了他一下。她的眼里已经没有了泪水。她把她的头抵在他的胸部下面，而且抵得更紧了。她的几根头发好像和他的扣子缠到了一起，他小心地把扣子解开了，以免她突然站起来时，把发丝拉断。

他在济州待了三天。第三天，他本来想去城外看望一下伯父，可他到车站的时候，却上了开往郑州的汽车。车在济州市兜了一个圈子，使他有机会看了一下济州的变化，但那些变化并没有在他心底留下什么痕迹。他只是想，车怎么还没有开出去啊。

回到郑州，孙良就又回到了他原来的状态。他的妻子没过多久就又去了澳大利亚。送妻子走的那一天，他有一种永别的感觉。想到上次也是这样，这种感觉就淡了许多。但从机场回来，他还是给妻子写了一封信。信中的话也是他多次说过的。他讲他之所以不愿和她一起走，是因为他是一个靠文字生活的人，他无法想象离开了母语，会是什么样子。当天晚上，他打完牌回到家里，又接着把那封信写完了。但写的时候，他的感觉有了一点变化。他想，他或许真的应该离开这个鬼地方，离开那些朋友，到那个四周都是海蓝色的国度。“那些辽阔的牧场啊。”他这样感慨了一声，随手把这句话写了进去。他看了看，觉得它放在那里有点别扭，就把这一页揉到了纸篓里。两个星期之后，他就把邓林给忘了。只是看到墙角堆放的那些变少的论文集，他才会想起他的济州之行。他模模糊糊地想起了他去济州的路上看到的那些麦田和麦田上的乌鸦。在记忆中，那些情景都很有诗意。他给晚报写了一篇文章，谈到正是那些鸟引起了他对日益消失的田园的怀念。写这篇文章的时候，他又有点激动，字迹难免有点潦草，定稿时有些字连他自己都认不出来了。因为写这篇文章，他的一些记忆被激活了。在那些惊飞而起的鸟的背后，邓林出现了。他随之想起了许多细节，包括邓林胳膊上的那个牛痘疤。这一天，他去参加一个座谈会。会上会下，他发现自己总是不由自主地要把他看到的每一个女人拿来和邓林比一下。他想起了邓林在做爱之后的那种羞怯的表情和她的忏悔。当时，他觉得那种忏悔有点好笑，现在他却不这样看了。他想，如果你觉得可笑，那你就是在嘲笑真正的生活，嘲笑人的尊严。我当时笑她了吗？吃饭的时候，他坐在一个角落里，一边对付一块牛排，一边问自己。他想自己其实并没有笑她，在她说话的时候，他正盯着悬铃木那灰白的枝条和暗红色的果球发愣呢。

费边这天也在。当他跑到他的这张桌子旁边，说他怎样吃不惯牛排的时候，孙良说："你吃过悬铃木的果球吗?"话一出口，他就感到自己的话有点莫名其妙。费边说他没有吃过，也不打算吃，据他所知，那东西没有什么用处。孙良很想跟费边谈他在济州遇到的邓林，可费边离开了。下午接着开会的时候，他和费边坐到了一排，他正要开口，突然觉得不知道该从何讲起。这件事隐藏在他的胸口，似乎很重，他感到自己有点承受不住了。他到楼梯口站了一会儿，又觉得有点轻飘飘的，就像微醉之后的眩晕。

当天下午，他没有等到吃那顿晚餐，就走了。他坐的是一辆破旧的长途客车。在高速公路上，车坏了一次，好久没有修好。他对售票员说，他不要求退票，但请她帮他再拦一辆车。他的说法遭到了别的旅客的反对，他们说，要是修不好，票都得退掉，不能因为一个人坏掉了规矩。他只好在那里等下去。天已经黑了，他接过一个旅客的手电筒，帮修车的司机照着。他还往天空照了照，灯柱一直延伸得很远。人们都等得很着急，为了让人们不生气，他还用手电照了照自己的脸。这是他小时候常玩的把戏，手电从下巴往上照，那张脸就显得非常好玩。"真他妈滑稽啊。"果然有人这么说。他想起有一次，几个朋友在一起为南方的一本杂志搞人文精神对话，晚上喝酒的时候，一个人喝醉了。有人在饭店门口用手电照了照星空，那个喝醉的人立即要顺着那个光柱往上爬。拿手电的人把灯光一灭，那个人就像从树上掉下来了似的，一头栽到了地上。他想，等我见到了邓林，我要把这个笑话给她讲一讲。

一直到九点多钟，他才到达济州。他来到了济州宾馆，可门卫不让他进去，说这里正接待一个会议，不接纳别的客人。他看了看他住过的那间房，那里并没有亮灯，有许多房间都没有亮灯。他想大概是他的衣服太脏了，门卫把他看成了胡闹的民工。他后悔自己当初不该往车下面钻。我怎么那么傻啊，售票员都懒得钻，我干吗要进去呢？

他在济水公园斜对面的一个小旅店住了下来。房间里没有电话。他也不想给她打电话，他想给她一个惊喜。但认真地洗漱完了之后，他还是到门口的一个小卖部里去了一下，那里有一个公用电话。可他怎么也打不进去。小卖部的那个人把电话拿了起来，交给了别人。“人的心灵是多么粗糙啊。”孙良想。他站在小卖部外面，生了一会儿气，又向另一个小卖部走去了。他刚刷过牙，本来不想抽烟的，可他一进去，就买了一包烟，并对卖烟的人说，先不要急着找钱。后来，他发现自己来到了交通电台的门口。有一个女人从里面走了出来，戴着他熟悉的那种圆顶帽子。从身高上看，她显然不是邓林，可他还是差点喊出邓林两个字。他理过发了，那件她熟悉的外套也留在了旅馆里，他担心她出来的时候，一下子认不出他来，所以他尽量往有灯光的地方站。

第二天下午，他终于和她取得了联系。她告诉他现在没法出来。“要过元旦了，我们正在准备一台节目，很忙。”她在电话里对他说。他没吭声。过了一会儿，她又改口了，说，要见也只能见一面。她以为他又住到了济州宾馆，说，她派人将一张票送到济州宾馆的门卫那里，他可以拿着票进来。“如果别人问起来，你就说，你是司机，送人来审查节目的。”他还听见她抽空和别人开玩笑：“都是你把我害的，谁叫你让我主持这玩意儿呢，不管是什么人都向我要票。”那个男人说了点什么，引得她笑了起来。孙良想，那是个什么鸟男人呢？他立即难受了起来，对她甚至有点憎恨。

他去了，从打印出来的节目单上看出来，这是一场和部分听众联欢的节目的预演，邓林是节目主持人之一。到场的人并不多，可有第三个人在场，孙良都会觉得人有点太多了。邓林穿着白纱裙，他周围的人都说，那身打扮不错。可孙良觉得一点都不好。他不想看到她这种公众形象。到场的那些人基本上都是电台的职工和家属，他是从身边人的谈话中听出来的。“正式演出的时候，也不能让那些傻帽儿听众来得太多，否则的话，很可能会闹出点什么乱子来的。”他听见一个人说。现在我就想闹出点乱子，孙良想。

孙良出去了，在演播厅外面吸着烟。抽了两支烟之后，邓林也出来了。她并不叫他，径直朝楼道走去。他连忙跟了过去。她果然在三楼的楼梯上等着他。那里有两个工人在扯着电线。邓林和他们打了个招呼。她平时大概从来没有搭理过他们，所以他们一下子有点反应不过来。她又和他打了个招呼，说：“你也是出来取东西的吗?”他感到这实在是好笑，但他还是说，是的，我要取一份贵重东西。

“你怎么能把它称作东西?”她突然说，同时还在往上走着。

他没有答话。他的脑子还来不及产生另外的念头，只有刚才那个念头在他的脑子里嗡嗡响着——我想闹出点乱子来。

这个楼只有五层，否则，他们可能会一直这样走下去。走到头的时候，她说：“你现在就走，一分钟也不要耽搁。”她吻了他。因为彼此的慌乱，有一次，她竟然吻到了他的耳朵上，在那里留下月牙似的一圈口红。“他也坐在下面。”她说。他知道她说的是她丈夫。她拒绝他吻她，因为她脸上的浓妆，一吻就是个牛痘似的疤痕。他是多么想吻一下那个牛痘疤啊，那是让他悸动的私人生活，可它现在却牢牢地隐藏在给众人看的白纱裙下面。她用手擦了擦他的耳朵，让他从另一个楼梯口绕下去。

一个抱着手风琴的男人走在他的前面，边走边拉着。他跟着他走到一楼演播厅的门口。那扇门把手风琴的声音挡住了。但他还是听到了一些声音。先是邓林那标准的主持人的声音，然后是一阵打击乐。他在门外站了一会儿，但他没能从那喧嚣的鼓点中听出来什么节奏。

以后每隔两三个星期，他们就会见一次面。如果是她来郑州，她就会住一个晚上（也只能住一个晚上，因为她的节目一星期要播三次）。她不住他家，她每次都先在附近的一个旅馆里安顿好，再打电话让他去。只有一次是个例外，那是在临近春节的时候，那个小旅馆里住满了人，她只好在他这里住了下来。可那天，他们几乎没有怎么睡，他们先在街上漫无目的地走了很久，然后回到他家里，默默地吃着从街上带回来的快餐。孙良吃得很认真，把菜叶上凝结的浮油抖掉之后，再填到肚子里。她说她正在减肥，不能多吃，但她喜欢看着他吃。她问他最近写了什么文章，她想带回去看看。他说好长时间没写了，不是没东西可写，而是觉得自己写下的每一句话，别人都写过了。说这话的时候，他抬头看了看那顶到天花板的书架。“如果你想看什么书，你就从上面拿好了。”她的手在膝盖上拍了两下，坐在那里没动。她好像被地板上的什么东西吸引住了，那是一封信，是他写给妻子的信。他对她说，那信虽然很短，但抄它还是费了一些时间，因为他想把字写得尽量工整一些，漂亮一些。他说，他的妻子也喜欢看他的字，那是她和祖国唯一的联系。

有一年冬天，一个星期六的午后，他正在午睡，突然被她的电话吵醒了。她说她现在就在郑州，让他到奥斯卡饭店附近的那个公园里去见她。他在新买的市区交通图上查了一阵，才搞清楚那个奥斯卡饭店就是以前的中原酒家。那里距他的住处并不远，他还有时间把脸、头发收拾一下。刮胡子的时候，他一不小心把耳垂刮了一下。他小心地在那里涂着药水，突然发现有几根白发支楞在鬓角。

她已经在公园里面等着他了。正对着门口，是一个用冬青树修剪成熊猫形状的盆景，远看上去，就像一幅卡通画。她就站在那里，一些暗红色的落叶在她身边拂动着。他们边走边聊，后来不知道怎么就聊到了她的丈夫。她说，这次她是和丈夫一起来的，她的丈夫正在宾馆里开会。“他常来这里开会，接见别人，或受别人接见。”

她谈到自己并不厌恶丈夫，尽管他从未让她感到幸福，但也从来没有给她带来过什么痛苦。

他们继续走着。她谈到她的那些听众非常可爱，也非常可怜，因为他们从来听不到她真正的声音。“只有你是个例外。”她说。他纠正她说，不是可怜，而是可爱。他们这时候真的看到了许多可爱的人。那是些孩子，他们在一个滑梯上爬上爬下。像往常一样，在散漫的交谈中，有什么最紧要的话题好像随时要跳到他们之间。他们踩着悬铃木暗红色的果球，绕过了一个小树林，在金水河边坐了下来。她把脸埋到双膝之间，小声地哭了起来。那声音跟她平时说话的声音一样暗哑。他想象着能用什么办法来安慰她。他对她说，他真是在爱她，但这似乎并不顶用。是的，如果她现在明白无误地对我说，她也深爱着我，那又顶什么用呢？如果现在是我哭了起来，她又会怎样安慰我呢？于是，他又想象着自己哭起来，会是什么样子。好在天黑之前，还有一段时间可以让他想象，所以他并没有感到事情过于棘手。

周围的灯光慢慢亮了，在他们面前，是金水河黝亮而细碎的波纹。

谢伯茂之死

鲁　敏

鲁敏，上世纪七十年代出生。从小在乡村长大，母亲为教师，父亲为工程师。十八岁开始工作，先后做过邮局营业员、秘书、企划、记者、公务员等职。

1999年开始小说写作，出版中短篇集《九种忧伤》《回忆的深渊》《墙上的父亲》《取景器》《伴宴》等，长篇小说《六人晚餐》《此情无法投递》等。曾获鲁迅文学奖、庄重文文学奖、人民文学奖、中国作家奖、中国小说双年奖、《小说选刊》读者最喜爱小说奖、《小说月报》百花奖原创奖，入选《人民文学》未来大家TOP20、台湾联合文学华文小说界「20 under 40」等。多部小说入选中国小说学会历年小说排行榜及中国小说年度精选本，并有作品被译成德、法、日、俄、英等文种。现居南京。

谢伯茂之死

1. 又来了一封给谢伯茂的信。从信封上的小楷毛笔字一眼就可认出，还是那个人寄的。信封下方，总是那四个字：本市陈缄。

李复把信拿在手上，忧虑地凝视了一会儿，轻轻地投到左手边的信盒子。用眼睛粗略估一下，这同一个人寄给谢伯茂的死信，有二三十封之多了，有的已到销毁期，李复不让动。他还没死心。

何谓“死信”，就是因名址不详、有误等各种原因，既无法投交、转投，也退不回去的信，术语上当叫“无着邮件”——可不就是死了么。全市所有的“死信”都集中到李复这儿，他的工作就是尽可能地把它们救活。此前，他曾做过快30年的邮递员，八十年代台湾、海外的大陆寻亲潮中，他救活的死信无数，老人们颤巍巍着送来的锦旗挂满了他所在的投递班，到最后，连通往厕所的走廊都挂得找不着白墙。为此，他被评上省级劳模。现在这个“救信”的岗其实是特地为他设的，一来发挥专长，二来为了照顾他的年纪。

李复有个习惯，喜欢随身带个小本子，详细记录着每一封信的查找过程：前后几条线索、分别在哪里断了，在哪个派出所找了哪个户籍警，走访了哪几条街，询问了哪些知情人等等。若干年下来，记了有十几本。他到现在还这样，只要碰上可能知情的人，就从小绿包里掏出本子来，紧紧盯着对方的眼，细细打听某一疑难地址。他这种样子，在八十年代，真挺感人的，到九十年代，勉强也看得下去，但现在，嗯，看上去就令人同情了——为何就这么的对死信死心眼，李复自己也没有很好的解释，可能就因为是个送信的呗。如果是个卖彩票的、修自行车的或者厨师，他大概也会全心全意扑上去的。

可惜，就算他对待死信简直胜过主刀医生对待绝症之人，这几年，送到他手下的这些性命却越来越不像样子——常常是这样，封面是打印字体或透明窗信封，盖着“邮资已付”的大宗邮件戳子，不外乎是什么民办学院胡乱撒网的录取书，什么美容中心的贵宾卡，什么旅游网的调查表等等，十之八九为假名或错地址，即便大费周章地查到了，不要说锦旗，不要说谢谢，人家不厌烦都算是好的，稍有礼貌的呢会等他转过身才把信扔到垃圾筒。李复劝自己不要介意——医生救活一个人，保不定人家还会自杀呢对不对。

……所以，第一次看到谢伯茂的信，看到那一笔令人肃然起敬的毛笔小楷手写体，如此正正经经、货真价实的一封私人信函：“210006 南京市秦淮区竹格巷 21 号 谢伯茂收 本市陈缄”，救信人李复立刻涌上了一股溢出职业之外的感激之情。算算年岁，这辈子跟信所打的交道，其实也快到头了，他希望，这最后一程，能有点小意思，最起码够他自娱自乐。

李复拿出了他全部的招数：地名办、派出所、街道、居委会、老住家户。对相似的或是同音的地名、人名，逐一排查。接待他的，有的好奇，有的平淡，有的不耐烦，有的摇摇头哂笑。李复浑不在意，他在小本子上逐个记下他试过的方向，写得跟前面那三十多年一样的认真，尽量不流露出他的内心判断：种种迹象表明，这些寄给谢伯茂的信，当真是病入膏肓、没什么指望了。

令他惊讶和不安的是，此信未解，约摸两个星期之后，又一封谢伯茂的死信转过来了。此后，三个星期或两个星期，大概这样的一个间隔，毛笔小楷总会非常安详地如约而至，带着一个又一个令人束手无策的地名：百猫坊，秦状元巷，邀笛步，珠宝廊，安乐寺，油市大街，扫花馆。唉，“本市陈缄”真像在捉弄人。或者，他（她）苦苦寻找的谢伯茂是个居无定所的人吗？

2. 谢伯茂是陈亦新的朋友。

“朋友”这个词有点怪，用途很广泛。小时候，大家都被称作“小朋友”，看电视时会被主持人叫做“观众朋友”，到购物中心会被称作“顾客朋友”，生面孔会被叫做“这位新来的朋友”，平常一张口，也总是跟几个“朋友”看球去了、喝茶去了，包括业务上互相利用和欺骗的，也一概是“生意场上的朋友”，连大街上的小杆子打架前也会拍拍肩说着“嗳，这位朋友”如何如何。当然，还有与性活动相关的男朋友、女朋友。对了还有老朋友，比如，蒋介石与毛泽东就是一对“老朋友”。等等。总之不管怎么说，陈亦新的朋友还是蛮多的。

谢伯茂是其中特别的一个。能交上这个朋友得谢谢女儿。

五岁的女儿有个陈亦新看不到的隐形朋友，不知是人或是别的生物，亦不知性别年龄，女儿唤她的这个朋友叫做：飞鱼。喝酸奶、起床、玩玩具、上幼儿园、便便、逛动物园，都要招呼着飞鱼并与其窃窃私语、分享感受，那种亲密无间的程度，令陈亦新既妒且羡。

大概就是受了女儿的启示，一个有些鬼祟的念头在某天突然来袭。

……午睡中猝然睁开眼，窗帘飘动、如死亡的阴影投射于沙发上。对面两个同事笑嘻嘻地在网上看着什么。隔壁打牌的声音短促而亢奋。手机里几条未读短信，可能是妻子跟他确认谁去幼儿园接女儿，或是理财产品推荐什么的。QQ 上，同学群、公司群与老乡群不停闪来闪去。微博页面则已滚动了若干屏。一切跟平常毫无二致，世界汩汩流逝着亲切的平庸碎片，如同漂移中的岛屿……陈亦新内心里突然涌上一阵孩子气的感喟：唉，他也想要一个他自己的“飞鱼”。一个没有任何人看得见、但他时时刻刻可以清晰感知其存在与陪伴的朋友。

谢伯茂。他从沙发上翻身起来时，脑子里替这朋友找了个名字。也无它意，只是即兴地想到，说不定，这朋友恰是谢安或是谢灵运后代的后代，正好居住在现今的南京某处，正好与他成了朋友。就这么的而已。

接下来的半天，陈亦新感觉好多了。他跟平常一样做事和说笑，只在心中时不时与谢伯茂交换看法，一切似乎都变得可以忍受了。他几次想到女儿，有点想笑，觉得自己跟她一样快活了。

白天开会、晚上喝酒以及夜间睡不着时，他对谢伯茂又增加了不少了解。

谢伯茂的年纪跟他是差不多的。患有肩周炎。喜欢看野史书以及欧洲情色片，因为这两者都会让他十分感动。对网络事件、CPI 指数、星座之类的话题感到由衷的厌倦。抽烟，也喝点酒。不喜欢看人在正式场合穿唐装，以及座谈中使用“抛砖引玉”这个词。

不免又想到女儿，她若想多打一会儿电脑游戏、再吃一个果仁费列罗、穿她最钟爱的太阳裙什么的，每次都是细声细气地跟“飞鱼”商量一会儿，然后，以她和飞鱼的名义郑重提出。

由她及己地想了想，陈亦新摇头自嘲，怪不得看谢伯茂的脾性那么亲切，差不多就是另一个自己嘛。

3. 去的次数太多，地名办的人现在有些烦李复了。收件人“谢伯茂”那些变来变去的住址大多早已作古，有的在民国前就早已不用，有的在近十年被拓宽为新的街巷，成了职业学校、行政中心或是家乐福超市。是啊，所有的旧地方统统都变成新地方了。

至于“谢伯茂”，户籍科那个从来不笑的姑娘从电脑上给李复一敲，南京有四个人叫这个名字。见李复好像有些失望的样子。姑娘冲他直摇头：“他有网名没有呢，微博什么的？毕业照合影？随便什么线索都可以，放到网上‘人肉’嘛，不管是哪方神仙，‘肉’一下就会嗖地出来了。”李复没有完全听懂，只谨慎地表示了谢意，记下那四个地址，打算一一寻去。

一个谢伯茂在外地出差，他老婆挥着炒菜铲子用怨恨而尖刻的语气断定说他决不可能有任何朋友，然后对着李复的鼻子用力拍上门。

一个是运动品牌专卖店的店长助理，耳朵上夹着金色耳麦，好像随时在与什么人进行秘密联络。他用手指轻佻地掸着信，冲边上的漂亮店员挤挤眼：“好冷，好冷的笑话！”得知李复有个刚工作的儿子，他迅速换了一种笑法，用敬业而煽动性的口吻建议李复买一双“与美国同步上市、限量版、内置蓝牙卡路里计数、带气垫的新款篮球鞋”，他可以给他八八折的店长优惠。

再一个谢伯茂，是个肩上带杠的小学生，拖着个带滑轮的大书包疲惫地穿过操场走过来。听说有信，脚步慢下来，脸色涨得通红，却又竭力显得庄重，先往不远处的几个同学看看，然后才大声地问：“是姚明给我回的信吗？还是刘翔？我同时给他俩发的信，并跟他们打赌，说肯定是对方先回信！可……我发的是E-mail啊。”

最远的一个在城北的化工区，李复下班后赶了很长的路过去，天都快黑了，那位谢伯茂先生正在替一只萨摩耶洗澡，嗡嗡嗡的吹风机中，他用见过世面的口气对李复表达了他的憎恨："哼，现在的骗子，手法越来越高雅了。还敢写信！还他妈的用毛笔，别出心裁啊！牢驾你直接替我撕了！"

李复有些苦恼，却也无人说去。他的妻子一向毫不客气地骂他做"神经病"。儿子更不要说，他都羞于跟人提起他老爸的职业以及……"劳模"什么的，真要"拚爹"，这算个屁啊。同事也不适合，他们都比他年轻太多，喜欢谈论欧冠赛、网游或季度奖。李复想着，要是他真走上去跟他们说起"谢伯茂"什么的，他们准会像鸟儿似的一下子都飞光了。

李复决定换个思路，暂时放下谢伯茂，直接找"本市陈缄"呢。

他反复端详、摩挲——信封上的毛笔字不大不小，看着蛮舒服。他掂量里头的内件，两三页纸的样子，举起来对着灯，牛皮纸信封太厚，看不出个所以然。

身边有同事走过，调侃他："直接打开来瞧瞧得了！"是啊，打开来，看个究竟，他的确有办法可以不着痕迹地打开，连信封口的邮戳都可以完好无损。但怎么可能，这跟"利用职务之便私拆、隐匿信件"之类的无关，而是，怎么说呢，就算是个死信，也还是信，就有信的尊严与规矩，哪怕拆开后可以找到线索，也相当于是作弊，太不体面。李复不干。

中午休息的时候，李复背上小绿包骑车到城南一带找文具店。

金沙井路上有一家。文具店里学生很多，在挑可擦笔、莹光笔、变色笔、香味笔什么的，还有许多精巧可爱的即时贴、小本子、拍纸簿，连李复都看得喜欢，几个小女孩更是东挑西选舍不得放下。李复自己找了一圈，没看到，只得问营业员，被指点到顶里头的货架，在最下面一排，他找到了信封与信纸，没得选，就一两种，都挺平实、挺……丑的。“本市陈缄”的牛皮纸信封正是其中一种。

不知为何，李复突然有些替这个寄信人感到委屈了，要蹲下来挑这么丑的信封，也真够难为的。李复在那个冷清的小角落蹲了好一会儿，两条腿都麻木了。没有碰到任何别的顾客。

是啊，没“碰”到。他本是痴心妄想着，能不能想办法“碰”上“本市陈缄”呢。他还打算到别的地方再“碰碰”看——

李复研究过这些信的销票戳（盖在邮票上的邮戳，表明信从何处寄出），除了一封信例外，其余都是中华门邮局的戳子。邮戳上有个小编号，据此可查出，这些信应是投在邮局门口或营业大厅两个邮箱。

估计着在下一封信快要出现了，李复连着几天到那家邮局去转悠。他默默地坐在大厅的书写台前，打量来往的人。或是站到马路对面，盯着邮局门口的邮筒。这两个过程都是盲目的。任何一个人都有可能，也都没有可能——有什么人看上去像是用毛笔小楷写信的呢。再说，往信筒里扔信的人少极了。有一回，他一直等到五点半，亲眼看着开箱人从大半人高的邮筒里只拿出可怜巴巴的两封信。一封是寄给“江苏省委省政府省人大省政协信访办”的，字写得比蚕豆都大，还有两个错别字。另外一封都没封口，里头塞着一叠过期旧彩票。

李复叹口气，愈加觉得这个“本市陈缄”的不容易，这么慎重、穷追不舍地写信给谢伯茂，准是有个很隆重、很困难的事吧。他真得对得起人家。

这么想想，倒宁可“碰”不着“李市陈缄”，真把那一摞子信通通退还给他，多伤人心啊。

4. 陈亦新真正拿笔给谢伯茂写起信来，仍是跟女儿有关。

女儿的幼儿园里最近推广起什么“蒙台梭利教育法”，鼓励小朋友“不学无术”，完全按照自由的天性来发展，比如，今天的家庭作业，便是要求家长只管替孩子备好纸笔与十二色颜料，然后便听凭其胡画乱涂。晚上，地上摊好报纸，女儿便跟“飞鱼”泼泼洒洒地玩了好一阵，直到累了要睡。妻子去弄小孩，陈亦新则收拾地上的烂摊子，顺手拿起一支颜料笔，把笔尖捻捻，将就着蘸起多余的靛蓝色在报纸的空白处写起来。

大学里，陈亦新曾跟着一位学长写过两年半的小楷，后因忙于结婚升职什么的，便丢下了，这会儿写了几个小字，倒体味到一种淡淡的旧情——所联想起的却又不是大学或青春，而是他衰老无力的遥远晚景。真是很奇特的感受。

扔掉旧报纸时，陈亦新惊讶地发现，自己方才所写的小字，全是谢伯茂，谢伯茂，谢伯茂。好像随时随地在想着这个朋友、并有许多话要对这个朋友说似的。他一怔，决定：那不如就说说吧。

第二天便去买了信封与信纸，均十分粗简、不能够满意，但算了，只管随意吧。形式高级但内容次等的体验，难道还不够多吗。

午休时，歪在沙发上，他有点踌躇不安，一直在想着，跟谢伯茂写些什么才好。他几次起身来，手机打到静音，QQ 改成隐身，退出邮箱和微博，还把电话搁起来。却没有什么任何帮助，脑中仍是一片茫茫荒漠。他难过地捏住沙发扶手，把真皮抓得皱成一团——莫非现今已经不会诉诸纸笔了？还是心里话太杂，反而无从谈起？更或者，他的心里，根本就没有什么了。真不如女儿呢。

陈亦新最后顺从了这不知是太满还是太空的状态，只把两三张备好的空白信纸认认真真叠好，仔细地塞入信封——心里倒也并不感到多么遗憾。谢伯茂是他的朋友，当然会“看”明白他刚才所“写”的。

他用胶水封口，一边淡淡地想起来，信纸有多种叠法。竖着三折然后横过来对折。横着对折再竖着对折。中学有个同学会叠成一只复杂的仙鹤。记得还有邮票的讲究，什么倒着贴表示“我爱你”，两张对着贴表示“我想你”，三张连贴表示“我等着你答复”什么的。曾有个女同学，喜欢在封口处印上她的一枚唇印，香艳地表示“以吻封缄”……他其实并不欣赏这些小玩意，此刻也只是顺便想到而已，像是悼念一些死去的事物。

直到最后写信封时，才感受到一阵仪式感（到底还是仪式!）的愉悦。南京有许多他喜欢的旧地名，那里面曾走动过许多他喜欢的人。刘勰、李煜、李渔、顾闳中、髡残、吴敬梓、甘熙、张之洞……闭眼随便想了一个早已消失掉的旧街巷，满意地信笔写下，好像这个作废了的地名便足以代表这封信札的全部内容。

手里是一支羊毫，因放置久了，被虫子咬过，勉强可用。本可以重买新的，但这笔实在是秃得可喜，正符合他这半半拉拉、欲诉已忘言的心境。

写信不久竟成了习惯，虽然信内从来不着一字，唯一像样的动作只是在写一个又一个即兴想到的旧址……秃笔行进着，半涩半柔地摩擦着简陋的牛皮纸，那声音恬淡极了，像是什么可爱的小东西簌簌落在近旁，刻录着他给这个世间留下的小小痕迹。

稍后，他步行出门，把信丢进明显空荡荡的邮筒。大街上万物喧嚣，他靠近邮筒侧耳听那静谧的回声，像听一枚石子掉进深不见底的古井，它一直掉、一直掉啊，掉到了大地深处，然后穿越过孤独旋转着的地球，并繁复环绕着穿过月亮、土星与木星，进入繁星闪耀的太空。谢伯茂就在那里的某处，等着这封信。

……这个过程自由而离奇，陈亦新非常享受。

5. 李复一直记得，好像是87年、88年样子吧，有封繁体竖排的信，台湾花莲寄来的，收件人叫做“秦张氏（小名紫英）”，信封背面还歪歪扭扭写了“台湾老兵感谢仁人义士帮忙寻亲”之类的话。可这位老兵的旧住址早就改成了工人文化宫，并且文化宫早也不开放了、因为又在计划着改建为快餐连锁店……李复的小本子记录得很清楚，这封信他整整查找了五个月，吃的苦多了。最后在关怀医院找到的秦张氏，干瘪得像丝瓜筋，口水扯不断地流，已患老年痴呆症，身边一个低眉耷眼、邋里邋遢的老儿子替她拆了信，看了几行，这四十上下的汉子突然摇晃着嚎哭起来：你干吗骗我，我这不明明是有爹的吗……

这电视一样的场景总让李复发出由衷的感叹。唉，人与人，不管是夫妻、兄妹、父子、朋友，说来平常，其实真是不容易的，世界这么大这么乱，总会发生许多的事，弄不好就失散了。“本市陈缄”，你也是把谢伯茂给丢了吧？他又是否知道你在这么辛苦地找他？我是真想帮你一起找啊。

当天晚上，李复做了个梦，一个挺不错的梦。梦里有高音大喇叭，就是以前厂矿、学校或是农村大队里的那种高音大喇叭，不知通过什么特别的关系，他听到自己的声音很有力地从大喇叭里传出来，回声嗡嗡：现在广播找人，现在广播找人，请谢伯茂同志听到广播后速到邮局来。请谢伯茂同志……

醒来后，李复似有所悟。这个谢伯茂既然不见于本地户籍，那必定是一个外乡人……这么一想，还真是通顺了。李复重新有了力气。也许，还是有希望在退休前把这批信给圆满了的。

他仔细研究过写给谢伯茂的各个地名，原址都在夫子庙、南捕厅、门东门西这老城南一带，看来这位谢伯茂同志大致就在这个区域出没。高音大喇叭自然不现实。常看到车站有人举着牌子接人，还有马路推销员举牌子做冰箱彩电广告——这给了他启发，反正这不是丢人的事，李复自制了两块三四十公分见方的白纸板，用黑色记号笔大大地写上“谢伯茂”，打两个孔，用绳子挎吊在肩膀上，如同个大背心，这样，不论前面还是后面，人们老远便可以看到他身上的这三个字。

……然而，也不知是街上的零碎景物已令行人视觉麻痹，还是人们已经不会好奇、亦懒得过问闲事，李复如此触目地沿着长乐路、三山街、水关桥、瞻园路走了一大圈，竟没有一人上来搭讪。李复并不气馁，谢伯茂真要那么好找的话，“本市陈缄”哪犯得着写那么多封信？

李复一路走着，一边尽可能地想象着，一个人在一个地方生活，他需要进出哪些场所，买些什么，吃些什么，看些什么，要些什么……如家快捷酒店。佐丹奴。苏果便利。24小时自助取款服务区。回味鸭血粉丝汤。地铁入口。第一医院。海底捞。中国联通3G。想到哪里，他便往哪里转悠，但大致范围仍在城南一带，每天下班后趁着天色尚好走上一大圈。他替自己想起个成语：水滴石穿。小时候，老家的屋檐下，他常蹲下来发呆，看那个被水滴出小洞的石头，一看很久。

有时候风很大，吹得绳子绞住、牌子在身上翻过来，变成了光光的白纸板。等到觉察了，都走过好几条街了。李复想起老婆骂自己“神经病”，也自哑然失笑：可能真是了。

他自己清楚，寻找谢伯茂其人以及救活这些死信，似乎也不完全是他的重点。另有一种说不清楚的不痛快，像是心口发疼似的，使得他需要这样背着小绿包走来走去、在老街与新巷子里不停走来走去。

6. 陈亦新在茶馆等一个十五年未见的外地同学。那同学航班晚点，他便也只能枯坐。多少年不见了呀，当年是宿舍里玩得最好的一个。

桌上有空白小便笺，他下意识拨拉过来，随手乱画乱写——很像女儿幼儿园的“蒙台梭利教育法”吧。这是他打发时间的老习惯了，开会啊，听讲座啊，银行排队等叫号，候机什么的，他不爱玩手机，也讨厌那些又厚又重一股怪味的广告杂志，正经看书又显得矫情。

……想起各样的等待，让他感慨。生活实际上就是由各种等待组成的。等人，等东西，等关系，等说法，等着开始，等着结束。表面上看，这些等待都像是主观的行为，是民主地参与命运、与之协商，实质上，唉，所有的结果都是注定的、唯一的。在约定之时，那结果安静地蹲着，在等着你；绝非是你在等结果……

这么胡写乱画了一阵，同学终于出现。惊呼，叙旧，点餐，感慨，牢骚或炫耀。无非就是那些话题吧，可以讲个没完，也可以戛然而止。讲与不讲，也无甚区别。因为下午各人都有公干，他们最后约好晚上，“喊上其他几个鸟人，好好搞顿酒！”

同学走后，他又坐了一会儿，发觉心中竟比刚才更加空落。玩得最好的伴，当真见面了不过也就是这样。唉，算了。喊服务生过来结账。

短发黑框镜的服务生递上打印条：“午餐 88 折。共 145 元。先生现金还是刷卡？”陈亦新悄悄扫视一番，她黄色头巾配青色坎肩，脖子里一个绿色领结——他一直喜欢看服务业的各种制服，不同的情境里，土土的门卫制服到洋气的 K 厅领班制服，都爱看。

服务生见他微笑，犹豫了一下，指着桌子一角的那叠小便笺：“请问先生这个还需要吗？谢伯茂……”

“哦，没事。”陈亦新忙用手扯下团起，他都没意识到刚才写的是什么。他解释了一句，“这人是我……一个朋友。”

“嗯，他是不是就在附近一带？”短发姑娘的表情稍微有点怪。

陈亦新掏钱，一边随意点点头，心里想着，下一封给谢伯茂的信，也许就“写写”关于等待什么的。

“那么，应该就是他。我们这里的人都知道谢伯茂的。他每天傍晚都要从我们这条街走过。”姑娘朝落地窗户外抬抬下巴。

陈亦新心跳几乎停了，迟钝地顺着姑娘的视线往外看。

窗外，正飘落下许多的梧桐叶子，叶子落在街对面一个乱糟糟的报亭上，落在破旧的自行车上。真没注意到秋天已经这么深了。

这么说来，陈亦新粗略算一下，他给谢伯茂写信，已经写了一年多了。他写过年深日久、灰尘很厚的激情。写过遥远得相当于是死去了的恋人。写过寂静的呼喊。写过蚂蚁，人们像它们一样，为了小粒蜜糖而爬来爬去。写过交媾的非洲猛兽，那是午夜电视的无声自慰。

……莫非，真把这个谢伯茂给写出来了吗。

“你怎么知道他就是谢伯茂的？”

“他身上挂个大牌子的嘛。好几个月了，每天六点左右都从这条路走。”姑娘一笑。她手指细长，收拾餐盘的样子很好看。

整个下午陈亦新都浑身不自在，看什么东西都像是双的或是虚的，一个女同事关切地指出说他的脸色很难看。

好不容易捱到下班，差不多正是那姑娘讲的时间，他绕到那家茶馆，立在马路对面，也算是等的士——晚上要搞酒嘛，不能开车。顺便在报亭买了一份周刊。

打个岔再抬头，果真就看到一个“谢伯茂”的牌子在马路对面的人群里摇摇晃晃。脏兮兮的白板，三个稀疏无章法的字，一个半老不老的人背着。陈亦新一直地盯着，眼眶肿胀。他本可以喊上一声或是追将上去，可不知为何，双腿重如灌铅，更有一种羞怯与惊惧，眼睁睁就看着“谢伯茂”转到另外一条街了。

随后急忙赶到位于城西的大酒店，外地同学及“其他几个鸟人”

早已到了，还有女同学及女家属，简直高朋满座，不由人不兴奋。陈亦新跟着众人闹酒，十分地活泼。然后到K厅又唱又跳并继续喝，直搞到将近凌晨才散去。门口三五成群，全是跟他一样手脚拖沓不作主的人。陈亦新看着他们，又从玻璃幕墙看看自己的身影，大家都是一样的面目糊涂，全像孤魂野鬼。

回家路上，陈亦新吐着浑浊的酒气对的士司机说："嘻嘻，今天，碰着个老朋友。"

"唔，老朋友，不容易。"的士司机疲惫地敷衍，把车窗摇下来一点，并把收音机的音量扭得很大声。

陈亦新张了张嘴，把微烫的脸转向窗外，沙沙作响的晚风中，偶尔几个面孔在疾速地走。他的手无力地搭在窗户口，突然间颓唐了，有些悲怆地想起漂浮在街道对面那个白纸板上的"谢伯茂"，不管他是男是女，是愚是浊，是今人还是鬼魂，不如，真的去会一会吧。

他想起每晚都给女儿讲的睡前故事，那么多的童话、神话，那么多绝无可能但十分美好的事。但是，他知道，老天爷是不给成年人准备童话的。

整个晚上都睡不着，陈亦新想起他的秃笔与没有用完的一叠信封，还有半瓶"一得阁"墨汁。这几样东西正呆在他办公室的黑暗里，想到它们从此将一无用处，真差点儿掉下泪。他很难过——因为突然降临的物理的"存在"，谢伯茂反而就此失去存在意义了。他再也不能够写信给这个好不容易找来的朋友了。

7. 李复背着"谢伯茂"走到茶馆这条路时，天色已晚，他有些疲惫地想着，这一天，又要结束了，毫无变化地结束了。

今天上午，他领到工会提前发下的劳模退休纪念金，挺厚的一叠。领导拍拍他的肩："这个'救死信'的岗啊，等你光荣退休了，我们就打算撤掉了。”“是的，该撤，没什么用。”李复完全赞同。

这些天，走在路上，看到人们小跑步地赶路、对着手机着急地嚷嚷，或是蹲在路牙子上拧着眉头。他们的表情与姿势总让他产生不安的联想，他想起他看过的晚报，想起人与人之各种令人叹息的阴差阳错，悲观地预感到一种无法挽回的惋惜——如果这些信当真死了，它们将被销毁、成为一团纸浆糊糊，那么，“本市陈缄”想说给谢伯茂的话，就要永远、永远地没了。唉……他是真心想要帮上一点忙的！

他在茶馆的路口停下，想到马路对面的报亭买瓶水，想想又算了，宁可嘴唇皮继续干着。他有种奇怪的心理，好像自己越是辛苦，反而越是容易有回报。以前他查死信，跌跤扭过脚，摔破过裤子，自行车没气还推着走过七里多路——而那些死信到最后都是救活了的。

秋风吹在脸上有些疼，是往冬天过了。不如再多走一圈。以后天黑得越来越早，怕是更没有人看见他背着的“谢伯茂”了。

突然听到有人在他身边喊：“嗳，谢伯茂？”有点疑问的音调，不高不低，他刚刚好可以听到。

李复转过脸，看到一个戴眼镜子、没什么特点的中年人。这是第五个。走了这么些天，这才是第五个向他问起“谢伯茂”的人。跟前面四个人一样，他并不打算从头讲起“死信”什么的，他怕对方失去耐心。

李复满脸是笑，把牌子扶正，心里高兴着，看看，幸好刚才没有买水喝：“噢，我不是他，我是在找他，找谢伯茂。您？”

“你找他多久了？”天色晚了，又有树阴，这人脸上暗暗的。

李复想了想，决定从第一封死信的时间算起：“一年两个月了。”

那人从树阴里挪出来一点：“哦，去年秋天就开始了。”下巴抬了一下："那他，知不知道你找他？"中年人脸皮有点绷着，只把眼睛从蒙了灰的白牌子上掠过，又掠回到李复脸上。

"他不知道。其实他都不认识我的。"李复知道这话听上去惹人发笑，他急着长话短说，"请问您，是不是知道他、这个谢伯茂？"

"噢，对不起，我也不知道。就是问问。"中年人十分客气地点点头，轻轻嘘了一口气。李复觉得他表情突然远了一点，又好像有些难过。他不会以为自己是个神经病吧。

"嗯，其实，我是帮一个人找他的……"李复看这人似乎要走，心里矛盾着，不知需不需要从头说起死信的事。

"倒是帮谁呢？"中年人把步子又收回来，眼神明显有点飘。

"帮谁？咳，那个人我也……不认识。但我知道那个人在找这个人，可能比我找的时间还长。"为了说清楚，李复把两只手都用上了，分别代表两个人，他把头从左手扭到右手，又从右手扭到左手。

刚刚亮起来的路灯下，可以看得清清楚楚，那个中年人闭了下眼睛，把什么情绪给闭到里面去似的。旋即，他把脸转向马路，轻声地说："你不要管了，找不到的。"

老天，听听，说不定，他真知道谢伯茂什么呢。李复把牌子往边上挪挪，到绿挎包里摸着小本子，本子里夹着上午刚领的那一小迭人民币，他用手在包里头把钱挪开。

中年人转回头注意到他的绿挎包，一怔，随即恍然，露出点淡淡的嘲弄笑意，招呼都不打地转身便走了，快得李复根本来不及说任何话。

李复的手还停在包里，他低头看看绿挎包，竭尽全力地想着，是哪里出了错吗……

天很快地完全黑下来。李复抬头看看四周，摇摇头，小心地把"谢伯茂"的白牌子取下，端详了一会儿，然后使劲把白纸板叠压成小小的方块，艰难地塞到路边一个垃圾筒里。谢伯茂，对不起，救不活你了。

李复慢吞吞往家的方向走。一下子没了“谢伯茂”的纸牌子，吹在胸口的西北风还真有点冻人呢，不过没事，反正这已是他作为救信人的最后一个冬天了。他摸摸绿挎包里的钱，尽量让自己高兴点。

初稿2011年10月27

定稿2011年11月15

暮时课诵

刘醒龙

刘醒龙，武汉市文联专业作家兼任《芳草》文学杂志主编，1956年出生，湖北省团风县人。著有长篇小说十一部，中短篇小说集十二部。有多篇小说在英、法、日和韩语地区翻译出版。中篇小说《挑担茶叶上北京》获首届鲁迅文学奖，长篇小说《天行者》获第八届茅盾文学奖，长篇小说《圣天门口》获首届中国当代文学学院奖、第二届中国小说学会长篇大奖。多部中篇小说曾获第五、六、七届《小说月报》百花奖、《联合文学》奖（台湾）。根据其小说改编的电影《背靠背脸对脸》《凤凰琴》等曾获东京等国际电影节以及金鸡百花奖在内的多项国内电影奖。根据长篇小说改编的大型舞剧曾获文华奖。中国作家协会全委会委员、中国作家协会小说委员会委员、第二十九届中国电影金鸡奖评委。

暮时课诵

1

傍晚的天空很灿烂，小柳家里却阴沉得很。爱人回来时，小柳正在洗菜。他先听到门外有钥匙串在响，尔后，很重的高跟鞋声就进来了。片刻，客厅里砰地响了一下。他起身去看，一只杯子已粉身碎骨地躺在地上。小柳也不问，又走了几步，操起一只热水瓶，轰轰隆隆地掼在杯子旁边。开水溅到爱人的脚上，爱人忍着不出气。小柳也不说什么，依然到厨房里洗那把白菜。菜刚洗完，他听到门咚地合上了，还有三保险门锁咔嚓的转动声。

他明白这是爱人将门反锁上了。

小柳依然不吭声，将菜切了，炒好，又煮了一个人的面条，独自吃起来。正吃着，门锁又响起来。

进来的是丈母娘，她问："你媳妇呢？"小柳一睃丈母娘手上的钥匙："不是给你送钥匙去了？"丈母娘被问住了，就换个话题说："你俩这又是怎么啦？"小柳说："没什么，她不小心摔了一只杯子，我不小心摔了一只热水瓶。”丈母娘咽了一口什么：“她单位里闹什么改革，改成了经济实体，所以心情才不好！”小柳说：“晓得。我还劝她生闷气没用，这事是政治局和国务院让搞的，有意见朝他们提去。”说着他一看表，“哎哟！新闻联播来了。”边说边去开电视机。身后，丈母娘扭头走了。小柳撵上去，大声说：“有人约我今晚去跳舞。妈，你和她说一声。她若不去，我就一个去了！”小柳说话的语气，让走在前面的老太太直想跺脚。

爱人在七点半之前赶回家时，小柳已钻进被窝躺下了。爱人搬开三人沙发，铺上一床被子，也睡了。半夜里，小柳听到有哭声，他翻了一下身，仍然睡得很香。他俩这样快半年了，谁先睡，就占着床，后睡的只有在沙发上将就一夜。

早上起来，去打饭时，在楼梯转弯的地方，小柳碰上了同事海鸥。海鸥拦住他说：“昨晚怎么没去？害得我和爱红白等一场。”小柳一乍：“哎哟！我怎么就将这跳舞的事忘了呢？”海鸥说：“别装！谁不晓得你是模范丈夫，怕老婆天下第一！”小柳立即正色说：“我有言在先，只要没离婚，就不和别的女孩约会。”海鸥说：“别得意，谁和你约会了？不就是想找个舞伴，散散气，开开心！”说着话，楼梯一阵颤抖。小柳的爱人提着一只菜篮，一脸晦气地从天而降。海鸥见了忙说：“嫂夫人这早就去买菜呀？”隔了半天，才从楼梯底下传上来一句：“别想我绝食，我不会那样苕！”海鸥听了一伸舌头：“怎么，你们也吵架了！”小柳说：“我们才不吵架呢，什么事都是暗自较劲。”海鸥看见小柳要下楼就说：“我那位刚才赌气走了，这四只馍头，你正好可以拿两只去。就别排队了。”小柳说：“你不是每餐只要一个馍头？”海鸥说：“还有一位。”小柳问：“谁？”海鸥说：“爱红。”小柳说：“又闹起来了？”海鸥点点头：“他们啦，这一回怕是要彻底解决啦！”小柳叹了一口气：“她那丈夫，白读了一回大学，蛮得像头牛。分开了也好！”

小柳拿上两只馍头，下了楼，将碗放进自己的信箱里，径直去上班。

他边走边想心事：自己与海鸥、爱红三人，都是去年五一结婚的，婚礼由局团总支操办，很热闹的一次集体婚礼。没想到，不到一年就闹成了反目为仇的模样。她们俩是明闹，别人都晓得。自己是暗闹，外人几乎都不清楚。局长和他们谈过几次，还将闹的理由归纳了一下，无非是过去的机关改成经济实体后，大家都忙，顾不上家里的事。局长要他们都忍让一下，等习惯了这种工作节奏后，就会好的。可他们觉得连一分钟都难忍受下去。

拐进机关大门，迎面一个灰不溜秋的人，朝他一合掌，说了一句很古怪又很熟悉的话。小柳看清这人是和尚时，才明白这句话是阿弥陀佛。换了别人，小柳会生气的。在这个机关里上班，对来办事的人发脾气、撵他们走路是常事。但小柳今天由于好奇就没有发脾气，心里想，这和尚来财政局干什么？嘴上却问："找谁呀？"和尚说："我也不晓得该找谁。"小柳说："连找谁不找谁都不清楚，那来干什么？"和尚说："这样说吧同志！我姓释，是灵山寺的，由于近来庙里香火不太好，这一段每天只能开一餐僧饭。显光师父就让我写了一个报告，请财政局补助一点。我们是头一回向政府化缘，不知这手续该怎么办，才特意来早点，想找个同志请教一下。"

小柳一听这事就来了精神，打开办公室，随手开了日光灯，将啃剩下的半只馍头往桌面上一放，拿起和尚递过来的报告，一字不漏地细看一遍，说："只要一万块，数字倒不大。"和尚听了连忙说："其实，只要五千就行。只是听隔壁林场的人说，要五千，至少得写一万，才多写些的。"小柳说："佛家子弟倒也真诚实，与凡俗不同。"忽然，小柳想起什么："你刚才称呼我什么？同志？"和尚不好意思地说："按佛门规矩，本该称施主。可对政府领导这么称呼，就太不恭敬了，只好这么叫，你可别见怪！"小柳说："哪里哪呀！"

说着话，上班的人都陆续来了。

大家轮番看着小柳递来的和尚们要钱的报告，还没看的和看过了的，就把目光去扫那和尚。和尚受不了这目光，挺难为情的。

人越来越多，连楼上楼下各个办公室的人也都闻风来看稀奇。海鸥也来了，一口气挤到和尚面前，看了几眼忍不住发问："和尚师傅，都说灵山寺的菩萨灵，有求必应，你说句实话，到底真灵还是假灵？"和尚见是女的，就闭上眼，合掌说："俗话说，心诚则灵。佛门之事也是这个理。"海鸥追问："怎样才叫心诚呢？"

这时，走廊上有人大声说："行财股是不是又在分东西了，怎么这热闹？"小柳赶忙迎上去说："李局长，灵山寺来了位和尚，还有一份报告，想要点钱。大家是头一回遇上这事，不知怎么办好，正商量找你请示呢！"李局长进屋来，小柳从人群中找回那份报告，递上去。李局长一摆手："我眼镜没戴，看不清。"小柳就大声念一遍。

李局长听完后不禁一笑；"这改革还改出鬼来了，连和尚都晓得找财政要钱。庙里养了那么多的和尚、尼姑，怎么不出去化缘？"和尚就解释："庙里僧尼虽然很多，可真正能出门做事的并不多，大多数人是因为有病无钱治和老来无依无靠才半路出家投靠佛门。加上周围一带地方，都在搞精神文明，不准人上山进香，功德钱收不了几个。又有初当香客的人，只顾磕头拜佛，不晓得捐钱积功德，显光师父又不准弟子们开口提醒，所以才弄得现在这么个僧多粥少的局面，不得已才请政府帮忙。"李局长说："你大概是庙里的二把手吧？"和尚说："还没明确，不过这些杂事都归我管。"李局长说："你这庙里的情况和我这里差不多，我实话对你说，如今县财政连全县干部的工资都发不出，哪能顾得上你们这些出家人啰！回去和你们一把手说说，尘世在改革，仙界不动也不行呵！"

和尚不会软磨硬泡，念了一句阿弥陀佛收起报告便走。

人都走光了，海鸥便对小柳说："明天是星期天，我们去灵山寺抽个签怎么样?”小柳正在想怎么回绝，爱红从门外进来了。海鸥一怂恿，爱红就说：“去倒想去，就是不会骑车子，太远了，难走!”边说边把眼睛瞅小柳。海鸥说：“小柳去就行，他可以骑车带你。”爱红说：“人家星期天事多!”小柳连忙说：“去。我早就想去那庙里看看呢!”

爱红浅浅一笑：“昨天我去统战部玩，碰见一个和尚正在那儿打小报告，说庙里当家的显光师父管理不得法，收了一些好吃懒做的人，搞得庙里经济上一团糟，政治上也很混乱，要统战部派工作组去搞整顿。”说到这里，爱红压低嗓门，“那味道，非常像李局长在县长面前说胡局长。”大家听了都笑起来，很开心，看不出有正在与丈夫或者老婆闹离婚的迹象。笑完，她俩就回自己的办公室去了。

小柳静下来后，看见半只馍头仍在那儿搁着，刚伸手去拿，爱红急急地跑回来唤他去她办公室。

爱红的文印室窗户开在一条小巷里，隔着玻璃可以看到，李局长正同和尚说些什么，还给了些钱那和尚。和尚还了他一个揖。“肯定还念了声阿弥陀佛，只是听不见。”小柳又说：“昨天打小报告的是这个和尚吗?”爱红说：“有点像。”又说，“我最讨厌李局长这种人，当面一套，背后一套。”

爱红在小柳面前说话，越来越不藏心思，小柳觉得其中藏着什么，但他从不敢细想。

2

星期天早上，小柳破例没有睡懒觉。他昨晚有意看综艺大观，等他关了电视机，里屋的床果然让爱人占有了，他便如愿地在沙发上睡了一夜。天亮后，小柳悄悄地起了床，从食堂里打回饭菜，放在电饭堡里保着温。吃完自己那一份后，他就打扮得潇潇洒洒的，站到县城的十字路口上等人。

等待的时候，见不着一个眼熟的，只有进城赶早市的农民在眼里晃来晃去。小柳就去路旁买电烤饼吃，交了五毛钱，拿到一张厚纸片，正在排队，眼前霞光一闪，一个小个子女孩骑着一辆红色自行车，穿着红大衣、红弹力裤，从马路那头过来了。小柳赶忙喊：“海鸥！海鸥！”海鸥眼角一扫，见了他，忙跳下车，并说：“给我买两个，我还没吃早饭呢！”小柳真的又掏钱，拿到两张厚纸片。

这时，第一锅电烤饼已经熟了，大家都围上去抢。小柳挤拢去迟了些，只抢到一只。他看见对面一个人抢到了两只，就朝那人叫了声：“王厂长！”王厂长反应很快，立即找准了人，“哟，柳股长，你也吃这个？”小柳说：“不只是我，还有海鸥会计也想吃呢。可下手慢了，只抢到一只。”王厂长忙说：“刚好，这两只先给你们，我等下一锅。”小柳也不客气，就用手里的纸片和他换了。王厂长一脸笑容地小声说；“我们厂申请的那笔周转金，什么时候可以批下来？”小柳说：“你星期一来看看吧。”王厂长谢过后，重新回到烤炉旁边使劲挤别人。

海鸥咬了一口饼，说：“几毛一个？我给你钱。”小柳说：“算了，昨天拿了你两只馍头，不是也没给饭菜票！”海鸥说：“我倒忘了。还以为占了你的便宜。”远远地看到爱红款款地走来了。小柳忍不住说：“我总觉得你和爱红的闹不一样。爱红是真闹，你是闹着玩的，小两口过腻了，无事生出是非来。”海鸥说：“我也总觉得你心里偏向爱红，对我只是在应付。”

小柳还没想出话来回答，爱红就到了近前，很好看地一扬眉：“你俩在说什么悄悄话？”海鸥说：“说你呢，三四天没回去过夜，昨天回去恐怕是小别胜新婚呢！”好好地，爱红突然阴了脸，说：“他敢碰？我枕头底下搁着小刀！”小柳觉得这话就像发声表明，有说给自己听的意思。海鸥转变也快：“大清早怄什么气。来，吃一只电烤饼，小柳特别为你买的。”爱红接过去吃了两口，脸上逐渐恢复了原先的模样。小柳问："一只够么，要不要再买一只？上山路顶累人。"爱红说："我带了干粮。"

吃完电烤饼，爱红和海鸥都将手帕伸到小柳面前。小柳一愣，然后用海鸥的手帕擦右手，用爱红的手帕擦左手，并说："我这样作很公平吧？"海鸥说："貌似公平。可左手离心近，右手离心远。"小柳说："你可错了，我是异心位，心长在右边。不信你摸摸。"海鸥说："你让爱红摸吧！"说着，一抬腿，骑上车子走了。

小柳推动车子，但不能骑，此处正是上坡。走了一程，到了坡顶，才骑上去，他没做声，爱红就很默契地坐到车子后面。海鸥已将他俩拉下两百米。小柳刚想松开刹车。就听见爱红在耳边说："让她去，莫追。"隔了一会，爱红在身后忽然问："你的心真的长在右边？"小柳说："没那回事，蒙海鸥的。"

下完坡，来到平路上，小柳感到两只手悄然落在自己的腰上，温温柔柔地有一股暖意伴随而来。小柳见路上来往的人渐渐多起来，心里有点怕，犹豫了一下，还是没让那手从腰上松开。这样走了两里路，小柳忽然说："有熟人来了！"后面的爱红迅速松开了手。刚做完这些，一个戴草帽的中年人，骑着一辆吱吱作响的旧永久车，迎面驶过，车后绑着一只大竹笼子，里面装满了公鸡母鸡。小柳叫声："冯股长！"那人一点反应没有，径直走了。

爱红在后面问："哪个冯股长？"小柳说："你来之前，他在我们股里当股长，很有权，人挺正直，水平也不错，还准备让他当副局长。就这样遭到别人的妒嫉。冯股长有个相好的女人，大家就捏住这只痛脚使劲整他，最后将他整到林工商公司里去当副经理，以后就每况愈下。"爱红说："你怕是看错了啵，行财股的股长，再倒霉也不至于去当鸡贩子。"小柳蹬了几圈才回答："也是，瘦死的骆驼比马大，掌了这么多年的财权，总该有点过硬的关系呀！"

转了一个弯，看到海鸥站在路边。他俩忙下了车。海鸥用手帕扇着风说："碰见冯股长了吗？就是那个鸡贩子！"小柳说："鸡贩子倒是看见了一个，可拿不准就是冯股长。"海鸥说："烧成灰我也认得他。他骑的还是财政局的那辆车子呢！"小柳说："海鸥你就爱记仇，那年他把你从行财股撵到农财股，主要是嫌你算盘打得不好，也没别的原因。"海鸥说："狗屁。反正结婚了，也不怕你们笑。有一回，他要摸我，我不让，还唾了他。"爱红说："那你当时怎么不揭发出来？"海鸥说："是我妈不让公开，她说那样做，等于是自己屙屎往自己脸上抹。"

说着话，路旁的垸里有夫妻俩在打架。哭闹吼叫声，听得一清二楚。男的骂："臭婆娘，老子好不容易挣了几块钱，留着买烟抽，你这缩头乌龟吃了豹子胆，竟偷去供了菩萨！"女人哭："还不是为你老子去还愿，七老八十的，总也不死，长年累月害病，把这个家都拖垮了。我不去求菩萨，还能求谁呢！"男的骂得更凶："你这个臭×，今天不去庙里将钱讨回来，我就用刀剜了你。"听到这话，爱红的脸一下子红了，催着快走。海鸥却听上了瘾，非要看个水落石出。小柳见爱红非要走，就说海鸥："你是想从这女人那里学两招对付男人的办法啵！"海鸥果然中计，说："他敢这样待我？他爸妈还没生出这样硬气的种来。"说着一推车子，走几步后，就将身子移到座凳上去。

车轮开始滚动在田间小路上，三个人小心翼翼地，不敢多说话了。走了约半个小时，就到了灵山脚下，往上全得靠步行。他们将两辆车子锁在一起，放在一个农户的家门口。车子一响，屋里出来一个女人，说："车子放在这儿，掉了可别找我扯皮。"小柳忙掏出一块钱递过去，说："给包烟钱，麻烦你帮忙看一下。"女人立刻高兴起来，让他们将车子搬进屋里放。还教他们，若是去庙里问签，心里先得想好问什么，不然签就不灵。乡下女人的话，他们听了也像没听见，一点不在意。小柳放好车子，抬头看到墙上有奖状写着：

奖给双文明户，就朝爱红和海鸥呶呶嘴。她俩看了一眼，连忙捂着嘴到门外去笑。小柳细看，发现奖状旁边挂着一串避孕套。女主人也发现了，忙解释说："一定是刚才家里没人，妇联主任送来的。"小柳不好和她多说，忙出门去追爱红和海鸥。

追到半山腰，海鸥累了，不再跑。爱红却还在拼命往上跑，不让小柳追上。小柳欲追，海鸥不让："别追，她见了那东西，脸红得像熟苹果，连我也不让看。"说过后，又自语道："也怪，都结婚大半年了，难道还没见过什么是什么吗？红哪门子脸呢？"小柳听了不说话，怔怔地跟在海鸥后面往前走。

3

灵山寺和灵山林场紧挨着，初一看，还以为是一个单位：就两栋房子，一上一下，分前后排列着。小柳有个高中同学在林场当技术员，他先去林场，问马泰在不在。那人说马场长下山要钱，去了好几天，说是今天回，但不晓得是上午还是下午。小柳听说马泰当了场长，就问是正职还是副职。那人说没有正的，就他一个副场长。小柳就吩咐，说马泰上午若回了，就告诉他，说财政局的柳股长的中午要在他这儿吃饭，一共三个人。出了林场，海鸥问："马泰若没回，中饭上哪儿去讨？"小柳说："你白在财政局呆这几年，只要财政局的人上门，哪个单位敢不管饭！"爱红不信："你别想得太美！我带着饼干，不怕中午没吃的。"小柳就伸出小指和她拉钩，打了赌。

出了林场后门就是灵山寺的大雄宝殿。殿门不远处有一只鸡笼，小柳打赌说这鸡肯定不是庙里和尚喂的，而是林场职工喂的。爱红和海鸥都不和他赌。小柳又打赌说，这灵山寺外面看像个机关单位，一定是文革时建林场将旧庙拆了，后来落实宗教政策，就将林场的办公室归还给庙里。爱红和海鸥仍不和他赌。爱红还说："是不是想让我将饼干输给你?"

大雄宝殿外面的走廊上，几个和尚正站在太阳里说话，议论去年发大水，今年年景恐怕仍好不了。大家意见很一致，没有争论，说的都是附和补充的话。一个才十几岁的小和尚，用粉笔在一块小黑板上写字。旁边一个中年和尚拿着一张纸条，嘴里念着："通知，今晚暮时课诵以后，接着开全体大会，学习江泽民总书记的讲话。"小和尚写完后，两个人又对照纸条检查一遍，见没错，就将小黑板挂在大殿门口靠左边的墙壁上。中年和尚夸奖小和尚说："慧隐真聪明，要不了几年就可以超过慧明，将来显光师父一定会选你当接班人。"小和尚说："刘师父太抬举我了，论学问谁也比不了你。"中年和尚说："我没有受戒，能一辈子享菩萨的福就够了。"小和尚说："现在连菩萨的福也不好享了，瞧他们光吃饭不做事，难怪慧明师兄要师父撵他们走。他们不走，这庙里的香火，恐怕维持不下去了。"和尚感到有人在偷听，猛地回过头来，见不是庙里的人，脸色才缓和下来。

小柳趁机凑过去问："请问，有位姓释的师父在吗?"中年和尚说："庙里的人全都姓释，你找的那位法号叫什么?"小柳一愣："法号?只晓得他姓释。"叫慧隐的小和尚说："天下人一入佛门，就都依了释迦牟尼姓释。"海鸥忙插嘴："那你刚才怎么叫他刘师父?"中年和尚接过话题回答："我是居士，可以称俗姓。"小柳说："那我也叫你刘师父好了。"顿了顿，见刘师父没反对，又说："我们是第一次来贵寺，请刘师父多关照。"刘师父问："是参观还是拜佛。"小柳说："她俩拜佛我只参观。"刘师父转身说："慧隐，你喊一下夏师父，今天该她值班。"慧隐说："她怕不会听我的。"刘师父说："我喊也不行，前天做暮时课诵时，她打瞌睡，我在后面推她一把，这几天她一直不理我。她和显光师父是一个垸里的，仗着势哩!"刘师父边说边叹气。慧隐说："那我就试试看。"小和尚顺着走廊一直走到尽头那扇门前，叩了两下，又叫了声夏师父，好半天、一个老尼姑才开门走出来，还挂着一脸的不高兴。

老尼姑在头里进了殿，小柳在身后小声对爱红和海鸥说："她是个来享仙福的居士。"爱红问："你怎么晓得？"小柳说："她头上没烙点子，没受戒。"老尼姑擤了一串鼻涕，随手一甩，正好甩在海鸥的皮鞋上。海鸥挺生气，见门边的经幡垂得很低，就飞快地弯下腰，用经幡将皮鞋揩干净，然后，装着低头看那些写在经幡上的文字。

爱红心里搁着事，有些临时抱佛脚的味道，见了蒲团就跪上去。老尼姑忽然用很高的声调说："点了香再磕头，这么急干什么！"爱红问："哪里有香？"老尼姑说："香在这儿。得给钱。"小柳这才想起自己本该先提醒一下她俩，进殿后要先往功德箱里放些钱才行。爱红和海鸥各自摸了一块钱出来，问："钱给谁？"老尼姑用眼角瞥了一下，大约是觉得给少了，更不高兴，装作没听见。小柳忙上去招呼她们，将钱塞进功德箱里。老尼姑这时又开口说："要是抽签，还得给五块。"爱红和海鸥一怔，相互看了看，但还是各自往功德箱里塞了五块钱。趁海鸥没注意，爱红忽然问小柳："你怎么不——"小柳懂了她的意思，很严肃地说："不管是大庙的菩萨还是小庙的神仙，我都很尊敬，但我从不磕头求他们。"爱红看他一眼，什么也没说。

老尼姑摸摸索索弄了半天，才将各处菩萨面前的香火点燃，然后就一声声地敲着磬，嘴里还不停地诵经。老尼姑点香时吩咐过，待磬响了再磕头。磬响时，小柳催他们快磕。爱红和海鸥推让了一番，终于是爱红先磕了。海鸥以为老尼姑还要为她敲一遍磬，谁知老尼姑待爱红磕了三通后，撂下了锤子，跑去张罗签筒。海鸥急忙问："我的呢？我还没磕呢？"老尼姑半睁半闭的眼睛问了一下说："地上蒲团多着呢，谁叫你刚才不磕。"海鸥无奈，只得在没有伴奏的条件下，闷闷地碰了三下。

老尼姑连丢了三次卦，不是全是阴卦，就是全是阳卦，反正菩萨是不准这么问。老尼姑问："你心里想好问什么事没有，怎么老是不准?"爱红说："还要想呀？怎么想呢?"老尼姑不耐烦了："你这姑娘，什么也不懂。出嫁没有？出了嫁怎么和男人过日子呢?"爱红一下子发出很大声音来，说："我就问今年考武汉大学插班生班的事情，有没有希望!"老尼姑将卦一扔，一阴一阳，准了。爱红从签筒里抽出一支签，是第三十二签，中平。海鸥吸取了爱红的教训，先想好了问自己的前途。只一卦就准了，抽了个第九签，下下。

小柳说："你两个的签都没抽好!"她俩不懂，他就解释："你没看到武打片中，英雄落难时，总抽的下下签么!"她俩不信，问老尼姑。老尼姑要她们到隔壁去找慧隐写签文。

慧隐就是那受了戒的小和尚。海鸥见了他，像要感化谁似的，甜甜地说："慧隐小师父，你看我这签抽得如何?"慧隐也不答话，接过签一看，又翻开那本很厚的签文，用毛笔在一张黄纸上抄了四句话：第九签，下下，谋望，命里无时莫强求，何须日夜苦优优，莲花镜里何从见，用尽心思不到头。抄完了递给海鸥，也不说话，又接着抄爱红的，也是四句话：从来名利有天机，谋者虽众得者稀，倘不收心思忍耐，必然失计被人欺。抄完后，任她俩怎么问，慧隐一句话也不说。这时，老尼姑踱进来，见慧隐在收笔砚，就说："这下下签硬是差些，上个月我外甥媳妇的一只银戒指不见了，跑来抽个下下签，结果，银戒指怎么也找不回来。"慧隐也不答话，低眉落眼走到远处了，才说一句："夏师父，你别试我，我若和女人说了话，佛祖肯定会听到的。"老尼姑叹气说："这个慧隐，小小年纪，慧根就是又深又长。从不和女人说一句话。"老尼姑说着话也走了。

侧殿里只剩下小柳、爱红和海鸥。爱红指着海鸥的签文说："这苦优优的优字错了，应该是苦忧忧或苦悠悠。"小柳说："可能是有意写成这样的，由忧到优，意义差别太大，解签文的人就有活动余地了。”一直没说话的海鸥，这时开口冒出一句：“这庙里服务质量太差，难怪和尚也会跑到统战部去打小报告。”

小柳见墙上贴着一张什么，就扫了一眼，并趁无人之际，将那张纸撕下来，揣进口袋里。爱红问是什么。他说等会儿再给她们看。正说着，外面有人问：“刘师父，看到财政局的三个同志了吗？”刘师父答：“有三个人，不知是不是财政局的。”

4

小柳他们正待出屋，外面忽然吵了起来。来找小柳他们去吃饭的人，是林场的王会计。王会计一看到挂在殿门旁的小黑板，认出正是林场上个月丢失的。大概是王会计与这几个和尚有些积怨，来往没几句话，双方就吵起来了。和尚人多，王会计吵不赢，就动手抢。和尚虽然人多，都是些年老体弱的，走廊又窄，人多施展不开，王会计一人和他们打了个平手。

小柳有心想帮王会计一把，匆忙中，他喊了一声：“显光师父来了！”和尚们一听，连忙住手站着不动。王会计趁机夹着小黑板，从台阶上跳走了。

和尚们明白上了当，都把眼光对准了小柳他们三个。海鸥有些慌，大声埋怨小柳：“别人的事，你去耍什么聪明！”话里有讨好和尚们的意思。爱红在身后一把拽住小柳的衣服，小声说：“要不，我们到屋里去，把门撑起来，等王会计喊林场的人来救我们出去！”小柳说：“别怕，未必他们还敢开杀戒和色戒不成！”

刘师父带着几个和尚越走越近。突然，背后一声响，一直关着的那扇门开了，小和尚慧隐从屋里出来，正色道：“不得对香客无礼。得罪了香客，我们还能继续在这儿修行吗？”刘师父他们愣了愣，终于软下来。慧隐对小柳说：“你们可以走了。”小柳、爱红和海鸥赶紧穿过人缝，跑到了林场。

王会计已在办公室里摆好了茶和瓜子。见他们来了，就去厨房催菜。

小柳便掏出那张纸念起来："《十月二日广州空难中出现的奇迹》，作者，安景。震惊中外的十·二广州空难事件中，死伤了一百多人，其中三位幸存者，只有表皮受了一点轻伤……笔者近日访问这三个人，现将其中秘密写在下面：一、三人的基本情况：冯锦标（男）现年三十二岁。家住佛山市石湾忠信路，现任佛山寺佛协秘书。黄昌华（男）现年三十七岁，家住广州市前进街，为人正直，信仰佛教。林婉明（女）现年三十四岁，家住广州市江南西路，为人诚实，心地善良，家庭信仰佛教。三人皆受雇于某商业公司，任业务员。二、到南普陀寺打普佛：三人于一九九〇年九月二十八日来厦门办事，并买好十月二日回广州的机票。不知怎么她们心里总有一种不祥之兆，便于九月三十日到南普陀寺，由监院德辉法师安排他们在十月一日凌晨四点三十分，早课随堂普佛。打完普佛后，三人登上寺后的五老峰，眺望大海，埋在心里的不安顿时烟消云散了。"凑在一边看的爱红说："这个眺望的眺印成了跳。"小柳继续念："十月二日六时许，他们在厦门机场排队领飞机座位的牌子时，忽然来了一个人插在他们前面，领去了十多张座位牌，而使他们领到九排 ABC 三个座位的牌子……飞机被劫持后……在广州白云机场紧急迫降……机翼撞到了停在机坪上的一架飞机头部……飞机后半部又撞上正在准备起飞的一架上海飞机，一声巨响，厦门——广州的二五一〇号班机顿时断成两截，断的部位正好是十、十一排之间，正是插队那人拿走的那些座位……三人跑开几秒钟之后，飞机残骸就爆炸了……后来清理现场时发现，所有东西都已化为灰烬，唯有小冯带的《阿弥陀经白话解》、《竹窗随笔》和星云法师著的《佛光普照》等书，完好无损地呈现在人们的眼前……"

王会计早就将菜上齐了，等读完才叫他们上座，边吃边说："这庙里呀，真和尚就只显光师父和他们的两个徒弟慧明和慧隐，别的人都是过去一心只想享共产党的福，如今见共产党改了章程，就又来菩萨面前吃闲饭。”小柳问：“听说这庙里都快揭不开锅了？”王会计摇摇头说：“那倒未必。显光师父的德行很高，这两年光是国外捐的钱就有十几二十万，原先准备将旧屋扒倒，重盖庙宇，可去年以来就没听见议论了，依我的愚见，这可能是显光师父在用计，让那些假和尚吃不了这苦，自己离开走路。”

门外有人咳了一声，王会计一乍：“马场长回来了！”没待起身，马泰果然就进来了。小柳边握手边和他说了几句打趣的话。马泰坐下来后说：“我上你家去找你，你爱人说不晓得你去哪儿了，一脸的乌云，我怕听见炸雷，赶忙扭头就走。也难怪，你带这么漂亮的女伴出来玩，不发脾气的就不是女人！”海鸥一点不善，也发起攻击，说主人迟到，要罚酒三杯。马泰说：“只要你们能帮我弄到十万元财政周转金，喝三瓶我也豁出去了。”小柳按住马泰：“别逞能，上回见面你还说自己肝功能不正常。你也别喝酒，钱的事就包在我的身上，你只要用优惠价卖给我们每人一方杉木就行。”马泰看了王会计一眼。王会计会意地说：“正巧，场里正在处理一批烂杉木，按柴禾的价，七分一斤。要的话，过几天派个车给你们送去。”海鸥说：“我不缺柴禾。”小柳从桌底下踢了她一脚，她就不做声了。

小柳让马泰将报告拿出来。他只看了一遍，就吩咐马泰过几天派个人去拨款。

酒过三巡，小柳问：“你要这多钱干什么？”马泰说：“想办个制药厂。这灵山中草药多得很，制成成药后，价值就要翻上百倍。这一片大山都是林场的，可老百姓百分之大部分都是穷得叮噹响。在我的任期里，不给他们带来点好处，问心有愧呀！”小柳说：“你还是那样血气方刚。我可是一点棱角也没有了。”马泰说：“不磨光角你能在机关里站住脚？”小柳说：“再说钱吧，我多给你五万怎么样。”马泰说：“不怎么样，就十万吧。这年头，十万可能干出二十万的事来，真有二十万，则可能当十万用了。”小柳点点说：“你若是来当财政局长就好了。”马泰说：“这也难说，如今连和尚也朝你们要钱，这个家很难操持了。”小柳说：“你怎么晓得了？”马泰说：“刚才在路上遇着庙里的慧明和尚，他自己说的。昨天去了，今天又去，却不晓得你们星期天放假。”小柳说：“这些和尚也真有意思。”马泰说：“是有意思。去年年底抓计划生育，我让人在庙墙上写了一条标语：山区人民要致富，少生孩子多栽树。和尚们不让写，要写只能写少生孩子多拜佛。扯了半天皮，还是显光师父发下话，说栽树与拜佛是殊途同归，要和尚们别再闹。我从那时想到现在，也没悟出如何殊途同归。”小柳说：“我也想不出来，我们没有慧根。”

这时，有人进来在马泰耳边说了一句什么，小柳听马泰说：“让他再等一会儿。”马泰回头接着说：“我觉得显光师父很像一个人。”小柳问：“谁？”马泰用手指蘸了点汤，在桌上先写一个又字，再加上一个右耳旁。小柳见了大笑。爱红、海鸥伸伸脖子，看清后也笑了。

5

吃罢饭，马泰告诉小柳，庙里的慧明和尚在隔壁屋里等他。

小柳过去，见果然是昨天上财政局要钱的那个和尚。慧明见小柳他们进来，弯腰作了一个揖，再叫：“柳股长，实在对不起，不知你要来小庙，没有安排好，请你多包涵。”小柳说：“我只是来看看，没什么。只苦了她两个，一片诚心来拜佛，却差点郁成心病。”爱红和海鸥一齐忿忿地说：“特别是那个老尼姑，太不像话了！”慧明忙赔不是：“几位若不计较，我这就亲自给你们打一堂佛。”小柳望望门口的太阳，说：“只怕天色太晚了。”慧明说：“晚了不要紧，就在寺里吃桌斋席再回去。”马泰一旁插嘴：“灵山寺的斋席可是大名鼎鼎的，平常的人想吃都吃不上呢！”慧明说；“马场长再帮我留留客，斋席就请你作陪。”马泰说：“柳股长，不看僧面看佛面，吃了斋席再走。天黑不怕，我叫林场的汽车送你们回去。”小柳看看爱红，发现爱红正在看他，眼里的意思仿佛是让他答应留下。小柳于是点头同意了。

慧明起身先去，说是准备一下，等会儿来请他们去打堂佛。慧明走了几步，小柳将他喊住，递给他一张纸；“这是刚才我从庙里墙上摘下来的，还给你！”慧明说：“怪不得刚才刘师父不肯为你们办斋席，说你们偷寺里的东西，还告到显光师父那里去了。”小柳说：“那你是不是有难处？有难处我们现在就可以走！”慧明忙说：“哪里哪里！显光师父洞察秋毫呢，他叫刘师父一切听我的安排。”

慧明走后大约半个小时，两个小尼姑来请他们过去。开始，小柳还以为是两个小和尚，是爱红悄悄告诉他的。仔细一看，那手那脖子和那胸脯，果然是只有女的才有。马泰说：“我也去。我离得这近，却从未见过真佛！也去开开眼界。”

一进殿门，那钟磬和木鱼就一齐响了，四周香烟燎绕，两排僧尼分立，将佛经念得嗡嗡作响，肃穆神圣极了。小柳、爱红、海鸥和马泰，无不是身不由己的样子，一下子就匍到蒲团上去了。

接下来是抽签。这次是在后殿的一间净室里，由慧明、慧隐两个亲自打卦问签。他们四个却是一个个分别进去。慧明说：“这问卦，实际上相当于洋教里的忏悔，除了佛前弟子之外，是不能有别人在场的。”海鸥先进去，才几分钟就出来了，一脸的兴高采烈，双手按着爱红的肩膀蹦了三下，同时叫了三次：“上上签！上上签！上上签！”爱红问：“你问的什么？”海鸥说：“前途呗！”第二个是爱红，差不多一个小时才出来。出来时，很忧伤地说：“我也是上上签！”海鸥说：“你是问婚姻——我晓得！”爱红几乎哭了出来。“他们说我俩会白头偕老！”小柳见爱红这个模样，也不和马泰谦让，一头钻进净室里去了。

慧明说：“你先想好问什么，再静思一阵，然后再抽签。”小柳说：“我什么也不问，我不想抽签。”慧明说：“那我给你看看面相和手相。”小柳说：“我也不想看相。”慧明一愣，隔一阵才说：“那你就静坐一会儿，我给你念一段《般若波罗蜜多心经》!”见小柳没有做声，慧明示意慧隐，两人一齐朗诵起来：“观自在菩萨行深——般若波罗蜜多——时——照见五蕴皆一度，一切苦厄——舍利子——色不异空空不异色色即是空空即是色——”小柳猛地站起来，说声多谢了，就自己开门往外走。

海鸥急切地问：“么样，你问的么样?”小柳眼睛一转说：“我问什么时候能实现精神文明!”他这话让爱红在嘴角上笑了一下。

只剩下马泰一个人了。马泰拿不定主意进去问什么签。小柳出个主意，让他就问林场的前途如何。马泰露一丝苦笑：“也罢，场兴我荣，场衰我耻，林场的前途也就是我的前途。”言毕就推门进去了。

功夫不大，慧隐出来，请大家都进去休息。马泰见大家进来就笑着说：“慧明和慧隐都算定林场三日之内，必进一笔意外之财。”小柳也笑：“如今的和尚也精了，见你中午请我们吃饭，就晓得我会给你们弄一笔钱来。”马泰说；“我也是这么说的，可慧隐说，这笔钱不算财，不用还的钱才叫财。我这穷单位，谁会给了钱不让还呢?”

说时，慧隐捧来一叠佛门书籍，慧明让大家一人挑一本，拿去作个纪念。小柳挑了一本《暮时课诵》，爱红挑了一本《朝时课诵》。小柳将《暮时课诵》翻个个儿，想看看封底，发现封底印着《朝时课诵》几个字，原来他俩选的是同一本书。海鸥和马泰也各选了一本。

说了一会儿话，小柳提出要见见显光师父，慧明面上露出难色，用眼睛直睃慧隐。慧隐装作没注意，只顾埋头整理那些书。慧明只好向小柳解释："显光师父年事已高，身体不好，外人一概不见，就连我和慧隐也不能轻易去打扰师父。"马泰也说："我在林场干了七八年，见到显光师父也就七八次！"小柳说："那年准备给和尚尼姑定行政级别时，显光师父定的是什么级别？"慧明说："怪我无能，只给师父争了个副县级！"爱红、海鸥听了，一旁直吐舌头。慧明继续说："幸亏这事没搞成，不然真是愧对师父。"小柳想起一个问题："怎么不让显光师父当县政协副主席呢？"慧明说："师父今年快九十岁了，早超了龄。我们倒没超龄，可道行不深，没有威信。"小柳说："依我看，庙里的事，实际是你当家。"慧明慌忙说："我可没这大本事，都是在听师父吩咐。"慧明神色紧张地看着慧隐。

慧隐不动声色，拿起多余的书往外走，转眼间，他也神色紧张地跑回来："师兄，不好，有闹事的来了！"

6

走到殿前，一个中年男人，正拖着一个女人，在台阶上挣扎。那女人嘴里苦苦叫着："大慈大悲的菩萨，快救我一命吧！"几个和尚尼姑拦呀挡呀都无益，那男人力大如牛，一膀子就甩开了，三步两步闯进殿门。男人喘了口气，吼道："死婆娘，你把钱给哪个菩萨了？快指给我看！"

小柳身后的马泰这时叫起来："高大全，你这是干什么？"叫高大全的男人一怔："是马场长你呀，这死堂客瞒着我来庙里烧香，将我攒的一点钱全都给了泥巴菩萨！"马泰说："你放开他，有话好说嘛。去年你还表态说争取三年内入党，这个样子能行？"高大全说："那是被你的批评批晕了，瞎说一通。不过场里规定，要精神文明，不准求神拜佛信迷信这一点，我可是没违犯。只有这个死婆娘，不听话，总是偷偷摸摸地往庙里钻。骂也骂过，打也打过，都无益，今天非要出出她的丑，把香火钱要回去，看她以后还有没有脸再来。”马泰说：“我给她讨个保，再不犯，你放了她，行啵？”高大全说：“这是我自家的事，你场长的权力无效！”马泰生气地说：“看你以后还找不找我！”说着就走开了。

到了旁边，马泰对小柳他们说：“这人是个二百五，场里的这条规定是偷着订的，让庙里和尚尼姑晓得了，日后怎么能和平共处？”小柳说：“这又不是政治局文件，保不了密，庙里早晚会晓得的。”小柳对马泰讲了昨天慧明在财政局讲过的话。马泰见和尚并不怎么恼怒，才放下心来。

爱红和海鸥这时记起，这就是早晨在路边垸里吵嘴的那对夫妻。

慧明对那对夫妻说：“你们吵架到外面去，别在殿里惊动各位菩萨。”高大全说：“我偏要看看菩萨到底是怎样发慈悲的。”说着就踢了女人一脚。女人忍着痛，没有哭。他又踢了一脚，女人仍不哭。高大全的火气也窜了上来：“死婆娘，你对菩萨还真有感情啦，怕惊了他们的好梦——你哭不哭？”他一下比一下凶狠地连踢了三脚。女人被踢翻了，爬起来时，顺势在蒲团上磕了三下头。高大全一跳几尺高，走上去按着女人的头，拼命地往地上撞。撞一下，说一声：“你哭不哭？今天非要你在菩萨面前哭个够！”女人不做声，任男人打骂，一得空，就赶忙向菩萨磕头作揖。

高大全见女人忍得住痛，就改了主意，一把扭过女人，想让女人磕反头，将屁股对着菩萨。女人对这一点非常清醒，只要是对错了方向，她就不下跪，抗不过男人的蛮力时，宁肯直着身子摔在地上。折腾几下，未能如愿，高大全这时说：“我人打累了，手打痛了。懒得再打了。”大家听了这话，正欲松口气，以为这事该了结时，高大全走到香案上，拔出一把燃着的香，放到嘴边吹了吹，等露出明火，就抽了一支按到女人的手上。一股青烟嗞的一声蹿出老高，女人全身哆嗦起来。

小柳心头一紧，同时感到自己的手被人攥住了，低头一看，是爱红。爱红的手变成了青紫色，眼睛里，许多泪花在打着转。小柳轻轻说：“别这样，别人看见了影响不好。”爱红仍不松手，说：“我怕。像是他在打我。快叫他住手。”小柳抬头寻找马泰，找了几圈不见人。

小柳只好对慧明说：“这女人捐了多少功德钱？你们退给她算了。”慧明说：“功德箱是显光师父锁的，我们打不开。”隔了一会，他悄悄地说：“要不你和慧隐说说，看他能不能去师父汇报一声。”末了又补一句，“别说是我的主意！”小柳便开始找慧隐，却总也找不见。问刘师父和夏师父，都说刚才还在这儿，怎么说不见就不见了。问海鸥，海鸥说：“刚刚还在这儿念经呢！这么多的和尚尼姑，都在看热闹，就他一个人还能念得了经！”

小柳正打算让爱红松开手，自己到别处找一找，忽听见殿后面传来一声：“阿弥陀佛！”声音虽低，但强烈得很，像空山中的回声，一下子就透进心里。和尚、尼姑听了，立即低头垂手，合起掌，跟着念了声阿弥陀佛。地上的女人，不顾香火的灼痛，爬到薄团上一个连一个地磕着长头。

殿后转出一个和尚来，看模样不过五六十岁，慧隐一脸专注地跟在身后。

小柳正猜这人是谁，那和尚走到功德箱前，朝慧隐一挥手。慧隐马上用手中的一把钥匙，将铁锁打开，现出小半箱钱来。那和尚对高大全说：“都拿去吧！”高大全尚未反应过来。刘师父说：“菩萨开恩，发了慈悲，叫你把自己的钱拿去。”慧隐在一旁说：“刘师父，你错了。这位施主，你将这些钱全拿去吧，如果不是家里已到山穷水尽，你也不会这么对待自己的家人，是不是？”高大全忙说：“是的，是的，小民谢菩萨开恩。”一惊一喜的他，顾不上廉耻，脱下裤子，将功德箱内的钱一骨碌地装了进去。

那些没受戒的和尚、尼姑一看，急了，一齐拥到那和尚面前，叽叽喳喳地说，寺里一日两碗粥，这么多的钱却轻易给了一个不信佛的人，让大家看了心寒。那和尚也不做声，轻轻拂开众僧，走到那女人面前，以手加顶，嘴里念念有词地说了好大一通。之后又说了一声起，那女人就真的站了起来，一脸的顺畅之色，完全不似刚刚挨过毒打之人。那和尚说："女菩萨，我已注意你好久了，你不该呆在凡俗之人当中，只要你愿意，我可以举荐你去汉口归元寺受戒。"女人听了一口回绝："法师好意我心领了，可我实在舍不下三个未成年的儿女。"和尚叹了一口气："本该是佛门中人却不入佛门，不该是佛门中人却要赖在佛门。"说罢，径直往后殿去了。

小柳见那和尚人影不见，问慧明："他是显光师父吗？怎么这样年轻？"慧明不作回答，只顾喃喃自语："显光师父往外一站，我就觉得自己连草芥都不如。"

高大全前脚出殿，那女人后脚就跟了上去。海鸥冲她叫："别理那牛东西，和他离婚！"那女人回头望了一眼，没说什么，依然去撵在前头的男人。

爱红忧伤地说："妇女越解放命就越苦。"

小柳装作没听见。

7

等到斋饭斋菜全部搬上桌子，大家心情才好转起来。马泰直叫嚷："庙里厨师有这好的手艺，我可真没想到！"海鸥和爱红则小声嘀咕；"不是说和尚吃素，怎么鸡鸭鱼肉全有？"作陪的慧明不解释，只是一个劲地叫他们先将每样菜都尝尝。大家一尝，才发现所有的鸡鸭鱼肉全是假的，是用面粉掺上其它素菜做的。

小柳连连称奇。慧明又给他们敬酒。海鸥以为酒是假的，是白开水，端起来正要喝，却闻到一股扑鼻的酒香，便叫"怎么庙里能喝酒了?"慧明说:"尝尝!先尝尝!"一尝才晓得不是酒。问时,慧明笑而不答。小柳佯作生气,说不知真情,就罢吃罢喝。慧明只好说明,这是后山上一种竹子里面的水。马泰问是哪种竹子,慧明无论如何也不肯说。

吃到一半时,小柳说:"其实,你们这种手艺,完全可以到城里去办个斋菜馆,肯定可以赚大钱!"慧明说:"我和师父讲过,师父不同意——也不是不同意,是不表态。"小柳说:"也许是庙里经济状况还没到必须走那一步棋的时候!"慧明说:"台前台后的杂事虽然归我管,庙里的真实家底只有师父和慧隐晓得。就我掌握的情况来看,不瞒你说,存米只够吃几天了。我说的几天,是只能煮粥,不能煮饭。"海鸥问:"你这桌斋菜是怎么做的?"慧明说:"师父点了头呗。师父点了头,只要不犯戒律,厨师什么都能变出来。"马泰问:"那是不是也给显光师父开了小灶?"慧明说:"那倒没有。开不开小灶,对于师父都无所谓,他可以辟谷,只要一开始辟谷,就可以一连十几二十天,什么东西不吃,什么东西不喝,人照样精神抖擞。"小柳说:"你手上没有财权,怎么管事?"慧明说:"没有办法,只好一天到晚撵大家出去化缘,弄得全庙的人都埋怨我。没办法,才听了林场王会计的话,到你们财政局去要钱。"

听到这话,小柳忙叉开话题,问慧明的身世。马泰不待慧明开口又将话题扯回来;"柳股长,咱们同学一场,想你不会怪我说直话。我和慧明作邻居不是一年半载,他的德性在庙里不是数一实实在在是数二。你们今天这种待遇,就连前年省政协的一个副主席来,也没享受到。说穿了,慧明不是那种趋炎附势的人,他是为了解燃眉之急,才这样作的。他不忍心看到庙里的香火在自己手里熄了。他要的数字也不大,五千元,这也是一个实打实的钱数。我帮他一把,也等于帮我一把。林场小卖部每年收入两万多,全靠的香客。不然,这大山顶上,鬼才来买东西。"马泰说了一大通才停下来。一直不吭气的爱红也开口说："这个忙你帮得了。你就帮他一把吧！"

见海鸥也要说，小柳笑了："海鸥你别说，我晓得慧明帮忙抽了一个好签，所以你要帮他说话。五千元并不算多，难的是找个合适的理由。那个报告肯定不行。现在好多单位连工资都难发出去，还能顾得上庙里的和尚？这个口子一开，说不定大家都会拥到庙里去吃现成饭！"

慧明想了几个理由，如修庙、塑像、修路，接待省佛教协会领导，筹办授法大会等，都被小柳一口否定了。直到吃完斋席，还没想出个合适的理由。

撤了席，喝茶时，小柳忽然问："庙里有舍利子没有？"慧明摇头说："若有舍利子，灵山寺就成圣地了！"小柳问："有没有办法得到？"慧明欲言又止，禁不住小柳再三催逼，才说："依显光师父的德行，圆寂之后，大概可以得到几颗舍利子。"小柳一拍大腿："就这理由，你马上去写一个报告，就说防止显光师父圆寂后，舍利于遗失或流失，必须采取一系列得力措施，如建玉石塔、黄金盘、以及特种薪柴等，故须财政拨款五千元，自筹三万元。这样的报告才能有效。说别的人都不清楚，但大家都晓得舍利子是千年难得的宝贝，你这一写，局长不重视才怪！"慧明却犹豫起来："这样写，师父晓得了会怪罪的！"小柳说："你找张白纸盖上庙里的印，我帮你写。不过，我有言在先，日后显光师父圆寂，炼舍利子时，我们四个可都得来看看！"慧明说："这好说。"

这时，天刚黑，庙里的钟声响了。慧明说该做功课了。小柳说反正有车送，干脆看了暮时课诵再回去。

8

大钟一响，和尚们一齐唱道："炉香乍热，法界蒙熏，诸佛海会悉遥闻，随处结祥云。诚意方殷，诸佛现金身，南无香云盖菩萨摩河……”

马泰准备汽车去了。剩下小柳他们三个，在一个角落里站着，不做声地观看，前面用一大块善男信女送的红布匾掩饰着。这是慧明特别安排的，主要是怕显光师父出来检查时发现了。但爱红仍忍不住对小柳说：“来了一整天，现在这庙才像是座庙。”正说话时，那边墙角有一阵小小骚动。

昏黄的烛光下，姓夏的老尼姑被两个年轻和尚撵出殿门。老尼姑一路低声哭泣着，嘴里数落：“庙里不要我，我这一把老骨头上哪儿去哟！”隔了一会儿，殿门外传来一阵人声：“夏师父，这点钱显光师父让你拿去好好安个家。”小柳他们听见这是慧隐的声音。

灯光下，还看见有个人在众僧后面一晃不见了。小柳觉得那人应该是显光师父。

由于要学习江泽民总书记的讲话，钟磬铃和木鱼的节奏比往日快些，功课也结束得早些。念完《祝伽蓝》后，和尚们转身向上，顶礼站了起来。引磬响了最后一声，和尚们都向殿外走。

慧明这时叫了声：“五分钟后，回殿里开会学习！”等人都走了，他才叫小柳他们出来。小柳迫不及待地问：“怎么把夏师父赶走了？”慧明说：“显光师父来时，她还在打瞌睡。这种事以往也有，可师父他近段不知怎么的，只要谁出一点差错，就将谁撵出山门。”爱红说：“我看你师父肯定心里在筹划什么大动作。”小柳显得更关切地问：“你怎么晓得？”爱红说：“凭女性的直觉。”

这时马泰来说车准备好了。海鸥兴趣不减，非要看看和尚们怎么开会。小柳无法，只好要慧明通融一下，先开会，后学文件。慧明说这个不难，因为显光师父是不参加这种会的。

和尚们再次集中到一起，等慧明一宣布开会，刘师父就带头发难。主要是给显光师父提意见，说了一大堆，有说他不关心别人疾苦；有说他处分人太狠，一点后路也不留；有说他光会修行不会当领导……

见庙里开会和局里开会是一样的情景，海鸥顿时兴趣索然，连连说：“走吧！走吧！”于是慧明就出来送。小柳不解地问；“大家这么说显光师父的坏话，传到他耳朵里去了怎么办？”慧明说：“显光师父最不喜欢搬弄是非的人，没人敢去他面前打小报告，他自己又从不来听会，所以大家才这么放肆。”慧明又说：“意见只是意见，谁又奈何得了显光师父呢！”

临别时，小柳吩咐，要慧明过几天邀王会计一起去拨款。

林场只有一部旧解放。驾驶室怎么也挤不下他们三个。小柳就要站到车厢去。海鸥钻进驾驶室，爱红也进去了。汽车刚一发动，爱红忽然说她怕汽油味，要到车厢里去。小柳不能扔下爱红一个人在车厢里，只好让驾驶室空一个位子。

爱红靠在车厢的左边，小柳靠在车厢的右边。下山路，汽车虽然带着刹车，依然很快，三月的风很凉，小柳感到风直往脖子里灌，身上在一层层地起鸡皮疙瘩。正在畏冷，汽车猛地拐了一个弯，小柳没注意，一下子被甩到车厢的左边，差一点扑到爱红的怀里。

海鸥听到动静，从驾驶室里伸出头来问：“怎么啦？小心别出事。”小柳回答：“好险，就差一点点！”待海鸥缩回头去，爱红问他：“你说什么只差一点点？”小柳不作回答，隔了一阵才问别的：“你凭什么说显光师父要搞大动作？”爱红说：“庙里这种情况，不变变行吗？”小柳说：“到处都在变，也不知几年后中国会是什么样子！”爱红说：“若是能取消户籍制就好了，那时，我就一个人跑得远远的，完全不用闹离婚闹得头破血流。”小柳想了想才说：“那时，我也说不定会学你跑得远远的。”

小柳感到有只手正在车厢边沿，一点点地挪向自己的手，他有点怕，正不知怎么办，车停了。海鸥喊他下去搬自行车。

自行车搬上车厢后，海鸥也爬进车厢，一边爬一边说：“今晚的月亮还真有点诗意呢!”

9

星期一上班，小柳从抽屉里拿出棉织厂的那份报告，将上面批的二十万改成十万。然后又将林场的报告上写了“经研究决定，拨给财政周转金十万元”等一行字，并盖上行财股的大印。办完这些事，他才开始一如既往地扫走廊。一边扫一边和上班的同事打招呼。爱红上班时，只看了他一眼。他说：“上班啦?”爱红没有理他。他想，这一定是在责怪自己昨晚不该胆怯。

正在猜测，李局长提着一只黑皮包进楼来了。小柳见李局长脸上气色很好，连忙从口袋里掏出灵山寺要钱的报告，尾随而去。

李局长刚坐下，小柳就进来了。两人相对一笑，小柳赶忙给李局长杯子里沏上茶。沏完茶，小柳并不着急办正事，而是说：“李局长，你晓得吃素的和尚，为什么不吃葱蒜韭菜和红苋菜吗?”李局长说：“那天，那和尚走后，我就一直琢磨这个问题呢!”小柳说：“我昨天专门为这事去了一趟灵山寺，总算问了个清楚明白。”

李局长一催，小柳就说开了：“从前，有个梁武帝，他不愿当皇帝，脱掉龙袍，拜在智功师父门下做了和尚。西宫娘娘极不情愿，就想破梁武帝的道行。一天，她派人给梁武帝送来一双僧鞋和一顶僧帽。智功师父见了，接过僧帽扔在地上用脚踩，却把僧鞋供在香案上。梁武帝不理解，问他为什么不敬帽子而敬鞋。智功师父就叫他拆了鞋帽细看。一拆才发现，僧帽是用女人的亵衣做的，僧鞋是用经书填起来的。隔了一阵，西宫娘娘听说梁武帝要宫中厨师做些素包子送去，就又想了个主意，让人杀了条狗，做成狗肉包子。包子送去时，智功师父二话没说，一个人将一笼包子全吃了。吃完之后，一只黄狗从他袖子里跑了出来。智功师父看见西宫娘娘埋狗头的地方长出了葱，埋狗脚的地方长出了蒜，埋狗皮的地方长出了韭菜，狗血泼在苋菜地里，苋菜就变红了。所以，后来和尚的素菜里就少了这四样。”

李局长呷了一口茶，想一想后连声说，有点像。

小柳趁机将庙里的报告递上去。李局长一听说是为了保护舍利子，就提笔签了“同意拨款五千元”几个字。还一再叮嘱，要小柳对这件事要进行定期追踪检查。

小柳收了报告回到自己的办公室，棉织厂王厂长已等候多时了。小柳从抽屉里拿出他们厂的报告递过去，说：“批了。拿这个去拨款吧！”王厂长一看就说：“不是说二十万，怎么只有十万？”小柳说：“嫌少，那就等下一批吧！”王厂长忙说：“我只是问问，谢谢你，柳股长！”小柳说：“我还没谢你昨天的电烤饼呢！”王厂长说：“屁，改日再好好请你吃一顿。”

王厂长刚走，爱红就进来了。她将一包威化饼干扔在小柳桌上，说：“昨天输给你的饼干，你没功夫吃，留到今天吃味道就变了。”小柳晓得爱红不爱吃甜食，威化饼干很甜，显然是为他准备的。小柳拆开饼干袋，一口吃了两块，说了一句戏言：“好事成双嘛！”爱红嗯了一声：“你的胆只有芝麻大！”小柳叹口气说：“谁叫我们当初谈恋爱时，老打瞌睡，选错了目标呢！”爱红说：“你不想再选一次吗？”小柳说：“若是再选错了呢？”爱红生气了，扭头就走，走到门口才回头说了一句：“除非你瞎了眼！”小柳晓得自己说错话了，想解释，可爱红已经走了。

星期二、三、四，林场和灵山寺都没有人来。星期五中午下班时，慧明才来。小柳说：“若不怕不干净，跟我上食堂吃饭，下午再办事。”慧明说：“那钱寺里和林场都不要了。”小柳很奇怪：“怎么变卦了呢？”慧明说：“显光师父真的来了个大动作，他将刘师父等人全撵走了，没受戒的人中，只留下三个聪明肯干的。师父说寺庙也不是清闲享福之地，只要他在世一天，这庙就不会重修，僧粥也不会改变，还宣布将这些年积累下来的二十多万元钱，全部借给林场办制药厂。我仍在庙里管事，但主要是与林场商量如何办厂。一应佛事，师父都交给了慧隐。其实，我心里早就明白，师父真正喜欢的是慧隐。”小柳安慰他：“那也未必，将来厂办好了，庙里的分红多，这实权不又在你手里。这就像那功德箱的钥匙。”慧明叹口气说：“我还得赶回去，刘师父他们一走，庙里的香火反而旺了起来，人手不够用，什么事都得亲自动手。朝时课诵和暮时课诵，连师父都得出面。”小柳说：“这么忙，下山打个电话来说说，不就行了？”慧明说：“电话用不得，用多了，人会变懒。”

慧明作一个揖就走。小柳锁上办公室的门，一转身见爱红正站在背后。爱红说：“听说要搞小政府大社会，财政局的人要精简三分之二。”小柳说：“减那么多？”爱红说：“你说是好还是不好？”小柳说：“也好也不好！”爱红说：“反正我是豁出去了！”走廊那头钻出海鸥，她问：“说什么悄悄话，这么神秘？”小柳说：“这年月还有什么好说的呢？改革呗！”

小柳还未打开家门，下班的电铃声就响了。

这时海鸥还在爬楼梯。

爱红不在单位住，她正站在街边上，等一辆洒水车呜呜地驶过去。

1992年3月28日完稿于黄州赤壁

2006年2月4日订正于武昌东湖